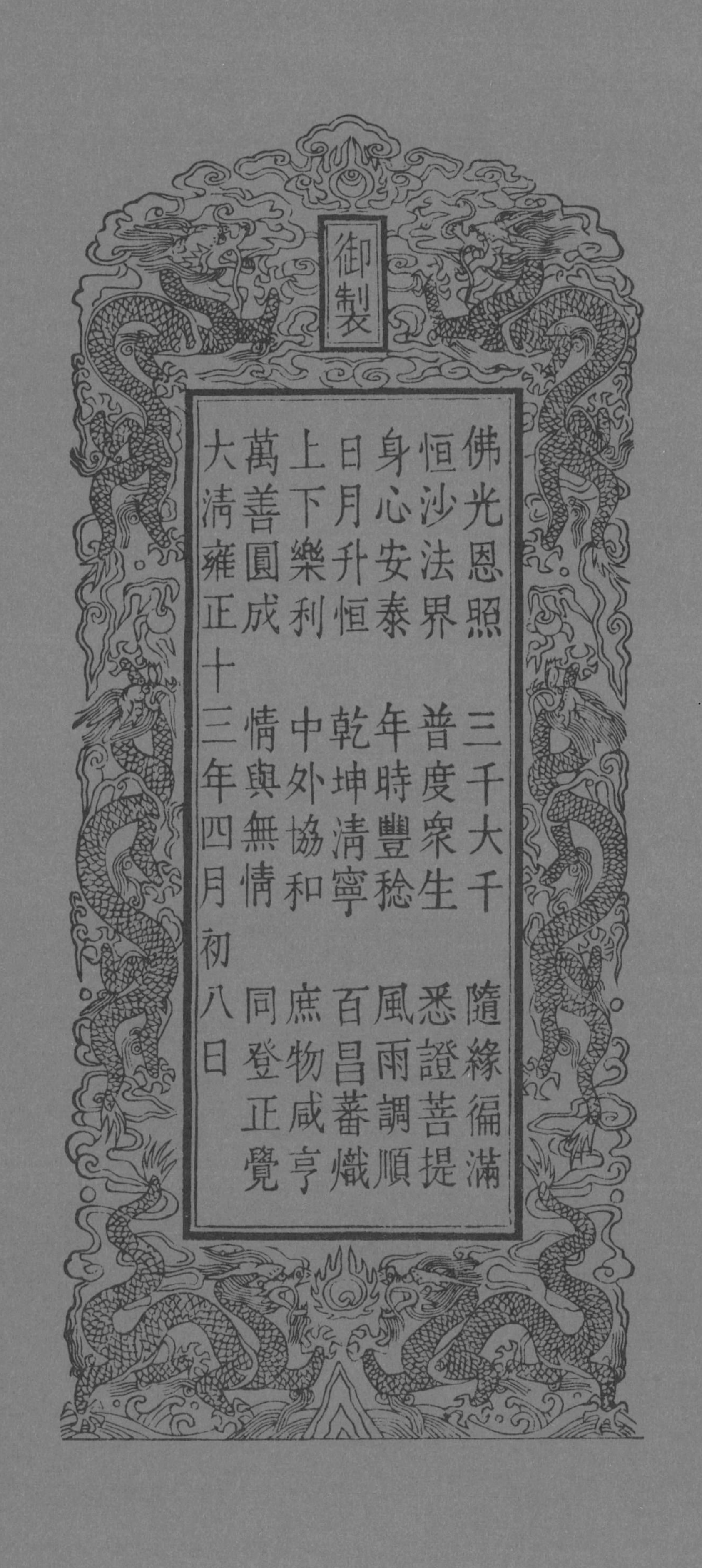
御製

佛光恩照　三千大千　隨緣徧滿
恒沙法界　普度衆生　悉證菩提
身心安泰　年時豐稔　風雨調順
日月升恒　乾坤清寧　百昌蕃熾
上下樂利　中外協和　庶物咸亨
萬善圓成　情與無情　同登正覺
大清雍正十三年四月初八日

第一五二册　此土著述（四二）

諸佛世尊如來菩薩尊者神僧名經

清刻龍藏佛說法變相圖

諸佛世尊如來菩薩尊者神僧名經卷第十

南無普觀如來南無大名稱如來南無寶蓮華如來南無上衆如來南無離胎如來南無智聚如來南無閻浮那如來南無提金光如來南無蓮華德生如來南無明彌樓蓮華響如來南無無盡月如來南無普供養如來南無不動智如來南無法自在如來南無然燈如來南無淨光如來南無離憂如來南無寶山如來南無善思嚴如來南無威音王如來南無寶聚如來南無無驚如來南無正意如來南無紫金光如來南無寶幢旛如來南無觀明功勳如來南無日光如來南無上彌樓至精進如來南無寶上勝如來南無自在月如來南無不動力如來南無梵天如來南無普華如來南無金光如來南無喜幢如來南

無大雲光如來南無不虛勝如來南無妙識如來南無寶英如來南無普願如來南無法輪光如來南無音聲王如來南無月英幢王如來南無法幢如來南無精明堂蓮華軍如來南無離闇首如來南無娑訶主如來南無極高德如來南無大功德如來南無淨王如來南無明輪如來南無放光如來南無山王如來南無雨音王如來南無普虔空如來南無諸方如來南無不思議德生如來南無普世界如來南無善德如來南無寶德成就如來南無勝妙如來南無一切大精進如來南無旃檀德如來南無寶生如來南無入精進如來南無正音聲如來南無普現如來南無無相音如來南無寶生德如來南無寶生如來南無普無邊妙見如來南無妙華如來南無喜世界一切智上如來南無不壞相如來南無華嚴神通如來南無德明王妙眼如來南無普賢如來南無超出須彌如來南無星宿王衆華如來南無娑羅王迦葉如來南無東方阿閦如來南無西方智山如來南無南方寶生如來南無北方那羅延如來南無金剛步積如來南無智憂鉢勝如來南無多寶金華如來南無時大光明如來南無釋迦牟尼如來南無梵德如來南無普西方無量壽如來南無阿彌陀如來南無北方妙鼓聲如來南無現見西北方如來南無一切聲聞緣覺如來南無愛世界如來南無南方寶相如來南無無量上方智光如來南無一切摩訶牟尼如來南無無邊光如來南無寶威德月教如來南無金剛聚世界如來南無大勝如

來南無然燈佛世界如來南無憂鉢羅世界如來南無紫磨金栴檀香世界如來南無上清淨如來南無寶光明如來南無天自在世界如來南無度一切世界如來南無空性自在如來南無佛自在嚴如來南無寶德世界如來南無寶明如來南無觀世音王如來南無勝如來南無寶如來南無大光明如來南無諸德如來南無日月光如來南無極高彌樓如來南無首寂如來南無普度空如來南無梵音聲如來南無妙陀羅如來南無十方稱如來南無三千大千世界如來南無無量香光明如來南無虛空德如來南無無畏如來南無普光明一切如來南無無上無比如來南無日世界如來南無月世界如來南無法世界如來南無見一切義如來南無法成就如來南無名稱王如來南無光明尊蓮華淨世界如來南無栴檀香如來南無無上光如來南無大安世界如來南無釋迦牟尼如來南無觀智如來南無無量自在力如來南無天世界最踴躍如來南無波頭摩世界名波頭摩勝光明如來南無一切衆生最勝嚴如來南無優鉢羅世界赤蓮華德如來南無下方師子如來南無下方大德如來南無下方上德如來南無南方虛空住如來南無妙勝如來南無功德生如來南無過一切憂障礙世界名不空說如來南無功德積世界功德生德如來南無東南方師子音如來南無西南方師子如來南無最勝音如來南無無量光如來南無大雲光如來南無阿彌陀如來南無然燈如來南無燈明如來南無南方

莊嚴世界嚴淨如來南無北方不虛自在力
如來南無下方有德如來南無弗沙如來南
無南方金剛藏如來南無東方動世界常悲
如來南無西南方妙寶如來南無東南方師
子相如來南無西南方大尊王如來南無東
方妙世界善衆如來南無金剛藏如來南無
栴檀窟聖如來南無善住意如來南無月世
界純寶藏如來南無東方淨住世界圍繞特
尊德淨如來南無袈裟相世界離垢如來南
無普供養無塵垢世界寶華德如來南無大
震聲聖如來南無至彼岸聖如來南無須彌
旛世界德首如來南無東南方上華如來南
無無等如來南無西南方離怖畏如來南無
東方月英世界賢幢旛王如來南無上方王
林世界至精進如來南無西南方不虛勝如
來南無東南方慧王如來南無東北方阿閦
如來南無華迹世界普華如來南無無量力
如來南無高廣德勝如來南無法幢如來南
無法持如來南無東方莊嚴世界無邊自在
力如來南無下方名聞如來南無下方達磨
如來南無迦葉如來南無西南方尸棄如來
南無金集世界寶遊行如來南無東南方網
明如來南無西南方大神通如來南無梵天
如來南無一蓋世界一寶嚴如來南無雲自
在聖如來南無迦禪那聖如來南無自在王
如來南無美音世界寶華如來南無東方無
邊德嚴世界度功德邊如來南無北方諸欲
無脫那如來南無普供養東方堅固世界迦
葉如來南無不虛力聖如來南無不虛光聖
如來南無一蓋世界離怖畏如來南無東南

方華聚如來南無建立如來南無離憂世界
名稱如來南無東方德住世界無邊功德成
就如來南無東方明世界名聞彌樓如來南
無東南方無憂首如來南無西南方善住如
來南無東南方有德如來南無西南方吉利
嚴如來南無無比月如來南無下方名光如
來南無上幢如來南無喜幢如來南無東方
莊嚴世界無邊自在力如來南無下方奉法
如來南無純寶藏聖如來南無成利如來南
無南方呼那僧如來南無東方樂世界日燈
如來南無西方諸寶般如來南無東南方無
定願如來南無西南方無邊像如來南無離
垢世界離垢相如來南無自在力聖如來南
無無量華聖如來南無德明王如來南無無
勝世界德勝如來南無東方雲音世界無量

神通自在如來南無東方法世界網光如來
南無南方妙香世界月光如來南無無礙眼
聖如來南無無邊眼聖如來南無恐怖世界
栴檀香如來南無西南方諦相如來南無幢
相如來南無普賢中自在王如來南無下方
照明世界染青蓮首如來南無東方離垢世
界智出光如來南無月世界日月燈如來南
無西南方網光如來南無西南方明德如來
南無名喜世界無憂如來南無無邊力如來
南無種種如來南無自王如來南無十幢如
來南無東方離垢世界無量功德明如來南
無善淨幢相如來南無安隱安王如來南無
相德如來南無東南方轉胎如來南無名華
世界智華生如來南無北方無邊嚴如來南
無東南方與光明如來南無寶網覆寶生德

如來南無華蓋世界一寶蓋如來南無蓮華
提聖如來南無日月燈聖如來南無名聞光
如來南無廣遠世界火光如來南無華上光
明世界名日輪威德王如來南無日光世界
月英豐如來南無東方調御世界普觀如來
南無無邊嚴聖如來南無虛空光聖如來南
無名善世界栴檀窟如來南無北方無相音
如來南無正行如來南無雜相世界寶德如
來南無東方妙音香世界無量明如來南無
東方德樂世界寶華德如來南無攝處世界
醫王如來南無北方離怖畏如來南無北方
虛空性如來南無廣世界香象王如來南無
虛空意如來南無歡喜賢最如來南無預相
如來南無宿王如來南無東方可愛世界一
切功德生如來南無普光勇辯如來南無照

明明燈如來南無上族如來南無西南方日
面如來南無衆善世界善出光如來南無滅
惡寶山勝如來南無寶錦世界寶成如來南
無照曜世界普明如來南無蓮華處世界智
住如來南無一寶蓋如來南無精進願首寶
如來南無德所見明王如來南無不捨弘誓
願如來南無不動轉衆相如來南無度寶光
明塔如來南無逆空光明聖如來南無栴檀
香神通如來南無光淨王如來南無大哀觀
衆生如來南無明相幢如來南無無邊光如
來南無上法王相妙如來南無無分別嚴勝
如來南無壞一切疑寶如來南無華高生德
聖如來南無言音自在妙如來南無華最高
德勝如來南無智自在王寶如來南無樂星
宿起聖如來南無高妙去如來南無衆王光

明聖如來南無佛華增上王如來南無娑羅自在王如來南無寶華成就德如來南無無礙香象聖如來南無無相音聲妙如來南無德內豐嚴王如來南無見若燈明王如來南無無量德寶辯如來南無喻如須彌勝如來南無無悅界首寂如來南無寶火如來南無多寶如來南無集音如來南無離垢日月光如來南無弘等如來南無行盡如來南無地持如來南無雷鳴音王妙如來南無音響如來南無蓋鬘如來南無寶作如來南無息意如來南無無礙音聲妙如來南無無量德性勝如來南無藥王無礙寶如來南無衆寶普集大如來南無無垢尊如來南無證我尊如來南無大雨尊如來南無帝沙尊如來南無善宿尊如來南無網聚聖如來南無惟衛勝如來南無式棄妙如來南無栴檀屋如來南無不瞬普賢聖如來南無善燈師子妙如來南無所度無足尊如來南無大通智勝妙如來南無文殊師利聖如來南無常善護持如來南無龍自在王如來南無雷音光王明如來南無虛空燈王如來南無寶焰妙德幢如來南無普香如來南無須彌幢寂靜如來南無名相如來南無天神界寶海如來南無本草樹首如來南無無憂具足王如來南無寶蓮華樹王如來南無雲陰界彌勒如來南無壽無盡幢如來南無無礙香光如來南無增上雲聲王如來南無一切諸剎豐如來南無上精進如來南無最清淨德寶如來南無無量金最豐如來南無功德精進發如來南無發衆生信心如來南無波頭摩華身如來南

無無量界善眼如來南無無華慧王如來南無慈英寂首如來南無師子響作如來南無身上如來南無一蓋如來南無蓋行如來南無留油如來南無普照一佛土如來南無不舍樂精進如來南無壞一切怖畏如來南無普音聲如來南無梵鳴音種種華如來南無寶形光無邊德如來南無樂莊嚴月相焰如來南無作寶如來南無寶最王如來南無無邊寶如來南無常舉肩吽鎧如來南無善安住光圓如來南無甘露相光王如來南無日圓燈智聚如來南無寶生王示現雲如來南無雲名如來南無持炬如來南無香熏如來南無勝衆如來南無無礙名音普藏如來南無智生功德寶聚如來南無寶光形安住如來南無歡喜王圓光如來南無不空見網焰如來南無寶華如來南無大雲師子座如來南無寶蓋最上如來南無帝幢王吉祥如來南無願海光吉祥如來南無娑羅主自在王如來南無一寶藏無邊焰如來南無無邊彌留王梵音如來南無普焰光如來南無普光明如來南無寶上焰最勝衆蓮華上王如來南無無邊聲如來南無衆生賢善住王如來南無寶娑羅須彌聚如來南無智功德最上寶如來南無普見如來南無無量音如來南無瞿那海如來南無虛空俗寂靜如來南無不空説明圓如來南無無怖畏幢王如來南無勝彌留熾盛如來南無淨彌留震力王如來南無調柔如來南無慈者如來南無作燈如來南無宿院如來南無月瞿那王智德如來南無無障礙眼作寶如來南無勝牛王方上

如來南無除怖畏香形如來南無佛牛王放焰如來南無寶言如來南無蓮華生功德如來南無無邊智說如來南無作光明彌留如來南無婆伽婆功德如來南無虛空燈喜吉祥如來南無寶住佛號寶相如來南無毗盧遮那藏大雲如來南無遊戲金剛王如來南無念幢王吉祥如來南無攝受無上能生愛樂歡喜如來南無虛空德如來南無婆伽羅安隱王如來南無甘露華賢功德如來南無智功德放光焰如來南無仙聖如來南無智安住如來南無無邊覺如來南無彌留聚淨意如來南無無邊覺廣雲如來南無智功德散雲如來南無蓮華德利益如來南無須彌光叫力焰如來南無火燈如來南無燈炬如來南無智藏如來南無善住如來南無拔度

一切怨仇如來南無發心即轉法輪如來南無薄伽梵宿院如來南無大雲空高響如來南無摩尼寶華藏如來南無想音如來南無大雲摩尼藏如來南無香上功德如來南無最勝安住王如來南無日光幢吉祥如來南無寶焰山王吉祥如來南無無量善住吉祥如來南無善住功德寶峯王如來南無上功德如來南無至無畏如來南無恒河一切津口吉慶吉祥如來南無威功德如來南無佛牛王普德首如來南無難調將蓮華聚如來南無諦視眼二相髻如來南無帝釋如來南無大愛道如來南無成光明如來南無大主領淨目如來南無治地王相音如來南無將導御華相如來南無難伏幢善眼如來南無香彌留無礙音如來南無光相如來南無成

利如來南無寶輪如來南無智光如來南無摩醯首羅吉祥如來南無樹王增長吉祥如來南無羅網光作勝如來南無名稱響作光如來南無名稱音智吽如來南無法手如來南無大優鉢羅華如來南無月上功德如來南無虛空莊嚴音如來南無不倦不轉願如來南無牽幢王曲躬眼如來南無最上行觀世音如來南無日光幢吉祥意因如來南無吽力王如來南無金剛利如來南無無垢憶月分段香象光王如來南無觀世音正觀鎧如來南無月上焰虛空相如來南無普香焰至無畏如來南無多信如來南無寶牛王如來南無名稱友如來南無無垢離垢解脫燈如來南無除一切怖畏毛竪如來南無無邊光佛華所生如來南無不動迹而速勇步如來南無此佛所說覺智法門如來南無無量莊嚴如來南無無量聲先如來南無無礙名聲如來南無焰上功德如來南無普徧照曜勝鬬戰吉如來南無曜寂靜香照曜吉祥如來南無不倦不轉願上行如來南無一切取作散不怯如來南無一切魔境界爲地如來南無值御如來南無無邊所有鎧如來南無智自在王如來南無明蓮華焰寶如來南無智藏功德大如來南無妙徧稱讚名號吉祥如來南無無數精進如住吉祥如來南無栴檀華威德星光吉祥如來南無智焰海吉祥如來南無雷法海震鳴如來南無普明高顯吉祥峯王如來南無虛空圓清淨王如來南無音聲支分吉祥如來南無大願精進吉祥如來南無法燈功德彌樓如來南無無怖畏

如來南無無垢上如來南無智力吽如來南無法神通幢進吉祥如來南無不退轉寶處吉祥如來南無甚深法光王吉祥如來南無變化雲妙聲吉祥如來南無衆生意樂寂靜吉祥如來南無光圓威王如來南無示現諸法如來南無普智上王如來南無最上功德如來南無日輪照曜踴起吉祥如來南無一寶莊嚴無比威德如來南無薄伽梵不空成就如來南無師子遊戲智燈王如來南無無邊焰光兩幢相如來南無除孕如來南無金剛超勇王如來南無善寶功德如來南無清淨圓王妙如來南無最上威王大如來南無最勝加尼蓮華上焰如來南無十上焰光勝伽尼泥如來南無無邊遊戲香上功德聖如來南無普生功德大如來南無顧視諸法寶

如來南無化生功德不倦回轉除憂如來南無作論議如來南無無邊瞿那王形如來南無蓮華莊嚴牛王如來南無種種寶華開敷如來南無吽王如來南無有功德如來南無智力吽如來南無牛王醫師王如來南無不死佛華焰如來南無瞿那王光賢如來南無上賢功德寶如來南無莊嚴功德難行如來南無喜王功德如來南無寶生功德如來南無娑羅呪王如來南無諸趣閉塞如來南無善散華相智阿黎耶如來南無肩廣圓滿南地斗宿如來南無鈎召寂靜吉祥勝如來南無散壞非時雲雹大如來南無鈎召吉慶吉祥寶如來南無醫王如來南無無邊瞿那妙如來南無娑羅王主如來南無無邊莊嚴賢如來南無迦陵伽王淨如來南無智華所生

月圓淨王如來南無諸方名聞不空名稱如來南無釋迦牟那無邊牛王衆如來南無金剛行步賢如來南無無邊攀緣大如來南無者尸那日作無異鎧聖如來南無慈瓔珞功德王如來南無佛華眞體功德如來南無圓光威功德王如來南無寶華眞功德智如來南無無礙虛空幢相王如來南無無聲功德如來南無無慧燈明幢功德如來南無世主最勝光明聲如來南無法海駛流功德王如來南無毗盧遮那形功德如來南無普門智毗盧遮那聲如來南無淨寶興豐如來南無地力持踴如來南無梵自在王如來南無過出堅住如來南無普照明勝鬪戰功德如來南無一切利清淨瞿那幢如來南無法海言說朗明王如來南無一切法海震音王如來

南無放蓮華眞體功德如來南無無量香光明如來南無壞諸怨賊如來南無寶月光明如來南無度七寶華界如來南無法虛空最上功德王如來南無衆生正信定體功德如來南無金色焰法海光雷音王如來南無不棄樸名稱如來南無最勝師子高如來南無天主髻摩尼珠耳璫胎藏如來南無赤優鉢羅功德如來南無無量上善行王如來南無無畏眞體功德如來南無瓔珞蓋震鳴王如來南無念諸衆生功德王如來南無難降日如來南無諸法海最上波王如來南無法月邊智光明王如來南無普明功德胎藏王如來南無翻轉方所光明王如來南無普功德毗盧遮那幢如來南無德行香華如來南無散華生德如來南無金寶光明如來南無過

諸魔界如來南無諸法形像莊嚴功德如來南無瑠璃胎藏最上功德如來南無無邊明焰自在幢如來南無廣波若智功德幢如來南無因陀羅最勝意幢如來南無瑠璃光最豐如來南無過去未來如來南無月英豐身尊如來南無一切見在如來南無阿僧祇行初發功德如來南無因陀羅相幢王功德如來南無無礙得名稱解脫光王如來南無一切世燈明如來南無一切鼓音王如來南無普毗盧遮那功德彌留王如來南無喜樂光王如來南無不思議瞿那功德如來南無寶山燈德如來南無金剛真體如來南無無邊名勝如來南無無垢所生如來南無智華寶光明功德如來南無多魔羅跋如來南無提頭賴吒如來南無蓮華胎藏如來南無名稱光如來南無一切義現如來南無天主胎藏如來南無梵吉祥如來南無功德生如來南無多生燈如來南無脫一切畏如來南無福德燈月如來南無帝釋幢如來南無金剛幢如來南無百光如來南無寂光明王如來南無師子自在如來南無雷音鳴如來南無焰熾髻如來南無雲精進如來南無兩足尊如來南無出生如來南無大須彌留如來南無無量幢意如來南無栴檀燈如來南無帝釋得如來南無持無礙悉達多如來南無阿鯢羅如來南無功德藏如來南無功德彌留如來南無虛空覺正如來南無摩拏王如來南無清淨目如來南無聲震吼鳴如來南無金剛内信如來南無大目如來南無寶蓮花光如來南無金剛智山如來南無一切大興雲

如來南無忍者如來南無虚空圓光如來南
無彌留頂王如來南無一切意身如來南無
瞿那須彌功德如來南無一庫藏如來南無
白蓮華最上威如來南無度彼岸如來南無
天焰如來南無大悲師子如來南無無恐怖
如來南無可畏鳴如來南無可畏力如來南
無無邊求那威聚如來南無作利益如來南
無常蓮華最上王如來南無普端正如來南
無多者如來南無阿黎薩吒如來南無邪聚
集如來南無斷語言如來南無可畏現如來
南無自威如來南無蓮華上王如來南無可
畏焰如來南無令不正意拔遊步如來南無
三昧印無垢冠智光如來南無明者如來南
無相嚴幢月如來南無無邊上光如來南無
主王如來南無無邊際光如來南無淨足下

如來南無一蓋徧覆諸佛剎如來南無無垢
喜悦微笑幢王如來南無光者如來南無無
邊威德如來南無法虚空燈如來南無照顯
如來南無諸法吼王如來南無華自在如來
南無無垢犢如來南無不彼毀如來南無泥
摩耶如來南無一切無塵垢如來南無虚空
清淨如來南無有邊意香如來南無寶所出
如來南無積力如來南無法界智燈如來南
無華所出如來南無師了力如來南無已得
願如來南無華敷王如來南無一切無疑捨
如來南無虚空圓淨如來南無衆王劫波如
來南無熾盛者如來南無妙叫聲如來南無
出世間如來南無師子聲如來南無孫陀羅
如來南無最上行如來南無微笑威如來南
無功德威如來南無婆多耶如來南無善光

如來南無香光如來南無普世界淨光如來南無度光明如來南無吉祥如來南無雲聲如來南無普世界法幢如來南無東方明如來南無大雲吉祥如來南無摩尼光明如來南無世間行如來南無徒摩耶如來南無瞿那王光如來南無星宿莊嚴如來南無徹無憂如來南無毗婆尸如來南無紫上如來南無光明功德如來南無如著雲衣如來南無開敷如來南無無有如來南無淨者如來南無智生功德如來南無伽系多燈如來南無盧遮如來南無除畏如來南無善勝戰如來南無無邊智明善步行師子如來南無花火遊戲神通王如來南無不搥樸苦行如來南無大雲清涼雷聲深隱奮迅如來南無般若聚如來南無娑伽婆帝諸世界自在如來南無諸攀緣淨無迭光如來南無上方廣衆德如來南無歡喜踴躍寶孕摩尼聚王如來南無大震聲如來南無普光明如來南無智成就力王如來南無容者如來南無不墮持如來南無散諸憂如來南無離功德闇王如來南無離伏如來南無智見如來南無摩尼須彌勝如來南無須彌山奮迅如來

諸佛世尊如來菩薩尊者神僧名經卷第十

諸佛世尊如來菩薩尊者神僧名經卷第十

一

南無雲妙鼓聲王如來南無照顯如來南無無垢光明藏如來南無能行成就勝如來南無千世自在聲如來南無蓮華上遊戲功德如來南無種種燄熾明盛月如來南無無比喻佛華功德如來南無女人丈夫蹴蹋如來南無一切願度彼岸斷疑如來南無法眼甚深功德月如來南無蓮華開敷功德雲如來南無一切三昧海光師子如來南無一切牛受牛王如來南無無邊辯才如來南無一切衆生應現著鎧如來南無那羅延金剛精進如來南無佛華最備具功德如來南無婆伽拔底不空燄如來南無普光功德山王如來南無不死甘露所生功德如來南無善堅智光燄形聚如來南無下方師子奮迅根如來南無辯才瓔珞思念如來南無拘蘇摩奮迅王如來南無作功德莊嚴如來南無炎佛蓮華最上功德如來南無喜增長如來南無三千釋迦牟尼如來南無一切威如來南無甘露主如來南無山海慧自在通王如來南無不可說分別如來南無智具如來南無勇猛執持牢仗棄捨戰鬬如來南無一切佛寶高勝幢如來南無寶威德高王如來南無世間尊如來南無東方滿月光明如來南無求那輪如來南無名稱意如來南無三界牛王安詳行如來南無寶波頭摩步如來南無普現如來南無廣博金口高勇光明幢頂如來南無豐養世界寶蓮華如來南無不可壞金剛如來南無一切功德莊嚴如來南無寶功德

燈明瞿耶相如來南無毗沙門堅固王如來
南無智庫如來南無世間月如來南無天王
周羅摩尼胎藏如來南無娑羅勝縣王如來
南無不死光如來南無蓮華最王如來南無
孔雀如來南無威德自在光明如來南無無
邊瞿耶所生功德如來南無寶燄彌留金剛
如來南無今喜如來南無求耶藏如來南無
普光世界無障礙眼如來南無敷華盧舍那
如來南無無有塵如來南無雲功德王如來
南無想國如來南無須彌善電如來南無阿
僧祇劫成就如來南無上上首世界念衆生
稱上首如來南無五百上威德如來南無堅
住世界過去堅住如來南無般若燈無數光
幢吉祥如來南無多饒種種功德威光明如
來南無成就一切義勝如來南無因陀羅意

如來南無中天大毗盧遮那如來南無無垢
劫如來南無無垢世界無垢光如來南無奮
迅恭敬稱如來南無衆香世界娑羅王如來
南無東方清淨世界無相嚴如來南無世間
帝主身光明形如來南無不可思議意王如
來南無法自在娑羅王如來南無婆羅如來
南無毗樓勒如來南無智燄威德如來南無
不動光觀自在如來南無三千毗盧舍那如
來南無光明速寂聲如來南無種種作佛如
來南無法界鏡像勝如來南無日月寶作光
明如來南無摧魔如來南無摩尼者如來南
無甘露流注如來南無不退輪寶住勝如來
南無寶光月莊嚴智如來南無無邊作德如
來南無大衆者如來南無見者生歡喜如來
南無支帝耶如來南無一切行清淨如來南

無閻浮威摩尼角如來南無西方無量壽如
來南無践蹈魔如來南無降伏諸魔怨如來
南無陀頭塵虚空智如來南無離諸疑奮迅
如來南無虚空上如來南無光明無垢藏如
來南無羅睺月如來南無阿沙羅如來南無
伽四那羅如來南無勝主如來南無香牛王
如來南無虚空下如來南無堅勇猛破陣如
來南無莊嚴相如來南無摩婁多如來南無
婆耆羅陀如來南無大友如來南無毗沙門
如來南無六十功德寶如來南無一切同名
歡喜如來南無一切同名上威德如來南無
無邊明王如來南無大雲閃電如來南無樂
莊嚴思惟如來南無一切同名威德如來南
無一切同名普光如來南無香燈吉祥如來
南無金剛海首如來南無拔提迦如來南無
難勝月如來南無法行世智意如來南無功
德聲自在王如來南無道分華如來南無金
色者如來南無師子奮迅力如來南無功德
山清淨聲如來南無大精進主如來南無普
光明髻如來南無現一切衆生色如來南無
智頂皦雲如來南無善住善根藏王如來南
無求那精進如來南無牟那耶如來南無自
帝釋如來南無一切照耀莊嚴吉祥如來南
無名稱功德如來南無因陀羅將如來南無
香自在無垢眼如來南無法疾然燈如來南
無勝藏山增上王如來南無不空功德如來
南無大摩尼如來南無集寶藏如來南無婆
伽拔底不空牛王如來南無三昧像最上功
德如來南無蓮華最尊如來南無智山法界
普威王如來南無師子音王如來南無山王

功德胎藏功德如來南無蓮華尊豐如來南無法空燈如來南無淨慧德豐如來南無一切衆生不斷辯才如來南無善體如來南無自在勝如來南無一切金上勝如來南無得樂自在如來南無不可勝如來南無法幢山如來南無鉤召一切財穀吉祥如來南無衆主如來南無火帝釋如來南無彌勒等無量如來南無福德光明勝如來南無月土燄如來南無佛牛王如來南無摩尼須彌留功德如來南無賢最如來南無解脱智如來南無憂意滅如來南無月華威宿明功德如來南無月示現如來南無揭婆耶如來南無那羅延苦行須彌留功德如來南無無尼光明如來南無智上光明威功德如來南無妙華所生如來南無乾闥婆如來南無就者如來南無一切怖畏怯弱作散壞如來南無無邊功德寶衆莊嚴如來南無上首賢世界無障礙聲如來南無陀羅尼輪世界香光明如來南無破一切塵世界殊勝如來南無實法上決定如來南無金剛寶齊如來南無世帝威功德賢者如來南無佛華敷王如來南無耆尸羅如來南無結者如來南無婆伽婆帝除法功德海如來南無婆伽拔帝釋迦牟尼如來南無光明首世界無量光明如來南無月輪光明世界名稱力王如來南無北方華莊嚴作光明如來南無度七寶華界如來南無十千莊嚴王如來南無日龍奮迅王如來南無拘那含牟尼如來南無種種日如來南無大施德如來南無一切任世界建大音普至如來南無瑠璃光最豐如來南無好諦住惟王

如來南無寶形莊嚴光遊步如來南無無量寶華光明如來南無三蔓陀犍提如來南無妙言如來南無般若燈無數光幢吉祥如來南無無邊光明彌留香王如來南無德內豐嚴王如來南無那羅延分須彌留王如來南無最上行如來南無度寶光明塔如來南無如底沙如來南無丈夫臨如來南無滅諸惡如來南無安哀衣如來南無淨住世界空域離垢心如來南無無量尊離垢王如來南無無數精進興豐如來南無阿竭流香世界寶月如來南無雲幢如來南無勝威如來南無不畏作不死覺不藏利如來南無勝色如來南無利益如來南無耆尸羅如來南無勝婆蘇如來南無福德愛如來南無五百普光明如來南無覺者如來南無那羅延禁戒甲胄

吉祥如來南無星宿德世界智生德如來南無雷光明高王如來南無智力世界釋迦牟尼如來南無師子響如來南無毗盧遮那如來南無餤者如來南無信岡如來南無丈夫將如來南無伏一切魔世界集音如來南無一切寶緻色持如來南無成就一切義如來南無一切同名寂滅如來南無刪闍耶如來南無堅固世界金剛堅強消伏壞散如來南無西南寶上相名稱如來南無法燈行步智師子如來南無初發心意震聲無怖畏最上王如來南無善鋋功德如來南無善徹苦行如來南無栴檀星如來南無法教藏如來南無金華如來南無功德堅固力王如來南無無邊寶華光明如來南無善朋友如來南無然燈世界無量智成就如來南無衆智自在

世界慧生如來南無常光明世界無量光明如來南無五百淨聲王如來南無三萬散華王如來南無千法莊嚴王如來南無無邊瞿那精進鎧如來南無過一切憂惱如來南無師子光無邊力覺如來南無辯羅魔王如來南無無量種種相戲如來南無福德威德積如來南無破散諸夜叉神浮多神等王如來南無善住功德寶王如來南無七寶波頭摩步如來南無摩尼王胎藏功德如來南無功德師子自在如來南無衆香世界蓮華衆如來南無五百樂自在聲如來南無忍圓燈明如來南無金光威王如來南無度尼如來南無世供養如來南無愛跡如來南無一切同名星宿如來南無無邊威如來南無色衆如來南無一切義上王如來南無地威功德如來南無世燈功德如來南無種無光功德彌留胎藏如來南無無阿梨耶如來南無火光慧滅昏闇如來南無一萬八千普護佛如來南無西北方月光面如來南無三萬日月太白如來南無西南方那羅延如來南無不可思議王如來南無娑羅王山藏如來南無遠離諸畏驚怖如來南無善選擇世界釋寶光如來南無摩善住山王如來南無樓閣世界施一切樂如來南無南方自在王如來南無西方無邊光如來南無阿僧祇俱胝劫脩習覺如來南無須彌遊步如來南無無量功德瞿那莊嚴過去莊嚴劫波如來南無東方一切莊嚴無垢光如來南無金剛海首如來南無善生功德毗盧遮那自在王如來南無降乇勝者如來南無寶華功德海吠瑠璃金山

光明吉祥如來南無西方無垢月相王名稱
如來南無解脫共行如來南無婆伽婆帝廣
福藏普世間明如來南無多羅王最上功德
如來南無婆伽婆帝十方廣瞿拏震聲無盡
光如來南無因無邊光明功德威形如來南
無金聚所如來南無破散諸夜叉神浮多神
等王如來南無摩訶訶羅訶那耶如來南無
寶光明莊嚴首威德明自在王如來南無無
邊熾盛金光上功德如來南無師子脅如來
南無無邊光音聲虛空毗盧遮那如來南無
十方廣化雲幢王如來南無常水震鳴善音
宿王開敷神通如來南無不退轉輪寶住處
功德如來南無名稱厚如來南無瞿那寶功
德莊嚴威積劫波如來南無無邊功德眼幢
王如來南無東北方無畏無怯毛孔不竪名
稱如來南無婆伽婆帝無垢餤寶光如來南
無名稱相如來南無初發心不退轉輪所生
功德如來南無一切求那成就如來南無光
輪普徧照曜十方雷鼓震聲起雲如來南無
多摩羅跋多羅栴檀香如來南無名稱者如
來南無流轉生死胎藏所生功德如來南無
一利鉢多羅夜如來南無齒功德蓮華遊戲
善毗盧遮那如來南無不退轉輪寶住處功
德如來南無生主劫如來南無婆伽婆帝法
寶華功德聲如來南無金剛那羅延幢如來
南無普照明大化網毗盧遮那功德如來南
無普智功德瞿那幢王如來南無恣態瞖如
來南無法蓮華毗盧遮那佛幢如來南無普
明法功德聲如來南無去是八江河沙佛土
無垢世界等行如來南無善於衆生妙名功

德者如來南無名稱德如來南無樂戲世界
大威德蓮華生王如來南無莊嚴世界無愚
豐如來南無離諸恐懼無處所世界消冥等
起王如來南無審諦世界一切衆德威如來
南無微細淨如來南無明珠世界度一切禪
絕衆疑如來南無最清淨無量旛如來南無
百億江河沙諸佛土水精世界淨尊如來南
無普智寶餤功德幢王如來南無無垢目如
來南無一切伎樂振動世界無量音如來南
無法宮殿震鳴王如來南無十一江河沙諸
佛土忍慧世界香盡如來南無諸法精進速
疾幢王如來南無人上者佛如來南無拔所
念世界壞魔羅網獨步如來南無正法護寶
幢王如來南無十四江河沙諸佛土梵音世
界梵德如來南無法蓮華毗盧遮那佛幢如

來南無熔明稱如來南無寶光雜妙現金光
師子吼王如來南無廣名法海波王如來南
無毫相圓滿放光普照一切佛剎相王如來
南無優婆低沙幢王如來南無形示現佛如
來南無一切世間愛現如來南無最上如來
南無大精進如來南無衆生月如來南無名
稱意如來南無善勤如來南無無憂如來南
無廣名稱如來南無頂功德如來南無名無
比如來南無足者如來南無安行如來南無
喜名稱如來南無大威者如來南無蓮華目
如來南無修藥如來南無樂堅如來南無莫
能勝如來南無善思者如來南無金剛齒如
來南無閑靜如來南無速王如來南無與清
淨如來南無思功德如來南無光明愛如來
南無高聚如來南無寂王如來南無世間淨

如來南無勢功德如來南無修行法如來南無難勝如來南無法炎如來南無思夷最如來南無淨威德如來南無鼓降伏如來南無靈目如來南無鏡光如來南無還華勝如來南無滅無死如來南無修行信如來南無雲勝如來南無愛英如來南無波頭上如來南無選分覺如來南無成利現如來南無欣樂如來南無敬英如來南無曇無竭如來南無端正分如來南無光明命如來南無香面如來南無疾行如來南無山功德如來南無光明力如來南無能驚怖如來南無離暗如來南無法思如來南無山帝覺如來南無然燈作如來南無離癡行如來南無慈地如來南無法財如來南無方差別如來南無高幢勝如來南無金剛勝如來南無賢力如來南無

妙英如來南無邪意捨如來南無信功德如來南無涼冷勝如來南無醫所如來南無善星如來南無分別蓋如來南無可修敬如來南無邪意息如來南無常樂如來南無喜王如來南無至誠如來南無普行淨如來南無滅決了如來南無衆類愛如來南無光莊嚴如來南無雜所有如來南無勝藏摩尼光如來南無八千堅精進如來南無功德力堅固王如來南無罔睒如來南無黑光如來南無不惜如來南無寶蓮華善住山帝釋王如來南無福德步如來南無除熱惱如來南無顯赫者耆彌多不少國如來南無一切所生王如來南無千八百寂滅如來南無勝闇積自在王如來南無山者如來南無頻申如來南無上齒如來南無栴檀華威德星光吉祥如

來南無不伏色如來南無無量寶如來南無
不死餤輸頭檀善祭祀如來南無勝道自在
王如來南無不可思議聲如來南無善度意
一切威如來南無賢勝如來南無淨華如來
南無幢意如來南無月起光世界放光明如
來南無勝天意如來南無身自在如來南無
苦行主如來南無離漂河如來南無犢子如
來南無千勢自在聲如來南無九千法莊嚴
如來南無信甘露悅意威如來南無尸棄如
來南無喜幢如來南無寶氏如來南無彌留
幢世界彌留摩如來南無愛解脫如來南無
華藏勝如來南無不去捨如來南無不死城
如來南無散法稱如來南無無垢月幢稱如
來南無須摩那光明如來南無命清淨寶威
德如來南無華勝如來南無寶山如來南無
月智如來南無具威德世界具佛華生如來
南無供養名稱如來南無瞿那稱清淨體如
來南無牟羅耶如來南無可付信行功德如
來南無一切同名日如來南無意喜散如來
南無善以治如來南無遠至名稱如來南無
求那明除最勝如來南無贍波迦如來南無
雜色體形功德如來南無善護幢天上如來
南無供養餤寶所得如來南無班宣尊如來
南無贍波迦無垢光如來南無拘蘇摩如來
南無雲世界名奮迅如來南無住慧王無障
如來南無善住如意積王如來南無功勳光
如來南無知相師子幢王如來南無清和音
如來南無婆比陀佛陀耶如來南無勝藏積
吼王如來南無一切同名普護如來南無諸
方聞如來南無一切同名普賢諸如來南無

名聞光如來南無一切同名放光如來南無不可降伏色如來南無萬八千娑羅王如來南無最清淨德寶住如來南無壞諸怖畏如來南無妙吼聲如來南無多音如來南無無厭慈世界不衰變月如來南無普香燄善活健如來南無福雲雜色如來南無善行嚴如來南無凡衣如來南無青蓮華世界赤蓮華德如來南無波頭摩勝世界賢勝如來南無大地威力山如來南無廣普稱如來南無首威如來南無善快光明波頭摩敷身如來南無離憂世界無邊德嚴如來南無一切事見如來南無不散意如來南無寶炎如來南無栴檀地世界超出衆華如來南無波羅波善眼莊嚴王如來南無一切行清淨如來南無祭祀德如來南無集聲如來南無金剛住世

界佛華出王如來南無諸天供養佛如來南無孫陀羅莊嚴如來南無香自在如來南無智國如來南無蓮華引如來南無世間淨如來南無無憂闇如來南無世間無上華如來南無天供養如來南無善提信如來南無善面如來南無示愛如來南無戒淨如來南無天蓮華如來南無月繖如來南無妙鳴聲如來南無林華如來南無有金剛如來南無威明成利現如來南無天聲如來南無智合喜如來南無無礙名稱如來南無甘露威如來南無善戒香如來南無無礙覺如來南無無疑步如來南無熾燄海聲如來南無求那貯積如來南無堅覺安詳普行如來南無不錯方便如來南無大莊嚴如來南無無邊燄如來南無得地供養如來南無熾面香如來南

無彌婁光如來南無無礙示現如來南無智解脫意如來南無多愛大威者如來南無實愛如來南無盛力如來南無上行心意者如來南無無邊香光明如來南無普功德華如來南無威光如來南無天者如來南無無破智光瞿那海如來南無無上光如來南無香放光如來南無福德海如來南無寶彌留如來南無無邊寶如來南無寶月光明藥王如來南無金剛意如來南無百燄光明胎藏如來南無清淨意如來南無法輪燄威王如來南無法蓮華開敷身如來南無一切現如來南無最勝眾如來南無阿羅達多如來南無虛空無垢眼月如來南無金剛遊步如來南無樂曼陀羅香如來南無金光如來南無佛華光如來南無華如來南無仙天如來南無最上光如來南無思惟意如來南無智自在如來南無普曜金如來南無珊瑚海如來南無最勝想功德如來南無無邊真如來南無智自在勝如來南無無色上如來南無一切眾生心體叫如來南無無思法如來南無作方便如來南無法圓光明如來南無妙音語如來南無愛眾如來南無眾主王如來南無法地持如來南無寶燄山功德威如來南無莊嚴體如來南無小賢者如來南無普智光法虛空燈如來南無法界光明如來南無一切法震音如來南無法最上如來南無不動聚如來南無應供天如來南無勝帝釋如來南無諸方燈明王如來南無法水清淨虛空無間王如來南無最勝日如來南無最勝色如來南無生世間出世間如來南無善眼清

淨面如來南無般若積如來南無法燄彌留峯光如來南無一切世帝釋如來南無普燈如來南無龍欣如來南無月面如來南無震上王如來南無震聲王如來南無白毫功德光明意如來南無世主如來南無法界虛空徧滿烽燈如來南無聚集功德如來南無法界形如來南無法光開敷身如來南無聖者歎如來南無伏日如來南無智勝如來南無燈幢如來南無無著處如來南無明圓光如來南無寂上如來南無滿足一切瞿那如來南無求那最勝如來南無阿彌梨多耶如來南無寶供養如來南無善寶如來南無摩尼淨如來南無無邊樂如來南無善思者如來南無華威功德香如來南無無畏愛如來南無天聲淨如來南無實顯如來南無可喜如

來南無愛髻如來南無神通光現忍如來南無上名聞如來南無除幢如來南無不空行如來南無趣泥涼冷勝如來南無光思如來南無愛供養佛如來南無釋迦囉幢如來南無羅漢隨佛如來南無微妙明如來南無樂解脫如來南無道覺者如來南無解脫苦行如來南無迷諸方便如來南無堅意名聞蓋天如來南無不可量幢如來南無普光明如來南無無憂愛如來南無不由它主如來南無不死華如來南無求那光如來 南無三界供養佛如來南無出世間者如來南無無比大燄聚如來南無寶淨如來南無勝教如來南無龍王不現步如來南無妙金虛空形如來南無普門智賢彌留如來南無燈者如來南無寶相莊嚴彌留名如來南無普放光如

來南無千上光如來南無大自在如來南無
福彌留如來南無無邊妙如來南無法炬餤
功德月如來南無金剛淨如來南無無畏金
剛那羅如來南無華胎藏如來南無蓮華德
孕王如來南無決了光開敷身如來南無一
切化如來南無示現義如來南無山功德雲
如來南無瞿那師子自在如來南無蓮華遊
步如來南無毗葉波斯那如來南無天辛如
來南無大雲光如來南無真如來南無分天
如來南無王藏光如來南無龍遊戲如來南
無最自在如來南無供養月如來南無瞿那
海如來南無不覓思惟利如來南無無邊鳴
如來南無衆勝解脫如來南無無畏上如來
南無一切法光明圓雲如來南無無生者如
來南無寶功德如來南無智圓光明如來南
無寶形像如來南無日者如來南無上舌王
如來南無一切威如來南無香普善淨智華
如來南無瞿那月如來南無虛空者如來南
無無垢力三昧遊步如來南無福德光明如
來南無普功德所生如來南無不動色如來

諸佛世尊如來菩薩尊者神僧名經卷第十
一

諸佛世尊如來菩薩尊者神僧名經卷第十二

南無勝意海如來南無善梵天如來南無衆帝釋如來南無摩尼眞珠王如來南無善寂智月吼音自在王如來南無善化者善思議如來南無種種身如來南無和合身如來南無法海所生意如來南無善正住如來南無普法門面峯光如來南無大勢至精進如來南無善燈如來南無歡欣如來南無善解如來南無震下王如來南無淨光明如來南無瞿那蓮華功德月如來南無法積如來南無一切波羅蜜無礙海如來南無丹勝功德如來南無燄電雲如來南無東南作明燈如來南無色勝愛如來南無雜利如來南無滿頗如來南無金剛如來南無調伏地如來南無瞿那光如來南無月上如來南無善住山帝釋王如來南無不空勇步如來南無波羅提波耶如來南無甘露雨如來南無道味如來南無彌樓燄如來南無丈夫勝如來南無大威者如來南無心華觀智幢如來南無善供養如來南無除疑惑如來南無百燄如來南無寶者如來南無道行如來南無饒名聞極意如來南無作光明如來南無持鬘如來南無覺分華如來南無空施生苦行如來南無常如來南無信福處如來南無不死心行如來南無音喜鳴如來南無心重思如來南無應供養如來南無等苦行如來南無勝力普幢如來南無無量光眼如來南無堅步無聲淨光如來南無人最勝幢如來南無菩提光如來南無無邊顯如來南無甘露意者如

來南無不普香如來南無尼俱陀如來南無
調順供養如來南無龍解脫體如來南無華
德不動意如來南無寶住如來南無動者如
來南無大威智者淨如來南無金剛蓮華上
如來南無不思議瞿那光如來南無金者如
來南無寶瞿那相莊嚴光如來南無智上光
如來南無月上光如來南無順法意如來南
無善彌留如來南無無邊座如來南無法王
淨功德月如來南無金剛碎如來南無普寶
瞿那遊步如來南無聲自在如來南無諸華
自在王如來南無無礙法虛空光如來南無
不可畏如來南無善逝勝如來南無日功德
雲如來南無無畏觀視自在如來南無蓮華
最上如來南無恭敬泥摩耶如來南無脩羅
如來南無梵彌留如來南無淵如來南無金

莊如來南無勝界光如來南無堅遊步如來
南無衆自在如來南無最上月如來南無求
那海如來南無上蓮華功德如來南無虛空
音如來南無薩地利捨如來南無無垢臂如
來南無一切寶莊嚴色持如來南無無邊目
如來南無不華護如來南無瞿拏光明如來
南無淨身體如來南無智者如來南無淨照
王如來南無福德形如來南無遊戲踊躍名
稱如來南無堅精進如來南無音聲者如來
南無師子須彌留功德如來南無三世光明
如來南無普明震聲雲如來南無不伏者如
來南無智燄海如來南無最上天如來南無
大帝釋如來南無閻浮檀威王如來南無衆
寶間錯色摩尼圓光如來南無不可伏不可
擽如來南無翳月光十上光如來南無重海

所出意如來南無不劇戲如來南無一切法光明王如來南無無礙力帝釋如來南無電燈如來南無賢身如來南無佛主如來南無睒電光如來南無世間明如來南無菩提道場功德月如來南無海志如來南無燄月眉間白毫相雲如來南無寶施功德如來南無速疾威如來南無帝釋幢相王如來南無世自在如來南無喜吼如來南無電勝如來南無幢音如來南無常勇猛如來南無栴檀雲如來南無梵上如來南無正住摩尼聚王如來南無虛空分別如來南無法那羅延幢如來南無華讚歎如來南無色者如來南無頻婆下如來南無一切愛如來南無善思利如來南無華山等求那如來南無滅有愛如來南無多天呌如來南無寂下如來南無也燄

如來南無放熾如來南無諸方聞佛友如來南無上名稱如來南無樹華如來南無南摩耶如來南無明幢和合行如來南無阿囉如來南無力勇步如來南無不正名稱如來南無甘露天如來南無無量聲如來南無最上起如來南無熾盛相如來南無無量力幢如來南無最上功德如來南無趣淨如來南無蓮華如來南無寶堅如來南無師子幢王如來南無無邊形如來南無求那孕如來南無慈者功德如來南無師子樂如來南無毗羅摩如來南無安住意色如來南無求那善來如來南無光者功德淨如來南無出覺如來南無勝者如來南無梵光不量眼如來南無智門音多藏如來南無寶功德光威王如來南無明者如來南無寶燄山功德威王如來

南無帝釋光如來南無羅網光如來南無法
自在如來南無淨彌留如來南無無邊廣如
來南無法圓淨功德月如來南無金剛齊如
來南無熾盛瑠璃光明如來南無歡喜海如
來南無寶光莊嚴王如來南無無垢智功德
雲如來南無一義現如來南無寶自在如來
南無阿彌訶多如來南無寶彌留師子力如
來南無蓮華上燄如來南無無垢阿黎耶如
來南無者多如來南無善聰明如來南無多
如來南無波光如來南無法力光如來南無
瞿那臂如來南無世自在如來南無解脫月
如來南無功德海如來南無供養度無憂如
來南無金剛仙如來南無三世廣智如來南
無無礙覺如來南無三昧彌留最上智如來
南無無邊月如來南無衆生寶如來南無世

間光明如來南無作無畏如來南無德者如
來南無捷疾王如來南無智日威如來南無
大神智自在勝如來南無彌留積如來南無
梵天者如來南無諸法熏修所生威如來南
無寶燄山燈如來南無普精進炬雲如來南
無寶侍者如來南無梵色者如來南無勇步
天如來南無寶帝釋如來南無瞿拏光明王
如來南無一切身形光明功德月如來南無
可供養梵供養如來南無大震聲彼吼聲如
來南無一切帶鎧甲如來南無善梵齒如來
南無一切瞿那所生如來南無諸類利益頗
如來南無大燈如來南無商王如來南無法
特如來南無不缺名如來南無火光明如來
南無精進力難降伏月如來南無吉體如來
南無日上光明功德威形如來南無意智功

德如來南無熾盛軍如來南無娑羅自在王如來南無畢竟寶如來南無髻者如來南無眼勝如來南無除憂如來南無難破壞如來南無雲瞿那如來南無憶上如來南無不退瞿那海光如來南無求那聚德如來南無娑婆摩波羅如來南無香醉者如來南無愛月如來南無無邊現如來南無降伏怨如來南無可畏面如來南無名稱堅苦行如來南無傳顯現如來南無將愛面如來南無國土如來南無水勝如來南無善顯如來南無瞿那鬘如來南無上世如來南無敵怨調如來南無堅牢如來南無定隨聞如來南無甜鳴善意者如來南無牢音如來南無大勇健如來南無散諸天疑如來南無苦行饒如來南無調伏根如來南無不空寶如來南無不空念

如來南無師子善鳴如來南無求那威燄如來南無聞海如來南無燈王如來南無普威如來南無功德威色如來南無名稱思如來南無無禪忍如來南無師子行在如來南無功德吉如來南無求那王如來南無妙音等現如來南無梵所供養如來南無勇捨解脫智如來南無智愛如來南無意月如來南無聖調善思利如來南無普智光明勝如來南無虛空光明髻如來南無華者如來南無主髻摩尼胎藏如來南無喜樂光如來南無善燄光如來南無意自在如來南無海彌留如來南無無邊蓋如來南無諸力威無垢月如來南無金剛峯如來南無安隱所生功德如來南無功德聚如來南無寶開敷華身如來南無無比最妙德威如來南無不可勝如來

南無不毁體如來南無蓮華最王如來南無
多伽羅髻平等如來南無蓮華功德如來南
無無量瞿那財如來南無羅睺如來南無善
華身如來南無名如來南無圓光如來南無
大燄光如來南無蓮華得如來南無威自在
如來南無諸願月如來南無苦行海如來南
無果利耶婆耶如來南無寶賢光如來南無
法界廣智如來南無無著處如來南無一切
智力虛空燈如來南無無恐怖如來南無普
觀智如來南無德王光明如來南無作歡喜
如來南無妙者如來南無散燄王如來南無
速疾威如來南無無邊界最上王如來南無
牟尼聚如來南無香薰者如來南無正住摩
尼積聚王如來南無法界蓮華如來南無相
日輪普光如來南無大勝者如來南無淨智

者如來南無自在天如來南無順帝釋如來
南無蓮華鬚光王如來南無無驚怖暗三昧
最上王如來南無海功德如來南無水功德
如來南無福德華如來南無意喜華如來南
無一切日法得如來南無可畏眼如來南無
不可稱辯才主如來南無具足願化月如來
南無智燈如來南無雲聲如來南無智主如
來南無善滿肩如來南無燄光明如來南無
法網清淨功德月如來南無寂體如來南無
熾盛燄山功德莊嚴如來南無月上功德如
來南無樹帝沙如來南無蓮華鬚光王如來
南無善月者如來南無可喜如來南無寂意
如來南無善財如來南無甘露者如來南無
無邊華如來南無法上如來南無不墮瞿那
所生如來南無多勝如來南無不空勇步如

來南無一切福德彌留最上如來南無寂光深聚如來南無最勝彌留如來南無摩尼足如來南無世間藏如來南無法眞體最上如來南無光勝如來南無定黎覺者如來南無一切生死煩惱蹴蹋如來南無金剛胎藏如來南無摩尼引佛如來南無彌留燄如來南無除疑意如來南無娑羅帝釋聚如來南無法自在如來南無愛如來南無寶頂燄山燈如來南無普智行無攀緣如來南無示現雲如來南無伏欲塵如來南無智名稱如來南無勝中勝如來南無果報聚如來南無利如來南無不可獲功德如來南無窟貯積善功德如來南無蘇夜摩如來南無轉語言如來南無除貢高如來南無不空見如來南無可信友如來南無天帝釋髻如來南無無量燄化光明胎藏如來南無無比威德如來南無功德聚者如來南無最上光功德如來南無不思議瞿拏光王如來南無滿足妙如來南無可畏最上如來南無毗盧遮那功德胎藏如來南無熾盛精進如來南無月日宗族如來南無法城光功德如來南無燄瞿那冠智光明如來南無日光明如來南無普光明如來南無最上王如來南無一切日威莊嚴如來南無勇行步象如來南無香最勝彌留如來南無法蓮華如來南無大莊嚴如來南無普山燈如來南無世間燈如來南無月光明如來南無燄光明如來南無善住王如來南無一切遮婆那婆如來南無瞿那衆勝如來南無香不澀迦華如來南無雨摩尼如來南無散無明如來南無喜莊嚴如來南無寶莊

嚴如來南無陀羅持天如來南無世間照光如來南無無盡福海最勝莊嚴如來南無栴檀功德月如來南無月者如來南無威主如來南無道喜如來南無益燄如來南無普無量毗盧遮那淨王如來南無金剛無垢日燄雲如來南無婆耆囉娑如來南無世間作光如來南無不可得眼毗盧遮那如來南無無迷法自在如來南無意自如來南無多燄如來南無廣目如來南無御者如來南無普無量開敷華娑羅王如來南無法圓功德頂光明如來南無勝者如來南無無疑波羅蜜月如來南無善遊步善寂色行如來南無無比名稱如來南無無邊光明功德如來南無無相智慧如來南無普光最上功德稱聚王如來南無梵頂如來南無離畏功德毛豎如來

南無虛空下無垢智月如來南無恩義善智如來南無無邊最上功德如來南無難勝智至如來南無毗盧遮那功德胎藏王如來南無無邊月如來南無光明幢王意如來南無日所生如來南無無垢體如來南無香燄光明髻如來南無善助幢如來南無清光王如來南無一切優波羅耶如來南無福德聚勝色如來南無法頂幢雲如來南無毗盧遮那功德彌留如來南無無邊智法界音如來南無熾燈華如來南無一切婆耆羅它如來南無法力功德聚如來南無普作光明如來南無普光最上功德聚王如來南無婆伽婆帝梵音如來南無法虛空愛光明師子如來南無妙金虛空叫威如來南無諸身智形月如來南無淨聲音如來南無無量聚如來南無

諸華香自在王如来南無西北無畏觀如來南無法海震聲意如来南無眞金閻浮檀幢金光如來南無不可稱辯才王如来南無天功德胎藏如來南無安詳遊步如来南無無畏分如来南無强健軍將戰王如來南無鼓自在音王如來南無普放解脫燄如來南無難伏幢如來南無無垢月名稱如來南無蓮華功德胎藏如來南無無量無邊難匹無障礙王如來南無法界師子光如來南無婆若華如來南無無邊辯才燄如來南無因陀羅功德如來南無無量無邊無處所功德如來南無智日蓮華雲如來南無智燄雲光明如來南無身體如來南無廣大智光如來南無寶音如來南無相妙開華分如來南無光燄如來南無大帝釋天如來南無善明如來南無阿輪迦如來南無可畏名稱如來南無無言最上如來南無相燈難降月如來南無摩尼角如來南無彌婁海如來南無諸法遊戲威形如來南無虛空等智如來南無勝彌留如來南無普眼滿燈如來南無無邊勝者如來南無十方聞音鎧如來南無求那燄如來南無不空見如來南無相功德山彌留如來南無無邊示現如來南無善有德如來南無有邊示現如來南無智燄熾身如來南無梵威自在如來南無婆留那如來南無降伏者如來南無善燄如來南無持地如來南無善力如來南無苦行圓如來南無利意如來南無善天如來南無常色者如來南無等示現如來南無善衆如來南無善逝如來南無平等香光如來南無猒名聞如來南無寶德髻

如來南無梵天供養如來南無福德所生如來南無月光自在如來南無無那那如來南無可畏上如來南無善現如來南無香舍如來南無善鎧如來南無樹帝伽如來南無善宿如來南無發王如來南無無量意如來南無普覺者如來南無智視如來南無執至如來南無普德華威如來南無月圓光如來南無本性身功德賢者如來南無雷如來南無爭義不怯如來南無解脫精進日光如來南無華鬚欣如來南無一切音分淨如來南無無邊福德得如來南無功德藏摩尼光明如來南無鬘如來南無自在藏燄如來南無法寶華功德雲如來南無金剛宣如來南無光燄眼形月如來南無法上龍自在如來南無菩提分華得如來南無諸佛教威形可畏光明如來南無無邊寶華光如來南無法智所生普光明胎藏如來南無不思議功德照曜最勝月如來南無普瞻望蓮華遊戲王如來南無刀杖上香光王如來南無蓮華髻無礙波燄王如來南無一切面開色如來南無普智光蓮華光明胎藏如來南無婆伽婆辨幢如來南無法虛空功德毗盧遮那如來南無無上大福德雲不可盡威如來南無善清淨瞿那寶善住如來南無辯才瓔珞思惟如來南無東方一切莊嚴無垢光如來南無福德者如來南無留離幸如來南無祭祀名施意如來南無日遊步圓普光明如來南無瞿那寶威功德胎藏如來南無刹利者如來南無光明得如來南無無異行所出如來南無光無不利瞿那每如來南無南方辯才瓔珞思

念如來南無大彌留如來南無虛空彌留如來南無不空光如來南無無盡意如來南無薩多伽拔帝如來南無蘇利耶胎藏如來南無功德善彌留如來南無不空雲如來南無無邊牛王如來南無不華光如來南無長失月如來南無甘露師子意如來南無法海所生音如來南無山功德莊嚴如來南無毗盧遮那功德威王如來南無普智者如來南無無邊瞿那勝行所生功德如來南無瞿那持最勝如來南無光明相王照幢功德如來南無善福處如來南無普智寶燄功德瞿那幢王如來南無一切世利益如來南無意名聞如來南無決了意如來南無毗摩闍訶耶如來南無法燈功德彌留如來南無婆伽拔帝勇步天行如來南無不死步如來南無衆神

祇如來南無曉意喜如來南無功德善彌留如來南無阿婆摩奴夜如來南無海持意遊戲神通王如來南無不破意如來南無涼令者如來南無辯才色如來南無得金蓋聚如來南無寂光幢上如來南無日如來南無月如來南無降化者如來南無無體恚如來南無善分別如來南無善圓滿月如來南無善思名稱如來南無意如來南無聚如來南無無礙意如來南無智勇涉如來南無閻浮檀光明如來南無摩尼須彌留如來南無上方金剛威王相似如來南無妙色髻如來南無娑婆迦羅燈如來南無迦羅毗羅軍如來南無普光明功德彌留王如來南無最勝威如來南無瞿那蓮華功德胎藏如來南無智功德如來南無寂功德如來南無一切雲歡喜

如來南無名稱實如來南無奮迅燄光明如來南無帝釋光如來南無婆羅主王功德胎藏如來南無寶功德如來南無善功德如來南無一切師子翅如來南無音分健如來南無鉢羅鼻迦耶如來南無法界電光如來南無堅健勇器仗捨如來南無實者如來南無天威如來南無功德孕如來南無成熟如來南無明照如來南無婆訶梨陀耶如來南無妙寶如來南無妙月顏光如來南無方處智光幢意如來南無象耳如來南無分明如來南無高滿聚如來南無親意如來南無廣信如來南無法華相幢雲如來南無象者如來南無法海能雷如來南無住劫波如來南無優鉢羅耶如來南無法月光王如來南無普如來南無上如來南無微妙音王如來南無

最妙如來南無最上彌留如來南無婆素天如來南無普智賢圓如來南無香燄光王如來南無寶如來南無愛如來南無難伏幢王進德如來南無妙智莊嚴王如來南無光威如來南無大德如來南無善華如來南無金色者摩尼作歡喜如來南無威聚寶燄山如來南無金剛最上天如來南無龍上如來南無虛空淨如來南無蓮華上王妙色髻如來南無最勝彌留如來南無智燄海如來南無善燈如來南無妙明如來南無普覺如來南無淨月如來南無光王聲如來南無自在如來南無寶步如來南無廣大智光無量覺如來南無法最上如來南無樹王如來南無優鉢羅耶如來南無熾盛如來南無大海無上光如來南無寶月蓮華上如來南無日天普

聚雲功德如來南無法界蓮華妙上如來南無無垢覺普放解脫燄如來南無不動聚寶幟如來南無等示現法上無盡意如來南無善臂虛空上如來南無到彼岸大月蓮華上如來南無智勝福德海如來南無善遊步大淨摩尼月如來南無大光功德聚如來南無奮迅燄光明智自在如來南無法界意月如來南無歡喜海如來南無梵天供養無恐怖如來南無香光喜力海如來南無月上功德普端正如來南無雲幢般若積如來南無徧方瞿那功德最爲上如來南無普觀察如來南無一切義現如來南無解脫者如來南無梵海如來南無淨照王如來南無華如來南無摩尼淨如來南無梵如來南無香聚王如來南無彌留燄如來南無世自在如來南無求那海如來南無散華常吉祥如來南無智日蓮華雲如來南無勝上功德威如來南無華光善證覺如來南無甘露彌留調伏地如來南無喜增長最勝日如來南無大瞿那金山華自在如來南無月面金剛碎如來南無最上明照師子燄如來南無妙法福德象如來南無大燈婆囉無生者如來南無善喜普香燄如來南無虛空圓淨無塵垢如來南無善明一切現如來南無無邊上光大功德如來南無具足願化月如來南無須彌遊步如來南無無垢意如來南無自在威聲王如來南無彌留聚王師子手如來南無香燄光明髻如來南無最勝寶孕靈自在如來南無善圓滿月摩尼妙如來南無大帝釋月華如來南無摩尼王如來南無清淨如來南無普作

光明法自在如來南無無邊示現如來南無
善福處寶嚴如來南無雲瞿那如來南無天
燄如來南無月聚明燈最上行如來南無寶
王功德如來南無月上燄火光如來南無光
莊嚴師子如來南無勝主如來南無無憂如
來南無作利益如來南無紫磨色者如來南
無示現義月王如來南無摩婁多調上如來
南無滿願雲王善化者如來南無寂光善住
如來南無釋迦如來南無普十方世界如來
南無金剛光明如來南無善德王如來南無
無畏上如來南無日如來南無普賢如來南
無無比月如來南無然燈如來南無優鉢羅
世界如來南無毗盧遮那如來南無普照明
如來南無無處畏如來南無月如來南無無
上如來南無寶王如來南無香自在如來南
無迦葉如來南無栴檀光世界如來南無蓮
華最尊如來南無善住王如來南無初發意
如來南無化如來南無無比如來南無淨明
如來南無無垢力如來南無龍德如來南無
眞實如來南無寶所生如來南無眞如來南
無寶光月如來南無摩尼髻如來南無雲功
德如來南無淨身如來南無廣覺如來南無
明莊嚴如來南無普光如來南無華光如來
南無天意如來南無仙勝如來南無寶燄山
如來南無華如來南無善思義如來南無蓮
華聚如來南無金華得如來南無藥王如來
南無勇德如來南無神通威如來南無月王
如來南無雲王如來南無光聚如來南無清
淨如來南無福德身如來南無淵如來

諸佛世尊如來菩薩尊者神僧名經卷第十　二

諸佛世尊如來菩薩尊者神僧名經卷第十三

南無善遊步如來南無蓮華手如來南無瞿
那得如來南無吉祥如來南無寶愛如來南
無無邊威如來南無地王如來南無光王如
來南無光勝如來南無龍上如來南無妙語
言如來南無多如來南無至無畏如來南無
蓮華上如來南無牟尼聚如來南無大光如
來南無寶燄如來南無彌婁光如來南無放
光如來南無多光如來南無天淨如來南無
香聚如來南無日所生如來南無名如來南
無寶功德如來南無蓮華得如來南無虛空
覺如來南無法光如來南無寶積如來南無
光明雲如來南無淨光如來南無身光如來
南無法名勝如來南無善光如來南無摩尼
王如來南無善逝光如來南無師子吼如來
南無無礙輪如來南無散華如來南無法見
如來南無饒益王如來南無阿羅達如來南
無廣光如來南無莊嚴王如來南無善燄光
如來南無師子德如來南無那若華如來南
無善生如來南無滿聚如來南無端正身如
來南無摩尼月如來南無衆光如來南無波
濤王如來南無大意身如來南無師子頻如
來南無香聚王如來南無日天如來南無普
聚如來南無精進軍如來南無衆精進如來
南無燄光王如來南無月光王如來南無最
妙燈如來南無師子燄如來南無無上王如
來南無大悲如來南無大器如來南無最上
王如來南無衆功德如來南無寶光如來南
無梵音王如來南無日月燈如來南無師子

步如來南無光燄王如來南無普香如來南無智炬如來南無善住王如來南無羅睺天如來南無梵如來南無安詳步如來南無無上功德如來南無不空燄如來南無不思議功德如來南無妙上如來南無自在衆如來南無法眼如來南無羅睺賢如來南無定如來南無摩尼妙如來南無無憂功德如來南無大凉冷如來南無瞿那海功德如來南無法上如來南無三界救如來南無法盡如來南無阿輪伽如來南無意如來南無彌留主如來南無寶燄功德如來南無愛安慧如來南無蓮華孕功德如來南無大海如來南無法自在如來南無妙智如來南無那闍耶如來南無聚如來南無蓮華者如來南無燄熾功德如來南無不空行如來南無無邊上功

德如來南無法力如來南無不動聚如來南無勝手如來南無那羅那如來南無首如來南無敷華德如來南無空體功德如來南無辯才眼如來南無彌留幢功德如來南無喜愛如來南無可畏意如來南無善色如來南無善意如來南無山頂最上威如來南無大智福地如來南無世間意如來南無自在德威如來南無法圓光如來南無熾盛如來南無善和二生如來南無眞體法上如來南無善住如來南無師子奮迅行如來南無妙度意覺如來南無最爲上如來南無世間主威如來南無法音幢如來南無頂藏如來南無力天梵天如來南無決了境界如來南無日燄如來南無三世相威形如來南無善度果報如來南無大商主如來南無色淨相威如

來南無善調心如來南無地世如來南無寶華光明如來南無燄大帝釋如來南無法庫如來南無果利耶婆耶如來南無寂到彼岸如來南無善功德如來南無不可稱威如來南無寶彌留如來南無勝念如來南無震聲力王如來南無智最重上如來南無梵志如來南無師子遊戲王如來南無善可畏意如來南無善生跡如來南無甘露山威如來南無大瞿那如來南無善覺如來南無世間作光如來南無可畏最上如來南無堅固寶王世界清白如來南無上善德如來南無清淨世界如來南無普照明如來南無法圓光明髻如來南無一切寶火眷屬如來南無香象臂如來南無寶如來南無堅固金剛世界帝釋如來南無福德意如來南無多樂世界如來南無福德威如來南無衆生不定轉如來南無一切法界意月如來南無無垢意如來南無梵如來南無堅固蓮華世界上幢如來南無勝眷屬如來南無殊勝世界如來南無法界華如來南無無邊勇歩如來南無一切妙度意覺如來南無無垢覺如來南無喜如來南無清淨莊嚴世界一切如來南無最上如來南無安隱世界如來南無順色音如來南無無邊遊戲如來南無一切廣化自在如來南無清淨覺如來南無定如來南無明慧虛空世界一切如來南無種種說如來南無歡喜世界如來南無寶喚鳴如來南無無攀縁意如來南無一切最勝寶孕如來南無功德寶如來南無首如來南無廣大無邊世界一切如來南無大燄聚如來南無無畏世

界如來南無喜樂光如來南無無邊無垢如來南無一切大衆帝釋如來南無無礙現如來南無淨如來南無寶積如來南無一切日月吉祥如來南無衆多世界明相如來南無無相如來南無智慧如來南無嚴如來南無香德世界香相無量勇健如來南無寶月如來南無一切海藏吉祥如來南無善住世界師子如來南無無量猛進如來南無華如來南無無漏世界醫王無量勇步如來南無寶蓋如來南無一切大智力聲如來南無金明世界金華如來南無無礙智善如來南無多如來南無寶治世界寶明無比威德如來南無月燈世界燈高德如來南無月意威神超越如來南無首安悅光威如來南無善導堅强虛空勝智頂髻施如來南無秋光無比普

陰神樹如來南無賢力智慧光明喜王無量覺多勳如來南無妙御吉祥師子幢欣樂青蓮如來南無現義與光如來南無神聞如來南無無量曜如來南無明星仙勝徧方如來南無不虛見天首如來南無月眼雷音如來南無精進施光意如來南無月上明燈如來南無雲音語響寂滅如來南無燈王如來南無師子如來南無鼓音如來南無鳴德如來南無啼者如來南無知者如來南無無塵吼王如來南無師子步如來南無燄相如來南無威行如來南無星宿王如來南無調善如來南無大月如來南無金仙如來南無摩尼如來南無無量意如來南無寶嚴如來南無作光除畏善聽如來南無樹提藏山積如來南無寂月如來南無香燈如來南無甘露日

如來南無安慰如來南無散餤如來南無成
梨如來南無生黃如來南無餤積如來南無
海意如來南無稱如來南無賢上如來南無
功德如來南無富饒如來南無山聚如來南
無光藏如來南無華聚如來南無無憂如來
南無月形如來南無令世喜如來南無善住
如來南無堅牢如來南無禪定如來南無思
法海如來南無吼聲如來南無慇意如來南
無分威如來南無無行如來南無功德愛如
來南無寂光如來南無餤光頂上善賢如來
南無世間重龍者形觀如來南無智意如來
南無幢王如來南無甘露王如來南無仙者
如來南無難調如來南無白體如來南無無
仙如來南無明冠如來南無善齒如來南無
月覺如來南無悲威如來南無端正如來南

無化雲如來南無輪次如來南無華上如來
南無賢者如來南無難降如來南無海門如
來南無師子意如來南無無行如來南無善
臂如來南無甘露音燈主空王如來南無寂
意如來南無寶名羅漢藏樹王如來南無炬
燈光藏智華如來南無大功德王者如來南
無梵者如來南無師子吽裝板寂根如來南
無梵海如來南無愛天定住法月如來南無
雲陰如來南無寶稱如來南無寶胎如來南
無不墮如來南無持髮如來南無無怨如來
南無空王寶高如來南無甘露餤如來南無
愛性如來南無照光如來南無慚愧賢如來
南無香或如來南無河沙如來南無法海如
來南無自王如來南無健光如來南無師子
意如來南無實天如來南無寶言如法如來

南無善賢如來南無戰勝法幢王如來南無想者如來南無寂淨如來南無眞如如來南無勝行如來南無山或如來南無樹者不濁財如來南無滅下如來南無智者如來南無空王如來南無眞乘如來南無法行如來南無甚音如來南無衆神祇如來南無法上如來南無燈者如來南無慈悲如來南無大目如來南無無邊如來南無刹證火幢王如來南無水滴寂幢王如來南無可畏吼者眞乘如來南無怨藏行行如來南無踐蹈覆諸根如來南無世友如來南無力士如來南無眞如如來南無慈悲地主如來南無大雲如來南無如如光如來南無化者如來南無牢上如來南無神通如來南無善意如來南無光明如來南無月者分閣耶如來南無月者善

思利如來南無水者寶熾眞如如來南無淨說饒餤如來南無貯聚一節光佛如來南無餤意如來南無叫智如來南無眞空如來南無如如如來南無火意如來南無震聲如來南無不降輪如來南無梵面賢將如來南無慈悲大臂神通如來南無聚行木叉藥如來南無法月大不空如來南無智行作現如來南無慈悲意眼如來南無華者如來南無愛淨功德幢如來南無月月放餤如來南無慈悲衆生如來南無大淨寂王如來南無無邊光如來南無最力如來南無承者如來南無眞如如來南無說利空王如來南無善者甘露聲如來南無寶仗月炬持如來南無相如來南無上如來南無寂定如來南無空王如來南無梵唱如來南無成利如來南無上餤

大炬持如來南無作日如來南無飯蓋如來南無心王如來南無慈悲藥者如來南無善香如來南無解脫聲如來南無智勝如來南無王主眞乘相鎧如來南無無邊如來南無頂上難勝聲如來南無主如來南無離暗如來南無盛威無缺求那聚求那如來南無相如來南無大座燄師子奮迅如來南無衆如來南無寶燄山如來南無功德如來南無大仙如來南無火燈大步如來南無人師子福德因如來南無甘露華如來南無無有倉庫如來南無不獨義如來南無瞿那熾最上功德如來南無法自在如來南無智幢如來南無日輪形上功德如來南無勝如來南無胎藏如來南無妙齋如來南無戒愛如來南無清淨眼如來南無有邊現如來南無定身體

福德功德如來南無念如來南無微妙聲如來南無功德善思如來南無智燈如來南無懺淨如來南無悔方便師子幢如來南無力智威如來南無福德所得如來南無求那髮如來南無善思意法織星覺如來南無大如來南無比功德如來南無月威如來南無愛幢如來南無應說如來南無思懺如來南無聖如來南無仙淨如來南無寶燈如來南無似月如來南無瞻仰觀如來南無甘露燄如來南無福德聚如來南無勝意如來南無善意如來南無廣如來南無滿足光明王如來南無善華嚴如來南無步梵意如來南無諸方觀羅漢威如來南無名稱幢如來南無湛福德處如來南無無淨覺如來南無熾威燄一聚天織如來南無衆如來南無廣大智燄

王如來南無樹王增長功德如來南無香醉如來南無意開如來南無月向如來南無巳作利如來南無愛解脫如來南無蹤蹋勝寶月愛體如來南無實見如來南無妙名聞如來南無最欣威力如來南無義見如來南無善顏如來南無色愛如來南無帝沙如來南無有善華如來南無不祭祀得如來南無精進淨如來南無雲功德勝勝天國如來南無選擇者如來南無淨如來南無欣化雲如來南無善音功德如來南無波攪如來南無力軍如來南無寶德如來南無大功德如來南無難勝幟如來南無無邊意如來南無法得如來南無月聚如來南無廣如來南無佛得如來南無無有香如來南無照王如來南無留面如來南無善行如來南無寶月者衆主

王如來南無智得健得如來南無智者淨如來南無安詳行愛喜威主如來南無衆如來南無師子意如來南無法頭如來南無大願駛流功德如來南無海功德王如來南無寶上功德如來南無脫威天淨如來南無無礙力持如來南無雜色月如來南無熱光持寶如來南無快哉大步如來南無無邊莊嚴如來南無莊嚴光明如來南無王光明幢如來南無分陀利香如來南無現聚寂鳴如來南無無意步如來南無橋多那耶如來南無安詳莊嚴如來南無念業天瞋如來南無電燄日威如來南無轝王降刺如來南無法幢子上如來南無明日大燈如來南無蓮華面如來南無大車淨意如來南無度泥放燄如來南無電燈幢王如來南無名聞友光如來南

無諸方燈王如來南無諸燈光王如來南無奢摩它幢如來南無名稱淨如來南無世間福德處如來南無善福處威如來南無無垢威幢王如來南無作光月幢如來南無雷聲震幢如來南無布雲月色如來南無斗帳散華如來南無御車國如來南無名稱相義愛如來南無寶覺現月如來南無華覺心意如來南無悔愛聲雲如來南無拔疑明愛如來南無日燈現愛如來南無易事愛明如來南無山積愛衣如來南無滅癡決覺如來南無毫毛功德王如來南無山淨火光如來南無幢月大名如來南無普身擇色如來南無法炬寶帳聲如來南無普光月幢如來南無上國寶幢如來南無愛懺世愛如來南無佛寶生功德如來南無善覆熾幢如來南無脫日威巧如來南無寶淨如來南無行淨如來南無福德形功德如來南無世塔捨寶如來南無求那幢如來南無師子膝如來南無師子奮迅雷如來南無上灰明意如來南無光叫巧智如來南無普寶實用如來南無成步如來南無勇步行如來南無寂醉樂叫如來南無愛付信如來南無不濯意如來南無淨苦行寶談如來南無淨安住如來南無衆愛恐牢如來南無聖降攝擇如來南無叫名稱幢王如來南無解脫勇如來南無牢固光如來南無福德勢如來南無華幢王衆如來南無難降伏如來南無雜色月如來南無興無畏如來南無意喜威如來南無不死憂如來南無山帝積如來南無有邊意如來南無火所覆如來南無不死淨如來南無熾盛熾如來

南無堅精進如來南無師子鳴如來南無普
覺者如來南無可喜分如來南無名稱幢如
來南無娑羅王如來南無師子聲如來南無
甘露名如來南無甘露光如來南無不怯鳴
如來南無師子身如來南無捨駛流如來南
無自在王如來南無不住思如來南無已智
聲如來南無聖者華如來南無大寶幢如來
南無法三昧光聲如來南無等助思如來南
無降伏威如來南無功德華如來南無庶幾
光如來南無池清淨如來南無大名稱梵德
威力如來南無勝幟法炎如來南無龍喜寶
炎如來南無捨洪水大稱如來南無蓮華引
月者如來南無擇聲光曉如來南無雲燈如
來南無迦婁波耶如來南無調怨敵如來南
無香喜如來南無最上功德色或樂堅如來

南無善餤月光如來南無妙音月豐聲如來
南無橋梁者數得如來南無應天分助如來
南無鼓音王利益身上如來南無細覺疾行
如來南無精意空施如來南無衆香手勝王
如來南無頻婆下與命如來南無善恩華蓋
如來南無香王如來南無僧伽多那親勇步
天上如來南無智解脫意如來南無或力熱
光如來南無實餤火光如來南無寶來自光
明如來南無除疑惑眼者如來南無導師今
淨如來南無世燈明善德如來南無雲藏如
來南無校者善星如來南無無死香光如來
南無不虛見大名如來南無安詳眼寂行如
來南無法思華齒如來南無實財如來南無
那羅那那如來南無無行如來南無捨塵者
如來南無降意殊勝如來南無超越駛流如

來南無失毋寶聲如來南無大悲大須彌如來南無無邊樂使者如來南無寶輪雲藏如來南無寶蓮華如來南無錠耀分上如來南無不離首威如來南無善住妙英如來南無勢功德喜王如來南無無邊現善長如來南無功德供養如來南無執華如來南無寶華如來南無寶光如來南無無邊顯如來南無交藏如來南無勇力苦行如來南無善導如來南無愛英如來南無救脫實聲如來南無德幢毗羅摩如來南無莊嚴眼廣信如來南無淨王多寶如來南無法空燈如來南無憶識如來南無微妙如來南無紫上次堅如來南無醫氏安詳如來南無分陀利華幢如來南無閻浮上伏愛如來南無那羅延者如來南無賢光如來南無彌留聚王如來南無南

斗宿如來南無無等如來南無龍解脫體無比名稱如來南無慧業華光如來南無德幢行菩提如來南無明珠髻大力如來南無大燈堅誓如來南無水天善色如來南無除畏軍陀如來南無梵鳴如教如來南無微妙勝天如來南無怛車勇步如來南無除愛樂身如來南無瞿那或供如來南無賢上善音如來南無大燈福餤如來南無堅雨華山如來南無智幢寂伏如來南無雲震倚鳴如來南無智音實徤如來南無垂臂自光如來南無主王善受如來南無雲霞寶稱如來南無化威海者如來南無金得大威如來南無樂身實聚如來南無聲智日威如來南無度王藥者如來南無施一愛分如來南無紅華功德如來南無名上大華如來南無善威月餤如

來南無人月住香如來南無叫威善臂如來
南無聲寂衆明如來南無日胎結者如來南
無華積致沙如來南無無邊鎧甲如來南無
凡行大車如來南無地威衆首如來南無雲
沫舍摩如來南無善根樂識如來南無訶毀
餤威如來南無善調梵者如來南無威聚怨
調如來南無求那分別如來南無牛主善鳴
如來南無堅勝除疑如來南無醫上如來南
無足智知如來南無月相天華如來南無雲
鳴師子者如來南無生覺持鬘如來南無無
相安詳上世如來南無大愛命威如來南無
心華普覺如來南無餤意賢光如來南無慈
者如來南無苦行海如來南無小月華山如
來南無金剛雲力如來南無脫取度泥如來
南無雲域庠音不損如來南無寂意月齊如

來南無軍陀法手如來南無自者牢華如來
南無調伏如來南無持不死如來南無異事
華幢如來南無勝威可覺如來南無因上自
稱如來南無人上佛陀大德如來南無滅怖
法聲如來南無明胎雷憶如來南無火餤或
王如來南無龍上如來南無師子助如來南
無墮意自行如來南無天華燈者如來南無
智步安詳如來南無堅雨雲鳴勇健如來南
無密面善威如來南無賢光不死如來南無
或者華山如來南無珊地如來南無涼冷相
如來南無大叫庠音如來南無智幢調上如
來南無窄陋智音如來南無轉眼賢光寶出
如來南無閃得智幢如來南無寶稱餤聚如
來南無金剛光如來南無可畏蓮華最上王
如來南無自在威聲王如來南無香光喜力

海如來南無寶妙功德王如來南無堅勇軍
戎仗捨如來南無師子安詳行如來南無星
宿王如來南無婆娑婆如來南無一切瞿那
妙莊嚴如來南無普智幢音王如來南無瞿
那功德海如來南無最上彌留王如來南無
解脫蓮華功德如來南無無礙法界燈如來
南無常吉祥如來南無雲摩音如來南無無
垢法山智峯光如來南無普智賢彌留如來
南無婆伽婆智上如來南無非一明光王如
來南無無垢瞿那燄光如來南無寶頂彌留
燈如來南無雞薩羅如來南無脩梨那如來
南無法海波濤功德王如來南無寶燄山彌
留如來南無無邊智牛王如來南無智日蓮
華雲如來南無無邊瞿那海光如來南無無
量香光明如來南無嚴熾威如來南無神通

幢如來南無毗盧遮那光莊嚴如來南無普
智光彌留如來南無精進最上王如來南無
智燄雲光明如來南無毗盧遮那淨王如來
南無破散翳雲王如來南無齊整音如來南
無大華如來南無大熾光如來南無虛空雨
雲如來南無尼俱陀如來南無妙意鳴如來
南無師子體如來南無天邊如來南無光照
如來南無福德幢如來南無意喜思如來南
無族色力雲如來南無求那形如來南無最
上燈如來南無甘露眼如來南無虛空圓燄
如來南無善生如來南無輭弱鳴如來南無
不降伏威如來南無求那青如來南無不死
華如來南無微細主如來南無善觀鎧甲如
來南無不死思如來南無丈夫勝如來南無
娑羅主王如來南無求那華如來南無雜色

形如來南無師子力如來南無蓮華胎孕如
來南無大燈如來南無上名稱如來南無駃
流幢燈如來南無心求那如來南無無量威
如來南無功德友如來南無大雲弃雨如來
南無無礙鳴如來南無精妙香如來南無瞿
那談光如來南無音喜鳴如來南無作光明
如來南無歡喜德如來南無除怖毛竪如來
南無自光如來南無鼓雲音如來南無娑羅
帝王如來南無菩提光如來南無師子鳴如
來南無龍臂主如來南無名稱初出如來南
無端正鳴如來南無調伏根如來南無光明
宿陀如來南無功德香如來南無無垢思如
來南無功德淨如來南無無障礙眼如來南
無勝天如來南無無有瞋如來南無彌留聚
王如來南無人名聞如來南無思愛胎如來

南無師子畏如來南無贍婆迦者如來南無
羅漢隨如來南無師子光如來南無諸方燈
明如來南無蓮華形如來南無清淨音如來
南無平等感如來南無令散疑意如來南無
陀羅尼自在如來南無大勝如來南無世間
無上華如來南無那羅延者如來南無甘露
名稱如來南無迷諸方便如來南無求那積
聚如來南無善現如來南無得它供養如來
南無迦陵伽王如來南無福德莊嚴如來南
無求那聚德如來南無孫陀羅念信如來南
無法力如來南無阿彌梨多耶如來南無求
那勇步如來南無無比名稱如來南無諸天
供養如來南無求那貯積如來南無法意如
來南無求那最勝如來南無薄祈羅陀如來
南無著致多耶如來南無虛空分別如來南

無支低迦福處如來南無度意如來

諸佛世尊如來菩薩尊者神僧名經卷第十三

諸佛世尊如來菩薩尊者神僧名經卷第十
四
南無最勝師子鳴如來南無求那威燄如來
南無殊帝沙迦如來南無無量光眼如來南
無不空勇歩如來南無愛月如來南無法財
峯聚如來南無決定華貯積如來南無最上
名稱如來南無求那莊校如來南無出世間
者如來南無善面如來南無具容勝行如來
南無平等禪定如來南無無量名稱如來南
無功德威色如來南無長上功德如來南無
極力如來南無大水勇歩如來南無瞿那摩
尼如來南無寐促梨耶如來南無求那善來
如來南無因陁羅將如來南無智國如來南
無善調善望如來南無大精進思如來南無
羅漢名稱如來南無毗羅摩王如來南無無
有比喻如來南無樂實如來南無大燈福臂
如來南無瞿那幢王如來南無不思議形如
來南無忍燈功德如來南無無譬喻名稱如
來南無明徹善山如來南無大仙極意如來
南無智聲如來南無深意如來南無福德形
如來南無大天涼冷如來南無大燈明如來
南無寂光如來南無梵氏如來南無寶自在
如來南無寶珠如來南無實顯如來南無普
信相華如來南無善度眼如來南無深重思
如來南無難降幢如來南無無諍行如來南
無樹如來南無法形如來南無月智如來南
無師子平如來南無彌留燈如來南無尊長
說王如來南無愛師智慧如來南無法行行
如來南無揭婆耶如來南無無邊顯如來南
無大思惟如來南無寶形如來南無慧業如

來南無善示現如來南無善度意如來南無
大髻多勳如來南無善知者如來南無龍觀
智意如來南無求那嚴如來南無龍仙衆信
如來南無象如來南無雜音如來南無轉勝
如來南無無憂闇如來南無東方燈如來南
無天信如來南無大堅如來南無上山慈力
如來南無妙聲堅意如來南無最名聞如來
南無堅强天淨如來南無六通音如來南無
月燈如來南無善住如來南無不死者如來
南無辯國如來南無色者眉間如來南無住
利智如來南無名聞如來南無可喜如來南
無求那熏如來南無身尊愛目如來南無步
如來南無富沙如來南無上寶如來南無瞿
那鬘如來南無無邊稱如來南無天色火青
如來南無勝龍遊戲如來南無善賢如來南
無嚴意如來南無無行生如來南無離憂牢
眼如來南無上鳴音如來南無餤王如來南
無實相如來南無捨惡道如來南無示誨幢
如來南無滿意淨華如來南無愛髻如來南
無喜幢愛目如來南無師子行如來南無稱
聲衆塔如來南無相如來南無火車如來南
無相意如來南無聖所生如來南無阿彌陀
如來南無真髮辯論如來南無捨癲降伏如
來南無願饒心健如來南無上名稱如來南
無紫幢無畏如來南無富沙如來南無耶呌
王如來南無梵氏如來南無祭祀德如來南
無日月光如來南無攝選稱王如來南無住
速疾如來南無無憂性行如來南無聲安詳
如來南無方成有意如來南無分如來南無
樹提如來南無善愛如來南無形示現如來

南無摩尼淨如來南無無邊鳴聲如來南無
相意人蓮華如來南無有衣威如來南無三
界供養如來南無最上所供如來南無月面
鏡光如來南無木叉幢如來南無虛空智如
來南無風疾功德如來南無天德雲王如來
南無法空王如來南無諸方名稱如來南無
不死心行如來南無付信速王如來南無最
威儀如來南無尼胎藏如來南無憂陀那天
如來南無與盛莊嚴王如來南無釋迦文如
來南無豪功德形如來南無求那積光如來
南無寂下妙天如來南無寶幢播如來南無
無邊燄如來南無贍波迦燈如來南無賢最
光明尊如來南無善明燈如來南無須梨耶
耶如來南無婆羅破耶如來南無盡見與恩
如來南無正音聲如來南無生功德如來南
無何羅闍耶如來南無威燄憍陳如如來南
無不虛嚴如來南無堅意善顏如來南無寶
者善思如來南無月悅弗沙如來南無大明
山如來南無金剛世界無邊眼如來南無普
明德世界無邊光明如來南無寶蓋上德如
來南無無量作名聞如來南無妙肩如來南
無寶生世界寶積如來南無普清淨世界如
來南無不虛稱如來南無正覺世界無量寶
如來南無普度衆難世界自尊如來南無衆
德吉世界日月英如來南無極高王如來南
無無量光明月華如來南無一切寶王如來
南無善住王如來南無不思議大力如來南
無普邊金光世界如來南無無比月如來南
無一切衆德成如來南無普無邊德明王如
來南無白蓮華生如來南無娑羅如來南無

喜幢如來南無普放光如來南無盡精進如
來南無一切悲精進如來南無須彌頂上王
如來南無喜生德如來南無無量寶莊嚴如
來南無一切尸棄聖如來南無不虛精進如
來南無賢世界如來南無蓮華上如來南無
一切毗舍浮如來南無法世界如來南無示
誨幢如來南無一切毗舍婆如來南無多伽
羅尸棄如來南無帝釋世界如來南無作法
如來南無蓮華世界如來南無瞿曇如來南
無無邊明如來南無一切憍陳如如來南無
普虛空無邊如來南無普世界無量如來南
無殊勝世界如來南無堅固蓮華上幢如來
南無神聞如來南無光明尊如來南無普放
香如來南無無礙音聲如來南無一切香象
如來南無大明世界如來南無妙勝如來南

無蓮華自在如來南無無量光明如來南無
龍仙如來南無一切香彌樓如來南無無量
聲如來南無月光世界如來南無日月光明
如來南無宗守光如來南無普照明如來南
無普陰如來南無善思嚴如來南無無量動
寶綿淨王如來南無未來界彌勒如來南無
離垢心普現如來南無虛空淨大目如來南
無衆華世界華蓋如來南無十八億佛刹如
來南無恒河沙寶如來南無諸佛土淨離塵
垢淨如來南無無數百千佛土莊飾德寶如
來南無一切虛空意如來南無頂生王如來
南無輭美世界美德如來南無光聚如來南
無捨洪水如來南無大覺栴檀香如來南無
西北方青瑠璃世界身相如來南無金剛一
乘度如來南無堅固栴檀梵幢如來南無載

諸淨金剛刹如來南無離憂如來南無不思
議威德王如來南無普陰如來南無身分上
如來南無無邊明如來南無衆相樂無相如
來南無無相海世界華上如來南無北方彌
樓嚴如來南無紫幢如來南無寶生海彌樓
如來南無自在如來南無月聞王如來南無
月出光如南無無聖如來南無大如來南無
增千光如來南無寶出光如來南無娑羅王
如來南無流布王如來南無須彌燈王如來
南無寶相如來南無法界輪幢如來南無普
明如來南無淨華宿王智如來南無寶光明
如來南無寂靜光如來南無多寶如來南無
師子如來南無迦葉如來南無普善化演法
音如來南無無邊智慧光圓滿幢如來南無
月覺如來南無無礙智幢如來南無無上月

如來南無虛空智王如來南無普光如來南
無雨香王如來南無金寶光明如來南無無
限眼王如來南無寶娑羅王如來南無法觀
如來南無百千億光明如來南無智流布如
來南無無邊明聖如來南無寶高王如來南
無寶生德如來南無寶蓮華勝如來南無名
聞力如來南無流布王勝如來南無天王如
來南無寶相如來南無法積如來南無香燈
如來南無光明如來南無法明如來南無不
動月如來南無香明如來南無香光明如來
南無稱英如來南無大光如來南無梵德如
來南無寶好如來南無名稱如來南無淨光
如來南無妙香如來南無尊自在如來南無
智光如來南無月光明如來南無仙剛如來
南無淨王如來南無快樂如來南無寶海如

來南無明燈如來南無龍仙如來南無法持如來南無寶智慧如來南無開光如來南無燈尊王如來南無名聞如來南無慧王如來南無妙寶如來南無上首如來南無須彌如來南無吉祥如來南無上嚴如來南無寶德步如來南無導龍如來南無頂生王如來南無紫幢如來南無善恩如來南無寶照明如來南無虛空如來南無無畏上如來南無釋迦文佛如來南無寶窟如來南無普嚴觀智如來南無無等大光明如來南無梵天如來南無寶出光如來南無普陰如來南無無量相如來南無無量境界如來南無覺華光如來南無淨眼如來南無蓮華生德如來南無慧王如來南無大神通如來南無名光如來南無蓮華上如來南無妙樂善衆如來南無

月英豐如來南無吉利如來南無吉祥如意如來南無無邊高力王如來南無無畏上如來南無普眼如來南無智生德聚如來南無東方無畏如來南無普世界法幢如來南無西方無量壽如來南無善覺如來南無照明世界如來南無善建立如來南無梵德如來南無蓮華生德如來南無南方智聚如來南無普世界智燈如來南無上方智光如來南無苦行如來南無衆華世界如來南無見眞諦如來南無白蓋如來南無無邊德生如來南無西方智山如來南無普世界天王如來南無摩尼清淨雲如來南無滿足如來南無蓮華世界如來南無無處畏如來南無上德如來南無無邊彌樓如來南無北方那羅延如來南無普世界釋迦如來南無下方不虛

步如來南無究竟如來南無香流世界如來
南無大主領如來南無廣智如來南無寶華
奮迅如來南無西方阿彌陀如來南無普世
界然燈如來南無北方妙鼓聲如來南無日
照如來南無善明世界如來南無無垢稱如
來南無香窟如來南無大音世界如來南無
上善德如來南無普世界無憂如來南無無
比月如來南無賢首如來南無栴檀世界如
來南無星宿月如來南無華窟如來南無衆
明世界如來南無多所念如來南無普世界
梵音如來南無至彼岸如來南無未來如來
南無真珠世界如來南無不壞相如來南無
妙見如來南無青華世界如來南無普自在
如來南無普世界上幢如來南無寶火如來
南無滿月如來南無妙音世界如來南無尊
自在如來南無不動如來南無娑羅世界如
來南無過去七如來南無弗沙如來南無妙
眼如來南無現在如來南無虛空世界如來
南無盡精進如來南無光照如來南無莊嚴
世界如來南無滅罪八如來南無明星如來
南無無畏如來南無善業如來南無莊嚴世
界如來南無一切功德嚴如來南無香彌樓
世界香象如來南無無量梵音聲如來南無
西北方香明如來南無安立王如來南無無
量出生如來南無上香彌樓如來南無月勝
功德如來南無無量種奮迅如來南無智自
在香明如來南無香積如來南無嚴淨法王
如來南無一切光明聖如來南無普無邊香
象不動如來南無無量虛空等如來南無無
邊智光明如來南無毗舍浮如來南無無量

法幢如來南無無垢稱王如來南無寶聚善
德如來南無寶智首無上如來南無寶華德
普觀如來南無堅要如來南無虛空淨王如
來南無虛空世界如來南無釋迦如來南無
普無邊婆羅王如來南無東南方金林世界
精進如來南無一切妙見如來南無佛法自
在如來南無調御如來南無燈明如來南無
月燈光如來南無阿彌陀如來南無照明世
界月辯如來南無師子吼如來南無善上首
如來南無金剛藏如來南無上善德如來南
無一切蓮華自在如來南無金華如來南無
覺華生德如來南無無邊光明如來南無明
王如來南無善建立如來南無開化如來南
無寶蓋如來南無金光如來南無蓮華光如
來南無寶彌樓如來南無無邊德嚴如來南

無名流十方如來南無日月光如來南無然
燈如來南無寶蓮華步如來南無大明如來
南無轉法輪如來南無精進軍如來南無仰
諸天如來南無達磨如來南無明燈如來南
無寶智慧如來南無上華香聚如來南無普
嚴如來南無光聚如來南無不虛見如來南
無香明如來南無常滅度如來南無一切贊
歎未來十方忍世界彌勒如來南無吉祥如
來南無作方如來南無無量力如來南無壞
諸驚畏如來南無梵音如來南無華蓋如來
南無虛空寂如來南無光明如來南無無定
願如來南無一切贊歎未來離垢心世界普
現如來南無寶王如來南無日燈如來南無
離垢相如來南無弗沙香像如來南無自王
如來南無安住如來南無不虛德如來南無

金光如來南無善住意如來南無一切賛歎
過去無量動寶綿淨王如來南無光明王如
來南無聞力王如來南無大聲眼如來南無
華生德如來南無香盡如來南無無邊功德
精進嚴如來南無勇首超高須彌如來南無
法觀如來南無無畏王如來南無寶勝光明
如來南無波頭摩勝如來南無無言勝如來
南無金海如來南無樹王如來南無知華寶
光明勝如來南無須彌留聚集如來南無德
首如來南無雜華生德如來南無淨輪幡如
來南無轉法輪如來南無梵精進如來南無
稱力王如來南無離憂如來南無散一切縛
具足王如來南無一億諸佛普集如來南無
吉祥如來南無無量聲如來南無須彌留聚
如來南無碎金剛堅如來南無千光明如來

南無山王如來南無明德如來南無無邊虛
空自在如來南無無邊行自在如來南無離
臂如來南無雜寶華嚴如來南無鼓音王如
來南無雜華生如來南無不虛嚴如來南無
無邊明如來南無無垢如來南無海持覺娛
樂神通如來南無種種華勝成就如來南無
寶蓋如來南無上香王如來南無佛華生德
如來南無見一切緣如來南無彌樓肩如來
南無雜華如來南無藥王如來南無寶揚威
神超王如來南無無邊自在力如來南無作
方如來南無慈音寂首如來南無施名聞如
來南無寶光明如來南無等徧明如來南無
栴檀德如來南無上首如來南無普照常明
德海王如來南無積諸功德如來南無寶形
如來南無不虛力如來南無優鉢羅德如來

南無須彌頂王如來南無無邊光如來南無
勝王如來南無寶華如來南無法輪光音聲
王如來南無最高德彌樓如來南無持炬如
來南無栴檀香德如來南無不動智如來南
無無相音如來南無娑羅王如來南無無垢
光如來南無等行如來南無一切衆寶緻色
持如來南無無數精進興豐如來南無寶上
如來南無阿彌陀如來南無無邊德積如來
南無善思願成如來南無無上光如來南無
智聚如來南無現智如來南無無量光明最
勝如來南無無邊自在力如來南無相王如
來南無不變動月如來南無明珠髻如來南
無無量音如來南無須彌步如來南無自在
王如來南無淨覺如來南無成就一切諸刹
豐如來南無華世界寶自在如來南無開光

如來南無大名山如來南無無量覺如來南
無無量耀如來南無最威儀如來南無安氏
如來南無寶氏如來南無聖慧名聞如來南
無一切衆德成如來南無誠英如來南無淨
慧德豐如來南無因陀羅如來南無如法行
如來南無普幢健如來南無瞿那臂如來南
無成得如來南無淨身如來南無堪供養如
來南無大現如來南無華光如來南無燄威
如來南無法上稱如來南無頻耆羅婆如來
南無軍陀功德如來南無無邊或如來南無
空住如來南無念光如來南無分荼利無諸
患如來南無東南方治地如來南無智日如
來南無瞿那功德如來南無無邊慧成如來
南無滅諸怖畏如來南無無邊高力王如來
南無一切緣中自在現佛相如來南無方流

布嚴如來南無賢勇如來南無廣耀如來南無蓮華具足王如來南無踰日光王如來南無眞性上首如來南無藥師具足王如來南無普守增上雲音王如來南無無邊智贊如來南無雨王如來南無放光如來南無唯首陀失利如來南無揵陀羅耶如來南無樹根華王如來南無無邊香彌樓如來南無發心莊嚴一切衆生心如來南無寶蓋照空如來南無梵慧如來南無覺積如來南無威嚴生高王如來南無月殿清淨如來南無善變無形如來南無滅諸受自在如來南無不思議功德明王如來南無淨慧德豐如來南無法最如來南無智稱如來南無示衆生深心如來南無淨寶興豐如來南無電燈旛王如來南無淨華宿王智如來南無多摩羅跋栴檀香如來南無雜華生德如來南無光明如來南無不動如來南無月殿尊音王如來南無鉢地那耶如來南無悲威德如來南無疾行雲如來南無燈燄開敷如來南無乾闥婆耶如來南無富彌留如來南無尸利毬多如來南無雲徐步如來南無成利鎧如來南無無邊手如來南無毫相齒如來南無善思惟摩如來南無網光相如來南無普方威如來南無名稱山雲如來南無華燄海燈如來南無大燈明如來南無無礙力持如來南無吉祥竄如來南無到彼岸如來南無正觀鎧如來南無人自在如來南無頂上王如來南無智自在王如來南無身勝如來南無證我如來南無世帝釋如來南無因王如來南無師子嚬申力如來南無除兩圓如來南無網燄光

如來南無普智震雲如來南無因上如來南
無梵海如來南無火帝釋如來南無行雲如
來南無鉢利鬚婆夜如來南無不死光如來
南無法輪震聲如來南無淨輪旛如來南無
勝威如來南無勝意如來南無難降幢如來
南無名稱習如來南無五百普光如來南無
忍辱燈如來南無無量聲如來南無不厭見
身如來南無愛者如來南無日月如來南無
勇猛仙如來南無無量命如來南無妙吼聲
王如來南無清淨心如來南無華如來南無
牛王如來南無英如來南無虛空門如來南
無一切瞿那王如來南無無畏莊嚴如來南
無不齊光如來南無香勝彌留如來南無稱
如來南無方燈如來南無分如來南無虛空
聲如來南無破散魔力聲如來南無無上彌
留如來南無婆祇車如來南無分別彌留如
來南無難降伏如來南無降伏金剛堅如來
南無蓮華上如來南無阿芻婆夜如來南無
安詳莊嚴如來南無喜賢名稱如來南無虛
空思如來南無北方金剛王如來南無求那
子如來南無善說清淨幢如來南無最行上
如來南無安詳苦行如來南無毗瑠奴王如
來南無流水大雲如來南無空名稱如來南
無千雲雷聲王如來南無高明如來南無持
無礙如來南無大興雲如來南無大雨如來
南無兩足尊如來南無自光明如來南無勝
光明如來南無護世知足如來南無微妙如
來南無廣信如來南無莊嚴如來南無帝釋
幢如來南無無處畏如來南無利益如來南
無梵吉祥如來南無閻浮上如來南無世間

主如來南無龍光如來南無光王如來南無大雲蓋如來南無法主王如來南無勝上如來南無大雲輪如來南無圓光明如來南無作光明如來南無一切瞿那所生功德如來南無清淨光明如來南無星宿王如來南無智上如來南無華積如來南無悉達多如來南無持雲雨如來南無分陀利如來南無珠光如來南無金華如來南無香功德如來南無最勝衆如來南無寶室如來南無梵彌留如來南無無邊身如來南無無邊華如來南無功德海照曜曼荼羅吉祥如來南無善安隱如來南無種種摩尼如來南無無動安詳行如來南無勝功德如來南無一切事見如來南無大智力聲如來南無無邊色雲如來南無大雲滿海如來南無飛雲如來南無金山如來南無瞿那王光明如來南無寶最上功德如來南無法界普明如來南無虛空音如來南無寶健步如來南無寶鎧甲如來南無寶上功德如來南無法海如來南無一切廣博金口高勇光明幢頂如來南無諸法光王如來南無師子德如來南無無垢月威王如來南無最勝香牛王如來

諸佛世尊如來菩薩尊者神僧名經卷第十

四

諸佛世尊如來菩薩尊者神僧名經卷第十五

南無佛華生德如來南無無量瞿那功德如來南無善生如來南無須彌聚如來南無寶娑羅如來南無發心轉法輪如來南無善音功德如來南無無邊功德莊嚴如來南無蓮華功德所生如來南無須彌頂上王如來南無作無畏如來南無勝瞿那莊嚴如來南無最上燄如來南無無邊光如來南無無邊眼如來南無普功德如來南無無邊功德安住如來南無蓮華王如來南無最上王如來南無善滿肩如來南無無邊鎧如來南無金剛王如來南無功德光明如來南無日月吉祥如來南無法功德如來南無吉祥雲如來南無智最上功德如來南無出生功德如來南無蓮華最上功德如來南無普藏主雲王燈如來南無佛華最上王如來南無大雲燄如來南無善安詳牛王如來南無最上鎧如來南無無相音如來南無無定願如來南無寶所得如來南無無邊安詳緩步如來南無金剛幢如來南無法界形如來南無示現雲如來南無攀緣鎧如來南無放光燄如來南無大善現雲如來南無海藏吉祥如來南無無邊日如來南無大香雲如來南無月上寶功德如來南無衆生調御如來南無寶華所生功德如來南無無邊光明彌留香王如來南無優波羅功德如來南無轉胎孕如來南無願善思成就如來南無清淨目如來南無無礙輪如來南無無上燄如來南無斷怯弱如來南無蓮華所生功德如來南無大蓮華如

來南無廣出雲如來南無相彌留如來南無雲徐步如來南無海功德如來南無大自在雲如來南無性現出雲如來南無栴檀舍如來南無別彌留如來南無不死甘露華如來南無不空遊步如來南無示現一切攀緣如來南無無量瞿那功德如來南無優波羅功德如來南無梵功德如來南無喜所生功德如來南無安住鎧如來南無功德生如來南無功德藏如來南無勝鬬戰如來南無無礙安詳緩步如來南無虛空聲如來南無大涌雲如來南無不空燈如來南無不死音如來南無善安住如來南無大降雨雲如來南無示現功德如來南無光明相如來南無作然燈如來南無無塵意牛王如來南無不空名稱如來南無寶優鉢羅功德如來南無無邊牛王遊步如來南無瞿那王安住如來南無佛華燄如來南無華備具功德如來南無雲精進如來南無華所生如來南無寶所生如來南無大燄聚如來南無不空安詳遊步如來南無雲支分如來南無寶燄聚如來南無乘上雲如來南無刀成利如來南無海胎藏如來南無歡意出華如來南無智燄威德如來南無無畏上日月如來南無妙勝龍仙如來南無自境界如來南無善明燈寶相如來南無天喜如來南無大威聚如來南無寂光王賢力如來南無無邊覺威力如來南無法輪光震聲王如來南無智炬光明王如來南無寶聲如來南無蓮華最上功德如來南無天滿如來南無寶燈王如來南無寶華功德如來南無明力如來南無天王如來南無胎

藏聚吼王普燄如來南無虛空覺如來南無
無比智如來南無無邊無礙力如來南無善
福處如來南無實功德光幢如來南無光圓
山頂王如來南無堅牢精進法自在智幢如
來南無智所覺善住意如來南無智者如來
南無月聲如來南無大思如來南無無邊上
功德如來南無無量金剛功德如來南無淨
如來南無善住恩如來南無體如如善面如
來南無跋檀多有邊示現如來南無那羅延
勇步如來南無月威勢力如來南無妙明妙
覺嚴意如來南無愛示現威光如來南無天
淨如來南無無譬諭名稱功德供養如來南
無廣明智海幢如來南無顯赫諸方如來南
無二十萬天華幢如來南無無比月寶蓋如
來南無勝上娑羅如來南無大主領如來南

無大光明寶力如來南無淨色如來南無大
勇步如來南無蓮華功德如來南無華真體
功德如來南無無彌婁只帝耶如來南無法
燄山幢王如來南無勝光如來南無無量真
體功德如來南無普寶如來南無蓮華聲如
來南無一切功德如來南無天燄如來南無
龍天如來南無光明散燄王如來南無大相
如來南無名稱愛如來南無無惱覺如來南
無求那福處如來南無福德愛如來南無善
辯覺普鳴如來南無金摩尼山聲如來南無
孫陀羅燄如來南無法燄熾威王如來南無
月境界梵功德如來南無寂意如來南無普
勝如來南無曉光如來南無智燄海功德如
來南無深法光王功德如來南無諸天供如
來南無日光明如來南無體如如華覺如來

南無攝名稱如來南無成名如來南無覺者如來南無陀羅尼自在如來南無無邊精進如來南無大堅如來南無大勝如來南無天信如來南無寶自在天華如來南無龍喜如來南無善示現如來南無華幢如來南無慚愧覺者如來南無求那孚功德如來南無優鉢羅香如來南無自在瞿那幢王如來南無善建立一蓋如來南無紫上善恩如來南無見真諦如來南無普光明寂定如來南無普淨如來南無大精進如來南無無邊光功德如來南無微妙聲功德如來南無法雲城光燈王如來南無普日光明王如來南無寶威如來南無普光衆上功德如來南無聞覺如來南無達摩耶如來南無智藏功德如來南無月愛如來南無仙華如來南無法遊戲駛幢功德如來南無難勝愛如來南無羅漢眼如來南無求那威聚如來南無戒供養如來南無說福處智持如來南無法雷震聲王如來南無香上功德如來南無天功德胎藏如來南無意喜現無色淨如來南無日燄如來南無實聲如來南無普觀如來南無諸天所供養如來南無一切音聲功德如來南無神通淨如來南無上名稱如來南無體如如月面如來南無大彌婁如來南無道遊戲步如來南無婆耆羅湙者如來南無光明最上如來南無普香如來南無普淨如來南無甘步如來南無可讚歎仁威如來南無無死如來南無月功德諸香無礙示現如來南無瞿那燄幢王如來南無羅漢金剛如來南無師子安詳步行如來南無天王藏智勝如來南無

善德然燈如來南無善住意如來南無自光
明智者如來南無智力如來南無勝功德如
來南無虛空雲功德如來南無善說名功德
如來南無法海光雷音王如來南無巧善燈
藏王如來南無大鳴如來南無蓮華眞體功
德如來南無梵合如來南無寶光明如來南
無蓮華功德如來南無相淨如來南無天鳴
如來南無法輪月最上功德如來南無求那
啖如來南無福德步如來南無智上功德如
來南無正覺者如來南無羅漢淨華上如來
南無甘露威法燈如來南無眞體功德如來
南無寶功德燈幢如來南無無量色可喜威
如來南無樂目如來南無地淨如來南無至
持如來南無明蓮華功德如來南無智優鉢
羅功德如來南無婆須達如來南無無憂國

如來南無體如如人月如來南無大名聞那
羅延者如來南無孫陀羅念信加來南無求
那勇步如來南無日香日面精意如來南無
大苦行摩婁如來南無香喜如來南無大華
得如來南無賢光如來南無寂根如來南無
法意如來南無彌婁只帝耶如來南無法界
音聲如來南無無縛無疑摩尼如來南無福
德愛大力如來南無迦葉神聞如來南無應
供養如來南無法空王利益如來南無淨著
如來南無求那喜如來南無金幢王功德如
來南無法界形功德如來南無須多殊摩醯
多如來南無毗盧遮那藏如來南無炬持如
來南無火善香明功德如來南無大勇如來
南無彌婁光如來南無虛空功德如來南無
益愛如來南無波持如來南無無邊德眞體

功德如來南無求那覺如來南無不死淨如來南無大功德力如來南無雜色月如來南無無量費熾幢如來南無意光明月威如來南無梵聲月蓋如來南無寶燈普明幢如來南無羅漢愛不浮染如來南無勝愛如來南無大燄如來南無淨面如來南無智妙藏功德如來南無寶優鉢羅功德如來南無求那淨如來南無牢精進如來南無體如如和合如來南無道蓮華如來南無最爲首行如來南無波羅那善意如來南無大遊戲步如來南無善觀如來南無善國如來南無成燄如來南無普盡色虛空如來南無堅步如來南無上功德如來南無陀耶如來南無法燈如來南無善蓋如來南無耆羅達底耶如來南無平等求那如來南無最勝法幢饒香如來

南無天國如來南無師子牙如來南無聞聲功德如來南無寂食如來南無華形如來南無三昧像最上功德如來南無求那臂如來南無不死燄如來南無華光如來南無勝摩如來南無大燈明如來南無水幢如來南無雷震名王如來南無月燈如來南無不死求那如來南無無礙眼如來南無決了思惟如來南無善覺思如來南無福德莊嚴如來南無平等禪定如來南無大仙如來南無寶形如來南無揭婆耶如來南無勝龍如來南無寶燄幢王如來南無法形如來南無促寐梨耶如來南無歡喜德如來南無最上名稱如來南無福德形如來南無甘露名稱如來南無降伏諸怨如來南無大天如來南無辯輪如來南無上鳴音如來南無富沙如來南無

羅漢名稱智聲如來南無善淨業幢如來南無親勇步如來南無者致多耶如來南無最上燈如來南無雜色聲鳴如來南無無礙超越如來南無愛師如來南無說王如來南無六通音如來南無呌王如來南無成利思惟雜音如來南無賢相幢王如來南無龍臂王如來南無超越駛流如來南無鼓雲音如來南無愛摩婁多功德供養如來南無善山如來南無燄王如來南無富沙耶如來南無火青如來南無降伏神祇如來南無頗鐃如來南無勝聲思惟如來南無無礙鳴如來南無寶燄幢王如來南無妙意鳴如來南無無量名稱如來南無不死清淨如來南無天幢如來南無水王如來南無精妙香如來南無智者如來南無求那莊嚴相華如來南無一切

世間愛如來南無功德友如來南無師子如來南無堅牢如來南無樹幢如來南無清淨音如來南無無比名稱如來南無滿意如來南無慈力如來南無高豪如來南無勝思如來南無無垢思如來南無辯國如來南無迦婁波耶如來南無地威如來南無師子遊戲步如來南無清淨意如來南無無垢名稱如來南無道威如來南無熾盛威如來南無善淨業幢如來南無善望如來南無威力如來南無法範如來南無愛光如來南無大熾光如來南無普信如來南無瞿那摩尼降伏如來南無盡見智者愛如來南無無惱覺如來南無那羅延耶如來南無蓋思如來南無端正分如來南無殊帝沙迦如來南無福臂明徹如來南無雲鳴如來南無上形如來南無

微妙鳴如來南無智意如來南無瞿那幢王
如來南無善才如來南無決定華貯積如來
南無功德淨如來南無毗盧摩王如來南無
勝音如來南無熾盛光如來南無無畏名聞
普覺牢眼如來南無智開如來南無樂光如
來南無功德鳴如來南無智慧如來南無燄
者羅乇如來南無善燈如來南無師子勇步
行如來南無般若智如來南無無量莊嚴如
來南無自熏如來南無不死憂如來南無智
威如來南無山王如來南無海覺如來南無
賢者如來南無智海如來南無甘露無憂如
來南無善光明如來南無無邊辯才幢如來
南無寶蓮華光胎藏如來南無金堅剛海幢
雲如來南無求那主劫波如來南無瞿那瞿
致力如來南無常涅槃者如來南無燄圓身

如來南無威最上如來南無羅藏如來南無
堅硬如來南無分別智音如來南無紫磨色
者如來南無樓遮如來南無一切因陀羅上
如來南無金剛師子如來南無世帝釋如來
南無慾態鳴如來南無自主如來南無龍聲
如來南無善堅智光燄形聚如來南無不失
瞿那如來南無相莊嚴身如來南無明主如
來南無月上功德如來南無樂智如來南無
師子國如來南無無邊求那如來南無毗世
法天如來南無一切光幢功德如來南無栴
檀香功德如來南無無邊星宿衆牛王如來
南無虛空上如來南無法自在山王如來南
無光意如來南無燄月毫雲如來南無多伽
羅髻平等如來南無無量覺如來南無婆訶
梨陀耶如來南無不空安詳遊步如來南無

示現一切衆生牛王如來南無善相彌留如來南無辯才聚如來南無無邊彌留香如來南無一切瓔珞牛王現如來南無光明圓者如來南無彌留威如來南無大風輪雲如來南無智得如來南無乾闥婆王如來南無𠮟名稱如來南無那羅延無行如來南無光明無垢胎藏如來南無地功德時節威如來南無名稱上名稱如來南無世間手得利如來南無威自在勝如來南無眞陀那如來南無安住利如來南無瓔珞如來南無香醉如來南無甘喜莊嚴如來南無不空著鎧如來南無持輪如來南無一切名稱無量如來南無寶王功德如來南無寂靜意如來南無功德烽如來南無合談如來南無華明如來南無衆生虛空心形像如來南無解脫諸羅如來

南無談月毫雲如來南無摩拭如來南無勇力遊步如來南無善友如來南無無小意如來南無普功德雲如來南無不動者無如來南無一切彌留功德如來南無蓮華最功德如來南無一切有我慢拔除如來南無善分別如來南無初發心斷疑如來南無根體如來南無勝妙彌留如來南無蓮華功德胎藏如來南無無錯意如來南無婆羅西那耶如來南無不空說名功德如來南無發意一切衆生莊嚴如來南無難伏彌留如來南無普觀察如來南無海彌留最上如來南無一切衆生不斷鎧如來南無光明普照如來南無摩尼輪如來南無香燈吉祥如來南無蓮華藏如來南無平等感如來南無福德莊嚴如來南無一切功德如來南無無驚怖如來南

無善福德地愛因如來南無不棄撲名稱如來南無道遊戲步如來南無羅漢藏如來南無智所得如來南無衆生羯波如來南無至實功德如來南無無畏友如來南無福德地處樂願如來南無不可量幢上如來南無大水勇步如來南無神通淨如來南無功德積如來南無甘露香如來南無眞有功德智相如來南無勇力苦行如來南無覺者喜陳光如來南無求那積聚相幢如來南無莊嚴眼如來南無住利智如來南無端正鳴如來南無月上功德淨現如來南無大水勇步如來南無苦行主如來南無美形如來南無盡法海寶幢王如來南無顯赫天華如來南無淨月如來南無愛行如來南無最上國摩婁如來南無善月虛空如來南無福德燈滅至如

來南無月孕如來南無光明最上如來南無華光如來南無攝覺賢光如來南無上色如來南無自闍如來南無實勇步波持如來南無勝德光思如來南無五上如來南無怯行如來南無利思現聚相王如來南無月天如來南無諸香妙聲如來南無大力無聲如來南無眞有功德善方如來南無放光如來南無叫鳴覺天如來南無容餤牢華如來南無不錯覺者曉明如來南無月明如來南無捨鬬諍聖眼如來南無器鳴如來南無無邊餤光如來南無妙音如來南無國供養如來南無不現如來南無大名如來南無金華餤幢如來南無月幢如來南無無邊色普藏如來南無勝將名稱如來南無上無諍覺如來南無仁威去有如來南無法華如來南無普行

者愛衣如來南無智闇如來南無婆那如來
南無避無諍行如來南無燈王如來南無寂
醉如來南無諸羅如來南無猛用行如來南
無正值如來南無威頭如來南無有丈夫上
如來南無菩提分華身如來南無拔煩惱如
來南無無倒如來南無叫聲日如來南無仙
藏如來南無天冠如來南無依利行如來南
無恐怖如來南無無思如來南無羅漢名稱
如來南無五百普光明如來南無求那上如
來南無知持者如來南無最行上如來南無
求那闍如來南無善喜如來南無堅牢如來
南無真如遊步如來南無威賢功德如來南
無功德寶光明如來南無寶蓋勝光明如來
南無勝覺行如來南無同蓮華如來南無瓔
珞如來南無佛幢如來南無燄海面燈如來

南無千雲音王如來南無功德王光明如來
南無師子多羅稱如來南無日月光明如來
南無吉祥微妙如來南無寶王功德如來南
無金剛無垢日燄雲如來南無大悲摩尼者
如來南無廣覺如來南無清淨光明如來南
無彌留功德如來南無蓮華最上如來南無
金剛如來南無喜樂光如來南無無畏莊嚴
如來南無梵威自在三寶如來南無天冠功
德海如來南無香聚法圓光如來南無栴檀
如來南無普觀如來南無智自在如來南無
虛空如來南無清淨如來南無金剛仙如來
南無滿聚無上功德如來南無脫一切畏如
來南無月光自在虛空等智如來南無法界
智燈如來南無香最勝彌留如來南無法界
廣智如來南無寶德髻如來南無大燄聚清

淨覺如來南無淨覺燈王如來南無魔王華燄如來南無善生如來南無龍德如來南無須彌遊步如來南無最上月如來南無普光如來南無虛空如來南無藏寶聚如來南無寶燄山燈如來南無多摩羅跋如來南無虛空覺如來南無正金莊如來南無衆帝釋如來南無普德華威如來南無勝天如來南無燄聚如來南無山積如來南無梵聲師子月如來南無仙勝法音幢如來南無歡欣如來南無善思議勇德瞿那衆勝如來南無須彌王如來南無最力功德華藏如來南無無礙智善如來南無寂香意主如來南無無言最上如來南無普智震雲如來南無寶頂燄山燈如來南無大智福地如來南無普覺者如來南無智燄海自帝釋如來南無寶燄華天

如來南無金仙最妙如來南無寂王光聚如來南無無憂功德自在衆如來南無淨光蓮華上色眼如來南無梵志賢護如來南無因陀羅意如來南無寶山燈德如來南無雲音如來南無化自在如來南無善梵圓光如來南無善華如來南無月相如來南無成利如來南無燄光無處界如來南無寶愛月光王如來南無帝沙如來南無淨智者如來南無海意如來南無世燈功德如來南無牟羅耶如來南無善意無垢明照如來南無衆勝解脫如來南無蓮華上燄眞如遊步如來南無妙月頹光如來南無滿足妙如來南無天威如來南無善度如來南無果報如來南無福德意如來南無重懺悔色勝愛如來南無寶上幢王如來南無法光華聚如來南無普身

如來南無生覺如來南無因陀羅上如來南無最勝色如來南無善音牟尼聚法見如來南無寶熾龍聲如來南無普光明髻如來南無安詳苦行如來南無華光如來南無普智者如來南無大現香光如來南無化威喜樂天首如來南無善調無礙意如來南無饒談法蓮華如來南無華明如來南無談熾髻妙覺如來南無月燈如來南無實相如來南無雲摩音如來南無福德無畏生者如來南無無著意月如來南無勇行步象如來南無無相智慧如來南無廣大智光如來南無山功德莊嚴如來南無智自在勝如來南無寶帝釋如來南無解脫月最勝衆如來南無莊嚴世界如來南無香德如來南無寶明德如來南無定光如來南無淨覺如來南無日月燈明王如來南無蓮華敷力如來南無覺世界寶彌樓如來南無上方香光如來南無隨喜世界普明如來南無無量劫聖如來南無無量寶化光明如來南無香德世界香相如來南無衆眞寶如來南無無邊稱如來南無安隱世界上寶如來南無大精進勇力如來南無香德如來南無光明世界如來南無吉祥世界如來南無常照明香彌樓如來南無一切淨光如來南無香聚如來南無寶王如來南無頂生王如來南無普賢如來南無幢相如來南無明輪如來南無蓮華最尊如來南無無勝世界德勝如來南無寶火如來南無多寶如來南無喜幢如來南無妙華如來南無栴檀窟聖如來南無寶生德如來南無妙華如來南無極高德如來南無大光明如來

南無佛自在嚴如來南無善明燈如來南無香光明世界如來南無上如來南無大力如來南無靈山會上釋迦如來南無上族如來南無寶華如來南無紫金光如來南無天自在世界如來南無無量華聖如來南無大雲光如來南無無量上方智光如來南無金剛步積如來南無月英幢王如來南無淨王如來南無香名如來南無名稱王如來南無大安世界如來南無觀智如來南無諸方普照明如來南無釋迦多寶二如來南無月世界如來南無法世界無量如來南無普西方無量壽如來南無德明王妙眼如來南無妙華如來南無自光明如來南無阿閦金剛寶海如來南無寶英如來南無梵德如來南無師子護如來南無妙如來南無無比月如來南無正如來南無種蓮華華生德如來南無一切無邊香如來南無一切香華如來南無蓮華上如來南無大明如來南無栴檀窟如來南無金華如來南無日月燈勝如來南無歡喜賢最如生如來南無微妙如來南無虛空光勝如來南無寶王如來南無上善德如來南無上寶如來南無普觀如來南無蓮華世界如來南無無量散華如來南無尊自在如來南無金剛踊躍如來南無寶樹光明如來南無自境界如來南無雲鼓音王如來南無離塵垢世界智德如來南無寶英如來南無大明如來南無帝幢如來南無一切諸方天德如來南無美音世界寶華如來南無釋迦牟尼如來南無天自在世界如來南無寶王如來南無大光明如來南無寶窟如來南無

勝如來南無大雲光不虛勝如來南無寶生

德如來

諸佛世尊如來菩薩尊者神僧名經卷第十

五

諸佛世尊如來菩薩尊者神僧名經卷第十

六

南無仰如來初會無量菩薩南無二會三會廣無邊菩薩南無至千十會恒河沙數菩薩南無大士菩薩南無聲聞菩薩南無無盡意菩薩南無陀羅尼自在王菩薩南無善光無垢住持威德菩薩南無勝願菩薩南無大光菩薩南無寶印手菩薩南無文殊師利菩薩南無普賢菩薩南無一切十方無量菩薩南無奮迅菩薩南無堅意菩薩南無同名諸菩薩南無清淨光明莊嚴王菩薩南無東北西南百千萬億菩薩南無日藏菩薩南無香象菩薩南無勝成就菩薩南無一切國土莊嚴諸菩薩南無無障礙受記不思議菩薩南無無畏菩薩南無善見菩薩南無無垢藏菩薩南無思惟大悲一切諸菩薩南無發行成就無量菩薩南無海慧菩薩南無寶勝菩薩南無高精進菩薩南無光明常照手菩薩南無無邊步奮迅菩薩南無思益菩薩南無寶月菩薩南無功德山菩薩南無虛空平等智菩薩南無無量功德斷一切憂菩薩南無寂意菩薩南無龍德菩薩南無曇無竭菩薩南無金莊嚴光明菩薩南無一切法自在菩薩南無寶炬菩薩南無善意菩薩南無大威力菩薩南無法雲王滿足菩薩南無一切無量無邊菩薩南無淨意菩薩南無廣德菩薩南無普光菩薩南無自在天菩薩南無淨菩薩南無無垢菩薩南無金剛幢菩薩南無普賢菩薩南無觀世音菩薩南無歡喜王菩薩南無寂行菩薩南無華莊嚴菩薩南無萬王菩薩

南無摩留天菩薩南無大威德菩薩南無普現菩薩南無彌留王菩薩南無普華菩薩南無莊嚴王菩薩南無摩尼髻菩薩南無寶髻菩薩南無無邊觀菩薩南無寶輪菩薩南無娑伽羅菩薩南無然燈首菩薩南無淨勝菩薩南無那羅德菩薩南無聖藏菩薩南無那羅延菩薩南無盧舍那菩薩南無大力菩薩南無一切聲菩薩南無龍勝菩薩南無光明意菩薩南無雲光明菩薩南無善住菩薩南無寶莊嚴菩薩南無須彌山聲菩薩南無大勢至菩薩南無大自在菩薩南無光明勝菩薩南無陀羅尼自在王菩薩南無因陀羅德菩薩南無金剛意菩薩南無解脫王菩薩南無不空見菩薩南無虛空藏菩薩南無寂淨心菩薩南無清淨聲光菩薩南無無礙見菩

薩南無降伏魔菩薩南無無邊光菩薩南無覺菩提菩薩南無善思議菩薩南無導師菩薩南無寶性吉祥菩薩南無離憂菩薩南無虛空藏雷音菩薩南無寶事菩薩南無意淨菩薩南無不離音菩薩南無上首菩薩南無勝授菩薩南無喜授菩薩南無德曜王菩薩南無智藏菩薩南無妙吉祥菩薩南無大乘修菩薩南無大圓鏡智菩薩南無那羅延無比菩薩南無月山堅意菩薩南無大龍相菩薩南無無量慧菩薩南無師子孔菩薩南無頂髻菩薩南無善喜光菩薩南無上際菩薩南無辯才莊嚴菩薩南無光德菩薩南無法樂莊嚴菩薩南無常悲菩薩南無勝音菩薩南無照意菩薩南無恒河沙菩薩南無天德藏菩薩南無無邊幢菩薩南無喜王菩薩南

無勝山菩薩南無攝諸趣菩薩南無善明菩
薩南無上願喜根菩薩南無燈明菩薩南無
蓮華淨普幢菩薩南無大月菩薩南無明照
菩薩南無無邊步菩薩南無普上菩薩南無
勝意菩薩南無海意菩薩南無法炬燈菩薩
南無照世菩薩南無勝上身地藏王菩薩南
無羅網莊嚴菩薩南無摩留天安隱菩薩南
無妙觀察智菩薩南無覺菩提菩薩南無大
海德菩薩南無無寶意菩薩南無具辯菩薩
南無甘露聲菩薩南無勝護菩薩南無不可
嫌稱菩薩南無持世菩薩南無常現神通菩
薩南無金瓔菩薩南無大嚴菩薩南無造化
菩薩南無如來藏菩薩南無增上意菩薩南
無無憂施菩薩南無持人菩薩南無百光菩
薩南無最安隱菩薩南無大悲菩薩南無智

勝法王菩薩南無山王菩薩南無莊嚴藏常
精菩薩南無法慧菩薩南無尊者菩薩南無
常光明菩薩南無寶頂菩薩南無最上菩薩
南無智日菩薩南無智慧輪菩薩南無大勢
菩薩南無自在天最勝幢菩薩南無波頭摩
勝菩薩南無莊嚴王菩薩南無圓覺菩薩南
無因陀羅德菩薩南無法雞兜菩薩南無寂
戒慧菩薩南無成就義菩薩南無首藏菩薩
南無師子英菩薩南無法響菩薩南無泥泯
陀羅菩薩南無持地菩薩南無山相莊嚴菩
薩南無光山菩薩南無廣思菩薩南無地響
菩薩南無金剛拳菩薩南無無量志菩薩南
無雲光明菩薩南無淨心菩薩南無日光菩
薩南無普光照菩薩南無慧雲菩薩南無佛
日心王菩薩南無金山菩薩南無金剛慧常

觀菩薩南無寶作菩薩南無廣德菩薩南無華莊嚴菩薩南無善住菩薩南無愛見菩薩南無勝護菩薩南無智慧芽菩薩南無法作菩薩南無甘露光解脫王菩薩南無曇摩師利菩薩南無跋陀和無等菩薩南無佛陀師利菩薩南無大音聲菩薩南無增長志菩薩南無增法志菩薩南無大相菩薩南無持衆生菩薩南無寶士菩薩南無蘇利耶藏菩薩南無光相菩薩南無清淨聲光菩薩南無天山菩薩南無應聲菩薩南無進寂菩薩南無總持王菩薩南無如幻慧菩薩南無至光英菩薩南無一塵菩薩南無善思菩薩南無世間慧菩薩南無智山菩薩南無善勝寶心菩薩南無深聲菩薩南無高精進超倫菩薩南無寂意菩薩南無不瞬菩薩南無性莊嚴菩薩南無智澤菩薩南無法日菩薩南無普眼菩薩南無住佛聲菩薩南無滿願菩薩南無陀羅尼自在王菩薩南無一切吉利菩薩南無無邊稱人德菩薩南無住持寂靜菩薩南無須彌王菩薩南無妙色志菩薩南無正定意菩薩南無辯積菩薩南無功德山菩薩南無辯聚菩薩南無跋陀婆羅菩薩南無堅勝菩薩南無薩陀波崘菩薩南無持王菩薩南無大哀菩薩南無上意菩薩南無念莊嚴菩薩南無尊勝慧菩薩南無文殊響菩薩南無寶天菩薩南無海天菩薩南無達空際菩薩南無寶莊嚴龍施菩薩南無妙聲菩薩南無國土莊嚴菩薩南無無礙轉法輪菩薩南無波頭摩菩薩南無華嚴菩薩南無寶來菩薩南無不可思議菩薩南無無盡妙法藏菩薩

南無虛空藏菩薩南無地持菩薩南無藥王
菩薩南無住一切聲菩薩南無師子步雷音
菩薩南無須彌山持魔菩薩南無施相菩薩
南無海意首俱菩薩南無無垢眼山王菩薩
南無須彌山燈王菩薩南無千相菩薩南無
廣慧無言菩薩南無出一切憂冥菩薩南無
寶藏菩薩南無常觀菩薩南無大月光山菩
薩南無法燈菩薩南無普光照菩薩南無持
王菩薩南無覺菩提菩薩南無日雞兜菩薩
南無歡喜王菩薩南無大悲思惟菩薩南無
清淨三輪菩薩南無山王菩薩南無世間炬
菩薩南無金山菩薩南無斷諸疑菩薩南無
智山幢菩薩南無觀世音菩薩南無無量法
王菩薩南無法樂莊嚴菩薩南無深聲菩薩
南無法雲吼菩薩南無心王菩薩南無善思

議菩薩南無普莊嚴菩薩南無三界尊菩薩
南無常現神通菩薩南無無量光明菩薩南
無辯音菩薩南無無憂德菩薩南無山峯菩
薩南無善導師菩薩南無斷諸魔菩薩南無
轉法輪菩薩南無斷一切憂菩薩南無辯才
莊嚴菩薩南無深行菩薩南無住持華菩薩
南無諸天菩薩南無星宿王菩薩南無總豪
王菩薩南無大慧光菩薩南無圓覺菩薩南
無金剛步菩薩南無虛空藏菩薩南無水光
菩薩南無師子奮迅菩薩南無住一切悲見
菩薩南無超倫菩薩南無月勝菩薩南無常
淨菩薩南無無量意菩薩南無超魔見菩薩
南無火光菩薩南無斷諸惡道菩薩南無無
障礙受記菩薩南無速行菩薩南無寶心菩
薩南無華齒菩薩南無持大會菩薩南無無

邊意菩薩南無一行菩薩南無檀那師利菩薩南無斷一切憂意菩薩南無電光菩薩南無普行菩薩南無寶掌菩薩南無雲王菩薩南無普覺菩薩南無轉女根菩薩南無一切尊自在菩薩南無波頭摩道勝菩薩南無住無我法者菩薩南無寂靜心菩薩南無賢首菩薩南無月輪菩薩南無寶杖菩薩南無寶蓋山菩薩南無摩犂支世界菩薩南無智莊嚴慧雲菩薩南無住寂靜法者菩薩南無智炬燈菩薩南無勝意菩薩南無常精菩薩南無善臂菩薩南無勝意生菩薩南無須彌幢善行菩薩南無實音聲合山菩薩南無斷一切惡法菩薩南無最勝意菩薩南無金剛菩薩南無惿那師利菩薩南無一切功德藏菩薩南無勝思惟菩薩南無正定意菩薩南無

總豪王菩薩南無寶賢菩薩南無無邊勝慧菩薩南無能捨一切事菩薩南無大莊嚴菩薩南無觀自在菩薩南無電光嚴菩薩南無法王菩薩南無寶輪滿月菩薩南無上首增長意菩薩南無普莊嚴菩薩南無得一切菩薩南無日光明菩薩南無金光菩薩南無吉祥妙德菩薩南無善順金剛慧菩薩南無須彌幢菩薩南無常舉手菩薩南無大悲心菩薩南無山雷菩薩南無無邊上意菩薩南無法首摧魔力菩薩南無那羅延菩薩南無救惡趣菩薩南無至光英菩薩南無大音聲菩薩南無寶心菩薩南無天勝藏菩薩南無無量普光菩薩南無師子幢菩薩南無喜見菩薩南無普一切無邊智日幢菩薩南無法界響聲菩薩南無月幢菩薩南無大勇猛力菩

薩南無金剛王菩薩南無藥王菩薩南無蓮
首藏菩薩南無大智無所畏菩薩南無金剛
藏菩薩南無甘露菩薩南無普清淨無盡福
光菩薩南無陀羅尼勇健力菩薩南無常觀
菩薩南無一切法自在菩薩南無無邊禪菩
薩南無深聲菩薩南無無寶意菩薩南無金
剛燄德相莊嚴藏菩薩南無福相菩薩南無
持一切衆生願藏菩薩南無大精進金剛齋
菩薩南無日光菩薩南無住一切悲見菩薩
南無寶莊嚴菩薩南無普華菩薩南無無障
礙菩薩南無一切功德寶髻智生菩薩南無
法現菩薩南無不思議無垢眼山王菩薩南
無善勇猛菩薩南無蓮華髻菩薩南無法超
菩薩南無甘露點王菩薩南無雲光明菩薩
南無山峯菩薩南無無垢藏菩薩南無一切
星宿王光照藏菩薩南無慧勝菩薩南無淨
威德光明王藏菩薩南無大明德深美音菩
薩南無寶來菩薩南無斷一切惡法菩薩南
無意菩薩南無破邪見魔菩薩南無神授菩
薩南無星授菩薩南無高精進菩薩南無師
子奮迅行菩薩南無不空見菩薩南無無邊
稱菩薩南無寂意行菩薩南無過一切道菩
薩南無普菩薩南無山相莊嚴菩薩南無光
積菩薩南無除障菩薩南無蓮華勝菩薩南
無無不可嫌稱菩薩南無入功德菩薩南無
然燈首菩薩南無可供養菩薩南無不捨重
檐菩薩南無聖菩薩南無清淨三輪菩薩南
無空寂菩薩南無難可菩薩南無增上意菩
薩南無一切行徹到菩薩南無熱光藏菩薩
南無蓮華手菩薩南無一切慧菩薩南無建

無所畏菩薩南無妙菩薩南無分別辨方菩
薩南無尊意菩薩南無堅意菩薩南無心平
等菩薩南無得脫一切縛菩薩南無大香象
菩薩南無無邊際菩薩南無踊大步菩薩南
無曼殊室利菩薩南無寶菩薩南無跋陀婆
羅菩薩南無慈氏菩薩南無持地菩薩南無
無盡意菩薩南無深入地際響菩薩南無放
光月菩薩南無蓮華藏菩薩南無寶印手菩
薩南無見正反邪菩薩南無雷震菩薩南無
普無邊功德首菩薩南無除一切暗燈菩薩
南無普智雲日幢菩薩南無持勢菩薩南無
文殊師利童子菩薩南無法雲王滿足菩薩
南無專一光明燈菩薩南無歡曜菩薩南無
無閡妙音遠藏菩薩南無波頭摩華嚴菩薩
南無海月大光明菩薩南無彌勒菩薩南無

諸根常定不亂菩薩南無普賢燄妙光菩薩
南無一切魔界聲菩薩南無常淨菩薩南無
解甚深義容意菩薩南無無礙轉法輪菩薩
南無出一切憂冥菩薩南無大菩薩南無一
切超魔見菩薩南無威力菩薩南無百光所
照明菩薩南無起平等心轉法輪菩薩南無
淨菩薩南無斷一切憂意菩薩南無嚴意菩
薩南無普光師子幢菩薩南無虛空庫菩薩
南無無閡智藏菩薩南無善菩薩南無俱素
摩勝藏菩薩南無龍首菩薩南無金莊嚴光
明菩薩南無種種辯才莊嚴藏菩薩南無上
菩薩南無無徹塵勇猛菩薩南無光德菩薩
南無毗盧遮那智菩薩南無一切聲差別樂
說菩薩南無德菩薩南無宿光王照藏菩薩
南無無皃菩薩南無曼陀羅婆沓菩薩南無

一切光明常照手菩薩南無持魔普化菩薩南無善勇猛菩薩南無不虛見菩薩南無不離音菩薩南無師子步菩薩南無師子幢菩薩南無金剛慧常光明菩薩南無一切大力慧菩薩南無光明勝菩薩南無念莊嚴無等慧菩薩南無無邊光菩薩南無甘露光菩薩南無無量善住菩薩南無常悲善數菩薩南無除陰蓋菩薩南無常明耀衆勝王菩薩南無師子戲菩薩南無師子旛菩薩南無無邊慧摩留天菩薩南無一切最勝慧無忘失菩薩南無性莊嚴菩薩南無尊勝慧菩薩南無那羅德菩薩南無無比心菩薩南無無量聖藏菩薩南無無邊悔意菩薩南無獨步世菩薩南無善思議菩薩南無善丈夫菩薩南無師子意菩薩南無師子王菩薩南無那伽慧菩薩南無華莊嚴菩薩南無一切佛地慧菩薩南無無憂德菩薩南無覺菩提增上慧菩薩南無虛空慧菩薩南無功德山菩薩南無無量善眼菩薩南無光觀菩薩南無光德菩薩南無越三界菩薩南無善行步菩薩南無善喜光菩薩南無師子作菩薩南無師子英菩薩南無大龍相菩薩南無總持王菩薩南無一切住佛智菩薩南無難思慧菩薩南無智山幢無住願菩薩南無須彌幢菩薩南無甘露聲菩薩南無無量樂作菩薩南無智幢菩薩南無地響菩薩南無不捨軛菩薩南無極精進德曜王菩薩南無善護德菩薩南無善將導菩薩南無普光照無邊幢菩薩南無一切內覺慧菩薩南無金剛燄菩薩南無電光嚴霔法雨菩薩南無降伏魔菩薩南無度

衆生菩薩南無無量海慧菩薩南無月光光
明菩薩南無天德藏菩薩南無勢力慧日雞
兜功德處菩薩南無廣大慧達空際菩薩南
無如幻慧精進幢菩薩南無常捨慧羅網光
菩薩南無普供慧菩薩南無無礙行星宿王
菩薩南無斷諸疑金剛明菩薩南無無邊發
王菩薩南無持地力菩薩南無一相慧菩薩
南無法雞兜菩薩南無無垢藏菩薩南無寂
靜慧甚深境菩薩南無真實慧智炬燈菩薩
南無成就慧三界尊菩薩南無義語慧菩薩
南無如理慧歡喜王菩薩南無斷諸魔金剛
軍菩薩南無國王莊嚴菩薩南無華德藏菩
薩南無攝法趣菩薩南無住持華菩薩南無
功德藏菩薩南無福德藏菩薩南無世間炬
菩薩南無調順慧質直行菩薩南無光明燄

菩薩南無智慧牙菩薩南無善巧慧菩薩南
無了佛種菩薩南無持法幢菩薩南無跋陀
和菩薩南無金剛敷菩薩南無因陀羅幢菩
薩南無寶尸棄菩薩南無妙香象勝諸分持
地際菩薩南無善住意勝成就菩薩南無無
盡意威德王菩薩南無解脫月菩薩南無師
子王菩薩南無得大勢菩薩南無求妙法自
在天菩薩南無智山幢恒河沙菩薩南無善
思議意菩薩南無不休息持衆生菩薩南無
諸告議菩薩南無法上菩薩南無勝意生菩
薩南無精進慧慈菩薩南無不聲菩薩南無
不思議勝蓮華藏菩薩南無自性空菩薩南
無得大精進菩薩南無上精進菩薩南無一
切優鉢羅德藏菩薩南無地上響聲菩薩南
無真實慧菩薩南無優鉢羅目菩薩南無海

德寶嚴淨意菩薩南無廣大慧菩薩南無陀
羅尼自在菩薩南無遊戲無邊智菩薩南無
不退轉菩薩南無可供養菩薩南無金剛智
菩薩南無須彌頂菩薩南無成所作智菩薩
南無普供慧見一切意菩薩南無法自在慧
菩薩南無斷惡道障菩薩南無智眼菩薩南
無檀那師利菩薩南無法無垢月菩薩南無
如言行離垢幢菩薩南無常舉手菩薩南無
行志菩薩南無轉法輪菩薩南無堅固志菩
薩南無見適意菩薩南無普無量海莊嚴藏
菩薩南無衆勝王菩薩南無不動行步菩薩
南無大威德菩薩南無一切那羅延德藏菩
薩南無法鼓響聲菩薩南無無住願菩薩南
無一切障斷菩薩南無一語報萬億音菩薩
南無了佛種菩薩南無無邊步奮迅菩薩南

無成就無礙行菩薩南無善巧慧菩薩南無
堅固行菩薩南無忘失菩薩南無微塵數菩
薩南無平等性智菩薩南無住佛智建無所
畏菩薩南無除一切蓋菩薩南無無障礙智
菩薩南無德首菩薩南無離諸境界菩薩南
無步不動迹菩薩南無如來藏精進幢菩薩
南無無垢上菩薩南無不瞬菩薩南無轉女
根菩薩南無星宿味菩薩南無離闇苦菩薩
南無無邊見發行成就菩薩南無不著行菩
薩南無不動華步菩薩南無大勢至菩薩南
無一切妙音無礙藏菩薩南無香燄光幢菩
薩南無無等慧菩薩南無帝釋王德菩薩南
無能滅一切怖畏菩薩南無霔法雨菩薩南
無一切行徹到佛菩薩南無師子奮迅行菩
薩南無持地力菩薩南無不捨行菩薩南無

金剛燄菩薩南無難思慧菩薩南無如理請問菩薩南無四智大勝蓮華藏菩薩南無善清淨慧菩薩南無不疲倦意菩薩南無大意菩薩南無無邊億刧菩薩南無帝釋王德菩薩南無金剛步無畏林菩薩南無炎熾藏菩薩南無息意菩薩南無無憂施菩薩南無無盡意菩薩南無得大勢菩薩南無文殊響不可思議菩薩南無寂靜心菩薩南無翳日月光菩薩南無法雲吼菩薩南無一切俱蘇摩德藏菩薩南無思惟大悲菩薩南無善護德菩薩南無優波羅眼菩薩南無妙相嚴淨王意菩薩南無救惡趣菩薩南無虛空平等智菩薩南無得脫一切縛菩薩南無察無岸菩薩南無踊大步菩薩南無金剛意菩薩南無虛空慧菩薩南無因地法行菩薩南無普智

光照如來境菩薩南無善思議意菩薩南無大魔不勝菩薩南無法慧菩薩南無離塵勇猛菩薩南無樂說無滯菩薩南無金剛手精進林菩薩南無無上慧菩薩南無智慧菩薩南無勇猛幢菩薩南無無量意不見相菩薩南無棄諸蓋不取諸法菩薩南無大慧光菩薩南無峯辯無盡菩薩南無蓮華目菩薩南無一切遊戲無邊智菩薩南無執離意王菩薩南無調順慧菩薩南無涅羅師利菩薩南無不思議決定慧菩薩南無寂意行菩薩南無光明常照手菩薩南無思惟無礙意菩薩南無得一切菩薩南無見適意菩薩南無光明勝菩薩南無堅精進菩薩南無威德自在菩薩南無種種樂說莊嚴藏菩薩南無梵大自在菩薩南無法無垢月菩薩南無一行菩

薩南無蓮華吉藏菩薩南無普音功德海幢
菩薩南無普寶燄妙光菩薩南無善發趣菩
薩南無大神通菩薩南無大勇猛菩薩南無
無閡清淨智藏菩薩南無普智雲日幢菩薩
南無寶印手菩薩南無光世音菩薩南無善
思議菩薩南無大光明網照藏菩薩南無普
覺悅意聲菩薩南無不可動菩薩南無堅固
幢菩薩南無一切慧菩薩南無金剛王菩薩
南無海月光大明菩薩南無出家菩薩南無
持佛金剛祕密藏菩薩南無金剛明菩薩南
無普寶髻華幢菩薩南無斷疑菩薩南無無
量無邊步奮迅菩薩南無光明幢菩薩南無
最勝覺菩薩南無吉祥菩薩南無智幢菩薩
南無羅網莊嚴觀自在菩薩南無智眼菩薩
南無無礙慧光明燄法志菩薩南無善慧心

王菩薩南無曼殊室利菩薩南無妙月菩薩
南無妙鼓聲菩薩南無因陀羅德菩薩南無
尼拘律王德本菩薩南無不取諸法菩薩南
無無上寶藏菩薩南無大須彌山菩薩南無
圓滿菩薩南無除蓋障菩薩南無金剛智入
地菩薩南無海意常悲菩薩南無虛空無礙
智藏菩薩南無持法幢菩薩南無波頭摩眼
菩薩南無甘羅黠王勝響菩薩南無法行成
就菩薩南無一切天讚菩薩南無住一切聲
菩薩南無寶路菩薩南無不休息菩薩南無
無邊意愛見菩薩南無善月常觀菩薩南無
毗盧遮那智藏菩薩南無大慧光菩薩南無
淨諸業障菩薩南無虛空出生佛子菩薩南
無樂說無滯菩薩南無智地佛子菩薩南無
施蓮華行菩薩南無文殊師利菩薩南無蓮

華吉藏菩薩南無轉不退轉法輪菩薩南無普無量無邊自在王菩薩南無師子奮迅吼聲菩薩南無一切大力菩薩南無一切相莊嚴菩薩南無淨勝藏菩薩南無發心即轉法輪菩薩南無功德自在王大光菩薩南無無量普光明相菩薩南無大神通菩薩南無憂波羅眼菩薩南無波頭摩勝菩薩南無不思議決定慧菩薩南無無量優鉢羅華勝藏菩薩南無十佛世界微塵數菩薩南無善清淨慧菩薩南無一切相莊嚴淨德藏菩薩南無普音功德海幢菩薩南無普智光照如來境菩薩南無無量須彌勝藏菩薩南無法炬燈菩薩南無羣那師利菩薩南無大持勇猛菩薩南無淨一切功德藏菩薩南無無量淨除一切障菩薩南無一切住持世間手菩薩南無妙意菩薩南無妙慧菩薩南無淨明勝照威德王藏菩薩南無思惟一切法意菩薩南無無礙清淨智菩薩南無德藏菩薩南無無量金剛忿怒菩薩南無日盛明菩薩南無施蓮華行菩薩南無大嚬申力菩薩南無普眼境界智莊嚴菩薩南無大神通王菩薩南無大意菩薩南無師子奮迅吼音菩薩南無福德勝藏菩薩

諸佛世尊如來菩薩尊者神僧名經卷第十六

諸佛世尊如來菩薩尊者神僧名經卷第十七

南無大明德深美音無邊菩薩南無思惟最勝無邊菩薩南無雲音海光菩薩南無無垢藏菩薩南無善勇猛蓮華髻菩薩南無石摩王菩薩南無離塵勇猛菩薩南無涅羅師利菩薩南無示淨威儀見皆愛喜菩薩南無照一切世間莊嚴藏菩薩南無普德最勝燈光照菩薩南無大辯聚王菩薩南無金莊嚴大功德菩薩南無光明王藏菩薩南無波頭摩道勝菩薩南無淨威德光明王藏菩薩南無一切除諸障蓋菩薩南無地鳴聲菩薩南無大雲無礙菩薩南無妙真金寶音聲菩薩南無三昧胎菩薩南無梵勝髻菩薩南無寶慶菩薩南無無岸智菩薩南無紫磨金色菩薩南無金剛智眼光明菩薩南無深意王菩薩南無善淨意菩薩南無妙臂菩薩南無持大地菩薩南無智藏普見菩薩南無金剛藏菩薩南無摧魔力菩薩南無彌樓燈菩薩南無賢善首菩薩南無堅勝菩薩南無步三界菩薩南無地持師子菩薩南無憍越兜菩薩南無深意聲菩薩南無見正邪菩薩南無道場髻菩薩南無龍授菩薩南無寶藏月菩薩南無大雲福田菩薩南無虛空幢菩薩南無消除王菩薩南無明燄成菩薩南無月威德進首菩薩南無無礙慧菩薩南無吉祥光菩薩南無無著眼菩薩南無智慧普照明藏菩薩南無不退地菩薩南無普思議菩薩南無盛明燈菩薩南無增長志菩薩南無淨眼菩薩南無妙高山王菩薩南無無量勝菩薩南無

善見光菩薩南無持世間菩薩南無遠塵智
菩薩南無極進常堅固菩薩南無身華相燄
菩薩南無熾然孕菩薩南無大速行菩薩南
無普集眼菩薩南無好意無映蔽冠菩薩南
無如理慧菩薩南無功德胎菩薩南無欲樂
幢菩薩南無大慈勇菩薩南無悉達月光童
眞菩薩南無普燄勇菩薩南無法出生菩薩
南無普賢勝威德菩薩南無常現菩薩南無
大降伏魔羅菩薩南無寶峯菩薩南無滅一
切境界惠菩薩南無無礙轉法輪菩薩南無
破一切光王菩薩南無大衆主菩薩南無超
三界菩薩南無大音王菩薩南無稱意名首
菩薩南無踊大步菩薩南無妙華聚藏菩薩
南無執寶炬菩薩南無越所見菩薩南無大
力慧燈王菩薩南無一相慧嚴王菩薩南無
入地際菩薩南無因提達菩薩南無淨眼藏
菩薩南無天進空慧菩薩南無金剛香光明
菩薩南無法光菩薩南無淨一切功德藏菩
薩南無出法藏網光菩薩南無大勇猛菩薩
南無普賢菩薩南無雜華眼菩薩南無無邊
慧菩薩南無功德山菩薩南無威德難有菩
薩南無調伏魔界音菩薩南無寶藏菩薩南
無過名聲威德藏菩薩南無師子志菩薩南
無大山菩薩南無一切垢賢守菩薩南無精
進首菩薩南無虛空眼菩薩南無金剛寶增
意菩薩南無眞實菩薩南無金剛舞供養菩
薩南無妙財菩薩南無虛空掌珠寶髻菩薩
南無離垢藏惠行菩薩南無德山勇普燈菩
薩南無妙幢手菩薩南無無量力菩薩南無
寶手自在菩薩南無一切義成就菩薩南無

增長意菩薩南無一照明燈菩薩南無說一切衆生善根音菩薩南無具殊勝見菩薩南無善觀眼菩薩南無廣嚴眼菩薩南無不究竟菩薩南無梵王雷音菩薩南無妙法自在菩薩南無摩尼寶瓔珞菩薩南無離垢淨菩薩南無大海深王菩薩南無大速行菩薩南無照法界志冠菩薩南無現一切法菩薩南無難思慧菩薩南無無邊慧菩薩南無察無岸菩薩南無大智光明菩薩南無覺首震意菩薩南無心平等光曜菩薩南無真實慧大地天王菩薩南無照一切法界虛空冠菩薩南無因地法行菩薩南無執離意菩薩南無無量步菩薩南無普法界虛空光觀菩薩南無帝授廣意菩薩南無蓮華手菩薩南無堅勝菩薩南無大力慧菩薩南無照意天光菩薩南無照一切世間莊嚴藏菩薩南無普香上勝菩薩南無極精進菩薩南無德山勇菩薩南無淨威德光明王藏菩薩南無勝意菩薩南無寶首菩薩南無金剛手尊意菩薩南無無礙辯菩薩南無大月光天菩薩南無大速持菩薩南無德嚴菩薩南無地鳴聲菩薩南無百光上意菩薩南無斷諸蓋菩薩南無住持色菩薩南無護炎劫淨心勝山菩薩南無無顯赫月大吼菩薩南無得成就菩薩南無廣眼菩薩南無無量智菩薩南無摩竭提菩薩南無金剛菩薩南無妙色莊嚴菩薩南無無礙光炎菩薩南無一切佛藏冠選遊步多羅菩薩南無解脫月樂衆菩薩南無寶威德立願菩薩南無無垢慧菩薩南無夜月華菩薩南無世尊菩薩南無功德莊嚴菩薩南無

如意光明菩薩南無無性出生王菩薩南無智山覺無量菩薩南無成就有上慧菩薩南無常舉手菩薩南無善筭菩薩南無度音響雷震威菩薩南無等觀菩薩南無寶頂空無菩薩南無不退燈王菩薩南無淨明勝照威德王藏菩薩南無諸天菩薩南無捷疾辯勝慧菩薩南無善勇猛菩薩南無益意菩薩南無一切法得自在菩薩南無妙身菩薩南無警覺光常菩薩南無寶炬光明菩薩南無功德須彌勇徧照明慧嚴菩薩南無精進足菩薩南無覺意菩薩南無無所滅愛作菩薩南無得堅强如金剛菩薩南無天冠菩薩南無寶眼深彌菩薩南無速辯飛行菩薩南無上友菩薩南無大音王菩薩南無無能勝菩薩南無希生菩薩南無世主音菩薩南無常定

菩薩南無大雲清淨雨王菩薩南無娑羅自在王菩薩南無摩訶濕廢多菩薩南無喜一切衆生音菩薩南無善安菩薩南無善脩菩薩南無蓮華吉祥生菩薩南無福德幢菩薩南無無量勝思菩薩南無最勝菩薩南無開光菩薩南無大雲身菩薩南無虛空覺菩薩南無歡喜高王菩薩南無普光幢菩薩南無無垢慧菩薩南無智光影威力菩薩南無大雲現無邊稱菩薩南無祕密王菩薩南無善威儀菩薩南無善行菩薩南無法炬燈菩薩南無無斷辯菩薩南無大雲月藏菩薩南無無量寶意菩薩南無幢旛菩薩南無功德珊瑚上菩薩南無法印藏菩薩南無成就頥行菩薩南無安住菩薩南無降魔音菩薩南無衆寶光幢菩薩南無世吉祥菩薩南無極清

淨慧菩薩南無雲音海藏菩薩南無妙高王
菩薩南無喜信淨菩薩南無頂生王菩薩南
無難勝地菩薩南無佛種上菩薩南無龍授
菩薩南無淨天菩薩南無長壽王菩薩南無
身語意菩薩南無大雲星光菩薩南無金剛
愛菩薩南無尊意菩薩南無作光明菩薩南
無除幻菩薩南無燄光菩薩南無普照三世
覺菩薩南無大慈上菩薩南無無邊法王菩
薩南無金剛笑菩薩南無深界菩薩南無離
塵幢菩薩南無石摩王菩薩南無尸毗王菩
薩南無照一切方燈菩薩南無三界遊步菩
薩南無自在光菩薩南無無相菩薩南無如
來種智性勇菩薩南無蓮華首藏王菩薩南
無摩訶須薩和菩薩南無破一切黑闇王菩
薩南無寶思菩薩南無寶華菩薩南無大雲

瑠璃光菩薩南無樂喜生菩薩南無一切出
生菩薩南無利益菩薩南無醫王菩薩南無
大通王菩薩南無虛空勝菩薩南無師子神
通菩薩南無普縁觀菩薩南無無垢眼菩薩
南無金剛智威力菩薩南無大雲青蓮華香
菩薩南無福德音菩薩南無行無思脫門菩
薩南無雜綵冠菩薩南無無徃辯菩薩南無
大雲寶德菩薩南無無量示現菩薩南無華
幢菩薩南無福德須彌上菩薩南無普見眼
菩薩南無棄諸惡趣菩薩南無多積菩薩南
無神通幢菩薩南無曇昧摩提菩薩南無妙
意殊菩薩南無無邊寶意菩薩南無羅鄰那
竭菩薩南無破諸魔菩薩南無大吼意菩薩
南無石山王菩薩南無不動地菩薩南無廣
大覺菩薩南無龍上菩薩南無計都菩薩南

無平等慈菩薩南無行不動菩薩南無大雲雷音菩薩南無金剛喜菩薩南無人意菩薩南無道場音菩薩南無安慧菩薩南無地聲菩薩南無離一切惡道菩薩南無普明勝菩薩南無沙囉摩提菩薩南無金剛語菩薩南無持曜菩薩南無神通華菩薩南無威德王菩薩南無無量明菩薩南無照一切道燈菩薩南無智燄威德菩薩南無海震音菩薩南無無觸菩薩南無能滅一切怖畏菩薩南無勢力自在王菩薩南無彌留山燈明菩薩南無悉不退轉法輪菩薩南無寶瓶菩薩南無寶幢菩薩南無思惟無礙意菩薩南無大地音菩薩南無童子吉祥菩薩南無普月菩薩南無天明菩薩南無大名稱菩薩南無虛空庫菩薩南無普寶華幢菩薩南無普告音菩

薩南無離垢眼菩薩南無功德山威力菩薩南無思惟最勝無邊菩薩南無自在王菩薩南無念諸法無著菩薩南無優鉢羅菩薩南無無怖望菩薩南無大雲破翳菩薩南無無損進意菩薩南無光幢菩薩南無普吉祥威力菩薩南無住佛智菩薩南無金寶曜首菩薩南無增益菩薩南無菩提幢菩薩南無師利摩提菩薩南無法正音菩薩南無普無垢孕菩薩南無無邊自在菩薩南無吉祥生菩薩南無大衆主菩薩南無薩波輪菩薩南無善慧地菩薩南無具足行菩薩南無龍意菩薩南無妙幢菩薩南無功德山菩薩南無無上意菩薩南無大雲火光菩薩南無金剛寶菩薩南無祠意菩薩南無地輪音菩薩南無無際菩薩南無督通菩薩南無一切法不繼

菩薩南無普明覺菩薩南無沙遮摩提菩薩
南無金剛目菩薩南無嚴志菩薩南無月名
稱菩薩南無無礙音菩薩南無天眼觀菩薩
南無滅一切闇燈菩薩南無智日超惠菩薩
南無寂靜音菩薩南無調伏菩薩南無分別
一切法意菩薩南無最勝自在王菩薩南無
菩提勝主王菩薩南無常放大光明燈菩薩
南無慧王菩薩南無日王菩薩南無波坻槃
拘利菩薩南無離垢光菩薩南無蓮華吉祥
菩薩南無德意菩薩南無龍明菩薩南無大
寶幢菩薩南無虛空德菩薩南無功德光王
菩薩南無普智幢菩薩南無無垢德菩薩南
無金剛勇健步菩薩南無無邊寶華名稱菩
薩南無轉法輪菩薩南無金華光明德菩薩
南無三世慈菩薩南無無礙見菩薩南無大

雲日藏菩薩南無無上寶智菩薩南無山王
菩薩南無法界光明覺菩薩南無淨德藏菩
薩南無師子吼意菩薩南無持道菩薩南無
摩尼幢菩薩南無墮夜摩提菩薩南無巧轉
行菩薩南無法無垢月菩薩南無蓮華德藏
菩薩南無鬱多羅菩薩南無寂戒慧菩薩南
無妙言音菩薩南無歡喜地菩薩南無樂不
動菩薩南無常喜菩薩南無寂聲菩薩南無
無量光菩薩南無無所發菩薩南無大雲淨
光菩薩南無金剛法菩薩南無調意菩薩南
無神通王菩薩南無持妙菩薩南無慧明菩
薩南無師子勇健步菩薩南無寶威力菩薩
南無俱那摩提菩薩南無金剛戲菩薩南無
真實菩薩南無和和檀菩薩南無離攀緣菩
薩南無無量慈菩薩南無梵自在吼聲菩薩

南無海慧超越菩薩南無地震音菩薩南無龍喜菩薩南無一切寂定自在菩薩南無寂靜自在王菩薩南無降伏一切魔菩薩南無會通三頂輪王菩薩南無寶孕菩薩南無寶胎菩薩南無大雲金剛首菩薩南無最後身菩薩南無光明吉祥菩薩南無現化菩薩南無天中菩薩南無大威光菩薩南無虛空覺菩薩南無大意聲王菩薩南無普明勝菩薩南無無垢藏菩薩南無虛空自在藏菩薩南無光明威德名聞菩薩南無妙眼慈菩薩南無梵音勇威德菩薩南無三寶慈菩薩南無無上慧菩薩南無大雲慧雨菩薩南無無垢月藏菩薩南無雷聲菩薩南無大辯莊嚴王菩薩南無一切勝菩薩南無一切寶手菩薩南無龍授菩薩南無離塵幢菩薩南無諸趣

明燈菩薩南無善等觀菩薩南無照三世覺菩薩南無蓮華功德菩薩南無法光音菩薩南無清淨慧菩薩南無照高峯離垢地菩薩南無善住志菩薩南無剛意菩薩南無淨雲菩薩南無受用身菩薩南無無量力菩薩南無大雲吉祥菩薩南無金剛利菩薩南無堅意菩薩南無金剛光菩薩南無無等菩薩南無異生菩薩南無三世步勇健菩薩南無大威力菩薩南無惜那摩提菩薩南無金剛舞菩薩南無脩業菩薩南無寶金剛菩薩南無法金剛菩薩南無尊妙尊菩薩南無徧十方燈明菩薩南無智照威德菩薩南無菩提幢菩薩南無發本願聲菩薩南無虛空勝菩薩南無最勝自在王菩薩南無轉法輪菩薩南無分別虛空意菩薩南無普明勝菩薩南無

一切光明摩尼髻菩薩南無最上蓮華吉祥
菩薩南無三世步勇健菩薩南無大辯莊嚴
王菩薩南無無邊智聚思惟莊嚴菩薩南無
無量明菩薩南無一切義成就菩薩南無無
邊照智王菩薩南無一切善根寶聚菩薩南
無大衆主菩薩南無無動步勇健菩薩南無
破一切黑闇王菩薩南無那羅達菩薩南無
喜一切衆生音菩薩南無法界眼照覺菩薩
南無大雲滿雨心王菩薩南無無礙見菩薩
南無金剛喜菩薩南無一切願海摩尼髻菩
薩南無大雲龍樹王菩薩南無善自在菩薩
南無廣大深妙聲菩薩南無離染覺菩薩南
無如來法雲香髻菩薩南無陀羅尼功德持
一切世間願藏菩薩南無大威力菩薩南無
世吉祥菩薩南無光明藏菩薩南無無上意
菩薩南無金剛寶菩薩南無光世音菩薩南
無徧十方燈明菩薩南無大寶幢菩薩南無
大吼意菩薩南無安住陀羅尼菩薩南無不
捨勇猛精進菩薩南無沙頭摩提菩薩南無
功德須彌勇菩薩南無師子步暢音菩薩南
無平等光明月菩薩南無光莊嚴菩薩南無
善趣淨光菩薩南無雲音海藏菩薩南無虛
空自在藏菩薩南無吉祥生菩薩南無分別
無著意菩薩南無普智幢菩薩南無解脫衆
生心菩薩南無普緣觀菩薩南無甘露軍荼
利菩薩南無閉塞一切聲菩薩南無文殊師
利法王子菩薩南無大慈上菩薩南無無邊
寶華名稱菩薩南無法界光明覺菩薩南無
龍明菩薩南無大威德菩薩南無不空奮迅
菩薩南無金剛地菩薩南無普賢菩薩南無

大雲性菩薩南無無邊功德菩薩南無金剛
觸菩薩南無寶幢菩薩南無大雲吼菩薩南
無無邊寶意菩薩南無金剛色菩薩南無寶
光菩薩南無大光菩薩南無大慈菩薩南無
大悲菩薩南無觀自在菩薩南無龍德菩薩
南無龍勝菩薩南無一切慧度衆生無邊步
奮迅清淨聲光菩薩南無寶印手菩薩南無
不可思議師子奮迅吼音菩薩南無無量步
菩薩南無一切法自在菩薩南無光明大威
德菩薩南無大智慧菩薩南無觀世音菩薩
南無普光菩薩南無普明菩薩南無普觀菩
薩南無大勢至菩薩南無無邊無比菩薩南
無妙勝藏菩薩南無妙鼓聲菩薩南無無障
礙受記菩薩南無清淨三輪大海意菩薩南
無大勇猛力菩薩南無無量功德海意菩薩

南無華勝藏菩薩南無一切金莊嚴光明菩
薩南無大神通大海菩薩南無德蓮華勝菩
薩南無寶輪菩薩南無寶幢菩薩南無寶峯
菩薩南無善住意菩薩南無光明光曜菩薩
南無寂戒慧自在天菩薩南無增長意菩薩
南無聖藏羅網莊嚴可供養菩薩南無住一
切有菩薩南無不動華步菩薩南無普眼勝
意菩薩南無一切須彌山燈王覺菩薩南無
菩提菩薩南無得大勢菩薩南無摩尼髻菩
薩南無無等菩薩南無常淨菩薩南無大慧
光菩薩南無棄諸蓋菩薩南無無邊意菩薩
南無金剛手菩薩南無水天菩薩南無一意
菩薩南無金剛香菩薩南無電天菩薩南無
須深菩薩南無增益菩薩南無常定菩薩南
無轉法輪菩薩南無越三世菩薩南無無損

志菩薩南無無邊見菩薩南無世間菩薩南無末底菩薩南無那羅延菩薩南無智胎菩薩南無離言菩薩南無難勝菩薩南無常喜菩薩南無日盛明菩薩南無不空見菩薩南無離垢淨菩薩南無無邊智菩薩南無網明菩薩南無獨覺菩薩南無破諸魔菩薩南無現前菩薩南無雨音菩薩南無發光地菩薩南無日胎菩薩南無金剛香菩薩南無光世音菩薩南無能警覺菩薩南無大寶幢菩薩南無吼聲菩薩南無遠住菩薩南無觀世音菩薩南無大香象菩薩南無日幢菩薩南無金剛風菩薩南無三乘慈菩薩南無無上慧菩薩南無海震音菩薩南無眼觀菩薩南無世現菩薩南無觀世音菩薩南無越三界菩薩南無善安菩薩南無金剛聲菩薩南無星宿王菩薩南無清淨惠菩薩南無三世慈菩薩南無慧明菩薩南無種性菩薩南無普明覺菩薩南無虛空勝菩薩南無無垢月藏菩薩南無大雲性菩薩南無大雲電光菩薩南無寶熾菩薩南無一切出菩薩南無三界遊步菩薩南無妙明月菩薩南無金剛將菩薩南無乾竭惡趣菩薩南無寶威力菩薩南無大雲火光菩薩南無減義菩薩南無法印藏菩薩南無檀那師利菩薩南無放光燄菩薩南無金剛鎖菩薩南無不斷大願菩薩南無辯諸句菩薩南無大雲淨光菩薩南無目首菩薩南無得自在菩薩南無惟闍師利菩薩南無勢業菩薩南無勢力自在王菩薩南無月德菩薩南無妙幢菩薩南無金剛業菩薩南無沙頭摩提菩薩南無地輪音菩薩南無

佛意菩薩南無大雲淨光菩薩南無普照三
世覺菩薩南無勢意菩薩南無最勝自在王
菩薩南無妙法菩薩南無美光菩薩南無金
剛水菩薩南無道場天冠菩薩南無妙言音
菩薩南無大祖菩薩南無滅諸闇燈菩薩南
無不定住佛刹菩薩南無法勇菩薩南無大
樹緊那羅菩薩南無善了菩薩南無淨雲菩
薩南無金剛火菩薩南無威儀天冠菩薩南
無法光音菩薩南無圓滿菩薩南無大雲吉
祥菩薩南無無動步勇健菩薩南無善自在
菩薩南無無量光菩薩南無那羅達菩薩南
無無量明菩薩南無寶華菩薩南無無量慈
菩薩南無大辯化菩薩南無大自在菩薩南
無無量力菩薩南無大奮迅菩薩南無無礙
音菩薩南無虛空覺菩薩南無無垢稱菩薩

南無普幢菩薩南無無畏施菩薩南無不退
轉菩薩南無不思議菩薩南無無畏王菩薩
南無佛勝德菩薩南無自在光菩薩南無安
詳步菩薩南無離垢光菩薩南無寶幢菩薩
南無甘露光菩薩南無大忿怒菩薩南無大
樂說菩薩南無神足光菩薩南無寶校飾菩
薩南無威德王菩薩南無光明藏菩薩南無
長壽王菩薩南無美光菩薩南無自在王菩
薩南無善住志菩薩南無善住業菩薩南無
星宿王菩薩南無清淨眼菩薩南無三寶慈
菩薩南無蓮華面菩薩南無平等慈菩薩南
無現觀菩薩南無妙眼慈菩薩南無大進健
菩薩南無大進趣菩薩南無三世慈菩薩南
無般若菩薩南無無憂受菩薩南無心自在
菩薩南無師子惠菩薩南無善立菩薩南無

金剛色菩薩南無無量德菩薩南無師子意菩薩南無法德菩薩南無金剛味菩薩南無無礙覺菩薩南無師子樂菩薩南無世智菩薩南無金剛地菩薩南無功德月菩薩南無師子作菩薩南無淨意菩薩南無金剛觸菩薩南無能發起菩薩南無師子志菩薩南無普端嚴護國龍上菩薩南無無等華嚴功德寶光菩薩南無諸趣明燈菩薩南無照一切方燈菩薩南無三世步勇健須提菩薩南無不空超越菩薩南無龍明菩薩南無高天普吉祥威力徧照菩薩南無一切義成菩薩南無衆寶光幢菩薩南無異生寶金剛菩薩南無普孕除冥菩薩南無善脩誐諦菩薩南無妙眞金寶首菩薩南無人授菩薩南無曇昧摩提越梵威聲菩薩南無成就宿緣菩薩南無大降伏魔羅菩薩南無金剛利五頂輪王菩薩南無善財功德菩薩南無現觀菩薩

諸佛世尊如來菩薩尊者神僧名經卷第十

七

諸佛世尊如來菩薩尊者神僧名經卷第十八

南無和檀轉法輪無見法志菩薩南無阿伽摩提菩薩南無大智光明菩薩南無日王大雲身菩薩南無如意光明菩薩南無智稱圓滿菩薩南無法金剛寶恵脩業菩薩南無山勇華嚴顯示音王菩薩南無善法首俱菩薩南無法印藏珠相菩薩南無蓮華面大意聲王菩薩南無寶華齊藏菩薩南無天中菩薩南無金胎長壽王果意調伏菩薩南無靜眼電炎菩薩南無寶日慧行菩薩南無世間妙高王菩薩南無憍日兜羅菩薩南無日幢蓮手菩薩南無大菩薩南無普淨得炎菩薩南無大辯莊嚴王菩薩南無普縁觀菩薩南無清淨辯才菩薩南無無量勝思菩薩南無徧恍一切冠菩薩南無石摩王菩薩南無高菩薩南無山相繫音菩薩南無閉塞一切聲菩薩南無施無憂菩薩南無自大定縁菩薩南無人德龍施菩薩南無盡慧大通王菩薩南無吉祥生菩薩南無善菩薩南無法自在王菩薩南無普勇無邊慈菩薩南無如來牙菩薩南無不動自在菩薩南無阿離念彌菩薩南無解脫衆生心菩薩南無金剛歌菩薩南無婆羅王德菩薩南無護國大菩薩南無大雲持法金剛寶菩薩南無須彌光覺菩薩南無世淨天冠光德菩薩南無金剛遊步菩薩南無諸音分勝菩薩南無威力衆菩薩南無一切寶手虛空德菩薩南無普賢勝威德菩薩南無普寶華幢常現菩薩南無蓮華功德菩薩南無涅羅師利菩薩南無四義大菩薩

南無薩和摩利菩提餤菩薩南無青蓮華眼菩薩南無魔界香音觀月難稱事意菩薩南無羣那師利菩薩南無普照月菩薩南無月光童子龍王髻菩薩南無無動步勇健菩薩南無山勇天冠明首菩薩南無羅鄰那竭菩薩南無大雲寶德菩薩南無歡喜力菩薩南無羅鄰師利雲摩竭菩薩南無蓮華功德菩薩南無佛藏天冠千幅菩薩南無軷陀師利菩薩南無光明吉祥菩薩南無地自在菩薩南無一切無礙音常起菩薩南無法界眼照覺菩薩南無無極香音不住菩薩南無雲音海藏菩薩南無金剛香菩薩南無勝上德光王菩薩南無金剛禪定眼光明菩薩南無大雲龍樹王菩薩南無頂生王菩薩南無天明法炬燈菩薩南無地輪音菩薩南無大明菩

薩南無大慧菩薩南無善自在菩薩南無幢旛寂靜音菩薩南無最勝神通王菩薩南無大悲方便雲雷音菩薩南無華幢福德音菩薩南無優鉢羅菩薩南無蓮華首藏王菩薩南無大雲得志無量脩菩薩南無瑠璃光菩薩南無功德珊瑚上菩薩南無蓮華德藏寶金剛菩薩南無伊彌自在光菩薩南無妙言音菩薩南無虛空自在藏菩薩南無毗羅摩菩薩南無普照法界菩薩南無智慧冠菩薩南無雄施普告音菩薩南無利益神通華菩薩南無超出一切世間冠菩薩南無開光樂喜生菩薩南無海震音菩薩南無藥叉善等觀菩薩南無妙稱大淨辯首咸菩薩南無金剛齊菩薩南無智得蓮華嚴菩薩南無大雲無量價嚴王菩薩南無天冠無害心菩薩南

無鬱多羅菩薩南無妙音無礙藏菩薩南無
迷留燈菩薩南無無量觀出一切世菩薩南
無無邊照智王菩薩南無分別虛空意菩薩
南無檀那師利道場音菩薩南無善稱勝寶
光菩薩南無離垢幢菩薩南無菩提勝主王
菩薩南無周旋佛地無毀冠菩薩南無喜王
淨紫金菩薩南無空慧天王光菩薩南無蓮
華具足世間光菩薩南無普照十方冠菩薩
南無地音衆主王菩薩南無安住陀羅尼菩
薩南無大雲破翳德增音菩薩南無獨覺無
緣觀菩薩南無世尊化主王菩薩南無成就
摩尼珠菩薩南無金剛大意盛明燈菩薩南
無普意石山音菩薩南無妙華寂主王菩薩
南無寶手蓮華幢菩薩南無善明普化寶仙
仁菩薩南無華德虛空聲菩薩南無妙幢大

地音菩薩南無德幢摩訶須菩薩南無無邊
寶意暢音聲菩薩南無佛吉德光王菩薩南
無普香佛勝藏菩薩南無山窬蓮華胎菩薩
南無栴檀勝藏緊迦羅菩薩南無華目無餘
幢菩薩南無勝上威光王菩薩南無優鉢羅
華自性光菩薩南無大德金光炎菩薩南無
寶華法豔香菩薩南無德勝吉祥光菩薩南
無如意光明勇猛心菩薩南無無上大悲心
菩薩南無慧林高炬王菩薩南無善德金剛
軍菩薩南無大辯化王無量幢菩薩南無大
藥須彌幢菩薩南無善銜墮海尊菩薩南無
覺發和輪調菩薩南無法界音聲世淨藏菩
薩南無持地蓮華勝菩薩南無大燈法出生
菩薩南無普餤蓮華藏菩薩南無賢守淨王
自在光菩薩南無福德須彌上菩薩南無網

明勇健軍菩薩南無寶德清涼幢菩薩南無
法界音聲無性光菩薩南無雜藏月名稱菩
薩南無大車平等慈菩薩南無日王菩薩南
無世吉祥菩薩南無山自在王菩薩南無妙
音無礙藏深意聲菩薩南無無邊照智王菩
薩南無徧照明菩薩南無大海聲菩薩南無
無限意菩薩南無難量珠相餤妙意殊菩薩
南無虛空自在藏菩薩南無淨天菩薩南無
福德光菩薩南無摧一切魔菩薩南無宿王
光照藏最後身菩薩南無童眞無髻王菩薩
南無智吉祥菩薩南無甘露光菩薩南無普
思議菩薩南無金剛舞供養菩薩南無妙眼
慈菩薩南無一切佛藏冠菩薩南無月王菩
薩南無功德林菩薩南無象自在王菩薩南
無超欲無虛迹菩薩南無寂滅行菩薩南無

常啼大速行菩薩南無大寶幢菩薩南無不
畏行菩薩南無栴檀德菩薩南無希生功德
處菩薩南無無量脩菩薩南無速行三寶慈
菩薩南無一切莊嚴淨德藏菩薩南無龍明
菩薩南無滿一切意樂菩薩南無離塵菩薩
南無金剛智光明眼藏菩薩南無大雲瑠璃
光菩薩南無普吉祥威力菩薩南無無邊光
明菩薩南無一切勝菩薩南無無邊慧菩薩
南無解一切衆生語難菩薩南無淨寶光明
威德王菩薩南無無邊照智王菩薩南無分
別金光明菩薩南無決定王尊菩薩南無毗
盧遮那差別藏菩薩南無光英菩薩南無十
百光明火熾然菩薩南無金剛智光明耳藏
菩薩南無摩訶濕廢多菩薩南無說三世一
切名字音髻菩薩南無如來藏菩薩南無光

明餤菩薩南無陀羅尼善根成住菩薩南無無礙清淨智德藏菩薩南無金剛太平等菩薩南無了別一切句義大辯尊菩薩南無開敷神通德童子菩薩南無隱身菩薩南無毗盧遮那頞光明菩薩南無金剛智光明鼻藏菩薩南無甘露軍荼利菩薩南無出一切如來法輪聲髻菩薩南無堅牢惠菩薩南無吉祥藏菩薩南無金剛智光明慧藏菩薩南無名稱面威無礙覺菩薩南無金剛光明鉤菩薩南無持一切如來師子座冠菩薩南無如來遊戲諸王網髻功德淨藏菩薩南無金剛根本波羅蜜菩薩南無徧十方燈明菩薩南無光明徧照高貴德王菩薩南無善德百千菩薩南無普照法界虛空冠菩薩南無破惡道光明菩薩南無善作功德寶華光明菩薩

南無金剛善哉菩薩南無金剛智光明心藏菩薩南無不憍慢稱尊菩薩南無無邊智聚思惟莊嚴菩薩南無除衆憂冥菩薩南無多離垢莫能當光菩薩南無顯赫孕恩施菩薩南無徧住世間如師子行金剛藥叉菩薩南無金剛智光明身藏菩薩南無諸告意月佉菩薩南無驚怖一切魔宮吼聲菩薩南無寶德智威菩薩南無無分別離分別聲菩薩南無超山頂濡天菩薩南無功德光照王菩薩南無無性光菩薩南無一切莊嚴淨德藏菩薩南無無量光菩薩南無大速行住持菩薩南無雜綵冠菩薩南無師子神通無垢稱菩薩南無普照光菩薩南無寂靜自在王菩薩南無離垢光菩薩南無普滅一切闇燈明菩薩南無三歸慈菩薩南無佛法丈夫月菩薩

南無受用身菩薩南無金剛智光明智藏菩
薩南無勝諸分菩薩南無持妙自在光菩薩
南無福德幢菩薩南無金剛智光明舌藏菩
薩南無無礙音菩薩南無思惟虛空意菩薩
南無等樂趣佛菩薩南無優鉢羅華尊妙尊
菩薩南無持山巖菩薩南無樂行大名稱菩
薩南無無怯行菩薩南無制持諸根高炬王
菩薩南無無邊惠菩薩南無行吉月光燄菩
薩南無童子住菩薩南無頂中光明無礙幢
菩薩南無持祠身菩薩南無曩鼻普光幢菩
薩南無恕輪稠菩薩南無持行如地華莊嚴
菩薩南無蠲慢意菩薩南無金剛光明索菩
薩南無擇戰鬪菩薩南無日龍吉祥梵相燄
菩薩南無除諸蓋菩薩南無寶炬光明勝菩
薩南無蓮華淨菩薩南無虛空平等智光相
菩薩南無一切善根實聚菩薩南無蓮首光
炎月菩薩南無衆香手菩薩南無大魔不勝
一切聲菩薩南無最上蓮華吉祥菩薩南無
疾辯然燈首菩薩南無摩尼髻菩薩南無普
幢增長雲光明菩薩南無淨臂無礙光明菩
薩南無欲顯蓮華月菩薩南無山相擊菩薩
南無無邊觀行摩留天菩薩南無曼殊師利
童子菩薩南無善臂高精進菩薩南無住持
色菩薩南無無邊光曜那羅延菩薩南無大
雲一切施安菩薩南無賢首金剛步菩薩南
無勝成就菩薩南無地持天吉光明意菩薩
南無大雲滿雨心王菩薩南無大士羅那德
菩薩南無金剛志菩薩南無日藏喜授彌留
王菩薩南無普照諸趣燈明菩薩南無勝願
曇無竭菩薩南無無礙見菩薩南無聲聞無

毘盧舍那菩薩南無金剛法界自性菩薩南
無人德常精進菩薩南無須彌頂菩薩南無
識機德首無邊觀菩薩南無蓮華具足行劫
菩薩南無大力妙聲吼菩薩南無護賢劫菩
薩南無普峯常憶無邊步菩薩南無如來法
雲香髻菩薩南無龍德寶輪菩薩南無勝上
月王菩薩南無彼滿月光明菩薩南無須彌
頂王菩薩南無無量化身菩薩南無清淨聲
光菩薩南無淨意月幢菩薩南無無礙轉法
輪菩薩南無須彌山聲菩薩南無功德無量
菩薩南無金剛得堅菩薩南無奮迅電光菩
薩南無頂髻德光王菩薩南無電光莊嚴菩
薩南無一切吉利菩薩南無善根雷聲菩薩
南無大將才首菩薩南無伱嚩破諸魔菩薩
南無離名世親菩薩南無一切出生菩薩南

無善超淨光菩薩南無心如虛空菩薩南無
德首無明障菩薩南無惦那摩提菩薩南無
無量示現菩薩南無妙德藏菩薩南無寶月
金剛意菩薩南無法鼓響聲心勇猛菩薩南
無普徧吉祥菩薩南無山樂說菩薩南無明
月如來藏菩薩南無寶頂藥王增上意菩薩
南無功德光王菩薩南無師子慧菩薩南無
法熾虛空藏菩薩南無地上響聲無垢上菩
薩南無大莊嚴光菩薩南無功德慧菩薩南
無寶授蓮華勝菩薩南無善月燄光無比慧
菩薩南無淨無垢胎菩薩南無精進慧菩薩
南無滿月蓮華手菩薩南無藥上菩薩南無
雨聲菩薩南無相應辯菩薩南無悅諸方冠
菩薩南無無量意菩薩南無神授不捨軛菩
薩南無持土大燈無障礙菩薩南無徧法界

音菩薩南無勇猛德菩薩南無勝眼步三界
菩薩南無聖藏普華菩薩南無無盡意菩薩
南無無色莊嚴菩薩南無不著行菩薩南無
離闇斷諸蓋菩薩南無實語應聲菩薩南無
如理慧菩薩南無妙高山王菩薩南無最勝
意菩薩南無地藏入功德菩薩南無目首普
觀深說者菩薩南無諸功德身菩薩南無佛
地慧菩薩南無廣德常悲泣菩薩南無普眼
大山那迦達菩薩南無雲山吼聲菩薩南無
高天菩薩南無妙鼓聲菩薩南無堅勝難量
菩薩南無功德月菩薩南無歡喜高王菩薩
南無普賢月勝菩薩南無大雲日藏菩薩南
無如來齊光照耀菩薩南無日光千相菩薩
南無慧王菩薩南無羅網光菩薩南無種性
智光菩薩南無離染覺菩薩南無大雲雷燈

菩薩南無不動華步菩薩南無無邊功德菩
薩南無諸根常定不亂菩薩南無持意增念
菩薩南無淨天菩薩南無無高下菩薩南無
鉤鎖善安離取捨菩薩南無斷諸嚴王菩薩
南無淨勝善意菩薩南無月光普現菩薩南
無虛空無礙智藏菩薩南無善明彌勒菩薩
南無慧明菩薩南無彌樓燈菩薩南無光藏
等心無斷辯菩薩南無山峯住持菩薩南無
阿差耶末菩薩南無善利智眼菩薩南無金
剛波羅蜜多菩薩南無德寶智月菩薩南無
普光菩薩南無星宿幢菩薩南無思益多羅
菩薩南無隨智行菩薩南無蓮華莊嚴菩薩
南無那羅延天菩薩南無善教詔意菩薩南
無三曼陀颰陀羅菩薩南無無滅進意菩薩
南無龍勝蓮華意菩薩南無寶幢堅固慧菩

薩南無金華光明德菩薩南無寶眼普光明
菩薩南無一塵解脫月菩薩南無妙身清淨
慧菩薩南無寶藏光炎月菩薩南無總持常
加行菩薩南無善思甚深境菩薩南無法眼
慈不聲菩薩南無一行放光月菩薩南無法
光增上慧菩薩南無寶手同名菩薩南無光
明常照手菩薩南無金莊嚴光明菩薩南無
迦葉自在天菩薩南無勝天大威力菩薩南
無寶瓶大勢至菩薩南無曼陀羅婆沓菩薩
南無無障礙受記菩薩南無住持世間手菩
薩南無常微笑寂根菩薩南無法雲王滿足
菩薩南無首俱具諸辯菩薩南無大光明網
藏菩薩南無普寶燄妙光菩薩南無海月光
大明菩薩南無普覺悅意聲菩薩南無普智
雲日幢菩薩南無督通捨諸蓋菩薩南無妙
德虛空音菩薩南無智海上菩薩南無聞月
作光明菩薩南無優鉢羅華寶眼菩薩南無
天冠徧照藏菩薩南無照法聲菩薩南無明
慧寶仙仁菩薩南無五頂輪王菩薩南無華
德菩薩南無勇友無量慈菩薩南無因坻達
菩薩南無定藏金剛髮菩薩南無一切法界
普音菩薩南無金剛舞光明菩薩南無離垢
稱菩薩南無持進勝思惟菩薩南無因陀羅
網菩薩南無金髻菩薩南無法利菩薩南無
明燄成菩薩南無無礙慧菩薩南無信慧那
羅延菩薩南無平等心轉法輪菩薩南無勝
惠金剛燈菩薩南無寶功德菩薩南無信進
金剛華菩薩南無若干瓔珞莊嚴菩薩南無
曠意菩薩南無神通幢菩薩南無無邊法菩
薩南無法力摩訶須菩薩南無衆生善根香

音菩薩南無嚴本普威儀菩薩南無無能測
菩薩南無勇步無憂首菩薩南無衆生功德
香音菩薩南無入度龍主髻菩薩南無愛眼
見菩薩南無勝藏光燄幢菩薩南無金剛善
哉光明菩薩南無幢勝金剛塗菩薩南無善
觀眼菩薩南無善筭菩提幢菩薩南無金剛
甘露光明菩薩南無普賢勝威德菩薩南無
青蓮華眼菩薩南無金剛大辯菩薩南無寂
慧菩薩南無智惠普照明藏菩薩南無須彌
勝藏菩薩南無波頭摩眼菩薩南無金剛光
明鎖菩薩南無不思議惠菩薩南無盡滅菩
薩南無觀無底度境界菩薩南無吼聲月藏
菩薩南無魔不降伏菩薩南無無著無畏積
菩薩南無一切義藏菩薩南無聲徧大地菩
薩南無難有菩薩南無金剛手祕密主菩薩

南無文殊師利菩薩南無所視無底菩薩南
無普照菩薩南無壞虛猒意見菩薩南無閉
塞諸蓋菩薩南無慧嚴實淨菩薩南無有說
菩薩南無不誑一切衆生菩薩南無饒益廣
意菩薩南無所起即海菩薩南無不退菩薩
南無功德王影像菩薩南無淨雲廣慧菩薩
南無法首焰藏菩薩南無選戰菩薩南無於
諸音響最妙菩薩南無廣意覺意菩薩南無
父師善見菩薩南無不住菩薩南無金剛寶
菩薩南無德藏慧燈菩薩南無金剛禪定眼
光明菩薩南無一切願海摩尼髻菩薩南無
大雲龍樹王菩薩南無自在光菩薩南無如
來法雲香髻菩薩南無金剛薩埵菩薩南無
虛空眼菩薩南無實相等觀菩薩南無十百
光明火熾然菩薩南無一切化佛光明髻菩

薩南無世尊無能勝菩薩南無暢音聲菩薩
南無梵音響如雷雨菩薩南無大莊嚴光菩
薩南無金剛護菩薩南無變化普光菩薩南
無金剛遊步勝諸分菩薩南無種種樂說莊
嚴藏菩薩南無法界眼照覺菩薩南無離攀
緣菩薩南無師子步過無懼菩薩南無棄諸
惡趣菩薩南無那伽慧菩薩南無說意現前
菩薩南無德嚴妙臂道場音菩薩南無一切
莊嚴淨德藏菩薩南無護國普明覺菩薩南
無入志性菩薩南無一切行深智王菩薩南
無無尊爲尊菩薩南無金剛踊菩薩南無達
慧和檀菩薩南無希生達意離塵光菩薩南
無無邊光明法雲地菩薩南無普象世間慧
菩薩南無思無礙菩薩南無決衆生性誼度
菩薩南無智積菩薩南無呪手菩薩南無觀

世音菩薩南無不可思議菩薩南無妙月菩
薩南無波頭摩勝菩薩南無法日菩薩南無
寶蓋山菩薩南無金剛慧菩薩南無一切常
現神通菩薩南無無礙虛空智藏菩薩南無
不動華步菩薩南無智日菩薩南無波頭摩
眼菩薩南無法眼菩薩南無大光明菩薩南
無智光慧菩薩南無一切香燄光幢菩薩南
無一切須彌德藏菩薩南無法自在慧菩薩
南無普見菩薩南無無邊照世菩薩南無持
世菩薩南無智慧輪菩薩南無金剛智菩薩
南無一切慧雲心王菩薩南無無量光明燄
藏菩薩南無一切善慧菩薩南無最上菩薩
南無普光明相菩薩南無無比菩薩南無性
莊嚴菩薩南無金剛燄菩薩南無一切波頭
摩幢菩薩南無無量因陀羅德菩薩南無不

取諸法菩薩南無佛日菩薩南無不空奮迅
菩薩南無法慧菩薩南無最勝幢菩薩南無
金剛踊菩薩南無一切月光光明菩薩南無
清淨光明莊嚴菩薩南無斷諸惡道菩薩南
無寶頂菩薩南無無邊功德菩薩南無智擇
菩薩南無大勢至菩薩南無虛空藏菩薩南
無一切斷諸嚴王菩薩南無無量因陀羅網
菩薩南無發行成就菩薩南無寶藏菩薩南
無波頭摩眼菩薩南無勝意菩薩南無善導
師菩薩南無金剛意菩薩南無一切拔陀波
羅菩薩南無無量功德王慧菩薩南無住一
切有菩薩南無德藏菩薩南無不疲倦意菩
薩南無勝愿菩薩南無寂靜心菩薩南無光
明意菩薩南無一切清淨聲光菩薩南無無
量天山菩薩南無天吉菩薩南無住持寂靜
菩薩南無地藏菩薩南無寶天菩薩南無寶
髻菩薩南無廣德菩薩南無三界尊菩薩南
無無邊見菩薩南無一切法樂莊嚴菩薩南
無無量無邊觀行菩薩南無樂說無滯菩薩
南無寶掌菩薩南無海天菩薩南無海慧菩
薩南無勝護菩薩南無自在天菩薩南無摩
尼髻菩薩南無一切清淨三輪菩薩南無一
切大海深王菩薩南無陀羅尼自在王菩薩
南無施相菩薩南無無量無邊心勇猛菩薩
南無優波羅眼菩薩南無一切智慧普照明
藏菩薩南無不可思議救惡趣菩薩南無普
寶髻華幢菩薩南無燈明菩薩南無淨王菩
薩南無賢首菩薩南無無量意菩薩南無餤
熾妙菩薩南無無量功德海意菩薩南無普
音功德海幢菩薩南無勝藏菩薩南無無量

無邊精進首菩薩南無文殊師利菩薩南無一切海德菩薩南無寶嚴淨意菩薩南無帝釋王德菩薩南無大香象菩薩南無功德自在王菩薩南無大光菩薩南無雷音菩薩南無喜王菩薩南無進寂菩薩南無無損志菩薩南無善淨意菩薩南無妙相嚴淨王意菩薩南無大光明網照藏菩薩南無上意菩薩南無無量無邊師子吼菩薩南無曇摩師利菩薩南無無量能滅一切怖意菩薩南無普德最勝燈光照菩薩南無普智光照如來境菩薩南無離憂菩薩南無善明菩薩南無上慧菩薩南無無垢藏菩薩南無妙勝藏菩薩南無寶印手菩薩南無不空見菩薩南無破諸魔勝意生菩薩南無大意菩薩南無無量無邊師子志菩薩南無毗盧遮那菩薩南無無量不誑一切衆生菩薩南無大勇猛力善奮迅菩薩南無一切聲性菩薩南無宮殿聲菩薩南無普賢菩薩南無普明菩薩南無普慧菩薩南無無垢上菩薩南無捷疾辯菩薩南無一切慧上精進菩薩南無無攀緣轉法輪菩薩南無造化菩薩南無無量無邊離垢藏菩薩南無普光明月菩薩南無不動行步菩薩南無一切天讚菩薩南無離法境界得大勢菩薩

諸佛世尊如來菩薩尊者神僧名經卷第十

八

諸佛世尊如來菩薩尊者神僧名經卷第十九

南無照一切世間莊嚴菩薩南無持人菩薩南無善思菩薩南無德首菩薩南無功德慧菩薩南無無礙辯菩薩南無淨月藏越三界菩薩南無摩尼珠普光明菩薩南無雨滴菩薩南無無量無邊離垢淨菩薩南無栴檀勝藏菩薩南無伏一切界得大精進菩薩南無善思議意大勢至菩薩南無海月大光明無邊菩薩南無持王菩薩南無太山菩薩南無除幻菩薩南無同解脱菩薩南無一切功德藏菩薩南無佛勝藏越三世菩薩南無無邊幢菩思惟菩薩南無照意菩薩南無無量陀羅尼自在檀那師利菩薩南無見一切意無障礙智菩薩南無一切障斷捨惡趣菩薩南無普覺月意聲菩薩南無法幢菩薩南無妙音菩薩南無震意菩薩南無炎熾藏菩薩南無一切尊自在菩薩南無解脱月善行步菩薩南無寶音聲法炬燈菩薩南無益意菩薩南無無量那羅延德藏菩薩南無除諸幽闇菩薩南無福德勝藏菩薩南無優鉢羅目菩薩南無一切吉利無量慧菩薩南無無礙轉法輪菩薩南無光觀菩薩南無寶峯菩薩南無帝授菩薩南無獨步世菩薩南無一切行徹利菩薩南無大海德祭無岸菩薩南無大音聲善喜光菩薩南無善住菩薩南無無量思惟無礙意菩薩南無羅隣師利菩薩南無斷惡道障菩薩南無佛陀師利菩薩南無除一切蓋不置遠菩薩南無師子步雷音菩薩南無山峯菩薩南無導師菩薩南無密室菩

薩南無無障慧菩薩南無無量法意轉法輪
菩薩南無不可動金剛藏菩薩南無大嚬申
轉女身菩薩南無月藏菩薩南無無量思惟
虛空意惟闍師利菩薩南無步不動迹棄諸
勤苦菩薩南無師子奮迅妙色志菩薩南無
功德寶髻智生菩薩南無大嚴菩薩南無濟
波菩薩南無愛見菩薩南無觀自在菩薩南
無無量大福光智生菩薩南無寶勝菩薩南
無栴檀德藏菩薩南無善意菩薩南無一切
妙聲菩薩南無無量寶月菩薩南無海莊嚴
藏普菩薩南無師子意菩薩南無善月菩薩
南無一切賢首菩薩南無寶路菩薩南無無
量那羅延菩薩南無法自在菩薩南無成就
一切義菩薩南無天勝藏菩薩南無智意菩
薩南無善見菩薩南無寂意菩薩南無寶炬

菩薩南無一切深聲菩薩南無無量智眼菩
薩南無無邊大自在菩薩南無無垢智菩薩
南無普現菩薩南無一切普眼菩薩南無圓
滿菩薩南無思益菩薩南無無量莊嚴王菩
薩南無妙鼓聲菩薩南無一切無障眼菩薩
南無華勝藏菩薩南無定意菩薩南無愛見
菩薩南無勝藏菩薩南無常憶菩薩南無一
切無言菩薩南無無量勝護菩薩南無無邊
勝成就菩薩南無無障礙菩薩南無月勝菩
薩南無一切善臂菩薩南無寶事菩薩南無
淨勝菩薩南無無量無邊觀菩薩南無住佛
聲菩薩南無一切無礙見菩薩南無增法志
菩薩南無海意菩薩南無聖藏菩薩南無堅
意菩薩南無善住菩薩南無一切普華菩薩
南無無量善眼菩薩南無無邊勇猛德菩薩

南無寶印手菩薩南無離垢菩薩南無一切普眼菩薩南無勇意菩薩南無寶杖菩薩南無無量華莊嚴菩薩南無十方菩薩南無一切成就有菩薩南無無量志菩薩南無德本菩薩南無日藏菩薩南無得大菩薩南無寂行菩薩南無一切火光菩薩南無無量勝眼菩薩南無無邊善思議菩薩南無決定法菩薩南無金髻菩薩南無一切寶手菩薩南無寶勝菩薩南無龍德菩薩南無無量娑伽羅菩薩南無法界菩薩南無一切曇無竭菩薩南無持大會菩薩南無奚首菩薩南無寶性菩薩南無寶授菩薩南無勝授菩薩南無一切德王菩薩南無無量仁壽菩薩南無無邊得大勢菩薩南無善發趣菩薩南無上願菩薩南無一切最勝菩薩南無光曜菩薩南無普燄菩薩南無無量金剛拳菩薩南無妙吉祥菩薩南無一切無比慧菩薩南無增益意菩薩南無揵聚菩薩南無法志菩薩南無慈氏菩薩南無上際菩薩南無一切水光菩薩南無無量大相菩薩南無無邊寂戒慧菩薩南無堅固志菩薩南無勇步菩薩南無一切明照菩薩南無普上菩薩南無大月菩薩南無無量金剛敷菩薩南無轉法輪菩薩南無一切無礙慧菩薩南無無寶意菩薩南無廣慧菩薩南無首藏菩薩南無堅勢菩薩南無滿願菩薩南無一切持魔菩薩南無無量善筭菩薩南無無邊無盡意菩薩南無無著意菩薩南無法幟菩薩南無一切慧密菩薩南無無等菩薩南無趣意菩薩南無無量金剛明菩薩南無衆勝王菩薩南無一切增上意

菩薩南無師子作菩薩南無具辯菩薩南無
寶士菩薩南無歡曜菩薩南無盡慧菩薩南
無濡音菩薩南無無量寶首菩薩南無無邊
吉義意菩薩南無無盡意菩薩南無普化菩
薩南無一切覺首菩薩南無智首菩薩南無
覺意菩薩南無無量金剛軍菩薩南無度衆
生菩薩南無一切除惡道菩薩南無如來藏
菩薩南無法嚮菩薩南無妙德菩薩南無彌
勒菩薩南無息意菩薩南無一切金瓔菩薩
南無無量大力菩薩南無無邊功德首菩薩
南無精進慧菩薩南無法上菩薩南無一切
勝嚮菩薩南無過意菩薩南無辯積菩薩南
無無量須彌王菩薩南無不可思議諸菩薩
南無一切功德慧菩薩南無無量步菩薩南
無法涌菩薩南無無量法王菩薩南無常現

神通菩薩南無斷諸魔菩薩南無大悲思惟
佛菩薩南無清淨三輪菩薩南無無量光明
菩薩南無觀世音菩薩南無圓覺菩薩南無
至敬常淨菩薩南無火光菩薩南無大月光
山菩薩南無師子吼菩薩南無無礙轉法輪
菩薩南無會法智菩薩南無甘露光解脫王
菩薩南無淨諸業障菩薩南無圓滿菩薩南
無天勝藏菩薩南無文殊師利菩薩南無施
蓮華行菩薩南無善順金剛會菩薩南無至
光英菩薩南無善勇猛蓮華髻菩薩南無喜
王菩薩南無惠施菩薩南無淨月藏菩薩南
無普護菩薩南無寶音聲菩薩南無普照十
方冠菩薩南無觀月菩薩南無世主王菩薩
南無稱自在可畏莫能犯菩薩南無普徧吉
祥菩薩南無功德寶光菩薩南無月王菩薩

南無雲音菩薩南無滅惡趣菩薩南無勝辯菩薩南無寶仙仁菩薩南無覺意雷音王菩薩南無增意菩薩南無梵主王菩薩南無一切願海音寶王髻菩薩南無普念菩薩南無無數劫脩菩薩南無光相菩薩南無辯峯菩薩南無普戒菩薩南無大德菩薩南無大音王菩薩南無廣大深妙聲菩薩南無寶住菩薩南無得勤精進菩薩南無大雲常現菩薩南無無性自在金寶瓔珞菩薩南無寶日菩薩南無一切語言菩薩南無淨藏菩薩南無梵音菩薩南無漏盡菩薩南無寶勝菩薩南無世間光菩薩南無功德光照王菩薩南無普寤菩薩南無越三界足菩薩南無大雲無礙菩薩南無感父母業如意光積菩薩南無大地菩薩南無一切義成菩薩南無德光王

菩薩南無藥王軍菩薩南無明首菩薩南無斷憂闇菩薩南無常調身菩薩南無金剛佛眼光明菩薩南無善觀眼菩薩南無金剛聲光明菩薩南無普蓮華菩薩南無寶海菩薩南無降伏一切諸根境界菩薩南無法勝菩薩南無無垢普藏菩薩南無摩訶須菩薩南無勝華藏菩薩南無光德菩薩南無地威德菩薩南無勝思惟菩薩南無金剛寶蓋光明菩薩南無日威德菩薩南無栴檀光天冠菩薩南無寶多羅戰勝菩薩南無寶手自在菩薩南無銅寶瓔珞菩薩南無海惠菩薩南無帝釋王德菩薩南無濡天菩薩南無照意菩薩南無德染智辯菩薩南無智德菩薩南無無邊禪菩薩南無師子步暢音菩薩南無吉祥密菩薩南無出生願海音珠冠菩薩南無

說息愛意大衆自在菩薩南無溥首菩薩南
無銀寶瓔珞菩薩南無妙幢菩薩南無喜見
菩薩南無蔽塞諸障法菩薩南無日盛菩薩南
無和輪調菩薩南無破一切光王菩薩南無
無吾我菩薩南無離一切佛法慢髻菩薩南
無法無垢月優鉢羅德菩薩南無智上菩薩
南無不動足進菩薩南無天王光菩薩南無
金剛燈光明菩薩南無神通華菩薩南無大
雲牛王吼菩薩南無海意菩薩南無除疑菩
薩南無大雲施雨菩薩南無明見光賢菩薩
南無大明菩薩南無普香菩薩南無梵音菩
薩南無光幢菩薩南無金光炎菩薩南無金
剛衣光明菩薩南無無憂施俱素摩勝藏寶
願菩薩南無普觀菩薩南無大雲愛樂菩薩
南無大智光明菩薩南無羼提菩薩南無等

心菩薩南無深彌菩薩南無海音菩薩南無
德王菩薩南無常明曜菩薩南無勝慧離憂
菩薩南無大悲心菩薩南無日光明無見菩
薩南無增長意總持菩薩南無吉祥法炬燈
菩薩南無淨月藏德音菩薩南無光觀菩薩
南無佛勝藏菩薩南無慧密金剛菩薩南無
大光明菩薩南無上精進善行菩薩南無清
淨慧善思菩薩南無功德林藥王菩薩南無
天勝藏普光明菩薩南無智林菩薩南無得
大勢菩薩南無勇步山雷菩薩南無無攀緣
菩薩南無除惡道增長菩薩南無無著意無
邊菩薩南無離垢藏淨王菩薩南無無垢藏
歡曜菩薩南無月光菩薩南無獨步世菩薩
南無藥上金山菩薩南無須彌幢菩薩南無
不虛見仁壽菩薩南無光藏如言行菩薩南

無善丈夫法幢菩薩南無地鳴聲常加行菩
薩南無善明菩薩南無思心菩薩南無蓮華
德藏菩薩南無覺林盡慧善稱菩薩南無欲
光菩薩南無無怨菩薩南無山峯不可盡除
幻菩薩南無星宿王光照藏菩薩南無一塵
佛菩薩南無成行菩薩南無善發趣菩薩南
無普燈菩薩南無嚴意菩薩南無大雲不輕
菩薩南無大雲勤藏德臻菩薩南無常現菩
薩南無離塵光端嚴幢菩薩南無頂中光明
一切義藏菩薩南無如來胎菩薩南無道場
冠菩薩南無無限意菩薩南無月幢菩薩南
無難量菩薩南無羅隣那竭菩薩南無虚空
無垢梵幢菩薩南無其心堅重菩薩南無妙
身菩薩南無大雲菩薩南無大海菩薩南無
海德寶嚴淨意菩薩南無無邊際菩薩南無

光明手菩薩南無三昧藏菩薩南無諸天菩
薩南無十方菩薩南無大奮迅王菩薩南無
發心即轉法輪菩薩南無持意增念菩薩南
無光天菩薩南無金剛大身菩薩南無鼻揉
多羅菩薩南無善淨眼菩薩南無無緣觀菩
薩南無大雲電光菩薩南無一向照善覺菩
薩南無寶相天王菩薩南無月王智吉祥菩
薩南無大智光明菩薩南無多羅菩薩南無
寶慶光天菩薩南無天光菩薩南無法界普
光菩薩南無無性出生王菩薩南無梵王雷
音菩薩南無無邊稱菩薩南無妙意菩薩南
無不究竟菩薩南無光英菩薩南無光智菩
薩南無寶燄菩薩南無寶華菩薩南無善明
彌勒菩薩南無淨紫金菩薩南無法界音聲
菩薩南無那伽慧菩薩南無心王菩薩南無

一切龍天功德山菩薩南無龍意寶莊嚴菩薩南無平等性智菩薩南無最勝自在王菩薩南無無邊自在王菩薩南無無量觀出一切世菩薩南無難出現智藏菩薩南無一切吉利菩薩南無善歡喜菩薩南無一照明燈菩薩南無自性光菩薩南無普威儀菩薩南無具足平等菩薩南無燄明無量定菩薩南無金剛大辨菩薩南無清淨辨才菩薩南無蓮華具足菩薩南無自在光菩薩南無甘露光菩薩南無妙色莊嚴菩薩南無一切佛藏冠菩薩南無離塵菩薩南無妙真金菩薩南無功德莊嚴菩薩南無大雲得志菩薩南無持妙色菩薩南無光明燄藏菩薩南無明慧菩薩南無普徧自在菩薩南無普利可見菩薩南無大雲歡喜菩薩南無菩提燄菩薩南

無功德孕菩薩南無蓮華德藏菩薩南無寶有稱尊菩薩南無雲音上勝菩薩南無智藏雲音菩薩南無妙華勝寶光菩薩南無普徧吉祥菩薩南無天光菩薩南無梵音天冠菩薩南無天王菩薩南無善德百千菩薩南無師子步雷音菩薩南無曼陀羅香菩薩南無威光王菩薩南無普智菩薩南無大海德菩薩南無燈王菩薩南無燈手菩薩南無大慧菩薩南無大明菩薩南無善財功德菩薩南無徧照明菩薩南無如意光明菩薩南無善將導菩薩南無超倫菩薩南無無邊法王淨德藏菩薩南無無相普光幢菩薩南無法自在慧菩薩南無如來願珠髻菩薩南無無礙轉法輪菩薩南無積諸德本如壘寶菩薩南無妙色志普護菩薩南無淨珠嚴行菩薩南

無智定意菩薩南無大海深王菩薩南無普
照冠菩薩南無普端嚴菩薩南無無量眞寶
菩薩南無妙華金剛孕菩薩南無須彌勝藏
菩薩南無王頂輪王菩薩南無金剛大意菩
薩南無福德光菩薩南無無髻王菩薩南無
無礙光炎菩薩南無大雲龍樹王菩薩南無
韋藍菩薩南無吉祥峯菩薩南無具殊勝見
菩薩南無增修行智菩薩南無珠相餤菩薩
南無栴檀勝藏菩薩南無持進菩薩南無妙
法自在菩薩南無師子威德菩薩南無大雲
正見菩薩南無蓮華孕菩薩南無無限意菩
薩南無光明寶勝菩薩南無快慧希生菩薩
南無大雲愛染菩薩南無光勝菩薩南無等
觀菩薩南無大金光莊嚴菩薩南無師子威
猛音菩薩南無金剛器仗菩薩南無見一切

義天冠菩薩南無恩施菩薩南無光天菩薩
南無寂靜慧菩薩南無海莊嚴藏菩薩南無
求善法菩薩南無觀志菩薩南無慧燈菩薩
南無寶莊嚴堅意菩薩南無那羅延德藏菩
薩南無金剛足進菩薩南無現一切法光常
菩薩南無嚴王菩薩南無多羅菩薩南無最
勝慧勇脩行智菩薩南無無染行菩薩南無
大音聲菩薩南無寶吉祥菩薩南無大降伏
魔羅菩薩南無無邊照智王菩薩南無大雲
清淨雨菩薩南無如來願珠髻菩薩南無難
量菩薩南無光常菩薩南無吉祥光童眞菩
薩南無慧燈菩薩南無法力菩薩南無威明
燈菩薩南無照法聲菩薩南無無礙轉法輪
菩薩南無金剛鏡供養菩薩南無大雲名稱
喜菩薩南無金剛智威德菩薩南無餤光菩

薩南無飛行菩薩南無暢音聲雄施菩薩南無降魔菩薩南無寶喜菩薩南無龍王髻菩薩南無空無菩薩南無金剛大降魔菩薩南無普賢勝威德菩薩南無彼滿月光明菩薩南無陀羅尼威德菩薩南無徧一切法界音德嚴菩薩南無宿王光照藏菩薩南無優鉢羅華勝藏菩薩南無智慧行菩薩南無一切相莊嚴淨勝藏菩薩南無金剛利菩薩南無鳩舍菩薩南無金剛舞光明菩薩南無瑠璃寶瓔珞菩薩南無大雨電言辭菩薩南無平等光明月菩薩南無示一切大願音慧嚴菩薩南無清淨功德藏菩薩南無一切三世香髻菩薩南無徧照藏菩薩南無一切願海音寶王髻菩薩南無名清淨果菩薩南無樂慧光明菩薩南無功德光明王藏菩薩南無大悲雲雷音菩薩南無佛變化燄髻菩薩南無法界燄智天冠菩薩南無緊迦羅上友菩薩南無一切佛現在藏冠寶嚴海悲菩薩南無地音大意菩薩南無寂定離塵菩薩南無妙相嚴淨王意菩薩南無石山音智光菩薩南無徧說智妙息菩薩南無一切世間寂音菩薩南無照明藏大惠菩薩南無一切願海摩尼髻紫摩金色菩薩南無毗盧遮那勝寶光菩薩南無遊無際法行菩薩南無蓋一切障法勇德菩薩南無無礙聲菩薩南無信樂意菩薩南無德海幢菩薩南無不住菩薩南無波頭摩藏菩薩南無智吉祥菩薩南無除一切蓋障菩薩南無不疲倦意勢力慧菩薩南無無礙幢菩薩南無華上智菩薩南無大海聲菩薩南無普廣菩薩南無賢德菩薩南無

普徧吉祥菩薩南無金剛琵琶供養菩薩南
無無性自性出生王菩薩南無深意王菩薩
南無無礙光菩薩南無覺悟意菩薩南無無
礙覺菩薩南無淨身菩薩南無海德菩薩南
無大辯化王菩薩南無金剛大三摩地菩薩
南無諸佛師子座覆觀菩薩南無天主王菩
薩南無無性光菩薩南無善淨意菩薩南無
無斷辨菩薩南無光明藏菩薩南無無垢德
菩薩南無一切莊嚴淨德藏菩薩南無虛空
覺菩薩南無端嚴藏菩薩南無清淨惠菩薩
南無普吉祥威力菩薩南無福德須彌上菩
薩南無一切化佛光明髻菩薩南無神通王
菩薩南無無量德菩薩南無普照法界智慧
冠菩薩南無大雲持法菩薩南無海慧超越
菩薩南無滿一切意樂菩薩南無普淨德炎

菩薩南無正法日威力菩薩南無寂靜自在
王菩薩南無普照三世覺菩薩南無無邊莊
嚴菩薩南無光明勝菩薩南無賢善首菩薩
南無淨寶光明威德王菩薩南無金剛藏菩
薩南無堅精進菩薩南無大勢至菩薩南無
功德珊瑚上菩薩南無思惟虛空意菩薩南
無過去現在未來菩薩南無妙高王菩薩南
無無斷辨菩薩南無普法界虛空光觀菩薩
南無軷陀師利菩薩南無不動華步菩薩南
無無障礙受記菩薩南無斷一切憂菩薩南
無智光影威力菩薩南無勢力自在王菩薩
南無成就一切義菩薩南無月光光明菩薩
南無無能測菩薩南無清淨慧菩薩南無毗
盧遮那差別藏菩薩南無無邊見菩薩南無
吉祥藏菩薩南無無量力菩薩南無平等光

明月菩薩南無功德山威德菩薩南無一切願海摩尼髻菩薩南無光莊嚴菩薩南無功德月菩薩南無無性自性出生王菩薩南無發行成就菩薩南無不取諸法菩薩南無一切法自在菩薩南無住一切聲菩薩南無普賢勝威德菩薩南無無垢眼菩薩南無山王斷一切惡法菩薩南無拔陀波羅菩薩南無無憂受菩薩南無清淨藏菩薩南無名稱面威無礙覺菩薩南無普光上菩薩南無摩尼髻菩薩南無無礙見菩薩南無功德須彌勇菩薩南無遊戲無邊智菩薩南無無量觀出一切世菩薩南無大通王菩薩南無無怖望菩薩南無十百光明火熾然菩薩南無涅羅師利菩薩南無樂說無滯菩薩南無得脫一切縛菩薩南無徧法界音菩薩南無住一切悲見菩薩南無無性出生王菩薩南無法界眼照覺菩薩南無大意聲王菩薩

諸佛世尊如來菩薩尊者神僧名經卷第十九

諸佛世尊如來菩薩尊者神僧名經卷第二

十

南無吉祥容尊者南無蓮華色妙觀尊者南無無邊果尊者南無龍樹尊者南無大福德尊者南無富樓那尊者南無舍利子尊者南無耶殊尊者南無室哩野徧曜尊者南無嚩婆嚩尊者南無得稱尊者南無婆須容尊者南無阿那律尾囉尊者南無大迦葉歡喜尊者南無舍利弗尊者南無優波離尊者南無達野曩蓮華尊者南無麼護惹尊者南無大藥尊者南無羅護羅智通尊者南無竺法護尊者南無目犍連慈尊者南無淨光義寂勝尊者南無除苦惱衆尊者南無蘇惹多尊者南無鉢哩摩大尊者南無法融尊者南無吉迦夜大尊者南無迦旃延慈尊者南無鳩摩羅什勝尊者南無超三界衆尊者南無禰嚩多尊者南無哩嚩那尊者南無慧安尊者南無須菩提上尊者南無蘇禰嚩多尊者南無羯賓那大善尊者南無志真自滿嚴尊者南無不如容多尊者南無蘇頻陀上尊者南無路迦部多尊者南無室囉馱法會尊者南無巨方法海嚴尊者南無伏馱容多尊者南無法尊者南無聖尊者南無常觀尊者南無護國尊者南無玄覺尊者南無神會尊者南無無等斷輪迴尊者南無自在尊者南無慧超智藏光尊者南無普願實徹三摩那尊者南無無盡量尊者南無德尊者南無慧尊者南無天龍尊者南無慧藏尊者南無無住尊者南無如滿尊者南無無了大蓮華尊者南無實積尊者南無法真三滿多尊者南無善覺

普岸蓮華光尊者南無破竈墮尊者南無計
舍嚩意速尊者南無阿難多嚕嚕尊者南無
般若多羅妙尊者南無提多迦業果尊者南
無三麽那智尊者南無賀哩多尊者南無尾
嚩哩多曩尊者南無孫陀羅難陀尊者南無
補瑟婆羅善尊者南無大迦多演曩尊者南
無跋那羅尊者南無闍夜多尊者南無曇照
優波離尊者南無妙觀護國大賢尊者南無
祇多密尊者南無逍遥無邊果尊者南無普
願護國尊者南無蓮華竺法護尊者南無慧
寂曇無讖尊者南無寶雲智眞舍利子尊者
南無般若多羅寶積尊者南無大須菩提尊
者南無普岸無住尊者南無法眞難歡喜尊
者南無那曩尊者南無室哩野娑尊者南無
蓮華色尊者南無三滿多底沙尊者南無阿

努囉馱普髻尊者南無護國尊者南無三滿
多尊者南無大藥尊者南無婆須密尊者南
無尾囉尊者南無正果離三毒尊者南無婆
舍斯多七色尊者南無大福德業果降魔藏
尊者南無妙意尊者南無破竈墮尊者南無
鉢哩摩最勝超三界尊者南無大意嚩婆嚩
尊者南無大廣智不空尊者南無虞嚕迦尊
者南無尊勝舍利弗尊者南無半託迦尊者
南無那連提耶舍尊者南無大賢如會智尊
者南無吉迦夜降魔尊者南無除苦惱尊者
南無蔥野嚩底尊者南無無相慧尊者南無
道通法會尊者南無祇多密尊者南無玄眞
竺法護尊者南無慧海無業尊者南無阿難
陀尊者南無智堅神會妙尊者南無慧能洪
恩玄覺尊者南無曇無讖尊者南無因揭陀

尊者南無迦智慧藏尊者南無吉祥密正梵
尊者南無蘇難那尊者南無慈尊者南無麼
護惹尊者南無勝尊者南無并伽羅尊者南
無大尊者南無蓮華色尊者南無尾舍佉尊
者南無無邊果尊者南無佛馱難提勞囉嚩
尊者南無塢波布囉拏尊者南無大迦多演
曩尊者南無鉢囉麼嚩底尊者南無乳底囉
娑尊者南無舍利弗尊者南無難歡喜那曩
尊者南無布曩哩嚩蘇尊者南無難你迦尊
者南無補瑟娑羅妙尊者南無優鉢羅色尊
者南無孫那哩尊者南無阿它野曩勝尊者
南無僧迦難提尊者南無婆須密尊者南無
尾嚩哩多曩尊者南無迦多演曩尊者南無
祇多密尊者南無嚩囉捺嚩惹尊者南無蘇
婆捺囉尊者南無彌遮迦尊者南無尾愈補

怛囉尊者南無荏麼際曩尊者南無誐底迦
尊者南無麼哩虞迦高尊者南無不如密多
囉馱迦尊者南無俱嚕俱羅慧尊者南無惹
野嚩底尊者南無羅護羅尊者南無鳩摩羅
什尊者南無大迦葉尊者南無須菩提尊者
南無富樓那尊者南無麼護惹尊者南無大
目揵連尊者南無室哩野尊者南無難那吉
迦夜尊者南無舍利弗蓮華大尊者南無羯
賓那尊者南無普髻妙尊者南無普願祇林
舍利子尊者南無寶雲慧海尊者南無達野
曩尊者南無馬鳴大尊者南無蘇頻陀業果
妙尊者南無大善龍山計舍嚩尊者南無法
融自滿尊者南無大福德際多大尊者南無
優波離護國妙尊者南無如會玄真吉祥密
尊者南無智通法海尊者南無護國大賢尊

者南無蓮華三相尊者南無馬鳴尊者南無大迦葉尊者南無歡喜難陀尊者南無自在逍遥無等尊者南無浮盃如會尊者南無妙觀舍利弗尊者南無無了常觀尊者南無龍樹降魔尊者南無性空賢劫尊者南無寶雲大福德尊者南無最勝曇藏尊者南無大善洪恩慈慧尊者南無智威懷讓尊者南無智堅慶護惹尊者南無無相道明尊者南無慧海智常尊者南無大稱正果尊者南無尾囉舍利子尊者南無妙髻尊者南無耶殊尊者南無普願法融無住尊者南無聖堅尊者南無明哲尊者南無際多尊者南無戍博迦尊者南無慧寂立真尊者南無慧滿婆須密尊者南無天龍計舍嚩尊者南無弘恩義淨祇多密尊者南無妙意無邊果尊者南無除苦

惱大尊者南無難那達野曩尊者南無大安崇慧尊者南無勞囉嚩尊者南無多意超三界尊者南無道行羅睺羅尊者南無道常吉祥密尊者南無正原如敏尊者南無降魔藏尊者南無志徹尊者南無迦旃延尊者南無離三毒大尊者南無伽耶迦葉尊者南無鉢羅嚩囉蓮華色尊者南無勞捺囉迦妙尊者南無本淨尊者南無三摩那尊者南無智閑尊者南無竺法護尊者南無摩拏囉他尊者南無提多迦尊者南無麼哩虞迦善尊者南無囉怙羅慧尊者南無你哩尾拏尊者南無大舍利子尊者南無孫那哩尊者南無阿羗樓馱脅尊者南無鳩摩羅什慈尊者南無般若多羅尊者南無頗羅墮惹尊者南無目犍連尊者南無多果尊者南無富樓那尊者南

無慧思尊者南無三滿多尊者南無適悦尊
者南無須菩提尊者南無慈雲尊者南無法
喜尊者南無布囉拏尊者南無普化阿難陀
尊者南無麼呬濕縛娑尊者南無求那跋陀
羅尊者南無那伽犀那尊者南無阿難多尊
者南無伐那婆斯勝尊者南無莎擔没囉尊
者南無阿仡羅迦天尊者南無畢那嚩蹉尊
者南無迦捺囉尊者南無俱嚕俱羅淨尊者
南無大義迦理迦尊者南無優婆塞支謙尊
者南無蘇婆捺囉斷輪迴尊者南無慧威縛
切迦尊者南無法擔没囉尊者南無烏摩多
迦慈尊者南無慧方曉了尊者南無賀哩多
尊者南無玄挺志勤尊者南無師子蓮華光
尊者南無智嚴世容尊者南無摩賀鉢囉惹
鉢囉尊者南無天尊者南無靈湍七色明尊

者南無師蜜毗尼多尊者南無鑒宗苦盡慈
尊者南無正世大蓮華尊者南無高尊者南
無真觀尊者南無鶴勒那尊者南無三色優
波離尊者南無會通麼護那尊者南無鉢囉
鉢哩餤嚩那尊者南無道欽禰嚩多尊者南
無正曜尊者南無蘇難那尊者南無道林尊
者南無作業能尊者南無增益曇無讖尊者
南無慈尊者南無安通因揭陀尊者南無尊
父金頗羅尊者南無施陀扇多尊者南無迦
俱胝尊者南無迦哩尼迦尊者南無大尊者
南無塢波以迦高尊者南無財海尊者南無
烏閉多尊者南無事行尊者南無懷海明尊
者南無靈默囉吠迦尊者南無勝尊者南無
月婆肖那慧尊者南無天尊者南無蘇迦羅
尊者南無數那舍縛陵擬迦尊者南無寶叉

難陀尊者南無菩提流志尊者南無行思尊者南無蘇惹多尊者南無堀多三藏尊者南無跋陀羅尊者南無曇摩伽陀耶舍尊者南無義通尊者南無慈尊者南無阿氏多尊者南無地也以你并伽羅尊者南無善尊者南無闍那崛多尊者南無慧文尊者南無智顗尊者南無湛然尊者南無闍夜多尊者南無曇摩流支尊者南無跋那羅尊者南無達磨戰室濕羅尊者南無大陽尊者南無高尊者南無難你伽尊者南無惟寬施護尊者南無羯賓那尊者南無智尊者南無路伽誐多尊者南無法華尊者南無智威尊者南無靖宗尊者南無吉迦夜尊者南無烏波誐多尊者南無尾舍佉尊者南無法彥蘇尊者南無禰嚩多尊者南無道邃尊者南無蓮華三滿多

尊者南無龍樹尊者南無富樓那尊者南無阿難多尊者南無大廣智不空尊者南無無邊果尊者南無最勝大蓮華尊者南無大迦葉尊者南無天尊者南無三滿多尊者南無優樓頻螺迦葉尊者南無菩提達摩尊者南無大福德尊者南無舍利弗尊者南無馬鳴尊者南無大賢尊者南無般若多羅尊者南無賓度羅跋羅墮闍尊者南無蓮華尊者南無大目揵連尊者南無護國衆尊者南無難陀須菩提尊者南無三布囉拏尊者南無蘇頻陀尊者南無都沙儐彌迦尊者南無布曩哩嚩蘇尊者南無蓮華色尊者南無婆須密尊者南無斷輪迴尊者南無十方尊者南無半託迦尊者南無多財尊者南無大稱尊者南無布囉拏尊者南無麼護惹賀彌迦尊者

南無窣吐羅那多果尊者南無洪恩尊者南無法持尊者南無降魔藏尊者南無祇多蜜尊者南無智堅尊者南無常觀尊者南無天龍尊者南無勝尊者南無曼陀羅仙尊者南無自在尊者南無那連提耶舍尊者南無鳩摩羅什尊者南無淨光義寂尊者南無優波離尊者南無提多迦尊者南無乳底囉娑尊者南無得稱尊者南無大迦多演曩尊者南無伐闍羅弗多羅尊者南無妙意尊者南無跋陀羅尊者南無三摩那普髻尊者南無吉祥蜜尊者南無際多尊者南無塢波布囉拏尊者南無塢波難陀尊者南無你達野以迦尊者南無俱胝迦羅拏尊者南無布曩哩嚩蘇尊者南無補瑟波迦尸迦尊者南無鉢羅麼嚩底尊者南無大須菩提尊者南無蘇惹

多尊者南無尾愈補怛囉尊者南無俱嚕半唧迦尊者南無薩麼際曩天尊者南無無邊果尊者南無計舍嚩尊者南無尾瑟女末底尊者南無慧藏須菩提尊者南無自在阿難陀尊者南無金頗羅尊者南無大福德迦羅尊者南無吉祥蜜尊者南無賢劫斷輪迴尊者南無優波毱多尊者南無富樓那尊者南無娑舍斯多尊者南無龍樹尊者南無鳩摩羅多尊者南無除苦惱尊者南無目揵連尊者南無妙觀尊者南無法施尊者南無尾瑟女羅尊者南無迦諾迦尊者南無跋釐惰闍尊者南無降魔尊者南無富那夜奢尊者南無賢劫尊者南無迦羅阿難多尊者南無佛馱難提尊者南無阿難多尊者南無塢波賀哩多尊者南無達野曩尾囉尊者南無舍利

子尊者南無阿那律尊者南無大蓮華尊者
南無諸天尊者南無大廣智不空尊者南無
僧那尊者南無毗尼多尊者南無波羅婆密
多羅尊者南無般若流支神秀尊者南無雲
居尊者南無龍山尊者南無曇無讖尊者南
無竺法護尊者南無慧能尊者南無玄眞尊
者南無金牛尊者南無妙尊者南無善尊者
南無地婆訶羅尊者南無慧藏尊者南無佛
陀跋陀羅尊者南無菩提流志尊者南無支
婁迦讖尊者南無鉢哩摩尊者南無囉尸迦
尊者南無達磨笈多尊者南無妙髻尊者南
無弁伽羅莎誐多尊者南無金頗羅尊者南
無蘇難那尊者南無多意尊者南無虞嚕迦
尊者南無嚕呬尼頭髻尊者南無彌遮迦尊
者南無健拏尊者南無蘇迦羅耶殊尊者南

無迦毗摩羅尊者南無孫那哩尊者南無三
相尊者南無哩嚩那深財尊者南無諾矩羅
尊者南無多財尊者南無素嚕波囉多迦尊
者南無誐麼迦提洒尊者南無不如密多尊
者南無麼護那尊者南無擬哩迦哩尼尊者
南無嗚波捺以迦尊者南無頗羅墮惹尊者
南無麼護惹尊者南無嚩婆嚩尊者南無注
茶半託迦尊者南無天尊者南無慈慧法尊
者南無無等尊者南無善覺逍遥尊者南無
普頗智常尊者南無童子迦葉尊者南無乳
底囉娑尊者南無吉迦夜尊者南無麼賀底
沙尊者南無普化覺尊者南無弘辯尊者南
無大善常興尊者南無萬歲道通尊者南無
優鉢羅色尊者南無嬌梵波提尊者南無室
哩野阿曩吠那尊者南無蓮華光尊者南無

達野曩尊者南無國道妙尊者南無曇照尊
者南無補瑟娑羅尊者南無靈佑尊者南無
性空尊者南無惹野縛底尊者南無衆中尊
者南無室囉馱尊者南無普岸智眞尊者南
無弃伽羅尊者南無素吤多尊者南無慧寂
脅尊者南無神讚尊者南無阿努囉馱尊者
南無圓暢尊者南無法端尊者南無阿乇野
曩尊者南無洪諲尊者南無因揭陀尊者南
無法會寶雲尊者南無妙說三藏尊者南無
如滿志道尊者南無祇林尊者南無寶徹尊
者南無達磨玄朗尊者南無聖堅玄覺尊者
南無嚩布沙尊者南無竺法護尊者南無慧
滿尊者南無慈雲尊者南無至行廣脩尊者
南無灌頂法喜尊者南無神藏尊者南無太
毓尊者南無道明無相尊者南無湛然如會

尊者南無麼護那尊者南無尾舍佉尊者南
無法海應天尊者南無慧海玄素尊者南無
道信至尊尊者南無迦智尊者南無無住尊
者南無神會黑眼尊者南無至眞無業尊者
南無弘思尊者南無離三毒智常尊者南無
智藏無了尊者南無寶貴法尊者南無道邃
尊者南無全植尊者南無法達總印尊者南
無廣澄辭朗尊者南無慧超尊者南無超三
界智眞尊者南無龍樹尊者南無蓮華色尊
者南無馬鳴尊者南無舍利弗尊者南無鳩
摩羅什尊者南無難陀尊者南無妙髻尊者
南無除苦惱尊者南無迦羅婆尊者南無須
密尊者南無竺法護尊者南無法海天龍妙
尊者南無蓮華大福德尊者南無頗羅墮惹
多財尊者南無計舍嚩尊者南無自在常觀

大尊者南無淨光義寂尊者南無大迦葉尊
者南無耶殊舍利子尊者南無最勝阿難多
尊者南無阿那律尊者南無吉祥密慧滿尊
者南無荏麼際曩囊尊者南無菩提流志尊者
南無普化無等慈慧尊者南無達野曩囊尊者
南無善覺尊者南無堀多尊者南無三藏達
磨尊者南無自滿尊者南無尾嚩哩多曩尊
者南無塢波布囉拏尊者南無尾瑟女末底
尊者南無大廣智不空尊者南無弘辯尊者
南無慈慧祇多密尊者南無法端哩嚩那尊
者南無寶雲如會法融慧可尊者南無計舍
縛尊者南無底沙尊者南無因揭陀尊者南
無達野曩囊尊者南無崇慧弘思大尊者南無
志眞曉了大尊者南無義端慧寂智眞素咻
多尊者南無國道興平大尊者南無道常良

遂尊者南無尾舍佉尊者南無際多除苦惱
尊者南無妙髻室囉馱尊者南無無邊果尊
者南無大福德最勝尊者南無阿他野曩囊尊
者南無智巖無業尊者南無義淨寶積智闊
尊者南無大善尊者南無如滿志誠尊者南
無靈默道信尊者南無普世界大意尊者南
無三滿多底沙尊者南無半託迦尊者南無
業果尊者南無普供養不思議衆尊者南無
鉢羅麼嚩底尊者南無聖堅鶴勒那尊者南
無慧方如滿尊者南無智封道樹尊者南無
大迦葉尊者南無健拏賀哩多尊者南無嚕
呬尼尊者南無善覺洪恩大尊者南無道通
法達大尊者南無巨方無相尊者南無慧超
哩嚩那尊者南無神讚洪諲大尊者南無智
通明哲尊者南無勞囉嚩尊者南無注荼半

託迦尊者南無徧曜尊者南無目揵連尊者
南無離三毒尊者南無斷輪迴尊者南無正
果迦多演曩尊者南無會通玄素尊者南無
太毓慧藏法持尊者南無無邊界自在尊者
南無曇藏慧忠道明本淨尊者南無麼護那
如會尊者南無都沙債彌迦賢劫衆無量尊
者南無吉祥容超三界尊者南無那連提耶
舍尊者南無智威室哩野尊者南無道欽辭
朗性空日子阿那律尊者南無志勤達磨戰
空濕羅尊者南無迦智玄眞大尊者南無龍
山萬歲大尊者南無靈湍普顧廣澄誡底迦
尊者南無圓暢安通大尊者南無智常尊者
南無神秀尊者南無成博迦尊者南無俱嚕
半卿迦尊者南無妙意布囉拏尊者南無賀
哩多尊者南無大迦多演曩菩提達摩尊者
南無大安希運尊者南無寶徹無了智常尊
者南無難歡喜那曩尊者南無妙説元琇尊
者南無靖宗玄挺尊者南無麼護惹懷海尊
者南無塢波賀哩多尊者南無你達野以迦
尊者南無舍利佛尊者南無智藏靈佑尊者
南無智藏毗尼多尊者南無高亭縛切迦尊
者南無章安灌頂尊者南無法華智威尊者
南無阿那律尊者南無蓮華光妙髻無邊果
尊者南無那連提耶舍尊者南無塢波半卿
迦尊者南無性空無等尊者南無常觀達野
曩尊者南無玄素洪恩大尊者南無慧安無
相尊者南無阿難陀尊者南無僧那室哩野
尊者南無妙意幷伽羅尊者南無超三界尊
者南無孫那哩尊者南無優樓頻螺迦葉尊
者南無義淨玄奘尊者南無玄挺惟則尊者

南無仁儉尊者南無尾瑟女末底尊者南無
智真如會尊者南無戒雲普化尊者南無離
三毒尊者南無普願尊者南無紅螺尊者南
無半託迦尊者南無難你迦志徹尊者南無
賀哩多尊者南無智通辭朗尊者南無尾嚩
哩多曩尊者南無寶雲吉祥密尊者南無塢
波麼哩虞迦尊者南無最勝尊者南無麼護
惹尊者南無法融烏波嚩哩多曩尊者南無
玄覺法真勝尊者南無祇林大功德尊者南
無道通自滿法施尊者南無麼護惹尊者南
無無業惟寬大尊者南無廣澄神藏誡底迦
尊者南無逍遥諾矩羅尊者南無增益跋陀
羅尊者南無降魔藏尊者南無吉迦夜慧寂
弘思無了尊者南無般若流支尊者南無靈
默懷海全植尊者南無求那跋陀羅尊者南

無寶雲義通尊者南無慧超靈佑尊者南無
烏閉多黑眼尊者南無洪諲羯賔那婆須密
普岸尊者南無嚕呬尼聖堅寶貴尊者南無
摩騰神僧南無法蘭神僧南無世高神僧南
無僧會神僧南無朱士行神僧南無訶羅竭
神僧南無耆域神僧南無法朗神僧南無佛
圖澄神僧南無佛調神僧南無法慧神僧南
無道安神僧南無曇猷神僧南無曇翼神僧
南無曇始神僧南無法顯神僧南無法曠神
僧南無慧遠神僧南無鳩摩羅什神僧南無
法安神僧南無曇霍神僧南無曇邕神僧南
無僧朗神僧南無佛陀耶舍神僧南無曇無
竭神僧南無佛馱跋陀羅神僧南無曇遂神
僧南無登師神僧南無寶通神僧南無慧絡
神僧南無悟詮神僧南無曇無讖神僧南無

杯渡神僧南無曇諦神僧南無求那跋摩神
僧南無僧亮神僧南無道生神僧南無曇摩
容多神僧南無求那跋陀羅神僧南無慧達
神僧南無勒那漫提神僧南無僧意神僧南
無道豐神僧南無僧稠神僧南無寶公神僧
南無阿秃師神僧南無僧達神僧南無玄暢
神僧南無曇超神僧南無法度神僧南無惠
瑱神僧南無僧羣神僧南無慧通神僧南無
邵碩神僧南無法願神僧南無寶誌神僧南
無香闍黎神僧南無道琳神僧南無嵩頭陀
神僧南無阿專師神僧南無達摩神僧南無
通公神僧南無僧林神僧南無慧約神僧南
無檀特師神僧南無植相神僧南無陸法和
神僧南無尚圓神僧南無法聰神僧南無僧
安神僧南無傳弘神僧南無慧思神僧南無

普明神僧南無玄光神僧南無明達神僧南
無道舜神僧南無道先神僧南無法安神僧
南無智顗神僧南無智曠神僧南無法充神
僧南無慧侶神僧南無法喜神僧南無普安
神僧南無道英神僧南無法進神僧南無僧
朗神僧南無惠祥神僧南無無相神僧南無
明恭神僧南無曇詢神僧南無智滿神僧南
無智睎神僧南無惠主神僧南無明淨神僧
南無智璪神僧南無知苑神僧南無大志神
僧南無智聰神僧南無善道神僧南無法順
神僧南無志寬神僧南無世瑜神僧南無玄
奘神僧南無法敏神僧南無慧璿神僧南無
豐干神僧南無寒山子神僧南無拾得神僧
南無法冲神僧南無通達神僧南無本闍黎
神僧南無慧悟神僧南無法融神僧南無智

勤神僧南無道宣神僧南無英師神僧南無窺基神僧南無洪昉神僧南無華嚴和尚神僧南無清虛神僧南無金師神僧南無慧安神僧南無僧伽神僧南無惠安神僧南無秀師神僧南無萬迴神僧南無處寂神僧南無元珪神僧南無通玄神僧南無一行神僧南無無畏神僧南無金剛智神僧南無鑒源神僧南無義福神僧南無眞表神僧南無明達神僧南無法秀神僧南無嬾殘神僧南無西域僧神僧南無本淨神僧南無懷王神僧南無無相神僧南無嵩嶽僧神僧南無儀光神僧南無慧因神僧南無普滿神僧南無地藏神僧南無鑒貞神僧南無無漏神僧南無不空神僧南無道昭神僧南無玄宗神僧南無惠忠神僧南無崇惠神僧南無靈坦神僧南

無慧聞神僧南無難陀神僧南無和和神僧南無義師神僧南無代病神僧南無廣陵大師神僧南無靈默神僧南無澄觀神僧南無隱峯神僧南無圓觀神僧南無智[illegible]神僧南無素公神僧南無弘道神僧南無清公神僧南無惟瑛神僧南無文爽神僧南無鑑空神僧南無無著神僧南無知玄神僧南無金剛仙神僧南無懷信神僧南無智廣神僧南無從諫神僧南無普聞神僧南無懷濬神僧南無辛七師神僧南無簡師神僧南無契此神僧南無阿足師神僧南無惟靖神僧南無齊州僧神僧南無蜆子和尚神僧南無扣冰古佛神僧南無全宰神僧南無延壽神僧南無全清神僧南無自新神僧南無法本神僧南無點點師神僧南無行遵神僧南無僧緘神

僧南無智暉神僧南無谷泉神僧南無鑛師
神僧南無志言神僧南無宗本神僧南無悟
新神僧南無淨梵神僧南無道隆神僧南無
靈芝神僧南無常羅漢神僧南無膽巳神僧

諸佛世尊如來菩薩尊者神僧名經卷第二
十

大明太宗文皇帝
御製序讚文

清刻龍藏佛說法變相圖

大明太宗文皇帝御製序讚文十篇

藏經讚

如來正宗大覺妙經序

四部經序

聖妙吉祥眞實名經序

喜金剛本續序

般若論中道論對論律論比量論序

經牌讚

釋迦如來金像讚

尊勝佛母讚

藏經跋尾

永樂御製藏經讚

朕惟如來爲一大事出現演三藏十二部之玄言所以指教垂義者尚矣自其言流于中土翻譯其義以化導羣類非上根圓智之士鮮能以通之而得其要者或寡矣

夫治心修身所以成道心也者虛靈明妙煥然洞徹該貫萬理而無所遺也是故啓多聞必由於藏海原萬法本歸於一心以是修證超乎圓妙常住不動無有所蔽此誠末世之津梁迷途之明炬也朕撫臨大統仰承鴻基念

皇考

皇妣生育之恩垂緒之德劬勞莫報乃遣使往西土取藏經之文刊梓印施以資爲薦揚之典下界一切生靈均霑無窮之福如是功德有不可名言若夫世之由迷惑眞交纏故業茫然而莫之所歸者不究竟於斯亦莫能得其體而返其眞也推是心以濟拔流轉引援沉淪者亦如來慈悲之願也用是爲讃以揭于卷首且以冀流通於無窮焉讃曰

如來演義諦　法音徧充周
世界恒河沙　一一皆具足
化導於羣類　咸得成正觀
有漏諸微塵　悉超於覺海
歷阿僧祇劫　廣開方便門
迷妄執空華　一切了明徹
有一弗徹者　誓不成佛陀
我今念衆生　是故廣演說
深心奉塵刹　俱願證菩提
上報二重恩　下濟諸途苦
並登無上覺　欲漏盡消除
成就勝妙心　以拯諸末劫
廣此宻因義　布施於竺乾
頻伽大梵音　至妙不思議

如十方擊鼓　無礙於音聲
有耳皆獲聞　聞者即成覺
堅固無動轉　永不墮輪迴
世尊爲證明　作如是讚歎
功德不可説　永被於生靈

永樂八年三月初九日

永樂御製如來正宗大覺妙經序

朕惟如來以大慈悲之心愍濟迷悟開般若之門闢漚和之路演一乘之法了一眞之義論不空之空見無相之相平等如如唯一無二正宗大覺妙經者乃如來萬法之原諸佛弘覺之海妙詮累劫之因發啓無量之果包含而事無不統該貫而理無不歸即始而見終非始終之可究由顯而達隱非顯隱之可求要皆闡其跡而神其化恒其體而森其用者也夫眞諦難逢至寶難獲故明珠含彩於深淵美玉韜光於厚嶽非有神靈啓其扃鐍亦何以剖其祕而覩其奇哉蓋誠感慈敷蘊奧斯露譬猶揭如意樹於交衢奏鈞天樂於廣漠所難見者人咸見之所難聞者人咸聞之見之而無不滿其欲聞之而無不遂其願飢而來飽而歸虛而至實而往若登須彌之頂悉覽培塿之塵若飲大海之流具識百川之味求其一義充周於恒河沙界之中語其一言旋轉於萬一陀羅之内爲五千四

十八卷之首總三藏十二部之微欲舉其妙豈可殫述雖然法本無言匪言則法無以寓迷以法悟豈可無法法以言立豈可無言故經者言之寄言者經之流緣經而求法悟法以成覺遡流而徂源由凡而至聖實皆本於斯是經功德廣矣大矣嘉與萬方同遊智海乃以鋟梓用廣流傳謹書爲序畧發其槩所謂以爝火而益太陽之光舉纖塵而增華嶽之重誠知有所不能然而覺迷悟惑以惠利於衆庶俾咸趍至善並受福褆者此朕之至心也

永樂十年九月十五日

御製四部經序

四部經者何本行因果釋迦譜涅槃經是也謂之四部者何所以紀如來之功行雖其名有不同合其事而貫通之則一也朕惟如來之道廣大悉備最勝最妙無與爲等超天人而獨尊歷萬劫而永固迎之不見其始而隨之不見其終然猶假生滅修證以弘覺世人者蓋因其理之近似者而言之使凡欲致力於如來之道者有所持循也夫不自有爲則無以顯夫無爲不因生滅則無以著乎非生非滅由有爲而達乎無爲由生滅而悟乎不生不滅夫然後可以造般若之途而踐大覺之庭者也朕間閱大藏之典恒注意于斯慮夫世之修如來道者覩契經之浩瀚莫適其旨歸未

免有望洋之歎爰會四經而一之命工鋟梓嘉惠於人使由邇而至遠自下而升高頓空意地泯然智識之俱無湛然形迹之俱化大道固凝又何有於始生眞如常住又何有於涅槃也哉謹書爲序以發其端云

永樂十年八月初一日

永樂御製聖妙吉祥眞實名經序并讚

朕惟如來之道廣大周徧高超無等浩渺汪洋莫測其淺深杳無邊際莫知其遠近視之不見其形聽之不聞其聲若存若亡不生不滅非名言可得其性相非隨迎可見其始終所謂唱無縁之慈而澤周萬物演勿照之明而鑒窮沙界者也當其掩室摩竭示寂息言杜口毘邪現默得意是以文殊師利興善哉之歎以無語言是眞入不二法門聖妙吉祥眞實名經者是一切如來顯密微妙最極清淨正覺菩提其義甚深廣大如來弘大慈悲敷演妙旨作殊勝方便成就一切正覺夫道本無名絶諸對待性空眞有不逐縁滅性常如是故曰實相惟不執有以爲有不泥無以存無以是觀法則可以明道是故是經浩乎博乎妙萬法而不遺統萬有而歸眞者也朕每誦其言了解其趣是修習者出有壞妙吉祥頂髻之珠嘉與萬方同增福慧用是鏤梓以廣其傳凡諸有情能了是最極殊勝

則功德具足頓超漚和之門即登般若之路不然違眞以迷性競辯以好異烏能得是經之涯涘況敢望其逕庭也哉學道之士宜盡心焉謹敷揚而爲讚曰

聖妙吉祥最殊勝　廣大顯密眞實名
如來演説利益因　超出無生與有壞
惟此菩提無上覺　能令一切悉斷除
如是祕義妙宣揚　即説乃離於言説
法王神通大自在　弘施方便於世間
如彼甘露徧虚空　無盡法界皆霑足
一句一義妙無量　是爲清淨最上乘
金剛威力摧衆魔　那由他劫善調伏
能於種種作饒益　無二眞如頂髻珠
持誦演説作思惟　令得一切咸快樂
聞者如聆師子吼　衆生隨處即西方
一身宴坐寶蓮華　兩足先登般若地
惟願有情皆實性　各應超脱此門中
歸依無等眞實王　具諸功德不思議
讚歎甚深微妙理　最妙吉祥成佛陀

永樂九年四月十七日

御製喜金剛本續序

朕惟二儀奠位萬品咸遂於流形三昧顯眞諸法了能於成就是即最勝無量調伏衆妙之祕密乃爲般若波羅蜜多清淨之玄門括囊三藏十二部之精微總標十地

百千劫之準的宏精進以攝懈怠設方便以濟沉淪盡苦空眞正之言表禁戒深研之義讃相知相乎實相論空本空乎悉空與華嚴之理合轍而同塗演金剛之教自源而之派發跡由於天竺流潤溢於閻浮

朕臨御洪基撫兹兆庶欲納之於熈皡之域措之於仁壽之鄉恒翼翼是惟兢兢弗及爰稽釋典因究眞詮詳其味則實深探其功則甚大矧遇

如來遙致丕闡宗乘開筍則法雲布騰展帙則慧日融朗是用鋟梓以廣流通徧祈四海之豐穰永爲羣生之福利乃述爲序以弁于端顧以蹄涔之積豈足以益滄海之波簣埴之微焉足以埤須彌之峻聊敷覺旨以紀聖功焉

永樂十三年四月十七日

永樂御製般若論中道論對論律論比量論序

朕惟佛法密微妙萬化而無跡大覺曠照寓至理於無言然非論無以盡其言非言無以宣其旨故舉名標實鑑寂亡緣昔者諸佛菩薩愍彼執迷熏蒸惑業顛倒斷常之見造次有無之間喪實失眞攀條棄本爰啓玄指巧破鈍根廓邪路於周行敞嚴闢於廣漠慧風布而煩歊息甘露灑而枯瘁榮闢祕密藏而賜如意珠顯覺樹株而施菩提果燃迷塗之慧炬駕渡海之迅航

道既難名功斯大矣等河沙之舌豈足以
頌讚聚須彌之筆何可以紀書惠餘光而
及今演玄源於無極朕每閱釋典遐究眞
詮志契道符得其指要是用鋟梓以廣其
傳頌布竺乾越踰葱嶺開側陋偏悟之鄙
廣如來弘濟之心祈四海之常豐俾群生
之偕福於乎日月之照人皆仰其明雨露
之濡物咸被其澤若是教典其功溥哉於
是抽毫爲序用冠其端使觀者於斯超然
自悟庶幾有小補云

永樂十三年六月　日

永樂御製經牌讚

六合清寧　七政順序　雨暘時若
萬物阜豐　億兆康和　九幽融朗
均躋壽域　溥種福田　上善攸臻
障礙消釋　家崇忠孝　人樂慈良
官清政平　訟簡刑措　化行俗美
泰道咸亨　凡厥有生　俱成佛果

永樂九年五月初一日

永樂御製釋迦如來金像讚

圓覺總持妙湛尊　功德極高無與等
慜濟羣迷爲利益　法身恒住若虛空
弘誓慈悲方便門　願俾衆生俱成佛
演說無量微奥義　周徧大千世界中

無分天上與人間　龍宫海藏皆充滿
彼聞一音及一語　隨意莊嚴悉現前
十號具足蓮華生　三十二相八十好
端嚴微妙顯金像　千日煇暎放光明
世尊聖主天中王　廣與衆生集善福
以此金剛堅固力　有情含識盡蒙恩

永樂御製尊勝佛母讚

如來弘揺大慈悲　周布無礙廣大法
一切諸佛所乘故　是法世間出世間
皆依二諦說二門　萬法不離於一體
稽首具足薄伽梵　神通廣大妙無邊

華鬘瓔珞妙莊嚴　是故諸天皆頂禮
乃演說尊勝佛母　含妙衆法陀羅尼
能滅惡道盡消除　能斷一切生死苦
能破地獄諸報業　能使隨獲清淨心
使從天者得歷天　使慕佛者得成佛
令獲福者得安穩　令得壽者壽益增
有能專此作思惟　入佛刹土無障礙
無量河沙佛宣說　如來智印第一義
彼有墮於生死海　應得解脫出沉淪
餓鬼閻王阿脩羅　與彼藥叉羅刹衆
蚊蝱黿狗及蛇蟒　鳥獸蠢動與含靈
身皆不受即轉生　直至如來生補處
或得生天刹利種　或得生婆羅門家
或於最勝豪貴生　皆由乘此佛力故
轉所生處得清淨　乃至得到妙菩提

如是功德名吉祥　盡無量舌難讚美
猶如日藏摩尼寶　光燄照徹無不周
又復如閻浮檀金　見者悉令生歡喜
實爲羣生之慈父　乃爲莫測之宗師
饑者如食眞乳糜　渴者如飲醍醐味
病者似服伽陀藥　熱者如濯清珠池
盡承慈力樹善根　一一所願皆如意
所授記者無退轉　諸佛如來悉現前
駕此巨海之津梁　示此涅槃之正路
諸天神明咸擁護　歷無量刧愈光明
歡喜讚歎施有情　舉足皆登密嚴國

永樂御製藏經跋尾

如來法藏至妙難測至高無等至廣莫極淵而無際深不可量大包天地細入無間功德無量無邊不可思議誠超三域之平路濟衆庶之夷途以此弘善用報重恩普濟一切悉拔曠刧若衆生發菩提心受持讀誦演說思惟則道無不洽德無不施福無不充了悟三乘之宗總解眞如之旨即成正覺永紹佛陀

永樂九年閏十二月

神僧傳

清刻龍藏佛說法變相圖

永樂御製神僧傳序

神僧者。神化萬變而超乎其類者也。然皆有傳。散見經典。觀者猝欲考求。三藏之文宏博浩汗。未能周徧。是以世多不能盡知。而亦莫窮其所以為神也。故間紬閱采輯其傳。總為九卷。使觀者不必用力於搜求。一覽而盡得之。如入寶藏而衆美畢舉。遂用刻梓以傳。昭著其迹於天地間。使人皆知神僧之所以為神者有可徵矣。用書此于編首。槩見其大意云爾。

永樂十五年正月初六日

神僧傳目録

神僧傳目録

神僧傳卷第一

摩騰

釋摩騰。本中天竺人也。美風儀。解大小乘經。常以遊化為任。往天竺附庸小國講金光明經。會敵國侵境。騰惟曰。經云能說此法。為地神所護使所居安樂。今鋒鏑方始曾是為益乎。乃誓以忘身躬往和勸。遂致二國交歡。由是顯譽。逮漢永平中明帝夜夢金人飛空而至。乃大集群臣以占所夢。通人傅毅奏曰。臣聞。西域有神其名曰佛。陛下所夢將必是乎。帝以為然。即遣郎中蔡愔。博士弟子秦景等往天竺尋訪佛法。愔等於彼遇見摩騰要還漢地。騰誓志弘通不憚疲苦冐涉流沙。至於雒邑。明帝甚加賞接於城西門外立精舍以處之。漢地有沙門。自騰始也。但大法初傳未有歸信。故蘊其深解。無所宣述。後卒於雒陽有記云。騰譯四十二章經一卷。初緘在蘭臺石室第十四間中。騰所住處今雒陽城西雍門外白馬寺是也。相傳云。外國有王。嘗毀破諸寺。唯招提寺未及毀壞。夜有一白馬繞塔悲鳴。即以啓王。王即停壞諸寺。因改招提以為白馬。故諸寺立名。多取則焉。

法蘭

竺法蘭中天竺人也。自言誦經論數萬章。為天竺學者之師。時蔡愔既至彼國。蘭與摩騰共契遊化。遂相隨而來。既達雒陽與騰同止。少時便善漢言。愔於西域獲經即為翻譯。所謂十地斷結。佛本生。法海藏。佛本行。四十二章等五部。會移都寇亂四部失本不傳。江左唯四十二章經今見在可二千餘言。漢地見

存諸經唯此爲始也愔又於西域得畫釋迦倚像是優田王旃檀像師第四作既至雒陽明帝即令畫工圖寫置清涼臺中及顯節陵上舊像今不復存焉又昔漢武穿昆明池底得黑灰問東方朔朔云可問西域梵人法蘭既至衆追問之蘭云世界終盡劫火洞燒此灰是也其言有徵信者甚衆後卒於雒陽春秋六十餘矣

世高

安清字世高安息國王子也幼以孝行見稱加又志業聰敏尅意好學外國典籍及七曜五行醫方異術乃至鳥獸之聲無不綜達嘗行見群燕忽謂伴曰燕云應有送食者頃之果有致焉衆咸奇之雋異之聲早被西域讓國出家修道博曉經藏尤精阿毘曇學既而遊方徧歷諸國以漢桓初年到中夏通習華言宣譯諸經多有神迹自稱先身已經出家有一同學多瞋分衛值施主不稱每輒懟(音隊)恨高屢加訶諫終不悛改如此二十餘年乃與同學辭訣云我當往廣州畢宿世之對卿明經精懃不在吾後而性多恚怒命過當受惡形我若得道必當相度既而適廣州值寇亂路逢一少年唾手拔刃曰眞得汝矣高笑曰我宿命負卿遠來相償卿之忿怒故是前世時意也乃延頸受刃容無懼色少年殺之觀者塡陌莫不駭其奇異已而神識還爲安息王太子遊化中國值靈帝末關洛擾亂乃振錫江南云我當過廬山度昔同學行達䢼(音恭)亭湖廟此廟舊有威靈商旅祈禱能分風送船上下各無留滯嘗有乞神竹者未許輙取

舫即覆没竹還本處自是舟人敬憚莫不懾影高同旅三十餘船奉牲請福神乃降祝曰舫有沙門可便呼上客咸驚愕請高入廟神告高曰吾昔外國與子俱出家學道好行布施而性多瞋怒今爲邦亭廟神周迴千里並吾所治以布施故珍玩甚豐以瞋恚故墮此神報今見同學悲欣可言壽盡旦夕而醜形長大若於此捨命穢汙江湖當度山西澤中此身滅後恐墮地獄吾有絹千疋并雜寶物可爲立法營塔使生善處也高曰遠來相度何不出形神曰形甚醜異衆人必懼高曰但出衆不怪也神從牀後出頭乃是大蟒不知尾之長短至高膝邊高向之梵語數番讚唄數契蟒悲淚如雨須臾還隱高即取絹物辭別而去舟侶颺帆蟒復出身登山而望衆人舉手然後乃滅倏忽之頃便達豫章即以廟物爲造東寺高去後神即命過暮有一少年上船長跽高前受其咒願忽然不見高謂船人曰向之少年即邦亭廟神得離惡形矣於是廟神歇矣無復靈驗後人於山西澤中見一死蟒頭尾數里今潯陽郡蛇村是也高後復到廣州尋其前世害已少年時少年尚在高徑投其家說昔日償對之事并叙宿緣歡喜相向云吾猶有餘報今當往會稽畢對廣州客悟高非凡豁然意解追悔前愆厚相資供隨高東遊遂達會稽至便入市正值市中有群鬬者誤傷高首應時殞命廣州客頻驗二報遂精勤佛法具說事緣遠近聞知莫不歎異焉

僧會

釋僧會俗姓康氏其先康居國人。世居天竺。其父因商賈移于交阯會年十餘歲。二親並亡以至性居憂服闋出家厲行甚峻。爲人弘雅有識量篤志好學。明解三藏博覧六經。天文圖緯多所綜涉。辨於樞機。頗屬文翰時孫權已制江左而佛教未行赤烏十年初達建業。營立茅茨設像行道。時吳國以初見沙門覩形而未及其道疑爲矯異有司奏曰。有胡人入境自稱沙門容服非常。事應檢察權曰昔漢明帝夢神號稱爲佛彼之所事豈其遺風耶。即召會詰問有何靈驗。會曰如來遷迹忽逾千載。遺骨舍利。神曜無方。昔阿育王起塔及八萬四千夫塔寺之興以表遺化也權以爲誇誕乃謂會曰若能得舍利當爲造塔如其虛妄國有常刑。會請期七日乃謂其屬曰。法之興廢在此一舉。今不至誠。後將何及。乃共潔齋靜室以銅瓶加几。燒香禮請。七日。期畢寂然無應。求申二七亦復如之。權曰。此欺誑。將欲加罪。會更請三七日。權又特聽會謂法侶曰。宣尼有言文王既沒文不在茲乎。法雲應降而吾等無感。何假王憲當以誓死爲期耳三七日暮。猶無所見莫不震懼。既入五更。忽聞瓶中鎗然有聲會自往視果獲舍利。明旦權自手執瓶瀉于銅盤。舍利所衝盤即破碎權肅然驚起曰。希有之瑞也。會進而言曰。舍利威神。豈直光相而已乃劫燒之火不能焚。金剛之杵不能碎權令試之。會更誓曰。法雲方被蒼生仰澤。願更垂神迹以廣示威靈。乃置舍利於鐵砧磓上使力者擊之。於是砧磓俱陷。舍利無損權大嗟伏。即爲建塔。

以始有佛寺。故號建初寺。名其地爲佛陀里。由是江左大法遂興至孫皓即位。法令苛虐。廢棄淫祀。毀壞佛寺。甞使衛兵入後宮治園於地得一金像高數尺。呈皓皓使著不淨處。以穢汁灌之。共諸群臣笑以爲樂。俄爾之間。舉身大腫。陰處尤痛叫呼徹天太史占言犯大神所爲即祈祀諸廟求福婇女即迎像置殿上。香湯洗數十徧燒香懺悔皓叩頭于枕。自陳罪狀。有頃痛間遣使至寺請會說法。會即隨入。皓具問罪福之由。會爲敷析。辭甚精要皓有才解。欣然大悅因求看沙門戒。會以戒文禁秘。不可輕宣。乃取本業百三十五願分作二百五十事行住坐卧。皆願衆生。皓見慈願廣普益增善意既就會受五戒旬日疾瘳。乃於會所住更加修飾。宣示宗室莫不尊奉。會在吳朝亟說正法以皓性兇粗。不及妙義唯叙報應近事以開其心天紀四年。皓降晉。九月會遘疾而終。是歲晉武太康元年也。至晉成帝咸和中。蘇峻作亂。焚會所建塔。司空何充復更修造。平西將軍趙誘世不奉法。傲蔑三寶。入此寺。謂諸道人曰。久聞此塔屢放光明虛誕不經。所未能信。若必自覩。所不論耳。言竟塔即出五色光。照曜堂刹肅然毛竪。由是敬信。於寺東更立一小塔唐高宗永徽中。復見形于越稱是遊方僧而神氣瓌異見者悚然罔知階位。時寺綱糾詰其由罵驅逐之會行及門乃語之曰吾康僧會也。苟能留吾眞體福爾伽藍。跬步之間。立而息絕。既而雙目微瞑精爽不銷舉手如迎揖焉足跨似欲行者衆議偃其靈軀寘於窀穸。人力殫

絶。略不傾移。遂遷于勝地。別立祟堂。越人競以香花燈燭繒綵旛蓋果實衣器請祈心願多諧人意。初越之軍旅多寓永欣。其婦女生産。兵士輩血觸汙僧藍。人不堪其穢惡。會乃化形往謁閫廉使李若初。且曰。君侯領越之藩條。託爲遷之軍旅。語罷拂衣而去。尋失蹤跡。李公喜而駭。且記其言。後果赴是郡。及上官。訖。便謁靈迹。認當時言者。即斯僧也。命撤軍家。勸就營幕。又匹婦夜臨蓐。席且無脂燭鄰無隙光。俄有一僧秉燭自牖而入。其夫旦入永欣。認會貌。即是授火救産之僧。自爾民間多就求男女焉。又嘗就閭閻家求草屨。至今越人多以芒鞵油旛上獻。感應肸蠁。各赴人家。不可周述。號超化禪師。

朱士行

朱士行。潁川人。少出家。專務經典。嘗講道行經。覺文意隱僻。遂誓志遠求大本。西至于闐。得梵書正本。將歸洛陽。其國學衆乃白王云。漢地沙門欲以婆羅門書惑亂正典。若不禁之。恐聾盲漢地。王即不聽賚經。士行深懷痛心。乃求燒經爲證。王許焉。於是積薪殿前。以焚之。臨火誓曰。若大法應流漢地。經當不然。如其無護。命也。言已投經火中。火即爲滅。不損一字。大衆駭服。咸稱其神感。遂得送至中國。後士行終于闐。年八十。闍維之薪盡火滅。屍猶能全。衆咸驚異。乃呪曰。若眞得道。法當毀敗。應聲碎散。因斂骨起塔焉。

訶羅竭

訶羅竭者。莫詳氏族。少出家。誦經二百萬言。性虛玄。守戒節。善舉措。美容色。多行頭陀。獨

宿山野。晉武帝太康九年。暫至洛陽。時疾疫流行。死者相繼。竭爲呪治。十差八九。至晉惠帝元康元年。乃西入止婁至山石室中坐禪此室去水遠甚時人欲爲開澗竭曰。不假相勞。乃自以左脚礙室西石壁。壁陷没指。既拔足。水從中出。清香甘美。四時不絶。來飲者皆止飢渴除疾病。至元康八年。端坐從化。弟子依國法闍維之。焚燎累日而屍猶坐火中。永不灰燼。乃移還石室內。

耆域

耆域者。天竺人也。周流華戎。靡有常所。而倜儻神奇。任性忽俗。迹行不恒。時人莫之能測自發天竺。至于扶南。經諸海濱。爰涉交廣。並有靈異。既達襄陽。欲寄載過江。船人見梵沙門。衣服弊陋。輕而不載。船達北岸。域亦已度前行見兩虎。虎弭耳掉尾。域以手摩其頭。虎下道而去。兩岸見者。隨從成群。晉惠之末。至于洛陽。諸人悉爲作禮。域胡跽晏然。不動容色。時或告人以前身所更。謂支法淵從羊中來。竺法興從人中來。又譏諸衆僧謂衣服華麗不應素法。見洛陽宮城。云彷彿似忉利天宮。但自然之與人事不同耳。域謂沙門耆闍蜜曰匠此宮者從忉利天來成便還天上矣。屋脊瓦下。應有千五百作器。時咸云昔聞此匠實以作器著瓦下。時衡陽太守南陽滕永文在洛。寄住滿水寺。兩脚攣屈不能起行。域往視之。曰。君欲得病差。何不取淨水一杯。楊柳一枝來。域即以楊枝拂水。舉手向永文而呪。如此者三。因以手搦永文膝令起。即時而起。行步如故。此寺中有思惟樹數十株枯死。

域問永文樹死幾時。永文曰。積年矣。域即向樹呪。如呪永文法。樹尋萬發。扶踈榮茂。尚方暑中有一人病癥將死。域以應器著病者腹上。白布通覆之。呪願數千言。即有臭氣燻徹一室。病者曰。我活矣。域令人舉布。應器中有若淤泥者數升。臭不可近。病者遂瘥。洛陽兵亂。辭還天竺。洛中沙門數百人。各請域中食。域皆許往。明旦五百舍皆有一域。始謂獨過。未相讎問。方知分身降焉。既發。諸道人送至河南城。域徐行。追者不及。域乃以杖畫地曰。於斯別矣。其日有從長安來者。見域在彼寺中。後有賈客胡濕登。謂於是日將暮逢域於流沙。計已九千餘里。既還西域。不知所終。

法朗

釋康法朗。學于中山。永嘉中與一比丘西入天竺。行過流沙千有餘里。見道邊敗壞佛圖。無復堂殿。蓬蒿滿目。法朗等下路瞻禮。見有二僧各居其傍。一人讀經。一人患痢。穢汙盈房。其讀經者了不營視。朗等愴然興念。爲煑糜粥。掃除浣濯。至六日。病者稍困。注痢如泉。朗等共料理之。其夜朗等並謂病者必不移旦。至明晨往視之。容色光悅。病狀頓除。然屋中穢物皆是華馨。朗等乃悟是得道之士。以試人也。病者曰。隔房比丘是我和尚。久得道慧。可往禮覲。法朗等先嫌讀經沙門無慈愛心。聞已乃作禮悔過。讀經者曰。諸君誠契弁至。同當入道。朗公宿學業淺。此世未得願也。謂朗伴云。惠若植根深。當現世得願。因而留之。法朗後還山中。爲大法師。道俗宗之。

佛圖澄

佛圖澄者西域人也本姓白氏少出家清眞務學誦經數百萬言以永嘉四年來適洛陽志弘大法善念神呪能役使鬼物以麻油雜臙脂塗掌千里外事皆徹見掌中如對面焉亦能令潔齋者見又聽鈴音以言事無不效驗欲於洛陽立寺值劉曜寇洛臺帝京擾亂澄立寺之志遂不果乃潛身草野以觀世變時石勒屯兵葛陂專以殺戮爲威沙門遇害者甚衆澄憫念蒼生欲以道化勒於是杖策到軍門勒大將郭黑略素奉法澄即投止黑略家黑略從受五戒崇弟子之禮黑略後從勒征伐輙預尅勝負勒疑而問曰孤不覺卿有出衆智謀而每知行軍吉凶何也黑略曰將軍天挺神武幽靈所助有一沙門知術非常云將軍當略有區夏已應爲師臣前後所白皆其言也勒喜曰天賜也召澄問曰佛道有何靈驗澄知勒不達深理止可以道術爲教因言曰至道雖遠亦可以近事爲證即取器盛水燒香呪之須臾生青蓮華光色耀目勒由此信伏澄因諫曰夫王者德化洽於宇內則四靈表瑞政弊道銷則彗孛見於上恒象著見休咎隨行斯乃古今之常理天人之明戒勒甚悅之凡應被誅殘蒙其利益者十有八九於是中州之胡皆願奉佛時有痼疾世莫能治者澄爲醫療應時瘳瘥勒自葛陂還河北過枋頭人夜欲斫營澄語黑略曰須臾賊至可令公知果如其言有備故不敗勒欲試澄夜冠冑衣甲執刃而坐遣人告澄云夜來不知大將軍所在使人始至未及有言澄逆問曰平居無寇何故夜嚴勒益敬之勒

後因忿欲害諸道士并欲苦澄澄乃避至黑略舍語弟子曰若將軍使至問吾所在者報云不知所之使人尋至覓澄不得使還報勒勒驚曰吾有惡意向聖人聖人捨我去矣通夜不寢思欲見澄澄知勒意悔明旦造勒勒曰昨夜何行澄曰公有怒心昨故權避公今改意是以敢來勒大笑曰道人謬耳襄國城塹水源在城西北五里團丸祠下其水暴竭勒問澄何以致水澄曰今當勑龍勒字世龍謂澄嘲己答曰正以龍不能致水故相問耳澄曰此誠言非戲也水泉之源必有神龍居之往以勑語告之水必可得乃與弟子法首等數人至泉源上其源故處久已乾燥坼如車轍從者心疑恐水難得澄坐繩牀燒安息香呪願數百言如此三日水泫然微流有一

小龍長五六寸許隨水來出諸道士競往視之澄曰龍有毒勿臨其上有頃水大至隍塹皆滿澄閑坐歎曰後二日當有一小人驚動此下既而襄國人薛合有二子既小且驕輕侮鮮卑奴奴忿抽刀刺殺其弟執兄于室以刀擬心若人入室便欲加手謂薛合曰送我還國我活汝兒不然共死於此內外驚愕莫敢往觀勒乃自往視之謂薛合曰送奴以全卿子誠爲善事此法一聞方爲後害卿且寬情國有常憲命人取奴奴遂殺兒而死鮮卑段波攻勒其衆甚盛勒懼問澄澄曰昨寺鈴鳴云明旦食時當擒段波勒登城望波軍不見前後失色曰軍行地傾波豈可獲是公安我辭耳更遣夔安問澄澄曰已獲波矣時城北伏兵出遇波執之澄勸勒宥波遣還本國

勒從之卒獲其用時劉載已死載從弟曜簒襲僞位稱元光初光初八年曜遣從弟中山王岳將兵攻勒勒遣石虎率步騎拒之大戰洛西岳敗保石梁塢虎堅柵守之澄與弟子自官寺至中寺始入寺門歎曰劉岳可憫弟子法祚問其故澄曰昨亥時岳已被執果如所言光初十一年曜自率兵攻洛陽勒欲自往拒曜內外僚佐無不必諫勒以訪澄澄曰相輪鈴音云秀支替戾岡僕谷拘禿當此羯語也秀支替戾岡出也僕谷劉曜胡位也拘禿當捉也此言軍出捉得曜也時徐光聞澄此言苦勸勒行勒乃留長子石弘共澄以鎮襄國自率中軍步騎直指洛陽城兩陣纔交曜軍大潰曜馬沒水中石堪生擒之送勒澄時以物塗掌觀之見有大衆中縛一人朱絲約其肘因以告弘當爾之時正生擒曜也曜平之後勒乃僭稱趙天王行皇帝事改元建平是歲晉成帝咸和五年也勒登位已後事澄彌篤時石葱叛其年澄戒勒曰今年葱中有蟲食必害人可令百姓無食葱也勒頒告境內慎無食葱到八月石葱果走勒益加尊重有事必諮而後行號大和尚石虎有子名斌後勒以爲兒勒愛之甚重忽暴病而亡已涉二日勒曰朕聞虢太子死扁鵲能生大和尚國之神人可急往告必能致福澄乃取楊枝呪之須臾能起有頃平復由是勒諸稚子多在佛寺中養之每至四月八日勒躬自詣寺灌佛爲兒發願至建平四年四月天靜無風而塔上一鈴獨鳴澄謂衆曰鈴音云國有大喪不出今年矣是歲七月勒死太子弘襲

位。少時虎廢弘自立。遷都于鄴。稱元建武。傾心事澄。有重於勒。澄時止鄴城内中寺。遣弟子法常北至襄國。弟子法佐從襄國還。相遇在梁基城下。共宿。對車夜談。言及和尚。比旦各去。法佐至。始入覲澄。澄逆笑曰。昨夜爾與法常交車共説汝師耶。先民有言。不曰敬乎幽而不改。不曰慎乎獨而不怠。幽獨者敬慎之本。爾不識乎。佐愕然愧懺。於是國人每共相語曰。莫起惡心。和尚知汝。及澄之所在。無敢向其方面涕唾便利者。時太子石邃有二子在襄國。澄語邃曰。小阿彌比當得疾。可往迎之。邃即馳信往視。果已得疾。太醫殷騰及外國道士自言能治。澄告弟子法牙曰。正使聖人復出。不愈此疾。況此等乎。後三日果死。石邃荒酒將圖爲逆。謂内豎曰。和尚神通。倘發吾謀。明日來者。當先除之。澄月望將入覲虎。謂弟子僧惠曰。昨夜天神呼我曰。明日若入。還勿過人。我倘有所過。汝當止我。澄常入必過邃。邃知澄入。要候甚苦。澄將上南臺。僧惠引衣。澄曰。事不得止。坐未安便起。邃固留不住。所謀遂差。還寺歎曰。太子作亂。其形將成。欲言難言。欲忍難忍。乃因事從容箴虎。虎終不解。俄而事發。方悟澄言。後郭黑略將兵征長安北山羌。墮羌伏中。時澄在堂上坐。弟子法常在側。澄慘然改容曰。郭公陷敵。令衆僧呪願。澄又自呪願。須臾更曰。若東南出者活。餘向則困。復更呪願。有頃曰。脱矣。後月餘日。黑略還。説墮羌圍中。東南走。馬乏。正遇帳下人推馬與之曰。公乘此小人乘公馬。濟與不濟任命也。黑略得其馬。故獲免。推驗日時

正是澄呪願時也僞大司馬燕公石斌虎以爲幽州牧鎮群兇湊聚因以肆暴澄誡虎曰天神昨夜言疾收馬還至秋齊當癱爛虎不解此語即勑諸處收馬送還其秋有人譖斌於虎虎召斌鞭之三百殺其所生母齊氏虎彎弓捻矢自視行斌罰罰輕虎乃手殺五百澄諫曰心不可縱死不可生禮不親殺以傷恩也何有天子手行罰乎虎乃止後晉軍出淮泗隴北凡城皆被侵逼三方告急人情危擾虎乃瞋曰吾之奉佛而更致外寇佛無神矣澄明旦早入虎以事問澄澄因讓虎曰王過去世經爲大商主至罽賔寺甞供大會中有六十羅漢吾此身亦預斯會時得道人謂予曰此主人命盡當更雞身後王晉地今王爲王豈非福也疆場軍寇國之常耳何爲怨謗三寶夜興毒念乎虎乃信悟跪而謝焉虎常問澄佛法不殺朕爲天下之主非刑殺無以肅清海內既違戒殺生雖復事佛詎獲福耶澄曰帝王事佛當在體恭心順顯揚三寶不爲暴虐不害無辜至於兇暴無賴非化所遷有罪不得不殺有惡不得不刑但當殺可殺當刑可刑耳若暴虐恣意殺害非罪雖復傾財事法無解殃禍願陛下省欲興慈廣及一切則佛教永隆福祚方遠虎雖不能盡從而爲益不少虎尚書張離張良等家富事佛各起大塔澄謂曰事佛在於清淨無欲慈矜爲心檀越雖儀奉大法而貪悋未已遊獵無度積聚不窮方受現世之罪何福報之可希耶離等後並被戮滅時又久旱自正月至六月虎遣太子詣臨漳西滏口祈雨久而不降

虎令澄自行即有白龍二頭降於祠所其日大雨方數千里其年大收戎貊之徒先不識法聞澄神驗皆遥向禮拜並不言而化焉澄常遣弟子向西域市香既行澄告餘弟子掌中見買香弟子在某處被劫垂死因燒香呪願遥救護之弟子後還云某月某日某處爲賊所劫垂當見殺忽聞香氣賊無故自驚曰救兵已至棄之而走虎於臨漳修治舊塔少承露盤澄曰臨淄城內有古阿育王塔地中有承露盤及佛像其上林木茂盛可掘取之即畫圖與使依言掘取果得盤像虎每欲伐燕澄諫曰燕國運未終卒難可尅虎屢行敗績方信澄戒黄河中舊不生黿忽得一以獻虎澄見而歎曰桓温其入河不久温字元子後果如言也時魏縣有流民莫識氏族恒著麻襦布裳在魏縣市中乞丐時人謂之麻襦言語卓越狀如狂病乞得米穀不食輒散置大路云飼天馬趙興太守籍拔收送詣虎先是澄謂虎曰國東二百里某月某日當送一非常人勿殺之也如期果至虎與共語了無異言唯道陛下當終一柱殿下虎不解此語令送以詣澄麻襦謂澄曰昔在光和中會奄至今日西戎受玄命絶曆終有期金離銷于壤邊荒不能尊驅除靈期迹莫已已之懿裔苗葉繁其來方積休期於何期永以歎之澄曰天迴運極否將不支九木水爲難無可以術寧玄哲雖存世莫能基必顔久遊閻浮利擾擾多此患行登凌雲宇會於虚遊間澄與麻襦講論終日人莫能解有竊聽者唯得此數言推計似如論數百年事虎遣驛馬送還

本縣既出城外辭能步行云我當有所過未便得發至合口橋可留見待使如言馳去未至合口而麻襦已在橋上考其行步有若飛也虎嘗晝寢夢見群羊負魚從東北來寤已訪澄澄曰不祥也鮮卑其有中原乎慕容氏後果都之澄嘗與虎共升中堂澄忽驚曰幽州當火災仍取酒灑之久而笑曰救已得矣虎遣驗幽州云爾日火從四門起西南有黑雲來驟雨滅之雨亦頗有酒氣至虎建武十四年七月石宣石韜將圖相殺宣時到寺與澄同坐浮圖一鈴獨鳴澄謂宣曰解鈴音乎鈴云胡子洛度宣變色曰是何言歟澄謬曰老胡爲道不能山居無言重茵美服豈非洛度乎石韜後至澄熟視良久韜懼而問澄澄曰怪公血臭故相視耳至八月澄使弟子十人齋于别室澄時暫入東閤虎與后杜氏問訊澄曰脇下有賊不出十日自佛圖以西此殿以東當有流血愼勿東行也杜氏曰和尚耄耶何處有賊澄即易語云六情所受皆悉是賊老自應耄但使少者不惛遂便寓言不復章的後二日宣果遣人害韜於佛寺中欲因虎臨喪仍行大逆虎以澄先誡故獲免及宣事發被收澄諫虎曰既是陛下之子何爲重禍耶陛下若含怒加慈者尚可六十餘歲如必誅之宣當爲彗星下掃鄴宮也虎不從以鐵鏁穿宣頷牽上薪積而焚之收其官屬三百餘人皆轘裂支解投之漳河澄乃勑弟子罷别室齋也後月餘日有一妖馬髦尾皆有燒狀入中陽門出顯陽門東首東宮皆不得入走向東北俄爾不見澄聞而歎曰災其

及矣。至十一月。虎大饗群臣於大武前殿。澄吟曰。殿乎殿乎。棘子成林。將壞人衣。虎令發殿石下視之。有棘生焉。澄還寺視佛像曰。悵恨不得莊嚴。獨語曰。得三年乎。自答不得。又曰。得二年。一年。百日。一月乎。自答不得。乃無復言。還房謂弟子法祚曰。戊申歲禍亂將萌。己酉石氏當滅。吾及其未亂。先從化矣。即遣人辭虎曰。物理必遷。身命非保。貧道㲉遷之軀。化期已及。既荷恩殊重。故逆以仰聞。虎愴然曰。不聞和尚有疾。乃忽爾告終。即自出宮寺而慰諭焉。澄謂虎曰。出入生死道之常也。修短分定。非所能延矣。夫道重行全。德貴無怠。苟業操無虧。雖亡若在。違而獲延。非其所願。今意未盡者。以國家心存佛理。奉法無吝。興起寺廟。崇顯壯麗。稱斯德也。宜享休祉。而布政猛烈。理刑酷濫。顯違聖典。幽背法戒。不自懲革。終無福祐。若降心易慮。惠此下民。則國祚延長。道俗慶賴。畢命就盡。歿無遺恨。虎悲慟嗚咽。知其必逝。即為鑿壙營墳。至十二月八日卒於鄴宮寺。是歲晉穆帝永和四年也。士庶悲哀。號赴傾國。春秋一百一十七矣。仍窆於臨漳西紫陌。即虎所創塚也。俄而梁犢作亂。明年虎死。冉閔篡戮。石種都盡。閔小字棘奴。澄先所謂棘子成林者也。澄左乳旁先有一孔。圍四五寸。通徹腹內。有時腸從中出。或以絮塞孔。夜欲讀書。輒拔絮。則一室洞明。又齋日輒至水邊。引腸洗之。還復內中。澄身長八尺。風姿甚美。妙解深經。旁通世論。講說之日。止標宗致。使始末文言。昭然可了。加復慈洽蒼生。拯救危苦。當二石兇彊虐

害非道。若不與澄同日。孰可言哉。但百姓蒙益。日用而不知耳。佛調須菩提等數十名僧。出自天竺康居。不遠數萬里路。足涉流沙。詣澄受訓。樊沔釋道安。中山竺法雅。並跨越關河。聽澄講說。皆妙達精理。研測幽微。澄自說生處去鄴九萬餘里。棄家入道一百九年。酒不踰齒。過中不食。非戒不履。無欲無求。受業追隨常有數百。前後門徒幾且一萬。所歷州郡。興立佛寺八百九十三所。弘法之盛莫與先矣。初虎殮澄以生時錫杖及鉢內棺中。後冉閔篡位。開棺唯得鉢杖。不復見屍。或言澄死之月。有人見澄於流沙。虎疑其不死。因發墓開棺視之。唯見一石。虎曰。石者朕也。師葬我而去矣。未幾虎死。後慕容儁都鄴。處石虎宮中。忽夢見虎囓其臂。意謂石虎為祟。乃募覓虎屍於東明舘。掘得之。屍殭不毀。儁蹹音踏之。罵曰。死胡敢怖生天子。汝作宮殿成。而為汝兒所圖。況復他耶。鞭撻毀辱。投之漳河。屍倚橋柱不移。秦將王猛乃收而葬之。麻襦所言一柱殿也。後苻堅征鄴。儁子暐為堅大將郭神虎所執。實先夢虎之驗也。

佛調

竺佛調者。未詳氏族。事佛圖澄為師。住常山寺積年。業尚純樸。不表飾言。時咸以此高之。常山有奉法者兄弟二人。居去寺百里。兄婦疾篤。載出寺側。以近醫藥。兄既奉調為師。朝晝常在寺中。諮詢行道。異日調忽往其家。弟具問嫂所苦。并審兄安否。調曰。病者粗可。卿兄如常。調去後。弟亦策馬繼往。言及調旦來。兄驚曰。和尚旦初不出寺。汝何容見。兄弟爭

以問調調笑而不答咸共異焉調或獨入深山一年半歲齎乾飯數斗還恒有餘有人甞隨調山行數十里天暮大雪下調入石穴虎窟中宿虎還共卧窟前調謂虎曰我奪汝處有愧如何虎乃弭耳下山從者駭懼調後自尅將亡之日遠近皆至悉與語曰天地長久尚有崩壞豈況人物而求永存若能蕩除三垢專心真淨形數雖乖而神會必同契衆咸流涕固請調曰死生命也其可請乎調乃還房端坐以衣蒙頭奄然而卒後數年調白衣弟子八人入西山伐木忽見調在高巖上衣服鮮明姿儀暢悅皆驚喜作禮和尚尚在耶調曰吾常在耳具問知舊可否良久乃去八人便捨事還家向諸同法者說衆無以驗之共發塚開棺不復見屍唯衣履在焉

法慧

竺法慧本關中人方直有戒行入嵩高山事浮圖密爲師晉康帝建元元年至襄陽止羊叔子寺不受別請每乞食輙賫繩牀自隨於閒曠之路則施之而坐時或遇雨以油帔自覆雨止唯見繩牀不知慧所在訊問未息慧已在牀每語弟子法昭曰汝過去時折一雞脚其殃尋至俄而昭爲人所擲脚遂永疾後語弟子云新野有一老公當命過吾欲度之仍行於畦畔之間果見一公將牛耕田慧從公乞牛公不與慧前自捉牛鼻公懼其異遂以施之慧牽牛咒願七步而反以牛還公公少日而亡後征西庾稚恭鎮襄陽既素不奉法聞慧有非常之迹甚嫉之慧預告弟子曰吾宿對尋至誡勸眷屬令勤修福善爾後二

日。果收而刑之。春秋五十八矣。臨死語衆人云。吾死後三日。天當暴雨。至期果洪注。城門水深一丈。居民漂没。多有死者。

神僧傳卷第一

神僧傳卷第二

道安

釋道安姓衛氏。常山扶柳人也。家世爲儒。早失覆蔭。爲外兄孔氏所養。年七歲讀書。再覽能誦。鄉隣嗟異。年十二出家。神聖聰敏。貌甚寢陋。不爲師之所重。數歲之後。方啓師求經。師與辨意經一卷。可五千言。安齎經入田。因息就覽。暮歸以經還師。更求餘者。師曰。昨經未讀。今復求耶。答曰。即以暗誦。師雖異之而未信也。復與成具光明經一卷。不減一萬言。齎之如初。暮復還師。師執經覆之。不差一字。師大驚。嗟敬而異之。後爲受具戒。恣其遊學。至鄴遇佛圖澄。因事澄爲師。及石氏將亂。與弟子惠遠等四百餘人渡河南遊。夜行值雷雨。乘電光而進。前行得人家。見門裏有一馬柳。柳之間懸一馬兜。可容一斛。安使呼林百升。主人驚出。果姓林名百升。百升謂是神人。厚相賞接。既而弟子問何以知其姓字。安曰。兩木爲林。兜容百升也。既達襄陽。復宣佛法。時襄陽習鑿齒。鋒辯天逸。籠罩當時。其先籍安高名。及聞安至止。即往修造。既坐稱言。四海習鑿齒。安曰。彌天釋道安。時人以爲名答。安注諸經。恐不合理。乃誓曰。若所說不甚遠理。願見瑞相。乃夢見道人頭白眉長。語安云。君所注經。殊合道理。我不得入泥洹。住在西域。當相助通。可時時設食。後十誦律至。遠公乃知和尚所夢即賓頭盧也。後至秦建元二十一年。正月二十七日。忽有異僧。形甚庸陋。來寺寄宿。寺房既窄。處之講堂。時維那直殿。夜見此僧從牕而出入。遽以白安。安驚起禮

訊問其來意答云相爲而來安曰自惟罪深詎可度脱答曰甚可脱耳安請問來生所生之處彼乃以手虛撥天之西北即見雲開備覩兜率妙勝之報又曰當浴聖僧方果所願具示浴法後安設浴見有數十小兒入寺須臾但聞浴室用水聲久之不見開室而巾濕水减安至其年二月八日忽告衆曰吾當去矣是日齋畢無疾而卒葬城内五級寺中是歲晋太元十年也

曇猷

竺曇猷或云法猷燉煌人少苦行習禪定後遊江左止剡之石城山乞食坐禪嘗行到一蠱家乞食猷祝願畢忽見蜈蚣從食中跳出猷快食無他後移始豐赤城山石室坐禪有猛虎數十蹲在猷前猷誦經如故一虎獨睡猷以如意扣虎頭問何不聽經俄而群虎皆去有頃壯蛇競出大十圍循環往復舉頭向猷經半日復去後一日神現形詣猷曰法師威德既重來止此山弟子輙推室以相奉猷曰貧道尋山願得相接何不共住神曰弟子無爲不爾但部屬未洽法化卒難制語遠人來往或相侵觸人神道異是以去耳猷曰本是何神居之久近欲移何處去耶神曰弟子夏帝之子居于此山二千餘年寒石山是我舅所治當往彼住尋還山陰廟臨別執手贈猷香三奩於是鳴鞞吹角淩雲而去天台懸崖峻峙峯嶺切天古老相傳云上有佳精舍得道者居之雖有石橋跨澗而横石斷人且莓苔青滑自終古已來無得至者猷行至石橋聞空中聲曰知君誠篤今未得度却後十

年自當來也猷心悵然乃退道經一石室過中憩息俄而雲霧晦合室中盡鳴猷神色無擾明旦見人著單衣幘來曰此乃僕之所居昨行不在家中遂致騷動大深愧怍猷曰若是君家請以相還神曰僕家室已移請留令住晉太元中有妖星現帝普下諸國有德沙門精勤佛事令懺禳災猷乃祈誠冥感至六日旦見青衣小兒來悔過云橫勞法師是夕星退以太和之末卒於山室屍猶平生而擧體綠色其後人入山登巖見猷屍不朽

曇翼

釋曇翼姓姚氏羌人也年十六出家事安公爲師在檀溪寺晉長沙太守滕含之於江陵捨宅爲寺告安求一僧爲總領安謂翼曰荆楚士庶始欲師宗成其化者非爾而誰翼遂杖錫南征締搆寺宇後至賊越逸侵掠漢南江陵闔境避難上明翼又於彼立寺群寇既蕩復還江陵修復長沙寺丹誠祈請遂感舍利盛以金瓶置于齋座翼乃頂禮立誓曰若必是金剛餘陰願放光明至乎中夜有五色光彩從瓶漸出照滿一堂擧衆驚嗟莫不抱翼神感後入巴陵君山伐木值白蛇數十臥遮行轍翼退還所住乃謂山神曰吾造寺伐材幸願共爲功德夜即夢見神人告翼曰法師既爲三寶須用特相隨喜但莫令餘人妄有所伐明日更往路甚清夷於是伐木沿流而下其中伐人不免私竊還至寺上翼材已畢餘人所私之者悉爲官所取其誠感如此翼常歎寺立僧足而形像尚少阿育王所造容儀神瑞皆多布在諸方何其無感不能招

致乃專精懇惻。請求誠應。晉太元十九年甲午之歲。二月八日。忽有一像現于城北。光相衝天時白馬寺僧衆先往迎接不能令動。翼乃往祇禮謂衆人曰。當時阿育王像降我長沙寺焉。即令弟子三人捧接。飄然而起。迎還本寺道俗奔赴車馬轟填。後罽賓禪師僧伽難陀從蜀下。入寺禮拜。見像光上有梵字。便曰是阿育王像何時來此。時人聞者方知翼之不謬。年八十二而終。終日像圓光奄然靈化莫知所之。道俗咸謂翼之通感焉。

曇始

釋曇始關中人。自出家以後多有異迹。晉孝武太元之末賫經律數十部往遼東宣化。顯授三乘立以歸戒。義熈初復還關中。開導三輔始足白於面雖跣涉泥水。未嘗沾濕。天下咸稱白足和尚。時長安人王胡其叔死數年。忽見形還將胡徧遊地獄。示諸果報。胡辭還叔謂胡曰既已知因果。但當奉事白足阿練。胡徧訪衆僧。唯見始足白於面。因而事之。晉末朔方匈奴赫連勃勃破獲關中。斬戮無數。時始亦遇害而刃不能傷。勃勃嗟之。普赦沙門悉皆不殺。始於是潛遁山澤修頭陀之行。後拓跋燾復克長安擅威關洛。時有博陵崔浩少習左道猜嫉釋教。既位居偽輔燾所仗信。乃與天師寇氏說燾以佛化無益有傷民利。勸令廢之燾既惑其言以北燕太平七年遂毀滅佛法。分遣軍兵。燒掠寺舍。統內僧尼悉令罷道。其有竄逸者。皆遣人追捕。得必梟斬。一境之內。無復沙門。始唯閉絕幽深軍兵所不能至。至太平末始知燾化時將及。以元

會之日忽杖錫到官有司奏云有一道人足白於面從門而入壽令依軍法屢斬不傷遽以白壽壽大怒自以所佩劍斫之體無餘異唯劍所著處有痕如線焉時北園養虎于檻壽令以始餧之虎皆潛伏終不敢近試以天師近檻虎輒鳴吼壽始知佛化尊高黄老所不能及即延始上殿頂禮足下悔其過失始為說法明辯因果壽大生愧懼遂感癘疾崔寇二人次發惡病始後不知其所終

法顯

釋法顯姓龔氏平陽武陽人有三兄並齠齔而亡其父恐禍及顯三歲便度為沙彌居家數年病篤欲死因送還寺住信宿便差不肯復歸十歲遭父憂叔父以其母寡獨不立逼使還俗顯曰本不以有父而出家也正欲遠塵離俗故入道耳叔父善其言乃止頃之母喪至性過人葬畢仍即還寺嘗與同學數十人於田中刈稻時有飢賊欲奪其穀諸沙彌悉奔走唯顯獨留語賊曰若欲須穀隨意所取但君等昔不布施故致飢貧今復奪人恐來世彌甚貧道預為君憂耳言訖即還賊棄穀而去衆僧莫不歎服及受大戒志行明敏儀軌整齊常慨經律舛闕誓志尋求以晋隆安三年與同學慧景等發自長安西渡流沙其路屢有熱風惡鬼遇之必死顯任緣委命直過險難至于葱嶺嶺冬夏積雪有惡龍吐毒風雨沙礫山路艱危壁立千仞凡度七百餘所次至小雪山遇寒風暴起慧景噤戰不能前語顯曰吾其死矣卿可前去勿得俱殞言絕而卒顯撫之泣曰本圖不果命也柰何

復自力孤行。遂過山險。凡所經歷三十餘國將至天竺去王舍城三十餘里有一寺逼暝過之顯欲詣耆闍崛山。寺僧諫曰。路甚艱險阻。且多黑師子亟經噉人。何由可至。顯曰。遠涉數萬里誓到靈鷲身命不期出息非保。豈可使積年之誠。既至而廢耶。雖有險難吾不懼也。衆莫能止。乃遣兩僧送之顯既至山日將曛夕。遂欲停宿。兩僧危懼捨之而還。顯獨留山中。燒香禮拜翹感舊跡。如覩聖儀至夜有三黑師子來蹲顯前。䑛脣搖尾顯誦經不輟。一心念佛。師子乃低頭妥。尾伏顯足前顯以手摩之。呪曰。若欲。相害待我誦。竟若見試者可便退矣。師子良久乃去明晨還。返路窮幽梗。止有一徑通行。未至里餘忽逢一道人年可九十容服粗素。而神器。儁遠顯雖。覺其

韻高而不悟。是神人。後又逢一少僧。顯問曰。向耆年。是誰耶。答云頭。陀迦葉大弟子也。顯方大。惋恨至中天竺於摩揭提波連弗邑阿育王塔。南天王寺得摩訶僧祇律。又得薩婆多律抄。雜阿毗曇心綖經。方等。泥洹經等。停二年。復得彌沙。塞律長雜二含及雜藏並漢土所無。既而附商人。大舶循海而還舶有二百許人。值暴風雨。衆皆惶懼。即取雜物棄之顯恐棄其經像。唯一心念觀世音及歸命漢土衆僧。舶任風而去得。無傷壞。遂南造京師。就外國禪師佛馱跋陀於道場寺譯出摩訶僧祇律。方等泥洹經。雜阿毗曇心論。垂有百餘萬言。顯既出大泥洹經。流布教化。咸使見聞。有一家失其名居近朱雀門。世奉正化。自寫一部讀誦供養。無別經室與雜書屋。後風

火忽起延及其家資物皆盡唯泥洹經儼然具存煨燼不侵卷色無改京師共傳咸歎神妙其餘經律未譯後至荊州卒於辛寺春秋八十有六

法曠

釋法曠姓皐氏下邳人寓居吳興早失二親事後母以孝聞及母亡行喪盡禮服闋出家事沙門竺曇印爲師印嘗疾病危篤曠乃七日七夜祈誠禮懺至第七日忽見光明照印房戶印如覺有人以手振(除更切)之所苦遂愈後辭師遠遊廣尋經要還止於潛青山石室晉簡文皇帝遣堂邑太守曲安遠詔問起居并諮以妖星請曠爲力曠乃與弟子齋懺有頃災滅東土百姓多遇疫疾祈之即愈有見鬼者言曠之行住常有鬼神數十衛其前後時人咸歎異之元興元年卒春秋七十有六僧臘五十二

慧遠

釋慧遠本姓賈氏鴈門樓煩人也弱而好書年十三隨舅令狐氏遊學許洛故少爲諸生博綜六經尤善莊老性度弘偉風鑒朗拔雖宿儒英達莫不服其深致年二十一欲度江東就范宣子共契偃石虎已死中原寇亂南路阻塞志不獲從時沙門釋道安立寺於太行恒山弘讚像法聲甚著聞遠遂往歸之一面盡敬以爲真吾師也後聞安講般若經豁然而悟便與弟慧持投簪落髮(音采)委命受業既入乎道厲然不群常欲總攝綱維以大法爲已任精思諷持以夜續晝貧旅無資緼纊常闕而昆弟恪恭終始不懈有沙門曇翼每

給以燈燭之費安公聞而喜曰道士誠知人矣年二十四便就講說嘗有客聽講難實相義往復移時彌增疑昧遠乃引莊子義爲連類於惑者曉然是後安公特聽慧遠不廢俗書安有弟子法遇曇徽皆風才照灼志業清敏並推服焉後隨安公南遊樊沔僞秦建元九年秦將符平寇幷襄陽道安爲朱序所拘不能得去乃分遣徒衆各隨所之皆被誨約遠不蒙一言遠乃跪曰獨無訓勗懼非人例安曰如汝者豈復相憂遠於是與弟子數十人南適荆州住上明寺後欲往羅浮山及届潯陽見廬峯清淨足以息心始住龍泉精舍此處去水本遠遠乃以杖叩地曰若此中可得栖立當使朽壤抽泉言畢清流涌出浚矣成溪其後少時潯陽亢旱遠詣池側讀海龍王經忽有巨蛇從池上空須臾大雨遂以有年因號精舍爲龍泉寺焉陶侃經鎮廣州有漁人於海中見神光每夕豔發經旬彌盛怪以白侃侃往詳視乃是阿育王像即接歸以送武昌寒溪寺寺主僧珍嘗往夏口夜夢寺遭火而此像屋獨有龍神圍繞珍覺馳還寺寺既焚盡唯像屋存焉侃後移鎮以像有威靈遣使迎接數十人轝之至水及上船船又覆沒使者懼而反之竟不能獲及遠創寺既成祈心奉請乃飄然自輕往還無梗於是率衆行道昏曉不絕釋迦餘化於斯復興自遠卜居廬阜三十餘年影不出山迹不入俗每送客遊履常以虎溪爲界以晋義熙十二年八月初卒春秋八十三

鳩摩羅什

鳩摩羅什此云童壽天竺人也。善經律論。化行於西域。及東遊龜茲。音丘慈龜茲王爲造金師子座以處之。時符堅僭號關中。有外國前部王及龜茲王弟並來朝堅。堅引見。二王說堅云。西域多産珍奇。請兵往定。以求內附。至堅建元十三年正月。太史奏云。有星見外國分野。當有大德智人。入輔中國。堅曰。朕聞西域有鳩摩羅什將非此耶。即遣使求之。至十八年九月。堅遣驍將呂光率兵七萬西伐龜茲。臨發。堅餞光於建章。謂曰。夫帝王應天而治。以子愛蒼生爲本。豈貪其地而伐之。正以懷道之人故也。朕聞西域有鳩摩羅什。深解法相。善閑陰陽。爲後學之宗。朕甚思之。賢哲者國之大寶。若尅龜茲。即馳驛送什。光軍未至。什謂龜茲王白純曰。國運衰矣。當有勍敵從東方來。宜恭承之。勿抗其鋒。純不從而戰。光遂破龜茲。殺純立純弟震爲主。光既獲什。載與俱還。中路置軍於山下。將士已休。什曰。不可在此。必見狼狽。宜徙軍隴上。光不納。是夜果大雨。洪潦暴起。水深數丈。死者數千。光始密而異之。什謂光曰。此凶亡之地。不宜淹留。推運揆數。應速言歸。中路必有福土可居。光從之。至涼州。聞符堅已爲姚萇所害。光三軍縞素。大臨城南。於是竊號關外。年稱大安。大安二年正月。姑臧大風。什曰。不祥之風。當有奸叛。然不勞自定也。俄而梁謙彭晃相繼而反。尋亦殄滅。至光龍飛二年。張掖臨松盧水胡沮渠男成及弟蒙遜反。推建康大守段業爲主。遣庶子秦州刺史太原公纂率衆五萬討之。時論謂業等烏合。纂有威聲。勢必全

尅光以訪什什曰觀察此行未見其利既而纂敗績於合黎俄又郭馨奴昆切作亂纂委大軍輕還為馨所敗僅以身免光中書監張資文翰溫雅光甚器之資病光廣求救療有外國道人羅叉云能差資疾光喜給賜甚重什知叉誑詐告資曰叉不能為徒煩費耳冥運雖隱可以事試也乃以五色絲作繩結之燒為灰末投水中灰若出水還成繩者病不可愈須臾灰聚浮出復繩本形既叉治無效少日資亡頃之光又卒子紹襲位數日光庶子纂殺紹自立稱元咸寧咸寧二年有猪生子一身三頭龍出東廂井中到殿前蟠卧比旦失之纂以為美瑞號大殿為龍翔殿俄而有黑龍升於當陽九宮門號為龍興門什奏曰比日潛龍出遊豕妖表異龍者陰類出入有時而今屢見則為災生必有下人謀上之變宜尅己修德以答天戒纂不納與什博戲殺棊曰斮胡奴頭什曰不能斮胡奴頭胡奴將斮人頭此言有旨而纂終不悟光弟保有子名超超小字胡奴後果殺纂斬首立其兄隆為主時人方驗什之言也什停涼積年呂光父子既不弘道教故蘊其深解無所宣化苻堅已亡竟不相見及姚萇僭有關中亦挹其高名虛心要請呂以什智計多解恐為姚謀不許東入及萇卒子興襲位復遣敦請弘始三年三月有樹連理生于廟庭逍遙園葱變為茝以為美瑞謂智人應入至五月興遣隴西公碩德西伐呂隆隆軍大破至九月隆上表歸降方得迎什入關以其年十二月二十日至長安興待以國師之禮甚見優寵初杯

度比丘在彭城聞什在長安乃歎曰。吾與此子戲別三百餘年杳然未期遲有遇於來生耳。什未終少日覺四大不寧乃口出三番神呪。令外國弟子誦之以自救。未及致力轉覺危殆。於是力疾與衆僧告別曰。因法相遇殊未盡心。方復後世惻愴何言自以闇昧謬充傳譯。凡所出經論三百餘卷唯十誦一部未及刪繁。存其本旨必無差失。願凡所宣譯傳流後世咸共弘通。今於衆前發誠實誓。若所傳無謬者當使焚身之後。舌不焦爛。以弘始十一年八月二十日。卒于長安是歲晉義熙五年也。即於逍遥園依外國法以火焚屍薪滅形碎。惟舌不灰爾。

法安

釋法安。一名慈欽未詳何許人。遠公弟子也。善持戒行講說衆經。兼習禪業。善能開化愚矇。拔邪歸正。晉義熙中。新陽縣虎災。縣有大社樹下築神廟。左右居民以百數。遭虎死者夕有一二。安甞遊其縣。暮投此村。民以畏虎早閉門閭。安徑之樹下。通夜坐禪。向曉聞虎負人而至。投之樹北。見安如喜如驚。跳伏安前。安為說法授戒。虎踞地不動。有頃而去。平旦村中人追虎至樹下。見安大驚。謂是神人。遂傳之一縣。士庶宗奉。虎災由此而息。因改神廟留安立寺。左右田園皆捨為衆業。後欲作畫像須銅青。困不能得。夜夢見一人近其牀前云此下有銅鍾。覺即掘之。果得二口。因以青成像。後以一鍾助遠公鑄佛。餘一。武昌太守熊無患借視。遂留之。安後不知所終。

曇霍

沙門曇霍不知何許人也禿髮傉檀時從河南來持一錫杖令人跪曰此是般若眼奉之可以得道時人咸異之或遺以衣服受而投之於河後日以還其本主衣無所汙行步如風雲言人生死貴賤無毫釐之差人或藏其錫杖曇霍大哭數聲閉目須臾起而取之咸奇其神異莫能測也因之事佛者甚衆利鹿孤有弟傉檀假署車騎權傾僞國猜忌多所賊害霍謂傉檀曰當修善奉佛爲後世橋梁傉檀曰先世未曾奉佛今若奉佛恐違先世之旨公若能七日不食顔色如常是爲佛道神明僕當奉之乃使人幽守七日而霍無飢渴之色傉檀遣沙門智行密持餅遺霍霍不肯食傉檀深奇之每謂傉檀曰若能安坐無爲則天下可定祚胤克昌如其窮兵好殺禍將及已傉檀不能從傉檀女病甚請救療曇霍曰人之生死自有定期聖人亦不能轉禍爲福曇霍焉能延命耶正可知早晚耳傉檀固請之時後宮門閉曇霍曰急開後門及開門則生不及則死傉檀命開之不及而死後兵亂不知所在

曇邕

釋曇邕姓楊氏關中人少仕僞秦爲衛將軍形長八尺雄武過人太元八年從符堅南寇爲晉軍所敗還至長安因從安公出家安公既往復事遠公後又於山之西南營立茅宇與弟子曇果澄思禪門嘗於一時果夢見山神求受五戒果曰家師在此可往諮受少時邕見一人著單衣帢風姿端雅從者二十許人請受五戒邕以果先夢知是山神乃爲說

法授戒。神貺以外國七飾禮拜辭別。倏忽不見。至遠臨亡之日。奔赴號踊後往荆州。卒於竹林寺。

僧朗

釋僧朗。未詳其氏族。京兆人也。少而遊方。問道長安。還關中。專當講說。嘗與數人同共赴請。行至中途。忽告同輩曰。君等寺中衣物。似有竊者。如言即返。果有盜焉。後於金輿谷崑崘山中。別立精舍。創築房室。內外屋宇數十餘區。聞風而造者百有餘人。朗孜孜訓誘。勞不告倦。秦王符堅欽其德素。遣使貺遺。堅後沙汰衆僧。乃別詔曰。朗法師。戒德冰霜。學徒清秀。崑崘一山。不在搜例。谷中舊有虎災。人常執杖結群而行。及朗居之。猛獸歸伏。晨行夜往。道俗無滯。百姓咨嗟。稱善無極。故至今呼爲朗公谷。凡有來詣朗者。人數多少。未至一日。輒已逆知。使弟子爲具飲食。必如言。果至。咸歎有預見之明矣。後卒於山中。春秋八十有五。

佛陀耶舍

佛陀耶舍。此云覺名。罽賓人。婆羅門種。世事外道。有一沙門從其家乞食。其父怒使人打之。父遂手脚攣躄。不能行止。乃問於巫師。對曰。坐犯賢人。鬼神使然也。即請此沙門。竭誠懺悔數日便瘳。因令耶舍出家。爲其弟子。時年十三。常隨師遠行。於曠野逢虎。師欲走避。耶舍曰。此虎已飽。必不侵人。俄而虎去。前行果見餘殨。師密異之。至年十五。誦經日記二三萬言。所住寺常於外分衛。廢於誦習。有一羅漢重其聰敏。恒乞食供之。至年十九。誦大

小乘經數百萬言。年二十七。方受具戒。後至沙勒國。時國王不豫。請僧齋會。太子見而恱之。請留宫内供養。羅什後至。復從舍受學。甚相尊敬。後羅什往龜茲。為吕光所執。舍停十餘年。乃東適龜茲。法化甚盛。時什在姑臧。遣使要之。欲去。國人留之。停歲許。後語弟子云。吾欲尋羅什。可密裝衣發。勿使人知。弟子曰。恐明日追至。不免復還耳。耶舍乃取清水一鉢。以藥投中。呪數十言。與弟子洗足。即便夜發。比至旦。行數百里。問弟子曰。何所覺耶。荅曰。唯聞疾風之響。眼中淚出耳。耶舍又與呪水洗足。住息。明旦國人追之。已差數百里。不及。行達姑臧。而什已入長安。聞姚興逼以妾媵。勸為非法。乃歎曰。羅什如好綿。何可使入棘林中。什聞其至姑臧。勸姚興迎之。興未納。頃之。興命什譯出經藏。什曰。夫弘宣法教。宜令文義圓通。貧道雖誦其文。未善其理。唯佛陀耶舍深達幽致。今在姑臧。願詔徵之。一言三詳。然後著筆。使微言不墜。取信千載也。興從之。即遣使招迎。厚加贈遺。悉不受。乃笑曰。明旨既降。便應載馳。檀越待士既厚。脫如羅什見處。則未敢聞命。使還具說之。興歎其慎重。至長安。興自出候問。別立新省於逍遥園中。四事供養。並不受。時至分衛。一食而已。耶舍先誦曇無德律。偽司隸校尉姚爽請令出之。乃試耶舍。令誦羌籍藥方可五萬言。經一日。執文覆之。不誤一字。衆服其强記。即以弘始十二年。譯出四分律。凡四十四卷。并出長阿含等。涼州沙門竺佛念譯為秦言。道含筆受。至十五年解座。興䞋耶舍布絹萬匹。悉不

受道舍佛念布絹各千四名德沙門五百人皆重䞋施。耶舍後辭還外國。至罽賓得虛空藏經一卷。寄賈客傳與涼州諸僧。後不知所終。

曇無竭

釋曇無竭。此云法勇。姓李氏。幽州黃龍人。幼爲沙彌。便修苦行。持戒誦經。爲師僧所重。甞聞法顯等躬踐佛國。乃慨然有忘身之誓。遂以宋永初元年。招集同志沙門僧猛等。共賫旛蓋供養之具。遠適西方。初至河南國。仍出海西郡。入流沙到高昌郡。經歷龜茲沙勒諸國。登葱嶺度雪山。進至罽賓國。禮拜佛鉢。停歲餘。學梵書梵語。求得觀世音受記經梵文一部。復西行至辛頭那提河。緣河西入月氏國。禮拜佛肉髻骨。及覩自沸水船。後至檀特山南石留寺。住僧三百餘人。雜三乘學。無竭停此寺受大戒。復行向中天竺界。路既空曠唯賫石蜜爲粮。雖屢經危棘。而繫念所賫觀世音經。未甞暫廢。將至舍衛國。中野逢山象一群。無竭稱名歸命。即有師子從林中出。象驚惶奔走。後度恒河。復值野牛一群。鳴吼而來。將欲害人。無竭歸命如初。尋有大鷲飛來。野牛驚散。遂得免之。後於南天竺隨舶泛海。達廣州。其所譯出觀世音受記經。今傳于京師。後不知所終。

佛馱跋陀羅

佛馱跋陀羅。此云覺賢。本姓釋氏。迦維羅衛人。甘露飯王之苗裔也。幼喪父母。從祖鳩婆利。聞其聰敏。兼悼其孤露。乃迎還度爲沙彌至年十七。與同學數人俱以習誦爲業。衆皆

一月賢一日誦畢其師歎曰賢一日敵三十夫也及受具戒修業精懃博學群經多所通達少以禪律馳名常與同學僧迦達多共遊罽賓同處積載達多雖服其才明而未測其人也後於密室閉戶坐禪忽見賢來驚問何來答云蹔至兜率致敬彌勒言訖便隱達多知是聖人未測深淺後屢見賢神變乃敬心祈問方知得不還果常欲遊方弘化備觀風俗會有秦沙門智嚴西至罽賓覩法衆清淨乃慨然東顧曰我諸同輩斯有道志而不遇真匠發悟莫由即諮詢國衆孰能流化東土僉云佛䭾跋陀其人也嚴既要請苦至賢遂愍而許焉於是捨衆辭師裹粮東逝步驟三載綿歷寒暑既度葱嶺路經六國國主矜其遠化並傾懷資奉至交阯乃附舶循海而行經一島下賢以手指山曰可止於此舶主曰客行惜日調風難遇不可停也行二百餘里忽風轉吹舶還向島下衆人方悟其神咸師事之聽其進止後遇便風同侶皆發賢曰不可動舶主乃止既而有先發者一時覆敗後於闇夜之中忽令衆舶俱發無肯從者賢自起收纜唯一舶獨發俄爾賊至留者悉被抄害頃之至青州東萊郡聞鳩摩羅什在長安即往從之什大忻悅共論法相振發玄微多所悟益時秦主姚興專志佛法供養三千餘僧並往來宮闕盛修人事唯賢守靜不與衆同後語弟子云我昨見本鄉有五舶俱發既而弟子傳告外人關中舊僧咸以爲顯異惑衆僧道恒等謂曰佛尚不聽說已所得法先言五舶將至虛而無實又門徒誑惑互起同

異既於律有違理不同止宜可時去勿得停留賢曰我身若流萍去留甚易但恨懷抱未伸以爲慨然耳於是與弟子慧觀等四十餘人俱發神志從容初無異色識眞之衆咸共歎惜道俗送者千有餘人姚興聞去悵恢乃謂道恒曰佛賢沙門挾道來遊欲宣遺教緘言未吐良用深慨豈可以一言之咎令萬夫無導因勑令追之賢謂使曰誠知恩旨無預聞命於是率侶宵征南指廬岳沙門釋慧遠久服風名聞至欣喜傾蓋若舊遠以賢之被擯過由門人若懸記五舶止說在同意亦於律無犯乃遣弟子曇邕致書姚主及關中衆僧解其擯事遠乃請出禪數諸經賢志在遊化居無求安停山歲許復西適江陵遇外國舶主既而訊訪果是天竺五舶先所見者也傾境士庶競來禮事其有奉施悉皆不受持鉢分衛不問豪賤時陳郡袁豹爲宋武帝太尉長史宋武南討劉毅豹隨府届于江陵賢將弟子慧觀詣豹乞食豹素不敬信待之甚薄未飽辭退豹曰似未足且復少留賢曰檀越施心有限故令所設已罄豹即呼左右益飯飯果盡豹大慚愧既而問慧觀曰此沙門何如人觀曰德量高遠非凡所測豹深歎異以啓太尉太尉請與相見甚崇敬之資供備至俄而太尉還都請與俱歸安止道場寺以元嘉六年卒春秋七十有一

曇邃

釋曇邃未詳何許人少出家止河陰白馬寺蔬食布衣誦法華經又釋達經旨亦爲人解說常於夜中忽聞扣戶云欲請法師九旬說

法遂不許。固請乃赴之。而猶是眠中。比覺巳身在白馬塢神祠中。并一弟子。自爾日日容往。餘無知者。後寺僧經祠前。見有兩高座。遂在北。弟子在南。如又有講說聲。又聞有奇香之氣。於是道俗共傳。神異至夏竟。神施白馬一匹。白羊五頭。絹九十匹。呪願畢。於是而絶

登師

僧登師者。止匡廬大林寺。通誦法華。晝夜不息。一日忽見空中有一銀殿。漸下於房。忽變成金殿。師遂入殿。坐起經行。如是三載。遂邇四衆嚴持香華。從師乞戒。登曰。白日喧憔。心多散亂。當於清夜受之。至夜正說戒相三歸依時。師之口吻放光。明徧照大衆。衆見光明競拜喧鬧。師即不語。光便收歛。師云。本欲受戒。那得見光喧鬧。光現但是受戒祥瑞。未是得戒正緣。今更從初。大衆默然。師又說法。還復放光。衆又喧鬧。因而且止。明日再來。師即辭別歸山。所現金殿。還復如故。一日忽謂門人曰。今登金殿。不復回也。即於是日倐然超化。

寶通

僧寶通。梵行精修。長誦法華經陀羅尼品。稍有靈異。時楊橋村有趙氏家妻。爲神所魅。請通持呪。通既至。神即現形。通告曰。神在村中。合當興福。如何反魅於人。神曰。非弟子事。此乃下部小鬼耳。遂呼小鬼至前。責罰。趙妻因此得差。續後趙妻之病仍發。歌吟竟夕。又告通。通又去見所責鬼在病牀前。通曰。前已誡治。那得再來。汝若不去。吾當誦呪。令汝頭作七分。如阿梨樹枝也。鬼叩頭求哀云。不煩呪

也從此病差鬼不復至矣。

慧紹

僧慧紹不知出處。孩孺時毋哺魚肉即吐。自是不茹葷。八歲出家爲僧。通法華經。苦行堅節。後隨師僧要止臨川招提寺。常念佛恩之重。誓欲捨身以報。乃顧人斫薪於東山石室。積高一丈。中開一龕。即還寺告師。師諫不從。於是尅日就山建八關齋會。闔境奔赴。雲滿山谷。至夜。紹自行香。執燭燃薪。入龕而坐。誦藥王捨身品。火沿至額。猶聞經聲。大衆忽見一星大如斗。直下火中。俄而升天。咸謂天宮迎接之瑞。紹嘗謂同學曰。吾燒身處當生梧桐木。切莫伐之。後三日。果爾而生。道俗異之。

悟詮

蜀僧悟詮。號覺海。有慧性。峽州富人程夷伯年二十九。一夕夢其父曰。汝今年當死。可問覺海。其人茫然不曉。一日有僧說相。頁覺海字。程請一相。問云。我壽幾何。覺海曰。老僧皆無求。但覓水一盃。呵氣入水中。令程飲之。曰。今夜有吉夢。可相報。即夜夢至一官府。左廊下男子婦人。衣冠嚴整。皆相忻悅。右廊盡枷鎖縲絏之人。哀號涕泗。傍有人云。左廊是修捨橋路人。右廊是毀壞橋路人。若爾要福壽。可自擇取。程即夢覺。發心凡百里之內。橋梁路道。一一修整。工畢。覺海復來云。汝作此事。可延十年。程自是於道路上用工不倦。壽九十二。五世昌盛。

神僧傳卷第二

神僧傳卷第三

曇無讖

曇無讖或云曇摩讖中天竺國人也六歲遭父憂獨與母居見沙門達摩耶舍以讖爲其弟子習學小乘後遇白頭禪師遂業大乘至年二十誦大小乘經一百餘萬言讖從兄善能調象騎殺王所乘白耳大象王怒誅之令曰敢有視者夷三族親屬莫敢往者讖哭而葬之王怒欲誅讖讖曰王以法故殺之我以親而葬之並莫違大義何爲見怒傍人爲之寒心其神色自若王奇其志氣遂留供養之讖明解呪術所向皆驗西域號爲大呪師後隨王入山王渴須水不能得讖乃密呪石出水因讚曰大王惠澤所感遂使枯石生泉隣國聞者皆歎王德于時雨澤甚調百姓稱詠王悅其道術深加優寵頃之王意稍歇待之漸薄讖以久處致厭遂辭往罽賓欲演大乘彼國不合乃東適龜茲（音丘慈）頃之復進到姑臧止於傳舍慮失經本枕之而寢有人牽之在地讖警覺謂是盜者如此三夕聞空中語曰此如來解脫之藏何以枕之讖乃慚悟別置高處夜有盜之者數過提舉竟不能動明旦讖持經去不以爲重盜者見之謂是聖人悉來拜謝時河西王沮渠蒙遜僣據涼土讖嘗告蒙遜云有鬼入聚落必多災疫蒙遜不信欲躬見爲驗讖即以術加蒙遜蒙遜見而駭怖讖曰宜潔誠齋戒神呪驅之乃讀呪三日謂蒙遜曰鬼已去矣時境首有見鬼者云見數百疫鬼奔驟而逝境內獲安時魏虜拓跋燾聞讖有道術遣使迎之蒙遜既事讖日

久。不忍舍去。後又慰辭以迎蒙遜既吝讖不遣又迫魏之强。至蒙遜義和三年三月讖因請西行更尋涅槃後分。蒙遜忿其欲去乃密圖害讖偽以資粮發遣厚贈寶貨臨發之日。讖乃流涕告衆曰讖業對將至衆聖不能救矣以本有心誓。義不容停。比發蒙遜果遣刺客於路害之。春秋四十九是歲宋元嘉十年也。遠近咸共嗟焉。既而蒙遜左右常白日見鬼神以劒擊蒙遜至四月蒙遜寢疾而亡。

杯渡

杯渡者。不知姓名。常乘木杯渡水人因目之初在冀州。不修細行。神力卓越世莫測其由甞於北方寄宿一家。家有一金像。渡竊而將去。家主覺而追之。見渡徐行走馬逐之不及至於孟津河浮木杯於水憑之渡河。不假風棹。輕疾如飛俄而及岸達于京師見時可年四十許帶索襤縷殆不蔽身。言語出沒喜怒不均。或嚴氷叩凍洗浴。或著履上山。或徒行入市唯荷一蘆圌(音遄)子。更無餘物。甞從延賢寺法意道人處意以別房待之。後欲往瓜步江。於江側就航。人告渡不肯載之。復累足杯中。顧眄言詠杯自然流。直渡北岸。向廣陵遇村舍李家八關齋先不相識乃直入齋堂而坐置蘆圌於中庭衆以其形陋無恭敬之心。李見蘆圌當道欲移置墻邊。數人舉不能動。渡食竟提之而去笑曰四天王李家于時有一竪子。窺其圌中有四小兒並長數寸。面目端正。衣裳鮮潔。於是追覔不知所在。後數日。乃見在西界蒙籠樹下坐。李禮拜請還家。日日供養渡不甚持齋飲酒噉肉至於辛鱠與

俗無異。百姓奉上。或受不受。沛國劉興伯爲兖州刺史。遣使要之。負圖而來。興伯使人舉視。十餘人不勝。伯自看。唯見一敗衲及一木杯。後還李家。復得二十餘日。清旦忽云欲得一袈裟。中時令辦。李即經營至中未成。渡云暫出。至暝不返。合境聞有異香。疑之爲怪。處處覓渡。乃見在北巖下。敷敗袈裟於地。卧之而死。頭前脚後皆生蓮華。極鮮香。一夕而萎。邑共殯葬之。後數日有人從北來。云見渡負蘆圖行向彭城。乃共開棺。韡履存焉。既至彭城。遇有白衣黃欣。深信佛法。見渡禮拜請還家。家至貧。但有麥飯而已。渡甘之怡然。止得半年。忽語欣云。可覓蘆圖三十六枚。吾須用之。答云此間止可有十枚。貧無以買。恐不盡辦。渡曰。汝但檢覓宅中應有。欣即窮檢。果得三十六枚。列之庭中。雖有其數。亦多破敗。比欣次第熟視。皆已新完。渡密封之。因語欣令開。乃見錢帛皆滿。可堪百許萬。識者謂是杯渡分身他土所得䞋施。迴以施欣。欣受之。皆爲功德。經一年許。辭去。欣爲辦糧食。明晨見糧食具存。不知渡所在。後東遊入吳郡。路見釣魚師。因就乞魚。魚師施一餧者。渡手弄反覆。還投水。游活而去。又見網師。更從乞魚。網師瞋駡不與。渡乃拾取兩石子擲水中。俄而有兩水牛鬬其網中。網既碎敗。不復見牛。渡亦已隱。行至松江。乃仰盖於水中。乘而渡岸。經涉會稽剡縣。登天台山。數月而返京師。少時遊止無定。請召或往不往。時南州有陳家。頗有衣食。渡往其家。甚見迎奉。聞都下復有一杯渡。陳父子五人咸不信。往都下看之。果

如其家杯渡形相。一種陳設一合蜜薑及刀子。薰陸香。手巾等渡即食蜜薑都盡餘物宛在膝前其父子五人恐是其家杯渡。即留二弟停都守視餘三人還家。家中杯渡如舊。膝前亦有香刀子等但不噉蜜薑爲異爾。乃語陳云。刀子鈍可爲磨之。二弟還都。云彼渡已移靈鷲寺。其家忽求黃紙兩幅作書。書不成字。合同其背。陳問上人作何券書。渡不答。竟莫測其然。時吳部民朱靈期使高麗還值風舶飄經九日至一洲邊。洲上有山山甚高大。入山採薪。見有人路。靈期乃將數人隨路告乞。行十餘里。聞磬聲香烟。於是共稱佛禮拜。須臾見一寺甚光麗。多是七寶莊嚴。又見十餘石人。乃共禮拜。還反行少許。聞唱導聲。還往更看。猶是石人。靈期等相謂。此是聖僧。吾等罪人。不能得見。因共竭誠懺悔。更往。乃見真人。爲靈期等設食。食味是菜。而香美不同世食。竟共叩頭禮拜乞速還至鄉。有一僧云。此間去都乃二十餘萬里。但令至心。不憂不速也。因問靈期云識杯渡道人不。答言甚識。因指北壁有一壺掛錫杖及鉢。云。此是杯渡住處。今因君以鉢與之。幷作書著函中。別有一青竹杖。語靈期云。但擲此杖置舫前水中閉船靜坐。不假勞力。必令速至。於是辭別。令一沙彌送至門上。語云。此道去行七里至船。不須從先路去也。如言西轉行七里許至船。即具如所示。唯聞舫從山頂樹木上過。都不見水。經三日至石頭淮而住。亦不復見竹杖所在。舫入淮至朱雀。乃見杯渡騎大航蘭。以捶捶之曰。馬馬何不行。觀者甚多。靈期等在

舫遥禮之。渡乃自下舫取書幷鉢。開書視之字無人識者。渡大笑曰使我還耶。取鉢擲雲中還接之。曰我不見此鉢四千年矣。渡多在延賢寺法意處時世以此鉢異物競往觀之。有庾常婢偷物而叛。四追不擒乃問杯渡云巳死在金城江邊空塚中。往看果如所言。孔寧子時爲黃門侍郎在家患痢遣信請渡。渡呪竟。云難差。見有四鬼皆被傷截。寧子泣曰。昔孫恩作亂。家爲軍人所破。二親及叔皆被痛酷。寧子果死。又有齊諧妻胡毋氏病衆治不愈。後請僧設齋。齋座有僧勸迎杯渡。渡既至。一呪。病者即愈。齊諧伏事爲師。因作傳記其從來。神異不可備紀。元嘉三年九月辭諧入東。留一萬錢物寄諧倩爲營齋。於是別去。行至赤山湖。患病而死。諧即爲營齋。幷接屍還葬建康覆舟山。至四年有吳興邵信者甚奉法遇傷寒病無人敢看。乃悲泣念觀音忽見一僧來。云是杯渡弟子。語云。莫憂。家師尋來相看。答云。渡死已久。何容得來。道人云。來復何難。便衣帶頭出一合許散與服之。病即差。又有杜僧哀者住在南岡下。昔經伏事杯渡。兒病甚篤。乃思念恨不得渡與念神呪明日忽見渡來。言語如常。即爲呪。病者便愈。至五年三月渡復來齊諧家。呂道惠聞而怛之。杜天期水丘熈等並見。皆大驚即起禮拜。渡語衆人。言年當大凶。可勤修福業。法意道人甚有德。可往就之。修立故寺。以禳災禍也。須臾門上有一僧喚渡便辭去。云。貧道當向交廣之間。不復來也。齊諧等拜送慇懃。於是絕迹頃世亦言時有見者。

曇諦

釋曇諦姓康氏其先康居國人漢靈帝時移附中國獻帝末亂移止吳興諦父肜嘗爲冀州別駕母黃氏晝寢夢見一僧呼黃爲母寄一麈尾幷鐵鏤書鎮二枚眠覺見兩物具存因而懷孕生諦諦年五歲母以麈尾等示之諦曰秦王所餉母曰汝置何處答云不憶至年十歲出家學不從師悟自天發後隨父之樊鄧遇見關中僧䂮音畧道人忽喚䂮名䂮曰童子何以呼宿老名諦曰向者忽言阿上是諦沙彌爲衆僧採菜被野豬所傷不覺失聲耳䂮經爲弘覺法師弟子爲僧採菜被野豬所傷䂮初不憶此迺詣諦父諦父具說本末幷示書鎮麈尾等䂮迺悟而泣曰即先師弘覺法師也師經爲姚萇講法華貧道爲都講姚萇餉師二物今遂在此追計弘覺捨命正是寄物之日復憶採菜之事彌深悲仰性愛林泉後還吳興入故章崐山閑居澗飲二十餘載以宋元嘉末卒於山壽六十餘

求那跋摩

求那跋摩此云功德鎧本刹利種累世爲王治在罽賓國年十四便機見雋達深度仁愛汎博崇德務善其母嘗須野肉令跋摩辦之跋摩曰有命之類莫不貪生夭彼之命非仁人矣年二十出家受戒洞明九部博曉四含誦經百餘萬言深達律品妙入禪要時人號曰三藏法師至年三十罽賓國王薨絕無紹嗣衆咸議曰跋摩帝室之胤又才明德重可請令還俗以紹國位群臣數百再三固請跋摩不納乃辭師違衆林栖谷飲孤行山野遁

迹人世。後至闍婆國初未至一日。闍婆王母夜夢見一道士。飛舶入國明旦果是跋摩來至。王母敬以聖禮從受五戒。母因勸王曰。宿世因緣得爲母子。我已受戒而汝不信。恐後生之因。永絕今果。王迫以母勑。即奉命受戒漸染既久專精稍篤頃之。隣兵犯境。王謂跋摩曰。外賊恃力。欲見侵侮。若與鬬戰傷殺必多。如其不拒危亡將至。今唯歸命師尊。不知何計。跋摩曰。暴寇相攻。宜須禦捍。但當起慈悲心勿興害念耳王自領兵擬之。旗鼓始交。賊便退散王遇流矢傷脚。跋摩爲呪水洗之信宿平復後爲跋摩立精舍。躬自琢材傷王脚指。跋摩又爲呪治之。有頃平復時京師名德沙門慧觀慧聰等。遠挹風猷。思欲叅稟。以元嘉元年九月。啓文帝求迎請跋摩。帝即勑

交州刺史令泛舶延致。觀等又遣沙門法長道冲道儁等往彼祈請。文帝知跋摩已至南海。於是復勑州郡。令資發下京。路由始興經停歲許。始興有虎市山儀形聳峙峯嶺高絕跋摩謂其髣髴耆闍乃改名靈鷲於山寺之外別立禪室去寺數里磬音不聞每至鳴椎跋摩已至或冒雨不沾或履泥不汙時衆道俗莫不肅然增敬寺有寶月殿跋摩於殿北壁手自畫作羅云像及定光儒童布髮之形像成之後每夕放光久之乃歇始興太守蔡茂之深加敬仰後茂之將死跋摩躬自往視說法安慰敬家人夢見茂之在寺中與衆僧講法此山本多虎災自跋摩居之晝行夜往或時值虎以杖按頭抒之而去跋摩嘗於別室坐禪累日不出寺僧遣沙彌往候之見一

白師子緣柱而立亘室彌漫生青蓮花沙彌驚恐大呼往視師子豁無所見未終之前預造遺文偈頌三十六行自說因緣云已證二果手自封緘付弟子阿沙羅云我終後可以此文還示天竺僧亦可示此境僧也既終之後即趺坐繩床顏貌不異似若入定道俗赴者千有餘人並聞香氣芬烈咸見一物狀若龍蛇可長一匹許起於屍側直上衝天莫能詔者即於南林戒壇前依外國法闍毗之春秋六十有五

僧亮

釋僧亮未詳何許人以戒行著名欲造丈六金像聞湘州伍子胥廟多有銅器亮告刺史張劭借健人一百大船十隻劭曰廟既靈驗犯者必死且有蠻人守護詎可得耶亮曰若果福德則與檀越共如其有咎躬自當之劭即給人船三日至廟廟前有兩鑊容百餘斛中有巨蛇長十餘丈出遮行路亮乃執錫呪之蛇即隱去俄見一人秉笏出云聞師道業非凡營福事重今特相隨喜於是令人輦取廟銅既多十取一而舫已滿及歸遇風水甚利群蠻相報追不及矣還都鑄像既成唯燄光未備文帝爲造金薄圓光安置彭城寺至太始中明帝移像湘宮寺焉

道生

竺道生本姓魏氏鉅鹿人生而穎悟聰哲若神其父知非凡器愛而異之後値沙門竺法汰遂改俗歸依及年在志學便登講座吐納問辯辭清珠玉雖宿望學僧當時名士皆慮挫詞窮莫敢詶抗年至具戒器鑒日深初入

廬山幽栖七年常以入道之要慧解爲本故鑽研群經萬里從師不憚疲苦後遊長安從什公受業關中僧衆咸謂神悟還止青園寺宋太祖文皇深加歎重後太祖設會帝親同衆御于地筵下食良久衆咸疑日晚帝曰始可中耳生曰白日麗天天言始中何得非中遂取鉢便食於是一衆從之莫不歎其樞機得衷時涅槃後品未至生曰闡提皆當成佛此經來未盡耳於是文字之師誣生爲邪擯而遣之生白衆誓曰若我所說不合經義請於見身即見惡報。若實契佛心願捨壽時據師子座。竟拂衣入吳之虎丘山竪石爲徒講涅槃經。至闡提有佛性處曰。如我所說契佛心否群石皆首肯之其年夏雷震青園佛殿。龍昇于天。光影西壁因改寺名曰龍光。時人歎曰。龍既去。生必行矣。俄而投迹廬山肖影巖岫山中僧衆咸共敬服後涅槃大本至于南京果稱闡提悉有佛性與生所說若合符契生既獲斯經尋即講說以宋元嘉十一年於廬山升于法座講說涅槃將畢忽見麈尾紛然而墜端坐正容隱几而卒

曇摩密多

曇摩密多。此云法秀罽賓人也年至七歲神明澄正每見法事輒自然欣躍其親愛而異之。遂令出家罽賓多出聖達屢值明師。博貫群經。特深禪法。所得之要。皆極其微奧。爲人沉邃有慧解儀軌詳正生而連眉。故世號眉禪師。少好遊方誓志宣化。周歷諸國。遂適龜茲未至一日王夢神告王曰有大福德人。明當入國。汝應供養。明旦即勑外司。若有異人

入境必馳奏聞俄而密多果至王自出郊迎乃請入宮遂從稟戒盡四事之禮密多安而能遷不拘利養居數載密有去心神又降夢曰福德人捨王去矣王惕然驚覺既而君臣固留莫之能止遂度流沙進到燉煌於閑曠之地建立精舍植㮈千株開園百畝房閣池林極爲嚴淨頃之後適涼州仍於公府舊寺更葺堂宇學徒濟濟禪業甚盛常以江右王畿志欲傳法以宋元嘉元年展轉至蜀俄而出峽停止荊州於長沙寺造立禪閣翹誠懇惻祈請舍利旬有餘日遂感一衝器出聲放光滿室門徒道俗莫不更增勇猛人百其心頃之泝流東下至于京師初止中興寺晚憩祇洹密多道聲素著化洽連邦至京甫爾傾都禮訊自宋文袁皇后及皇太子公主莫不設齋桂宮請戒椒掖參候之使旬日相望即於祇洹寺譯出禪經禪法要普賢觀虛空藏觀等常以禪道教授或千里諮受四輩遠近皆號大禪師會稽太守平昌孟顗深信正法以三寶爲已任素好禪味敬心殷重及臨浙右請與同遊乃於鄮(音茂)縣之山建立塔寺東境舊俗多趨巫祝及妙化所移比屋歸正自西徂東無思不服元嘉十年還都止鍾山定林下寺密多天性凝靜雅愛山水爲鍾山鎮岳埒美嵩華常歎下寺基構臨澗低側於是乘高相地揆上山勢以元嘉十二年斬木刊石營建上寺士庶欽風獻奉稠疊禪房殿宇欝爾層構於是息心之衆萬里來集諷誦肅邑望風成化定林達禪師即神足弟子弘其風教聲震道俗故能淨化久而莫渝勝業崇

而弗替。蓋密多之遺烈也。爰自西域至于南土。凡所游履。靡不興造檀會。敷陳教法。初密多之發罽賓也。有迦毘羅神王衛送。遂至龜茲。於中路欲反。乃現形告辭密多曰。汝神力通變。自在遊處。將不相隨。共往南方。語畢。即收影不現。遂遠從至都。即於上寺圖像著壁。迄至于今猶有聲影之驗。潔誠祈福莫不享願。以元嘉十九年七月六日卒于上寺。春秋八十有七。

求那跋陀羅

求那跋陀羅。此云功德賢。中天竺人。以大乘學。故世號摩訶衍。本婆羅門種。幼學五明諸論。後遇見阿毘曇雜心。尋讀驚悟。乃深崇佛法。其家世事外道。禁絕沙門。乃捨家潛遁。遠求師範。即投簪落䰂。音采專精志學。及受具戒。博通三藏。到師子諸國。皆傳送資供。既有緣東方。隨舶汎海。中途風止。淡水復竭。舉舶憂惶。跋陀曰。可同心并力念十方佛。稱觀世音何往不感。乃密誦呪經。懇到禮懺。俄而信風暴至。密雲降雨。一舶蒙濟。宋丞相南譙王義宣鎮荊州。創房殿。請講華嚴等經。而跋陀自忖未善華言。有懷愧歎。即旦夕禮懺。請觀世音乞求冥應。遂夢有人白服持劒。擎一人首來至其前曰。何故憂耶。跋陀具以事對。答曰。無所多憂。即以劒易首。更安新頭。語令迴轉曰。得無痛耶。答曰。不痛。豁然便覺。心神喜悅旦起。語義皆通。備領華言。於是就講。元嘉末譙王屢有怪夢。跋陀答云。京都將有禍亂。未及一年。元兇構逆。及孝建之初。譙王陰謀逆節。跋陀顏容憂慘。未及發言。譙王問其故。跋

陀諫諍懇切乃流涕而出。曰必無所冀。貧道不容扈從。譙王以其物情所信。乃逼與俱下。梁山之敗火艦轉迫。去岸懸遠。判無全濟。唯一心稱觀世音。手捉筇竹杖。投身江中。水齊至膝。以杖刺水。水流深駛。見一童子尋後而至。以手牽之。顧謂童子。汝小兒何能度我。恍惚之間。覺行十餘步。仍得上岸。即脫納衣。欲償童子。顧覓不見。舉身毛竪。時王玄謨督軍梁山。世祖勑軍中得摩訶衍善加料理。驛信送臺。俄而尋得。令舸送都。世祖即時引見。顧問委曲。曰。企望日久。今始相遇。跋陀曰。既淶釁戾。分當灰粉。今得接見。重荷生造。勑問並淮為賊。答曰。出家之人不預戎事。然張暢宋靈秀等並是驅迫。貧道所明。但不圖宿緣乃逢此事。帝曰。無所懼也。是日勑住後堂供施衣物。給以人乘。及中興寺成。勑令移住。後於秣陵界鳳凰樓西起寺。每至夜半。輒有推戶而喚。視不見人。衆屢厭夢。跋陀燒香呪願曰。汝宿緣在此。我今起寺行道禮懺。常為汝等。若住者為護寺善神。若不能住。各隨所安。既而道俗十餘人。同夕夢見鬼神千數。皆荷擔移去。寺衆遂安。大明六年。天下亢旱。禱祈山川。累月無驗。世祖請令祈雨。必使有感。如其無獲。不須相見。跋陀曰。仰憑三寶。陛下天威。冀必降澤。如其不獲。不復重見。即往北湖釣臺。燒香祈請。不復飲食。默而誦經。密加秘呪。明日晡時。西北雲起。初如車蓋。日在桑榆。風震雲合。連日降雨。尋常執持香爐。未嘗輟手。每食。飛鳥乃集手取食。至太宗之世。禮供隆到大始四年正月。覺體不愈。使與太宗及公

卿等告别臨終三日延佇而望云見天華聖像隅中遂卒春秋七十有五

慧達

釋慧達姓劉氏名窣和本咸陽東北三城定陽稽胡也先不事佛目不識字後因酒會疾命終備覩地獄衆苦之相因出家爲僧住于文成郡至元魏太武太延元年流化將訖便事西返行及涼州番禾郡東北望御谷而遥禮之人莫有曉者乃問其故達云此崖當有像現若靈相圓備則世樂時康如其有闕則世亂民苦爾後八十七年至正光初忽天風雨雷震山裂挺出石像舉身丈八形相端嚴唯無有首登即選石命工彫鐫别頭安訖還落因遂住之魏道淩遲其言驗矣逮周元年治涼州城東七里澗忽有光現徹照幽顯觀者異之乃像首也便奉至山巖安之宛然符會相好圓備太平斯在保定元年置爲瑞像寺焉識者方知其先監達後行至肅州酒泉縣城西七里澗中死其骨並碎如葵子大可穿之今城西古寺中塑像在焉

勒那漫提

勒那漫提天竺僧也住元魏洛京永寧寺善五明工道術時信州刺史綦毋懷文巧思多知天情博藝每國家營宮室器械無所不關利益公私一時之最又勑令修理永寧寺見提有異術常送餉祗承冀有聞見而提視之平平初無叙接懷文心恨之時洛南玄武館有一蠕蠕（音軟）客曾與提西域舊交乘馬衣皮時來造寺二人相得言笑抵掌彌日不懈懷文旁見夷言不曉往復乃謂提曰弟子好事

人也。比來供承。望師降意而全不賜一言此比狄耳獸心人面。殺生血食。何足可尚。不期對面。遂成彼此。提曰。爾勿輕他。縱使讀萬卷書事用未必相過也。懷文曰。此有所知。當與角伎賭馬。提曰。爾有何耶。曰。筭術之能。無問望山臨水。懸測高深。圍圖音遄踏窖。不舛升合。提笑而言曰此小兒戲耳。庭前有一棗樹極大。子實繁滿時七月初悉已成就。提仰視樹曰爾知其上可有幾許子乎。懷文怪而笑曰。筭者所知。必依鉤股標準則天文地理。亦可推測。草木繁耗。有何形兆計期。實謾言也。提指蠕蠕曰。此即知之。懷文憤氣不信。即立契賭馬。寺僧老宿。咸來同看具立旁證。提具告蠕蠕彼笑而承之。懷文復要云。必能知者。幾許成核。幾許瘀死無核。斷許既了。蠕蠕腰間皮袋裏出一物。似今稱錘。穿五色線線別貫白珠。以此約樹。或上或下。或旁或側。抽線睫眼周迴良久向提撼頭而笑。述其數焉。乃遣人撲子實下盡。一一看閱。疑者文自剖看校量子數成不。卒無欠賸因獲馬而歸。提每見洛下人遠向嵩高少室取薪者自云百姓如許地擔負辛苦我欲暫牽取二山枕洛水頭。待人伐足。乃還故去。不以為難。此但數術耳但無知者誣我為聖所以不敢。提臨終語弟子曰。我更停五三日。往一處行。汝等念修正道。勿懷眷戀。便寢疾閉户而卧弟子竊於門隙視之見提身不着床在虛仰卧。相告同視。一僧忽欬提還床如舊。遥謂曰。門外是誰何不來入。我以床熱故取涼耳。爾勿怪也。是後數日便捨命矣。

僧意

釋僧意不知何許人貞確有思力每登座講說輒天花下散于法座元魏中住太山朗公谷山寺寺有高麗等像七尊並是金銅俱陳寺堂堂門常開而鳥獸無敢入者意奉法自資束躬供養將終前夕有一沙彌死來已久見形禮拜云違奉已來常爲天帝驅使棲遑無暇廢修道業不久天帝請師講經願因一言得免形苦意便洗浴燒香端坐靜室候待時至及期果有天來入寺及房冠服羽從偉麗殊特衆僧初見但謂是何世貴人入山參謁不生驚異及意爾日無疾而逝方知靈感焉

道豐

釋道豐未詳氏族世稱得道之流與弟子三人居相州鼓山中不求利養世之術藝無所不解齊高帝往來幷鄴常過問之應對不思隨事標舉帝曾命酒幷蒸肫勑置豐前令遣食之豐略無辭讓極意飽噉帝大笑亦不與言駕去後謂弟子曰除却床頭物及發撤床見向者蒸肫猶在都不似噉嚼處時石窟寺有一坐禪僧每日至西則東望山巔有丈八金像現此僧私喜謂覩靈瑞日日禮拜如此可經兩月後在房卧忽聞枕間有語謂之曰天下更何處有佛汝今成道即是佛也爾當好作佛身莫自輕脫此僧聞已便起持重傍視群僧猶如草芥於大衆前側手指胷云你輩頗識真佛不泥龕畫像語不能出脣知慮何如你見真佛不知禮敬猶作本目期我悉墮阿鼻又眼精已赤叫呼無常合寺知是驚

禪及未發前昇詣豐所徑問曰汝兩月已來常見東山上現金像耶答曰實見又曰汝聞桄間遺作佛耶答曰實然豐曰此風動失心耳若不早治或狂走難制便以針針三處因即不發及豐臨終謂弟子曰吾在山久令汝等有谷汲之勞今去無以相遺當留一泉與汝既無陟降辛苦努力勤脩道業便於竈傍去一方石遂有玄泉澄暎不盈不減於今見存

僧稠

釋僧稠姓孫氏元出昌黎末居鉅鹿之癭陶焉性度純懿一覽佛經渙然神解幼落髮爲沙彌時時輩每暇常角力爲戲而稠以劣弱見淩侮稠羞之乃入殿中閉戶抱金剛足而誓曰我以羸弱爲等輩輕侮汝以力聞當祐我我捧汝足七日當與我力如不與必死無還志也如是至第六日將曙金剛形現手執一鉢筋謂稠曰小子欲力當食此筋稠辭以齋故不欲食神乃怖以杵稠懼遂食食已神曰汝已多力然善持教勉旃神去且曉乃還所居同列復戲侮稠曰吾有力矣恐汝不能堪衆試引其臂筋骨強勁殆非人也方驚疑稠曰吾與汝試之因入殿中橫蹋壁行自西至東凡數百步又躍首至於梁數四仍引重千鈞拳捷驍趫動駭物聽衆皆驚服嘗住嵩岳寺僧有百人泉水纔足忽見婦人弊衣挾帚却坐階上聽僧誦經衆不測爲神人也便訶遣之婦有慍色以足蹋泉水立枯竭身亦不現衆以告稠稠呼優婆夷三呼乃出便謂神曰衆僧行道宜加擁護婦人以足撥於故

泉水即上涌衆歎異之後詣懷州西王屋山修習前法聞兩虎交鬬咆響震巖乃以錫杖中解各散而去一時忽有仙經兩卷在于床上稠曰我本修佛道豈拘域中長生者乎言已須臾自失後移止青羅山受諸癘疾供養情不憚其臭潰甘之如薺坐久疲頓舒脚床前有神輙扶之還令加坐因屢入定每以七日爲期聞有勑召絕無承命苦相敦喻方遂允請即日拂衣將出山闕兩岫忽然驚震響聲悲切駭擾人畜禽獸飛走如是三日稠顧曰慕道懷仁觸類斯在豈非愛情易守放蕩難持耶乃不約事留杖策漳滏(扶甫切)又甞有客僧負錫初至將欲安處問其本夏答云吾見此中三爲伽藍言終而隱旣而掘地爲井果得鵶吻二焉又所住禪窟前有深淵見被毛之人偉而胡貌置釜然火水將沸涌俄有大蟒從水中出欲入釜內稠以足撥之蟒遂入水毛人亦隱其夜因致男子神來頂拜稠云弟子有兒歲歲爲惡神所噉兒子等惜命不敢當弟子衰老將死故自供食蒙師之力得免斯難稠索水潠之奄成雲霧時或譏稠於宣帝以倨傲無敬帝大怒自來加害稠冥知之生來不至僧厨忽無何而到云明有大客至多作供設至夜五更先備牛轝獨往谷口去寺二十餘里孤立道側須臾帝至怪問其故稠曰恐身血不淨穢汙伽藍在此候耳帝謂尚書令楊遵彥曰如此眞人何可毀謗也因謂曰朕未見佛之靈異頗可得覩否稠曰此非沙門所宜帝强之乃投袈裟于地帝使數十人舉之不能動稠命沙彌取之初無

重馬嵩陽杜昌妻柳氏甚妬有婢金荊昌沐令理髮柳氏截其雙指無何柳被狐刺螫音栻指雙落又有一婢名玉蓮能唱歌昌愛而歎其善柳氏乃截其舌後柳氏舌瘡爛事急就稠懺悔稠已先知謂柳氏曰夫人爲妬前截婢指已失雙指又截婢舌今又合斷舌悔過至心乃可免柳氏頂禮求哀經七日稠大張口呪之有二蛇從口出一尺以上急呪之遂落舌亦平復當終之時異香滿寺聞者悚神既而尅日准勑四部彌山人無數萬香柴千計日正中時焚之以火莫不哀慟哭響流川頃有白鳥數百徘徊烟上悲鳴相切移時乃逝

寶公

沙門寶公者嵩山高棲士也旦從林慮向白鹿山因迷失道日將隅中忽聞鍾聲尋響而進巖岫重阻登陟而趨乃見一寺獨據深林三門正南赫奕輝煥前至門所看額云靈隱之寺門外五六犬其大如牛白毛黑喙或踴或卧迴眸盻寶寶怖將返須臾見胡僧外來寶喚不應亦不迴顧直入門內犬亦隨入良久寶見人漸次入門屋宇四周房門並閉進至講堂唯見床榻高座儼然寶入西南隅床上坐久之忽聞東間有聲仰視見開孔如井大比丘前後從孔飛下遂至五六十人依位坐訖自相借問今日齋時何處食來或言豫章成都長安隴右蔚北嶺南五天竺等無處不至動即千萬餘里末後一僧從空而下諸人競問來何太遲答曰今日相州城東彼岸寺鑒禪師講會各各竪義有一後生聰俊難

問。詞音鋒起。殊爲可觀。不覺遂晚。實本事鑒爲和尚既聞此語。望得參話。因整衣而起。白諸僧曰。鑒是寶和尚。諸僧直視。寶頃之已失靈隱寺所在。寶但獨坐於柞木之下一無所見。唯覩巖谷禽鳥翔集喧亂。及出山以問尚統法師。尚曰此寺石趙時佛圖澄法師所造年歲久遠。賢聖居之。非凡所住。或沉或隱。遷從無定。今山行者猶聞鐘聲。

阿秃師

釋阿秃師者。不知鄉土姓名所出。爾朱未滅之前。已在晉陽。遊諸郡邑。不居寺舍。出入民間。語譎必有徵驗。每行市里。人衆圍繞之。因大呼以手指胷曰。憐你百姓無所知。不識并州阿秃師。人遂以此名焉。齊神武遷鄴之後以晉陽兵馬之地。王業所基。常鎮守并州。時來鄴下。所有軍國大事未出。帷幄者秃師先於人衆間泄露。末年執置城內。遣人防家不聽輒出。若其越逸。罪及門司。當日并州城三門各有一秃師盪出。遮執不能禁。未幾有人從北州來。云秃師四月八日於鴈門郡市捨命。鄴下大家以香花送之。埋於城外。并州人怪笑此語。謂之曰。秃師四月八日從汾橋過東出。一脚有鞋。一脚徒跣。但不知入何坊巷。人皆見之。何云鴈門死也。此人復往北州。報語鄉邑。衆共開塚看之。唯見一隻履鞋耳。後還并州。齊神武以制約不從。浪語不息。慮動民庶。遂以祅惑戮之。沙門無髮。以繩鉤首伏法之日。舉州民衆詣市觀之。秃師含笑。更無言語。刑後六七日。有人從河西部落來。云道逢秃師形狀如故。但能負一繩籠秃師頭。與

語不應急走西去。

僧達

釋僧達。俗姓李氏。上谷人。十五出家。遊學北代。聽習爲業。初經營山寺。將入谷口。虎踞其前。乃祝曰。欲造一寺福被幽靈。若相許者。可爲避道。言訖尋去。及造寺竟。安衆綜業。達返鄴京。夜有神現身被黃服拜而跪曰。弟子是戴山胡也。王及三谷正備供養。願不須還。達曰。在山利少。在京利多。貧道觀機而動。幸無遮止。又經靜夜。有推户者稱曰。山神之妻。曰。日無暇。今故參拜。并奉米餻一筐。進而重曰。僧無偏爲禮佛之時。請兼弟子名也。達答餻可將還。後當爲禮佛兼名也。因令通禮之時。一拜兼唱。達遣弟子道奭。爲山神讀金光明經。月餘。有虎來盜犬去。達聞之。曰。此必小道人懈怠不爲檀越讀經。具問之。果云。年日來別讀維摩耳。乃燒香禮佛告曰。昨雖誦餘經。其福亦屬檀越。若有靈鑒放犬還也。至曉犬還。看於項上有銜嚙處。一日少覺微疾。端坐繩床。口誦般若。形氣調靜。遂終於洪谷山寺。春秋八十有二。

玄暢

釋玄暢。姓趙氏。河西金城人。少時家門爲胡虜所滅。禍將及暢。虜帥見暢而止之。曰。此兒目光外射。非凡童也。遂獲免。仍往涼州出家。其後虜虜剪滅佛法。害諸沙門。唯暢得走。以元嘉二十二年閏五月十七日。發自平城。路由代郡上谷。東跨太行。路經幽冀。南轉將至孟津。唯手把一束楊枝。一扼葱葉。虜騎追逐將欲及之。乃以楊枝擊沙。沙起天闇。人馬不

能前有頃沙息騎已復至於是投身河中唯以葱葉內鼻孔中通氣度水以八月一日達于揚州洞曉經律深入禪要占記吉凶靡不誠驗迄宋之季年乃飛舟遠舉適成都止大石寺手畫作金剛密迹等十六神像昇明三年又遊西界觀矚岷嶺乃於岷山郡北部廣陽縣界見齊后山遂有終焉之志仍倚巖傍谷結草爲菴弟子法期見神人乘馬著青單衣繞山一帀還示造塔之處以齊建元元年四月二十三日建刹立寺名曰齊興其後惠太子遣使徵迎勑命重疊辭不獲免於是汎舟東下中途動疾帶恙至京傾衆阻望少時而卒春秋六十有九

曇超

釋曇超姓張氏清河人形長八尺容止可觀蔬食布衣一中而已初止都龍華寺元嘉末南遊始興遍觀山水獨宿松下虎兕不傷大明中還都至齊太祖即位被勑往遼東弘贊禪道停彼二年大行法化建元末還京俄又適錢唐靈隱山一定累日忽見一人來禮曰弟子居在七里灘以富陽縣人鑿麓山下侵壞龍室群龍共忿誓三百日不雨今已百日田地枯涸欲屈道德前行必能感致甘雨潤澤蒼生功有歸也超許之神乃去超南行五日至赤城山爲龍呪願至夜群龍化作人來禮拜超更說法因乞三歸自稱是龍超請其降雨乃相看無言其夜與超夢云本因忿立誓師既導之以善不敢違命明日晡當降雨至期沾足歲以大熟以永明十年卒春秋七十有四

法度

釋法度。黄龍人也。南齊初。遊于金陵。高士齊郡名僧紹隱居瑯邪之攝山。挹度清真。待以師友。及亡捨所居山爲棲霞寺。先是有道士欲以寺地爲觀。住者輙死。後爲寺。猶多恐動。自度居之。群妖皆息。經歲餘忽聞人馬鼓角之聲。俄見一人投。剌於度曰靳尚。度命前之。尚形甚都雅。羽衛亦衆。致敬畢乃言。弟子王有此山七百餘年矣。神道有法。物不得干。前後棲託。或非眞直。故死病繼之。亦其命也。法師道德所歸。謹捨以奉給。并願受五戒。永結來緣。度曰。人神道殊。無容相屈。且檀越血食世祀。此最五戒所禁。尚曰。若備門徒。輙先去殺。於是辭去。明日一人送錢一萬并香燭等。疏云。弟子靳尚奉供。至其月十五日。度爲設會。尚又來。同衆禮拜行道受戒而去。既而攝山廟巫夢神告曰。吾已受戒於度法師矣。今後祠祭。勿得殺戮。由是廟中薦獻菜飯而已。度嘗動散寢於地。見尚從外來。以手摩頭足而去。頃之復來。持一瑠璃甌中如水以奉度。味甘而冷。度所苦即間。其徵感如此。

惠瑱

釋惠瑱。未詳其氏族。住上黨元門寺。奉戒眞確。禪懺爲業。後遇國滅三寶。瑱抱持經像。隱于深山。遇賊欲劫。初未覺也。忽見一人形長丈餘。美貌鬚顏。具好衣服。乘白馬朱騌。自山頂來。徑至瑱前。下馬謂曰。今夜賊至。師可急避。瑱居懸崖之下。絕無餘道。疑是山神。乃曰。今佛法毀滅。貧道容身無地。故來依投檀越。今有賊來。正可於此取死。更何逃竄。神曰。師

既遠投弟子弟子亦能護師遂失所在當夜忽降大雪可深丈餘雪深道隔遂免賊難後晴路開群賊重來神遂告山下諸村曰賊欲劫瑱師汝等急往共救乃各嚴器仗入山拒擊賊便驚散每日恒憑神力安業山阜不測其終

僧群

釋僧群清貧守節蔬食持經居羅江縣之霍山構立茅室孤在海中上有石盂水深六尺常有清流古老相傳是群仙所宅群因絕粒其菴舍與不盂隔一小澗常以木爲梁由之汲水年至一百三十忽見一折翅鴨當梁頭群將舉錫撥之恐有轉傷因此回歸遂絕水數日而終臨終謂左右曰我少時曾折一鴨翅驗此以爲報也

神僧傳卷第三

神僧傳卷第四

慧通

釋慧通不知何許人宋元嘉中見在壽春寢宿無定遊歷村里飲譙食噉不異恒人常自稱鄭散騎言未然之事頗時有驗江陵有邊僧歸者遊賈壽春將應反鄉路值慧通稱欲寄物僧歸時自負重擔固以致辭遂強置擔上而了不覺重行數里便別去謂僧歸曰我有姊在江陵作尼名慧緒住三層寺君可爲我相聞道尋欲往言訖忽然不見顧視擔上所寄物亦失僧歸既至尋得慧緒具說其意緒既無此弟亦不知何以而然乃自往壽春尋之竟不相見通後自往江陵而慧緒已死入其房中訊問委悉因留江陵少時路由人家墳墓無不悉其氏族死亡年月傳以相問並如其言或時懸指偷劫道其罪狀於是群盜遥見通者輒間行避走又於江津路值一人忽以杖打之語云可駃歸去看汝家若爲此人至家果延火所及舍物蕩盡齊永元初忽就相識人任漾求酒甚急云今應遠行不復相見爲謝諸知識並宜精勤修善爲先飲酒畢至墻邊卧地就看已死後數十日復有人於市中見之追及共語久之乃失

邵碩

沙門邵碩康居國人與誌公最善出入經行不問夜旦意欲求之則去遊益州以滑稽言事能發人懽笑因勸以善家家喜之至人家眠地者家必有死就人求細席者必有小兒亡時咸以此爲讖至四月八日成都行化碩於衆中作師子形爾日郫縣亦言見碩作師

子形乃悟分其身也刺史蕭慧開及劉孟明皆挹事之孟明以男子衣衣二妾試碩云以此二人給公爲左右可乎碩爲人好韻語乃謂明曰寧自乞食以清譏不能與阿夫竟殘年後忽著布帽詣明少時明卒先是孟明長史沈仲玉改鞭杖之格嚴重常科碩謂玉曰天地嗷嗷從此起若除鞭格得刺史玉除之及明卒仲玉果行州事是年九月將亡謂沙門法進曰願露骸松下然脚須著屐進諾之已而化舁其尸露之明日往視失所在俄有自郫縣來者曰昨見碩公著一屐行市中曰爲我語進公小兒見欺止爲我隻屐進驚問之沙彌答曰舁尸時一屐墮行急不及繫也

法願

釋法願本姓鍾氏名武厲先頴川長社人祖世避難移居吴興長城家本事神身習鼓舞世間雜伎及蓍爻占相備盡其妙甞以鏡照面云我不久當見天子於是出都住沈橋以傭相自業宗殼沈慶之微時請願相願曰宗君應爲三州刺史沈公當位極三公如是歷相衆人記其近事所驗非一遂有聞於宋太祖太祖見之取東治囚及一奴美顔色者飾以衣冠令願相之願指囚曰君多危難下階便應鉗鎖謂奴曰君是下賤人乃暫得免耶帝異之勑住後堂知陰陽秘術後少時啓求出家三啓方遂爲上定林遠公弟子及孝武龍飛宗殼出鎮廣州携願同往奉爲五戒之師會譙王搆逆殼以諮願願曰隨君來誤殺人今太白犯南斗法應殺大臣宜速改計必得大勳果如願言殼還豫州刺史復携同行

及竟陵王誕舉事。陳諫亦然。齊高帝親事幼主。恒有不測之憂。每以諮願。願曰。後七月當定。果如其言。及高帝即位。事以師禮。武帝嗣興。亦盡師敬。永元二年卒。春秋八十二

寶誌

釋寶誌。本姓朱氏。金城人。初朱氏婦聞兒啼鷹巢中。梯樹得之。舉以爲子。七歲依鍾山僧儉出家。修習禪業。往來皖山劒水之下。面方而瑩徹如鏡。手足皆鳥爪。止江東道林寺。至宋大始初。忽如僻異。居止無定。飲食無時。髮長數寸。常跣行街巷。執一錫杖。杖頭掛剪刀及鏡。或掛一兩匹帛。齊建元中。稍見異迹。數日不食。亦無飢容。與人言。始若難曉。後皆效驗。時或賦詩。言如讖記。江東士庶皆共事之。齊武帝謂其惑衆。收駐建康。既旦。人見其入市。還檢獄中。誌猶在焉。誌語獄吏。門外有兩轝食來。金鉢盛飯。汝可取之。既而齊文惠太子。竟陵王子良。並送食餉誌。果如其言。建康令呂文顯以事聞。武帝即迎入宮。居之後堂。一時屏除內宴。誌亦隨衆出。既而景陽山上。猶有一誌。與七僧俱。帝怒。遣推檢其所。閽吏啓云。誌久出在省。方以墨塗其身。時僧正法獻欲以一衣遺誌。遣使於龍光罽賓二寺求之。並云。昨宿且去。又至其常所造厲侯伯家尋之。伯云。誌昨在此行道。旦眠未覺。使還以告獻。方知其身分三處宿焉。誌常盛冬袒行。沙門寶亮欲以衲衣遺之。未及發言。忽來引衲而去。後假齊武帝神力。使見高帝於地下常受錐刀之苦。帝自是永廢錐刀。武帝又常於華林園召誌。誌忽著三重布帽以見。俄而

武帝崩文惠太子及豫章王相繼而薨永明中常住東宫後堂一日平明從門出入忽云門上血汙衣褰衣走過及欝林見害車載出此帝頸血流於門限齊衛尉胡諧疾病請誌誌注疏云明屈明日竟不往是日諧亡載屍還宅誌曰明日屍出也齊太尉司馬殷齊之隨陳顯達鎮江州辭誌誌畫紙作樹樹上有烏語云急時可登此後顯達逆節留齊之鎮州及敗齊之叛入廬山追騎將及齊之見林中有一樹樹上有烏如誌所畫悟而登之烏竟不飛追者見烏謂無人而返卒以見免齊屯騎桑偃將欲謀反往詣誌誌遥見而走大呼云圍臺城欲反逆斫頭破腹後又旬事發偃叛走朱方為人所得果斫頭破腹梁鄱陽忠烈王嘗屈誌至第忽令覓荆子甚急既得安之門上莫測所以少時王出為荆州刺史其預鑒之明此類非一誌多去來興皇淨名兩寺及梁武即位下詔曰誌公迹均塵垢神遊冥寂水火不能焦濡蛇虎不能侵懼語其佛理則聲聞以上談其隱淪則遁仙高者豈得以俗士常情空相拘制何其鄙陋一至於此自今行來隨意出入勿得復禁誌自是多出入禁中嘗於臺城對梁武帝喫鱠昭明諸王子皆侍側食訖武帝曰朕不知味二十餘年矣師何為爾誌公乃吐出小魚依依鱗尾武帝深異之如今秣陵尚有鱠殘魚也天監五年冬旱雩祭備至而未降雨誌忽上啓云誌病不差就官乞活若不啓白官應得鞭杖願於華光殿講勝鬘經請雨梁武即使沙門法雲講勝鬘竟夜便大雨誌又云須一盆水

加刃其上。俄而雨大降。高下皆足。舒州灊山最奇絶。而山麓尤勝。誌公與白鶴道人皆欲之。天監六年二人俱白武帝。帝以二人皆具靈通。俾各以物識其地。得者居之。道人云。某以鶴止處爲記。誌云。某以卓錫處爲記。已而鶴先飛去。至麓將止。忽聞空中錫飛聲。誌公之錫遂卓於山麓。而鶴驚止他所。道人不懌。然以前言不可食。遂各以所識築室焉。有陳征虜者舉家事誌甚篤。誌甞爲其見眞形。光相如菩薩像焉。誌知名顯奇四十餘載。士女供事者不可勝數。然好用小便濯髮。俗僧鬧有譏笑者。誌亦知衆僧多不斷酒肉。譏之者飲酒食豬肫。誌勃然謂曰。汝笑我以溺洗頭。汝何爲食盛糞袋。譏者懼而慙服。晉安王蕭綱初生日。梁武遣使問誌。誌合掌云。皇子誕育幸甚。然寃家亦生。於後推尋曆數。與侯景同年月日而生也。會稽臨海寺有大德常聞揚州都下有誌公。語言顚狂。放縱自在。僧云。必是狐狸之魅也。願向都下。覓獵犬以逐之。於是輕船入海。趨浦口欲西上。忽大風所飄。意謂東南六七日。始到一島中。望見金裝浮圖。干雲秀出。遂尋徑而往。至一寺。院宇精麗。花卉芳菲。有五六僧皆可年三十。美容色。並著眞緋袈裟。倚杖於門樹下言語。僧云。欲向都下。爲風飄蕩。不知上人此處知何州國。今四望環海。恐本鄉不可復見。答曰。必欲向揚州。即時便到。今附書到鍾山寺。西行南頭第二房。覓黃頭付之。僧因閉目坐船。風聲定開眼。如言奄至西岸。入浦數十里至都。徑往鍾山寺訪問。都無字黃頭者。僧具説委曲。報云。

西行南頭第一房乃風病道人誌公雖言配在此寺常在都下聚樂處。百日不一度來。房空無人也問答之間。不覺誌公已在寺廚上。乘醉索食。人以齋過日晚。未與間。便奮身惡罵。寺僧試遣沙彌繞廚側漫呼黃頭誌公忽曰。阿誰喚我。即逐沙彌來到僧處。謂曰。汝許將獵狗捉我。何為空來。僧知是非常人頂禮懺悔。授書與之。誌公看書。云方丈道人喚我不久當亦自還。誌公遂屈指云。某月日去。便不復共此僧語衆但記其月日。至天監十三年冬。於臺後堂謂人曰。菩薩將去。未及旬日。無疾而終。屍骸香軟形貌熙悅臨亡然一燭以付後閤舍人吳慶慶即啓聞。梁武歎曰。大師不復留矣。燭者將以後事屬我乎。因厚加殯送。葬于鍾山獨龍之阜。仍於墓所立開善寺。勑陸倕製銘於塚內。王筠勒碑文於寺門。傳其遺像處處存焉。

香闍梨

香闍梨者。莫測其來。止益州青城山寺。時俗每至三月三日必往山遊賞多將酒肉酣樂香屢勸之不斷。後因三月。又如前集。香令人穿坑方丈許忽曰。檀越等嘗自飲噉。未曾與香。今日須飡一頓。諸人爭奉殽酒。隨得隨盡。若填巨壑。至晚。曰。我大醉飽扶我就坑。不爾汙地。及至坑所張口大吐雉肉自口出即能飛鳴。羊肉自口出。即能馳走。酒肉亂出。將欲滿坑。魚鮓鵝鴨游泳交錯。衆咸驚嗟。誓斷宰殺。自後酒肉永絕上山。此香之風德也後因誌公寄語遂化于寺。弟子營墓將殯怪棺大輕。及開。止見几杖而已

道琳

釋道琳。本會稽山陰人。少出家有戒行善涅槃法華誦淨名經。吳國張緒禮事之後居富陽縣林泉寺。常有鬼怪自琳居之則消。琳弟子慧韶為屋所壓頭陷入胷。琳為祈請。韶夜見兩胡道人拔出其頭。旦起遂平復。琳於是設聖僧齋鋪新帛於床上。齋畢見帛上有人迹長三尺餘。衆咸服其徵感。富陽人始家家立聖僧坐以飯之。至梁初琳出居齊熙寺。天監十八年卒。春秋七十有三

嵩頭陀

嵩頭陀法師。居婺州雙林北四十里巖谷間。爲創香山寺。及建靈剎。道俗萬衆共引麻絙舉剎。絙忽中斷。引者皆顛躓。師乃曰。有何魔事使之然乎。因以鉢盛淨水。内外攪之。呪而作禮捧鉢繞剎一周。剎乃不假人功屹然自立。後又至萊山立寺。師常曰。萊山王而不久。香山久而不王。後果如其所言。竟不知所終。

阿專師

阿專師者。不詳其氏族。雲遊定州時在州里中。閭人有會社齋供嫁娶喪葬之席。或少年放鷹走狗追隨宴集之處。未甞不在其間。鬬諍諠囂。亦曲助朋黨如此多年。後正月十五夜。觸他長幼坐席。惡口聚罵主人欲打殺之市道之徒。救解將去。其家兄弟明旦捕覓。正見阿專師騎一破墻上坐喜笑謂之曰。汝等此間何厭賤我。我捨汝去。捕者奮杖欲擲前人復遮約。阿專復云。定厭賤我。我去。以杖擊墻口唱叱叱。所騎之墻一堵忽然昇上可數十仞。舉手謝鄉里曰。好住百姓。見者無不禮

拜悔咎。須臾映雲而滅。可經一年間。在長安還如舊態。於後不知所終。

達磨

菩提達磨。南天竺婆羅門種。神慧疎朗。聞皆曉悟。志存大乘。冥心虛寂。通微徹數。定學高之。梁武帝普通初至廣州。刺史表聞。武帝遣使詔迎至金陵。帝親問曰。朕即位以來。造寺捨經度僧。不可勝數。有何功德。師曰。並無功德。帝曰。何以並無功德。師曰。此但人天小果有漏之因。雖有非實。帝曰。如何是真功德。師曰。淨智妙圓。體自空寂。如是功德。不以世求。帝問。如何是聖諦第一義。師曰。廓然無聖。帝曰。對朕者誰。師曰。不識。帝不省玄旨。師知機不契。十九日遂去梁。折蘆一枝渡江。二十三日北趨魏境。尋至雒邑。初止嵩山少林寺。終日面壁而坐。九年遂逝焉。葬熊耳山。魏宋雲奉使西域。迴遇師于葱嶺。見手携隻履。翩翩獨逝。雲問何去。曰西天去。又謂雲曰。汝主已厭世。雲聞之茫然。別師東邁。暨復命。明帝已登遐矣。迨孝莊即位。雲具奏其事。帝令起壙。惟空棺一隻革履存焉。

通公

通公道人者。不知其氏族。居處無常。所語狂譎。然必有應驗。飲酒食肉。遊行民間。侯景甚信之。揚州未陷之日。多捨無數死魚頭。積於西明門外。又拔青草荊棘。栽市里。及侯景渡江。先屠東府一城。盡斃。置其首於西明門外。爲京觀焉。朝市破落。所在荒蕪耳。通公言説得失。於景不便。景惡之。又憚非常人。不敢加害。私遣小將于子悅將武士四人往候之。景

謂子悦云。若知殺者勿害不知則密捉之。子悦立四人於門外。獨入。見通脱衣火燎逆謂子悦曰汝來殺我。我是何人。汝敢輙殺。子悦作禮拜云不敢。於是馳往報景景禮拜謝之。卒不敢害景後因宴召通。通取肉揾鹽以進於景問曰。好否。景曰。太鹹。通曰。不鹹則爛。及景死數日衆以鹽五石置腹中。送屍于建康市。百姓爭屠膾羹食皆盡後竟不知所去

僧林

釋僧林吳人深有德素。行能動物。梁大同中上蜀至潼州。城西北百四十里有豆圖山上有神祠。土民敬之。每往祭謁林往居之。禪默累日忽有大蟒縈繩牀前舉頭如揖讓者林爲授三歸。受已便去。自爾安帖。卒無災異。其山北涪水之陽素來無猨自林棲托已來。便有兩頭。依林而住有初見者云。度水來。及後林出山門猨還泅渡。如此非一。年月淹久乎乳産生乃有數十有時送林至龍門口。竚望而返。後住赤水巖故寺中屋宇並摧。止有叢林便即露坐。有虎蹲於林前。低目視林。乃爲說法。良久便去。爾後孫遊雄悍不避惡獸。常行仁濟感化極多。末卒于潼郡。

慧約

釋慧約字德素姓婁氏。東陽烏傷人也。祖世爲東南仕族。有占其塋墓者云。後世當有苦行得道者爲帝王師焉毋留氏夢長人擎金像令吞之。又見紫光繞身因而有孕。便覺精神爽發。思理明悟及載誕之日。光香充滿身白如雪俗因名爲靈粲兒童時聚沙爲佛塔壘石爲高座七歲便求入學。即誦孝經論語

乃至史傳披文見意宅南有果園隣童競採常以爲患乃捨已所得空拳而返鄉土以蠶桑爲業常懷悲惻由是不服緜纊季父喜畋獵化終不改常歎曰飛走之類去人甚遠好生惡死此情何別乃絶羶腥叔父遂避於他里恣行勦戮夢赤衣使者手持矛戟謂曰汝終日殺生菩薩教化又不能止捉來就死驚覺汗流旦便毀諸獵具深改前咎約復至常所獵處見麋鹿數十頭騰倚隨船若有愧謝者所居僻左不甞見寺忽值一僧訪以至教彼乃舉手東指云剡中佛事甚盛因仍不見方悟神人至年十二始遊于剡徧禮塔廟肆意山川遠會素心多究經典宋泰始四年於上虞東山寺辭親剪落時年十七事南林寺沙門慧靜隨靜住剡之梵居寺服勤就養年踰一紀及靜之亡盡心喪之禮服闋之後却粒巖栖餌以松术蠲疾延年深有成益齊太宰文簡公褚淵甞請講淨名勝鬘淵遇疾晝寢見梵僧云菩薩當至尋有道人來者是也俄而約造焉遂豁然病愈即請受五戒齊給事中婁幼瑜少有學術約之族祖也每見輙起爲禮或問此乃君族下班何乃恭耶瑜曰菩薩出世方師於天下豈老夫致敬而已時人未喻此旨惟王文憲深以爲然後還都又住草堂少傳沈約隆昌中外任携與同行在郡惟以靜漠自娯禪誦爲樂異香入室猛獸馴階常入金華山採結成停赤松澗有道士丁德靜於館暴亡傳云山精所斃乃要大治祭酒居之妖猶充斥長山令徐伯超立議請約移居曽未浹旬而神魅弭息後晝卧見二

青衣女子從澗水出禮悔云夙障深重墮此水精晝夜煩惱即授以歸戒自爾災怪永絕天監十八年己亥四月八日天子發弘誓心受菩薩戒乃幸等覺殿皇儲已下爰至道俗士庶咸希度脫弟子著錄者凡四萬八千人甞受戒時有一乹鵲歷階而昇狀若餐受至說戒畢然後飛騰又甞述戒有二孔雀驅斥不去勑乃聽上徐行至壇俛頸聽法上曰此鳥必欲滅度別受餘果矜其至誠更爲說法無何二鳥同化後靜居閑室忽有野媪賫書數卷置經案上無言而出并持異樹自植於庭云青庭樹也約曰此書美也不俟看之如其惡也亦不勞視經七日又見一叟請書而退此樹葉綠花紅扶疏尚在又感異鳥身赤尾長形如翡翠相隨棲息出入樹間大通四年夢見舊宅白壁朱門赫然壯麗仍發願造寺詔乃號爲本生焉又勑改所居竹山里爲智者里大同元年八月使人伐門外樹枝曰轝駕當來勿令妨路人未之測至九月六日現疾北首右脅而臥神識恬愉了無痛惱謂弟子曰我夢四部大衆旛花羅列空中迎我淩雲而去福報當訖至十六日勑遣舍人徐儼參疾答曰今夜當去至五更二唱異香滿室左右肅然乃曰夫生有死自然恒數勤修念慧勿起亂想言畢合掌便入涅槃春秋八十有四六十三夏初臥疾時見一老公執錫來入及遷化日諸僧咸上寺之東巖帝乃改葬獨龍抑其前見之叟則誌公相迎者乎又臨終夜所乘青牛忽然鳴吼淚下交流至葬日勑使牽從部伍發寺至山吼淚不息又建

塔之始，白鶴一雙繞墳鳴唳，聲甚哀惋，葬後三日，歘然永逝。

檀特師

檀特師，一名惠豐，身爲比丘，不知何處人也。飲酒噉肉，語默無常，逆論來事，後皆如言。居於涼州，宇文仲和爲刺史，請之至州內，歷觀廐庫，乃云：何意畜他官馬官物？仲和不喻其旨，怒，不令在涼州。未幾，仲和拒不受代，朝廷令獨孤信禽之，仲和身死，資財没官。周文遣書召之，檀特發至岐州，會齊神武來寇玉壁，檀特曰：狗豈能至龍門也？神武果不至龍門而返。侯景未叛東魏之前，忽捉一杖，杖頭刻爲獼猴形，令其面常向西，日夜弄之，又索一角弓，牽挽之。俄而景啓降，尋復背叛，人皆以爲驗。至大統十七年春初，忽著一布帽，周文左右驚問之，檀特曰：汝亦著，王亦著也。至三月而魏文帝崩，復取一白綃帽著之，左右復問之，檀特曰：汝亦著，王亦著也。未幾，丞相夫人薨，復又著白絹帽，左右復問之，云：汝亦著，王亦著也。尋而丞相第二兒武邑公薨，其事驗多如此也。俄而疾卒，周文命葬之。

植相

釋植相，姓郝氏，梓潼涪人，嘗任巴西郡吏，太守鄭貞令相賫獻物下揚都，見梁祖王公崇敬佛教，便願出家。及還蜀，決誓家屬，并其妻子，既同相志，一時剪落。自出家後，專習苦行，一食常坐，正心佛理，以命自期。時南武郡有法愛道人，高衒道術，相往觀之。愛於夕中，自以咒力現一大神，身著衣冠，容相瑰偉，求舉繩床，離地四五尺，便誦戒，神即馳去，斯須復

來舉床僅動一角。如前復去俄爾又來在相前立相正意貞白初無微動尋爾復去於屋頭現面。舍棟破裂。其聲甚大。相亦無懼。神見不動。便來禮拜。求哀懺悔至旦語愛曰。汝所重者。此是邪術非正法也。可捨之。相因行路。寄宿道館。道士有素聞相名。恐化徒屬。拒不延之。其夜群虎繞院相吼。道士等通夕不安及明追之。從受菩薩戒焉。又曾行弘農水側。見人垂釣。相勸止之不從其言即唾水中。忽有大蛇擎頭四顧。來趣釣者。因即歸命。投相出家。後因梁末軍亂入青城山聚徒集業。未暇經始適便遷化。初相置足於綿州城西栢林寺。院宇成就。於堂頭植梧桐一株。極為繁茂。夏月忽無故葉落。又維那旦打鍾。初不發聲。大小疑怪不測所以。上座僧謂有大變。執錫逃避須臾信報相已終。乃知樹枯鍾瘂表其遷化之晨也。弟子銜命。露屍松下焉。

陸法和

陸法和。不知何許人也。隱於江陵百里洲。衣食居處。一與戒行沙門同。耆老自幼見之容色常定。人莫能測也。或謂出自嵩高徧遊遐邇。既入荊州汶陽郡居高要縣之紫石山。無故捨所居山。俄有蠻賊文道期之亂。時人以為預見萌兆。及侯景始告降於梁。法和謂南郡朱元英曰。貧道共檀越擊侯景去。元英曰。侯景為國立效。師云擊之何也。法和曰。正自如此。及景度江。法和時在清谿山。元英往問曰。景今圍城其事云何。法和曰凡人取果宜待熟時固問之。曰。亦尅亦不尅。景遣將任約擊梁湘東王於江陵。法和乃詣湘東乞征約。

召諸蠻弟子八百人。在江津二日便發。湘東遣胡僧祐領千餘人與同行。法和登艦大笑。曰。無量兵馬。江陵多神祠。人俗恒所祈禱。自法和軍出。無復一驗。人以爲神皆從行故也。至赤沙湖。與約相對。法和乘輕舟。不介冑。沿流而下。去約軍一里。乃還。謂將士曰。聊觀彼龍睡不動。吾軍之龍。甚自踴躍。即攻之。若得彼明日。當不損客主一人而破賊。然有惡處。遂縱火船而逆風不便。法和執白羽扇麾風。風即返。約衆皆見梁兵步於水上。於是大潰。皆投水。約逃竄不知所之。法和曰明日午時當得。及期而未得。人問之。法和曰。吾前於此洲。水乾時建一剎。語檀越等此雖爲剎。實是賊標。今何不向標下求賊也。如其言。果於水中見約抱剎仰頭。裁出鼻。遂擒之。約言求就

師目前死。法和曰檀越有相必不兵死且於王有緣。決無他慮。王於後當得檀越力耳。湘東果釋用爲郡守。及魏圍江陵。約以兵赴救力戰焉。法和既平約。往進見王僧辯於巴陵謂曰。貧道已却侯景一臂。其更何能爲。檀越宜即逐取。乃請還。謂湘東王曰。侯景自然平矣。無足可慮。蜀賊將至。法和請守巫峽待之。乃總諸軍而往。運石以填江。三日水遂不流橫之以鐵鎖。武陵王紀果遣蜀兵來度峽口勢蹙。進退不可。王琳與法和經略。一戰而殄之。軍次白帝。謂人曰。諸葛孔明可謂爲名將。吾自見之。此城旁有其埋弩箭鏃一斛許。因插表令掘之。如其言。又嘗至襄陽城北大樹下。畫地方二尺。令弟子掘之。得一龜長尺半以杖叩之曰。汝欲出不能得已數百歲。不逢

我者豈見天日乎。爲授三歸。龜乃入草。初八疊山多惡疾人。法和爲采藥療之不過三服皆差。即求爲弟子山中多毒蟲猛獸。法和授其禁戒。不復噬螫(音栻)所泊江湖。必於峯側結表云。此處放生。漁者皆無所得才或少獲輒有大風雷船人懼而放之。風雨乃定。晚雖將兵。猶禁諸軍漁捕。有竊違者。中夜猛獸必來欲噬之。或亡其船纜。有小弟子戲截蛇頭。來詣法和。法和曰。汝何意殺因指以示之弟子乃見蛇頭齚袴襠而不落。法和使懺悔。爲蛇作功德。又有人以牛試刀。一下而頭斷。來詣法和。法和曰。有一斷頭牛就卿徵命殊急。若不爲作功德一月内報至其人弗信。少日果死。法和又爲人置宅相墓以避禍求福。嘗謂人曰。勿繫馬於碓。其人行過鄉曲。門側有碓。因繫馬於其柱。入門中憶法和戒。走出將解之。馬已斃矣。梁元帝以法和爲都督郢州刺史。封江乘縣公。法和不稱臣。其啓文朱印名上自稱居士。後稱司徒。梁元帝謂其僕射王褒曰。我未嘗有意用陸爲三公。而自稱何也。褒曰。彼既以道術自命。容是先知。梁元帝以法和功業稍重。遂就加司徒。都督刺史如故。部曲數千人。通呼爲弟子。唯以道術爲化。不以法獄加人。又列肆之所不立市丞牧佐之法。無人領受。但以空檻籥在道間。上開一孔以受錢。賈客店人。隨貨多少。計其估限。自委檻中。所受所掌之司。夕方開取。條其孔目。輸之於庫。又法和平常言若不出口時有所論則雄辨無敵。然猶帶蠻音。善爲攻戰具。在江夏大聚兵艦欲襲襄陽而入武關。梁元帝使

止之。法和曰法和是求佛之人。尚不希釋梵天王坐處豈規主位。但於空王佛所與主上有香火因緣。見王上應有報至故救援耳。今既被疑。是業定不可解也。於是設供食。具大餸薄餅。及魏舉兵法和自郢入漢口。將赴江陵。梁元帝使人逆之曰此自能破賊。師但鎮郢州。不須動也。法和乃還州。堊其城門。著麤白布衫袴邪巾。大繩束腰。坐葦席終日乃脫之。及聞梁元敗滅復取前凶服著之哭泣受弔梁人入魏。果見餸餅焉。法和始於百里洲造壽王寺既架佛殿。更截梁柱曰後四十許年。佛法當遭雷雹。此寺幽僻。可以免難。及魏平荊州。宮室焚爐總管欲發取壽王佛殿。嫌其材短。乃停。後周氏滅佛法。此寺隔此陳境故不及難。天保六年春清河王岳進軍臨江。法和舉州入齊。文宣以法和爲大都督十州諸軍事。太尉公。西南大都督五州諸軍事。荊州刺史。安湘郡公宋蒞爲郢州刺史。官爵如故。蒞弟遣爲散騎常侍儀同三司湘州刺史義興縣公。梁將侯瑱來逼江夏。齊軍棄城而退。法和與宋蒞兄弟入朝。文宣聞其有奇術。虛心想見之。備三公鹵簿於城南十二里供帳以待之。法和遙見鄴城。下馬禹步。辛術謂曰。公既萬里歸誠。主上虛心相待。何作此術。法如手持香爐步從路車至於館。明日引見給通幰油絡網車。詔闕通名。不稱官爵。不稱臣但云荊山居士文宣宴法和及其徒屬於昭陽殿。賜法和錢百萬。物萬段。甲第一區。田一百頃。奴婢二百人生資什物稱是。法和所得奴婢盡免之。曰。各隨緣去。錢帛散施。一日

便盡。以宮所賜宅營佛寺。自居一房。與凡人無異。三年間再爲太尉。世猶謂之居士。無疾而告弟子死期。至時燒香禮拜佛。坐繩床而終。浴訖將殮。屍小縮止三尺許。文宣令開棺視之。空棺而已。法和書其所居屋壁而塗之。及剝落。有文曰十年天子爲尚可百日天子急如火。周年天子遞代坐。又曰一母生三天兩天共五年。說者以婁太后生三天子。自孝昭即位。至武成傳位後主。共五年焉

尚圓

釋尚圓。姓陳氏。廣漢人。出家以呪術救物。梁武陵王蕭紀宮中鬼怪。魅諸婇女。或歌或哭。紛然亂舉。王乃令善射者控弦擬之。鬼乃現形。即放箭射鬼。便遙接還返擲人。久而不已聞圓持呪請入宮中。諸鬼競作諸變現龍蛇百獸倐忽前後。在空在地。怪變多端。圓安坐告曰。汝小家鬼。何因敢入王宮。能變我身則可。自變萬種。秖是小鬼。可住聽我一言。諸鬼合掌住立。圓始發云。南無佛陀。鬼皆失所在自爾安靜。武帝聞召。大蒙賞遇。年八十一終所住城。

法聰

釋法聰。姓梅氏。南陽新野人。八歲出家。卓然神秀。正性貞潔。身形如玉。蔬藿是甘。無求滋饌。因至襄陽傘蓋山白馬泉。築室方丈以爲栖止之宅。入谷兩所置蘭若舍。令巡山者尚識故基焉。初梁晉安王來都襄雍。承風來問。將至禪室。馬騎將從。無故却退。王慙而返。夜感惡夢。後更再往。馬退如故。王乃潔齋躬盡虔敬。方得進見。初至寺側但覩一谷猛火洞

然。良久竚望。忽變爲水。經停傾仰。水滅堂現。以事相詢。乃知爾時入水火定也。堂内所坐繩床。兩邊各有一虎。王不敢進。聰乃以手按頭著地。閉其兩目。召王令前。方得展禮。因告境内多被虎災。請求救援。聰即入定。須臾有十七大虎來至。便與受三歸戒。勑勿犯暴百姓。又命弟子以布故衣。繫諸虎頸。滿七日已。當來於此。王至期日設齋。衆集諸虎亦至。便與食解布。遂爾無害。其日將王臨白馬泉。内有白龜就聰手中取食。謂王曰。此是雄龍。又臨靈泉。有五色鯉亦就手食。云。此雌龍。王與群吏嗟賞。其事大施而旋。有凶黨左右數十人。夜來劫所施之物。遇虎哮吼。遮遏其道。又見大人倚立禪室傍有松樹。止至其膝。執金剛杵。將有守護。竟夜迴遑。日午方返。王怪其來晚。方以事首。遂表奏聞。下勑爲造禪居寺。聰不往住。度人安之。聰住禪堂。每有白鹿白雀馴伏栖止。行往所及。慈救爲先。忽遇屠者驅猪百餘頭。聰三告曰。解脱首楞嚴。猪遂繩解散去。諸屠大怒。將事加手。並屹然不動。便歸過悔罪。因斷殺業。又於漢水漁人牽網所。如前三告。引網不得。方復歸心。空網而返。又荊州苦旱。長沙寺遣僧至聰所請雨。使還大降。陂池皆滿。湘東王承聞。馳駕山門。伸師裏之禮。頻請下都。固辭不許。乃捨宫造天宫寺。邀延永住。巴峽空晋鴻上。湘東王栢木爲寢殿。及感放光。旬日不歇。王於傍造浮圖。僧房講堂。并王服玩作露盤。立爲寶光寺。請聰居之。王述般若義。每明日將竪義。殿則夜放光明。照數里。不假燈燭。議者以般若大慧智光

幽燭所致。以梁大定五年九月。無疾而化。端坐如生。形柔項暖。手屈二指。異香不歇。年九十二

僧安

釋僧安。不知何許人。戒業精苦。坐禪講解。時號多能。齊文宣時。在王屋山聚徒二十許人講涅槃。始發題。有雌雉來座側伏聽。僧若食時。出外飲啄。日晚上講。依時赴集。三卷未了遂絕不至。衆咸怪之。安曰。雉今生人道。不須怪也。武平四年。安領徒衆。至越州行頭陀。忽云往年雌雉應生此。徑至一家。遙喚雌雉。雌雉女走出。如舊相識。禮拜歡喜。女父母異之。引入設食。安曰。此女何故名雌雉耶。答曰。見其初生。髮如雉毛。既是女。故名雌雉也。安大笑爲述本緣。女聞涕泣。苦求出家。二親欣然許之。爲講涅槃。便領解。一一無遺漏。至後三卷茫然不解

傅弘

大士傅弘者。住東陽郡烏傷縣雙林寺。體權應道。躡嗣維摩。時或分身濟度。爲任依止雙林。導化法俗。或金色表於胸臆。異香流於掌內。或見身長丈餘。臂過於膝。脚長二尺。指長六寸。兩目明亮。重瞳外耀。色貌端峙。有大人之相。梁孝武聞之。延住建業。乃居鍾山下定林寺。坐蔭高松。臥依磐石。四澈六旬。天花甘露。恒流於地。帝後於華林園重雲殿。開般若題。獨設一榻。擬與天旨對揚。及玉輦昇殿。而公晏然其坐。憲司譏問。但云法地無動。若動則一切不安。且知梁運將盡。救愍兵災。乃然臂爲炬。冀禳來禍。至陳大建元年。夏中於本

州右脇而卧。奄就昇遐。于時隆暑赫曦。而身體温暖。色貌敷愉。光彩鮮潔。香氣充滿。屈伸如恒。觀者發心。莫不驚嘆。遂合殮於巖中。數旬之間。香花散積。後忽失其所在。往者不見。號慕轉深。悲戀之聲慟噎山谷。初大士在日常以經目繁多。人或不能徧閱。乃就山中建大層龕一柱八面。實以諸經。運行不碍。謂之輪藏。仍有願言。登吾藏門者生生世世不失人身。從勸世人有發於菩提心者。能推輪藏。是人即與持誦諸經功德無異。今天下所建輪藏。皆設大士像。實始於此。山有古松。大士嘗於松間顧度衆生。以斧爲誓。至今松木斧痕猶在。其飼虎之餘。飯棄擲林間。化而爲石。青白錯雜。可作數珠。謂之飯石。至今長存。靈異之蹟。不可紀極。

慧思

釋慧思俗姓李氏。武津人也。少以弘恕慈育知名閭里。常夢梵僧勸令出俗。駭悟斯瑞。辭親入道。數夢神僧勸令齋戒。唯一食。不食別供。所止庵舍。野人焚其所居。遂顯癘疾。求誠懺悔。所患平復。又夢梵僧數百。形服瓌異。上座命曰。汝先受戒。律儀非勝。安能開發於正道也。既遇清衆。宜更翻壇祈請。師僧四十二人加羯磨法。具足成就。後忽驚悟。方知夢受。復夢彌勒。彌勒說法開悟。故造二像。並同供養。又夢隨彌勒與諸眷屬同會法華。心自惟曰。我於釋迦末法受持法華。今值慈尊。豁然開悟。轉復精進。靈瑞重沓。瓶水常滿。供養嚴備。若有天童侍衛之者。自大蘇山將四十餘僧。徑趨南岳。既至謂徒曰。吾寄此山。期十載

以後必事遠遊師曰吾前生曾居此處領徒陟嶺見一所林泉勝異曰古寺也吾昔居之掘地果得僧用器皿殿宇基址又指兩石下得遺骸乃建塔今三生塔是也又於東畔靈岩之傍建臺爲衆講般若法正當大岳之心今般若寺是也南北學徒來者雲集師患無水忽見岩下潤以錫杖卓之果得一泉猶未周續有二虎引師登嶺跑地哮吼泉水流迸今虎跑泉是也或問何不下山教化衆生一向目視雲漢作麽師曰三世諸佛被我一口吞盡更有甚麽衆生可度者江左佛學盛學義門自思南度定慧雙舉道風既盛名稱普聞俄有道士生妬害心密告陳主誣師乃北僧受齊國券斵斷岳心釘石興妖帝遂遣使追師使至石橋見二虎跑憤大蛇當路使驚乃誓曰我見思禪師當如佛想若起惡心任汝所傷虎蛇乃退使見師再拜以事白未至之前師見一小蜂來螫(音軾)其面即爲大蜂咬殺銜至師前師入定觀之知是宿冤欲相嬈害師謂使曰使者先去貧道續來七日後飛錫而往四門闕吏齊奏師入帝已驚異及師朝見帝遂下迎復問左右卿等見此僧何如人對云嘗僧帝曰朕見其踏寶花乘空而至乃迎師入殿供養其道士罪以欺罔欲盡誅之師懇帝曰此宿冤願陛下赦之乃可其奏勅彼道士給師役使師奏辭還山帝餞以殊禮未幾道士誣師者一人暴死一人爲犬所齧而斃應蜂兆矣自是每年陳主三信參勞榮盛莫加而神異難測遇雨不濕履泥不汙或現形大小或寂爾藏身是年六月臨將終

時連日說法苦切呵責聞者寒心至二十二日。屏衆泯然而逝。小師靈辨號慟乃開目曰。何驚動吾耶。癡人出去言訖長往

神僧傳卷第四

神僧傳卷第五

普明

釋普明本名法京。俗姓朱氏。會稽人。少小志操有異。有僧乞食。因勸云。郎子既有善性。可向天台山出家。其中有初依菩薩在彼說法。遂以陳太建十四年踰山越澗。來入天台。正值智者處坐說法。智者笑云宿誓願力今得相遇。隨智者往荊州玉泉寺。每於泉側鍊苦專思。智者反路台峰。令造大鍾天台供養。江陵道俗競爲營造。當欲鑄時盲人來看。明懸鑒機。知相不吉。果爾開模鍾便破缺。後還國清所住之房去水懸遠。房頭空地純是礓石。仍懷念曰若令此石出水。豈不快乎。言竟數日石中泉溜周給東西。國清精舍隋高帝置立。明以講堂狹小欲毀廣之。共頂禪師商量頂勸勿改。有括州都督周孝節遥聞此事。即施杉柱。泛海送來。頂向赤城感見明身長一十餘丈高出松林之上。翼從數十許人。語頂曰。兄勿苦諫事願尅成。頂知神異合掌對曰不敢更諫。一依仁者。竪堂之日。感動山王晨朝隱軫狀若雷震。摧樹傾枝闊百步許。自佛壟下直到於寺。至于日沒。還返舊蹤。砰砰磕磕勢若初至。又願共道俗造堂殿金銅盧舍那像。坐身丈六時有一人稱從澧溪村來。施金十一兩用入像身。問其姓名終不肯說。禮拜辭退。周訪彼村無人識者。又比房侍者恒聞房內共人語話。陰伺察視不見別形。所聽言音唯勸修善。既而化緣就畢大漸時至。清晨呼諸弟子曰。夫人壽命不可常保。汝等宜知。便自脫新淨之衣著故破者。換衣纔竟奄

然就滅。

玄光

釋玄光者。海東熊州人也。少而穎悟。往衡山見思大和尚。後返錫江南。屬本國舟艦附載。離岸時綵雲亂目。雅樂沸空。絳節霓旌。傳呼空中聲云。天帝召海東玄光禪師。光拱手避讓。唯見青衣前導。少選入宮城。且非人間官府羽衛之設也。無非鱗介參雜鬼神。或曰。今日天帝降龍王宮。請師說親證法門。吾曹水府蒙師利益。既登寶殿。次陟高臺。如問而談。略經七日。然後王躬送別。其船泛洋不進。光復登船。船人謂經半日而已。光歸熊州翁山。卓錫結茅。乃成梵刹。厥後罔知攸往。

明達

釋明達。姓康氏。其先康居國人也。童稚出家。嚴持齋戒。年及具足。行業彌峻。脇不著席。日無再飯。外儀軌則。內樹道因。廣濟爲懷。遊行在務。以梁天監初。來自西戎。至于益郡。時巴峽蠻夷。鼓行抄劫。州郡徵兵。克期誅討。達愍其將苦。志存拯拔。獨行詣賊。登其堡壘。慰喻招引。未伸其情。俄而風雨晦冥。雷霆震擊。群賊驚駭。惻爾求哀。達乃教具千燈。祈誠三寶。營辦始就。昏霾立霽。山澤通氣。天地開朗。翕然望國。並從王化。遂使江路肅清。往還無阻。後因行役。中路逢人縛豚在地。聲作人語曰。願上聖救我。達即解衣贖而放之。嘗於夜中索水洗足。弟子如言。而泥竟不脫。重以湯洗。如前不去。乃自以水灌之。其足便淨。達曰。此魚膏也。更莫測其所從。行至梓州牛頭山。欲搆浮屠及以精舍。不訪材石。直覓匠工。道俗

皆怪其言。于時三月水竭。即下求木。乃於水中得一長材。正堪刹柱。長短合度。僉用欣然。仍引而竪焉。至四月中涪水大溢。木流翳江。自泊村岸。都無滔者。達率合道俗。通皆採取。從橫山積。創修堂宇。架塔九層。遠近併力。一時繕造。役不逾時。欻然成就。而躬襲三衣。並是麤布。破便治補。寒暑無革。有時在定。據于繩床。赫然火起。衆往撲滅。唯覺清涼。有沙門僧救者。積患攣躄。來從乞瘥。達便授杖。令行。不移晷景。驟步而返。又布薩時。身先衆坐。因有偷者。穿墻負物。既出在外。迷悶方所。還來投寺。遂喻而遣之。天監十五年。隨始興王還荊州。冬十二月。終于江陵。

道舜

釋道舜。未詳何許人。靜處林泉。庇道自隱。言宫舍笑談。述清遠。嘗止澤州羊頭山神農定藥之所。結宇茅茨。餘無蓄積。日唯一食。常坐卒歲。感蛇鼠同居。在繩床下。各乎產育。不相危惱。又致虎來。蹲踞其側。便爲說法。有人還往。告虎令去。或語之云。明日人來。汝不須至。便如舜言。虎便不現。給侍之人。與虎同住。親如家犬。曾莫之畏。身著弊衲。略無可採。跣行林野。不擇晨夕。開皇初。忽遊聚落。說法化諸村民。皆盛集受法。獨不爲一女受戒。告云。汝當生牛中。其相已現。戒不救汝也。業不定者爾乃相濟耳。時有不信其言。以爲惑衆。咸有疑者。舜欲決於衆議。告衆曰。必不信者試蹋汝牛尾。業影必當不起。即以足躡女裙後空地。云是尾影。其女依言。趣起不得。時衆驚信。請舜曰。如何除此業報。其女家積粟數萬石

既懼惡業一時頓捨舜並爲營福令其懺悔如此累作惡業便傾方爲受戒或依諸癘村受於癘供見有膿潰外流者皆口就而唼之情無惡念或洗其衣服或淨其心業用爲已任情向欣然初無顰蹙後遊於林慮洪谷北詣晉盤亭等諸山隱寺綜禪定業不測所終

道仙

釋道仙一名僧仙本康居國人初以遊賈爲業後值僧達禪師爲其說法遂沉寶船於江辭妻子投灌口竹林寺而出家焉初落髮日對衆誓曰不得道者不出此山即迥絕人蹤結宇巖曲禪學之侶相次屯焉每覽經卷始開見佛在其處無不哽咽我何不值但見遺文而仙挺卓不群野棲禽獸或有造問學方者皆答善權真符正則自初入定一坐則以四五日爲恒准客到其門潛然即覺起共接晤若無人往端坐靜室寂若虛空有時預告明當有客至或及百千皆如其說曾無欠長梁始興王澹褰帷三蜀禮以師敬携至陝于時道舘崇敞巾褐紛盛屬相呵斥甚寄憂心焉仙乃晏如曾無所屑一夕道士忽見東岡火發恐野火焚害仙也各執水器來救見仙方坐大火中猛焰洞然咸嘆火光神德道士李學祖等捨田造像寺塔欻成遠近歸信十室而九州刺史鄱陽王恢躬禮受法天監末始興王真感於梁泰寺造四天王像每六齋晨常設淨供仙後赴會四王頂上放五色光仙所執爐自然焰發太尉陸法和昔微賤日數載在山供仙給使僧有肆責者仙曰此乃三台貴公何緣辱罵時不測其後貴也和果

遂昇衮服。仙或勞疾。見縹衣童子從青溪水出。椀盛妙藥跪而進服無幾便愈居山二十八年復遊井絡化道大行時遭酷旱。百姓請祈。仙即往龍穴以杖扣門數曰衆生何爲嗜睡如此語已登即玄雲四合。大雨滂注民賴斯澤咸來禱賽欽若天神有須舍利。即爲祈請應念即至。如其所須。隋蜀王秀作鎮岷絡有聞王者。尋遣追召。全不承命王勃然動色親領兵仗。往彼擒之。必若固縱。可即加刃。仙聞兵至。都無畏懼。索僧伽黎披已端坐念佛王達山足。忽雲雨雜流。雹雪崩下。水涌滿川藏軍無計。事既窘迫。乃遥歸懺禮。因又天明雨霽。山路清夷得至仙所。王躬盡敬便爲說法。重發信心乃邀還成都之靜衆寺厚禮崇仰。舉國恭敬號爲仙闍梨焉。開皇年中。返于山寺。道路自淨。山神前掃。年百餘歲。端坐而卒。

法安

釋法安姓彭氏安定鶉孤人少出家。在太白山九隴精舍慕禪爲業。麤食弊衣卒于終老開皇中來至江都。令通晉王時以其形質矬陋言笑輕舉。並不爲通日到門首。喻遣不去試爲通之。王聞召入相見如舊。便住慧日寺王所遊履。必賚隨從。及駕幸泰山時遇渴乏四顧唯巖。無由致水。安以刃刺石。引水崩注用給帝王。時大嗟之。問何力耶。答王力也。及從王入沙磧達于泥海中應遭變皆預避之得無損敗。後往泰山神通寺。僧來請檀越安爲達之王乃手書寺壁。爲弘護也初與王入谷。安見一僧著弊衣乘白驢而來。王問何人

安曰斯朗公也即創造神通故來迎引及至寺中又見一神狀甚偉大在講堂上手憑鵄吻下觀人衆王又問之答曰此太白山神從王者也爾後諸奇不可廣録至十一年春四方多難無疾而終所住春秋九十八

智顗

釋智顗字德安姓陳氏潁川人也母徐氏夢香烟五彩縈迴在懷欲拂去之聞人語曰宿世因緣寄託生道福德自至何以去之又夢吞白鼠如是再三怪而卜之師曰白龍之兆也及誕育之夜室内洞明信宿之間其光乃止忽有二僧扣門曰善哉兒德所重必出家矣言訖而隱年十八投湘州果願寺沙門法緒而出家焉一日因說禪門用清心海語默之際每思林澤乃夢巖崖萬重雲日半垂其側滄海無畔泓澄在于其下又見一僧摇手伸臂至于岐麓挽顗上山顗以夢中所見通告門人咸曰此乃會稽之天台山也聖賢之所託矣先有清州僧定光久居此山積四十載定慧兼習盖神人也顗未至二年預告山民曰有大善知識當來相就宜種豆造醤編蒲爲席更起屋舍用以待之顗往天台既達彼山與光相見即陳賞要光曰大善知識憶吾早年山上摇手相喚不乎顗驚異焉知通夢之有在也又聞鍾聲滿谷衆咸怪異光曰鍾是召集有緣爾得住也顗乃卜居勝地是光所住之北佛隴山南螺溪之源處既閒敞易得尋真地平泉清徘徊止宿俄見三人皂幘絳衣執疏請云可於此行道顗後於寺北華頂峯獨靜頭陀大風拔木雷霆震吼魑魅

千群一形百狀吐火聲吽駭畏難陳乃抑心安忍湛然自失又患身心煩痛如被火燒又見亡歿二親枕頭膝上陳苦求哀顗又依止法忍不動如山故使强軟兩緣所感便滅忽致西域神僧告曰制敵勝怨乃可爲勇每夏常講淨名忽見三道寶階從空而降有數十梵僧乘階而下入堂禮拜手擎香爐繞顗三帀久之乃滅於當陽縣玉泉山立精舍勑給寺額名爲一音其地昔唯荒嶮神獸蛇暴創寺之後快無憂患是春亢旱百姓咸謂神怒顗到泉源帥衆轉經便感雲興雨注虚謡自滅晉王蕭妃疾苦醫治無術王遣開府柳顧言等致書請命願救所疾顗又率侶建齋七日行金光明懺至第六夕忽降異鳥飛入齋壇宛轉而死須臾飛去又聞豕吟之聲衆並同矚顗曰此相現者妃當愈矣鳥死復蘇表蓋棺還起豕幽鳴顯示齋福相乘至于翌日患果遂瘳開皇十七年十一月二十四日端坐如定而卒於天台山大石像前春秋六十有七

智曠

釋智曠姓王氏初母將孕夢入流浴童子乘寶船來投便覺有娠及生長敏而重行梁末爲壯士後離俗從道學長生術及值高僧授戒爲佛弟子德行動人漸示潛迹江陵張詮者二世眼盲曠曰爾家塚内棺枕古井移墳開鑿必獲穰焉因即隨言瞽者見道請求剃落衆咸憚之便伐薪施僧空閑靜慮又言澗有古鍾可掘出懸寺仁州刺史謂爲詭惑鞭背百下無慘無破便送出臺拘在尚方有力

者試以八尺械懸來捶膝傍觀謂言糜碎而曠容既無撓肉亦無痕獄吏云承居士能忍飢便絶食七日身色如故市衢見行驗獄猶有方信分身大定三年從人乞草屩今夜當急行及三更合城火發四門出人不泄燒殺七千曠在獄引囚二百安步而出年將不惑始掌剃落進戒以後頭陀蛇弭床側每夕山隅四燈同照士俗雲赴奄成華寺有一宰鴨而爲齋者鴨神夜告便曰何有殺牲而充淨供自爾便斷曾度夏水徒侶數十欲往不可欲去無從前岸兩船無人將至曠笑而舉聲呼之船自截流直到遂因濟水誡以勿傳又於咸陽造佛迹寺有牛產犢出首還隱已過信次母將亡僧告曠知惻答曰此犢是寺居士侵用僧物今來償債其羞不出牛母無他因執爐呵戒犢子疾當償報何恥生乎應言便出神異寘徵不可備載以開皇二十年九月二十四日終于四望開聖寺自尅終期天香滿室合寺音樂西南而去

法充

釋法充姓畢氏九江人常誦法華并讀大品其徧難紀兼繕造寺宇情在住持末住廬山半頂化城寺修定自非僧事未嘗妄履每勸僧衆無以女人入寺上損佛化下墜俗謡然世以基業事重有不從者充歎曰生不值佛已以罪緣正教不行義須早死何慮方土不奉戒乎遂於此山香爐峯自投而下誓粉身骨用生淨土便於中虛頭忽倒上冉冉而下處于深谷不損一毛寺衆初不知也後有人上峯頂路望下千有餘仞聞人語聲就而尋

之乃是充也身命猶存口誦如故迎還至寺僧感其死諫爲斷女人經于六年方乃卒世時屬隆暑而屍不臭爛香如爛瓜即開皇之末年矣。

慧侶

僧慧侶曲阿人也住蔣州大歸善寺靈通幽顯世莫識之而翹敬尊像事同真佛每見立像不敢輒坐勸人造像唯作坐者後往嶺南修禪法大有悟解住栖霞時嘗往揚都謁偲法師偲異禮接之將還山偲請現神力侶即從牕中出臂解齊熙寺佛殿上額因語偲云世人無遠識見多驚異故吾所不爲耳大業元年終於大歸善寺初侶終日以三衣還衆僧吾今死去徒衆好住便還房內大衆驚起追之乃見房中白骨一具跏坐牀上撼之鏘然不散。

法喜

釋法喜南海人也形容寢陋短弱迂踈可年四十許人嶺表耆老咸言見童時見識之顔貌如今無異蠻蜒但音間相傳云已三百歲矣亦自言舊識廬山遠法師說晉宋朝事歷歷如信宿前耳平素時悄默無語語必含深意吉凶之徵有如影響人亦不欲與喜相見懼直言災惡忤逆意也陳朝馬靜爲廣州刺史方上任喜直入州上廳事畫地作馬頭形以示其子而去靜本名族多武略到州行部從甲士數萬旌旗劒戟以威邊徼其侈僭過度被人誣告謀反帝使臨汝侯按之利其財產擒而斬之此畫地之明効也喜之先見皆此類煬帝聞之取來揚州帝令宮內安置于時

内造一堂新成。師忽昇堂觀看。因驚走下階。迴顧云。幾壓殺我。其日中夜。天大雨。堂崩壓殺數十人。其後又於宮内環走索羊頭。帝聞而惡之。以爲狂言。命鏁著一室。數日三衛於市見喜坦率遊行。還奏云法喜在市。勑責所司檢驗。所禁之處。門鎖如舊。守者亦云。師在室内。於是開戸入室。見袈裟覆一聚白骨。鎖在項骨之上。以狀奏聞。勑遣長史王恒驗之。皆然。帝由是始信非常人也。勑令勿驚動。至日暮。師還室内。或語或笑。守門奏聞。勑所司脫鎖。放師出外。隨意所適。其後帝遇弑於江都。方悟索羊頭之驗。有時一日之中。凡數十處齋供。師皆赴會。在在見之。其間亦飲酒噉肉。俄而見身有疾。常卧床去薦席。令人於床下鋪炭火甚熱。數日而命終。火炙半身皆焦爛。瘞於香山寺。至大業四年。南海郡奏云。法喜師見還在郡。勑遣開棺視之。則無所有。

普安

釋普安。姓郭氏。京兆涇陽人。小年依圓禪師出家。苦節頭陀。晚投藹法師。通明三藏。常業華嚴。誦讀禪思。准爲標擬。周氏滅法。栖隱于終南山之楩梓谷。時有重募。捉獲一僧。賞物十段。有人應募來。欲執安。即慰喻曰。觀卿貧煎。當欲相給。爲設食已。俱共入京。帝語此人曰。我國法急。不許道人民間。你復助急。不許道人山中。若爾。遣他何處得活。宜放入山。不須檢校。於是釋然。復歸隋文創曆。佛教大興。廣募遺僧。依舊安置。時楩梓一谷。三十餘僧應詔出家。並住官寺。唯安依本山。居守素林壑。時行村聚。惠益生靈。求有人於子午虎林

兩谷合澗之側。鑿龕結菴。延而住之。初止龕日。上有大石。正當其上。恐落掘出。遂峻崩下。安自念曰。願移餘處。莫碎龕窟。石遂依言。迸避餘所。大衆共怪。安曰。華嚴力也。未足異之。又龕東石壁澗左有索陀者。川鄉巨害。縱横非一。陰嫉安德。恒思誅殄。與伴三人。持弓挾刃。攘臂挽强將欲放箭。箭不離弦。手張不息。努眼舌噤。立住經宿。聲相通震。遠近雲會。鄉人稽首歸誠請救。安曰。素了不知。豈非華嚴力也。若欲除免。但令懺悔。如語教之。方蒙解脫。又龕西魏村張暉者。夙興惡念。以盜爲業夜往安所私取佛油。甕受五升。背負而出。既至院門。迷昬失性。若有所縛。不能動轉。眷屬鄉村同來爲謝。安曰。余不知。蓋華嚴力乎。語令懺悔。扶取油甕。如語得脫。又龕南張卿者。來盜安錢。袖中持去。既達家内。寫而不出。口噤無言。即尋歸懺。復道而返。有程郭村程暉和者。頗懷信向。恒來安所。聽受法要。因患身死。已經兩宿。纏屍於地。伺欲棺殮。安時先往鄠縣。返還在道。行達西南之德行寺東。去暉村五里。遥喚程暉和。何爲不見迎耶。連喚不已。田人告曰。和久死矣。無由迎也。安曰。斯乃浪語。吾不信也。尋至其村。厲聲大喚。和遂動身。旁親乃割所纏繩。令斷。安入其庭。又大喚之。和即倔起。匍匐就安。令屛除棺器。覆一筥箒以當佛座。令和繞旋。尋復如故。更壽二十許歲。後遇重病。來投乞救。安曰。放爾遊蕩。非吾知也。便遂命終。昆明池北白村老母者。病卧床枕。失音百日。指撝男女。思見安形。會其毋意。請來至宅。病母既見。不覺下迎。言問起

居菴同常日。遂失病所在。于時聲名更振村聚齊集各率音樂。巡家告令欲設大齋。大坊村中田遺生者。家徒壁立。而有四女。妻著弊布。齊膝而已。四女赤露。大女名華嚴。年已二十。唯有麤布二尺。擬充布施。安引村衆次至其門。愍斯貧苦。遂度不入。大女思念。由我貧煎。不及福會。今又不修。當來倍此。周徧求物闃爾無從。仰面悲號。遂見屋甍一把亂⿸广米。(音迷)用塞明孔。挽取抖揀。得穀十餘。挼以成米。并將前布。擬用隨喜。身既無衣。待至夜暗。匍匐而行。趣齋供所。以前施物。遥擲衆中。十餘粒米。別奉炊飯。因發願曰。女人窮業。久自種得竭貧行施。用希來報。輒以十餘黃米。投飯甑中。必若至誠。貧業盡者。當願所炊之飯。變成黃色。如無所感。命也柰何。作此誓已。掩淚而返。於是甑中五石米飯。並成黃色。大衆驚嗟未知所以。周尋緣搆。乃云田遺生女之願力也。齋會齊率。獲粟十斛。尋用濟之。安辦法衣。仍度華嚴。送入京寺。嘗於龕側村中縛猪三頭。將加烹宰。安聞往贖。社人恐不得殺增長索錢十千。安曰。貧道見有三千。已加本價十倍。可以相與。衆各不同。更相忿競。忽有小兒褁腹來至社會。助安贖猪。既已諍競。因從乞酒。行飲行舞。焜煌旋轉。合社老少。眼並失明。須臾自隱。不知所在。安即引刀自割䏶肉曰此彼俱肉耳。猪食糞穢。爾噉之。況人食米。理足貴也。社人聞見。一時同放猪。既得脫。繞安三帀。以鼻㖤觸。若有愛敬。故使郊之南西五十里內。雞猪絕嗣。乃至于今。其感發慈善。皆此類也。以大業五年十一月五日。終于靜法

禪院春秋八十。

道英

釋道英。姓陳氏。蒲州猗氏人也。幼從叔休律師出家。至并州依炬法師學道。後入禪定。稍呈異迹。大業中。嘗任直歲。與俗爭地。遽鬬不息。便語彼云。吾其死矣。忽然倒仆。如死之僵。諸俗同評。道人多詐。以針刺甲。雖深不動。氣絶色變。將欲洪胖。傍有智者。令其歸命。誓不敢爭。願還生也。尋言起坐。語笑如常。又行龍臺澤池側。見魚之遊。乃曰。吾與汝共爭。我何者爲勝。汝不及我。我可不及汝耶。即脱衣入水。弟子持衣守之。經十六宿。比出告曰。雖在水中。唯弊土。坌我耳。又屬嚴冬。氷厚雪壯。乃曰。如此平淨之處。何得不眠。遂脱衣仰卧。經于三宿。乃起而言曰。幾被火炙殺我。晩還蒲州住普救寺。晝則厲衆僧勤事。夜則跏坐。爲説禪觀。時或弊其勞者。聞法不覺其疲。一日説起信論。奄然不語。怪往觀之。氣絶身冷。衆知滅想。即而任之。經于累宿。方從定起。時河東道遜。高世名僧。素與同學。及遜捨命。去英百五十里。未及相報。終夕便知其死。其知微通感如此。及終前夕。集衆告曰。早須收積。明日間多聚人畜。損食穀草。衆不測其言。英亦自運催促甚急。至夜都了。索水剃洗。還本坐處。被以大衣。奄然神逝。

法進

釋法進。不知氏族。住益州綿竹縣響應山玉女寺。爲輝禪師弟子。後於定法師所受十戒。恭謹精誠。謙恪爲務。唯業坐禪。寺後竹林。常於彼坐。有四老虎繞於左右。師語勿泄其相

也後教水觀家人取柴。見繩床上有好清水。拾兩白石安著水中。進暮還寺彌覺背痛問其家人云安石子語令明往。可除此石。及旦進禪家人還見如初清水。即除石子。所苦便愈因爾習定不出此山開皇中蜀王秀臨益州。妃患心腹。諸治不損。有綿州昌隆白崖山道士文普善者。能昇刀焚火。鵠鳴山有二道士。能呼策鬼神。符印章醮。入水不溺。並來同治。都無有効。乃使長史張英等往山。請出爲妃治病。報曰。吾在山住向八十年與木同性徐更苦邀進答曰盡命於此。可自早還。信返具報王使六司官人犢車四乘將從百人重往迎請。進曰。王雖貴勝。命有所屬執志如初。信還。王大怒。自入山。將手加罪。既至山寺。禮佛見進不覺身戰汗流。王曰。奉請禪師爲妃治病。禪師慈悲願救此苦。答曰。殺羊食心。豈不苦痛。一切衆生皆是佛子。何因於妃偏生此愛王慚愧懺悔仍請出山。乃曰。王命既重。不可不行王自先行貧道生不乘騎當可後去。王曰。弟子步從。與師同行。報曰。出家人與俗異。但前行應同到。王行兩日方至。進一旦便達。徑入妃堂。妃見進流汗因爾除差施絹五百段。納衣袈裟什物等。進令王妃以水盥手。執物呪願。總用迴入法聚寺基業。即辭還山王與妃見進足離地可四五寸以大業十三年正月八日。終此山中。龍吟猿叫。三日乃已。

僧朗

釋僧朗。一名法朗。俗姓許氏。南陽人。年二十餘。欣欲出家。尋預剃落。栖止無定。多住鄂州

飲啜同俗。爲時共輕。常養一猴一犬。其狀偉大。皆黃赤色。不狎餘人。唯附於朗。旦夕相隨。未曾捨離。若至食時。以木盂受食。朗啜飽已。餘者用飼之。既同器食。訖猴便取盂戴之。騎犬背上。先朗而行。人有奪者。輒爲所咋。朗任犬盤遊。略無常度。陳末隋初。行於江嶺之表。章服麤弊。威儀越序。杖策徒行。護養生命。時復讀誦諸經。偏以法華爲志。素之聲弄清靡不豐。乃潔誦之。一坐七徧。如是不久。聲如雷動。知福力之可階也。其誦必以七數爲期。乃至七十。七百。七千。逮于七萬。聲韻諧暢。任縱而起。其類箏笛。隨發明了。故所誦經時。傍人覩者。視聽皆失。朗唇吻不動。而轉起咽喉。遠近亮徹。因以著名。然臂脚及手。伸縮任懷。有若龜藏。時若肉聚。或住酒席。同諸讌飲。而噉噍猪肉。不測其來。故世語曰。法華朗。五處俱時縮。猪肉滿口頷。或復巡江洄泝。拱手舟中。猴犬在傍。都無艤棹。隨意所往。雖陵犯風波。瞬息之間。便達所在。有比丘尼。爲鬼所著。超悟玄解。說辯經文。居宗講導。聽採雲合。皆不測也。莫不讚其聰悟。朗聞曰。此邪鬼所加。何有正理。須後檢校。他日清旦。猴犬前行。徑至尼寺。朗往到禮佛。繞塔。至講堂前。尼猶講說。朗乃厲聲呵曰。小婢。吾今既來。何不下座。此尼承聲崩下。走出堂前。立對於朗。從卯至申。卓不移處。通汗流地。默無言說。問其慧解。奄若聾癡。百日已後。方復本性。其降行感通。皆此類也。大業末卒。

惠祥

釋惠祥。姓周氏。十五出家。頭陀乞食。默自禪

誦不與衆同。年十九染患三月。救療無徵。夜中宴坐。歎曰。大丈夫本欲以身從道。於末法中推伏非法。如何此志未從。爲病所困。將曉有一人長丈餘。謂曰。但誦涅槃無愁不差。至旦即誦。三日便瘳。大業末夏中。因食口中得舍利。不辨棄地。輙還在口。如是數四。疑是真身。砧槌不碎。遂聲鍾告衆。白黑咸集。祥涕泣焚香。願降威力。須臾放五色光。異香徧郭。衆覩希有。體貌肥白。可長八尺有餘。行路不識莫不怪仰。刺史李昇明至寺怪異。謂群官曰。此道人膚容若此。日可應啖一羊。語訖覺手足不隨。乘馬失御。諸官以實告之。便悔謝還復。大使權茂行至鄧州。又怪。昇明曰。此大德非凡。具說往緣。茂不信。請將七日。試以麤食而膚色更悅。茂愧伏。悔先不信之罪。將終手執經胡跪。謂弟子曰。吾今逝矣。汝好住持。無令絶滅。又感異香盈郭。以大業末年八月卒。春秋七十。氣命雖絶。而胡跪執經如初。遠近奔赴。見其卓然。無不歎訝。

無相

涪州相忠寺無相禪師者。非巴蜀人。不知何來。忽至山寺。隨衆而已。不異恒人。其寺在涪州上流。大江水北崖側。有銘方五尺許。字如掌大。都不可識。下有佛迹。相去九尺。長三尺許。蹈石如泥。道俗敬重。相以一時渡水。齊返無船。乃鉢安水中。曰。何爲常擎汝。汝可自渡水。便取芭蕉搭水。立上而渡。鉢隨後來。須臾達岸。時採樵者見之。相語覺知。已便辭去。徒衆苦留不住。至水入船。諸人禮請不與篙檝。乃捉船舷。直爾渡水。不顧而去。即令尋逐莫

測所在。

明恭

釋明恭住鄭州會善寺其力若神嘗山行見虎猪交鬬猪漸不如恭語虎曰可放令去虎不肯恭以一手捉頭一手撮尾擲之山下又以僧衣置礫下僧怪之恭笑爲捧柱取衣大業末賊起抄掠令其寺辦數十人大猪食具恭延賊食賊讓恭先恭乃餔餅數十安猪啖之須臾食盡賊衆驚伏恭召爲護寺檀越群賊許之故隋唐交軍其境絕賊往來恭之力也。

曇詢

釋曇詢姓楊氏弘農華陰人後還宅于河東郡焉年二十二方捨俗事遠訪巖隱遊至白鹿山北林落泉寺逢曇准禪師而蒙剃髮後經三夏移住鹿土谷修禪屬枯泉重出鹿麋繞院故得美水馴獸日濟道隣從學之徒相慶茲瑞時因請法暫往雲門值徑陰霧昏便成失道賴山神示路方會本途時有盜來竊蔬菜將欲出園乃爲群蜂所螫（音拭）詢聞來救慈心將治得全餘命嘗有趙人遠至慇懃致禮陳云因病死復蘇得見閻王詰問罪當就獄賴有曇詢禪師來爲請命王因放免特來禮謝又山行值二虎相鬬累時不歇詢乃執錫分之以身爲翳語云同居林藪計無大乖幸各分路虎低頭受命便飲氣而散屢逢熊虎交諍事略同此而或廓居榛梗唯詢一蹤入鳥不亂獸見如偶每入禪定七日爲期白虎入房仍爲窟宅獨處靜院不出十年自有禪蹤斯人罕擬初遘疾彌留忽有神光照燭

香風拂扇又感異鳥白頸赤身繞院空飛聲哭哀切氣至大漸鳥住堂基自後狎附不畏人物或在房門至于卧席悲叫逾甚血沸眼中既爾往化鳥便飛出外空旋轉奄然翔逝又感猛虎繞院悲吼兩宵雲昏三日天地結慘又加山崩石墜林摧澗塞驚發人畜棲遑失據其哀感靈祥未可殫記後以武德五年十二月弟子靜休道顒慧方等乃闍毗餘質建塔立碑焉

智滿

釋智滿者俗姓賈氏不知何許人也戒行高潔居于安樂寺時唐太宗在晉陽與劉文靖首謀之夜高祖夢墮牀下又見徧身爲蟲蛆所食意甚惡之詣詢於滿滿曰此可拜賀也夫牀下者所謂陛下也群蛆食者所謂群生共仰一人活耳高祖嘉其言又云貧道頗習易以卦之象明夷之兆按易曰巽在牀下紛若無咎而早吉晚凶斯固體大不可以小小則敗大則濟可作大事以濟群生無往不亨乃必成乎高祖動容曰雖蒙善誘未敢當仁師聘太宗曰郎君與大人並叶兆夢是謂幹父之蠱考用無咎天理人事昭然可知不可固拒天之與也天與不取必受其咎無乃不可乎高祖拜而謝曰弟子何幸再煩鄭重叮嚀之意敢不敬從滿後不知所終

智晞

釋智晞俗姓陳氏潁川人年二十始獲從顗一得奉值即定師資律儀具足禀受禪訣加修寂定常居佛隴修禪道場樂三昧者咸共歸仰宴坐之暇時復指撝創造伽藍殿堂房

舍悉皆嚴整唯經臺未搆始欲僦工有香爐峯山巖峻嶮林木秀異然彼神祇巨有靈驗自古已來無敢視其峯崖況有登踐而採伐者時衆議曰今既營經臺供養法寶唯尚精華豈可率爾而已其香爐峯檉栢木中精勝可共取之以充供養論詳既訖往諮於睎具陳上事良久答云山神護惜不可造次無敢重言各還所在爾夜夢人送疏云香爐峯檉栢樹盡皆捨給經臺時有僧法雲欲往香爐峯頭陀睎諫曰彼山神剛强卿道力微弱向彼必不得安慎勿往也雲不納旨遂往到山不盈二宿神即現形驅雲令還自陳其事方憶前旨深生敬仰有弟子道亘在房誦經自往喚云今晚當有僧來言竟仍向門下即見一僧純著納衣執錫持鉢形神爽俊有異常人從外而來相去二十餘步纔入路東隱而不現俄頃之間即聞東山有鍾鼓聲大音震谷便云噫喚吾也未終數日語弟子云吾命無幾可作香湯洗浴適竟山中鳥獸異色殊形常所不見者並皆來集房側履地騰空悲鳴喚呼經日方散以貞觀元年十二月十八日午時結跏安坐端直儼然氣息綿微如入禪定因而不返時虛空中有絃管聲合衆皆聞良久乃息經停數日方入石龕顏色數悅手足柔軟不異生平春秋七十有二

惠主

釋惠主俗姓賈氏始州永歸縣人六歲出家爲斌法師弟子於黃安縣造寺七所梓潼縣造十寺武連縣造三寺初年登冠欲受具足當境無人乃入京選德於甘露寺受戒唯聽

四分餘義傍通。夢見三日三夜天地闇冥。衆生無眼。過此忽明。眼還明淨。覺已汗流。一百日後。周毀經道。方知徵應。即返故鄉南山藏伏。唯食松葉。異類禽獸同集無聲。或有山神送伏苓甘松香來。獲此供養六時行道。禽獸隨行禮佛誦經似如聽仰。仍爲幽顯受菩薩戒。後有獼猴。群共治道。主曰。汝性躁擾作此何爲。曰。時君異也。佛日通也。深怪其言。尋爾更有異祥龍飛獸集香氣充山。其類衆矣。後有八人採弓材者甚大驚駭。便慰主曰。聖君出世時號開皇矣。即將出山。以事奏聞。蒙預出家。大業中。勅還本州香林寺常弘四分爲業。武德之始。陵陽公臨益州。素少信心。將百餘馱物行至始州。令於寺內講堂佛殿僧房安置。無敢違者。主從莊還見斯穢襍。即入房中取錫杖三衣出歎曰。死活今日矣。舉杖向驢騾。一時倒仆如死。兩手各擘一馱。擲棄坑中。州縣官人驚怖執主狀申。陵陽大喜。一無所怪。書曰。弟子數病。不逢害鬼。蒙得律師破慳貪。袋滐爲大利。今附沉香十斤細綾十段仰贈。後還京日。從受菩薩戒焉。貞觀三年寺有明禪師者清卓不群。白日獨坐。見無半身向衆述曰。吾與律師建立此寺。兩人同心。忽失半身。將不律師先去不者。明其死矣。尋爾午時主便無疾而逝。春秋八十九。

明淨

釋明淨。高密人。少出家。味定爲業。後南遊東越天台諸山。禪觀在懷。無緣世習。而衣服繿縷。動止適時。同侶禪徒未之弘仰。山粒致絕。日至村中。每從乞食。賫還中路值於群虎。皆

張口閉目若有飢相淨曰吾經行山澤多矣虎兕無心畏之令列于路傍豈非爲食耶乃以匙抄飯內其口中餘者對而敢盡告曰知來食少輒濟自他殊不副懷深用多愧明日乞食虎又如前嘗值亢旱苗稼並枯淫祀之流妄祈邀請雖加懇惻終不能致淨曰可罷諸邪禱吾獨能降遂結齋靜室七日平旦雲布雨施高下滂注百姓利焉貞觀三年冬至于四年夏六月無雨天子下詔岳瀆諸廟普令雩祭於時萬里赫然全無有應有潘侍郎者曾任容州知淨能感以狀奏聞勑召至京令住祈雨告以所須一無損費唯願靜念三寶慈濟四生七日之後必降甘澤乃於莊嚴寺靜房禪默至七日向曉問守衛者曰天之西北應有白虹可試觀之尋聲便見淨曰雨必至矣須臾雲合驟雨忽零比至日晡海內通洽遂以有年勑乃總度三千僧用酧淨德其徵應難思厥相叵測但以京輦諠襍性不狎之請還本鄉之義勝寺山居繼業竟不測其存沒云

智璪

釋智璪俗姓張氏清河人年二十二親俱逝慘服纔釋便染疾病經歲月醫藥無効仍於靜夜策杖曳疾出中庭向月而臥至心專念月光菩薩唯願大悲濟我沉痾如是繫念遂經旬朔於中夜間忽夢見一人形色非常從東方來謂璪曰我今故來爲汝治病即以口就璪身次第吸嗽音朔三夜如此因爾稍痊遂求離俗投安靜寺慧憑法師以爲弟子聞智者軌行超群爲世良導即泛舸豐流直指台

岫伏膺受道乃遣行法華懺悔第二七日初夜懺訖還就禪床始欲安坐仍見九頭龍從地湧出上昇虛空明旦諮白者云此是表九道衆生聞法華經將來之世破無明地入法性空爾陳至德四年永陽王伯智作牧仙都延屈智者來于鎮所璪隨師受請同赴會稽山九旬坐訖仍即辭王住寶林山寺行法華三昧初日初夜如有人來搖動戶扇璪問之汝是何人夜來搖戶即長聲答云我來看燈爾類經數過問答如前其寺內先有大德慧成禪師夜具聞之謂弟子曰彼堂內從來有大惡鬼今聞此聲必是鬼來取人也天將欲曉成師扣戶而喚璪未暇得應便繞堂唱云苦哉苦哉其人了矣璪即開戶問意答云汝猶在耶吾謂昨夜鬼已害汝故此嗟耳第二日夜鬼入堂內搥壁打柱周徧東西堂內六燈璪即滅五留一行道坐禪誦經坦然無懼於三七日中事恒如此行法將訖見一青衣童子稱讚善哉言已不見璪又因事出往會稽路由剡縣孝行村乞食主人誤煮毒蕈設璪食竟進趣前途主人於後噉此餘殘並皆吐痢若死等苦隣人見之即持藥追璪十里方及見璪快行無恙問曰何故見尋具陳上事便笑而答曰貧道無他可棄藥反蹤不須見逐以貞觀十二年卒於寺春秋八十三矣

知苑

幽州沙門知苑精練有學識隋大業中發心造石字一切經藏以備法滅既而於幽州西山鑿巖爲石室即磨四壁而以寫經又取方石別更磨寫藏諸室內每一室滿即以石塞

門鎔鐵錮之時隋煬帝幸涿郡內史侍郎蕭瑀皇后弟也性篤信佛法以其事白后后施絹千匹瑀施絹五百匹朝野聞之爭共捨施故苑得以成功苑常以役匠既多道俗奔湊欲於巖前造木佛堂并食堂寐室而念木瓦難辦恐繁經費未能起作忽一夜暴雨雷電震山明旦既晴乃見山下有大木松栢數千萬爲水所漂積於道次道俗驚駭不知來處於是遠近歎服苑乃使匠擇取其木餘皆分與邑里邑里喜愧而助造堂宇頃之畢成如其志焉苑所造石經已滿七室以貞觀十三年卒弟子猶繼其功焉

大志

僧大志會稽顧氏子發蒙出家師事天台智者智者見其形神洒落高放物表取名大志誦法華經索然閑靜音聲清轉聽者忘疲後於廬山甘露行頭陀行有時投身猛獸彼皆避去飡粒若盡惟以餅果繼命而已如是七載禪誦不休晚住持福林寺會大業中屏除佛教慨大法陵遲遂身著孝衣於佛堂中慟哭三日誓捨形骸申明正教即往東都上表曰願陛下興隆三寶貧道當然一臂於嵩岳用報國恩帝許之遂設大齋七衆通集師絕粮三日登大棚中布裹其臂灌之以蠟如炬燃之光照巖岫晃然大明衆見苦行痛入心髓而志形色不變或誦經文或讚佛德或爲衆說法聲聲不絕燒已下棚跏趺入定七日而卒

智聰

僧智聰住楊州白馬寺專習三論尋渡江住

安樂寺值隋國亡思歸無計。隱江荻中誦法華經七日不飢恒有四虎馴繞聰曰吾已十日不食命在呼吸閒。卿可食之。虎作人語曰造立天地無有此理忽見一老翁。腋下挾一小船來曰師欲渡江即上船其四虎見而淚出聰曰持危拔難正在今日即同四虎利涉南岸船及老人忽然不見聰領四虎止棲霞塔西。逕行禪誦誓不寢卧安衆八十餘人若有凶事虎來大吼由此警覺貞觀中年九十九於佛生日熏爐徧禮聖像還歸靜室端坐而化。

善道

善道法師臨淄人。入大藏信手探卷。得觀無量壽佛經。乃專心念佛。以修十六妙觀。及往廬山。觀遠公遺躅。豁然增思。後遁跡終南。修般舟三昧。數載睹寶閣瑤池宛然在目。復往晉陽從綽禪師授無量壽經。入定七日。綽請觀所生處。道報曰。師當懺悔三罪。方可往生。師嘗安佛像在簷牖下。自處深房。此一罪也。當於佛前懺。又常役使出家人。此二罪也。當於四方僧前懺。又因造屋多損蟲命。此三罪也。當於一切衆生前懺。綽靜思往咎。洗心悔謝。久之道因定出。謂綽曰。師罪滅矣。後有白光來照之時。是往生相也。道行化京師。歸者如市。忽微疾。即掩室怡然。念佛而逝。異香天樂向西而隱。

神僧傳卷第五

神僧傳卷第六

法順

釋法順。姓杜氏。雍州萬年縣人。稟性柔和。年十八棄俗出家。事因聖寺僧珍禪師受持定業。嘗行化慶州勸民設會供限五百。及臨齋食。更倍人來。供主懼焉。順曰。無所畏也。但通周給。而莫委供所從來。千人皆足。有張河江張弘暢者。家畜牛馬。性本弊惡。人皆患之。賣無取者。順示語慈善。如有聞從。自後更無觝。嚙嘗引衆驪山夏中栖靜地多蟲蟻。無因種菜。順恐有損害。就地示之。令蟲移徙。不久往視。如其分齊恰無蟲焉。順時患腫膿潰外流。人有敬而唻子累切者。或有以帛拭者。尋即瘥愈。餘膿發香流氣難比。拭帛猶帶香氣不散。三原民田薩埵者。生來患聾。又張蘇者。亦患生瘂。順聞命來。與共言議。遂如常日。永即瘥復。武功縣僧爲毒龍所魅。衆以投之。順端拱對坐。龍遂托病僧言曰。禪師既來。義無久住。極相勞嬈。尋即釋然。故使遠近瘴癘淫邪所惱者。無不投造。順不施餘術。但坐而對之。無不痊愈。因行南野將度黃渠。其水汎溢。厲涉而度。岸既峻滑。雖登還墮。水忽斷流。便隨陸而度。及順上岸。水尋還復。門徒勿覩。而不測其然也。以貞觀十四年。都無疾苦。告累門人。生來行法。令使承用。言訖。如常坐定。卒於南郊義善寺。

志寬

釋志寬。姓姚氏。蒲州河東人也。歷覽諸經。以涅槃地論爲心要。所居住房每夜必有振動介冑之響。竊而觀者。咸見非常神人繞房而

行時川邑虎暴行人斷路或數百為群經歷村郭傷損人畜中有王獸其頭最大五色純備威伏諸獸遂州都督張遜遠聞慈德遣人往迎寬乃令州縣立齋行道各受八戒當夕虎災銷散莫知所往時人感之奉為神聖貞觀初還蒲晉時州郡遇旱諸祈不遂官民乃往請焉寬為置壇場以身自誓不降雨者不處堂房曝形兩日密雲垂布三日已後合境滂流民賴有年未終之前右脅而卧枕於右臂告門徒曰生死長遠有待者皆爾汝等但自觀身如幻便無愛結自纏吾命亦斷當取椽兩根籧篨一領裹縛輿送無得隨俗紛紜為不益事也言訖而卒

世瑜

釋世瑜姓陳氏住台州大業十二年往綿州震響寺倫法師所出家一食頭陀勤苦相續又往利州入籍住寺後入益州綿竹縣響應山獨住多年四猿供給山果等食有信士毋家生者負粮來送驚訝深山常燒薰陸沉水香等既還山半路見兩人形甚青色狀貌希世各負蓮華蔗芋而上云我供給禪師去也然其山居三年之中食米一石七升六時行道以猿鳥為侶初唯一泉後有三泉流出于下貞觀元年夢有四龍來入心眼既覺大悟三論宗旨遂往靈睿法師講下所聞詞理宛若舊尋便往綿州住大施寺至十有九年四月八日往崇樂寺言語欲遊方去或有諭曰只此寺者是諸方也因還大施本房香氣滿室坐處之地涌三金錢合眾尋香從瑜房而出乃見加坐手尚執爐奄然而逝春秋六十

三条

玄奘

釋玄奘本名褘姓陳氏洛州緱氏人也少罹窮酷隨兄長睫法師住淨土寺授以精理旁兼巧論年十一誦維摩法華東都恒度便預其次自爾卓然梗正不偶欲慕大法後達長安住莊嚴寺又非本望西踰劒閣既達蜀都受諸經論一聞不忘武德五年二十有一爲諸學府雄伯沙門講揚心論不窺文相而誦注無窮時曰神人後又徧遊荆揚等州訪諸道隣復還京輦廣就諸蕃徧學書語行坐尋授數日博通惟候機會貞觀三年會夾下勅道俗隨豐四出由斯得往西域取諸經像行至罽賓國道險虎豹不可過奘不知爲計乃鎖房門而坐至夕開門見一老僧頭面瘡痍身體膿血牀上獨坐莫知由來奘乃禮拜勤求僧口授多心經一卷令奘誦之遂得山川平易道路開通虎豹藏形魔鬼潛跡遂至佛國取經六百餘部以貞觀十九年還京師下勅令住玉華翻譯經藏奘生常已來願生彌勒及遊西域又聞無著兄弟皆生彼天又頻祈請咸有顯證後至玉華但有隙次無不發願麟德元年告翻譯僧及門人曰有爲之法必歸磨滅泡影形質何得久停行年六十五必卒玉華於經論有疑者今可速問聞者驚興師曰此事自知遂往辭佛及諸僧衆既卧疾常見大蓮花鮮白而至又見佛相命僧讀所翻經論名目已總有七十三部一千三百三十卷自懷欣悅總召門人有緣並集云無常將及急來相見於嘉壽殿以香木樹菩提

像骨對寺僧辭訣弁遺表訖使默念彌勒右脇累足右手支頭左手髀上堅然不動氣絶神逝兩月色貌如常乃葬於白鹿原初奘將往西域於靈巖寺見有松一樹奘立於庭以手摩其枝曰吾西去求佛教汝可西長若吾歸即却東迴使吾弟子知之及去其枝年年西指約長數丈一年忽東迴門人弟子曰教主歸矣乃西迎之奘果還至今衆謂此松爲摩頂松

法敏

釋法敏姓孫氏丹陽人也八歲出家事英禪師爲弟子入茅山聽明法師三論悟其宗旨貞觀元年出還丹陽講華嚴涅槃二年越州田都督追還一音寺相續法輪于時衆集義學沙門七十餘州八百餘人當境僧千二百人尼衆三百士俗之集不可復紀至十九年會稽士俗請住靜林講華嚴經至六月末正講有蛇懸半身在敏頂上長七尺許作黄金色吐五色光終講方隱至夏訖還一音寺夜有赤衣二人禮敏曰法師講四部大經功德難量須往他方教化故從東方來迎法師弟子數十人同見此相至八月十七日爾前三日二夜無故闇冥恰至二十三日將逝忽放大光夜明如日因爾遷化春秋六十有七身長七尺六寸停喪七日塔表放光地爲震動異香不滅莫不怪歎道俗莊嚴送於隆安山焉

慧璿

釋慧璿姓董氏少出家在襄川周滅法後南往陳朝入茅山聽明師三論又入栖霞聽懸

布法師四論大品涅槃等。晚往安州大林寺聽圓法師釋論凡所游刃。並契幽極。又返鄉梓住光福寺。居山頂以引汲爲勞將移他寺夜見神人身長一丈衣以紫袍頂禮瓚曰奉請住此常講大乘勿以小乘爲慮其小乘者亦如高山無水不能利人大乘經者猶如大海此山多佛出世一人讀誦講說大乘。能令所住珍寶光明眷屬滎勝。飮食豐饒若有小乘前事並失。惟願弘持勿孤所望。法師須水。此易得耳。來月八日定當得之自往劒南慈母山大泉請一龍王去也言已不見。恰至來月七日初夜大風卒起從西南來雷震雨注。在寺北漢高廟下佛堂後百步許通夜相續。至明方住。惟見清泉香而且美。合衆同幸。及止龍泉漸便乾竭。貞觀二十三年講涅槃經四月八日夜山神告曰。法師疾作房宇。不久當生西方。至七月十四日講盂蘭盆經竟歛手曰。生常信施。今須通散。一毫已上捨入十方衆僧及窮獨乞人。幷諸異道。言已而終於法座矣春秋七十有九焉。

豐干

釋豐干師者。本居天台國清寺。剪髮齊眉布裘擁質身量可七尺餘人或借問止對曰隨時二字而已更無他語。樂獨舂穀。役同城旦。應副齋炊甞乘虎直入松門衆僧驚懼。口唱唱道歌。與拾得寒山子二人相得歡甚豐干出雲遊適閭丘胤出守台州欲之官俄病頭風召名醫莫差豐干偶至其家自謂善療此疾閭丘聞而見之。師持淨水噀之須臾袪殄因是大加敬焉。問所從來。曰。天台國清曰彼

有賢達否曰寒山文殊拾得普賢當就見之閭丘至任三日後即到寺問曰此寺曾有豐千禪師否曰有院在何所寒山拾得復是何人時僧道翹對曰豐干舊院即經藏後今閴無人止有虎豹時來此哮吼耳寒山拾得二人見在僧廚執役閭丘入干房唯見虎跡縱橫又問干在此有何行業曰唯事舂穀供僧粥食夜則唱歌諷誦不輟如是再三嗟嘆乃入廚見二人拜之二人起走曰豐干饒舌彌陀不識禮我何爲遂携手出松門更不復入寺焉豐干後不知所終

寒山子

寒山子者世謂爲貧子風狂之士弗可恒度推之隱天台始豐縣西七十里號爲寒暗二巖每於寒巖幽窟中居之以爲定止時來國清寺有拾得者寺僧令知食堂恒時收拾衆僧殘食菜滓斷巨竹爲筒投藏于內若寒山子來即負而去或廊下徐行或時叫噪凌人或望空曼罵寺僧不耐以杖逼逐翻身撫掌呵呵徐退然其布襦零落面貌枯瘁以樺皮爲冠曳大木屐或發辭氣宛有所歸歸于佛理初閭丘入寺訪問寒山沙門道翹對曰此人狂病本居寒巖間好吟詞偈言語不常或藏或否終不可知與寺行者拾得以爲交友相聚言說不可詳悉寺僧見太守拜之驚曰大官何禮風狂夫耶二人連臂笑傲出寺閭丘復往寒巖謁問并送衣裳藥物而高聲倡言曰賊我賊退便身縮入巖石穴縫中復曰報汝諸人各各努力其石穴縫泯然而合杳無蹤跡乃令僧道翹尋其遺物唯於林間綴

葉書詞頌。并村墅人家屋壁所抄録得二百餘首。編成一集。人多諷誦。至有庭際何所有。白雲抱幽石之句云。

拾得

拾得者。豐干禪師偶山行至赤城道側聞兒啼。遂尋之見一子可數歲。初謂牧牛之豎。委問端倪。云無舍孤棄于此。豐干携至國清寺付與典座僧曰。或人來認。可還之。後沙門靈熠攝受之。令知食堂香燈。忽於一日。見其登座與像對盤而飡。復呼憍陳如曰。小果聲聞傍若無人。執筯大笑。僧乃驅之。靈熠咨尊宿等。罷其堂任。且令厨内滌器。洗濯纔畢。澄濾食滓以筒盛之。寒山來。必負而去。又護伽藍神廟。每日僧厨下食。爲烏鳥所取狼藉。拾得以杖扑土偶三二下。罵曰。汝食不能護。安護伽藍乎。是夕神附夢與闔寺僧曰。拾得打我。明日諸僧說夢符同。一寺紛然。始知非常人也。時牒申州縣。郡符下云。賢士隱遁。菩薩應身。宜用旌之。號拾得爲賢士。又於寺莊牧牛。歌詠呼天。當其寺僧布薩時。拾得驅牛至僧集堂前。倚門撫掌大笑曰。悠悠者聚頭。時持律首座咄曰。風人。何以喧礙說戒。拾得曰。我不放牛也。此群牛者。多是此寺知僧事人也。拾得各呼亡僧法號。牛各應聲而過。舉衆錯愕。咸思改往修來。感菩薩垂跡度脫。時道翹纂録寒山文句。於寺土地神廟壁見拾得偈詞。附寒山集中。

法沖

釋法沖。字孝敦。姓李氏。隴西成紀人也。幼而秀異。傲岸時俗。年二十四。遂發心出家。聽涅

槃三十餘徧。又至安州暠法師下聽大品三論楞伽經。即入武都山修業年三十行至冀州。貞觀初年下勑有私度者處以極刑冲誓亡身便即剃落時嶧陽山多有逃僧避難資給告窮便造詣州宰曰。如有死事。冲身當之但施道粮終獲福祐。守宰等嘉其烈亮宥網周濟。乃分僧兩處各置米倉可十斛許。一所徒衆四十餘人。純學大乘。并修禪業。經年食米如本不減。一所五十六人。纔經兩日食米便盡。由不修禪兼修外學。冲曰。不足怪也。能行道者白毫之惠耳時逃難轉多無處投止山有虎穴。冲詣告曰。今窮客相投可見容否虎乃相携而去及難解。冲乃隨處弘法。冲雖廣宣經術專以楞伽命家中書杜正倫每諮稟之時三藏玄奘不許講舊繙經冲曰。君依舊經出家。若不許弘舊經者。君請還俗更依新繙經。方許君此意。奘聞遂止師亦命代弘經護法强禦之士。不可及也。僕射于志寧曰。此法師乃法眇頭陀僧也。不可名實拘之。

通達

釋通達。雍州人。三十出家栖止無定。常以飲水噉菜任性遊從。或攬折蒿藿生死而食至於桃杏瓜果。必生呑皮核人問所由云信施難棄也。貞觀已來。稍顯神異往至人家歡笑則吉愁慘則凶。或索財賄或索功力隨命多少。即須依送。若違其語後失過前。有人騎驢歷寺遊觀達往就乞惜而不施。其驢尋死京室貴賤咸宗事之禍福由其一言訟導唯存離著。所得財利。並營寺宇。大將軍薛萬鈞初聞異行迎宅供養百有餘日。不違正軌。忽於

一夜索食欲噉。初不與之苦求不已試與遂食。從爾已後。稍改前跡尊顯變應其行多僻。欲往入內宿。將軍兄弟大怒打之幾死。仰而告曰。卿已打我身肉都毀。血汙不淨可作湯洗。待沸涌已脫衣入鑊。狀如冷水。傍人怖之。猶索加火。遂合宅驚奉。忞其寢處。嘗負人錢百有餘貫後既辦得無人可送。乃將錢寺門。伺覓行人。隨負多少。償達西市。衆皆止之。而達付不禁。及往勘償。不失一文。時逢米貴。欲設大齋乃命寺家多令疏請。及至明旦來赴數千。而供度闕然。不知何擬。大衆咎之。達曰。他許送供。詎非妄語。臨至齋時僧徒欲散。忽見熟食美膳連車接轝。充道而來。即用施設。乃大餘長。並供僧庫。都不委其所從來。食訖須臾人車不見。後不知其終。

岑闍黎

襄州禪居寺岑闍黎者未詳何許人。住寺禪念爲業。有先見之明。而寺居山藪資給素少。粒食不繼。岑每日將坩(口甘切)入郭乞酒而飲又乞滿坩。可三斗許。將還。在道行飲。達寺坩亦空竭。明日復爾。在寺解齋將篤坩就廚請粥三升。乃掛杖頭。入衆。以杖打僧頭。從上至下人別一擊。日日如是。人以其卓越異常。或疑打已災散。不辭受之。岑將粥入房舊養蟄犬一頭。并一寺內鼠乃有數千。每旦來集。犬鼠同食。庭中壖滿道俗共觀。一時失一鼠。岑悲惋無聊。必是犬殺便告責犬。犬便啣來。岑見懊惱。以杖捶犬。將鼠埋已悲哀慟哭。寺僧被鼠嚙衣及箱。以告於岑。岑總召諸鼠各令相保。一鼠無保。岑曰。汝何嚙人衣。杖捶之。鼠

不敢動岑爲寺貧便於講堂東白馬泉下濼音洛中延記其處爲厨庫其處爲倉廪人並笑之經宿水縮地出如語便作遂令豐渥又遥記云却後六十年當有愚人於寺南立重閣者然寺基業不虧闘訟不可住耳永徽中恰有人立重閣由此相訟如其語焉

慧悟

釋慧悟未詳氏族隱太白山中持誦華嚴經服餌松朮忽於一時見一居士來云相請居士騰身入空令悟於衣帶中坐攝以飛行至一道場見五百異僧翔空而至悟奄就末行居士語曰師受持華嚴是佛境界何得於小聖下坐遂即引於半千人之上齋訖居士曰本所齋意在師一人雖有五百羅漢來食皆臨時相請耳遂送還本處有如夢覺時高宗永徽中也

法融

釋法融姓韋潤州延陵人年十九入茅山依炅法師剃除服勤請道貞觀十七年於牛頭山幽栖寺北巖下別立茅茨禪室日夕思擇無缺寸陰山有石室深可十步融於中坐忽有神蛇長丈餘目如星火舉頭揚威於室口經宿見融不動遂去因居百日山素多虎樵蘇絶人自融入後往還無阻又感群鹿依室聽伏曾無懼容有二大鹿直入通僧聽法三年而去所住食厨基臨大壑至於激水不可環階乃顧步徘徊指東嶺曰昔遠公拄錫朽壤驚泉若此可居會當清泉自溢經宿東嶺忽涌飛泉清白甘美冬温夏冷即激引登峯趣金經廊又二十一年十一月巖下講法華

經于時素雪滿階法流不絕。於凝氷內。獲花二莖狀如芙蓉。璨同金色。經于七日。忽然失之。永徽三年。邑宰請出建初。講揚大品僧衆千人。至滅諍品。融乃縱其天辯商搉理義地忽大動聽侶驚波。鍾磬香牀並皆搖蕩寺外道俗。安然不覺顯慶元年司功蕭元善再三邀請。出在建初。融謂諸僧曰。從今一去再踐無期。離合之道。此常規耳辭而不免遂出山門。禽獸哀號逾月不止。山澗泉池擊石涌砂。一時填滿房前大桐四株。五月繁茂。一朝凋盡。至二年閏正月二十三日。終於建初。春秋六十四矣。

智勤

釋智勤俗姓朱氏隋仁壽。因舍利州別置大興國寺。勤少小以匡護爲心。每處衆發言無不允睦。精誠勇猛事皆冥祐。初母患委頓爲念觀音宅中樹葉之上。皆現化佛。合家並見母疾遂除又屬隋末荒亂諸賊競起勤獨守此寺。賊不敢淩故得寺宇經像。一無所損諸寺湮滅。不可目見。又一時權著俗衣。以避兵刃被賊圍繞而欲殺之。忽聞空中聲告師可去俗衣。遂除外服。賊見頂禮。請將供養。經於數月後投於蜀聽暠法師講衆至三千。法師皆委令檢校。遂得安帖。內外無事。一人力也。又至唐初還歸鄧州講維摩三論十餘徧後隱於北山。倚立十餘年。所居三所。即今見存恒聞谷中鍾聲後尋巖嶺忽見一寺宛麗奇常。入中禮拜。似有人住。如是數度後更尋覓莫知所在。又居山內。糧食將盡其行道之處。土自發起遂除棄之明日復爾。如是再三遂

有穀現因即深掘得栗二十餘碩其栗粒大色赤稍異凡穀時鄧州佛法陵遲合州道俗就山禮請願出住持遂感夢而出其夢不詳子細後時負像出山中途忽闇莫知其路不得前進俄有異火兩炬照路極明因得見道送至村中火方迴滅村人並見無不驚異永徽年初以見時事繁雜守房不出向淹三載讀一切經兩徧每讀經時恒見有神來聽初中後夜常聞彈指謦欬之聲至顯慶四年五月欲終之前所有功德不周之處曉夜經構使畢人問何故如此忽速答曰無常之法何可保耶至十五日寺中樹木枝葉萎枯自然分析禽鳥悲鳴徧於寺內僧各驚問莫知所由至十六日旦忽見昔聽經神來禮拜語云莫禮傍人無有見者於是剃髮披衣在繩床內手執香爐跏趺而坐告諸弟子汝可取大品經讀誦至往生品訖遂合掌坐而卒停經數日顏色如舊恒有異香聞於寺內春秋七十四

道宣

釋道宣姓錢氏丹徒人也初母娠而夢月貫其懷復夢梵僧語云汝所娠者即梁朝僧祐律師祐則南齊剡溪隱嶽寺僧護也宜從出家旣弱冠極力護持專精克念感舍利現于寶函乃晦迹於終南倣掌之谷所居之水神人指之穿地尺餘其泉迸涌時號爲白泉寺猛獸馴伏每有所依名花芬芳奇草蔓延隋末遷豐德寺嘗因獨坐護法神告曰彼清官村故淨業寺地當寶勢道可習成聞斯卜焉焚功德香行般若舟定時有群龍禮謁若男

若女化爲人形。沙彌散心顧眄邪視。龍赫然發怒。將搏攫之。尋追悔。吐毒井中。具陳而去。宣乃令封閉。人或潛開。往往煙上。審其神變。或送異花一奩。形似棗花。大如榆莢。香氣馝(蒲必切)馞(蒲骨切)數載宛然。又供奇果。李杏梨柰。然其味甘。其色潔。非人間所遇也。門徒嘗欲舉陰事。先是潛通。以定觀根。隨病與藥。皆此類也。宣嘗築一壇。俄有長眉僧談知道者。復三果梵僧禮壇讚曰。自佛滅後像法住世。興發唯師一人也。乾封二年春。冥感天人來談律相。言鈔文輕重儀中舛悞。皆譯之過。非師之罪。請師改正。故今所行著述多是重修本是也。又有天人云。曾撰祇洹圖經計人間紙帛一百許卷是也。貞觀中曾隱沁部雲室山。人睹天童給侍左右。於西明寺夜行道足趺前階。有物扶持。履空無害。熟顧視之。乃少年也。宣遽問何人中夜在此。少年曰。某非常人。即毗沙門天王之子那吒也。護法之故擁護和尚時之久矣。宣曰。貧道修行無事煩太子。太子威神自在。西域有可作佛事者。願爲致之。太子曰。某有佛牙寶掌。雖久頭目猶捨。敢不奉獻。俄授于宣。宣保錄供養焉。復次庭除有一天來禮謁。讚宣曰。律師當生覩史天宮。持物一包云。是棘林香。爾後十旬。安坐而化。乾封二年十月三日也。春秋七十二。僧臘五十二。

英師

英禪師。居西京法海寺。有異人來謁曰。弟子知有水陸齋。可以利益幽明。自梁武歿後因循不行。今大覺寺有吳僧義濟藏此儀文。頗

師往求以來月十五於山北寺如法修設苟釋犴牢敢不知報英公尋詣義濟得儀文以歸即以所期日於山北寺修設次日曛暮向者異人與十數輩來謝曰弟子即秦莊襄王也又指其徒曰此范雎穰侯白起王翦張儀陳軫皆秦臣也咸坐本罪幽囚陰府大夜冥冥無能救護昔梁武帝於金山寺設此齋時前代紂王之臣皆免所苦弟子爾時亦蹔息苦然以獄情未決不得出離今蒙吾師設齋弟子與此徒輩并列國諸侯衆等皆乘善力將生人間慮世異國殊故此來謝言訖遂滅自是儀文布行天下作大利益

窺基

釋窺基字洪道姓尉遲氏京兆長安人也初基之生母裴氏夢掌月輪吞之寤而有孕及乎盈月彌與群兒弗類數方誦習神晤精爽至年十七遂預緇林及乎入法奉勑爲奘弟子始住廣福寺尋奉勑選聰慧穎脫者入大慈恩寺躬事奘師學諸佛法後遊五臺山登太行至西河古佛宇中宿夢身在半山巖下有無量人唱苦聲冥昧之間初不忍聞徒步陟彼層峯皆琉璃色盡見諸國土仰望一城城中有聲曰住住咄基公未合到此斯須二天童自城出問曰汝見山下罪苦衆生否荅曰我聞聲而不見形童子遂投與一劒曰剖腹當見矣基自剖之腹開有光兩道暉映山下見無數人受苦時童子入城持紙二及筆投捧而去基極驚異明日於寺中得彌勒上生經以爲彌勒化現欲開廣之遂援毫而擬筆端舍利累累而下甞造玉文殊像及金寫

大般若經皆獲瑞應初宣律師以弘律感天厨供饌每薄基三車之玩不甚爲禮基嘗訪宣其日過午而天饌不至及基辭去天神乃降宣責以後時天神曰適見大乘菩薩在此翊衛嚴甚故無自而入宣聞之大驚於是遐邇增敬焉先是奘公親搜西域戒賢瑜伽師地論惟識宗而師盡領其妙世謂之慈恩教以永淳元年十一月十三日卒于慈恩寺翻經院春秋五十一

洪昉

釋洪昉本京兆人幼而出家遂證道果志在禪寂而亦以講經爲事門人常數百一日昉夜初獨坐有四人來前曰鬼王閻羅今爲小女疾止造齋請師臨赴昉曰吾人汝鬼何以能至四人曰闍黎但行弟子能致之昉從之四人乘馬人持繩床一足遂北行可數百里至一山山腹有小朱門四人請昉閉目未食頃人曰開之已到王庭矣其宮闕室屋崇峻非常侍衛嚴飾頗侔人主鬼王具冠衣降階迎禮王曰有小女久疾今幸而痊欲造少福修一齋是以請師臨顧齋畢自令侍送無慮於是請入宮中其齋場嚴飾華麗僧且萬人佛像至多一如人間事昉仰視空中不見白日如人間重陰狀須臾王夫人後宮數百人皆出禮謁王女年十四五貌獨病色昉爲贊禮願畢見諸人持千餘牙盤食到以次布於僧前坐昉於大牀別置名饌甚香潔昉且欲食之鬼王白曰師若長住此當飡鬼食不敢留師請不食昉懼而止齋畢餘食猶數百盤昉見侍衛臣吏向千人皆有欲食之色昉請

王賜之餘食。王曰促持去賜之諸官拜謝。相顧喜笑。口開達於兩耳。王因跪曰。師既惠顧無他供養有絹五百匹奉師請爲受八關齋戒。師曰。鬼絹紙也。吾不用之。王曰自有人絹奉師。因爲受八關齋戒。戒畢王又令前四人者依前送之。昉忽開目已到所居。天猶未曙門人但謂入禪不覺所適。昉忽開目。命火照牀前五百縑在焉。弟子問之。乃言其故。昉既禪行素高聲價日盛。頃到鬼所。但神往耳。而其形不動。未幾晨坐有二天人。其質殊麗拜謁請曰。南天王提頭賴吒請師至天供養。昉許之。因敷天衣坐昉。二人執衣舉而騰空。斯須已到。南天王領侍從曲躬禮拜。曰。師道行高遠。諸天願覩師講誦。是以輙請師。因置高座坐昉。其道場崇麗。殆非人間。過百千倍。天人皆長大身有光明。其殿堂樹木皆是七寶盡有光彩。奪人目睛。昉初到天形質猶人也。見天王之後。身自長大。與天人等。設諸珍饌皆自然味甘美非常。食畢王因請入宮。更設供具談話欵至。其侍衛天官兼鬼神甚衆。後忽言曰。弟子欲至三十三天議事。請師且少留。又戒左右曰。師欲遊觀所在聽之。但莫使到後園。再三言而去。去後昉念曰。後園有何不利而不欲吾到之。伺無人之際。竊至後園。其園甚大。泉流池沼樹林花藥。處處皆有。非人間所識。漸漸深入。遥聞大呻吟聲。不可忍聽。遂到其傍。見大銅柱徑數百尺。高千丈。柱有穿孔。左右傍達。或以銀鐺鏁其項。或穿其胷骨者。至有數萬頭。皆夜叉也。鋸牙鉤爪。身倍於天人。見禪師至。叩頭言饑。曰。我以食人。

故爲天王所鑠。今乞免我。我若得脫。但人間求他食。必不敢食人爲害。爲饑渴所逼。發此言時。口中火出。問其鑠早晚。或云毗婆尸佛出世時。動則數千萬年。亦有三五輩老者言誠志懇僧許解其縛而遽還。斯須王至。先問師頗遊後園乎。左右曰無。王乃喜。坐定。昉曰。適到後園。見鑠衆生數萬。彼何過乎。王憮然曰。師果遊後園。然小慈是大慈之賊。師不須問。昉又固問。王曰。此諸惡鬼。常害於人。唯食人肉。非諸天防護世人。已爲此鬼食盡。此皆大惡鬼。不可以理待。故鑠之。昉曰。適見三五輩老者頗誠言但人間求他食。請免之。若此曹不食之餘者亦可捨也。王曰。此鬼言何可信。昉固請。王目左右命解老者三五人來。俄而解至。叩頭曰。蒙恩釋放。年已老矣。今得去必不敢擾人。王曰。以禪師故放汝。到人間若更食人。此度重來。當令苦死。皆曰不敢。於是釋去。未久。忽見王庭前有神至。自稱山嶽川瀆之神。被甲面金色。奔波言曰。不知何處。忽有四五夜叉到人間。殺人食肉甚衆。不可制故白之。王謂昉曰。弟子言何如。適語師小慈是大慈之賊。此惡鬼言寧可保任。語諸神曰促擒之。俄而諸神執夜叉到。王怒曰。何違所請。命斬其手足。以鐵鑠貫胸。曳去而鑠之。昉乃請還。又令前二人送至寺。寺已失昉二七日。而在天猶如少頃。昉於陜城中選空曠地造龍光寺。又建病坊。常養病者數百人。寺極崇麗。遠近道俗歸者如雲。則爲釋提桓因所請矣。昉晨方漱。有夜叉至其前。左肩頭施五色毯而言曰。釋迦天王請師講大涅槃經。昉

嘿然還坐夜叉遂搩繩床置于左膊曰請師合目因舉其左手而伸其右足曰請師開目視之已到善法堂禪師既至天堂天光眩目開不能得天帝曰師念彌勒昉遽念之於是目開不眩而人身甲小仰視天形不見其際天帝又曰禪師又念彌勒佛身形當大如言念之三念而身三長遂與天等天帝與諸天禮敬言曰弟子聞師善講大涅槃經爲日久矣今諸天欽仰敬設道場因請大師講經聽受昉曰講經之事誠不爲勞然昉病坊之中病者數百恃昉爲命常行乞以給之今若留連講經人間動涉年歲恐病人餒死今也固辭天帝曰道場已成斯願已久因請大師勿爲辭也昉不可忽空中有大天人身又數倍於天天帝敬起迎之大天人言曰大梵天王有勑天人既去天帝憮然曰本欲留師講經今梵天有勑不許然師已至豈不能暫開經卷少講宗旨令天人信受昉許之於是置食食器皆七寶飲食香美精妙倍常禪師食已身毛孔皆出異光毛孔之中盡能觀見諸物方悟天身勝妙也既食設金高座敷以天衣昉遂登座其善法堂中諸天數百千萬兼四天王各領徒衆同會聽法階下左右則有龍王夜叉諸鬼神人非人等皆合掌而聽昉因開涅槃經首講一紙餘言辭典暢備宣宗旨天帝大稱賛功德開經畢又令前夜叉送至本寺弟子已失昉二十七日矣

華嚴和尚

華嚴和尚學於神秀禪宗謂之北祖嘗在洛都天官寺弟子三百餘人每日堂食和尚嚴

整瓶鉢必須齊集有弟子夏臘道業高出流輩而性頗褊躁時因卧疾不隨衆赴會一沙彌瓶鉢未足來詣此僧頂禮云欲上堂無鉢如可暫借明日當自置之僧不與曰吾鉢受持已數十年借汝必恐損之沙彌懇告曰上堂食頃而歸豈便毀損至于再三僧乃借之曰吾愛鉢如命必若有損同殺我也沙彌得鉢捧持兢懼食畢將歸僧已催之沙彌持鉢下堂不意塼破蹴倒遂碎之少頃僧又催之既懼遂至僧所作禮承過且千百拜僧大叫曰汝殺我也怒罵至甚因之病亟一夕而卒。爾後經時和尚於嵩山岳寺與弟子百餘人。方講華嚴經。沙彌亦在聽位。忽聞寺外山谷中若風雨聲和尚遂招此沙彌令於已背後立。須臾見一大蛇長七八丈。大四五圍。直入寺來。努目張口。左右皆欲奔走。和尚戒之不令動。蛇漸至講堂。升階睥睨若有所求。和尚以錫杖止之。云住。蛇欲至座。遂俛首閉目。和尚戒之以錫杖扣其首曰旣明所業。今當迴向三寶令諸僧齊聲爲之念佛與受三歸五戒。此蛇宛轉而去。時亡僧弟子已有登會者和尚召謂曰。此蛇汝之師也。修行累年合證果位爲臨終之時惜一鉢故。怒此沙彌。遂作一蟒蛇適此來者。欲殺此沙彌更若殺之。當墮大地獄。無出期也。賴吾止之。與受禁戒。令當捨此身矣。汝往尋之弟子受命而出。蛇行。所過。草木開靡。如車路焉。行十四五里至深谷間。此蛇自以其首叩石而死矣歸白和尚和尚曰。此蛇今已受生。在裴郎中宅作女。亦甚聰慧年十八當亡。卽却爲男然後出家修

道裴郎中即我門徒汝可入城爲吾省問之其女今已欲生而甚艱難汝便可救之時裴寛爲兵部郎中即和尚門人也弟子受命入城遥指裴家遇裴請假在宅遂令報云華嚴和尚傳語郎中出見神色甚憂僧問其故云妻欲産已六七日燭燈相守甚危困矣僧曰某能救之遂令於堂門外淨牀席僧人焚香擊磬呼和尚者三夫人安然而産一女後果十八年而卒

清虛

釋清虛姓唐氏梓州人也立性剛決桀黠難防忽迴心長誦金剛般若三業偕齊無有懈怠嘗於山林持誦有七鹿馴擾若傾聽焉聲息而去又隣居失火連甍灰燼唯虛之屋飈燄飛過略無焦灼長安二年獨遊藍田悟眞寺上方北院舊無井泉人力不及遠取於澗挈瓶荷甕運致極勞時華嚴大師法藏聞虛持經靈驗乃請祈泉即入彌勒閣内焚香經聲達旦者三忽心中似見三玉女在閣西北山腹以刀子剜地隨便有水虛熟記其處遂趁起掘之果獲甘泉用之不竭四年從少林寺坐夏山頂有一佛室甚寛敞人無敢到者云鬼神居宅焉嘗有律師恃其戒行夜往念律見一巨人以矛刺之狼狽下山逡巡氣絶又持火頭金剛呪僧時所宗重衆謂之曰君呪力無雙能宿彼否曰斯焉足懼於是賫香火入坐持呪俄而神出以手擘足投之間下七日不語精神昏倒虛聞之曰下趣鬼物敢爾即往彼如常誦經夜聞堂中似有聲甚厲即念十一面觀音呪又聞堂中似有兩牛鬪

佛像皆振。咒既亡效。還持本經一契帖然相次影響皆絶。自此居者無患神遂移去。神龍二年準詔入内祈雨二十七日雪降中宗以爲未濟時望令就寺更祈請。即於佛殿内精禱。并煉一指纔及一宵。雨足千里。指復如舊纔遇大水。寺屋皆墊溺。其院無苦。若無滂沒凡諸異驗皆如此也。

金師

僧金師。新羅人。居睢陽。譚録事參軍房琬云。太守裴寬當改琬問何時。曰。明日午。敕書必至。當與公相見於郡西南角。琬專候之。午前有驛使兩封牒到。不是。琬以爲謬也。至午又一驛使送牒來云。裴公改爲安陸别駕。房遽命駕迎僧身又自去。果於郡西南角相遇。裴召問。僧云。官雖改其服不改。然公甥姪各當分散。及後敕至除别駕紫綬猶存甥姪之徒各分散矣。

神僧傳卷第六

神僧傳卷第七

慧安

釋慧安。姓衛氏。荊州支江人也。其貌端雅。紺髮(音采)青目。修學法門。無不該貫。大業中開通濟渠。追集夫丁。饑殍相望。安巡乞多鉢食。救其病乏。存濟者衆。麟德元年。遊終南山石壁而止。時所居原谷之間。旱霜傷苗稼。安居處獨無。聖曆二年四月。告門人學衆曰。各歸閉戶。至三更有神人至。扈衛森森。和鈴鈌鈌。風雨偕至。其神旋繞其院。數遭安與之語。丁寧告誡。再拜而去。或問其故。曰。吾為嵩山神受菩薩戒也。天后嘗問安甲子。對曰。不記也。曰。何不記耶。乃曰。生死之身。如循環乎。環無起盡。何用記為。而又此心流注。中間無間。見漚起滅者。亦妄想耳。從初識至動相滅時。亦只如此。何年月可記耶。天后稽顙焉。聞安闕井。勑為鑿焉。安曰。此下有赤祥。慎其傷物。將及泉。見蝦蟆金色。蠢然出沮洳間。合其懸記。帝倍加欽重。景龍三年三月三日。囑門人曰。吾死已。將屍向林間。待野火自焚之。勿違吾願。俄爾萬迴和尚來見安。猖狂執手。言論移刻。旁侍傾耳。都不體會。至八日。閉戶偃身而寂。春秋一百三十。

僧伽

僧伽大師。西域人也。俗姓何氏。唐龍朔初來遊此土。隷名於楚州龍興寺。自此始露神異。初將弟子慧儼至於泗洲臨淮縣信義坊。乞地施標。將建伽藍。於其標下。掘得古香積寺銘記。并金像一軀。上有普照王佛字。居人歎異云。天眼先見吾曹安得不施乎。於是爭求

布施甞卧賀跋氏家身忽長其床榻各三尺許人莫不驚怪次現十一面觀音形其家舉族欣慶倍加信重遂捨宅而建寺焉由此奇異之蹤變現不一初伽化行江表止嘉禾靈光寺彼澤國也民家漁梁矰弋交午伽苦敦喻其諸殺業陷墮於人宜疾别圖生計因而裂網折竿者多矣伽閑而宴息見神告曰天方亢陽百姓苗死身胡藏其懶龍耶伽曰爲之柰何神曰若今夕但小指出牕隙外其如何伽依之其夜霆擊異常質明視指微有紅線脉焉伽曰吾與此壤無緣乃行抵晉陵見國祥寺荒廢乃留衣於殿梁而去後人聞異香芬馥伽甞記之曰伊寺有人王重興去三十年後果有僧俗姓全爲檀那矣逓天萬歲中於山陽衆中懸知嬿鄙伽者乃昌言曰吾有五十萬錢奉助功德勿生横議伽於淮岸招呼一船曰汝有財施吾可寬刑獄汝所載者剽略得耳盜依言盡捨佛殿由是立成無幾盜敗拘於揚子縣獄伽乘雲下慰喻言無苦不日果赦文至免死矣昔在長安附馬都尉武攸暨有疾伽以澡鑵水噀之而愈聲震天邑後有疾者告之或以柳枝拂者或令洗石獅子而瘳或擲水瓶或令謝過驗非虚設福不唐捐却彼身災則求馬警其風厄則索扇或認盜夫之錢或咋黒繩之頸或尋羅漢之井或悟裴氏之溺或預知大雪或救旱飛雨神變無方莫測恒度景龍二年中宗遣使迎師入内道場尊爲國師尋出居薦福寺甞獨處一室而頂上有一穴恒以絮窒之夜則去絮香從頂穴中出烟氣滿房非常芬馥及

曉。香還頂中。又以絮塞之。師嘗濯足。人取其水飲之。痼疾皆愈。一日中宗於内殿語師曰。京邑無雨。已是數月。願師慈悲解朕憂迫。師將瓶水泛灑。俄頃陰雲驟起。甘雨大降。中宗大喜。詔賜所修寺額。以臨淮寺爲名。師請以普照王寺爲名。蓋欲依金像上字也。中宗以照字是天后廟諱。乃改爲普光王寺。仍御筆親書其額以賜焉。至四年三月二日於長安薦福寺端坐而終。中宗即令於薦福寺起塔漆身供養。俄而大風欻起。臭氣徧滿。中宗問曰。是何祥也。近臣奏曰。僧伽大師化緣在臨淮。恐是欲歸彼處。故現此變也。中宗默然心許。其臭頓息。頃刻之間。奇香郁烈。即以其年五月送至臨淮。起塔供養。即今塔是也。後中宗問萬迴師曰。僧伽大師何人耶。迴曰。是觀音化身也。法華經普門品云。應以比丘比丘尼等身得度者。即皆現之而爲說法。此即是也。先師至長安。萬迴禮謁甚恭。師拍其首曰。小子何故久留。可以行矣。及師遷化後。不數月迴亦卒。

惠安

釋惠安。未詳何許人也。發言多中。好爲厭勝之術。時唐休璟既立邊功。貴盛無比。一日僧來謂休璟曰。相國將有大禍。且不遠數月。然可以禳去。休璟懼甚。即拜之。僧曰某無他術。但奉一計耳。願聽之。休璟曰。幸吾師教焉。僧曰。且天下郡守非相國命之乎。曰然。僧曰。相國當於甲冗官中訪一孤寒家貧有才幹者拔爲曹州刺史。其深感相國恩。而可以指蹤也。既得願以報。某休璟且喜且謝。遂訪於親

友得張君者家甚貧爲京畢官卽日拜贊善大夫。又旬日用爲曹州刺史既而召僧謂曰。已從師之計得張其矣。然則可以教之乎。僧曰。張君赴郡之時。當令求二犬高數尺而神俊者休璟唯之。已。而張君荷唐公特達之恩且莫諭其旨。及將赴郡。告辭於休璟。璟曰。聞貴郡多善犬。願得其神俊非常者二焉張君曰謹奉教。既至郡數日。乃悉召郡吏。且告之曰。吾受丞相唐公恩深。拔於不次。得守大郡今唐公求二良犬。可致之乎。有一吏前曰。獨某家育一犬。質狀異常。願獻之。張君大喜。卽取焉。既至。其犬高數尺而肥。其臆廣尺餘。神俊異常。而又馴擾。張君曰。相國所求者二也如何。吏白曰。郡內所有唯此耳。他皆常也。然郡南十里。某村某家民有一馬。民極惜之。非君侯親往。不可取之。張君卽命駕。齎厚直而訪之。果得焉。其狀與吏所獻者不異。而神彩過之。張君甚喜。卽召親吏以二犬獻休璟大悅。且奇其狀。以爲所未嘗見。遂召僧視之。僧曰。善育之。脫相君之禍者二犬耳。後旬日。其僧又至。謂休璟曰。事在今夕。願相君嚴爲之備。休璟卽留僧宿其第。是夜休璟坐於堂之前軒。命左右十餘人執弧矢立于榻之隅。其僧與休璟共處一榻。至夜分。僧笑曰。相君之禍免矣。可以就寢。休璟大喜。且謝之。遂徹左右與僧寐焉。迨曉。僧呼休璟曰。可起矣。休璟卽起謂僧曰。禍誠免矣。然二犬安所用乎。僧曰。俱往觀焉。乃與休璟偕尋其跡。至後園中見一人仆地而卒矣。視其頸有血。盖爲物所噬者。又見二犬在大木下。仰視之。見一人袒

而匿其上。休璟驚且詰曰。汝爲誰。其人泣而指死者曰。其與彼俱賊也。昨夕偕來。且將致害相國。葢遇此二犬環而且吠。彼遂爲所噬而死。某懼因匿身於此。二犬見之。乃蹲於樹下。某伺其他去。將逃焉。迨曉終不去。今即甘死於是矣。休璟即召左右令縛之。曰。此罪固當死。然非某心也。葢受制於人耳。願釋之。休璟命解縛其賊。拜泣而去。休璟謝其僧曰。賴吾師。不然死於二人之手。僧曰。此葢相國之福也。豈所能爲哉。休璟有表弟盧軫在荆門。有術士告之。君將有災戾。當求一善禳者爲庶可矣。軫素知其僧。因致書於休璟請求之。僧即一書付休璟曰。事在其中耳。及書達荆州而軫已卒。其家開視其書。徒一幅紙。無文字焉。休璟益奇之。後數年遁去。不知所適。

秀師

釋秀。俗姓李氏。汴州陳留人。習禪精苦。初至荆州。後移洛都天宫寺。深爲武太后所敬禮玄鑒默識。中若符契。長安中。入京住資聖寺。忽戒禪院弟子滅燈燭。弟子留長明燈。亦令滅之。因說火災難測。不可不備。嘗有寺家不備火燭。佛殿被災。又有一寺鐘樓遭火。又一寺經藏焚爇。殊可痛惜。寺衆不知其意。至夜失火。果焚佛殿鐘樓及經藏三所。唐玄宗在藩時。嘗與諸王俱詣作禮。留施一笛。玄宗出後。秀召弟子曰。謹掌此。後有要時當獻上也。及玄宗登極。達摩等方悟其言。取笛以進。秀師年百歲。卒於此寺。瘞於龍門山。道俗奔赴數千人。燕國公張說。爲其碑文

萬迴

萬迴師閿鄉人也。俗姓張氏。初母祈於觀音像因妊迴迴生而愚八九歲方言語。父母亦以豚犬畜之。及長。父令耕田。迴耕直去不顧。口惟連稱平等因耕一隴長數十里遇溝坑見阻乃止。其父怒而擊之。迴曰。總耕何分彼此乃止擊而罷耕。迴兄戍役於安西。音問隔絕。父母謂其亡矣。日夕涕泣憂思不止迴顧父母感念之甚。忽跪而言曰。涕泣豈非憂兄耶。父母且信且疑。曰然。迴曰。詳思我兄所要者衣裝糗糧之屬請悉備焉。某將往視之。忽一日朝齎所備而往。夕返其家告父母曰兄善矣。發書視之。乃兄迹也。一家異之。弘農抵安西蓋萬餘里。以其萬里而迴。故號曰萬迴先是玄奘向佛國取經。見佛龕題曰。菩薩萬迴。謫向閿鄉地教化。奘馳驛至閿鄉問此有萬迴無。令呼之。萬迴至。奘禮之。施三衣瓶鉢而去。後則天追入內。語事多驗。時張易之大起第宅。萬迴嘗指曰。將作人莫之悟。及易之伏誅。以其宅爲將作監。嘗謂韋庶人及安樂公主曰三郎斫汝頭。韋庶人以中宗第三。恐帝生變。遂鴆之。不悟爲玄宗所誅也。天后朝任酷吏行羅織事。官稍高隆者。日別妻子。時崔日用。武平一。宋之問。沈佺期。岑羲。薛稷。見迴皆肅揖。鄭重問訊。諸公曰。各欲聖人一言以定吉凶。撫沈背曰。汝眞才子。沈不勝其喜曰。聖人與我受記。諸弟子不可更爭。又謂武曰。與汝作名佛童。當無憂也。目羲稷有不善之色。岑以馬避之。目稷云。此是野狐。其言何足懼也。乃顧云。汝亦不免。及羲稷之誅。人益貴重。玄宗潛龍時與門人張暐等同謁迴。見

帝甚至褻瀆。將漆杖呼且逐之。同往皆被驅出。既帝入。反扃其戶。撫帝背曰。五十年太平天子自愛。已後即不知也。張公等門外歷歷聞其言。故傾心翼戴焉。五十年後蓋指祿山之禍也。及睿宗在藩邸時。或遊行人間。萬迴於聚落街中。高聲曰天子來。或曰聖人來。其處信宿間睿宗必經過徘徊也。惠莊太子。即睿宗第二子也。初則天以示萬迴。迴曰。此兒是西域大樹精。養之宜兄弟。後生申王儀形瓌偉。善於飲啖。景龍中。時時出入。士庶貴賤競來禮拜。萬迴披錦袍。或笑駡。或擊鼓。然後隨事爲驗。太平公主爲造宅於已宅之右。景雲中卒於此宅。臨終大呼。遣求本鄉河水。弟子徒侶覔無。萬迴曰。堂前是河水。使於堦下掘井。忽然河水湧出。飲竟而終。此坊井水至今甘美。

處寂

釋處寂。俗姓周氏。蜀人也。師事寶修禪師。服勤寡慾。與物無競。雅通玄奧。天后聞之。詔入內。賜摩納僧伽梨。辭乞歸山。涉四十年足不到聚落。坐一胡床。宴默不寐。常有虎蹲伏座下。如家畜類。資民所重。學其道者臻萃。由是頗形奇異。如無相大師自新羅國將來謁詵禪師。寂預戒衆曰。外來之賓。明日當見矣。宜灑掃以待之。明日果有海東賓至也。開元初新除太守王曄上任。處分令境內應是沙門追集。惟寂久不下山。或勸寂往參。免爲厲階。寂謂弟子曰。汝雖出家。猶未識業。吾之未死王曄其如吾何。道曄上官三日。緇徒畢至。或曰。唯處寂蔑視藩侯。弗來致賀。曄微怒也。屈

諸僧升廳坐已將啓怒端問寂違拒之由愠色勃興僧皆股慄嘩俄然仆地左右扶腋歸宅至廳事後屛樹如被摑頰之聲尋爾氣絶寂年八十七歲示滅資中至今崇仰焉

元珪

釋元珪姓李氏伊闕人也悟少林寺禪師大通心要深入玄微遂卜廬于嶽中龐塢謂其徒仁素曰吾始入寺東嶺吾滅汝必塔吾骸于此珪安禪于巖阿時有峩冠袴褶部曲繁多稱謁大師珪覩其貌偉精爽不倫謂之曰善來仁者胡爲而至曰師寧識我耶珪曰吾觀佛與衆生等吾一目之豈分別識也對曰我此嶽神也吾能利害生死於人師安得一目我哉珪曰汝能生死於人吾本不生汝焉能死吾視身與空等視吾與汝等汝能壞空與汝乎苟能壞空及汝吾則不生不滅也汝尚不能如是又焉能生死吾耶嶽神稽首再拜曰我亦聰明正直於餘神豈能知師有廣大之智辯乎願授之正戒令我度世助其威福珪曰神既乞戒即既戒矣所以者何戒外無戒又何戒哉神曰此理也我聞茫昧止求師戒我身爲門弟子珪辭不獲即爲張座焚香秉爐正机曰付汝五戒汝能奉持即向曰能不能即曰否神曰洗耳傾聽虚心納教珪曰汝能不婬乎神曰亦娶也曰非謂此也謂無羅欲也神曰能曰汝能不盜乎神曰何乏我也焉有盜取哉曰非謂此也謂饗而福淫不供而禍善也神曰能曰汝能不殺乎神曰政柄在躬焉曰不殺曰非謂此也謂有濫誤混疑也神曰能曰能不妄乎曰吾本正直焉

能有妄。曰。非此謂也。謂先後不合天心也。神曰能曰能不遭酒敗乎神曰力能珪曰如上即佛戒也。又言以有心奉持而無心拘執。以有心爲物而無心想身能如是。則先天地生不爲精。後天地死不爲老。終日變化而不爲動。寂默而不爲體。悟此。則雖娶非妻也。雖享非取也。雖柄非權也。雖作非故也。雖醉非惛也。若能無心於萬物。則羅欲不爲婬。福淫禍善不爲盜。濫誤混疑不爲殺。先後違天不爲妄。惛荒顛倒不爲醉。是謂無心也。無心則無戒。無戒則無心。無佛無衆生。無汝及無我。無我無汝。孰能戒哉。神曰。我神通亞佛。珪曰。汝神通十句五能五不能。佛則十句七能三不能。神悚然避席。啓跪頗恭。曰。可得聞乎。曰。汝能俟（音俟）上帝東天行而西七曜乎。曰不能。又曰。汝能奪地祇。融五嶽而結四海乎。曰不能。珪曰。是爲五不能也。又曰。佛能空一切相。成萬法智。而不能即滅定業。能知群有性。窮億劫事。而不能化導無緣。佛能度無量有情。而不能盡衆生界。是爲三不能也。定業亦不牢久。無緣亦謂一期。衆生界本無增滅。亘無一人能主有法。有法無主。是謂無法。無法無主是謂無心。如我解佛亦無神通也。但能以無心通達一切法耳。作用冥現。有情前也。若有心有作。作用必不普周焉。嶽神曰。我誠淺昧。未聞空義。願師授我戒。我當奉行。更何業因可拘塵界。我願報慈德。珪曰。吾觀身無物。觀無常法。窟塊然。更有何欲。神曰。師必命我爲世間事。展我少小神功。使已發心。初發心。未發心。不信心。必信心。五等人目我神蹤。知有

佛有神有能有不能有自然有非自然者珪曰無為是無為是神曰佛亦使神護法師寧隳叛佛耶隨意垂誨珪不得已而言曰東巖寺之障也莽然無樹北岫有之而背非屏擁汝能移此樹於東嶺乎神曰已聞命矣又曰我必昏夜風雨擺搖震運願師無駭即作禮辭去珪門送而觀之見儀衛如王者之行仗其夕果有暴風吼雷奔雲震雹隆棟壯宇岌礏將圯定僧膽動宿鳥聲狂互相敲磕苦盍切物不安所乃謂衆僧曰無怖無怖神與我契矣詰旦和霽則北巖松栝盡移東嶺森然行植焉珪謂其徒曰吾殁後無令外知若為口實人將妖我也以開元四年卒壽七十三

通玄

通玄姓李氏太原東北人也舉動之間不可量度身長七尺餘形貌紫色眉長過目髭鬢如畫髮紺而螺旋脣紅潤齒密緻戴樺皮冠衣大布縫掖之制腰不束帶足不躡履雖冬無皴七旬切皸音軍之患夏無垢汗之侵放曠自得靡所拘絆而該博古今洞精儒釋發于辭氣若鏗巨鐘而傾心華嚴未始輟懷開元七年春賫新華嚴經戢節自定襄而至并部盂縣之西南同穎鄉大賢村高山奴家止於偏房中造論演暢華嚴不出戶庭幾于三載高與隣里怪而不測每日食棗十顆栢葉餅一枚餘無所須其後移於南谷馬家古佛堂側立小土屋閑處宴息焉高氏供棗餅亦至旹賫其論并經往韓氏莊中路遇一虎玄撫其背以所負經論搭載去土龕中虎弭耳前行其處無泉可汲用會暴風雨拔老松去可百

尺餘成池約深丈許其味香甘至今呼爲長者泉里人多因愆陽臨之祈雨或多應焉又造論之時室無脂燭每夜秉翰於口兩角出白色光長尺餘炳然通照以爲恒矣自到土龕俄有二女子韶顏都雅每日饋食一奩于龕前玄食已徹器而去凡經五載至于紙墨供送無虧論成泯然不現所造論四十卷總括八十卷經之文義次決疑論四卷二日鄉人聚飲之次玄來謂之曰汝等好住吾今去矣鄉人驚怪謂爲他適乃曰吾終矣皆悲泣戀慕送至土龕曰去住常也鄉人下坡迴顧其處雲霧昏暗至子時儼然坐亡龕中白色光從頂出上徹太虛即開元十八年三月二十八日也報齡九十六達旦數人登山見其龕室內蛇虺填滿莫得而前相與啓告蛇虺交散少長追感結輿迎于太山之北甃石爲墳而葬之葬日有二斑鹿雙白鶴雜類鳥獸若悲戀之狀焉

一行

釋一行俗姓張氏鉅鹿人也本名遂早歲不羣聰黠明利有老成之風讀書不再已暗誦矣師事普寂禪師出家剃染於嵩山師嘗設食於寺大會群僧及沙門居數百里者皆如期而至且聚千數人時有盧鴻者道高學富隱於嵩山因請鴻爲文讚歎其會至日鴻持其文至寺其師授之致於几案上鍾梵既作鴻謂普寂曰某爲文數千言況其字僻而言怪盍於群僧中選其聰悟者鴻當親爲傳授寂乃令召一行既至伸紙微笑止於一覽復致於几上鴻輕其踈脫而竊怪之俄而群僧

會于堂。一行攘袂而進。抗音典裁。一無遺忘鴻驚愕久之。謂寂曰。非君所能教導也。當縱其遊學。一行因窮大衍。自此求訪師資。不遠數千里。嘗至天台國清寺。見一院古松數十株。門前有流水。一行立於門屏間。聞院中僧於庭布筭。其聲蔌蔌。既而謂其徒曰。今日當有弟子求吾筭法。已合到門。豈無人導達耶。即除一筭。又謂曰。門前水合却西流。弟子當至。一行承言而入。稽首請法。盡授其術。而門水復東流矣。自此聲振遐迩。玄宗聞之。召令入內。謂曰。卿何能。對曰。善記覽。玄宗因召掖庭取宮人籍以示之。周覽既畢。覆其本記念精熟。如素所習讀。數幅之後。玄宗不覺降榻爲之作禮。呼爲聖人。嗟嘆良久。尋乃詔對無恒。占其災福。若指于掌。言多補益。邢和璞嘗謂尹愔曰。一行其聖人乎。漢之洛下閎造大衍曆云。後八百歲當差一日。則有聖人定之今年期畢矣。而一行造大衍曆。正其差謬。則洛下閎之言信矣。一行又嘗詣道士尹崇借揚雄太玄經。數日復詣崇還其書。崇曰。此書意旨深遠。吾尋之積年。尚不能曉。吾子試更研求。何遽見還也。一行曰。究其義矣。因出所撰大衍玄圖及義決一卷以示崇。崇大嗟伏謂人曰。此後生顏子也。初一行幼時家貧。鄰有王姥前後濟之。約數十萬。一行嘗思報之。至開元中。一行承玄宗敬遇。言無不可。未幾會王姥兒犯殺人。獄未具。姥詣一行求救。一行曰。姥要金帛。當十倍酬也。君上執法難以情求。如何。王姥戟手大罵曰。何用識此僧。一行從而謝之。終不顧。一行心計渾天寺中工

役數百乃命空其室內徙一大甕於中。密選常住奴二人。授以布囊。謂曰某方某角有廢園汝中潛伺。從午至昏。當有物入來。其數七者可盡掩之失一則杖汝。如言而往。至酉後果有群豕至悉獲而歸。一行大喜令寘甕中覆以木蓋。封以六一泥。朱題梵字數十其徒莫測詰朝中使叩門。急召至便殿。玄宗迎問曰。太史奏昨夜北斗不見。是何祥也。師有以禳之乎一行曰。後魏時失熒惑至今帝車不見。古所無者。天將大警於陛下也夫匹夫匹婦不得其所。則隕霜赤旱。盛德所感。乃能退舍。感之切者其在葬枯出繫乎。釋門以瞋心壞一切善。慈心降一切魔。如臣曲見莫若大赦天下。玄宗從之。又其夕。太史奏北斗十一星。見凡七日而復。帝嘗問國祚幾何有留難否

行曰。鑾輿有萬里之行。社稷終吉。帝驚問其故不答。退以小金合進之曰。至萬里即開帝一日發合視之。盖當歸少許及祿山亂。駕幸成都至萬里橋。忽悟未幾果歸。昭宗初封吉王。唐至昭宗而滅。故終吉。至開元末。裴寬爲河南尹。寬深信佛法。師事普寂禪師。日夕造焉。或一日寬詣寂。寂云。方有少事。未暇款語。且請遲迴休息。寬乃屏賓從。止於空室。見寂潔滌正堂。焚香端坐。坐未久忽聞扣門。連聲云。天師一行和尚至矣。一行入詣寂作禮。禮訖。附耳密語。其貌絕恭。寂但頷云。無不可者語訖復禮。禮訖又語。如是者三。寂唯云是是。無不可者。一行語訖降階入南堂。自闔其戶。寂乃徐命弟子云遣聲鐘。一行和尚滅度矣左右疾走視之。一如其言。滅度後寬服縗經

葬之日。徒步出城送之。春秋四十五。帝哭之哀甚。輟朝三日。停龕三七日。行容貌如生。帝親製碑書于石。出內庫錢五十萬建塔銅人原。謚曰大慧禪師

無畏

釋無畏三藏。本天竺人。讓國出家。道德名稱。爲天竺之冠。所至講法。必有異相。初自天竺至。所司引謁於玄宗。玄宗見而敬信焉。因謂三藏曰。師不遠而來。故倦矣。欲於何方休息耶。三藏進曰。臣在天竺時。嘗聞大唐西明寺宣律師持律第一。願往依止焉。玄宗可之。宣律禁戒堅苦。焚脩精潔。三藏飲酒食肉。言行麤易。往往乘醉喧競。穢汙茵席。宣律頗不能甘之。忽中夜。宣律捫虱。將投于地。三藏半醉。連聲呼曰。律師律師。撲死佛子耶。宣律方知其爲異人也。整衣作禮。而師事焉。在洛時。有巨蛇高丈餘。長且百尺。其狀甚異。蟠繞出於山下。洛民咸見之。畏語曰。此蛇欲決水瀦洛城。即說佛書義。其蛇至夕則駕風露來。若傾聽狀。畏責之曰。爾蛇也。當居深山中。用安其所。何爲將欲肆毒於世耶。速去。無患生人。其蛇聞之。若有慚色。遂俯于地。頃而死焉。其後安祿山據洛陽。盡毀宗廟。果符其言。開元十年七月旱。帝遣使詔無畏請雨。畏持滿鉢水。以小刀攪之。誦呪數番。即有物如蚪龍。從鉢中矯首水面。畏呪遣之。曰。氣自鉢騰涌。語詔使曰。速歸。雨即至矣。詔使馳出。頃刻風雷震電。詔使趨入奏。御衣巾已透濕。霖雨彌日而息。又嘗淫雨逾時。詔畏止之。畏捏泥媼五軀向之作梵語叱罵者。即刻而霽。嘗過龍河。以

一橐駝負經沒水。畏懼失經。遽隨之入水。於是龍王邀之入宮講法。爲留三宿而出。所載梵夾不濕一字。其神異多類此。

金剛智

釋跋日羅菩提。華言金剛智。南印度摩賴耶國人也。生數歲。日誦萬言。目覽心傳終身不忘。年十六開悟佛理。乃削染出家。從師歷遊諸國。至開元中。達于廣府。後隨駕洛陽。其年自正月不雨迨于五月。嶽瀆靈祠禱之無應乃詔智結壇祈請。於是用不空鉤依菩薩法在所住處起壇深四肘。躬繪七俱胝菩薩像立期以開光明日定隨雨焉。帝使一行禪師謹密候之。至第七日。炎氣爞爞。徒冬切天無浮翳。午後方開眉眼。即時西北風生。飛瓦拔樹。崩雲泄雨。遠近驚駭。而結壇之地穿穴其屋。洪注道場。質明京師士庶皆云智獲一龍穿屋飛去。求觀其處。日千萬人。初帝之第二十五公主甚鍾其愛。久疾不救。移卧於咸宜外館。閉目不語。已經旬朔。有勑令智授之戒法。此乃料其必終。故有是命。智詣彼。擇取宮中七歲二女子。以緋繒纏其面目卧於地。使牛仙童寫勑一紙。焚於他所。智以密語呪之。二女冥然誦得不遺一字。智入三摩地。以不思議力。令二女持勑詣琰摩王。食頃間王令公主亡保母劉氏護送公主魂隨二女至。於是公主起坐開目言語如常。帝聞之。不俟仗衛馳騎往于外館。公主奏曰。冥數難移。今王遣回略覲聖顏而已。可半日間。然後長逝。自爾帝方加歸仰焉。武貴妃寵異六宮。荐施寶玩智勸貴妃急造金剛壽命菩薩。又勸河東郡

王於毘盧遮那塔中繪像謂門人曰此二人者壽命非久矣經數月皆如其言至二十年壬申八月既望於洛陽廣福寺命門人曰白月圓時吾當去矣遂禮毘盧遮那佛旋繞七帀退歸本院焚香發願頂戴梵夾并新譯教法付囑訖寂然而化

鑑源

釋鑑源不知何許人素行甄明後講華嚴經號爲勝集日供千人粥食其倉簞中米粟纔數百斛取之不竭洎夏涉秋未甞告匱冥感如此後多徵應有慧觀禪師見三百餘僧持蓮燈凌空而去歷歷如流星焉開元中崔冀公寧疑其妖妄躬自入山宿預禁山四方面各三十里火光至第三夜有百餘支燈現兼紅光可千餘尺冀公蹶然作禮歎未曾有時松間出金色手長七尺許有二菩薩黃白金色閃爍然復庭前栢樹上晝現一燈其明如日橫布玻瓈山可三里所寶珠一顆圓一丈熠爚可愛西嶺山門懸大虹橋橋上梵僧老叟童子間出有二炬爛然空中如相迎送交過之狀下有四菩薩兩兩偶立放通身光可高六七十尺復見大松林後忽有寺額篆書三學字又燈下垂繡帶二條東林之間夜出金山月當于午金銀二色燈列於知鉉師墳側常南康阜每三月就寺設三百菩薩大齋菩薩現相焉

義福

僧義福者上黨人也梵行精修相好端潔搢紳士庶翕然歸依甞從駕往東都所歷郡縣人皆傾向檀施巨萬皆委之而去忽一旦召

其學徒。告以將終。兵部侍郎張均中書侍郎嚴挺之。刑部侍郎房琯禮部侍郎韋涉常所禮謁。是日亦同相造焉。義福乃昇座爲門徒演法。乃曰吾歿於是日。當以決别耳。久之張謂房曰。其宿歲餌金丹爾來未嘗臨喪。言訖。張遂潛去。義福謂房曰。其與張公遊有年數矣。張有非常之咎。名節皆虧。向來若終法會足以免難。惜哉。乃携房之手曰。必爲中興名臣。公其勉之。言訖而終。及禄山之亂。張均陷賊庭。授僞署。房琯翊贊兩朝竟立大節。

真表

真表者。百濟人也。家在金山。世事弋獵。後入深山。以刀截髮。苦到懺悔。舉身撲地。志求戒法。誓願要期彌勒菩薩授我戒法也。夜倍日功。繞旋叩搕心。心無間念。念翹勤。經于七宵。詰旦。見地藏菩薩手摇金錫。爲表策發教發戒緣。作受前方便。感斯瑞應。勇猛過前。二七日滿有大鬼現可怖相。而推表墜于巖下。身無所傷。匍匐就登石壇上。加復魔相未休。百端千緒。至第三七日。質明有吉祥鳥鳴曰菩薩來也。乃見白雲若浸粉然。更無高下。山川平滿成銀色世界。兜率天主逶迤自在儀衛陸離。圍繞石壇。香風花雨。一時交集。須臾慈氏徐步而行。至于壇所。垂手摩表頂曰善哉大丈夫。求戒如是。至于再。至于三。蘇迷盧可手攘而却。爾心終不退。乃爲授法。表身心和悦。猶如三禪。意識與樂根相應也。四萬二千福河常流一切功德。尋發天眼焉。慈氏躬授三法衣瓦鉢。復賜名曰真表。又於膝下出二物。非牙非玉。乃籤檢之制也。一題曰九者。一

題曰八者各二字付度表云若人求戒當先悔罪。罪福則持犯性也。更加一百八籤。籤上署百八煩惱名目。如來戒人或九十日。或四十日。或三七日行懺苦到精進期滿限終將九八二籤參合百八者佛前望空而擲其籤墮地。以驗其罪滅不滅之相。若百八籤飛逗四畔。唯八九二籤卓然壇心而立者。即得上上品戒焉。若衆籤雖遠或一二來觸九八籤拈觀是何煩惱名。抑令人重覆懺悔已。正將重悔煩惱籤和九八者擲。其煩惱籤去者名中品戒焉。若衆籤埋覆九八者。則罪不滅。不得戒也。設加懺悔過九十日。得下品戒焉。慈氏重告誨云八者新熏也。九者本有也。囑累已。大仗既迴山川雲霽。於是持天衣。執天鉢。猶如五夏比丘徇道下山草木爲其低垂覆路。殊無溪谷高下之別飛禽鷙獸馴伏步前。又聞空中唱告村落聚邑。言菩薩出山來。何不迎接。時則人民男女布髮掩泥者。脫衣覆路者。氈罽氍毹承足者。花絪美褥填坑者。表咸曲副人情。一一迪踐。有女子提半端白氎。覆于途中。表似驚忙之色。迴避別行。女子怪其不平等。表曰。吾非無慈不均也。適觀氎間皆是猕子。吾慮傷生。避其悞犯耳。原其女子本屠家。販買得此布也。自爾常有二虎左右隨行。表語之曰。吾不入郛郭。汝可導引。至可修行處。則乃緩步而行。三十來里。就一山坡蹲踞于前。時則掛錫樹枝。敷草端坐。四望信士。不勸自來。同造伽藍。號金山寺焉。

明達

明達師者。不知其所來。於閿鄉縣住萬迴故

寺。往來過客皆謁明達以問休咎明達不答。但見其旨趣而已。曾有人謁明達問曰。欲至京謁親親安否明達授以竹杖至京而親亡。又有謁達者達取寺家馬令乘之使南北馳驅訖勒去。其人至京授採訪判官乘驛無所不至。又有謁達者。達以所持杖畫地爲堆阜。以杖撞築之。地因坑曰。人不曉至京背有發腫割之血流迫地。李林甫爲黃門侍郎扈從西還謁達。加秤於其肩至京而作相。李雍門爲湖城令。達忽請其小馬雍門不與。間一日乘馬將出馬忽庭中人立寺門墜馬而死。如此頗衆。達又嘗當寺門北望言曰。此川中兵馬何多又長嘆曰此中髑處總是軍隊及哥舒翰擁兵潼關拒逆胡關下閿鄉盡爲戰場矣。

法秀

釋法秀者未詳何許人也居于京師遊于咸鎬之間。以勸率衆緣多成善務。至老未嘗休懈。開元末。明皇嘗夢人云。將手巾五百條袈裟五百領。於迴向寺布施。及覺問左右並云無乃遣募緇徒道高者令尋訪秀出應召曰其知迴向寺處問要幾人。曰。但得齎持所物及名香一斤即可矣。遂授之。秀徑入終南行兩日。至極深峻處都無所見。忽遇一碾石驚曰此人不到何有此物乃於其上焚所携香禮祝哀祈自午至夕良久谷中霧起咫尺不辨近來漸散當半崖有朱柱粉壁玲瓏如畫少頃轉分明。見一寺若在雲間。三門巨額。諦視之乃迴向也。喜甚攀陟遂到。時已黃昏聞鍾磬及禮佛之聲。門者詰其所從來。遂引入

見一老僧曰唐皇帝萬福。令與人相隨歷房散手巾等。唯餘一分。一房但空榻無人。有一衣服坐席。似有所適者。遂却見老僧。僧曰。更往當已來矣。秀復至。欲授手巾等。一房但空榻者亦無人矣。又具言之。僧笑令坐。顧侍者曰。彼房取尺八來。至乃玉尺八也。僧曰。汝見彼胡僧否。曰見。僧曰。此是權代汝主者。國內當亂。人死無數。此名磨滅王。其一室是汝主房也。汝主在寺。以愛吹尺八。謫在人間。此常吹者也。今限亦滿。即却歸矣。明日遣就齋。齋訖。曰。汝當迴。可將此尺八付汝主。并袈裟手巾令自收。秀膜拜而迴。童子送出。纔數步。又雲霧四合。及散。則不復見寺矣。乃持手巾袈裟尺八等進於玄宗。及召見。具述本末。玄宗大感悅。持以吹之。宛是先所御者。後十餘年遂有祿山之禍。所見胡僧即祿山也。秀感所遇。精進倍切。不知所終。

嬾殘

嬾殘者。唐天寶初衡嶽寺執役僧也。退食即收所餘而食。性嬾而食殘。故號嬾殘也。晝專一寺之工。夜止羣牛之下。曾無倦色。已二十年矣。時鄴侯李泌寺中讀書。察嬾殘所為。曰。非凡物也。聽其中宵梵唱。響徹山林。李公情頗知音。能辨休戚。謂嬾殘經音。先悽惋而後喜悅。必謫墮之人。時將去矣。候中夜。李公潛往謁焉。望席門通名而拜。嬾殘大詬。仰空而唾曰。是將賊我。李公愈加謹敬。唯拜而已。嬾殘正撥牛糞火。出芋啗之。良久乃曰。可以席地。取所啗芋之半以授焉。李公捧承盡食而謝。謂李公曰。慎勿多言。領取十年宰相。公又

拜而退居一月。刺史祭嶽。修道甚嚴。忽中夜風雷而一峯頹下。其緣山磴道。爲大石所欄。乃以十牛縻絆以挽之。又以數百人鼓噪以推之。物力竭而石愈固。更無他途可以修事。嬾殘曰不假人力。我試去之。衆皆大笑。以爲狂人。嬾殘曰何必見嗤試可乃已寺僧笑而許之。遂履石而動。忽轉盤而下。聲若震雷。山路既開。寺僧皆羅拜。一郡皆呼至聖。刺史奉之如神。嬾殘悄然乃懷去意。寺外虎豹忽爾成羣。日有殺傷無由禁止。嬾殘曰。授我箠。爲爾盡驅除之。衆皆曰。大石猶可推。虎豹當易制。遂與之荊梃。皆躡而觀之。纔出門見一虎啣之而去。嬾殘既去。虎亦絕蹤。後李公果十年爲相也。

西域僧

釋天竺亡名僧者。未詳何印度人也。其貌惡陋纏乾陀色縵條衣。穿華屣。曳鐵錫。化行于京輦。當韋臯之生也纔三日。其家召僧齋。此僧不召自來。韋氏家僮咸怒之。以弊席坐于庭中。既食。韋氏命乳母出嬰兒。請羣僧祝其壽。胡僧忽自升階謂嬰兒曰。別久無恙乎。嬰兒若有喜色。衆皆異之。韋氏先君曰。此子生纔三日。吾師何故言別久耶。胡僧曰。此非檀越之所知也。韋氏固問之。胡僧曰。此子乃諸葛武侯之後身耳。武侯當東漢之季。爲蜀丞相。蜀人受其賜且久。今降於世。將爲蜀門帥。且受蜀人之福。吾往歲在劍門。與此子友善。今聞降生韋氏。吾故不遠而來。韋氏異其言因以武侯字之。後韋臯自少金吾節制劍南軍。累遷太尉兼中書令。在蜀門十八年。果契

胡僧之語也

本淨

釋本淨未詳何許人道氣高杭聞閩嶺多禪宗知識。歷往參之。又聞長溪霍童山多神仙洞府。然山中不容凡俗。淨乃入山結茅爲室。室側有毒龍石穴。其龍夭矯而出。變現無恒。遂呼召之而馴擾焉。又諸猛虎橫路爲害。樵者不敢深入。淨撫其頭。誡約丁寧。虎弭耳而去。嘗清宵有九人冠幘袴褶稱寄宿盡納諸菴内。明旦告辭。偕化爲鶴鳴唳空中而去。淨後罔知其終。

懷玉

釋懷玉姓高氏丹丘人也。執持律法。名節峭然。一食長坐。蚤虱恣生。唯一布衣行懺悔之法。課其一日念彌陀佛五萬口。通誦彌陀經三十萬卷。登日俄見西方聖像。數若恒沙。有一人擎白銀臺從牕而入。玉云我合得金臺銀臺却出。玉倍虔志。後空聲報云頭上已有光暈矣。請加趺。結彌陀佛印時。佛光充室。玉手約人退曰。莫觸此光明數日又有白毫光現。聖衆滿空。玉云。若聞異香。我報將盡須臾香氣盈空。海衆遍滿。見阿彌陀佛觀音勢至身金色共御金剛臺來迎。玉含笑而終。

無相

釋無相。新羅國人也。是彼土王第三子。玄宗召見隸於禪定寺。號無相。遂入深溪谷巖下坐禪。有黑犢二。交角盤礴於座下。近身甚急毛手入其衲。其冷如冰。捫摸至腹。相殊不傾動。每入定多是五日爲度。忽雪深有二猛獸來。相自洗拭。臝卧其前。願以身施其食。二獸

從頭至足。嗅帀而去。往往夜間坐床下。搦虎鬚毛。既而山居稍久。衣破髮長。獵者疑是異獸。將射之。復止。復構精舍於亂墓間。成都縣令楊翌疑其幻惑。乃追至。命徒二十餘人曳之。徒近相身。一皆戰慄。心神俱失。頃之。大風卒起。沙石飛颺。直入廳事。飄簾捲幕。楊翌叩頭拜伏。喘不敢語。懺畢風止。奉送舊所。相至成都也。忽有一力士稱捨力伐柴。供僧厨用。相之弟。本國新為王矣。懼其却迴。其國危殆。將遣刺客來屠之。相已冥知矣。忽曰。供柴賢者暫來。謂之曰。今夜有客曰灼然。又曰。莫傷佛子。至夜薪者持刀挾席。坐禪座之側。逡巡覺壁上似有物下。遂躍起揮刀。巨胡身首分於地矣。後門素有巨坑。乃曳去瘞之。復以土拌滅其跡而去。質明。相令召伐柴者謝之。已不見矣。嘗指其浮圖前栢曰。此樹與塔齊。塔當毀矣。至會昌廢毀。正與塔齊。又言寺前二小池。左羹右飯。齋施時少。則令淘浚之。果來供設。其神異多此類也。以至德元年卒。壽七十七。

嵩岳僧

嵩岳破竈墮和尚隱居嵩山。山有廟甚靈。惟安一竈。祭無虛日。師入廟以杖擊竈云。此泥瓦合成。聖從何來。靈從何起。又擊三下。竈乃傾破墮落。須臾一青衣人設拜師前曰。我本此竈神。久受業報。蒙師說無生法。得脫此生特來禮謝。再拜而去。少頃徒衆問師。竈神得何經旨。便得生天。師曰。我只向伊道是泥瓦合成。別無道理。為伊衆無語。師良久云。會麽衆云不會。師曰。本有之性為什麽不會。衆僧

乃禮拜師曰破也墮也於是其衆大悟玄旨

儀光

儀光禪師住青龍寺行業至高有朝士妻喪請師至家修福師住其家數日居於廡前大申供養俗每人死謁巫巫即言其殺出日必有妨害死家多出避之其夜朝士家皆出北門潛去不告師師但於堂前明燈讀經弟子十二人侍之夜將半聞堂中人起取衣服開門聲有一婦人出堂便往厨中營食汲水吹火師以爲家人不之怪也及將曙婦人進食捧盤來前猶帶面衣徒跣再拜言曰勞師降臨今家人總出恐齋粥失時弟子故起爲師造之師知是亡人乃受其獻方祝祝未畢聞開堂北戶聲婦人遽曰兒子來矣因奔赴堂內則聞哭哭畢家人謁師問安否見盤中粥問師曰弟子等夜來實避殃禍不令師知家內無人此粥誰所造師笑不答堂內青衣驚曰亡者夜何故橫臥手即汙麪足又染泥何謂也師乃指所造粥以示之舉家驚異焉

慧因

僧慧因善三論及法華金剛經常爲講說至德中黃昏時見一人入門云王請法師因遂儼仆惟心頂煖七日却蘇云初隨使者至一城極甚宏麗入見王從數百人下殿至閣門拜曰弟子不幸主世名祿兼治罪甚用爲苦聞上人善講金剛經幸爲敷析於是就坐講畢王施絹三百匹遂令送歸次見一講堂有百餘僧相與談論初極禮法少時各爭競於手指上各生鐵爪共相拏摑血肉塗地牛頭巨卒以火燎之盡成灰粉須臾又復本身因

驚懼却蘇。蹷然而起。絹已在櫃。與前數同。遂得此施作功德。自此更不講說。惟持經而已。

普滿

僧普滿隨意所爲。不拘僧相。或歌或笑。莫喻其旨。以言事往往有驗。故時人待之爲萬迴。後於潞州佛舍中題詩數篇而亡。所記者云。此水連涇水。雙珠血滿川。青牛將赤虎。還號太平年。題詩後人莫能知。及賊泚稱兵。衆方解悟。此水者。泚字。涇水者。自涇州兵亂也。雙珠者。泚與滔也。青牛者。興元二年乙丑歲。乙者木也。丑者牛也。明年改元貞元。歲在丙寅。丙者火也。寅者虎也。至是賊已平。故云青牛將赤虎。還號太平年。

神僧傳卷第七

神僧傳卷第八

地藏

釋地藏。俗姓金氏。新羅國王之支屬也。心慈而貌惡。穎悟天然。于時落髮出家。涉海徒行。振錫觀方。至池陽覩九子山。心甚樂之。乃徑造其峯而居焉。藏甞爲毒螫。（音拭）端坐無念。俄有美婦人作禮饋藥。云。小兒無知。願出泉以補過。言訖不見。視坐左右間。沛然流衍。時謂爲九子山神爲湧泉資用也。至德年初。有諸葛節率村父自麓登高。深極無人。唯藏孤然閉目石室。其房有折足鼎。鼎中白土和少米烹而食之。群老驚嘆曰。和尚如斯苦行。我曹山下列居之咎耳。相與同構禪宇。不累載而成大伽藍。本國聞之。率以渡海相尋。其徒且多。無以資歲。藏乃發石得土。其色清白不磣（初甚切）如麪。而共衆食。其衆請法以資神。不以食而養命。南方號爲枯槁衆。莫不宗仰。龍潭之側有白墡（時闡切）。斵取之無盡。一日忽召衆告別。罔知攸往。但聞山鳴石隕。扣鍾嘶嗄（所訝切）跏趺而滅。年九十九。其屍坐于函中。洎三稔開將入塔。顏貌如生。舉舁之際。骨節若撼金鎖焉。

鑒真

釋鑒真。姓淳于氏。廣陵江陽縣人也。總角隨父入大雲寺見佛像。感動夙心。因白父求出家。父奇其志許焉。後爲一方宗首。時日本國有沙門榮叡普照等。東來募法真。許往。遂買舟自廣陵賚經律法。離岸至越州浦。止署風山。真夜夢甚靈異。纔出洋遇惡風濤。舟人顧其埀沒。有投棄檝（音箋）香木者。聞空中聲云。勿

投棄。時見舳艫各有神將介甲操仗焉。尋時風定。俄漂入蛇海。其蛇長三丈餘。色若錦文。後入魚海。魚長尺餘。飛滿空中。次一洋純見飛鳥。集于舟背。壓之幾沒。泊出鳥海之水。俄泊一島。池且泓澄。人飲甘美。相次達于日本。其國王歡喜。迎入城大寺安止。號大和尚。以代宗廣德元年無疾辭衆坐亡。身不傾壞。至今其身不施苧漆。其國國王貴人信士。時將寶香塗之。

無漏

釋無漏。姓金氏。新羅國王之次子也。少附海艦達于中華。欲遊五竺禮佛八塔。既渡沙漠涉于闐已。西至葱嶺入大伽藍。其中比丘皆不測之僧也。問漏攸往之意。未有奇節而詣天竺。僧曰。舊記無名。未可輒去。此有毒龍池。可往教化。如其有驗。方利涉也。漏依請登池岸。唯見一胡床。乃據而坐。至夜將艾。雷電交作。其怪物吐氣蓬敦。種種變現。眩曜無恒。漏瞑目不搖動。久之乃有巨蛇驤首于膝上。漏悲閔之。極爲受三歸而去。復作老人形來致謝曰。蒙師度脫。義無久居。吾三日後。捨鱗介苦。依得生勝處。此去南有盤石。是弟子捨形之所。亦望閒預相尋遺骸可矣。漏黙許之。又曰。必須願往天竺者。此有觀音聖像。禱無虛應。可祈告之。得吉祥兆。可去勿疑。漏乃立於像前。入於禪定。如是度四十九日。身嬰虛腫。略無傾倚。旋有鼠兒猶彈丸許。咋左脛潰黃色薄膿可累斗。而愈。漏恨滿獲應。群僧語之曰。觀師化緣。合在唐土。心存化物。所利滋多。足倦遊方。空加聞見。不可强化。師所知乎。漏

意其賢聖之言必無唐發如是却迴臨行謂漏曰逢蘭即住所還之路山名蘭乃馬前記遂入其中得白草谷結茅栖止無何安史兵亂肅宗訓兵靈武屢夢有金色人念寶勝佛於御前翼日以夢中事問左右或對曰有沙門行迹不群居于此山恒誦此佛號召至帝視之曰真夢中人也及旋置之内寺供養累上表章願還舊隱帝心眷重未遂歸山俄云示滅焉一日忽於内門右闥之上化成雙足形不及地者數尺閽吏上奏帝乘步輦親臨其所得遺表乞歸葬舊隱山之下即時依可遣中使監護送導先是漏行化多由懷遠縣因置廨署謂之下院喪至此神座不可輒舉衆議移入構別堂宇安之至今真體端然曾無變壞

不空

釋不空梵名阿目佉跋折羅華言不空金剛止行二字畧也本北天竺婆羅門族幼失所天隨叔父觀光東國年十五師事金剛智三藏初導以梵本悉曇章及聲明論浹旬已通矣後同弟子舍光慧䛒(扶件切)等三七人附崑崙舶離南海至訶陵國界遇大黑風衆商惶怖各作本國法禳之無驗皆膜拜求哀乞加救護慧䛒等慟哭空曰吾今有法汝等勿憂遂右手執五股菩提心杵左手持般若佛母經夾作法誦大隨求一徧即時風偃海澄又遇大鯨出水噴浪若山甚於前患衆商甘心委命空同前作法令慧䛒誦娑竭龍王經逡巡衆難俱息既達師子國王遣使迎之極備供養一日王作調象戲人皆登高望之無敢

近者空口誦手印。住於慈定。當衢而立。狂象數頭。頓皆踼徒郎切跌。舉國奇之。次遊五印度境。屢彰瑞應。至天寶五載還京。是歲終夏愆陽。詔令祈雨。制曰。時不得賒。雨不得暴。空奏立孔雀王壇。未盡三日雨已浹洽。帝大悅。後因一日大風卒起。詔空禳止。請銀缾一枚作法加持。須臾戢靜。忽因池鵝誤觸缾傾。其風又作急暴過前。勑令再止。隨止隨效。帝乃賜號曰智藏焉。天寶八載。許迴本國。乘驛騎五匹至南海郡。有勑再留。至德初。鑾駕在靈武鳳翔。空常密奉表起居。肅宗亦密遣使者求秘密法。洎收京反正之日。事如所料。上元末帝不豫。空以大隨求真言祓除。至七過。翼日乃瘳。帝愈加殊禮焉。肅宗厭世。代宗即位。恩渥彌厚。又以京師春夏不雨。詔空祈請。如三日內雨。是和尚法力。三日已往而霈然者。非法力也。空受勑立壇。至第二日大雨云足。一歲復大旱。京兆尹蕭昕詣寺。謂爲結壇致雨。不空命其徒取樺皮僅尺餘。繢小龍於其上而以爐香甌水置于前。轉吹震舌。呼使呪之。食頃。即以繢龍授昕曰。可投此于曲江中。投訖亟還。無冒風雨。昕如言投之。旋有白龍纔尺餘。搖鬣振鱗自水出。俄而龍長數丈。狀如曳素。倏忽亘天。昕鞭馬疾驅。未及數十步。雲物凝晦。暴雨驟降。比至永崇里第。衢中之水。已決渠矣。至永泰中。香水沐浴。東首倚卧。北面瞻禮闕庭。以大印身定中而寂。荼毗火滅。收舍利數百粒。其頂骨不燃。中有舍利一顆半隱半現。勑於本院別起塔焉。初玄宗召術士羅公遠與空角法。同在便殿。羅時時反手

搔背。空曰。借尊師如意。時殿上有花石。空揮如意擊碎於其前。羅再三取如意不得。帝意欲起取。空曰。上勿起。此影耳。乃舉手示羅如意。復完然在手。又北邙山有巨蛇。樵采者往往見之。矯首若丘陵。夜常承吸露氣。見空人語曰。弟子惡報。和尚如何見度。每欲翻河水陷洛陽城。以快所懷也。空爲其受歸戒。說因果。且曰。汝以瞋心。故受今報。那復恚恨乎。吾力何及。當師吾言。此身必捨矣。後樵子見蛇死澗下。臭聞數里。又一日風雨不止。坊市有漂溺者。樹木有拔仆者。遽召空止之。空於寺庭中揑泥媪五六。溜水作梵言罵之。有頃開霽矣。嘗西蕃大石康三國帥兵圍西涼府。詔空入。帝御于道場。空秉香爐誦仁王密語二七徧。帝見神兵可五百員在于殿庭。驚問空。空曰。毗沙門天王子領兵救安西。請急設食發遣。四月二十日果奏云。二月十一日城東北三十許里。雲霧間見神兵長偉。鼓角喧鳴。山地崩震。蕃部驚潰。彼營中有鼠金色。咋弓弩弦皆絕。城北門樓有光明。天王怒視。蕃帥大奔。帝覽奏謝空。因勑諸道城樓置天王像。此其始也。

道昭

沙門道昭。自云簡州人也。俗姓康氏。少時因得疾不悟。云至冥司見善惡報應之事。遂出家。往太行山四十年。戒行精苦。往往言人將來事。初若隱晦。後皆明驗。嘗有二客來。一曰姚邈。舉明經。一曰張氏。以資蔭。僧謂張曰。君授官四政。慎不可食祿范陽。四月八日得疾。當不救。次謂邈曰。君不利簪笏。如能從戎亦

當三十年無乏有疾勿令胡人療之。其年張官於襄鄧間後累選嘗求南州。亦皆得之。後又選累受虢州盧氏縣令。到任兩日而卒。卒之日。果四月八日也。後方悟范陽即盧氏望也。邈舉不第。從知於容州。假軍守之名三十年累轉右職。後因別娶婦求爲儐者。因得痿服嫗黄氏藥而終。後訪黄氏本末。乃洞主所放出婢是胡女也。

玄宗

釋玄宗。俗姓吳氏。永嘉人也。少時出塵。氣度寛裕於本部永定山寶壽院依常靜爲師。既得戒已還諸方遊學。抵江陵詣朗禪師門。決了疑貳復振錫他行。見紫金山。悦可自心。留行禪觀此山先多虎暴。或噬行商。或傷樵子。從宗卜居哮嘲絶迹。入山者無憚焉。一日禪從擁集。見一老丈趨及座前拜跪勤恪宗問子何人耶答云我本虎也。在此山中食啖衆生。因大師化此宴迴我心得脱業軀。已生天道故來報謝折旋之頃了無所見。以大曆二年囑別門徒溘然而化春秋八十六。二月入塔立碑存焉

惠忠

釋惠忠俗姓王氏潤州上元人也。初在母孕。忽遇異僧謂曰所生貴子。當爲天人矣。誕育已來。不食葷腥有異常童稟性敦厚年二十三。以經業見度。即神龍元年也。遂配莊嚴寺聞牛頭山威禪師造山禮謁威見忠乃曰山主來矣因爲説法。遂夙夜精勤常頭陀山澤。飲泉藉草。一食延時每用一鐺衆味同煑用畢懸於樹杪方坐繩床宴坐終日如杌衣不

易時寒暑一衲積四十年遂彰靈應州牧明賢頻詣山禮謁再請至郡施化道俗天寶初始出止莊嚴忠以爲梁朝舊寺莊嚴最盛今已歲古凋殘與懷修葺遂於殿東擬創法堂先有古木鵲巢其頂工人將欲伐之忠曰且止待鵲移去始當伐之因至樹祝曰此地造堂當速移去言畢其鵲銜柴遷寓他樹道俗觀者莫不歎異又立基未定忽有二神人爲止其處因乃定焉雖汲引無廢神曠不撓四方之侶相依日至以大曆三年山門石室前有忠挂衣藤是歲盛夏忽然枯悴靈芝仙菌且不復生至九月忠演法高座無故水出繞座而轉至四年六月十五日集衆布薩至晚乃命侍者剃髮浴軀是夜瑞雲覆刹天樂聞空十六朝怡然坐化時風雨震蕩樹木摧折山中鳥獸哀鳴林壑巖間哭聲數日方止春秋八十有七

崇惠

釋崇惠姓章氏杭州人也稚秋之年往禮徑山國一禪師爲弟子復誓志於潛落雲寺遁跡俄有神白惠曰師持佛頂少結莎訶令密語不圓莎訶者成就義也今京室佛法爲外教凌轢其危若綴旒待師解救耳惠趨程西上大曆三年大清宮道士史華上奏請與釋宗當代名流角佛力道法勝負于時代宗欽尚空門異道憤其偏重故有是請也遂於東明觀壇前架刀成梯史華登躡如常磴道焉時緇伍互相顧望推排無敢躡者惠聞之謁開府魚朝恩魚奏請於章信寺庭樹梯橫架鋒刃若霜雪然增高百尺東明之梯極爲低

下時朝廷公貴帀肆居民駢足摩肩而觀此舉惠徒跣登級下層有如坦路曾無難色復蹈烈火手探油湯仍餐鐵葉號爲餺飥或嚼釘線聲猶脆飴史華怯懼慙惶掩袂而退時衆彈指歎嗟聲若雷響帝遣中官鞏庭玉宣慰再三便賚賜紫方袍一副焉

靈坦

釋靈坦姓武氏太原文水人也則天太后姪孫父宣洛陽令母夏侯氏初姙坦也夢神僧授與寶鑑表裏瑩然且曰吾以此寄汝善保護之及長恭神會禪師大曆八年行化至梁園時相國田公神功供養邐迤適維揚六合方歎大法淩夷忽聞空中聲云開心地即見菩薩如文殊像曰與汝印驗令舉頂以手按之尋觀有四指赤痕其印跡恒見又止潤州金山其山北面有一龍穴常吐毒氣如雲有近者多病或斃坦居之毒雲滅跡又於江陰定山結菴俄聞有讚歎之聲視之則白龜二坦爲受皈戒又見二大白蛇身長數丈亦爲受戒懺悔如是卻往吳興林山造一蘭若有三丈夫衣金紫趨步徐正稱歎道場元和五年居華林寺寺內有大將軍張遼墓寺僧多爲鬼物惑亂坦居之愀然無眹矣又揚州人多爲山妖木怪之所熒惑坦皆遏禦焉至十年忽見二胡人自稱龜茲（音丘慈）國來彼無至教遠請和尚敷演十一年五月十三日告衆將赴遠請至季秋八日卒壽一百八僧臘八十四

慧聞

釋慧聞信安人也多勸勉檀那以福業爲最

甞於溵江鑄丈八金身像。州未聽許銅何從致。且曰。待大施主。居無何有清溪縣夫婦二人將嫁資鑑來捨。聞爲誓祝之曰。此鑑鼓鑄若當佛心前。乃是夫婦發心之至也。迨脫模露像。果然鑑當佛心胷間矣。又甞往豫章勸化獲黄金數鎰。俄遇賊刼掠。事急遂投金水中。曰。慮損君子福田。請自湧漉。聞去。賊徒入水求之不得。及聞到州。金宛然已在其院。時山路有虎豹。聞或逢之。將杖叩其腦曰。汝勿害人。吾造功德。何不入緣。明日虎銜野猪投閘前弭尾而去。凡舉事皆成。歸信如流。多奇異焉。

難陁

釋難陁者。華言喜也。未詳種姓何國人。其爲人詭異不倫。恭慢無定。當建中年中。無何至于岷蜀。張魏公延賞之任成都。喜自言我得如幻三昧。入水火貫金石變現無窮。初入蜀。與三少尼俱行。或大醉狂歌。戍將將斷之。及僧至且曰。某寄跡桑門。别有藥術。因指三尼。此妙歌管。戍將反敬之。遂留連爲辦酒肉。夜會客與之劇飲。其三尼及坐。含睇調笑。逸態絶世。飲將闌。僧謂尼曰。可爲押衙踏其曲也。因徐進對舞。曳緒迴雪。迅赴摩跌。技又絶倫也。良久曲終而舞不已。僧喝曰。婦女風耶。忽起取戍將佩刀。衆謂酒狂驚走。僧乃拔刀斫之。皆踣於地。血及數尺。戍將大懼。呼左右縛僧。僧笑曰。無草草。徐舉尼。三枝筇枝也。血乃酒耳。又甞在飲會。令人斷其頭。釘耳於柱。無血。身坐席上。酒至瀉入脰(徒姤切)瘡中。面赤而歌。手復抵節。會罷自起提首安之。初無痕也。

時時預言人凶衰皆謎語事過方曉成都有百姓供養數日僧不欲住閉關留之僧因走入壁縫中百姓遽牽漸入唯餘袈裟角頃亦不見來日壁上有畫僧焉其狀形似日月色漸薄積七日空有黑跡至八日黑跡亦滅僧已在彭州矣後不知所之

和和

和和者莫詳氏族其爲僧也狂而不亂發言多中時號爲聖有越國公主適滎陽鄭萬鈞數年無子萬鈞請曰吾無嗣願得一子唯師降恩可乎師曰遺我三千匹絹主當誕兩男鈞如言施之和取絹赴寺云修功德乃謂鈞曰主有娠矣吾令二天人下爲公主作兒又曰公主腹小能併妊二男乎吾當使同年而前後耳公主遂妊年初歲終各誕一子長曰潛曜少曰晦明皆美丈夫博通有識焉

義師

釋義師者不知何許人也狀類風狂言語倒亂貞元初巡吳苑乞丐事多先覺人以此疑之市肆中百姓屋數間義師輙操斧斫剔其簷禁之不止其人數知其神異禮白之曰弟子藉此生活無壞我屋迴顧曰汝惜乎投斧而去其夜市火連延而燎唯所截簷屋數間存焉好止廢寺中無冬夏常積聚壞幡蓋木佛像以代薪炭又於煨火燒炙鯉魚而多跳躍灰坌蒲頓切彌漫撫掌大笑不具匕筯而食面垢不靧音誨靧之輙陰雨吳人以爲占候及將死飲灰汁數十斛乃念佛而坐士庶觀之滿七日而死時盛暑色不變支不摧百姓舁出郊外焚之

代病

釋代病者天台人也姓陳氏誕育之辰祥光滿室鄰里驚異七歲喪父哀毀幾于滅性白母求出家母纔艱阻遂斷一指親黨歎勸偏親乃送於國清寺因戒法登滿誓志觀方初止東京次於河陽為民救旱按經續入龍王立道場啓祝畢投諸河舉衆咸覩畫像沈躍不定斯須雲起膚寸雷雨大作千里告足自此歸心者衆先是三城間多暴風雹動傷苗稼雉堞號稱毒龍為害代病為誦密語後經歲序都無是患共立堂宇若生祠焉大曆元年登太行遊霍山乃深入幽邃結茅而居有盜其盂食俄見二虎據路會逢代病盜叩頭陳悔慰諭畢因摩挲虎頭如是累伏猛獸其中山神廟晉絳之間傳其肸蠁代病入廟勸其受歸戒絕烹燀(音闡)牲牢其神石像屢屢隨勸頷首聽命由是檀信駢肩躡踵有寘毒於酒者賄貧女往施之代病已知貧女紿曰妄家醖覺美酌施和尚求福況以佛不逆衆生願代病曰汝亦是佛然貧女懼反飲具以情告代病執杯啜之俄爾酒氣及兩脛足地為之僨(音奮)裂聞者驚怪以酒供養自茲始也汾隰西河人有疾只給與淨水飲之必瘳貞元中奄然跏趺示滅

廣陵大師

僧有客於廣陵亡其名自號大師廣陵人因以大師呼之大師質甚陋好以酒肉為食常衣繐裘盛暑不脫繇是蚤蝨聚其上僑居孝感寺獨止一室每夕闔扉而寢率為常矣性狂悖好屠犬彘日與廣陵少年鬬毆或醉卧

道傍廣陵人俱以此惡之有一少年以力聞嘗一日少年與人對博大師大怒以手擊其博局盡碎少年笑曰騃兒何敢逆壯士耶大師且罵而唾其面於是與少年鬬擊而觀者千數少年卒不勝竟遁去自是廣陵人謂大師有神力大師亦自負其力往往剽奪市中金錢衣物市人皆憚其勇莫敢拒後有老僧召大師而至曰僧當死心奉教戒柰何食酒肉殺犬彘剽奪市人錢物又與少年同鬬擊豈僧人之道耶一旦吏執以聞官汝不羞天耶大師怒罵曰蠅蚋徒嗜羶腥耳安能知龍鶴之心哉然則吾道亦非汝所知也且我清中而混其外者豈若汝齪齪無大度乎老僧卒不能屈其詞後一日大師自外來歸既入室閉戶有於門隙視者大師坐於席有奇光自眉端發晃然照一室觀者奇之具告群僧群僧來見大師眉端之光相指語曰吾聞佛之眉有白毫相光今大師有之果佛矣遂相率而拜至明日清旦群僧俱集於庭候謁大師及開戶而大師已亡矣群情益異其事因號大師爲大師佛

靈默

釋靈默俗姓宣氏毗陵人也初參豫章馬大師因住白砂道場經于二載猛虎來馴近林產子意有所依又住東道場地僻人稀山神一夜震雷暴雨懸崖委墜投明大樹倒欹庵側樹枝交絡茅苫略無少損遐邇聞旃皆來觀歎後遊東白山俄然中毒而不求醫閉關宴坐未幾毒化流汗而滴乃復常矣元和初久旱民皆狼顧默沿澗見青蛇夭矯瞪目如

視行人不動咄之曰百姓溪渴苗死汝胡不施雨救民耶至夜果大雨合境云足民荷其賜厥後澡沐焚香端坐繩床而卒壽七十二法臘四十一

澄觀

釋澄觀姓夏侯氏越州山陰人也年甫十一依寶林寺霈禪師出家誦法華經十四遇恩得度便隸此寺觀俊朗高逸弗可以細務拘後將撰華嚴疏於寤寐之間見一金人當陽挺立以手迎抱之無何咀嚼都盡覺即汗流自喜吞納光明徧照之徵也起興元元年正月貞元三年十二月畢功成二十軸乃飯千僧以落成之爲疏時堂前池生五枝合歡蓮華一華皆有三節人咸歎伏觀常思付授忽夜夢身化爲龍矯首于南臺蟠尾于山北峯攫碧落鱗鬣耀日須臾蜿蜒化爲千數小龍騰躍青冥分散而去盖取象乎教法支分流布也遂於中條山棲巖寺住寺有禪客拳眉翦髮字曰癡人被短褐操長策往歌雜語凡所指斥皆多應驗觀未至之前狂僧驅衆僧洒掃曰不久菩薩來此以元和年中示滅春秋七十餘

隱峯

釋隱峯俗姓鄧氏建州邵武人也稚歲憨狂不徇父母之命出家納法元和中言游五臺山路出淮西屬吳元濟阻兵違拒王命官軍與賊遇交鋒未決勝負峯曰我去解其殺戮乃擲錫空中飛身冉冉隨去介兩軍陣過戰士各觀僧飛騰不覺抽戈匣刃焉既而游徧靈跡忽於金剛窟前倒立而死亭亭然其直

如植。時議靈穴之前當昇就甃屹定如山。併力不動。遠近瞻覩驚歎希奇。峯有妹爲尼。入五臺嗔目咄之曰。老兄疇昔爲不循法律。死且熒惑於人。時衆已知妹雖骨肉豈敢携貳。請從恒度。以手輕攘僨然而倒。遂茶毗之。收舍利入塔。號鄧隱峯。遺一頌云。獨絃琴子爲君彈。松栢長青不怯寒。金礦相和性自別。任向君前試取看

圓觀

釋圓觀不知何許人。居于洛。率性疎簡。時與李源爲忘形之友。同止慧林寺。但日給一器。隨衆僧飲食而已。如此三年。一日源忽約觀游蜀青城峨眉等山洞求藥。觀欲游長安由斜谷路。李欲自荆入峽。爭此二途。半年未決。李曰吾已不事王侯。行不願歷兩京道矣。觀曰。行無固必。請從子命。遂自荆上峽。行次南浦。泊舟見數婦女條達錦襠負甖而汲。觀俛首而泣曰。某不欲經此者。恐見此婦人也。李問其故。觀曰其孕婦王氏者是某託身之所也。已逾三載尚未解娩。唯以吾未來故。今既見矣命有所歸。釋氏所謂循還者也。請君用符呪遣其速生。且少留行舟。葬吾山谷。其家浴兒時亦望君訪臨。若相顧一笑。是識君也。後十二年當中秋月夜。專於錢唐天竺寺外。乃是與君相見之期也。李追悔此一行。召孕婦告以其事。婦人喜躍還頃之。李往授符水。觀沐浴而化。婦生一子焉。李三日往看新兒。果致一笑。明日李迴棹歸慧林寺。詢問弟子。方知已理命矣。李常念杭州之約。至期到天竺寺。其夜月明。忽聞葛洪井畔有牧童歌竹

枝者乘牛扣角。雙髻短衣。徐至寺前。乃觀也。李趨拜曰。觀公健否。曰。李公眞信士。我與君殊途。愼勿相近。君俗緣未盡。但且勤修不墮。即遂相見。李無由序語。望之潸然。觀又歌竹枝前去。詞切調高。不知所終。

智習

釋智習（扶件切）不知何許人也。少而英偉。長勤梵學。遂負箱帙。徧歷名山。至衡岳寺憩息。月餘。常於寺開齋。獨自尋繹疏義。復自咎責曰。所解義理。莫違聖意乎。況思兀然。偶舉首見老僧振錫而入。曰。師讀何經論。窮何義理。習疑其異。乃自述本緣。因加悔責。又曰。倘蒙賢達指南。請受甘心。鈐口結舌。不復開演矣。老僧笑曰。師識至廣。豈不知此義。大聖猶不能度無緣之人。況其初心乎。師只是與衆生無緣耳。習曰。豈終世若此乎。老僧曰。吾試爲爾結緣。遂問習。今有幾貲粮耶。習曰。自南徂北。裂裳裹足。已經萬里。所賫皆罄竭矣。見受持九條衣而已。老僧曰。只此可矣。必宜鬻之。以所易之直。皆作糜餅油食之物。習如言作之。約數十人食。遂相與至坰野之中。散掇餅餌。焚香長跪。呪曰。今日食我施者。願當來之世與我爲法屬。我當教之。得至菩提。言訖。烏鳥亂下啄拾。地上螻蟻蠅蠁。莫徵其數。老僧曰。爾後二十年。方可歸開法席。今且周遊。未宜講說也。言訖而去。習由是精進不倦。研摩義味滋多。志在傳授。至二十年。却歸河北。盛化鄴中。聽衆盈千數人。皆年二十餘。其老者無二三人焉。

素公

長安興善寺素和尚院庭有青桐四株皆素之手植。唐元和中。卿相多遊此院。桐至夏有汗汗人衣。如輠音畫脂不可浣。昭國鄭相嘗與丞郎數人避暑惡其汗汗。謂素曰。弟子爲和尚伐此樹。各植一松也。及暮素戲祝樹曰。我種汝二十餘年。汝以汗爲人所惡。來歲若復有汗。我必薪之。自是無汗矣。素公不出院。轉法華經三萬七千部。夜常有狢子聽經。齋時有烏鵲就掌取食。長慶初有僧玄幽題此院詩云。三萬蓮經三十春。半生不蹋院門塵。當時以爲佳句也。

弘道

釋弘道不知何許人。居於千福寺。人言其書閉關以寐。夕則視事於陰府。千祈叩者八九拒之。時河中少尹鄭復禮始應進士舉。十上不第。方蹇蹟憤惋。乃擇日齋沐候焉。道頗溫容之。且曰。某未嘗安洩於人。今茂才抱積薪之歎且久。不能忍耳。勉旃進取。終成美名。然其事頗異。不可言也。鄭拜請其期。道曰。唯君期須四事相就。然後遂志。四缺其一。則復負冤。如是者骨肉相繼三牓。三牓之前。猶梯天之難。三牓之後。則反掌之易也。鄭愕視不可喻。則又拜請四事之目。道持疑良久。則曰。慎勿言於人。君之成名。其事有四。亦可以爲異矣。其一須國家改元之第二年。其二須是禮部侍郎再知貢舉。其三須是第二人姓張。其四同年須有郭八郎。四者闕一。則功虧一簣矣。如是者賢弟姪三牓。率須依此。鄭雖大疑其說。然鬱鬱不樂。以爲無復望也。敬謝而退長慶二年。人有道其名姓於主文者。鄭以且

非再知貢舉。意甚疑之。果不中第。直至改元寶曆二年。新昌楊公再司文柄。乃私喜其事未敢洩言。來春果登第。第二人姓張。名知實同年郭八郎。名言揚。鄭奇歎且久。因紀於小書之杪。私自謂曰。道言三牓率須如此。一之已異。其可至于再乎。至于三乎。次至故尚書右丞諱憲。應舉。太和二年。頗有籍甚之譽。以主文非再知舉。試日果有期周之恤。爾後應大和九舉。敗於垂成。直至改元開成二年。高鍇(器駭切)再司文柄。右轄私異其事。明年果登上第第二人姓張。名棠。同年郭八郎。名植。因又附於小書之末。三牓雖大其一。兩牓且無小差。闔門之內。私相謂曰。豈其然乎。時僧弘道已不知所往矣。次年故附馬都尉顥應舉。時譽轉洽至改元會昌之二年。禮部柳侍郎璟再司文柄。都尉以狀頭及第。第二人姓張名潛。同年郭八郎。名京。弘道所說無差焉。

清公

釋清公。居巴山之隈。不知何許人。常嘿其詞。忽復一言。未嘗不中。西川節帥段文昌父鍔爲支江宰。後任江陵紀。文昌少好屬文。長其渚宮困於塵土。客遊成都。謁韋南康皐。皐與奏釋褐。道不甚行。每以事業自負。與遊皆高明之士。遂去南康之府。金吾將軍裴邠之鎮梁川。辟爲從事。轉假廷評。裴公府罷。公自府遊。聞清公之異。徑詣清公求宿願。知前去之事。自夕達旦。曾無一詞。忽問曰。中間極盛旌旆而至者誰。公曰。豈非高崇文乎。對曰。非也。更言之。公曰。代崇文者武黃門也。清曰。十九郎不日即爲此人。更盛更盛。公尋徵之。使曰。

害風妄語阿師不知因大笑而已由是頗亦自負戶部員外韋處厚出任開州刺史段公時任都官員外判鹽鐵案公送出都門處厚素深於釋氏洎到鵲鳴先訪之清喜而迎處厚處厚因問還期曰一年半歲一年半歲又問終止何官對曰宰相須江邊得又問終止何處僧遂不答又問段十九郎何如答曰已說矣近也近也及處厚之歸朝正三歲重言一年半歲之驗長慶初段公自相位節制西川果符清公之言處厚唯不喻江邊得宰相廣求智者解焉或有旁徵義者謂處厚必除浙西夏口從是而入拜及文宗皇帝踐祚自江邸首命處厚為相至是方驗與鄭平公同發使修清公塔因刻石紀其事焉又趙宗儒節制興元日問其移動遂命紙作兩句詩云梨花初發杏花初旬邑南來慶有餘宗儒遽考之清公但云害風阿師取次語明年二月除檢校右僕射鄭餘慶代其位

惟瑛

僧惟瑛未詳何許人善聲色兼知術數士人陸賓虞舉進士在京與之往來惟瑛每言小事無不必驗至寶曆二年春賓虞欲罷舉歸吳告惟瑛以行計瑛留止一宿明旦謂賓虞曰君來歲成名不必歸矣但取京兆薦送必在高等賓虞曰某曾三就京兆未始得事今歲之事尤覺甚難瑛曰不然君之成名必以京兆薦送他處不可也至七月六日若食水族則殊等與及第必矣賓虞乃書於晉昌里之牖日省之數月後因於靖恭北門候一郎官適遇朝客遂迴憩於從孫聞禮之舍既入

聞禮喜迎曰向有人惠雙鯉魚方欲候翁而烹之賓虞素嗜魚但令作羹至者輒盡後日因視牖間所書字則七月六日也遽命駕詣惟瑛且紿之曰將遊蒲關故以訪別瑛笑曰水族已食矣遊蒲關何爲賓虞深信之因取薦京兆府果得殊等明年入省試畢又訪惟瑛瑛曰君已登第名籍不甚高當在十五人之外狀元姓李名合曳脚時有廣文生朱俅者時議當及第監司所送名未登科賓虞因問其非姓朱乎瑛曰三十三人無姓朱者時正月二十四日賓虞言於從符符與石賀書辭後月餘放牓狀頭李郃賓虞名在十六即三十人也惟瑛又謂賓虞曰君成名後當食祿於吳越之分有一事甚速疾賓虞後從事於越半年而暴終

文爽

釋文爽不知何許人早解塵纓抉開愛網從師問道天然不睡困憊之極亦惟趺坐後獨棲丘隴間霖雨浹旬旁無僮侍有一蛇入爽手中蟠屈時有人召齋彼怪至時不赴主重來請見蛇驚懼失聲蛇乃徐徐而下固命往食爽辭過中不食翌日有狼呀張其口奮躍欲噬咋之狀者三爽閔其饑復自念曰穢囊無悋施汝一飧願疾成堅固之身汝受吾施同歸善會斯須狼乃弭耳而退及其卒日空中鐘磬交響遲久方息

鑑空

釋鑑空俗姓齊氏吳郡人也少小苦貧雖勤於學而寡記持壯歲常困遊吳楚間已四五年矣元和初值錢唐荒儉乃議求餮于天竺

寺至孤山寺西。餧甚不前因臨流雪涕悲吟數聲俄有梵僧臨流而坐。顧空笑曰法師秀才。旅遊滋味足未空曰旅遊滋味則已足矣法師之呼。一何乖謬梵僧曰。子不憶講法華經於同德寺乎空曰生身已四十五歲矣盤桓吳楚間未嘗涉京口。又何洛中之說僧曰。子應爲飢火所燒不暇記憶故事。遂探囊出一棗大如拳許曰此吾國所產。食之者。上智知過去未來事下智止於知前生事耳空飢極。食棗掬泉飲之。忽欠伸枕石而寢。頃刻乃悟憶講經於同德寺。如昨日焉。因增涕泣問僧曰震和尚安在。曰專精未至。再爲蜀僧矣。今則斷攀緣也。神上人安在。曰前願未滿。悟法師焉在。曰豈不記香山石像前戲發大願乎。若不證無上菩提。必願爲赳赳貴臣。昨聞已得大將軍矣當時雲水五人。惟吾得。解脫獨汝爲凍餒之士也。空泣曰。某四十許年。日唯一餐。三十餘年擁一褐。浮俗之事。決斷根源。何期福不完乎。坐於飢凍。僧曰。由師子座上廣說異端。使學空之人。心生疑惑。戒珠曾缺。羶氣微存。聲渾響清。終不可致。質傴影曲。報應宜然。空曰。爲之柰何。僧曰。今日之事。吾無計矣。他生之事。警於吾子焉。乃探鉢囊取一鑑。背面皆瑩徹。謂空曰。要知貴賤之分。修短之期。佛法興替。吾道盛衰。宜一鑒焉。空照久之。謝曰。報應之事。榮枯之理。謹知之矣。僧收鑑入囊。遂挈而去。行十餘步。旋失所在。空是夕投靈隱寺出家。受具足戒。後周遊名山。愈高苦節。大和元年詣洛陽。於龍門天竺寺遇河東柳珵。向珵親說其由。珵聞空之說事

皆不常。且甚奇之。空白。我生世七十有七僧臘三十二。持鉢乞食。尚九年在世。吾捨世之日佛法其衰乎。理詰之。嘿然無答。乃索理筆硯題數行於經蔵北垣而去。曰。與一沙。衰恒河沙。兎而罝。犬而拏。牛虎相交與角牙。寶檀終不滅其華。

無著

無著文喜禪師。入五臺山求見文殊。忽見山翁。著揖。曰。願見文殊大士。翁曰大士未可見汝飯未。著曰未。翁引入一寺引著升堂命坐童子進玳瑁杯。貯物如酥酪。著飲之覺心神清朗。翁曰。南方佛法。如何住持。著曰。末代比丘。少奉戒律。曰。多少衆。曰。或三百。或五百。著問此間佛法。如何住持。曰。龍蛇混雜。凡聖同居。曰。衆幾何。曰。前三三。後三三。遂談論及暮翁命童子引著出。行未遠。悽然悟翁即文殊也不可再見。稽首童子乞一言爲別。童子有無垢無染即眞常之語。言訖。童子與寺俱隱但見五色雲中。文殊乘金毛獅子往來。白雲忽覆之不見。

知玄

悟達國師知玄。與一僧邂逅京師。時僧患迦摩羅疾。人莫知其異也。皆厭惡之。知玄視候無倦色。後別僧謂知玄曰。子後有難可往西蜀彭州茶隴山相尋。有二松爲誌。後知玄居安國寺。懿宗親臨法席。賜沉香爲座。恩渥甚厚。忽膝生人面瘡。眉目口齒俱備。每以飲食餧之。則開口吞啖。與人無異。求醫莫效。因憶舊言。乃入山相尋。見二松於烟雲間。信所約不誣。即趨其處。佛寺煥儼。僧立於山門。顧接

甚歡。天晚止宿。知玄以所苦告之。曰。無傷也。山有泉旦濯之即愈。黎明童子引至泉所。方掬水間。瘡忽人語曰。未可洗公曾讀西漢書不曰曾讀。既曾讀之。寧不知袁盎殺晁錯乎。公即袁盎。吾晁錯也。錯腰斬東市。其冤何如哉。累世求報於公。而公十世爲僧。戒律精嚴報不得其便。今汝受賜過奢。名利心起。故能害之。蒙迦諾迦尊者洗我以三昧法水。自此不復爲冤矣時知玄魂不住體。急掬水洗之其痛徹髓絕而復蘇其瘡亦旋愈。回顧寺宇。莽不復見。因卓菴其處。遂成大寺知玄感其異。思積世之冤。非遇聖賢。何由得釋因述懺法三卷。蓋取三昧水洗冤業之義名曰水懺云

神僧傳卷第八

神僧傳卷第九

金剛仙

僧金剛仙者西域人也居于清遠峽山寺能梵音彈舌摇錫而呪物物無不應善囚拘鬼魅束縛蛟螭動錫杖一聲召雷立震是日峽山寺有李朴者持斧翦巨木刳而爲舟忽登山見一盤石上有穴覩一大蜘蛛足廣丈餘四蛇齧卉窒其穴而去俄聞林木有聲暴猛吼驟工人懼而緣木伺之果覩枳首之虺長可數十丈屈曲蹙怒環其蛛穴東西其首俄而躍西之首吸穴之卉團而飛出穎脫俱盡後迴東之首大劃其目大呀其口吸其蜘蛛蜘蛛馳出以足擒穴之口翹屈其毒丹然若火焌虺之咽喉去虺之目虺懵然而復蘇舉首又吸之蛛不見更毒虺虺遂倒於石而殞蛛躍出緣虺之腹咀内齒折二頭俱出絲而囊之躍入穴去朴訝之返峽山寺語金剛仙仙乃祈朴驗穴振環杖而呪之蛛即出於僧前儼若神聽及引錫觸之蛛乃殂於穴側耳及夜僧夢見老人捧匹帛而前曰我即蛛也復能織耳禮僧曰願爲福田之衣語畢遂亡僧及覺布已在側其於精妙奇巧非世蘭絲之所能製也僧乃製而爲衣塵垢不觸後數年僧欲往番禺泛舶歸天竺乃於峽山金鎖潭畔摇錫大呼而呪水俄而水闢見底矣以澡瓶張之有一泥鰍魚可長三寸許躍入瓶中語衆僧曰此龍矣吾將至海門以藥煑爲膏塗足則渡海若履坦途是夜有白衣叟挈轉關榼詣寺家人傳經曰知金剛仙好酒此榼一邊美醞一邊毒醪其榼即晉惠帝曾用

酖牛將軍者也。今有黃金百兩。奉公爲持此酒毒其僧也。是僧無何取吾子。欲爲膏。恨伊之深痛貫骨髓。但無計而柰何。傳經喜受金與酒。得轉關之法。詣金剛仙。仙持盃向口。次忽有數歲小兒躍出。就手覆之。曰。酒是龍所將來而毒師耳。僧大駭。詰傳經。傳經遂不敢隱。僧乃問小兒曰。爾何人而相救。兒曰。我昔日之蛛也。今已離其惡業而託生爲人。七稔矣。吾之䰟稍靈於常人。知師有難。故飛䰟奉救。言訖而没。衆僧聆之。共禮金剛仙。求捨其龍子。僧不得已而縱之。後仙果泛舶歸天竺矣。

懷信

釋懷信者。居處廣陵。別無奇蹟。會昌三年癸亥歲。武宗爲趙歸真排毀釋門。將欲堙滅教法。有淮南詞客劉隱之薄遊四明。旅泊之宵。夢中如泛海焉。回顧見塔一所東度。是淮南西靈寺塔。其塔峻峙。校胡太后永寧塔少分耳。塔第三層見信凭闌與隱之交談。且曰。暫送塔過東海。旬日而還。數日隱之歸揚州。即往謁信。信曰。記得海上相見時否。隱之了然省悟。後數日天火焚塔俱盡。白雨傾澍。傍有草堂一無所損。由是觀之。東海人見永寧塔不謬矣。

智廣

釋智廣。姓崔氏。不知何許人也。德範素完。道根惟固。化行洪雅。特顯奇蹤。凡百病者造之。則以片竹爲杖。指其痛端。或一撲之。無不立愈。有癱者則起。跛者則奔。其後益加神驗。或遇病者。一摑一叱。皆起。或令燒紙緡撥散飲

食或遇甚痛惱者捩紙醮水貼之亦差嘗循江瀆池呪食飼魚經夜其魚二尺已上億萬許皆浮水面而殞聊躡流水救十千魚生忉利天也自咸通初至九座山忽逢巨蟒欲來吞師師錫自飛撐拄其口師入其口趺坐入定神來謝罪師不顧之逮出定蟒化爲石矣繼而雷雨大作湧沙成地山神移山八維蔭暎以乾符三年示寂

從諫

釋從諫姓張氏南陽人徙居廣陵爲土著姓身長八尺眉目魁奇越壯室之年忽頓悟眞理遂舍妻子從披削焉於是研精禪觀心境明白不逾十載耆年宿德皆所推服焉及來洛師遂止敬愛寺既年德並成緇黄所宗每赴供皆與賓頭盧尊者對食其爲人天欽奉若此唐武宗嗣曆改元會昌愛馭鳳驂鶴之儀薄黠黑降龍之教乃下郡國毀廟塔令沙門復初諫公乃烏帽麻衣潛于皇甫枚之温泉別業後岡上喬木騈欝巨石砥平諫公夏日常於中入寂或補毳事忽一日頹雲駛雨霆擊石傍諸兄走往林中諫公恬然跏坐若無所聞者諸兄致問徐曰惡畜生而已至大中初宣宗復興内教諫公歸東都故居其子自廣陵來覲適與諫遇于院門威貌崇嚴不復可識乃拜而問從諫所居諫公指曰近東頭其子既去遂闔門不出其割裂愛網又如此咸通丙戌歲夏五月忽徧詣所嚮信家皆謂曰善建福業貧道秋初當遠行故相別耳至秋七月朔清旦盥手焚香念慈氏如來遂右脇而卧呼門人玄章等誡曰人生難得惡

道。易淪。唯有歸命釋尊勵精梵行。龍華會上當復相逢。生也有涯。與爾少別。是日無疾奄化。行年八十餘矣。玄章等奉遺旨送屍于建春門外尸陀林中。施諸鳥獸。三日復視之。肌貌如生。無物敢近。遂覆以餅餌。經宿有狼狐跡。唯啗餅餌而豐膚宛然。乃依天竺法闍維訖。收餘燼起白塔于道傍。春秋奉香火之薦焉

普聞

釋普聞。唐僖宗第三子。生而吉祥。眉目風骨清真如畫。性不茹葷。僖宗鍾愛之。然以其無經世意。百計陶寫之。終不可回。中和元年。天下亂。僖宗幸蜀。親王宗室皆逃亡。聞斷髮逸遊。謁石霜諸。諸與語。歎異曰。汝乘願力而來乃生王家。脫身從我。火中蓮也。聞夜入室問祖師別傳事。諸曰。待按山點頭。即向汝道。聞因契悟。依止數歲。乃請徧遊名山。諸曰。逢乾即止。遇陳便住。於是遠遊。過昭武。抵大乾。遥望山巔蔚然深秀。問父老曰。彼有居者否。老曰。有一陳嗣者。久隱其中。因悟師言。即撥草至山。陳嗣一見。乃分坐同住。因乞菜種於嗣。願求斗斛。嗣曰。豈有斗斛。與之一合。遂入山墾種。後谷口之人相謂曰。前日僧入山。經今不出。必為虎所啗。往視之。見茅廬一所。行者數人。指呼百諾。而重岡複嶺。菜已青矣。蓋畊種菜者乃山神。所役行者乃虎也。陳嗣覺師之勝。乃曰。吾居此。每苦惡獸毒蟲之多。公來皆屏跡。道德非吾所及。吾種之緣。其屬公乎。既而道德播聞。緇徒雲集。遂成巨剎。忽有老人跪請曰。我乃龍也。家于此山。以行雨不職。

上天有罰當死願賜救護。師曰。汝得罪上帝。我何能致力。雖然。汝可易形來。俄化爲小蛇。師以錫杖引入淨缾。良久。風雷挾坐榻。山嶽摇振。師宴坐達旦。天宇澄霽。蛇自缾出。有頃。復爲老人形而謝曰。若非藉師法力。則血肉腥穢此地矣。無以報德。山中無水。何以安衆。當以水延師道場也。即於峻谷窮源剗石成穴湧泉一泓。始雖涓涓終焉衍溢。遂成一湖。今在半山。龍湖之名。蓋始於此。沍寒不氷。大旱不竭。其流四出灌溉田數百頃邦人神之。建祠其上。歲時享祀焉今遇上元。乃師誕辰。龍必朝謝。有祥雲瑞氣之應。院之右十五里。有隋義寧歐陽太守之廟。即今福善王也。廟食至是歷二百七十餘載。其神極靈。禍福此邦。民敬畏之牲牢享祭無虛日師見而閔焉

一日杖策之祠下。說偈見意復與之約曰。能食素持不殺戒。乃可爲鄰。是夕里之父老夢神云。我今受禪師戒。不復血食。祭我當如比丘飯足矣。如是易血食以齋羞。至今遵之。神人相安神顯靈異護持此山或云師嘗與神以道力角勝負。廟傍有松巨幹參天。師舉手拗下拂地三帀而神實拂其二。遂屈而從之。一日集徒曰。吾將他適院事付聦教二門人。乃說偈曰。我逃世難來出家。宗師指示箇歇處住山聚衆三十年。對人不欲輕分付今日分明說以君。我歛目時齊聽取。寺衆凄然堅請且爲佛法住世。師曰。汝等豈不知達磨隻履西歸普化全身脫去之旨耶。何以去來生滅視吾也。既而跨虎凌晨抵信州應供到彼僧方集供罷。就長者更覔一分與行者長者

謂師獨行。不諾所請。遂覓水一盂。噀杖爲虎高馭而去。至開元寺。而龍湖寺僧至彼追之。乃祝之曰。吾不復歸。山中已有聰禪師矣。故龍湖無開山祖師之塔。惟有跨虎菴基爲古今之證。又有禪師照水自寫眞像。至今存焉勑謚圓覺禪師。凡有所禱。其應如響。而院前有師所坐之杉。至今閒生異花。

懷濬

釋懷濬者。不知何許人也。憨而且狂。乃逆知未來之事。其應如神。乾寧中。無何至巴東。且能草書。筆法天然。或於寺觀店肆壁書佛經道法。以至歌詩鄙俚之詞。靡不集其筆端矣與之語。阿唯而已。里人以神聖待之。刺史于公患其惑衆。繫獄詰之。乃以詩通狀。辭意在閩川之西東。然章句靡麗。州將異而釋之。又詳其旨。疑在海中。疑爲杯渡之流。行旅經過必維舟而謁。辨其上下峽之吉凶。貿易經求物之利鈍。客子懇祈。惟書三五行。終不明言事後多驗。時荊南大校周崇賔謁之。書遺曰。付皇都勘爾後入貢。因王師南討。遂繫南府。終就戮也。押牙孫道能謁之。書字付竹林寺。其年物故。營葬於古竹林寺基也。皇甫鉉知州。乃畫一人荷校。一女子在傍。尋爲娶民家女。遭訟錮身入府矣。有穆昭嗣者。波斯種也。幼好藥術。隨父謁之。乃畫道士乘雲提一匏壺書云。指揮使高某牒衙推。穆生後以醫術有效。南平王高從誨令其去道從儒。簡攝府衙推。屬王師伐荊州。濬乃爲詩上南平王曰。馬頭漸入揚州路。親眷應須洗眼看。是年高氏輸誠於淮海。遂解重圍。其他異迹。多此類

也。甞一日題庭前芭蕉葉云。今日還債業。州縣無更勘窮。往來多見殊不介意。忽爲人所害。身首異處。刺史爲其荼毗焉。

辛七師

辛七師陜人。辛其姓也。始爲兒時甚謹肅。未甞以狎弄爲事。其父母俱異而憐之。十歲好浮圖氏法。日閱佛書自能辨梵音。不由師教。其後父爲陜郡守。先是郡南有瓦窰七所。及父卒。辛七哀毀甚。一日發狂遁去。其家僮蹟其所往。至郡南。見辛七在一瓦窰中端坐。身有奇光璨然若鍊金色。家僮驚異。次至一窰又見一辛七在焉。歷是七窰。俱有一辛七在中。繇是陜人呼爲辛七師。

簡師

雲居道簡禪師。久入先雲居之室。爲堂中第一座。屬先雲居將順寂。主事請問誰堪繼嗣居曰。堂中簡。主事意謂令揀擇可當者。僉曰。第二座可。然且備禮請第一座。若謙讓即堅請第二座。師既密承授記。略不辭免。即自持道具入方丈。攝衆演法。主事等不愜素志。罔循規式。師察其情乃潛棄去。其夜安樂樹神號泣。詰旦主事大衆奔至麥莊。悔過哀痛請歸院。衆聞空中連聲唱曰。和尚來也。

契此

釋契此者。不詳氏族。或云四明人。形裁腲(乃罪切)脮(烏罪切)。蹙頞皤腹。言語無恒。寢臥隨處。常以杖荷布囊入鄽。市肆見物則乞。至於醯醬魚葅。纔接入口。分少許入囊。號爲長汀子布袋師也。曾於雪中卧而身上無雪。人以此奇之。又甞就人乞啜。其店則物售。袋囊中皆百

一供身具也示人吉凶必現相表兆亢陽即曳高齒木屐市橋上豎膝而眠水潦則係濕草屨人以此驗知以天復中終于奉川鄉邑人共埋之後有他州見此僧亦荷布袋行江浙之間多畫其像焉

阿足師

阿足師者莫知其所來形質癡濁神情不慧時有所言靡不先覺居雖無定多寓閿鄉憧憧往來爭路禮謁山岳檀施曾不顧瞻人或憂或疾獲其指南者其驗神速時陝州有富室張臻者財積鉅萬止有一男年可十七生而愚騃既攣手足既懵言語惟嗜飲食口如溪壑父母鍾愛盡力事之迎醫求藥不遠千里十數年後家業殆盡或有謂曰阿足賢聖見世諸佛何不投告希其痊除臻與其妻來抵閿鄉叩頭抆淚求其拯濟阿足久之謂臻曰汝冤未散尚須十年愍汝勤虔爲汝除去即令選日於河上致齋廣召衆多同觀度脫仍令齋致其男亦赴道場時衆謂神通而觀者如堵跂竦之際阿足則指壯力者三四人扶拽其子投之河流臻洎舉會之人莫測其爲阿足顧謂臻曰爲汝除災矣久之其子忽於下流十數步外立于水面戟手謂其父母曰與爾冤仇宿世緣業賴逢聖者遽此解擇儻或不然未有畢日挺身高呼都不愚癡須臾沈水不知所適

惟靖

釋惟靖吳門人也年三十許入國寧寺巡僧房唱曰要人出家請留下至經藏院見二衆闍黎大德慧政便跪拜伸誠願容執侍政公

允納。與翦飾。於天台受具。嘗侵星赴禪林寺晨粥。而多虎豹。隨到寺門。虎踞地若伺候。靖出復隨。遲明。巨跡極多。靖恐人知。以鋤滅虎跡。俄患背疽。困睡。有鵂鳥糞于瘡。所非久全愈。又屢冰雪。備秔粒半斗。每日以銚合菜煑食。置秔於地窖中。過期用米。常滿不耗。靖乃築之。而云。吾被此物。知非理也。卒時年七十餘。

齊州僧

史論在齊州時。出獵至一縣界。憩蘭若中。覺桃香異常。訪其僧。僧不及隱。言近有人施二桃。因從經案下取出獻論。大如飯椀。論時饑盡食之。核大如鷄卵。論因詰其所自。僧笑曰。向實謬言之。此桃去此十餘里。道路危險。貧道偶行脚。見之。覺異。因掇數枚。論曰。請去騎從。與和尚偕往。僧不得已。導論北出荒榛中。經五里許。抵一水。僧曰。恐中丞不能渡此。論志決往。乃依僧解衣。載之而浮。登岸。又經西北涉二水。上山越澗數里。至一處。瀑泉怪石。非人境也。有桃數百株。枝幹掃地。高二三尺。其香破鼻。論與僧各食一蔕。腹飽矣。論解衣將盡力包之。僧曰。此或靈境。不可多取。貧道常聽長老說。昔有人亦嘗至此。懷五六枚。迷不得出。論亦疑僧非常。取兩顆而返。僧切戒論勿言。論至州。使招僧。僧已逝矣。

蜆子和尚

京兆蜆子和尚。事迹頗異。居無定所。自印心於洞山。混俗閩川。不畜道具。不循律儀。冬夏一納。逐日沿江岸採掇蝦蜆。以充其腹。暮即宿東山白馬廟紙錢中。居民目爲蜆子和尚

華嚴靜禪師聞之。欲決眞假。先潜入紙錢中。深夜師歸。嚴把住曰。如何是祖師西來意。師遽答曰。神前酒臺盤。嚴放手曰。不虛與我同根生。嚴後赴莊宗詔入長安。師已先至。每日歌唱自拍。或乃佯狂泥雪。去來俱無蹤跡。厥後不知所終。

扣氷古佛

扣氷澡光古佛。初參雪峯。峯曰。子異日必爲王者師。後自鵝湖歸温嶺結菴。繼居將軍巖。二虎侍側。神人獻地爲瑞巖院。學者爭集。甞謂衆曰。古聖修行須憑苦節。吾今夏則衣楮。冬則扣氷而浴。故世人號爲扣氷古佛。後住靈曜。夫成三年。應閩王之召。延居内堂。敬拜曰。謝師遠降。賜茶次。師提起槖子曰。大王會麼。曰。不會。曰。人王法王。各自照了。留十日。以疾辭。至十二月二日。沐浴升堂。告衆而逝。王與道俗。備香薪荼毗。祥耀滿山。收舍利塔於瑞巖正寢。謚妙應法威慈濟禪師。自是至今。遠近祈禱靈異非一。

全宰

釋全宰。俗姓沈氏。錢唐人也。孩抱之間。不喜葷血。其母累覩善徵。勸投徑山法濟大師削染。及修禪觀。亭亭高竦。不雜風塵。慕十二頭陀以飾其行。諺曰。宰道者焉。追乎諸方參請。得石霜禪師印證。密加保任。入天台山闇巖以永其志也。伊巖與寒山子所隱對峙。皆魑魅木怪所叢萃。其間宰之居也二十餘年。惡鳥革音。山精讓窟。出入經行。鬼神執役。或掃其路。或侍其傍。或代汲泉。或供菜果。時時人見。宰未甞言。後終於鎮國院。

延壽

僧延壽字沖玄總角誦法華經五行俱下六句而畢投四明翠巖禪師出家衣無繒纊食無重味復往參韶國師發明心要嘗謂曰汝與元帥有緣他日當大作佛事惜吾不及見耳初住天台智者巖九旬習定有鳥斥鷃巢於衣裓(古得切)後於國清行法華懺夜見神人持戟而入師訶之曰何得擅入對曰久積善業方到此中夜半繞像見普賢前蓮花在手遂上智者巖作二鬮一曰一生禪定二曰誦經萬善莊嚴淨土乃冥心精禱得誦經萬善乃至七度於是一意專修淨業振錫金華天柱峯誦經三載禪觀中見觀音以甘露灌其口遂獲辨才初演法於雪竇建隆元年忠懿王請住靈隱二年遷永明日課一百八事未嘗暫廢學者參問指心爲宗以悟爲則日暮往別峯行道念佛旁人聞螺貝天樂之聲忠懿王嘆曰自古求西方者未有如此之專功也乃爲立西方香嚴殿以成其志居永明十五年弟子一千七百人常與衆受菩薩戒夜施鬼食晝放生命皆悉回向莊嚴淨土時人號爲慈氏下生開寶八年二月二十六日晨起焚香告衆加趺而化

全清

釋全清越人也得密藏禁呪之法能厭劾鬼神時有市儈王家之婦患邪氣言語狂倒或啼或笑如是數歲召清治之乃縛草人長尺餘衣以五綵置之於壇呪禁之良久婦言乞命遂誌之曰頃歲春日於禹祠前相附耳如師不見殺即放之遠去清乃取一錇(步後切)以

鞭驅蒭靈入其中。而呦呦有聲。緘器口以六乙泥。朱書符印之。瘞于桑林之下。戒家人勿動之。婦人病差。經五載後。值劉漢宏與董昌隔江而相持越城。陷。人謂此爲窖(音教)藏。掘打錇破見一鵶。闖(音眹)然飛出。立於桑杪而作人語曰。今得見日光矣。時清公已卒也

自新

釋自新。姓孫氏。臨淄人也。濯戒尋師。曾無懈廢。聞膺禪師化被鍾陵。往參問焉。從雲居長往。迴錫隱廣德山中。屬兩浙文穆王錢氏率吏士躬征苑陵。入山寺。群僧皆竄。唯新晏如問曰。何不避。對曰。東西俱是賊。令老僧去何處逃避。王驚其訐直。迴戈遣歸見武肅王。問之。言無所屈。加之高行。造應瑞院居之。假號曰廣現大師。初新嘗入宣城山采藥。穿洞深去。始則闇昧。尋見日分明。行僅數里。洞側有州竅溪水泛泛然。隈一人松枝下有草菴。一僧雪眉擁納坐禪。旁有一磬火器。新擊磬。遂開目驚曰。嘻。師何緣至此。乃陳行止。揖坐。取石敲火煎茗。香味可愛。曰。將夕矣。僧讓菴令新宿。顧其僧上松巔大巢內。聞念法華經聲甚清亮。逡巡又咄罵云。此群畜生毛類何苦生人恐怖。速歸林薄。不宜輙出。叱去新窺之乃虎豹弭耳而去。明日謂其僧曰。願在此侍巾屨。僧曰。自此百日草枯。四絕人烟。非師棲息處。又問莫飢否。相引至溪畔。有稲百餘穗收其穀。手挪三掬黃梁。挑野蔬和煑與食。後遣迴去。送至洞口。曰。相遇非偶然也。所食茶與菜糜。師平生不乏食矣。遂遵路迴本院。已月餘日。命同好再往尋之。失洞蹤跡。後在浙

中充寶塔寺主。以天福中卒于住寺。年八十餘。今影在冷水灣前小院存焉。

法本

釋法本。不知何許人也。循良守法。行止庠序。言多詭激。天福中。至襄州禪院與一僧同過夏。朝昏共處。心地相於。法本嘗言曰。貧道於相州西山中住持竹林寺。寺前有一石柱。他日有暇。必請相訪。其僧追念此言。因往彼尋訪。洎至山下村中。投一蘭若寄宿。問其村僧曰。此去竹林寺近遠。僧乃遙指孤峯之側曰。彼處是也。古老相傳昔聖賢所居之地。今則但有名存耳。故無院舍。僧疑之。詰朝而往。既至竹叢。叢中果有石柱。罔然不知其涯涘。當法本臨別云。但扣其柱。即見其人。其僧乃以小枝擊柱數聲。乃風雲四起。咫尺莫窺。俄然耳目豁開樓臺對聳。身在三門之下。逡巡法本自內而出。見之甚喜。問南中舊事。乃引其僧度重門。升秘殿。參其尊宿。尊宿問其故。法本云。早年襄州同過夏。期此相訪。故及山門也。尊宿曰。可飯後請出。在此無座位。食畢。法本送至三門。相別。既而天地昏暗。不知所進。頃之。宛在竹林中石柱之側。餘並莫覩。即知聖賢之在世隱顯難既。金粟如來獨能化現者乎。

點點師

點點師者。不知何許人也。雖事削染。恒若風狂。有命齋食者。酒肉不間。每日將夕。輙市黃白麻紙筆墨。寘懷袖以歸。所居之室。雖有外户。且無四壁。入後闔扉。人不得造。初隣僧小童躡足伺之。見秉燭箕踞。陳紙筆於前。訶責

大書莫曉其文字往往咄嗟如決斷處置久之從明闇間熟視之閃爍若有人森列狀如曹吏襦裳皆非世之服飾觀者怖懼而退詰其故怒而不答居數歲卭筰(音昨)之人咸神異之後不知所終

行遵

釋行遵福州閩王王氏之仲子開運中狀貌若七十餘然壯力不衰或詢其年臘則必杜默於閩中寓光國禪院院徒以法律住持人不知遵之能否有李氏子家命齋飲暇之次欻起出門叫噪若有所責謂李曰今夜有火自東南至于西北街鄰居咸令備之是夕果然煨燼無遺衆問其故曰昨一婦女衣紅秉炬而過老僧恨追不及耳又於趙法曹家指桃樹下云有如許錢不言其數趙乃召人發之畚(音本)鍤方興適遇客至爲家童所取喧喧之際盡化爲青泥或經行人塚墓知其家吉凶至於風角鳥獸聞見之間預言災福後必合契故州閭遠近咸以預言用爲口實終于晉安王山緇徒爲荼毗焉

僧緘

釋僧緘俗姓王氏京兆人恒居于淨衆寺髭髮皓白而面色紅潤逍遥然人莫測其情僞有華陽進士王處厚者於僞蜀落第入寺寓憂於松竹間見緘緘曰得非王處厚乎處厚驚曰未甞相狎何遽呼耶緘曰偶然耳處厚心知其異咨曰和尚其身跡奚若緘曰子將來之事極於明年而今而後事可知矣意言蜀將亡也囑令勿洩一日緘於案頭拈文卷覽之則處厚府試藁曰考乎真僞非君燭

下之文何多誑乎。遂探懷袖賦藁示之。此豈非程試之真本乎。處厚驚竦不已。乃曰。僕後偶加潤色。用補燭下倉卒之過也。師何從得是本乎。緘曰。非但一賦。君平生所作之者皆貯之矣。明日訪之。携處厚入寺謁太尉幽公杜琮之祠。坐於西廡下。俄有數吏服色尨雜自堂宇間綴行而出。降階再拜。緘曰。新官在此。便可庭參。處厚惶懼而作。緘曰。此輩將爲君之驅策。又何懼乎。寧知泰山舉君爲司命否。仍以夙負壯圖。未酬前志。請候登第後施行。復檢官禄簿。見來春一榜人數已定。君亦預其間。斯乃陰注陽受也。策人世之名。食幽府之禄。此陽注陰受也。處厚震駭。不知所裁。但問明年及第姓名。緘索紙筆立書一短封與之。誡之嚴密藏之。脫洩。禍不旋踵。至春試罷。緘來處厚家。留一簡云。暫還弊廬。無復再面也。後往寺覓之。已他適矣。乃拆短封視之。但書四句云。周成同成。二王殊名。王居一馬。百日爲程。及榜出有八士也。二王處厚與王慎言也。王居一焉。惡其百日爲程。處厚唯狎同年。置酒高會。極遂性之樂。由是荒亂不起。是夜暴亡。同年皆夢處厚藍袍槐笏驅殿而行。驗其策名之榮。止一百二十日。詳其緘之年。生於文宗太和初。成名在宣宗大中。王處厚遇之。已一百三十餘歲矣。

智暉

釋智暉。咸秦人。姓高氏。童稚時。至精舍輙留止。如家。圭峯溫禪師見而異之。爲剃髮。年二十受滿足戒。師事高安白水本仁禪師。十年而還洛京。愛中灘佳山水。創屋以居。號溫室

院。日以施水給藥爲事。人莫能淺深之。梁開平五年忽欲造圭峯。山行。脩然深往坐嵓石間。如常寢處。顧見磨納。數珠銅瓶棧笠藏石壁間。觸之即壞。歛目良久。曰。此吾前身道具也。因就其處建寺以酬夙心。方薙草有祥雲出衆峯間。遂名曰重雲。虎豹引去。有龍湫險惡不可犯。暉督役夷塞之以爲路。龍以移他處。但見雲雷隨之。後唐明宗聞而佳之。賜額曰長興。住持四十餘年。節度使王彥超微時嘗從暉游。欲爲沙門。暉熟視曰。汝世緣深。當爲我家垣墻。彥超後果鎮永興。申弟子之禮。周顯德三年夏。請永興與彥超別。囑以護法。彥超泣曰。公遂忍棄弟子乎。暉笑曰。借千年亦一別耳。七月二十四日。書偈一首。乃加趺而化。閱世八十有四。坐六十有四夏。初暉居中灘。有病比丘。爲衆惡棄之。比丘哀曰。我以宿業白癩。師能爲我洗摩。暉爲之無難色。俄有神光異香。方訝之。忽失所在。歸視瘡疵。亦皆異香也。

谷泉

釋谷泉。未詳其姓氏。泉南人也。少聰敏。性耐垢汙。大言不遜。流俗憎之。去爲沙門。撥置戒律。任心而行。造汾陽謁昭禪師。昭奇之。密受記莂。南歸。放浪湘中。聞慈明住道吾。往省覲。慈明問曰。白雲橫谷口。道人何處來。泉左右顧曰。夜來何處火。燒出古人墳。慈明呵曰。未在。更道。看。泉乃作虎聲。慈明以坐具摵之。泉挼住推置繩床上。慈明亦作虎聲。泉大笑。山有湫。毒龍所蟄。墮葉觸波。必雷雨連日。過者不敢喘。泉慈明暮歸。時秋暑。捉其衣曰可同

浴慈明掣肘徑去於是泉解衣躍入霹靂隨至腥風吹雨林木振搖慈明蹲草中意泉死矣須臾晴霽忽引頸出波間曰囫(音禍)後登衡嶽之頂靈峯寺住懶瓚岩又移住芭蕉將移居保眞犬書壁曰余此芭蕉菴幽占堆雲處般般異境未暇數先看矮松三四樹寒來燒枯杉飢餐大紫芋而今棄之去不知誰來住住保眞菴盖衡湘至險絕處夜地坐祝融峯下有大蟒盤繞之泉解衣帶縛其腰中夜不見明日杖策徧山尋之衣帶纒枯松上盖松妖也又自後洞負一石像至南臺像無慮數百斤衆僧驚駭莫知其來後洞僧亦莫知其去遂相傳爲飛來羅漢甞過衡山縣見屠者斫肉立其旁作可憐態指其肉又指其口屠問曰汝啞耶即肯首屠憐之割巨臠置盆中泉喜出望外發謝而去一市大笑而泉自若化於嘉祐十五年六月六日閱世九十有二坐六十四夏郴人塔之至今祠焉

鑌師

鑌師者海壇戍卒之子自七八歲不喜魚肉甘嗜野菜每見家廚烹燀(音闡)毛鱗則手掬沙灰投下爨鑊貴其不食自言開元寺塔隋朝中我造也多說未萌事後皆契合便請出家因披法服頂有香氣如爇沉檀時號爲聖僧侍御史皇甫政請入府署因作肉鎚子百數惟一是素者盤器交雜悉陳于前意驗之凡聖耳鑌臨筵徑拈素者啖之餘者手拂而作皇甫部曲一皆驚嘆自言壽止十三當定歸滅至是果終

志言

僧志言自言姓許壽春人落髮東京景德寺七俱胝院事清璲璲見其相貌奇古直視不瞬心異之為授具戒然動止軒昂語笑無度多行市里褰裳疾趨舉指畫空佇立良久時從屠酤遊飲啗無所擇眾以為狂璲獨曰此異人也人有欲為齋施輒先知以至温州人林仲芳自其家以摩納來獻舟始及岸遽來取去仁宗每延入禁中徑登座加趺飯畢遽出未嘗揖也或陰卜休咎書紙揮翰甚疾初不可曉其後多驗仁宗春秋漸高嗣位未立默遣内侍至言所言所書有十一郎字人莫測何謂後英宗以濮王第十一子入繼眾始悟普淨院施浴夜漏初盡門扉未啓方迎佛而浴室有人聲往視則言在焉有具齋薦鱠者并食之臨流而吐化為小鮮群泳而去海客遇風且没見僧操絙引船而濟客至都下遇言忽謂之曰非我汝柰何客記其貌真引舟者也將死作頌不可曉已而曰我從古始成就逃多國土今南國矣仁宗遣内侍以真身塑像置寺中榜曰顯化禪師其後善者禮之見額瑩然有光就視之得舍利

宗本

釋圓照諱宗本出於管氏常州無錫人也性質直少緣飾貌豐碩言無枝葉年十九師事蘇州承天永安道昇禪師其往瑞光民有屠牛者牛逸赴本跪若自訴遂買而畜之其住淨慈歲大旱湖井皆竭寺之西隅有甘泉自湧得金鰻魚因浚為井投魚其間寺眾千餘人汲以不竭民張氏有女子死夢其母曰我以罪為蛇既覺得蛇於棺下持以詣本乃為

說法復置故處。俄有黑蟬翔棺上而蛇失所在。毋祝曰。若我女當入籠中。當持汝再詣淨慈。如其祝。本復爲說法。是夕夢女曰。已報已解脫矣。其顯化異數如此。元符二年十二月甲子將入滅。沐浴而卧。門弟子環擁請曰。和尚道徧天下。今日不可無偈。幸强起。安坐索筆大書五字曰。後事付守榮。擲筆憨卧若熟睡。然撼之已去矣。門弟子塔師全身於靈嵒寺。閱世八十坐五十二夏。

悟新

釋悟新。姓王氏。韶州曲江人也。魁岸黑面如梵僧。壯依佛陀院落髮。以氣節蓋衆。好面折人。初住雲嵒。已而遷翠嵒。舊有淫祠。鄉人禳禬酒胾汪穢無虚日。新誡知事毀之。知事辭以不敢掇禍。新怒曰。使能作禍。吾自當之。乃躬自毀撤。俄有巨蟒蟠卧內。引首作吞噬之狀。新叱之而遁。安寢無他。未幾再領雲嵒。建經藏。太史黃公庭堅爲作記。有以其親墓誌鑱於碑陰者。新恚怒曰。陵侮不避禍若是。語未卒。電光翻屋。雷擊自戶入。析其碑陰中分之。視之已成灰燼。而藏記安然無損。晚還住黃龍。學者雲委。屬疾退居晦堂。政和五年十二月十五日。泊然而逝。訃聞諸方。衲子爲之嗚咽流涕。茶毗得舍利五色。閱世七十二坐四十五夏。塔于晦堂之後。

淨梵

僧淨梵。嘉禾人。姓笪氏。毋夢光明滿室。見神人似佛。因而懷娠。生甫十歲。依勝果寺出家祝髮。從湛謙二法師學。教得其傳。初住無量壽院。凡講法華經十餘過。大觀中結二十七

僧修法華懺每期方便正修。二十八日連作三會。精恪上通。感普賢受羯摩法。呼淨梵比丘名聲如撞鍾。時長洲縣宰王公度親目其事。題石爲記。又嘗夢黃衣人請入冥。見三者令檢簿云淨梵比丘。累經劫數講法華經。即遣使送歸。一日禪觀中。令衆皆見金甲神人胡跪師前。又在他處懺期。蒙韋馱天點檢大衆中有戒不嚴淨者。先以預定。後果懺法不全時姑蘇守應公有婢爲祟所惱請師授戒。其妖即滅。葛氏請施戒鷹。夫見夫繞師三帀而去。待制賈公見師道行。即補爲管內法主師住持十餘年。亡後焚軀。有舍利五色

道隆

婺州僧道隆雲遊諸方。寓江州能仁寺所爲不常。但呼爲風和尚。紹興元年。行化抵瑞昌投宿天花寺夜有男子垂涕言弟子不幸。在生前廣造惡業現墮牛身。一尾生於頭上。形模醜異。願師慈悲爲我懺悔令脫此苦。明日至若山湯氏家一門男女。悉出作禮啓告曰。前日牛產犢甚怪尾出頭上。恐於寒家生災願和尚暢此因緣以洗宿咎。須臾驅牛前來。掉頭搖尾若乞憐狀。隆咄曰。汝昔者作業玆日難逃。雖受此形。本性何異。豈不聞溈山和尚示衆。言中有響。句裏藏機。汝若於斯會得便見靈光動耀照徹十方佛與衆生本同一體。其或未然。當爲說偈。牛受記畢。隨隆歸寺觀者以千數。牛見人俛而不食。如羞赧態。際夕忽殂。隆夢來謝。遂領衆然炬爇之

靈芝

靈芝律師重造明州五臺。戒壇成。有一老人。

神氣超邁。眉鬚皓白。進而啓曰。弟子有三珠奉獻。以為壇成之賀。言訖忽然不見。因置其珠于壇心。屢現光相。其後有壇主會十師大開戒法。越二日夜分。有一僧登壇。忽覩珠光外徹。內現善財童子。僧乃驚呼。衆起視之。悉皆瓌禮。自是每夜僧衆盍伸虔懇。而珠之所現。或金色佛。或六臂觀音。或紫竹碧柳。或奇木怪石。或迦陵頻伽。飛舞左右。或月蓋長者名或龍神獻珠。神變非一。見者聞者。皆謂希有

常羅漢

嘉州僧常羅漢者。異人也。好勸人設羅漢齋會。故得此名。楊氏媼嗜食雞。平生所殺不知幾千百數。既死。家人作六七齋。具黃籙醮道士方拜章。僧忽至。告其子曰。吾為汝懺悔。楊家甚喜。設座延入。僧顧其僕云。去街東第幾家買花雌雞一隻來。如言得之。命殺以具饌。楊氏泣請曰。尊者見臨。非有所愛惜。今日啓醮筵。舉家內外久絕葷饌。乞以付隣家。僧不可。必欲就烹。食既熟。就廳踞坐。拆肉滿盤。分置上真九位。乃食其餘。齋羅不揖而去。是夕賣雞家及楊氏悉夢媼至。謝曰。在生時罪業見責為雞。賴羅漢悔謝之賜。今既脫矣。自是郡人作佛事。薦亡。幸其來。以為冥塗得助。紹興末年卒。肉身久而不壞。

膽巴

國師膽巴者。一名功嘉葛剌思。西番突甘斯旦麻人。幼從西天竺古達麻失利傳習梵祕。得其法要。世祖中統間帝師八思巴薦之。時懷孟大旱。世祖命禱之立雨。又嘗呪食投龍湫。頃之。奇花異果。湧出波面。取以上進。世祖

大悅樞密副使月的迷失鎮潮而妻得奇疾膽巴以所持數珠加其身即愈又嘗爲月的迷失言異夢及已還朝期後皆驗元貞間海都犯西番界成宗命禱于摩訶葛剌神已而捷書果至又爲成宗禱疾遄愈賜予甚厚且詔分御前校尉十人爲之導從成宗北巡命膽巴以象輿前導過雲川語諸弟子曰此地有靈怪恐驚乘輿當密持神呪以厭之未幾風雨大至衆咸驚懼惟幄殿無虞復賜碧鈿杯一大德七年夏卒皇慶間追號大覺普慧廣照無上膽巴帝師

神僧傳卷第九

緇門警訓

元代臨濟宗僧永中補

明代臨濟宗僧如巹續補

清刻龍藏佛說法變相圖

重刊緇門警訓序

一性圓明人人具足瞥然妄念遽爾輪廻大哀曠濟拔滯溺之沈流方便多門俾脩爲以復厥性然必志至焉氣次焉弗能以志帥氣者往往陷於過差之地而不反由是而有具大根器秉本願輪滅刦正法眼藏者出而爲惡辣鉗鎚嗔拳熱喝若迅雷疾霆之弗及掩耳以烹鍊之以鈞陶之以掀飜而擴徹之以至或爲法語爲小參爲示衆爲警策爲訓誡爲箴銘以激厲之以鞭辟之以奬拔之以化導而誘引之噫弘法願重愍物情深緇門警訓一書之所以會萃成編者豈徒然哉乃若大明嚴天等受厥照膜翳在眼妄生疑端則又錯綜

金輪世主之公論先哲儒宗之偈讚於其中

焉或者以爲直指单傳掃空文字有所立言
悖違宗旨必告之曰神機活脫石火電光終
活縱擒不涉功用斯惟直接上根中下之流
不堪覷着眷彼雜花四法界内終之以事事
無碍明其不捨一法而無適不可者豈殆所
謂理悟則一事脩無窮而顯權宜機應者之
準繩也歟嘉禾沓禪人刋行是書將使人人
因言以見事因事以見理因理以見心因心
以見性而復厥本有自然之天與夫因指以
見月因月以忘指因忘以忘月而忘厥所忘
之忘者同出而異名此又事理互融空有絶
待心佛衆生三無差别者之剩語也尚何警
訓之有哉尚何警訓之有哉
成化六年歳次庚寅春三月朔武林清平山
空谷沙門景隆序

緇門警訓目録

緇門警訓目錄

緇門警訓卷第一

潙山大圓禪師警策

夫業繫受身未免形累稟父母之遺體假衆緣而共成雖乃四大扶持常相違背無常老病不與人期朝存夕亡刹那異世譬如春霜曉露倏忽即無岸樹井藤豈能長久念念迅速一刹那間轉息即是來生何乃晏然空過父母不供甘旨六親固以棄離不能安國治邦家業頓捐繼嗣緬離鄉黨剃髮稟師內勤尅念之功外弘不諍之德迥脫塵世冀期出離何乃纔登戒品便言我是比丘檀越所須喫用常住不解忖思來處謂言法爾合供喫了聚頭喧喧但說人間雜話然則一期趁樂不知樂是苦因曩劫徇塵未嘗返省時光淹沒歲月蹉跎受用殷繁施利濃厚動經年載不擬棄離積聚滋多保持幻質導師有勅戒勗比丘進道嚴身三常不足人多於此躭味不休日往月來颯然白首後學未聞旨趣應須博問先知將謂出家貴求衣食佛先制律啓創發蒙軌則威儀淨如冰雪止持作犯束斂初心微細條章革諸猥弊毘尼法席曾未叨陪了義上乘豈能甄別可惜一生空過後悔難追教理未嘗措懷玄道無因契悟及至年高臘長空腹高心不肯親附良朋惟知倨傲未諳法律戢斂全無或大語高聲出言無度不敬上中下座婆羅門聚會無殊椀鉢作聲食畢先起去就乖角僧體全無起坐忪諸動他心念不存些些軌則小小威儀將何束斂後昆新學無因倣傚纔相覺察便言我是山僧未聞佛教行持一向情存粗糙如斯之

見盖為初心慵惰饕餮因循荏苒人間遂成踈野不覺龍踵老朽觸事面牆後學咨詢無言接引縱有談説不涉典章或被輕言便責後生無禮瞋心忿起言語駭人一朝卧疾在牀衆苦縈纏逼迫曉夕思忖心裏恛惶前路茫茫未知何往從兹始知悔過臨渴掘井奚為自恨早不預修年晚多諸過咎臨行揮霍怕怖慞惶縠穿雀飛識心隨業如人負債強者先牽心緒多端重處偏墜無常殺鬼念念不停命不可延時不可待人天三有應未免之如是受身非論劫數感傷嘆訝哀哉切心豈可緘言遞相警策所恨同生像季去聖時遥佛法生踈人多懈怠畧伸管見以曉後来若不蠲矜誠難輪逭

夫出家者發足超方心形異俗紹隆聖種震懾魔軍用報四恩拔濟三有若不如此濫厠僧倫言行荒踈虚霑信施昔年行處寸步不移恍惚一生將何憑恃況乃堂堂僧相容貌可觀皆是宿植善根感斯異報便擬端然拱手不貴寸陰事業不勤功果無因克就豈可一生空過抑亦来業無裨辭親决志披緇意欲等超何所曉夕思忖豈可遷延過時心期佛法棟梁用作後来龜鏡常以如此未能少分相應出言須涉於典章談説乃傍于稽古形儀挺特意氣高閑遠行要假良朋數數清於耳目住止必須擇伴時時聞於未聞故云生我者父母成我者朋友親附善者如霧露中行雖不濕衣時時有潤狎習惡者長惡知見曉夕造惡即目交報殁後沈淪一失人身萬劫不復忠言逆耳豈不銘心者哉便能澡

心育德晦迹韜名蘊素精神喧囂止絕若欲參禪學道頓超方便之門心契玄津研幾精妙決擇深奧啓悟真源博問先知親近善友此宗難得其妙切須子細用心可中頓悟正因便是出塵階漸此則破三界二十五有內外諸法盡知不實從心變起悉是假名不用將心湊泊但情不附物物豈礙人任他法性周流莫斷莫續聞聲見色蓋是尋常者邊那邊應用不闕如斯行止實不枉披法服亦乃酬報四恩拔濟三有生生若能不退佛階決定可期往來三界之賔出沒爲他作則此之一學最妙最玄但辨肯心必不相賺若有中流之士未能頓超且於教法留心溫尋貝葉精搜義理傳唱敷揚接引後來報佛恩德時光亦不虛棄必須以此扶持住止威儀便是僧中法器豈不見倚松之葛上聳千尋附託勝因方能廣益懇脩齋戒莫謾虧踰世世生生殊妙因果不可等閑過日兀兀度時可惜光陰不求升進徒消十方信施亦乃孤負四恩積累轉深心塵易壅觸途成滯人所輕欺古云彼既丈夫我亦爾不應自輕而退屈若不如此徒在緇門荏苒一生殊無所益伏望興決烈之志開特達之懷舉措看他上流莫擅隨於庸鄙今生便須決斷想料不由別人息意忘緣不與諸塵作對心空境寂只爲久滯不通熟覽斯文時時警策强作主宰莫狥人情業果所牽誠難逃避聲和響順形直影端因果歷然豈無憂懼故經云假使百千刼所作業不亡因緣會遇時果報還自受故知三界刑罰縈絆殺人努力勤脩莫空過日深

知過患方乃相勸行持願百刼千生處處同爲法侶乃為銘曰

幻身夢宅空中物色前際無窮後際寍尅出此沒彼升沈疲極未免三輪何時休息貪戀世間陰緣成質從生至老一無所得根本無明因茲被惑光陰可惜刹那不測今生空過來世窒塞從迷至迷皆因六賊六道往還三界匍匐早訪明師親近高德決擇身心去其荊棘世自浮虛衆緣豈逼研窮法理以悟為則心境俱捐莫記莫憶六根怡然行住寂默一心不生萬法俱息

明教嵩禪師尊僧篇

教必尊僧何謂也僧也者以佛為性以如來為家以法為身以慧為命以禪悅為食故不恃俗氏不營世家不脩形骸不貪生不懼死不溽乎五味其防身有戒攝心有定辨明有慧語其戒也潔清三惑而畢身不汚語其定也恬思慮正神明而終日不亂語其慧也崇德辨惑而必然以此脩之之謂因以此成之之謂果其於物也有慈有悲有大誓有大惠慈也者常欲安萬物悲也者常欲拯衆苦誓也者誓與天下見眞諦惠也者惠群生以正法神而通之天地不能掩密而行之鬼神不能測其演法也辨說不滯其護法也奮不顧身能忍人之不可忍能行人之不能行其正命也丐食而食而不為耻其寡欲也糞衣綴鉢而不為貧其無爭也可辱而不可輕其無怨也可同而不可損以實相待物以至慈脩已故其於天下也能必和能普敬其語無妄故其為信也至其法無我故其為讓也誠有

威可警有儀可則天人望而儼然能福於世能導於俗其忘形也委禽獸而不恡其讀誦也冒寒暑而不廢以法而出也遊人間徧聚落視名若谷響視利若游塵視物色若陽豔煦嫗貧病瓦合輿儓而不爲卑以道而處也雖深山窮谷草其衣木其食晏然自得不可以利誘不可以勢屈謝天子諸侯而不爲高其獨立也以道自勝雖形影相吊而不爲孤其群居也以法爲屬會四海之人而不爲混其可學也雖三藏十二部百家異道之書無不知也他方殊俗之言無不通也祖述其法則有文有章也行其中道則不空不有也其絕學也離念清淨純真一如不復有所分別也僧乎其爲人至其爲心溥其爲德備其爲道大其爲賢非世之所謂賢也其爲聖非世之所謂聖也出世殊勝之賢聖也僧也如此可不尊乎

孤山圓法師示學徒

於戲大法下衰去聖逾遠披緇雖衆謀道尤稀競聲利爲已能視流通爲兒戲遂使法門罕闢教網將頹實賴後昆克荷斯道汝曹虛心請法潔已依師近期於立身揚名遠與於華凡成聖發揮像法捨子而誰故須脩身踐言慎終如始勤爾學問謹爾行藏避惡友如避虎狼事良朋如事父母奉師盡禮爲法亡軀有善毋自矜起過務速改守仁義而確乎不拔處貧賤則樂以忘憂自然與禍斯違與福斯會豈假相形問命諂求榮達之期擇日選時苟免迍邅之運此豈沙門之遠識實惟俗子之妄情宜乎見賢思齊當仁不讓慕雪

山之求法學善財之尋師名利不足動於懷死生不足憂其慮倘功成而事遂必自遁而陟遐不沽名而名自揚不召衆而衆自至智足以照惑慈足以攝人窮則獨善其身達則兼善天下使真風息而再振慧炬滅而復明可謂大丈夫焉可謂如來使矣豈得身棲講肆跡混常徒在穢惡則無所間然於行解則不見可畏以至積習成性自滅其身始教慕彼上賢終見淪於下惡如斯之輩誠可悲哉詩云靡不有初鮮克有終斯之謂矣中人以上可不誡歟抑丈戒慧分宗大小異學悉自佛心而派出意存法界以同歸既而未曉大猷於是各權所據習經論則以戒學為棄物宗律部則以經論為憑虛習大法者則滅沒小乘聽小乘者則輕毀大法但見人師偏讃遂執之而互相是非豈知佛意常融苟達之而不見彼此應當互相成濟共熟機緣其猶萬派朝宗無非到海百官蒞事咸曰勤王未見護一派而擬塞衆流守一官而欲廢庶績原夫法王之垂化也統攝群品各有司存小律比禮刑之權大乘類鈞衡之任訾福如司於漕輓製撰若掌於王言在國家之百吏咸脩類我教之群宗競演果明此旨豈執異端當須量己才能隨力演布性敏則兼學為善識淺則顓門是宜若然者雖各播風猷而共成慈濟同歸和合之海共坐解脫之林夫如是則真迷途之指南教門之木鐸也居乎師位諒無慚德趣乎佛果決定不疑汝無矜伐小小見知樹立大大我慢輕侮先覺熒惑後生雖云聽尋未補過咎言或有中汝曹思之

勉學上并序

中人之性知務學而或墮於學乃作勉學
嗚呼學不可須臾怠道不可須臾離道由學
而明學可怠乎聖賢之域由道而至道可離
乎肆凡民之學不怠可以至於賢賢人之學
不怠可以至於聖冉求之學可以至於顔淵
而不逮具體者中心怠耳故曰非不說子之
道力不足也子曰患力不足者中道廢今女
畫顔淵之學可以至於夫子而不齊於聖師
者短命死耳如不死安知其不如仲尼哉以
其學之不怠也故曰有顔氏子好學不幸短
命死矣今也則亡或問聖人學耶曰是何言
歟是何言歟凡民與賢猶知學豈聖人怠於
學耶夫天之剛也而能學柔於地故不干四
時焉地之柔也而能學剛於天故能出金石
焉陽之發生也而亦學肅殺於陰故靡草死
焉陰之肅殺也而亦學發生於陽故薺麥生
焉夫為天乎地乎陽乎陰乎交相學而不怠
所以成萬物天不學柔則無以覆地不學剛
則無以載陽不學陰則無以啓陰不學陽則
無以閉聖人無他也則天地陰陽而行者四
者學不怠聖人惡乎怠或者避席曰予之孤
陋也幸子發其蒙願聞聖人之學中庸子曰
復坐吾語汝書不云乎惟狂克念作聖惟聖
罔念作狂是故聖人造次顛沛未嘗不念正
道而學之也夫子大聖人也拔乎其萃出乎
其類自生民以來未有如夫子者入太廟每
事問則是學於廟人也三人行擇其善者而
從之則是學於偕行也入周則問禮於老子
則是學於柱史也豈仲尼之聖不若廟人行

人柱史耶蓋聖人懼夫不念正道而學之則至於狂也矣故曰必有如丘之忠信焉不如丘之好學也曰聖人生而知之何必學為曰知而學聖人也學而知常人也雖聖人常人莫有不由於學焉孔子曰君子不可不學子路曰南山有竹不柔自直斬而用之達乎犀革以此言之何學之有孔子曰栝而羽之鏃而礪之其入之不亦深乎子路再拜曰敬受教矣噫聖人之學無乃栝羽鏃礪使深入乎豈生而知之者兀然不學耶

勉學下

夫聖且賢必務於學聖賢以下安有不學而成人哉學猶飲食衣服也人有聖乎賢乎衆庶乎雖三者異而饑索食渴索飲寒索衣則不異矣學也豈得異乎惟禽獸土木不必學也嗚呼愚夫嗜飲食而不怠冒貨利而不休及就於學朝學而夕怠者有矣夫有春學而冬怠者有矣夫苟如嗜飲食冒貨利之不知怠者何患於不為博聞乎不為君子乎曰世有至愚者不辯菽麥之異不知寒暑之變豈令學耶豈可教耶曰至愚由不教也由不學也苟師教之不倦彼心之不怠者聖域可躋而陞乎何憂菽麥之不辯乎且愚者渴而知飲饑而知食寒而知衣既知斯三者則與草木殊矣惡乎不可學也不可教也人之至愚豈不能日記一言耶積日至月則記三十言矣積月至年則記三百六十言矣積之數年而不怠者亦幾於傳聞乎又日取一小善而學行之積日至月則身有三十善矣積月至年則身有三百六十善矣積之數年而不怠

者不亦幾扵君子乎為愚為小人而不變者由不學耳中庸子喟然嘆曰吾嘗見耻智之不逮才之不敏而輟扵學者未見耻飲食不如他人之多而輟飲食者輟飲食則殞其命何必耻扵不多耶輟學問則同夫禽獸土木何必耻才智之不如他人耶苟耻才智不如則不學則亦應耻飲食不如他人則廢飲食以是觀之豈不大誤乎吾亦至愚也每揣才與智不逮他人者遠矣由知飲食之不可輟而不敢怠於學也行年四十有四矣雖病且困而手未嘗釋卷所以懼同扵土木禽獸耳非敢求臻聖域也亦非求乎聞達也雖或彷徉户庭夷猶原野以暫頤養目觀心思亦未嘗敢廢扵學也由是登山則思學其高臨水則思學其清坐石則思學其堅看松則思學其貞對月則思學其明萬境森列各有所長吾悉得師而學之萬境無言而尚可學人之能言雖萬惡必有一善也師一善以學之其誰曰不然乎中庸子曰世有求之而或不得者也世有求之而必得者也求之而或不得者利也求之而必得者道也小人之扵利也雖或萬求而萬不得而求之彌勇君子之扵道也求之必得而望塗懍怯自念力不足者此求利小人之罪耳仲尼曰仁遠乎哉我欲仁斯仁至矣言求之而必得也

姑蘇景德寺雲法師務學十門 并序

玉不琢不成器人不學不知道余十有五而志于學荏苒光景倏忽老至歲月既深粗知其趣翻嘆疇昔殊失斯言限迫桑榆學不可逮因述十門垂裕後昆俾務學以成功助弘

教而復顯云爾

不脩學無以成

涅槃經云凡有心者皆當得成阿耨多羅三藐三菩提何以故蓋為一切衆生皆有佛性此性虛通靈明常寂若謂之有無狀無名若謂之無聖以之靈群生無始不覺自迷煩惱覆蔽遺此本明能生諸緣枉入六趣由是大覺愍物迷盲設戒定慧三學之法其道恢弘示從真以起妄軌範群品令息妄以歸真若能信受佛語隨順師學乃駕苦海之迅航則登聖道之梯隥誰能出不由戶何莫由斯道焉

不折我無以學

說文云我施身自謂也華嚴云凡夫無智執著於我法華云我慢自矜高諂曲心不實由執我見憍慢貢高不愧無智妄自尊大見善不從罔受教誨於賢不親去道甚遠欲求法者當折我心恭默思道屈節卑禮以敬事長尊師重道見賢思齊鳩摩羅什初學小教頂禮盤頭達多此下敬上謂之賢尊盤頭達多晚求大法復禮鳩摩羅什此上敬下謂之尊賢故周易曰謙德之柄也書云汝惟不矜自賢曰矜天下莫與汝爭能汝惟不伐天下莫與汝爭功晏子曰夫爵益高者意益下官益大者心益小祿益厚者施益博子夏曰敬而無失恭而有禮四海之內皆兄弟也

不擇師無以法

鳥之將息必擇其林人之求學當選於師師乃人之模範模不模範不範古今多矣為模範者世唯二焉上則智慧博達行業堅貞猶

寮室燈光徹窓隙次乃解雖洞曉行亦蔵瑕如犯罪人持燈照道斯二高座皆蘊師法其如寡德適時名而不高望風依附畢世荒唐東晉安師十二出家貌黒形陋師輕視之驅役田舍執勞三年方求師教授辨意經執卷入田因息就覽暮歸還師經已闇誦師方驚嘆乃為剃髮至受具戒恣其游學投佛圖澄見以奇之異哉小童真世良驥不遇青眼困駕鹽車自非伯樂奚彰千里之駿故出家者慎宜詳擇察有匠成之能方具資禀之禮故南山云真誠出家者怖四怨之多苦厭三界之無常辭六親之至愛捨五欲之深着能如是者名真出家則可紹隆三寶度脫四生利益甚深功德無量比真教淩遲慧風掩扇俗懷侮慢道出非法並由師無率誘之心資缺奉行之志二彼相捨妄流鄙境欲令道光焉可得乎

不習誦無以記

記諸善言諷而誦之迦葉阿難具足住持八萬法藏西域東夏高德出家幼年始習皆學誦持竺佛圖澄能誦佛經數百萬言佛陀跋陀此云覺賢同學數人習誦為業餘人一月工誦覺賢一日能記其師嘆曰一日之學敵三十夫然人至愚豈不日記一言以日繫月以月繫年積工必廣累課亦深其道自微而生何患無所立矣

不工書無以傳

書者如也敘事如人之意防現生之忘失須繕寫而編録欲後代以流傳宜躬書以成集則使教風不墜道久彌芳故釋氏經律結集

貝多孔子詩書刪定竹簡若不工書事難成就翻思智者無礙之辯但益時機自非章安秉筆之力豈留今日故罽賓高德盤頭達多從旦至中手寫千偈從中至暮口誦千偈但當遵佛能寫名字慎勿傚世精草隸焉

不學詩無以言

言善則千里之外應之言不善則千里之外違之詩陳褒貶語順聲律國風敦厚雅頌溫柔才華氣清詞富彬蔚久習則語論自秀纔誦乃含吐不俗彼稱四海習鑿齒此對彌天釋道安陳留阮瞻時忽朝曰大晋龍興天下為家沙門何不全髮膚去袈裟釋梵服被綾紗孝龍對曰抱一以逍遙唯寂以致誠剪髮毀容改服變形彼謂我辱我棄彼榮故無心於貴而愈貴無心於足而愈足此乃氣蘊蘭芳言吐風彩雖不近乎聾俗而可接於清才佛法既委王臣弘道須習文翰支遁投書比闕道林方逸東山自非高才豈感君主宜省狂簡之言徒虛語耳

非博覽無以據

高僧傳云非博則語無所據當知今古之興亡須識華梵之名義游三藏之教海玩六經之詞林言不妄談語有典據故習鑿齒讚安師曰理懷簡衷多所博涉內外群書略皆徧覩陰陽筭數悉亦能通佛經妙義故所游刃真宗皇帝詔李侍讀仲容起固辭曰告官家徹臣器上問何故謂天子為官家對曰臣嘗記蔣濟萬機論言三皇官天下五帝家天下兼三五之德故曰官家上喜曰真所謂君臣千載一遇此由學問蔵身多識前言無所

累矣

不歷事無以識

子曰吾非聖人經事久矣洎入太廟每事問者儆戒無虞罔失法度羅漢雖聖亦鹽不知方朔雖賢刼灰罔辯多見而識之未見而昧矣李後主得畫牛一軸晝則出於欄外夜乃歸於欄中持貢闕下太宗張後苑以示群臣俱無知者惟僧録贊寧曰南倭海水或減則灘磧微露倭人拾方諸蚌腊中有餘淚數滴者得之和色著物則晝隱而夜顯沃焦山時或風燒飄擊忽有石落海岸得之滴水摩色染物則晝顯而夜晦諸學士皆以為無稽寧曰見張騫海外異記後杜鎬檢三館書自果見於六朝舊本書中此乃博聞强識見幾而作也

不求友無以成

生我者父母成我者朋友故君子以朋友講習以文會友以友輔仁品藻人物商榷同異如切如磋如琢如磨劉孝標云組織仁義琢磨道德歡其愉樂恤其陵夷寄通靈臺之下遺跡江湖之上風雨急而不輟其音雪霜零而不渝其色斯乃賢達之素交歷萬古而一遇東晉道安未受戒時會沙彌僧光於逆旅共陳志慕神氣慷慨臨别相謂曰若俱長大勿忘同遊後光學通經論隱飛龍山安後復從之相會所喜謂昔誓始從因共披文屬思新悟尤多安曰先舊格義於理多違光曰且當分析逍遥何容是非先達安曰弘贊理教宜令允愜法鼓競鳴何先何後時僧道護亦隱飛龍乃共言曰居靜離俗每欲匡心大法

豈可獨步山門使法輪輟軫宜各隨力所被以報佛恩衆僉曰善遂各行化

不觀心無以通

維摩云諸佛解脱當依衆生心行中求何以故晉華嚴云心如工畫師造種種五陰一切世間中無不從心造如心佛亦爾如佛衆生然心佛及衆生是三無差别既為生佛之母亦為依正之源故楞嚴云諸法所生唯心所現一切因果世界微塵因心成體欲言心有如空篌聲求不可見欲言其無如空篌聲彈之亦響不有不無妙在其中故般舟云諸佛從心得解脱心者清淨名無垢五道鮮潔不受色有解此者大道成遵此十門上行下傚不倦終之則吾佛之教可延於後世茍謂不然祖道必喪傾望後裔覽而警焉

上封佛心才禪師坐禪儀

夫坐禪者端心正意潔已虚心疊足跏趺收視反聽惺惺不昧沈掉永離縱憶事來盡情拋棄向靜定處正念諦觀知坐是心及返照是心知有無中邊内外者心也此心虚而知寂而照圓明了了不墮斷常靈覺昭昭揀非虚妄今見學家力坐不悟者病由依計情附偏邪迷背正因枉隨止作不悟之失其在斯焉若也歛澄一念寂契無生智鑑廓然心華頓發無邊計執直下消磨積刼不明一時豁現如忘忽記如病頓瘳内生歡喜心自知當作佛即知自心外無别佛然後順悟增修因修而證證悟之源是三無别名為一解一行三昧亦云無功用道便能轉物不離根塵信手拈来互分主伴乾坤眼淨今古更陳覿體

神機自然符契所以維摩詰曰不起寂滅定而現諸威儀是為宴坐也然當知水澄月現鏡淨光全學道之人坐禪為要倘不爾者脩途輪轉汩沒四生酸臭痛心難以自黙聊書大槩助發真源果不廢脩即同參契

長蘆慈覺賾禪師坐禪儀

學般若菩薩先當起大悲心發弘誓願精脩三昧誓度衆生不為一身獨求解脫爾乃放捨諸緣休息萬事身心一如動靜無間量其飲食不多不少調其睡眠不節不恣欲坐禪時於閑靜處厚敷坐物寬繫衣帶令威儀齊整然後結跏趺坐先以右足安左䏶上左足安右䏶上或半趺坐亦可但以左足壓右足而已次以右手安左足上左掌安右掌上以兩手大拇指面相拄徐徐舉身前向復左右搖振乃正身端坐不得左傾右側前躬後仰令腰脊頭項骨節相拄狀如浮屠又不得聳身太過令人氣急不安要令耳與肩對鼻與臍對舌拄上腭唇齒相着目須微開免致昏睡若得禪定其力最勝古有習定高僧坐常開目向法雲圓通禪師亦訶人閉目坐禪以為黒山鬼窟盖有深旨達者知焉身相既定氣息既調然後寬放臍腹一切善惡都莫思量念起即覺覺之即失久久忘緣自成一片此坐禪之要術也竊為坐禪乃安樂法門而人多致疾者盖不善用心故也若善得此意則自然四大輕安精神爽利正念分明法味資神寂然清樂若已有發明者可謂如龍得水似虎靠山若未有發明者亦乃因風吹火用力不多但辦肯心必不相賺然而道高魔

盛逆順萬端但能正念見前一切不能留礙如楞嚴經天台止觀圭峰脩證儀具明魔事預備不虞者不可不知也若欲出定徐徐動身安詳而起不得卒暴出定之後一切時中常依方便護持定力如護嬰兒即定力易成矣夫禪定一門最爲急務若不安禪靜慮到者裏總須茫然所以探珠宜靜浪動水取應難定水澄清心珠自見故圓覺經云無礙清淨慧皆依禪定生法華經云在於閑處脩攝其心安住不動如須彌山是知超凡越聖必假靜緣坐脫立亡須憑定力一生取辦尚恐蹉跎況乃遷延將何敵業故古人云若無定力甘伏死門掩目空歸宛然流浪幸諸禪友三復斯文自利利他同成正覺

勸叅禪文

夫解須圓解還他明眼宗師脩必圓脩分付叢林道伴初心薄福不善親依見解偏枯脩行懶墮或高推聖境孤負已靈寧知德相神通不信凡夫悟道或自恃天真撥無因果但向胸襟流出不依地位脩行所以粗解法師不通教眼虛頭禪客不貴行門此偏枯之罪也或則渾身破碎滿面風埃三千細行全無八萬威儀總缺或則追陪人事緝理門徒身遊市井之間心染閭閻之態所以山野常僧未免農夫之誚城隍釋子反爲儒士之羞此懶墮之罪也何不再離煩惱之家重割塵勞之網飲清風而訪道流探微言而尋知已澄神祖域息意宗乘靜室虛堂歛禪衣而宴坐青山綠水携杖錫以經行忽若心光透漏疑滯冰消直下分明豈昧三祇之極果本來具

足何妨萬行之因華由是宗説兼通若杲日麗虚空之界心身俱靜如琉璃含寶月之光可謂蓬生麻中不扶自直衆流入海總號天池反觀前非方知大錯忠言逆耳敢與銘心此世他生同爲法侶

自警文

神心洞照聖默爲宗旣啓三緘宜遵四實事關聖説理合金文方能輔翼教乘光揚祖道利他自利功不浪施若乃竊議朝廷政事私評郡縣官寮講國土之豐凶論風俗之美惡以至工商細務市井閒談邊鄙兵戈中原寇賊文章技藝衣食貨財自恃己長隱他好事揄揚顯過指摘微瑕旣乖福業無益道心如此游言並傷實德坐消信施仰愧龍天罪始濫觴禍終滅頂何也衆生苦火四面俱焚豈可安然坐談無義

緇門警訓卷第一

音釋

巹居隱切舒也　偁齒陵切與稱同　忪職容切驚也　輓無阮切引也
頤以之切頷也又輔車骨也　腊思亦切乾肉也　鎬胡道切溫器也

緇門警訓卷第二

龍門佛眼遠禪師坐禪銘

心光虛暎體絶偏圓金波匝匝動寂常禪念起念滅不用止絶任運滔滔何曾起滅起滅寂滅現大迦葉坐卧經行未嘗間歇禪何不坐坐何不禪了得如是始號坐禪坐者何人禪是何物而欲坐之用佛覓佛佛不用覓覓之轉失坐不我觀禪非外術初心鬧亂未免回換所以多方教渠靜觀端坐收神初則紛紜久久恬淡虛閑六門六門稍歇於中分別分別纔生已成起滅起滅轉變從自心現還用自心反觀一徧一反不再圓光頂戴靈焰騰輝心心無礙橫該竪入生死永息一粒還丹點金成汁身心客塵透漏無門迷悟且說逆順休論細思昔日冷坐尋覓雖然不別也大狼藉刹那凡聖無人能信匝地忙忙大須謹慎如其不知端坐思惟一日築着伏惟伏惟

三自省察

是身壽命如駒過隙何暇閑情妄爲雜事既隆釋種須紹門風諦審先宗是何標格道業未辦去聖時遥善友師教誠不可捨自生勉勵念報佛恩惟已自知大心莫退報緣虛幻不可强爲浮世幾何隨家豐儉苦樂逆順道在其中動靜寒溫自慚自悔

鶖湖大義禅師坐禅銘

然禅學道幾般樣要在當人能擇上莫只忘形與死心此箇難醫病最深直須坐究探淵源此道古今天下傳正坐端然如泰山巍巍不要守空閑直須提起吹毛利要剖西來第一義瞠却眼兮剔起眉反覆看渠渠是誰還

如捉賊須見贓不怕賊埋深處藏有智捉獲刹那頃無智経年不見影深嗟兀坐常如死千年萬歳只如此若将此等當禅宗拈花微笑喪家風黒山下坐死水浸大地漫漫如何禁若是鐵眼銅睛漢把手心頭能自判直須着到悟為期哮吼一聲獅子兒君不見磨磚作鏡喻有由車不行兮在打牛又不見岩前湛水萬丈清沈沈寂寂杳無聲一朝魚龍来攪動波瀾浪湧真堪重譬如静坐不用工何年及第悟心空急下手兮高著眼管取今生教了辦若還黙黙恣如愚知君未解做工夫抖擻精神着意看無形無影悟不難此是十分真用意勇猛丈夫却須記切莫聽道不須參古聖孜孜為指南雖然舊閑田地一度贏来得也未要識坐禅不動尊風行草偃悉皆論而今四海清如鏡頭頭物物皆吾聽長短方圓只自知從来絲髪不曾移若問坐禅成底事日出東方夜落西

廬山東林混融禅師示衆

避萬乘尊榮受六年饑凍不離草座成等正覺度無量衆此黄面老爺出家樣子後輩忘本反爲口體不務耕桑見成利養爲便不奉君親免事征役爲安假名服竊世緣以鬭諍作佛事老不知悔死爲園菌良可悲夫汝輩出家當思齊草座之前自省園菌之下可爾

藍谷信法師自鏡録序

余九歳出家于今過六十矣至於逍遥廣厦顧步芳除體安軽軟身居閒逸星光未旦十利之精饌已陳日彩方中三德之珍羞總萃不知耕穫之頓弊不識鼎飪之劬勞長六尺

之軀全百年之命者是誰所致乎則我本師之願力也余且約計五十之年朝中飲食蓋費三百餘碩矣寒暑衣藥蓋費二十餘萬矣爾其高門邃宇碧砌丹楹軒乘僕竪之流几案牀褥之類所費又無涯矣或復無明暗起邪見横生非法棄用非時飲噉所費又難量矣此皆出自他力資成我用與夫汲汲之位豈得同年而較其苦樂哉是知大慈之教至矣大悲之力深矣况十號調御以我為子而覆之八部天龍以我爲師而奉之皇王雖貴不敢以臣禮畜之則其貴可知也尊親雖重不敢以子義瞻之則其尊可知也若乃悠悠四俗茫茫九土誰家非我之倉儲何人非予之子弟所以提盂入室緘封之膳遽開振錫登衢施慢之容肅敬古人以一飡之惠猶能効節一言之顧尚或亡軀况從頂至踵皆如来之養乎從生至死皆如来之廕乎向使不遇佛法不遇出家方將曉夕犯霜露晨昏勤隴畝馳驟萬端逼迫千計弊襜壓絜或不足以盖形藿茹飡食或不能以充口何暇盱衡廣宇策杖閑庭曳屣清談披襟閑諕避寒暑擇甘辛呵斥童稚徵求捧汲縱意馬之害羣任情猨之矯樹也但三障雲聳十纏縈結癡愛亂心狂愚惱自悔自責經瞬息而已還悲之恨之歷旬朔而俄變或復唑堂致禮耻尊儀而雨泣對格披文慙聖教而垂淚或鶉衣犬食困辱以治之損財去友孤窮而苦之竟不能屈慢山清欲火捨麤弊之聲色免鑊湯之深誅豈不痛哉豈不痛哉所以常慘常啼酸辛而不極空藏地藏救接而無方余又

反覆求已周旋自撫形容耳目不減於常流識悟神清參差於名輩何福而生中國何善而預出家何罪而戒檢多違何釁而剛強難化所以縈紆日異佇嘆中宵莫識救之之方未辨革之之術然幼蒙庭訓早霑釋教頗聞長者之遺言屢謁名僧之高論三思之士假韋絃以是資九折之賓待箴銘而作訓故乃詳求列代披閱群篇採同病之下流訪迷津之野客其有蔑聖言輕業累縱逸無耻頑踈不檢可爲懲勸者並集而錄之仍簡十科分爲三軸朝夕觀覽庶裨萬一若乃坐成龍報立驗虵身牛泣登坡馳鳴遶寺或杖楚交至遍體火然或戈戟去來應時流血或舌銷眉落或失性發狂或取把菜而作奴或侵束烖而然足寄神園木割肉酧施主之恩托跡園扉變骨受謗人之罰昔不見而今見先不知而始知號天扣地莫以追破膽摧肝非所及當此時也父母百身而無贖親賓四馳而不救貨賂委積而空陳左右撫膺而奚補向之歡娛美樂爲何在乎向之朋流眷屬爲何恃乎嗚呼朝爲盛德唱息於長廊夕爲傷子哀慟於幽房匪斯人之獨有念余身兮或當倘百年而一遇將耻悔兮何央可不愴乎可不懼乎故編其終始備之左右佇曷書紳之誡將期戰勝之功其有名賢雅誥哲人殊跡道化之洿隆時事之臧否亦附而録之以寄通識古人云百年影徂千載心在實望千載之後知予心之所在焉

釋難文

希顏首座字聖徒性劉果通內外學以風節

自持遊歷罷歸隱故廬跡不入俗常閉門宴坐非行誼高潔者莫與友也名公貴人累以諸刹招之堅不答時有童行名參巳欲爲僧侍左右頗識其非器作釋難文以却之曰知子莫若父知父莫若子若子之參巳非爲僧器蓋出家爲僧豈細事乎非求安逸也非求溫飽也非求蝸角利名也爲生死也爲衆生也爲斷煩惱出三界海續佛慧命也去聖時遥佛法大壞汝敢妄爲爾寶梁經云比丘不修比丘法大千無唾處通慧録云爲僧不預十科事佛徒勞百載爲之不難得乎以是觀之子濫厠僧倫有詒於佛況汝爲之邪然出家爲僧尚不知三乘十二分教周公孔子之道不明因果不達巳性不知稼穡艱難不念信施難消徒飲酒食肉破齋犯戒行商坐賈偷姦博奕覬覦院舍車蓋出入奉養一巳而巳悲夫有六尺之身而無智慧佛謂之癡僧有三寸舌而不能說法佛謂之啞羊僧似僧非僧似俗非俗佛謂之鳥鼠僧亦曰秃居士楞嚴故曰云何賊人假我衣服裨販如来造種種業非濟世舟航也地獄種子爾縱饒彌勒下生出得頭来身巳陷鑊湯百刑之痛非一朝一夕也若今爲之者或百或千至于萬計形服而巳篤論其中何有哉所謂鷙翰而鳳鳴也碌碌之石非玉也蕭敷艾榮非雪山忍草也國家度僧本爲祈福今反責以丁錢示民於僧不然使吾徒不足待之之至也只如前日育王璉永安嵩龍井浄靈芝照一狐之腋自餘千羊之皮何足道哉於戲佛海穢滓未有今日之甚也可與智者道難與俗人

言師古曰狐腋下之皮輕柔難得黄雋作腋

梁高僧偁法主遺誡小師

塵世匪堅浮生不久我光陰以謝汝齒髮漸高無以世利下其身無以虚名蔑其利莫輕仁賤義莫嫉善妬才莫抑遏無辜莫沈埋有德莫踈慵人事莫懶惰焚修莫躭沔睡眠莫強知他事莫空腹高心莫營私利己莫恃強欺弱莫利巳損他無以長而慢後生無以少而欺老宿無以財華下視物無以意氣高揖人無以不善苦相親無以善而却憎惡無以片能稱我是無以少解道他非無以在客慢主人無以爲主輕旅客無以在事失綱紀無以傲衆破條章無以誹謗怍他人無以穿鑿覓他過好向佛法中用意多於塵境上除情袈裟下失却人身寔爲苦也㨂落裡受諸異報可謂屈馬况端拱無爲安閑不役徐行金地高坐華堂足不履泥手不彈水身上衣而口中食豈易消乎圓却頂而方却袍爲何事也其或剛柔得所進退含容堪行即行可止即止無貪眼下數省時中一點相當萬金消得予以千叮萬囑苦口甘言依余言者來世相逢若不依余言者擬向何處出頭珎重珍重

右街寧僧録勉通外學

夫學不厭博有所不知蓋闕如也吾宗致遠以三乘法而運載焉然或魔障相陵必須禦侮禦侮之術莫若知彼敵情敵情者西竺則韋陀東夏則經籍矣故祇桓寺中有四韋陀院外道以爲宗極又有書院大千界内所有不同文書並集其中佛俱許讀之爲伏外道

而不許依其見也此土古德高僧能懾伏異宗者率由博學之故辟如夷狄之人言語不通飲食不同孰能達其志通其欲其或微解胡語立便馴和矣是以習鑿齒道安以詼諧而伏之宗雷之輩慧遠以詩禮而誘之權無二復禮以辨惑而柔之陸鴻漸皎然以詩式而友之此皆不施他術唯通外學耳況乎儒道二教義理玄邈釋子既精本業何妨鑚極以廣見聞勿滯於一方也

晉支遁禪師座右銘

勤之勤之至道非弦奚爲淹滯弱喪神奇茫茫三界眇眇長羈煩勞外湊冥心内馳殉赴欽渴緬邈忘疲人生一世涓若露垂我身非我云云誰施達人懷德知安必危寂寥清舉濯累禪池謹守明禁稚說玄規綏心神道抗志無爲遼朗三蔽融冶六疵空洞五陰虚豁四支非指喻指絕而莫離妙覺既陳又玄其知婉轉平任與物推移過此以往勿思勿議

周京師大中興寺道安法師遺誡九章以訓門人其詞曰

敬謝諸弟子等夫出家爲道至重至難不可自輕不可自易所謂重者荷道佩德縈仁負義奉持淨戒死而有已所謂難者絕世離俗永割親愛迴情易性不同於衆行人所不能行割人所不能割忍苦受辱捐棄軀命謂之難者名曰道人道人者導人也行必可履言必可法被服出家動爲法則不貪不諍不讒不匿學問高遠志在玄默是爲名稱參位三尊出賢入聖滌除精寬故得君主不望其報父母不望其力普天之人莫不歸攝捐妻減

養供奉衣食屈身俯仰不辭勞恨者以其志行清潔通於神明惔怕虛白可奇可貴自獲荒流道法遂替新學之人未體法則着邪棄正忌其真實以小黠爲智以小恭爲是飽食終日無所用心退自推觀良亦可悲計今出家或有年歲經業未通文字不決徒喪一世無所成名如此之事可不深思無常之限非旦即夕三塗苦痛無強無弱師徒義深故以申示有情之流可爲永誡

其一曰

卿巳出家永違所生剃髮毀容法服加行辭親之日上下涕零剖愛榮道意凌太清當遵此志經道修明如何無心故存色聲悠悠竟日經業不成德行日損穢積遂盈師友慙恥凡俗所輕如是出家徒自辱名今故誨勵宜當專精

其二曰

卿巳出家棄俗辭君應自誨勵志果青雲財色不顧與世不羣金玉不貴惟道爲珍約巳守節甘苦樂貧進德自度又能度人如何改操趨走風塵坐不暖席馳騖東西劇如徭役縣官所牽經道不通戒德不全朋友蚩笑同學棄捐如是出家徒喪天年今故誨勵宜各自憐

其三曰

卿巳出家永辭宗族無親無踈清淨無欲吉則不歡凶則不感超然縱容豁然離俗志存玄妙軌真守樸得度廣濟普蒙福祿如何無心仍著染觸空諍長短銖兩升斛與世諍利何異僮僕經道不明德行不是如是出家徒

自毀辱今故誨示宜自洗浴

其四曰

卿已出家號曰道人父母不敬君帝不臣普天同奉事之如神稽首致敬不計富貧尚其清修自利利人減割之重一米七斤如何怠慢不能報恩倚縱遊逸身意虛煩無戒食施死入太山燒銕爲食融銅灌咽如斯之痛法向所陳今故誨約宜改自親

其五曰

卿已出家號曰息心穢雜不着惟道是欽志參清潔如玉如氷當修經戒以濟精神衆生蒙祐并度所親如何無心隨俗浮沈縱其四大恣其五根道德遂淺世事更深如是出家與世同塵今故戒約幸自開神

其六曰

卿已出家捐世形軀當務竭情泥洹合符如何擾動不樂閑居經道損耗世事有餘清白不履反入泥塗過影之命或在須臾地獄之痛難可具書今故戒勵宜崇典謨

其七曰

卿已出家不可自寬形雖鄙陋使行可觀衣服雖麄坐起令端飲食雖踈出言可飡夏則忍熱冬則忍寒能自守節不飲盜泉不肖之供足不妄前久處私室如臨至尊學雖不多可齊上賢如是出家足報二親宗族知識一切蒙恩今故誡汝宜各自敦

其八曰

卿已出家性有昏明學無多少要在修精上士坐禪中士誦經下士堪能塔寺經營豈可終日一無所成立身無聞可謂徒生今故誨

汝宜自端情

其九曰

卿已出家永遠二親道法革性俗服離身辭親之日乍悲乍欣邈爾絶俗超出埃塵當修経道制已履真如何無心更染俗因経道已薄行無毛分言非可貴德非可珍師友致累恚恨日殷如是出家損法辱身思之念之好自将身

大唐慈恩法師出家箴

捨家出家何所以稽首空王求出離三師七證定初機剃髮染衣發弘誓去貪嗔除鄙恪十二時中常謹慎鍊磨真性若虚空自然戰退魔軍陣勤學習尋師匠詵與同人堪倚仗莫教心地亂如麻百歲光陰等閑喪踵前賢敦先聖盡假聞思修得證行住坐卧要精專念念無差始相應佛真経十二部縱横指示菩提路不習不聽不依行問君何日心開悟速須究似頭然莫待明年與後年一息不来即後世誰人保得此身堅不蠶衣不田食織女耕夫汗血力爲成道業施将来道業未成爭消得哀哀父哀哀母鞠苦吐甘大辛苦就濕回乾養育成要襲門風繼先祖一旦辭親求剃落八十九十無依托若不超凡越聖流向此因循全大錯福田衣降龍鉢受用一生求解脱若因小利繫心懷彼岸涅槃爭得達善男子汝須知遭逢難得似今時既遇出家披縷褐猶如浮木值盲龜大丈夫須猛利緊束身心莫容易倘能行碩力相扶決定龍華親授記

南嶽法輪寺省行堂記趙然居士趙

令矜撰

嘗謂諸苦之中病苦爲深作福之中省病爲最是故古人以有病爲善知識曉人以看病爲福田所以叢林爲老病之設令叢林聚衆凡有病使歸省行堂不准修省改行以退病亦欲人散夜静孤燈獨照之際究索大事豈徒然哉既命知堂以司藥餌又戒常住以乏供須此先佛之規制近世不然堂名延壽鄙俚不經病者不自省咎補躬乖方湯藥妄投返成沈痼至有酷疾不參堂以務疎逸者大失建堂命名之意也知堂名存實廢或同路人常住急於日用殊不存撫又復失優波待老病之意也由是病人呻吟痛楚日益增極過在彼此非如来咎縱有親故問病率皆鄉曲故舊心既不普事忽有差今法輪病所與然一新蓋有本分人是事色色成辦無可論者惟有病人宜如何哉省躬念罪世之有識者皆能達此衲僧分上直截機緣當於頭痛額熱之時驀取掉動底於聲寃叫苦之際領畧徹困心密密究思是誰受病人既不見病從何来人病雙亡復是何物直饒見得分明正好爲他将息

周渭濱沙門亡名法師息心銘

法界有如意寶人焉久緘其身銘其膺曰古之攝心人也誡之哉誡之哉無多慮無多知多知多事不如息意多慮多失不如守一慮多志散知多心亂心亂生惱志散妨道勿謂何傷其苦悠長勿言何畏其禍鼎沸滴水不停四海将盈纖塵不拂五嶽将成防末在本雖小不輕關爾七竅閉爾六情莫窺于色莫

聽于聲聞聲者聾見色者盲一文一藝空中小納一伎一能日下孤燈英賢才藝是爲愚蔽捨棄淳樸躭溺淫靡識馬易奔心猿難制神既勞役形必損斃邪徑終迷修途永泥英賢才能是曰昏懵夸拙羨巧其德不弘名厚行薄其高速崩塗舒汙卷其用不恒内懷憍伐外致怨憎或談于口或書於手要人令譽亦孔之醜凡謂之吉聖謂之咎賞玩暫時悲憂長久畏影畏迹逾走逾劇端坐樹陰迹滅影沈厭生患老隨思隨造心想若滅生死長絕不死不生無相無名一道虛寂萬物齊平何勝何劣何重何輕何貴何賤何辱何榮澄天愧淨皦日斷明安夫岱嶽固彼金城敬貽賢哲斯道利貞

洞山和尚規誡

夫沙門釋子高上爲宗既絕攀緣宜從淡薄割父母之恩愛捨君臣之禮儀剃髮染衣持巾捧鉢履出塵之徑路登入聖之階梯潔白如霜清淨若雪龍神欽敬鬼魅歸降專心用意報佛深恩父母生身方霑利益豈許結託門徒追隨朋友事持筆硯馳騁文章區區名利役役趨塵不思戒律破却威儀取一生之容易爲萬劫之艱辛若斆如斯徒稱釋子

慈雲式懺主書紳

知白汝知日之所爲害善之法偏宜遠之損惡之道盍其用之口無自伐心無自欺勿抱内蠹勿揚外儀欲人之譽畜巳之私殺義之始陷禍之基自恃其德必有餘識自矜其達必有餘非眷屬集樹汝宜遠之利養毛蝇汝宜畏之釋而思之懲惡之餘何則是宜清香

一炷紅蓮數枝口勿輟誦意勿他思安禪禮像其則勿虧量衣節食其志勿移造世文筆如佛戒之詭人長短如法慎之縱對賔侶口勿多辭頻驚光影坐勿消時芭蕉虛質非汝久期蓮華淨土是汝真歸俾夜作晝勤而行之

願文

願我此身安隱修道離諸緣障正法無難國土豐樂常居林野樂獨寂靜衲衣菜食隨分知足常畏信施如禦強敵常離眷屬如遠大怨常保禪慧如護珎寶常棄諸惡如去弊疾法衣錫杖禦魔甲兵繩床香鑪資道調具捨此之外更無所貪習俗生常願莫相近嗜欲名利永非我徒毀讚虛嚮猶風過耳安忍違從志全道業

圭峯密禪師座右銘

寅起可辦事省語終寡尤身安勤戒定事簡疎交遊他非不足辨已過當自修百歲既有限世事何時休落髮墮僧數應須俟上流胡爲逐世變志慮尚囂浮四恩重山嶽錙銖未能酬蚩蚩居大厦汲汲將馬求死生在呼吸起滅若浮漚無令方服下畨作阿鼻由

白楊順禪師示衆

染緣易就道業難成不了目前萬緣差別只見境風浩浩凋殘功德之林心火炎炎燒盡菩提之種道念若同情念成佛多時爲衆如爲已身彼此事辦不見他非我是自然上敬下恭佛法時時現前煩惱塵塵解脱

永明智覺壽禪師垂誡

學道之門别無奇特只要洗滌根塵下無量

刼來業識種子汝等但能消除情念斷絶妄緣對世間一切愛欲境界心如木石相似直饒未明道眼自然成就淨身若逢真正導師切須勤心親近假使叅而未徹學而未成歷在耳根永爲道種世世不落惡趣生生不失人身纔出頭來一聞千悟須信道真善知識爲人中最大因緣能化衆生得見佛性深嗟末世誰說一禪只學虛頭全無實解步步行有口口談空自不責業力所牽更教人撥無因果便說飲酒食肉不礙菩提行盜行淫無妨般若生遭王法死陷阿鼻受得地獄業消又入畜生餓鬼百千萬刼無有出期除非一念回光立即翻邪爲正若不自懺自悔自度自修諸佛出來也無救你處若割心肝如木石相似便可食肉若吃酒如吃屎尿相似便可飲酒若見端正男女如死尸相似便可行淫若見巳財他財如糞土相似便可侵盜饒你鍊得到此田地亦未可順汝意在直待証無量聖身始可行世間逆順事古聖施設豈有他心只爲末法僧尼少持禁戒恐賺他向善俗子多退道心所以廣行遮護千經所說萬論所陳若不去淫斷一切清淨種若不去酒斷一切智慧種若不去盜斷一切福德種若不去肉斷一切慈悲種三世諸佛同口敷宣天下禪宗一音演暢如何後學嘗不聽從自毀正因反行魔說只爲宿熏業種生遇邪師善力易消惡根難拔豈不見古聖道見一魔事如萬箭攢心聞一魔聲如千錐劄耳速須遠離不可見聞名自究心愼莫容易

八溢聖解脫門

禮佛者敬佛之德也念佛者感佛之恩也持戒者行佛之行也看經者明佛之理也坐禪者達佛之境也叅禪者合佛之心也得悟者證佛之道也說法者滿佛之願也實際理地不受一塵佛事門中不捨一法然此八事猶如四方四隅闕一不可前聖後聖其揆一也六波羅密亦須兼行六祖云執空之人滯在一隅謂不立文字自迷猶可又謗佛經罪障深重可不戒哉

大智照律師比丘正名

梵語苾蒭華言乞士内則乞法以治性外則丐食以資身父母人之至親最先割捨鬚髮世之所重盡以剃除富溢七珎弃之猶同於草芥貴尊一品視之何啻於煙雲極厭無常深窮有本欲髙其志必降其身執錫有類於枯藜擎鉢何殊於破器肩披壞服即是弊袍肘串絡囊便同席袋清淨活命已沾八聖道中儉約修身即預四依行内九州四海都爲游處之方樹下塜間悉是棲遲之處攀三乘之逸駕蹈諸佛之遺蹤禀聖教以無違真佛弟子遇世緣而不易實大丈夫可以戰退魔軍揮開塵網受萬金之勝供諒亦堪消爲四生之福田信非虛托乞士爲義期斯之謂乎

捨緣銘

追遠報恩棄儒從釋刮磨舊習洗滌世緣截斷衆流壁立千仞文章筆硯盡把焚除雪月風花無勞覩詠酒殺財色更莫回頭聲利榮華豈須着眼末流狂妄正法澆漓但欲變形何嘗涉道雖云捨俗俗習不除盡說出塵塵緣不斷綣親講肆擬作闍黎未入叢林望爲

長老避溺投火豈覺盲癡却步求前寔為顛倒釋心儒服代不乏人釋服儒心世途目擊律防廉暴禅息妄緣深究苦空常思厭離邪師惡友畏若豺狼善導良朋親如父母低心似地緘口如愚摧挫我人消停意氣端居靜室課念遺時送想樂邦一心待盡若能如此吾復何憂厥或不然子當裁酌

座右銘

四體不勤百事無闕端坐受用寧知所來但養穢軀鮮營淨福縱懷慚耻尚恐難堪況處學庠濫參聽教求人長短壞彼規繩假托他緣悶避衆法輕陵先覺熒惑後生規度利名結構朋黨不遵惡疾必有餘殃虛費精神終無成結昇沈由己善惡無門福謝禍來雖悔何及斯言匪妄汝曹思之

規繩後跋

咨爾學衆聽吾直言父母生身義當侍養師長受度理合供承而乃遠别鄉閭躬栖講肆是宜親仁擇善建志立身討論不弃於寸陰持守無忘於跬步若乃縱無明之逸馬任業識之野猿見善不遷作惡無耻或遭責罰或被擯治豈不負累宗親耻辱師傅濫他淨衆枉彼施心號無慚人遭不如意且依律檢畧示條章來學同遵令法久住

緇門警訓卷第二

音釋

雋 徂兖切肥肉也長沙有丨縣　㑃 乙孝切很丨也

緇門警訓卷第三

撫州永安禪院僧堂記無盡居士撰

古之學道之士灰心泯志於深山幽谷之間穴土以爲廬紉草以爲衣掬溪而飲煮藜而食虎豹之與隣猿狙之與親不得已而聲名腥薌文彩發露則枯槁同志之士不遠千里裹糧躡屩來從之游道人深拒而不受也則爲之樵蘇爲之舂炊爲之洒掃爲之刈植爲之給侍奔走凡所以效勞苦致精一積月累歲不自疲厭覬師見而愍之賜以一言之益而超越死生之岸烏有今日所謂堂殿宮室之華床榻臥具之安氈幄之温簟席之涼窓牖之明巾單之潔飲食之盛金錢之饒所須而具所求而獲也哉嗚呼古之人吾不得而見之矣因永安禪院之新其僧堂也得以發吾之緒言元祐六年冬十一月吾行郡過臨川聞永安主僧老病物故以兜率從悅之徒了常繼之常陞座說法有陳氏子一歷耳根生大欣慰謂常曰諦觀師誨前此未聞當有淨侶雲集而僧堂狹陋何以待之願出家貲百萬爲衆更造明年堂成高廣宏曠殆甲江右常遣人來求文曰公追常於山而及此也幸卒成之吾使謂常擊鼓集衆以吾之意而告之曰汝比丘此堂既成坐臥經行惟汝之適汝能於此帶刀而眠離諸夢想則百丈即汝汝即百丈若不然者昏沉睡眠毒虵伏心暗冥無知晝入幽壤汝能於此跏趺宴坐深入禪定則空生即汝汝即空生若不然者獼猴在檻外覬樝栗雜想變亂坐化異類汝能於此横經而誦研味聖意因漸入頓因頓入

圓則三藏即汝汝即三藏若不然者春禽晝啼秋虫夜鳴風氣所使曾無意謂汝能於此閱古人話一見千悟入紅塵裏轉大法輪則諸祖即汝汝即諸祖若不然者狗齧枯骨鵄啄腐鼠鼓喙呀唇重增饑火是故析爲垢淨列爲因果判爲情想感爲苦樂漂流汩溺極未來際然則作此堂者有損有益居此堂者有利有害汝等比丘宜知之汝能斷毗盧髻截觀音臂劖文殊目折普賢脛碎維摩座焚迦葉衣如是受者黄金爲瓦白銀爲壁汝尚堪任何况一堂戒之勉之吾說不虛了常諮參悦老十餘年盡得其末後大事蓋古德所謂金剛王寶劍云元祐七年十二月十日南康赤烏觀雪夜擁爐書以爲記

禪月大師大隱龜鑑

在塵出塵如何處身見善努力聞惡莫親縱居暗室如對大賓樂情養性逢危守貧如愚不愚修仁得仁謙讓爲本孤高作鄰少出爲貴少語最珍學無廢日時習知新榮辱慎動是非勿詢常切責己切勿尤人抱璞削足與文戹陳古聖尚爾吾徒奚伸安聞世俗自任天真奇哉快哉坦蕩怡神

右街寧僧録三教總論

問曰略僧史求事端其故何也荅曰欲中興佛道令正法久住也曰方今天子重佛道崇玄門行儒術致太平巳中興矣一介比丘力輪何轉而言中興佛道耶荅曰更欲助其中興耳苟釋氏子不知法不修行不勤學科不明本起豈能副帝王之興乎或曰子有何力令正法久住乎荅曰佛言知法知摩夷護持

攝受可令法不斷也又曰諸師已廣著述何待子之爲耶荅曰古人著述用則闕如曾不知三教循環終而復始一人在上高而不危有一人故奉三教之興有三教故助一人之理且夫儒也者三王以降則宣用而合宜道也者五帝之前則冥符於不宰昔者馬史躋道在九流之上班書拔儒冠藝文之初子長欲反其朴而還其淳尚帝道也孟堅思本其仁而祖其義行王道焉自夏商周至于今凡幾百千齡矣若用黄老而治則急病服其緩藥矣由此仁義薄禮刑生越其禮而逾其刑則儒氏拱手矣釋氏之門周其施用以慈悲變暴惡以喜捨變慳貪以平等變冤親以忍辱變瞋害知人死而神明不滅知趣到而受業還生賞之以天堂罰之以地獄如範脱土

若模鑄金邪範漏模寫物定成其寢陋好模嘉範傳形必告其端嚴事匪口談人皆目擊是以帝王奉信群下歸心草上之風翕然而偃而能旁憑老氏兼假儒家成智猶待於三愚爲邦合遵於衆聖成天下之亹亹復終日之乾乾之於御物也如臂使手如手運指或擒或縱何往不臧邪夫如是則三教是一家之物萬乘是一家之君視家不宜偏愛偏愛則競生競生則損教已在其内自然不安及已不安則悔損其教不欲損教則莫若無偏三教既和故法得久住也且如秦始焚坑儒術事出李斯後魏誅戮沙門職由寇謙之崔浩周武廢佛道二教矜衒已之聰明蓋朝無正人唐武宗毁除寺像道士趙歸真率劉玄靖同力謗誣李朱崖影助此四君諸公之報

驗何太速乎奉勸吾曹相警互防勿罹愆失帝王不容法從何立况道流守寶不爲天下先沙門何妨饒禮以和之當合佛言一切恭信信于老君先聖也信于孔子先師也非此二聖曷能顯揚釋教相與齊行致君於犧黃之上乎啻佛斯言譬無賴子弟無端鬪競累其父母破產遭刑然則損三教之大猷乃一時之小失日月食過何損於明君不見秦焚百家之書聖人預已藏諸屋壁坑之令勦絕楊馬二戴相次而生何曾無噍類耶梁武捨道後魏勃興拓跋誅僧子孫重振後周毀二教隨牽復之武宗陷釋門去未旋踵宣宗十倍興之側掌豈能截河漢之流張拳不可暴虎兕之猛况爲僧莫若道安安與習鑿齒交游崇儒也爲僧莫若慧遠遠送陸修靜過虎溪重道也余慕二高僧好儒重道釋子猶或非之我既重他他豈輕我請信安遠行事其可法也詩曰伐柯伐柯其則不遠孟子曰天時不如地利地利不如人和斯之謂歟

傳禪觀法

禪法濫觴自於秦世僧叡法師序關中出禪經其文則明心達理之趣也然譬若始有其方未能修合弗聞療疾徒曰毉書矧以大教既敷群英分講註之者矜其辭義科之者逞其區分執麈摇松但尚其乘機應變解紛挫鋭唯觀其智刃辭鋒都忘所詮不求出離江表遠公慨禪法未敷於是苦求而得也菩提達磨祖師觀此土之根緣對一期之繁紊而宣言曰不立文字遣其執文滯迹也直指人心明其頓了無生也其機峻其理圓故不免

漸修之徒篤加訕謗傳禪法者自達磨爲始馬直下相繼六代傳衣横枝而出不可勝紀如曹溪寶林傳所明也道法師箋本於直指人心下削去今依舊本補入

洪州寶峰禪院選佛堂記丞相張商英撰

崇寧天子賜馬祖塔號慈應謚曰祖印歳度僧一人以奉香火住山老福深即祖殿後建天書閣承閣爲堂以選佛名之使其徒請記於予予三辭而請益堅余謂之曰古人謂選佛而及第者涉乎名言爾子以名堂予又記之無乃不可乎憐子之勤謾爲之記夫選者選擇之謂也有去有取有優有劣施之於科舉用之於人才此先王所以厲世磨鈍之具非所以選佛也使佛而可選也取六根乎取六塵乎取六識乎取三六則一切凡夫皆可以作佛去三六則無量佛法誰修誰證取四諦六度七覺八正九定十無畏乃至十八不共法三十七助道品乎取之則有法也去四諦六度乃至三十七助道品乎去之則無法也去取有無眇然如絲之留於心中歘然如埃之入乎眥次此在修多羅藏或謂之二障或謂之四病或謂之不了義或謂之戲論或謂之遍計邪見或謂之微細流注取之非佛也去之非佛也不去不取亦非佛也佛果可以選乎曰先生之論相宗也吾祖之論禪宗也凡與吾選者心空而已矣弟子造堂而有問宗師踞坐而有答或示之以玄要或示之以料揀或示之以法鏡三昧或示之以道眼因縁或示之以向上一路或示之以末後一句或示之以當頭或示之以平實或揚眉瞬

目或舉拂敲床或畫圓相或劃一畫或拍掌或作舞契吾機者知其心之空也知其心之空則佛果可以選矣余曰世尊舉花迦葉微笑正法眼藏如斯而已矣後世宗師之所指示何其紛紛之多乎吾恐釋氏之教中衰於此矣深河東人也甘粗糲耐辛苦久從關西真淨遊孤硬卓立必能宏其教蓋釋氏之教枯槁以遺其形寂寞以灰其慮戒定密行鬼神所莫窺慈悲妙用幽顯所同仰迫而後應則吾衆喪其伴侶不得已而後言則六聚亡其畛域生死之變人之所畏也吾未嘗有生安得有死則奚畏之有利害之境人之所擇也吾未嘗有利安得有害則奚擇之爲夫如是則不空於外而內自空不空於境而心自空不空於事而理自空不空於相而性自空不空於空而空自空空則等等則大大則圓圓則妙妙則佛嗟乎吾以此望子子尚無忽哉

三祖鑑智禪師信心銘

至道無難唯嫌揀擇但莫憎愛洞然明白毫釐有差天地懸隔欲得現前莫存順逆違順相爭是爲心病不識玄旨徒勞念靜圓同太虛無欠無餘良由取捨所以不如莫逐有緣勿住空忍一種平懷泯然自盡止動歸止止更彌動唯滯兩邊寧知一種一種不通兩處失功遣有沒有從空背空多言多慮轉不相應絕言絕慮無處不通歸根得旨隨照失宗須臾返照勝却前空前空轉變皆由妄見不用求真唯須息見二見不住慎莫追尋纔有是非紛然失心二由一有一亦莫守一心不

生萬法無咎無咎無法不生不心能由境滅境逐能沈境由能境能由境能欲知兩段原是一空一空同兩齊含萬象不見精粗寧有偏黨大道體寬無易無難小見狐疑轉急轉遲執之失度必入邪路放之自然體無去住任性合道逍遙絕惱繫念乖真昏沈不好不好勞神何用踈親欲取一乘勿惡六塵六塵不惡還同正覺智者無為愚人自縛法無異法妄自愛著將心用心豈非大錯迷生寂亂悟無好惡一切二邊良由斟酌夢幻空華何勞把捉得失是非一時放却眼若不寐諸夢自除心若不異萬法一如一如體玄兀爾忘緣萬法齊觀歸復自然泯其所以不可方比止動無動動止無止兩既不成一何有爾究竟窮極不存軌則契心平等所作俱息狐疑盡淨正信調直一切不留無可記憶虛明自照不勞心力非思量處識情難測真如法界無他無自要急相應唯言不二不二皆同無不包容十方智者皆入此宗宗非促延一念萬年無在不在十方目前極小同大忘絕境界極大同小不見邊表有即是無無即是有若不如是必不須守一即一切一切即一但能如是何慮不畢信心不二不二信心言語道斷非去來今

戒定慧三學

資持云一切佛法不出三學以衆生迷心為惑動處成業由業感報生死無窮欲脫苦果要除苦因故先以戒治其業次以定慧澄其惑業分善惡故止作兩行以相翻惑唯昏散故定慧二法而對破病因藥差機藉教脩然

後業盡惑除情亡性顯教門雖廣豈越於斯

釋法四依則見祖懷究竟指歸唯在了義

依法不依人者人唯情有法乃軌模性空正理性空遍大小也體離非妄即用此法為正法依涅槃極教盛明斯轍涅槃云依法者即是法性不依人者即是聲聞緣覺若能反彼俗心憑準聖量隱心行務知非性空乘持此心以為道路一分知非明順空理一分觀厭明違有事如此安心分名修趣法性真道依義不依語者語是言說止是張筌義為達理化物之道化猶變也證解已後絕慮杜言法尚應捨何況非法故經有捨筏之喻人懷目擊之談莊子云目擊而道存豈不以言詮意表得意息言月喻妙指無宜不曉上明義假語顯見義捨語也今謂得義義乃是言真行道者常觀常破常觀依語常破隨義謂言隨義還是誦言上謂得義忘言仍須遣義無有也依智不依識者識謂現行隨塵分見眼色耳聲躭迷不覺與牛羊而等度同邪凡而共行上明六識妄念人畜共依故有淪墜已大聖下令依佛智即唯識觀令損過漸明也示教境是自心下愚永執塵為識外所以化導無由捨之是知滯歸凡識倒遣聖心愚迷履歷常淪三倒勇勵特達念動即知知倒難清名為依識知流須返名隨分智如是加功漸增明大後見塵境知非外來境非心外是自心相安有愚迷生憎生愛思擇不已解異牛羊

依了義經不依不了義經者此之兩經並聖言量凡入道者率先曉之則無壅不通有疑皆決但為群生性識深淺利鈍不同致令大聖隨情別說然據至道但是自心故經云三

界上下法我說唯是心此就世界依報以明心也又云如如與真際涅槃及法界種種意生身佛說唯心量此攄出世法體以明心也終窮至實畢到斯源隨流赴感還宗了義

戒唯佛制不通餘人

行宗云大千界内佛爲法王律是佛勑唯聖制立自餘下位但可依承良以如来行果極圓窮盡衆生輕重業性等覺已下猶非所堪况餘小聖輙敢擬議有如國家賞罰號令必從王出臣下僣越庶人失信亡敗無日佛法亦爾若容他說群生不奉法不久住故也

撮畧諸文以嘆戒法

資持引標宗云是汝大師以能軌物也或云人足能有所至也或云大地生成住持也道品樓柱聖道所依也禪定城郭定慧所憑也乃至如池如鏡如纓絡如頭如器又智論中如重寶如命如船如鳥翅等尋之可知又篇聚中先明戒護具列八喻如王小子如月光如如意珠如王一子如人一目如貧資粮如王好國如病良藥又戒大序如海無涯如寶無厭僧祇戒本如猿猴鎻如馬轡勒廣在經律不復繁引良以戒德高廣故非一物可喻偏舉諸像各得一端不能全似

佛在世時偏弘戒法

又云雖談衆典然於毗尼最所留意故篇聚云世尊處世深達物機凡所施爲必以威儀爲主是也又經通餘人所說律唯金口親宣大權影響但知祇奉况餘小聖安敢措詞又復諸經說有時限律則通於始終義鈔云始於鹿苑終至鶴林隨根制戒乃有萬差等具

斯三意永異餘經偏弘之言想無昧矣

示僧尼戒相廣略

鈔云問律中僧列二百五十戒戒本具之尼則五百此言虛實五百之言乃出智論與律不同故問決之答兩列定數約指爲言約即畧也故諸部通言不必依數論其戒體唯一無作約境明相乃量塵沙且指二百五十以爲持犯蹊徑耳律中尼有三百四十八戒可得指此而爲所防今準智論云尼受戒法畧則五百廣則八萬僧則畧有二百五十廣亦同尼律儀

度尼教意

業疏云女人機發律中佛姨母大愛道尼同五百女人求佛出家深厭生死求佛出家以無弘道遠化益故抑而不許後還舍衞便自剃髮披衣倚僧坊立祈聽受戒時爲三請便授敬法必具依行即感具戒記云女性鄙弱人少敬信故無弘化之益反更毀辱正法減半由佛不許却還城中輒自變形復至祇桓倚門而住阿難代請佛令傳教能行八敬即與出家愛道等聞即發具戒疏又云二十衆受者爲明女報惑深智淺喜生慢怠必欲受具僧尼各十方發勝心又云若依神州自宋已前究勘僧史尼一衆受謂從大僧一衆邊受如諸律中八敬受者但專愛道餘五百尼十一衆受故求那跋摩此翻功德鎧聖者言若無二衆但一衆受如愛道之緣者得也何以知然及論本法止前方便未有可成還約僧中羯磨方感後師子國鐵索羅等十一尼學宋語通方二衆受

尼八敬法

事鈔尼衆篇云善見佛初不度女人出家爲

滅正法五百年後爲說八敬聽出家依教行故還得千年今時不行隨處法滅會正記云佛成道後十四年姨母求出家佛不許度阿難爲陳三請佛令慶喜傳八敬向說若能行者聽汝出家彼云頂戴持言八敬者一者百歲比丘尼見初受戒比丘當起迎送禮拜問訊請令坐二者比丘尼不得罵謗比丘三者不得舉比丘罪說其過失比丘得說尼過四者式义摩那已學於戒應從衆僧求受大戒五者尼犯僧殘應半月在二部僧中行摩那埵六者尼半月內當於僧中求教授人七者不應在無比丘處夏安居八者夏訖當詣僧中求自恣人如此八法應尊重恭敬讚歎盡形不應違

出家超世

業疏云横約諸有無思離染故樹出家樂處閑靜若有貪着終成金鎖引出方便唯斯一道如華手經云有四法轉身即在善来比丘蓮華化生現增壽命一者自樂出家亦勸助人令欣出家二者求法無倦亦勸他人三者自行和忍亦勸他行四者習行方便深發大願又出家功德經云若能放人出家受戒功德無邊譬如四天下滿中羅漢百年供養不如有人爲涅槃故於一日夜出家受戒謂猶前施雖多有竭是欲界繫爲法出家非三界業故說過前又云縱起寶塔至忉利天亦劣出家功德者一時欣出雖未可數然其積微是高勝本

沙彌五德

鈔引福田經云一者發心出家懷佩道故二

者毁其形好懕法服故三者委棄身命遵崇道故四者永割親愛無適莫故五者志求大乘爲度人故記云此之五德出家大要五衆齊奉不唯小衆終身行之不唯初受又業䟽云斯德始終通於五衆俱堪物養人天師範故使誦持無輕受體及形服也

三衣興意

鈔引薩婆多云欲現未曾有法故一切九十六種外道無此三名爲異外道故分別功德論爲三時故制有三衣冬則着重夏則着輕春則着中亦爲諸虫故智論云佛聖弟子住於中道故着三衣外道裸身無耻白衣多貪重着也十誦爲異外道故便以刀截知是慚愧人衣雜含經云修四無量者並剃鬚髮服三法衣出家也準此而名則慈悲者之服華嚴云著袈裟者捨離三毒等四分云懷抱於結使不應着袈裟薩婆多五意制三衣也一衣不能障寒三衣能障故二不能有慚愧三不中入聚落四乃至道行不生善五威儀不清淨故制令畜三便具上義僧祇云三衣者賢聖沙門標幟鉢是出家人器非俗人所爲應執持三衣瓦鉢即是少欲少事等當宗外部多爲寒故制三四分又云三世如來並着如是衣故業䟽云如律中說如来因諸比丘畜長不自節約是以初夜着一衣乃至後夜着第三明旦因制如衣法初

引示袈裟功能

又引大悲經云但使性是沙門汙沙門行形是沙門披着袈裟者於彌勒乃至樓至佛所得入涅槃無有遺餘悲華經云如来於寶藏

佛所發願成佛時我袈裟有五功德一者入我法中或犯重邪見等四衆於一念敬心尊重必於三乘受記二者天龍人鬼若能恭敬此人袈裟少分即得三乘不退三者若有鬼神諸人得袈裟乃至四寸飲食充足四者若衆生共相違反念袈裟力尋生悲心五者若在兵陣持此小分恭敬尊重常得勝他若我袈裟無此五力則欺十方諸佛濟緣引賢愚經云佛告阿難古昔無量阿僧祇劫此閻浮提於山林中有一師子名睒迦羅毗（秦言堅誓）軀體金色光相明顯時獵師剃頭着袈裟內佩弓箭以毒箭射之師子驚覺即欲馳害見着袈裟念言此人不久必得解脫所以者何此染衣者三世聖人標相我若害之則爲惡心向三世聖賢

大教永斷繒綿皮物

鈔又引央掘經繒綿皮物若展轉來離殺者手施持戒人不應受者是比丘法若受者非悲不破戒涅槃云皮革履屣憍奢耶衣如是衣服悉皆不畜是正經律今有一方禪衆皆着艾布豈非順教

記云已前律制但據蠶家大教轉來不許受用乃知聲聞行劣但取離非菩薩慈深遠推來處雖離殺手無非殺來足踏（坐具也）身披（三衣也）皆霑業分非大士可忍豈比丘所宜請考經文少懷信仰廣叙利害見章服儀離殺手者非蠶家故不受者應法大小俱順故受者非悲違大順小故小從大出望制雖順約義還違故知持戒行慈方符聖旨縱情受用全乖道儀故章服儀云且自非悲之語終爲永

斷之言據此爲論頗彰深切次引涅槃乃終窮覆累決了正教明文制斷何得遲疑

舉現事以斥妄行

記云據僧傳中所叙南岳道休二師不衣綿帛並服艾絮故南山律師云佛法東漸幾六百載唯斯衡岳慈行可歸今時禪講自謂大乘不拘事相綾羅鬪美紫碧爭鮮肆恣貪情背違聖教豈不聞衡岳但服艾絮以御風霜天台四十餘年唯披一衲永嘉食不畊鋤衣不蠶口荆谿大布而衣一床而居良由深解大乘方乃專崇苦行請觀祖德勿染邪風則禀教修身真佛子矣

示衣財體如非

業疏云但以邪心有涉貪染爲利賣法禮佛讀經斷食諸業所獲贓賄皆曰邪命物正乖佛化故特制也如經中說比丘持糞掃衣就河所洗諸天取汁用洗自身不辭穢也外道持淨氎次後將洗諸天遥遮勿污池也由邪命得體不淨故以此文證心清淨者是正本也雖求清淨財體應法綾羅錦繡俱不合故世多用絹細者以體由害命特須制約今五天及諸胡僧俱無用絹作袈裟者親問彼云以衣爲梵服行四無量審知行殺而故服之義不應也以法衣順道錦色班綺耀動心神青黃五綵真紫上色流俗所貪故齊削也資持云感通傳中天人云佛法東傳六七百載南北律師曾無此意安用殺生之財而爲慈悲之服師何獨拔此意南山答曰余因讀智論見佛着粗布伽梨因懷在心何得乖此及聽律後便見蠶衣卧具縱得已成並斬壞塗

㮀由此重增景仰又云復見西来梵僧咸着布氎具問答云五天竺國無着鱉衣由此與念著章服儀等義淨三藏内法傳中亙加毀誹彼學小乘有部故多偏執今宗大乘了義非彼所知

示敬護三衣鉢具法

事鈔云十誦護三衣如自皮鉢如眼目乃至云所行之處與衣鉢俱無所顧戀猶如飛鳥若不持三衣入聚落俗人處犯罪僧祇亦云比丘三衣一鉢須常隨身違者出界結罪除病當敬三衣如塔想五分三衣謹護如身薄皮常須隨身如鳥毛羽飛走相隨四分行則知時非時不行所行之處與衣鉢俱猶如飛鳥羽翮相隨諸部並制隨身今時但護離宿不應教矣記云今時希有護宿何況常隨多有畢生身無法服是則末世護宿猶爲勝矣但内無淨信慢法輕衣真出家兒願遵聖制業疏云所以衣鉢常隨身者由出家人虚懷爲本無有住着有益便停故制隨身若任留者更增餘習於彼道分曽無思擇故有由也

示開制本緣

資持云象鼻者即犯衆學不齊整戒文注顯然今皆垂肘豈知步歩越儀犯吉今準感通傳天人所示凡經四制世多迷執畧爲引之彼云元佛初度五人爰及迦葉兄弟並制袈裟左臂坐具在袈裟下西土王臣皆披白氎搭左肩上故佛制衣角居臂異俗此一制也後徒似漸多年少比丘儀容端美入城乞食多爲女愛由是制衣角在肩後爲風飄聽以尼師壇鎮之此二制也後有比丘爲外道難言袈裟既

爲可貴有大威靈豈得以所坐之布而居其上比丘不能答以事白佛由此佛制還以衣角居于左臂坐具還在衣下(此三制也)於後比丘着衣不齊整外道譏言狀如婬女猶如象鼻由此始制上安鉤紐令以衣角達於左臂(達即至也)置於腋下不得令垂如上過也(今須準此作可挑着左肩若垂臂肘定判非法步步結罪舊云令在左臂爲正但不得垂炎角者非也)

鉢制意

事鈔引僧祇云鉢是出家人噐非俗人所宜十誦云鉢是恒沙諸佛標誌不得惡用善見云三乘聖人皆執瓦鉢乞食資生四海以爲家居故名比丘中阿含云鉢者或名應噐言體者律云大要有二泥及鐵也五分律云有用白銅鉢者佛言此外道法若畜得罪佛自作鉢坯以爲後式十誦律云畜金銀木石等鉢非法得罪言色者四分云應熏作黑色赤色律文廣有熏法素瓦白鐵油塗者並爲非法言量者四分云大受三斗小受斗半中品可知此律姚秦時譯彼國用姬周之斗若準唐斗上鉢受一斗下者五升乃至云然則諸部定量雖無一指然多三斗斗半爲限但此噐名應噐須依教立律云量腹而食度身而衣趣足而已言通增減必準正教

坐具教意

鈔引四分爲身爲衣爲卧具故制長佛二搩(吒革)手廣一搩手半廣長更增半搩手諸部論搩不定今依五分佛一搩手長二尺準唐尺則一尺六寸七分強此用二尺爲搩手準姬周尺也十誦云新者二重故者四重伽論亦同鼻柰耶云新尼師壇故者縁四邊以亂其

色若作者應安縁五分須揲四角不揲則已四分云若減量作若疊作兩重並得十誦不應受單尼師壇離宿吉羅摩得伽云離宿不須捨墮非佛制故亦不應離宿記云爲身者恐坐地上有所損故次爲衣者恐無所藉三衣易壞故爲卧具者恐身不淨汙僧床榻故

緇門警訓卷第三

音釋

紉（女巾切又女鎮切繩縷也）狚（且余切犬暫齧人也）嗺（才笑切爵也侍食於君子數）

緇門警訓卷第四

漉囊教意

鈔云物雖輕小所爲極大出家慈濟厥意在此今上品高行尚飲蟲水況諸不肖焉可言哉故律中爲重蟲命偏制飲用二戒由事常現有用者多數故也記云出家之人脩慈爲本慈名與樂無殺爲先物類雖微保命無異此乃行慈之具濟物之緣大行由是而生至道因茲而尅同儔負識勿以爲輕

引大教說淨以斥倚濫

資持引地持論云菩薩先於一切所畜資具爲非淨故以清淨心捨與十方諸佛菩薩如比丘將現前衣物捨與和尚闍黎等涅槃云雖聽受畜要須淨施篤信檀越是也今時講學專務利名不耻五邪多畜八穢但隨浮俗豈念聖言自下壇場經多夏臘至於淨法一未霑身寧知日用所資無非穢物箱囊所積並是犯財慢法欺心自貽伊戚學律者知而故犯餘宗者固不足言誰知報逐心成豈信果由種結現見袈裟離體當來鐵葉纏身爲人則生處貧窮衣裳垢穢爲畜則墮於不淨毛羽腥臊況大小兩乘通名淨法倘懷深信豈憚奉行故荊谿禪師輔行記云有人言凡諸所有非巳物想有益便用說淨何爲今問等非巳財何不任於四海有益便用何不直付兩田（悲敬二田）而閉之深房封於囊篋實懷他想用必招愆（盜犯）忽謂巳財仍違說淨說淨而施於理何妨任巳執心後生傚傚故知不說淨人深乖佛意兩乘不攝三根不收若此出家豈非虛喪於戲

八財不淨長貪壞道

鈔云一田宅園林二種植生種三貯積穀帛四畜養人僕五養繫禽獸六錢寶貴物七氈褥釜鑊八象金飾床及諸重物此之八名經論及律盛列通數顯過不應又律經言若有畜者非我弟子五分亦云必定不信我之法律由此八種皆長貪壞道汙染梵行有得穢果故名不淨也乃至云律中在事小機意狹故多開畜又涅槃云若諸弟子無人供須時世飢饉飲食難得爲欲護持建立正法我聽弟子受畜金銀車乘田宅穀米貿易所須雖聽受畜如是等物要須淨施篤信檀越記云上明大乘機教俱急下明小乘機教俱緩律在事者違事故輕則顯經宗於理違理故重小機意狹不堪故開反上大乘堪任故重世人反謂小乘須戒大教通方幾許悞哉

勸廣開懷利隨道擁

僧網篇云真誠出家者怖四怨之多苦厭三界之無常辭六親之至愛捨五欲之深着良由虛妄之俗可棄真實之道應歸是宜開廓遠意除蕩鄙懷不吝身財護持正法況僧食十方普同彼取自分理應隨喜而人情忌愜用心不等或有閉門限礙客僧者不亦蚩乎鳴鐘本意豈其然哉出家捨着尤不應爾但以危脆之身不能堅護正法浮假之命不肯遠通僧食違諸佛之教損檀越之福傷一時衆情塞十方僧路傳謬後生所敗遠矣改前迷而復道不亦善哉（慳食獨噉餓鬼之業是謂大迷）或問僧事有限外客無窮以有限之食供無窮之僧事必不立答曰此乃鄙俗之淺度瑣人之短

慷豈謂清智之深識達士之高見夫四輩之供養三寶之福田猶天地之生長山海之受用何有盡哉故佛藏經言當一心行道隨順法行勿念衣食所須者如来白毫相中一分供諸一切出家弟子亦不能盡由此言之勤脩戒行至誠護法由道得利以道通用乃至云俗教尚謂憂道不憂貧况出家之士高超俗表不憂護法而憂飲食其失大甚也

辯燒身指大小相違

資持云義淨三藏寄歸傳廣斥世人燒身然指意謂菩薩大士之行非出家比丘所宜古来章記相傳引誡講者寡聞用爲口實此由不知機有淺深教分化制律明自殺方便偷蘭燒指然香違制得吉梵網所制若不燒身臂指非出家菩薩犯輕垢罪此蓋小機急於自行期盡報以超生大士專在利他歷塵劫而弘濟是以小律結其大過大教嘆其深功况大小兩教俱是聖言一抑一揚豈容乖異且經明出家菩薩那云不許比丘（彼云捨身非沙門所爲等）傳列苦行遺身豈是專存通俗（彼云經中所明事存通俗）荊溪所謂依小不燒則易依大燒之則難保命貪生物情皆爾今以義判且爲三例一若本白衣不在言限或全不受戒依此經中足指供養勝施國城若依梵網直受大戒順體奉持然之彌善二若單受小戒位局比丘不燒則順本成持燒之則依篇結犯三若兼受大戒名出家菩薩燒則成持不燒則成犯若先小後大或先大後小並從大判不犯律儀若此以明粗分進否豈得雷同一槩頓斥爲非然有勇暴之夫情存矯誑邀人利養規

世聲名故壞法門乃佛教之大賊自殘形體實儒宗之逆人直是惡因終無善報今時頗盛聾俗豈知則義淨之誡亦有取矣

律制雜學以妨正業

鈔文云五分云爲知若會等知事差僧及法食會集等學書不得爲好廢業不聽卜相及問他吉凶四分開學誦文書及學世論爲伏外道雜法中新學比丘開學筭法十誦好作文頌莊嚴章句是可怖畏不得作毗尼母論佛言吾教汝一句一偈乃至後世應行者即行之不應行者亦莫行之後世比丘所說亦爾記云以書筭卜術俗典文頌俱是世法非出家業爲因緣故時復開之今時釋子名實俱喪能書寫則稱爲草聖通俗典則自號文章擇地則名爲山水卜術則呼爲三命豈意捨家事佛隨順俗流之名本圖厭世超昇翻集生死之業故智論云學習外典如以刀割泥泥無所成而刀自損又如視日光令人眼暗然往古高僧亦多異學或精草隸或善篇章或醫術馳名或陰陽顯譽皆謂精窮傍涉餘宗無非志在護持助通佛化故善戒云若爲論議破於邪見若二分經一分外書不犯四分開誦此其意耳今或沽名邀利附勢矜能形厠方袍心染浮俗畢身虛度良可哀哉

解行無實反輕戒律

資持云十誦中律制比丘五夏已前專精律部若達持犯辦比丘事然後乃可學習經論今越次而學行既失序入道無由大聖呵責終非徒爾又彼律云佛見諸比丘不學毗尼遂讚嘆毗尼面前贊歎波離持律第一後諸

上座長老比丘從波離學律也今持纔霑戒品便乃聽教參禪爲僧行儀一無所曉況復輕陵戒檢毀呰毗尼貶學律爲小乘忽持戒爲執相於是荒迷塵俗肆恣兇頑嗜杯觴自謂通方行婬怒言稱達道未窮聖旨錯解真乘且戒必可輕汝何登壇而受律必可毀汝何削髮染衣是則輕戒全是自輕毀律還成自毀妄情易習至道難聞拔俗超羣萬中無一請詳聖訓能無從乎

歸敬三寶興意

歸敬儀云然則熏習日久取會無由事須立敬設儀開其信首之法附情約相顯於成化之功然後肝膽塗地形骸摧折知宇宙之極尊則敬逾天屬（天屬即父母也）曉教義之遠大則道越常迷（即七略經史等）乃至云小乘論云敬者以慚爲體也由我德薄前境尊高故行敬也今反無慚不耻深可唉也大乘論云由信及智故敬於彼信故非邪智故興敬故引誠教信智及慚敬之本矣又引論云歸依者回轉之語由昔背正從邪流蕩生趣今佛出世與言極尊遂即回彼邪心轉從正道故也於是乃立歸法有五等之差始於背俗之初終於入道之極皆歸三寶以爲心師之迹也所師極矣所爲大矣故增一阿含經云無恭敬心於佛者當生龍蛇中以過去從中來今猶無敬多睡癡等斯爲良證大悲經云佛過去時行菩薩道見三寶舍利塔像師僧父母耆年善友外道諸仙沙門婆羅門無不傾側謙下敬讓由是報故成佛已來山林人畜無不傾側以敬於佛又俗禮云毋不敬儼若思安定辭傲

不可長欲不可縱志不可滿是也

求歸三寶功益

敬儀云是知初心後進必須憑師善友今依止三寶常樂親近故大智論云若菩薩未入法位遠離諸佛壞諸善根没在煩惱自不能度安能度人是故不應遠離諸佛譬如嬰兒不離其母行道不離糧食熱時不離涼風寒時不欲離火度水不離好船病苦不離良醫是故菩薩常不離佛何以故父母親友人天王等不能益我度諸苦海唯佛世尊令我出苦是故常念不離諸佛又如善生經云若人受三自歸所得果報不可窮盡如四大寶藏舉國人民七年之中運出不盡受三歸者其福過彼不可稱計又校量功德經云四有洲中滿二乘果有人盡形供養乃至起塔不如男子女人作如是言我某甲皈依佛法僧所得功德不可思議以諸福中三寶勝故

列示三寶名相

歸敬儀云然三寶爲敬謂之尊是以明其相狀行者云歸命常住法身所謂如来成就十力四無所畏五眼六通十八不共法大慈大悲三念處等一切種智無上調御功德智慧微妙清淨廣大如法界究竟如虚空安慰世間普覆一切無障無礙無所分別不可以智知不可以識識而能示現三十二相八十種好常舉右手安接衆生放大光明除無明暗百福莊嚴萬德圓滿雨甘露雨轉正法輪濟益衆生出生死海是故號佛衆聖中尊無上法王

十二部經梵語一修多羅二祇夜三和伽那四伽陀五優陀那六尼陀那七阿

波陀那八伊帝目多伽九闍陀伽十毘佛畧十一阿浮達摩十二優波提舍唐言一契經二重頌三授記四孤起五無問六因緣七譬喻八本事九本生十方廣十一未曾有十二論議上中下善義味清淨自然具足開現梵行最上第一度於彼岸甚深實相平等大慧自性清淨心行處滅言語道斷而此正法境界無礙為衆生說不違實義由是無上出世良藥破滅衆生無始煩惱

三乘淨僧所行三慧聞思修也是菩薩道披弘誓鎧策精進馬執忍辱弓放智慧箭煞煩惱賊直心深心決定正趣無上第一平等正道不離念佛念法念僧受行諸佛一切言教常以六度度諸衆生常以四攝攝諸含識為尊為導為依為救安置衆生佛菩提道是故號僧法朋善友常以方便利益世間是良福田真供養者

三寶住持全由戒法

資持云三寶四種一體理體就理而論化相一種局據佛世住持一位通被三時功由戒力運載不絕故如舟焉何以然耶由佛法二寶並假僧弘僧寶所存非戒不立如標宗中順則三寶住持違則覆滅正法又如華嚴云具足受持威儀教法能令三寶不斷等

明理三寶功高歸之益大

歸敬儀云由此三寶常住於世不為世法之所凌慢故稱寶也如世珎寶為世所重今此三寶為諸群生三乘七衆之所歸仰故云正歸若無專信雜事邪神雖受歸戒不得聖法故經云歸依於佛者真名清信士終不妄歸依其餘諸天神斯何故耶以真三寶性相常住堪為物依自餘天帝身心苦惱有為有漏

無力無能自救無暇何能救物唯出世寶有力能持言歸依者如憑王力得無侵害今憑正寶威福無涯故使神龍免金翅之誅信士超夜义之難五種三歸皆歸此寶或即名之同相三寶由理通三世義盡十方常住三寶此爲至極經云若人得聞常住二字是人生生不墮惡趣斯何故耶以知法佛本性常故一時聞解熏本識心業種既成淨信無失況能立願歸依奉爲師範固當累刼清勝義無陷沒如經有人受三歸依彌勒初會解脫生死此乃出苦海之津梁入佛法之階位

住持三寶

住持三寶者人能弘道萬載之所流慈道假人弘三法於斯開位遂使代代興樹處處傳弘匪假僧揚佛法潛沒至如漢武崇盛初聞佛名既絕僧傳開緒斯竭及顯宗開法遠訪身毒致有迦竺来儀演布聲教開物成務發信歸心實假敷說之勞誠資相狀之力名僧寶也所說名句表理爲先理非文言無由取悟故得名教說聽之緣名法寶也此理幽奥非聖莫知聖雖云亡影像斯立名佛寶也但以群生福淺不及化源薄有餘資猶逢遺法此之三寶體是有爲具足漏深不足陳敬然是理寶之所依持有能導重相從出有如俗王使巡歷方隅不以形徵故敬齊一經云如世有銀金爲上寶無銀有鍮亦稱無價故末三寶敬亦齊真今不加敬更無尊重之方投心何所起歸何寄故當形敬靈儀心存真理導緣設化義極於斯經云造像如麥獲福無量以是法身之器也論云金木土石體是非

情以造像故敬毀之人自獲罪福莫不表顯法身致令功用無極故使有心行者對此靈儀莫不涕泣橫流不覺加敬但以真形已謝唯見遺蹤如臨清廟自然悲肅舉目摧感如在不疑今我亦爾慈尊久謝唯留影像導我慢幢是須傾屈接足而行禮敬如對真儀而爲說法令不見聞心由無信何以知耶但用心所擬三界尚成豈此一堂頑癡不動大論云諸佛常放光說法衆生罪故對面不見是須一像既爾餘像例然樹石山林隨相標立導我心路無越聖儀

化相三寶

化相三寶者謂釋迦如來爲佛寶也所說滅諦爲法寶也先智苦盡爲僧寶也此化相三寶或名別相體是無常四相所遷滅過千載但可追遠用增翹敬以賢劫中三佛已往無我第四群生何依長淪苦海解脫無路是以能仁膺期出世三祇修鍊萬行功圓纖瑕去而法性凝清片善具而報化微妙爾後上生兜率下降王宮三十歲居道樹成佛四十九年住世教化說法三百五十度宣演八萬四千門王臣外護於四海九州師僧內傳於人間天上利益廣大傳法難思故有偈云

假使頂戴經塵劫身爲牀坐徧三千若不傳法度衆生畢竟無能報恩者

傳法有五

一受持　二看讀　三諷誦　四解說　五書寫

外護內護流傳即佛法僧寶不斷也

仁宗皇帝讚三寶文

讚佛

天上天下金僊世尊一心十號四智三身度脫五陰超踰六塵生靈歸敬所謂能仁

讚法

萬法唯心心須至靜由彼一心能生萬行背覺爲妄悟真則聖稽首法門昭然佛性

讚僧

六度無懈四恩匪常爲人眼目助佛津梁體潤一雨心熏衆香道無不在此土他方

大慧禪師看經回向文

某甲業力障魔神志錯亂所歷根鈍自然想來脫略混淆顛倒重疊臨文徇意字誤句差乖清濁之正音泥解會之邪見或事奪其志心不在經問對起居斷絶隔越久誦懈怠因事憒真嚴潔或涉於垢塵肅敬或成於瀆慢身口服用之不淨衣冠禮貌之弗恭供不如儀處非其地卷舒揉亂墜落汙傷種種不專不誠大慙大懼恭願諸佛菩薩法界虛空界一切聖衆護法善神天龍等慈悲憐憫懺滌罪愆悉令誦經功德周圓畢遂某甲回向心願尚慮譯潤或誤註解或非傳授差殊音釋外錯校對仍訛之失書寫刋刻之訛其師其人悉爲懺悔仗佛神力使罪消除常轉法輪起濟含識

懶庵樞和尚語

佛誡羅睺羅頌云十方世界諸衆生念念巳證善逝果彼既丈夫我亦爾何得自輕而退屈六凡四聖同此一性彼既如是我何不然直須内外資熏一生取辦更若悠悠過日是誰之咎古德云此身不向今生度更向何生度此身

天台智者大師云何不絕語言置文字破一微塵出大千經卷一微塵者衆生妄念也大千經卷者衆生佛性也衆生佛性爲妄念所覆妄念若破則佛性現前此老人爲固執文字語言者與此歎也此亦是金錍刮膜之義他日眼開方知得力

楞嚴經云云何賊人假我衣服裨販如來造種種業若不以戒攝心者縱饒解齊佛祖未免裨販如來造種種業況平平之人清涼國師以十願律身者良有以也戒以慎爲義又曰洗心曰齋防患曰戒

四句偈

經中四句偈者我相人相衆生相壽者相也若有我相人相衆生相壽者相則不能受持四句偈若無我相人相衆生相壽者相則能受持四句偈山野看來人人皆能受持知者萬中有一何故如此秖爲此經被他前塵蓋覆不自覺知也

示比丘忖已德行受食

忖已德行全缺應供者德行全可以應供德行缺則不可應供今之比丘或年三四十歲或年五六十歲未嘗一日不應供也德行全耶德行缺耶所以云學道不通理覆身還信施長者八十一其樹不生耳年齒既高園中蕈不生教有明文不可不信若也一念回光日消萬兩黄金

示比丘慎勿放逸

增一阿含經云眼以色爲食耳以聲爲食鼻以香爲食舌以味爲食身以觸爲食意以法爲食涅槃以無放逸爲食如今蕞林中三八

念誦鳴鐘集衆維那白云衆等當勤精進如救頭然但念無常愼勿放逸此語與增一頗同往往聞者以爲常例如風過樹略不餐采佛祖之意遂成虛設矣

菩薩三事無厭

智論云菩薩唯有三事無厭一者供養佛無厭二者聞法無厭三者供給僧無厭今之學者雖未至菩薩地位撥棄因果者或有之更不究先聖之微言殊不知即理而事即事而理事理圓融法爾如是故永明云擬欲蛙𧉧海量螢掩日光乎

戒定慧

戒定慧三學者衆生自性本有之物不因修證而得非唯諸佛菩薩具足一切凡夫悉皆具足自性無善惡無持亦無犯是自性戒自性無靜亂無取亦無捨是自性定自性本無知而無所不知是自性慧諸佛菩薩知有故得受用一切凡夫不知有故不得受用知有不知有似乎少異而戒定慧未甞少異也

誡觀檀越四事從苦緣起出生法終

南山宣律師爲弟子慈忍作

損害生命名苦業筋骨斯盡名苦緣經云食者從耕種鋤刈收治颺簸磨舂磨炊爨蒸煑聊設供給奉送又種菜造牆溉灌田園營爲醬酢計一鉢食出一鉢汗汗在皮肉即是其血一食功力出於作者一鉢之血况復一生凡受幾食始從耕種乃至入口傷殺無數雜類小虫是以佛戒日受一食支持性命寄過一生衣服者養蠶殺蠒取柔織絡染浣裁縫衆緣調度無量辛苦計上下衣資凡

殺幾蠶出幾氣力蠶蛹入湯受幾痛苦是故佛教著糞掃衣障弊陋質冀得修道房舍者從起立牆壁穿坑掘地傷殺土蟲斫伐材木傷林樹蟲造磚瓦時殺泥水蟲放火陶冶殺柴草虫作人苦力施主費財飲食衆緣勞損甚大始成一房是故行者依於塚樹草蓐自安念食是苦節身而食念衣殺命著糞掃衣念房舍卧具從苦緣生志樂頭陀三月一移念四事難消少欲知足經云受檀越食如饑饉世食子肉想受施主衣如熱鐵纏身入房舍時如入鐵鑊受牀座時如熱鐵牀寧破此身猶如微塵不以破戒之身受人供給三塗苦報皆爲愛衣貪食樂好房舍若破戒因緣還償施主或作奴婢鞭打驅策或受畜生形披毛帶角生償筋骨死還皮肉負重力盡起而復倒虛受信施樂不足言及償施主苦過萬倍是故教汝知慙知愧慎護後世莫破戒受施名爲淨心

誡觀末法中校量心行法

凡夫解義皆因聽學爲知法人身犯四重畜八不淨財食噉俗饌無羞無耻知而故犯不畏後世是故令汝校量心行先淨禁戒後方聽經汝用五誡得名淨心古者大德講華嚴經唯一卷疏於後法師作三卷疏今時講者十地一品出十卷疏各逞功能競顯華誦文字浩博寄心無所然文者當體即義何須人語今時愚人競求於名不求於法法尚不可著何況著文字法離文字言語斷故大集經云經文是一講者異說各恃已見壞亂正法天神瞋故三災俱起以是因緣佛法淡薄如

一斛水解一升酪看似酪色食即無味諦思講論人情測佛佛智境界豈人能測如是審察名為淨心

誡觀破戒僧尼不修出世法

僧尼破戒者所謂畜養奴婢僮僕牛驢車乘田宅種植園林花菓金銀粟帛屛風氈被好枕細席箱匱盆瓮銅器槃椀上好三衣牙牀坐褥房舍退屋厨庫碓磨脂麪藥酒雜鮭醬酢異種口味王公貴重多人顧識生緣富貴數過親舊餉送吊問申訴衙府身為衆首門徒強盛講說相難好喜音樂常居一寺評量僧事迭相擯罰借問旱潦豐儉盜賊水火毒獸之事經過酒店市鄽屠膾獵射之家親友婦女琴瑟詩賦圍棊雙陸讀外書典高語大咲嫌恨諍競飲酒食肉綾羅衣服五色鮮明勤剃鬚髮爪利如鋒畜八不淨財寶富足於此等事貪求愛著積聚不離名真破戒經云此等比丘名禿居士名披袈裟賊名禿獵師名三塗人名無羞人名一闡提名謗三寶名害一切檀越眼目名生死種子名障聖道遠離此等十種惡名即為淨心

誡觀六難自慶修道法

一者萬類之中人身難得如提謂經說今得人身難於龜木二者雖得人身中國難生此土即當邊地之中具足大乘正法經律三者雖有正法信樂復難今隨力信不敢疑謗四者人身難具今受男形根無殘缺相貌成就五者雖具男形六根無缺五欲纏染出家甚難今得割愛出家修道披著佛衣受佛淨戒六者雖受禁戒隨戒甚難汝可於戒律中尊

重愛樂慚愧慎護於此六事若不觀察即便放逸深障聖道既超六難常應喜慶難得已得得已莫失如是思量名爲淨心

戒賢論師祈禱觀音文

聞性空持妙無比思修頓入三摩地無緣慈力赴群機明月影臨千澗水比丘某甲稽首歸命大慈悲父觀世音菩薩仰願它心道眼無礙見聞動大哀憐冥熏加被一者願某甲早斷漏結速證無生三業圓明六根清淨二者願某甲一聞千悟獲大總持具足辯才四無礙解凡是聖教熏習其心一歷耳根永無忘失功德智慧莊嚴其身根根塵塵周徧法界三者願某甲上求佛果下度羣生梵行早圓三輪空寂直至成佛於其中間捨身受身常爲男子隨佛出家發菩提心自利利他行願無盡然後願我臨欲命終時盡除一切諸障礙面見彼佛阿彌陀即得往生安樂剎生彼國已滿諸大願足菩薩行與諸衆生皆成佛道

永嘉真覺禪師發願文

稽首圓滿徧知覺寂靜平等本真源相好嚴持非有無慧明普照微塵剎稽首湛然真妙覺甚深十二修多羅非文非字非言詮一音隨類皆明了稽首清淨諸賢聖十方和合應真僧執持禁戒無有違振錫攜缾利含識卵生胎生及濕化有色無色想非想非有非無想雜類六道輪迴不暫停我今稽首歸三寶普爲衆生發道心羣生沉淪苦海中願因諸佛法僧力慈悲方便拔諸苦不捨弘願濟含靈化力自在度無窮恒沙衆生成正覺說此

偈已我復稽首歸依十方三世一切諸佛法僧前承三寶力志心發願修無上菩提契從今生至成正覺中間決定勤求不退未得道前身無橫病壽不中夭正命盡時不見惡相無諸恐怖不生顛倒身無苦痛心不散亂正慧明了不經中陰不入地獄畜生餓鬼水陸空行天魔外道幽冥鬼神一切雜形皆悉不受長得人身聰明正直不生惡國不值惡王不生邊地不受貧苦奴婢女形黃門二根黃髮黑齒頑愚暗鈍醜陋殘缺盲聾瘖瘂凡是可惡畢竟不生出處中國正信家生常得男身六根完具端正香潔無諸垢穢志意和雅身安心靜不貪嗔癡三毒永斷不造衆惡恒思諸善不作王臣不爲使命不願榮飾安貧度世少欲知足不長畜積衣食供身不行偷盜不殺衆生不噉魚肉敬愛含識如我無異性行柔輭不求人過不稱己善不與物諍怨親平等不起分別不生憎愛他物不悕自財不悋不樂侵犯恒懷質直心不卒暴常樂謙下口無惡說身無惡行心不諂曲三業清淨在處安隱無諸障難竊盜劫賊王法牢獄枷杖鉤鎖刀鎗箭槊猛獸毒虫墮峯溺水火燒風飄雷驚霹靂樹折岩頹堂崩棟朽搗打怖畏趂逐圍繞執捉繫縛加誣毀謗橫註鉤牽凡諸難事一切不受惡鬼飛災天行毒癘邪魔魍魎若河若海崇山穹嶽居止樹神凡是霧祇聞我名者見我形者發菩提心悉相覆護不相侵惱晝夜安隱無諸驚懼四大康強六根清淨不染六塵心無亂想不有昏滯不生斷見不着空有遠離諸相信奉能仁不執

已見悟解明了生生修習正慧堅固不被魔攝大命終時安然快樂捨身受身無有怨對一切衆生同爲善友所生之處值佛聞法童真出家爲僧和合身身之服不離袈裟食食之器不乖盂鉢道心堅固不生憍慢敬重三寶常修梵行親近明師隨善知識深信正法勤行六度讀誦大乘行道禮拜妙味香花音聲讚唄燈燭臺觀山海林泉空中平地世間所有微塵已上悉持供養合集功德迴助菩提思惟了義志樂閒靜清素寂默不愛喧擾不樂群居常好獨處一切無求專心定慧六通具足化度衆生隨心所願自在無礙萬行成就精妙無窮正直圓明志成佛道願以此善根普及十方界上窮有頂下極風輪天上人間六道諸身一切含識我所有功德悉與衆生共盡於微塵劫不惟一衆生隨我有善根普皆充薰飾地獄中苦惱南無佛法僧稱佛法僧名願皆蒙解脫餓鬼中苦惱南無佛法僧稱佛法僧名願皆蒙解脫畜生中苦惱南無佛法僧稱佛法僧名願皆蒙解脫天人阿脩羅恒沙諸含識入苦相煎迫南無佛法僧因我此善根普免諸纏縛南無三世佛南無脩多羅菩薩聲聞僧微塵諸聖衆不捨本慈悲攝受群生類盡空諸含識歸依佛法僧離苦出三塗疾得超三界各發菩提心晝夜行般若生生勤精進常如救頭然先得菩提時誓願相度脫我行道禮拜我誦經念佛我脩戒定慧南無佛法僧普願諸衆生悉皆成佛道我等諸含識堅固求菩提頂禮佛法僧願早成正覺

隨州大洪山遂禪師禮華嚴經文

南無毘盧教主華藏慈尊演寶偈之金文布琅函之玉軸塵塵混入刹刹圓融十兆九萬五千四十八字一乘圓教大方廣佛華嚴經若人欲了知三世一切佛應觀法界性一切惟心造常願供養常恭敬七處九會佛菩薩常願證入常宣說五周四分華嚴經常願供養無休歇九十刹塵菩薩衆常願悟入常宣說大方廣佛華嚴經伏願某甲生生世世在在處處眼中常見如是經典耳中常聞如是經典口中常誦如是經典手中常書如是經典心中常悟如是經典願生生世世在在處處常得親近華藏一切聖賢常蒙華藏一切聖賢慈悲攝受如經所說願悉證明願如善財菩薩願如文殊師利菩薩願如彌勒菩薩願如普賢菩薩願如觀世音菩薩願如毘盧遮那佛以此稱經功德以此發願功德願與四恩三有法界一切衆生消無始以来盡法界虛空界無量罪垢願與四恩三有法界一切衆生解無始以来盡法界虛空界無量寃業願與四恩三有法界一切衆生集無始以来盡法界虛空界無量福智同遊華藏莊嚴海同入菩提大道場南無大方廣佛華嚴經

桐江瑛法師觀心銘

心焉心焉本自天然卓爾獨立湛寂孤堅妙中至妙玄中又玄無来無去不變不遷非迷非悟絕聖絕賢思不可及強以言詮由體明覺遂生諸緣鏡含萬象海納百川收之兮神潛方寸舒之兮光充大千變化自在作用無邊乃生乃佛爲實爲權迷之則浩浩不返悟

之則了了相傳心馬汝靈心馬汝霛語汝莫忘誨汝須聽汝具萬法兮本自圓成萬法具汝兮其體空平境非實境名是假名汝昔不悟兮枉受竛竮汝今自覺兮可保堅貞觸途莫滯念起即惺六塵不染三毒乃清休更鼓之令濁兮失本明宜自澄之令淨兮歸元精

緇門警訓卷第四

音釋

臠力兖切肉丨也又力官切　霛魯丁切古文靈字

緇門警訓卷第五

終南山宣律師賓主序

夫損已利他者蓋是僧家之義也害物安身者非爲釋子之理也有賞善罰惡之能斷是非不平之事若是先人後已棄諸佛之慈心如或爾死我活乖六和之妙行爲主者倘存仁義感十方衲子之雲臻若乃私受人情招千里惡名之遠播爲賓者懷恭執禮有義而到處安身苟取狂圖無義而隨方惹怨今者幸生中國得頼空門脱萬丈之火坑拋千重之羈網如囚出獄似鳥開籠履布金積善之場住七寶無殃之地天龍恭敬神鬼欽崇非桑蠶而着好衣不耕田而食美饌何須結怨饕利非理圖財求蝸角之虚名鬪人天之坦路取龜毛之小利穿地獄之深坑積恨結於今生受波吒於後世縱使滿堂金玉牽纏自已愚身直饒羅綺盈箱鬪亂子孫業重少求儉用免逼迫於心田知足除貪播馨香於意地或住梵刹或掛雲堂莫論他非但省已過若有才高之者把三藏以研窮志淺之流覽五乘而課誦切莫口行慈善肚裡刀鎗面帶笑容心蔵劒戟貧者不恤老者不憐忘慈親鞠養之深恩乖師長提攜之厚德如斯用意退十方檀越之信心執假迷真惹四海英賢之譏誚是以丁寧勸諭仔細精專聞之者破我慢之高山覽之者塞昏迷之巨海皆希稟信普願回心只宜來世勝今生莫遣今生勝來世奉勸大衆疾須覺知大限臨頭悔之莫及

東山演禪師送徒弟行脚

大凢行脚須以道心爲重不可受現成供養等閑過日須將生死二字貼在額頭上每日十二時中裂轉面皮討箇分曉始得若只隨羣逐隊打閧過日忽然死了閻羅老子打筭飯錢莫道我不曾說與你來若是做工夫須要時時檢點刻刻提撕那裏是得力處那裏是不得力處那裏是打失處那裏是不打失處若如此檢點做工夫時定有到家時候有一等辦道人經又不看佛又不禮纔上蒲團便打瞌睡及至醒來胡思亂想纔下蒲團便與人說雜話若是如此辦道至彌勒佛下生時也未有入手底時節須是猛着精采提一箇無字晝叅夜叅與他廝睚不可坐在無事甲裏又不可在蒲團上死坐須要活弄恐雜念紛飛起時千萬不可與他廝睚轉鬬轉多有人到這裡不識進退觧免不下成風成顛壞了一生宜向紛飛起處輕輕放下轉身下也行一遭又上蒲團開兩眼捏兩拳竪起脊梁依前提起所叅話頭便覺清涼如一鍋沸湯攙一杓冷水相似若如此做工夫日久歲深自有到家時節工夫未入手不可生煩惱恐煩惱魔入心若覺得力不可生歡喜恐歡喜魔入心種種禪病說之不盡如衆中有老成道伴千萬時時請益若無將前輩祖師教人做工夫語言看一遍如親見相似如今向此道者難得其人千萬努力向前望汝早早打破漆桶歸來與老僧指背偈曰瞻風撥草離家時一念途中善護持近日叢林風味別脚頭到處着便宜

石屋珙禪師送慶侍者回里省師

汝師年老中山寺朝暮無人可瞻侍不歸掃洒執巾瓶師資禮法合也未汝母兼又年紀高除汝一人更無二望斷秋風未見歸倚門日日長垂淚離師棄母入山来所圖畢竟成何事安貧樂道固所難住箇茅菴豈容易也要種竹栽松也要鉏山掘地也要運水搬柴也要澆蔬灌芋也要行道諷經也要攝心除睡藜羹黍飯塞飢瘡淡虀薄粥通腸胃人生皆爲口體忙我亦未免形骸累自家心地如未明業識茫茫無本據水邊林下暫經過吾汝皆非久居計月江和尚有書来勉汝歸寧有深意開緘未讀便抽身不負来音全孝義有言孝爲百行先在俗在僧誰不然侍師奉母名敎田何須入衆并叅禪忽然思静又嫌喧短策不妨閑往還

結制小叅

佛祖門風將委地説着令人心膽碎扶持全在我兒孫不料兒孫先作弊紛紛走北向奔南昧却正因營雜事滿目風埃滿面塵業識茫茫無本據縱饒掛搭在僧堂直待板鳴歸被位聚頭寮舍鼓是非妝足蒲團便瞌睡癡雲靉靆性天昏石火交煎心鼎沸暫時寂寂滯輕安一向冥冥墮無記百丈清規不肯行外道經書勤講議因果分明當等閒罪福昭然渾不懼或遷一榻一間房放逸總由身口意頭上冠脚下磚身上衣口中味一一皆出信心檀越人家施未成道業吞爲消捫心幾箇知慚愧今日三明日四閒處光陰盡虛棄一朝老病来相尋閻翁催請死符至從前所作業不忘三塗七趣從茲墜袈裟失却復再

雞鱗甲羽毛披則易看它古之學道流直忘人世輕名利煑黃精煨紫芋飯一摶水一噐爲癡形枯聊接氣石爛松枯竟不知洗心便作累生計物外清閒一味高世上黃金何足貴刼空田地佛花開香風觸破娘生鼻選佛場中及第歸圓覺伽藍恣游戲兹因結制夜小叅不覺所言成此偈

上堂

六月七月天不雨農家曉夜忙車水背皮焦裂脚底疼眼花無力欲悶死公人又来逼夏稅稅絲納了要盤費大麥小麥盡量還一日三飡不周備思量我輩出家兒現成受用都不知進道身心無一點東邊浪宕西邊嬉三箇五箇聚頭坐開口便說它人過及乎歸到暗室中背理虧心無不做莫言墮在異類中来生定作栽田翁前来所說苦如此那時難與今時同古德訓徒有一語對人天衆拈来舉緇田無一簣之功鐵圍陷百刑之苦

中峯和尚遺誡門人

佛法無你會處生死無你脫處一報之身如風燈石火念念如救頭然尚無你了辦處著甚死急平地上討許多忙亂貶得眼来早已四五十歲了也你喚甚麼作佛法任你以百千聰明一一把他三乘十二分教乃至一千七百則陳爛葛藤及與百氏諸子從頭解註得盛水不漏總是門外打之遶說時似悟對境還迷此事向道無你會處你轉要會轉不相應你莫見與麼說便擬别生知解直饒向千人萬人撈不入處别有生機總不出箇要會的妄念惟有具大信根向巳躬下真叅實

悟乃能荷負你若作荷負想依舊沒交涉故古教謂假使滿世間皆如舍利弗盡思共度量不能測佛智如今有等人拾得橘皮自認爲火到處高談濶論主張一路道我會佛法要人恭敬有甚得便宜處幻者三四十年向此事上著到展轉於佛法二字尚不相應所以日夜懔慚安敢濫膺師位尋常遇甘言厚幣不啻毒箭入心累避之而不可此蓋多生縁業所致乃虛妄本非道力使之然也每見道流沒要緊遇些子不順意事一點無明恣縱業識狂心毒行平地上桍陷人喚作我持公論殊不知從無量劫來被此等公論結縛無明未曾有一事以公論而會道念且今日所持底公論你還知多少人在你背後掩鼻之不暇生死無你脫處自家一箇生死大事粘皮綴骨念念無間無量劫來百千伎倆一齊弄盡只是此心不肯休歇徒向千佛萬祖累發重誓逗到今日撞在三衣下喚作道流奈何依舊識它目前不破動便生心起念莫非滋長生死結縛忘却最初出家本志似與麼熱亂得千生萬生徒長業輪於理何益好教你知衆生結縛濃厚無你奈何處你若無力處衆但只全身放下向半間草屋冷淡枯寂丐食鶉衣且圖自度亦免犯人苗稼作無慚人所以知佛法無你會處生死無你脫處既會不得又脫不得但向不得處一捱捱住亦莫問三十年二十年忽向不得處驀尒撈透始信余言之不相誣矣

誡閒

世人未有不以閒散爲樂而共趣之逆問其

故乃曰昔嘗以榮辱是非累日與事物相交馳心志勞而形體瘠以至結於情想接於夢寐靜而思之人生幾何不得一日之安雖富貴奚益也由是一切棄之思欲行歌坐忘觀青天白雲以自放浪於事物之表或有避父師之訓厭身世之勞望治生如避水火必欲扳塵遠俗以遂其閒余曰忙固勞形役慮也閒則坐消白日又何益於理哉二者皆欣厭之情妄耳故聖人有動靜二相了然不生之旨正不必厭此忙而欣彼之閒也余將直言之夫人欲學入世間之道苟不服勤勞役則事無貴賤皆無由成然悟世間虛妄欲究聖賢出世之道倘不忘飡廢寢則根無利鈍又何從而得之故雪山大士捨身命如微塵數事知識如恒河沙積劫迨今歷試諸難蓋欲示後學者知道之不易聞也故入世間則忠於君孝於親悉盡其義不可不忙出世間則親師擇友朝參暮扣以盡其道又不可不忙既盡其義又盡其道將見体如泰山之不動心等太虛之無爲豈一閒字可與同日語哉或入世不能盡其義出世不能盡其道惟孜孜以安閒不擾爲務而不肯斯須就勞者故聖人斥之爲無慚人凡有識者安肯負此無慚而復嗜閒於踈散之域也余故書此以爲投閒者之誡

千嵒長禪師示衆

參禪爲第一持戒爲第二作福爲第三禮誦爲第四既作出家兒須行四種事不可縱汝心不可恣汝意不可懶汝身不可昏汝智諦觀苦與樂痛念生與死莫憂衣與食莫貪名

與利時中惺惺著胸中蕩蕩地行坐合清規動靜依先制常近善知識常遠惡朋輩若能信我言成佛極容易若不信我言出家徒勞耳是百姓光頭是脩羅聚會是地獄抽芽是畜生羣隊快脫袈裟來快出山門去且自做俗人莫與我同住

天衣懷禪師室中以淨土問學者

若言舍穢取淨厭此欣彼則是取舍之情衆生妄想若言無淨土則違佛語脩淨土者當如何脩衆無語復自荅云生則決定生去則實不去又云譬如鴈過長空影沉寒水鴈無遺踪之意水無留影之心

大智律師警自甘塗炭者

世之學佛者其始莫不皆曰爲生死事大及乎聲利所動世緣所汩則生死大事置而弗論或爲人扣擊則它辭託䟦不能自決或云此不須問或云不必用知或云符到奉行莫作計較或云隨處受生出入自在或云且生不高不下之家復男子身或云把定精神見善惡相不得隨去或令預候之時或教臨終奪陰或云百骸潰散一物長靈或云形散氣消歸於寂滅如是種種臆度矯亂皆不出凡夫外道斷常二見逺乎四大觧分病苦所逼識神無主隨業輪迴決無疑矣假令它日尅時坐脫立化世德可致未足爲竒斯由不見十六觀經不知九品生相不信弥陁願力而堅恃所具自甘塗炭豈不爲之悲哉

永明壽禪師戒無證悟人勿輕淨土

問曰但見性悟道便超生死何用繫念彼佛求生它方荅曰真修行人應自審察如人飲

水冷暖自知今存龜鑑以破多惑諸仁者當觀自己行從見性悟道受如來記紹祖師位能如馬鳴龍樹否得無礙辯才證法華三昧能如天台智者否宗說皆通行解兼脩能如忠國師否此諸大士皆明垂言教深勸往生蓋是自利利他豈肯悞人自悞况大雄讃嘆金口丁寧希從昔賢恭禀佛勑定不謬誤也仍往生傳所載古今高士事跡顯著非一宜勤觀覽以自照知又當自度臨命終時生死去住定得自在否自無始來惡業重障定不現前此一報身定脫輪迴否三途惡道異類中行出沒自由定無苦惱否天上人間十方世界隨意寄託定無滯碍否若也了了自信得及何善如之若其未也莫以一時貢高却致永劫沉淪自失善利將復尤誰嗚呼哀哉何嗟及矣

慈雲式懺主三衣辯惑篇

佛制法衣但三一曰安陁會二曰鬱多羅僧三曰僧伽梨此三法衣定是出家之服非在家者所披僧祇云三衣者賢聖沙門標幟非俗人所為智論云佛聖弟子住於中道故着三衣外道裸形無恥白衣多貪重着雜阿含云修四無量者並剃髮服三法衣而出家也據斯以知定非俗服世云梵網經有通俗着者人見彼經廣列王臣道俗盡得受戒應教身所着袈裟等言便令士女受菩薩戒者着七條衣觀彼經文未必全尒袈裟正翻為染或翻卧具據翻染者秪是通制道俗受戒須服壞色恐其染同特艷乖於法制乃云應教身所着染皆使壞色或有風俗不可盡制而

出家菩薩必須染壞故復文云比丘應與俗服有異何曾通俗着七條衣或翻卧具者南山云三衣總名梵網經云披九條七條五條袈裟即其文也若尓者又何妨袈裟之語別在出家亦即文云比丘皆應與俗服有異尋天台及藏法師章疏俱作染壞義釋並無通俗三衣之說雖方等經中通俗俻懺入道場時許着三衣但是單縫不許却剌佛言此三衣者一名單縫二名俗服荆溪師云若却剌者即是大僧受持之衣是故此衣應須別造世有借出家人衣深爲未可故知雖三衣非出家服（出輔行記）信其梵網若已許着方等何故要須單縫乃至阿含佛令取阿難鬱多羅僧與婆四吒女着等此出自聖意暫尓赴機滅後下凡須依定制一切戒律涅槃重宣最後之言方爲指定三衣許俗彼經無文餘或云禳灾免厄許與小片至如戲女暫挂獵師假披或云得四寸而飲食斯充挂一片而羅剎不敢盖顯三衣之功用非許四民之受持出家開邪之人尚眛持衣之軌在塵煩雜之衆寧知奉法之儀南山云若受用有方則不生罪戾必領納乖式便自陷深愆一生無衣覆身一死自負聖責何慮無惡道分觀斯之言自坐深過忍將非法誤累在家更有僣妄不能緘默多見道俗競挂絡子濫觴久矣滋彰近矣且三衣五納制聽二典絡子名狀出自何文設以三衣破片而迴作者比丘衣損秖合補治令不失受持豈容披其破片更立異名何殊遭賊失衣比丘乎或云院内執作暫挂無妨者安施會正是院内之衣何不着耶

至於俗家弟子若免灾厄不應常挂袈裟之片若許常挂何不全許三衣而但許一片耶南山引僧祇龍着袈裟免金翅難乃云必不順教則所被無力袈裟違教尚云無力況今絡子特新裁染公然製造若名若体全是非法驗知披挂得罪無福今略書三種違教之咎庶幾讀之宥過無大必改為善一者絡子名体都無所載制聽二教一切所無既乏五功濫參三賤違教之責冥報非虛二者制聽二教唯佛一人自菩薩聲聞述而不作今既自制絡子仁者便是佛耶三者隨外道輩非佛者流南山云以雜色線縫於衣上作絛幅者是外道法結偷蘭遮況乎造非法衣殊乖先制非外道輩斯何人哉幸願四方道人行大乘者讀文尋竟莫守已情擔麻棄金殊非智者華嚴從正斯則達人應知無上佛乘解無道俗傳持之軌誠在律儀涅槃扶律談常正在於此律範若壞法假誰傳豈生為人不護眼目斷常住命非旃陁羅耶昔靜靄法師值周武行虐自恨不能護法出家奚為乃坐石龕刀徧身剖肉引腸挂樹以手捧心而卒嗚呼古賢護法其若是乎我等既斆未能宜守法制莫致毀損殃墜自他矣

緇門警訓卷第五

音釋

簣其貴切土籠也　桍苦胡切木名　痡蒲戒切極也疲勞也

緇門警訓卷第六

長蘆慈覺賾禪師龜鏡文

夫兩桂垂陰一華現瑞自爾叢林之設要之本為衆僧是以開示衆僧故有長老表儀衆僧故有首座荷負衆僧故有監院調和衆僧故有維那供養衆僧故有典座爲衆僧作務故有直歲爲衆僧出納故有庫頭爲衆僧主典翰墨故有書狀爲衆僧守護正教故有藏主爲衆僧迎待檀越故有知客爲衆僧請召故有侍者爲衆僧看守衣鉢故有寮主爲衆僧供侍湯藥故有堂主爲衆僧洗濯故有浴主水頭爲衆僧禦寒故有炭頭爐頭爲衆僧乞丐故有街坊化主爲衆僧執勞故有園頭磨頭莊主爲衆僧滌除故有淨頭爲衆僧給侍故有淨人所以行道之緣十分備足資身之具百色現成萬事無憂一心爲道世間尊貴物外優閑清淨無爲衆僧爲最回念多人之力寧不知恩報恩晨參莫請不捨寸陰所以報長老也尊卑有序舉止安詳所以報首座也外遵法令內守規繩所以報監院也六和共聚水乳相參所以報維那也爲成道故方受此食所以報典座也安處僧房護惜什物所以報直歲也常住之物一毫無犯所以報庫頭也手不把筆如救頭然所以報書狀也明窻淨案古教照心所以報藏主也韜光晦迹不事追陪所以報知客也居必有常請必先到所以報侍者也一缾一鉢處衆如山所以報寮主也寧心病苦粥藥隨宜所以報堂主也輕徐靜默不昧水因所以報浴主水頭也緘言拱手退己讓人所以報炭頭爐頭

也忖已德行全闕應供所以報街坊化主也計功多少量彼来處所以報園頭磨頭莊主也酌水運籌知慙識愧所以報淨頭也寬而易從簡而易事所以報淨人也所以叢林之下道業惟新上上之機一生取辦中流之士長養聖胎至如未悟心源時中亦不虛棄是真僧寶爲世福田近爲末法之津梁畢竟二嚴之極果若或叢林不治法輪不轉非長老所以爲衆也三業不調四儀不肅非首座所以率衆也容衆之量不寬愛衆之心不厚非監院所以護衆也修行者不安敗群者不去非維那所以悅衆也六味不精三德不給非典座所以奉衆也寮舍不修什物不備非直歲所以安衆也畜積常住減尅衆僧非庫頭所以贍衆也書狀不工文字滅裂非書狀所以飾衆也几案不嚴喧煩不息非藏主所以待衆也憎貧愛富重俗輕僧非知客所以贊衆也禮貌不恭尊卑失序非侍者所以命衆也打疊不勤守護不謹非寮主所以居衆也不閑供侍惱亂病人非堂主所以恤衆也湯水不足寒暖失儀非浴主水頭所以浣衆也預備不前衆人動念非爐頭炭頭所以向衆也臨財不公宣力不盡非街坊化主所以供衆也地有遺利人無全功非園頭磨頭莊主所以代衆也懶惰併除諸緣不具非淨頭所以事衆也禁之不止命之不行非淨人所以順衆也如其衆僧輕師慢法取性隨緣非所以報長老也坐卧參差去就乖角非所以報首座也意輕王法不顧叢林非所以報監院也上下不和鬪諍堅固非所以報維那也貪

葽美膳毀呰粗食非所以報典座也居處受用不思後人非所以報直歲也多貪利養不惜常住非所以報庫頭也事持筆硯馳騁文章非所以報書狀也慢易金文看尋外典非所以報藏主也追陪俗士交結貴人非所以報知客也遺忘召請久坐衆僧非所以報侍者也以巳妨人𢤱藏誨盜非所以報寮主也多嗔少喜不順病緣非所以報堂主也桶杓作聲用水無節非所以報浴主水頭也身利温煖有妨衆人非所以報爐頭炭頭也不念修行安然受供非所以報街坊化主也飽食終日無所用心非所以報園頭磨頭莊主也涕唾墻壁狼籍東司非所以報淨頭也專尚威嚴宿無善教非所以報淨人也盖以旋風千匝尚有不周但知捨短從長共辨出家之

事所冀師子窟中盡成師子栴檀林下純是栴檀令斯後五百年再覩靈山一會然則法門興廢係在僧徒僧是敬田所應奉重僧重則法重僧輕則法輕内護既嚴外護必謹設使粥飯主人一期王化叢林執事偶爾當權常宜敬仰同袍不得妄自尊大若也貢高我慢私事公酬萬事無常豈能長保一朝歸衆何面相看因果無差恐難回避僧爲佛子應供無殊天上人間咸所恭敬二時粥飯理合精豐四事供須無令缺少世尊二千年遺蔭盖覆兒孫白毫光一分功德受用不盡但知奉衆不可憂貧僧無凡聖通會十方既曰招提悉皆有分豈可妄生分别輕厭客僧旦過寮三朝權住盡禮供承僧堂前暫爾求齋等心供養俗客尚猶照管僧家忍不逢迎若無

有限之心自有無窮之福僧門和合上下同心互有短長遞相盖覆家中醜惡莫使外聞雖然於事無傷畢竟減人瞻仰如師子身中蟲自食師子肉非外道天魔所能壞也若欲道風不墜佛日常明壯祖域之光輝補皇朝之聖化願以斯文爲龜鏡焉

慈受禪師示衆箴規壽無量本大同小異

陞堂念誦諷經小參但是衆集宜須先赴遊方上士規矩隨身豈可乖慵遭人撿點一回可恕三犯何顔不思百丈真風便見投子道底靜牌纔掛宜各默然縱不掛時豈可談笑古佛垂訓守口如瓶二六時中常宜緘默三業不戒萬禍潛生善諳魯祖風便口掛壁上自己案前常令潔淨只安香匣禪策經文貴圖齊整不得安世俗文字藥畧香爐種種所須宜收案下出聲持誦噪吵稠人背靠扳頭輕欺大衆虛占案分掛物明窻不合律儀叢林安許端身正意默爾披尋諦味聖言契合心地不虛開卷始會看經平時隣案道人切忌交頭接耳賓客相看禮不可免茶湯纔罷敘話已周相引出寮不可久坐若是舊時道伴遠地親情相邀林下水邊方可傾心談論至於交關買賣引惹雜人盡非衲子所爲便可一筆勾下粥後歸寮同伸問訊上中下座恭敬爲先苟或不然輕人慢己放参開籠須白知寮出入掀簾要垂後手登床宴坐不可垂衣舉動經行更宜緩步使人動念魔障易生衆口爍金自家何樂洗衣把針宜于齋后不急之務道業荒唐不可將湯瓶泡衣洗面卓上裁紙糊卓偷煮點心包藏藥石竹竿要

知觸淨熨斗須看閑忙執在一隅恐妨衆用古聖補破遮寒縫了便休豈可朝昏事侍針線煎點茶湯叢林盛禮大衆雲集方可跏趺盞槖收歸衆人齊退私藏茶末取笑傍觀隻手揖人是何法度有故不赴須白知寮小坐茶湯輙不可免新到入寮宜懷謙下未諳法度請問耆年隨方毗尼在人建立安籠占案不必着忙款細之間自然穩便入寮煎點本爲衆人意在志誠茶須通喫便了家事舊處安排瀉却湯瓶即時添注山行水次戒護開談張口如弓發言如箭雌黃之事品藻他人說食說錢呵風罵雨墻壁有耳法令無親忽然虎口遭傷始見鋒頭太露凡遇茶毗陰晴齊赴各懷悽愴同運悲心恐彼前人虛生浪死口持經呪肩負柴薪豈可猖狂恣聲談笑衣盂估唱本爲破慳後人不知返成貪愛偷量長短暗窺舊新賤唱貴分過如常賣不知反責猶說便宜識者傍觀面慚汗下若是海門上士禪院高賓但爲死者結緣莫被活人嗤咲柔和善順上下可觀我慢貢高諸聖不祐八萬細行三千威儀二六時中頭頭可見穿堂直過豈不厚顏尊殿閒行恐招薄福衩衣登殿草屨遊山莫踐法堂回互耆宿五更洗面本爲修行吐唾拖盆喧聒大衆暗中動念自昧不知日往月來面黃身瘦浴湯少使籌子休拈作福雖多不如避罪廊舍吐唾案上抓頭違背聖賢自從巳便時時檢點步步隄防直須小却身心便好大着腸肚十日知寮遍相供養晚眠早起務在精誠苦切勞心先人後巳大衆衣鉢切要關防一事不周衆

人動念煎茶掃地換水裝香莫教冷却湯瓶免見禪和煩惱寮中首座務要柔和規矩先行繩墨自定依時上案簡徑開談有一不周衆人共議遊山翫水出入有時惡性道人善言誘勸倘不聽從咨白方丈護善遮惡取信檀那淨髮圍爐禮宜謙讓右件規矩委曲預聞日用時中各宜照顧一撥便轉善不可加三喚不回相聚何益況乃心塵難掃性水易湍中器中根可上可下克賓法戰不勝曾罰鑽飯一堂文遠勝劣爭禪輸却糊餅兩个叢林榜樣後學依從焦山不說兩般禪只要罰油十六兩頌曰

烏龜忽爾艾燒頭千古令人哭不休奉勸後生高着眼莫教罰了一斤油

笑翁和尚家訓

日亦然兮夜亦然睡時宜後起宜先收單摺被候開靜動止回旋向左肩

晨朝粥罷莫猖狂盥漱低頭少使湯頭若痒時須待浴手巾乾淨不相妨

寂靜身心展鉢時出宜先筯入先匙食巾收摺須臨後左右和南禮莫虧

粥了和南飯後茶放參藥石莫諠譁出堂入戶清規合猶見叢林有作家

座元門首板丁當是甚禪和敢入堂追罰百錢由自可高懸一榜最難當

入室陞堂念誦時從規合自具威儀近來一等無羞恥直裰中間小袖兒

脫着衣鞋要整齊掩門宜緩放籌低容持呪語輕彈指淨桶常將右手提

入浴披衫貴靜恭需湯擊板合從容不應觸

布安槽上雙脚如何着桶中禮拜持經遣睡魔不須將此當嘍囉一朝突出娘生眼執藥方知病轉多頂笠腰包號水雲尋師切勿憚辛勤法門冷淡須防護莫學尋常救火軍

黄龍死心新禪師小參

夫小參者謂之家教何謂家教譬如人家有三箇五箇兒子大底今日幹甚事小底今日幹甚事是與不是晚間歸來父母一一處斷叢林中亦復如是院門今日幹甚事是與不是住持人當一一處斷觀今之時節叢林淡薄人根狹劣不可說也有一般破落戶長老馳書達信者邊討院住那邊討院住纔討得院住便揀箇好日入院又道我是長老方丈裏自在受快活者般底喚作地獄滓如今叢林中若論參禪固是難得其人我看見你者一隊漢在者裏心憤憤口悱悱道我會禪會道入方丈裏趂口快撑兩轉語便行不是者箇道理又有一般漢影影響響認得箇頑空便道只是者箇事 又有一般道見虛空裏光影又有一般道無有不是者錯了也救不得了也者般底只宜色身安樂莫教一頓病打在延壽堂內如落湯螃蟹手忙脚亂見神見鬼者邊討巫師那邊討毉博卜凶卜吉問好問惡你不見我佛如來爲三界毉王四生慈父毉一切衆生心病只爲你不信自心向外馳求被邪魔魍魎入你心中做得許多見解要識你自心麼如太陽當晝天下皆明那裏更有暗處若到者箇田地亦無吉凶爻象亦無是非好惡便能向是非頭上坐是非頭上

卧乃至婬坊酒肆虎穴魔宮盡是當人安身立命之處只爲你無量刼来業識濃厚心中趦趦歆歆繘繘繂繂信之不及便被世間情愛纏縛得来七顛八倒江南人護江南人廣南人護廣南人淮南人護淮南人向北人護向北人湖南人護湖南人福建人護福建人川僧護川僧浙僧護浙僧道我鄉人住院我去讃佐他一朝有箇不周全飜作是非到處說苦屈苦屈恁麽行脚掩彩殺人鈍置殺人若是箇漢一畫畫斷多少自由自在若也畫不斷處處被愛之所縛愛色被色縛愛院被院縛愛名被名縛愛利被利縛愛身被身縛你何不退步思量你者臭皮袋有甚麽好處當時只爲你有一念愛心便入母胎中受父精母血交搆成一塊膿團母喫熱時便受鑊湯地獄母喫冷時便受寒氷地獄及至撞從母胎裏出来受寒受熱受饑受飽受病受苦煎煎逼逼直至今日只爲不能返觀便有許多是非生滅我生你死你死我生生死死死死生生隨業受報無有休時近来又有一般奴狗受雇得錢買度牒剃下狗頭披佛袈裟奴郎不辨菽麥不分入吾法中破壞吾法一向裝裹箇渾身摟腰捺胯胡揮亂鏧要做大漢大漢不恁麽做要做大漢須是退步莫面前背後奴脣婢舌嫵好道惡說者裹飲食豐厚那裏寮舍穩便不消得如此諸上座人身難得佛法難聞此身不向今生度更向何生度此身你諸人要參禪麽須是放下着放下箇甚麽放下箇四大五蘊放下無量刼来許多業識向自已根脚下推窮看是甚麽道

理推来推去忽然心華發明照十方剎可謂得之於心應之於手便能變大地作黄金攪長河爲酥酪豈不暢快平生莫只管册子上念言念語討禪討道禪道不在册子上縱饒念得一大藏教諸子百家也只是閒言語臨死之時總用不着古人悟了方求明師決擇去其砂石純一真寔秤斤定兩恰如人開雜貨鋪相似無種不有来買甘草便将甘草與他来買黄連便将黄連與他不可買黄連却将甘草與他又似你有一塊金将入紅爐裏煅煉煉來煉去煉得熟也方上鉗鎚打作瓶盤釵釧瓶重幾兩盤重幾兩一一分明然後却将此瓶盤釵釧鎔成一金喚作一味平等法門若不如此盡是儱侗真如顢頇佛性你還會麽你還信麽山僧適来荅者僧四轉語道死中有活活中有死死中怕死活中怕活将此四轉語驗盡天下衲僧且道天下衲僧将甚麽驗良久云大體還他肌骨好不搽紅粉也風流語録

褒禪山慧空禪院輪蔵記無爲居士

楊傑作

法界本無衆生衆生緣乎妄見如来本無言教言教爲乎有情妄見者衆生之病言教者如来之藥以藥治病則病無不治以言覺妄則妄無不覺此如来不得已而言賢智不得已而述也故阿難陀集而爲經優波離結而爲律諸菩薩衍而爲論經律論雖分乎三藏戒定慧蓋本乎一心藏以示其函容心不可以凝滯是以雙林大士接物隨機因權表寔聚言教而爲蔵載寶藏而爲輪以教依輪則

教流而無礙以輪顯教則輪運而無窮使披其教者理悟變通見其輪者心不退轉然後優游性海解脫意筌無一物不轉法輪無一塵不歸華藏非有深智者其孰能與於此哉

慈照聰禪師住襄州石門請查待制

爲撰僧堂記

乾明寺者去郡百里古曰石門因勑易之高山峻谷虎豹所伏岐路磽确人烟負絶非志於道者罔能棲其心也遊宦之徒羈束利名雖覩其勝絶而罕能陟其境道守郡日知有學者法宇守榮自雍熈五年參尋而至後安禪之堂卑隘隳壞於是發心重構克堅其志聚落求化多歷年所召良工市美材迄景德三年始告成凡五間十一架春有學徒慧果携錫至京請余識之將刋于石乃書曰自佛法廣被達磨西来具信根者求證本源星居曠野蔽身草木衣不禦寒食不充腹及正法漸漓人法替怠百丈禪師乃營其棟宇以安老病邇来禪剎競構宏壯少年初學恣卧其間殊不知化緣者勞形苦骨施財者邀福懺罪明因果者如卧鐵牀若當寃敵自非朝夕孜孜增長聖胎其次親善知識者志求解脫可以暫容其形龍神攸護其或心汨蓋纏身利温煖不察無明不知命縮惟記語言自謂究竟韶盡還謝墮彼惡趣丈夫猛利得不動心者其榮公生鳳翔虢邑出家於雍州鄠縣白雲山淨居禪院大中祥符二年四月八日記

應菴華禪師答詮長老法嗣書

老僧自幼出家正因也方袍圓頂正因也念生死未明撥草瞻風親近真善知識正因也

至於出世領衆今三十餘年未嘗毫髮厚已也方丈之務未嘗少怠也晝夜精勤未嘗敢懈也念衆之心未嘗斯須忘也護惜常住之念未嘗敢私也行解雖未及古人隨自力量行之亦不負愧也痛心佛祖慧命懸危甚於割身肉也念報佛祖深恩寢食不遑安處也念方來衲子心地未明不啻倒懸也雖未能盡古人之萬一然此心不欺也長老隨侍吾三四載凛然卓卓可喜去年夏末命悦衆是吾知長老也吾謝鍾山寓宣城昭亭未幾赴姑蘇光孝方兩月長老受鳳山之請道由姑蘇首来相見道義不忘如此也別後杳不聞耗正思念間懐淨上人来承書并信物方知入院之初開堂爲吾燒香乃知不負之心昭廓也今既爲人天眼目與前来事體不同也果能如吾自㓜出家爲僧行脚親近真善知識以至出世住持其正因行蔵如此行之則吾不妄付授也又何患宗門寂寥哉至祝無以表信拂子一枝法衣一頂幸收之紹興壬午七月初七日住平江府光孝應菴老僧曇華書後語録

怡山然禪師發願文

皈命十方調御師演揚清淨微妙法三乘四果解脱僧願賜慈悲哀攝受但某甲自違真性枉入迷流隨生死以飄沈逐色聲而貪染十纏十使積成有漏之因六根六塵妄作無邊之罪迷淪苦海深溺邪途着我躭人舉枉措直累生業障一切愆尤仰三寶以慈悲瀝一心而懺悔所願能仁拯拔善友提携出煩惱之深源到菩提之彼岸此世福基命位各

願昌隆来生智種靈苗同希增秀生逢中國長遇明師正信出家童真入道六根通利三業純和不染世緣常修梵行執持禁戒塵業不侵嚴護威儀蜎飛無損不逢八難不缺四緣般若智以現前菩提心而不退脩習正法了悟大乘開六度之行門越三祇之刼海建法幢於處處破疑網於重重降伏衆魔紹隆三寶承事十方諸佛無有疲勞修學一切法門悉皆通達廣作福慧普利塵沙得六種之神通圓一生之佛果然後不捨法界徧入塵勞等觀音之慈心行普賢之願海他方此界逐類隨形應現色身演揚妙法泥犂苦趣餓鬼道中或放大光明或見諸神變其有見我相乃至聞我名皆發菩提心永出輪迴苦火鑊氷河之地變作香林飲銅食鐵之徒化生淨土披毛戴角負債啣寃盡罷辛酸咸霑利樂疾疫世而見爲藥草救療沉痾饑饉時而化作稻粱濟諸貧餒但有利益無不興崇次期累世寃親現存眷屬出四生之汩沒捨萬刼之愛纏等與含生齊成佛道虛空有盡我願無窮情與無情同圓種智

開善密庵謙禪師荅陳知丞書

某啓欣審官舍多暇焚香靜默坐進此道何樂如之叅禪如應舉應舉之志在乎登第若不登第而欲功名富貴光華一世者不可得也叅禪之志在乎悟道若不悟道而欲福德智慧超越三界者不可得也竊嘗思悟道之爲易登第之爲難何故學術在我與奪在彼以我之所見合彼之所見不亦難乎是以登第之難也叅究在我證入在我以我之無見

合彼之無見不亦易乎是以悟道之爲易也然參禪者衆悟道者寡何也有我故也有我則不能證入亦易中之難也讀書者衆及第者亦衆何也見合故也見合則推而應選是難中之易也故見合爲易無我爲難無我爲易無無爲難無無爲易亦無無無爲難亦無無無爲易亦無無無亦無無爲難亦無無無無亦無無爲易和座子撞翻爲難故龐居士云煉盡三山鐵鎔銷五嶽銅豈欺人哉因筆及此庶火爐邊團圝頭説無生話時聊發一咲

司馬温公解禪偈

文中子以佛爲西方聖人信如文中子之言則佛之心可知矣今之言禪者好爲隱語以相迷大言以相勝使學者倀倀然益入於迷妄故予廣文中子之言而解之作解禪偈六首若其果然則雖中國行矣何必西方若其不然則非予之所知也

忿怒如烈火利欲如銛鋒終朝長戚戚是名阿鼻獄

顔回安陋巷孟軻養浩然富貴如浮雲是名極樂國

孝弟通神明忠信行蠻貊積善来百祥是名作因果

言爲百代師行爲天下法久久不可掩是名不壞身

仁人之安宅義人之正路行之誠且久是名光明藏

道德脩一身功德被萬物爲賢爲大聖是名佛菩薩

仰山飯戸部尚書阮中大撰　阮戸部外集

仰山飯仰山飯粒粒如珠似銀爛食者須知来處難畧爲諸人試拈看東皐西疇春旱時畊夫餉婦寒且飢土膏脉起農事動牛領生瘡猶挽犂夏苗欲秀未成實無雨四天惟烈日背枯面裂汗流胸耘耨只愁稂莠出秋深稻熟如黃雲晝穫夜舂甘苦辛里胥催督王租急官債私逋皆及身官債未償被鞭扑私債未償賣田屋父母妻兒飽幾曾家家留米羞齋粥住持老僧㳂門求丐士緣化圭撮收手胼足胝不敢憚櫛風沐雨何曾休五更雲堂門尚閉普供廚中人早起惟憂清衆粥飯遅日日朝朝悉如是米瀋滿地凝如脂去粗存精運柴炊沸湯烟焰甑釜熱執務捨力良勞疲長板聲終木魚吼端坐禪床捧盂受細論變生造熟功却恐闍黎難下口不從香積世界来又非鬼神供爾齋一匙一杓至一鉢皆是求福檀信財維那白椎似瑠響十聲佛名孏同唱行益繞遅忩怒生第二戒中念都忘古人都爲學道忙徧參知識遊諸方木皮草葉供鐺煮豈有此飯充飢腸百歲光陰如夢幻參請工夫宜早辦若還心地不分明佛也難消仰山飯

白侍郎六讚偈并序 出長慶集

樂天常有願願以今生世俗文筆之因飜爲来世讚佛乘轉法輪之縁也今年登七十老矣病矣與来世相去甚邇故作六偈跪唱於佛法僧前欲以起因發縁爲来世張本也

讚佛

十方世界天上天下我今盡知無如佛者堂堂巍巍爲天人師故我禮足讚嘆皈依

讚法

過見當来千萬億佛皆因法成法從經出是大法輪是大寶藏故我合掌至心廻向

讚僧

緣覺聲聞諸大沙門漏盡果滿衆中之尊假和合力求無上道故我稽首和南僧寶

讚衆生

毛道凡夫火宅衆生胎卵濕化一切有情善根苟種佛果終成我不輕汝汝無自輕

懺悔

無始刼来所造諸罪若輕若重無大無小我求其相中間内外了不可得是名懺悔

發願

煩惱願去涅槃願住十地願登四生願度佛出世時願我得親最先勸請請轉法輪佛滅度時願我得值冣後供養受菩提記

天台圓法師自誡

三界悠悠一囹圄縈鎖生靈受酸楚本来面目久沈埋野馬無韁恣飄鼓欲火燒殘功德林逝波傾入無明塢紛紛萬類器中蚊啾啾鳴亂沈還舉亦曾天帝殿中遊也向閻公鍋裏煮循環又撞入胞胎交搆腥臊成沫聚一包膿血暫扶持數莖白骨權撐拄七情馳騎不知歸六賊爭鋒誰作主春風不改昔時波依舊貪嗔若狼虎改頭換面弄機關忍氣吞聲受辛苦貴賤賢愚我與人是非榮辱今猶古金烏玉兎自摩空雪鬓朱顔盡成土我嗟瞥地一何晚隨波逐浪空流轉追思古聖與先賢掩袂令人獨羞赧而今捉住主人翁生死魔來我誰管昔時伎倆莫施呈今日生涯

須自勉是非窟裡莫回頭聲利門前高着眼但於自己覓愆尤肯與時流較長短一點靈光直照西萬端塵事任舒卷不於蝸角竊虛名獨向金臺預高選從他病死與生老只此一回相括惱脩行惟有下稍難竪起脊梁休放倒莫教錯認定盤星自家牢守衣中寶願同法界冤與親共駕白牛遊直道

緇門警訓卷第六

音釋

莫模故切日且暮也　趫去驕切　欹於宜去奇二切丨歟歎辭也　繘居律切綆也用以汲水　繂力出切竹索也　挼乃回切手摩物也　⿱殸空音控　虢古麥切國名

緇門警訓卷第七

芙蓉楷禪師小叅

夫出家者爲厭塵勞求脫生死休心息念斷絕攀緣故名出家豈可以等閑利養埋沒平生直須兩頭撒開中間放下遇聲遇色如石上栽花見利見名如眼中着屑況從無始以來不是不曾經歷又不是不知次第不過翻頭作尾止於如此何須苦苦貪戀如今不歇更待何時所以先聖教人只要盡却今時能盡今時更有何事若得心中無事佛祖猶是寃家一切世事自然冷淡方始那邊相應你不見隱山至死不肯見人趙州至死不肯告人匾檐拾橡栗爲食大梅以荷葉爲衣紙衣道者只披紙玄泰上座只着布石霜置枯木堂與人坐卧只要死了你心投子使人辦米同煮共餐要得省取你事且從上諸聖有如此榜樣若無長處如何甘得諸仁者若也於斯體究的不虧人若也不肯承當向後身恐費力山僧行業無取忝主山門豈可坐費常住頓忘先聖付囑今者輒斆古人爲住持體例與諸人議定更不下山不赴齋不發化主唯將本院莊課一歲所得均作三百六十分日取一分用之更不隨人添減可以備飯則作飯作飯不足則作粥作粥不足則作米湯新到相見茶湯而已更不煎點惟置一茶堂自去取用務要省緣專一辦道又況活計具足風景不踈花解笑鳥能啼木馬長鳴石牛善走天外之青山寡色耳畔之流水無聲嶺上猿啼露顯中宵之月林間鶴唳風回清曉之松春風起而枯木龍吟秋葉彫而寒林華

發玉階鋪苔蘚之紋人面帶煙霞之色音塵寂爾消息沉然一味蕭條無可輒向山僧今日向諸人面前說家門已是不著便豈可更去陞堂入室拈槌竪拂東呵西棒張眉努目如瘨病發相似不惟屈枕上座況亦孤負先聖你不見達磨西來少室山下面壁九年二祖至於立雪斷臂可謂受盡艱辛然而達磨不曾措了一辭二祖不曾問着一句還喚達磨作不爲人得麽二祖做不求師得麽山僧每至說着古聖做處便覺無他容身慚愧後人軟弱又況百味珍羞遞相供養道我四事具足方可發心只恐做手脚不迭便是隔生隔世去也時光似箭深爲可惜雖然如是更在諸人從長相度山僧也強教你不得諸仁者還見古人偈麽山田脫粟飯野菜淡黃虀喫則從君喫不喫任東西伏惟同道各自努力珍重

黃蘗禪師示衆

預前若打不徹臘月三十夜到来管取你熱亂有般外道纔見人說做工夫他便冷咲猶有者箇在我且問你忽然臨命終時你將何抵敵生死你且思量看却有箇道理那得天生彌勒自然釋迦有一般閑神野鬼纔見人有些少病便與他人說你只放下著及至到他有病又却理會不下手忙脚亂爭奈你肉如利刀碎割做主宰不得萬般事須是閑時辦得下忙時得用多少省力休待臨渴掘井做手脚不辦者場狼藉如何迴避前路黑暗信采胡鑽亂撞苦哉苦哉平日只學口頭三昧說禪說道呵佛罵祖到者裏都用不著平

日只管瞞人爭知道今日自瞞了也阿鼻地獄中决定放你不得而今末法将沉全仗有力量兄弟家負荷續佛慧命莫令斷絶今時纔有一箇半箇行脚只去觀山觀景不知光陰能有幾何一息不回便是来生未知甚麽頭面嗚呼勸你兄弟家趂色力康健時討取箇分曉處不被人瞞底一段大事者些關捩子甚是容易自是你不肯去下死志做工夫只管道難了又難好教你知那得樹上自生底木杓你也須自去做箇轉變始得若是箇丈夫漢看箇公案僧問趙州狗子還有佛性也無州云無但去二六時中看箇無字晝叅夜叅行住坐卧着衣喫飯處阿屎放尿處心心相顧猛着精彩守箇無字日久月深打成一片忽然心花頓發悟佛祖之機便不被天下老和尚舌頭瞞便會開大口達磨西来無風起浪世尊拈花一場敗闕到者裡說甚麽閻羅老子千聖尚不柰你何不信道直有者般奇特爲甚如此事怕有心人頌曰

塵勞逈脱事非常謹把繩頭做一場不是一番寒徹骨爭得梅花撲鼻香

徐學老勸童行勤學文

玉不琢不成器人不學不知道出家兒幸得身離塵網居於廣堂大厦切不可以温飽自滿其志少壯之時不勤學問不究義理不正呼吸對聖前如何可以宣白士大夫前如何可以談吐不學一筆字文跡如何寫士大夫往来書只如何回出家人胷中貫古今筆下起雲煙方可了身了性以至於了命若自懶惰託言所禀無受道之資是自壞了一生也

且如猿猴獸類也尚可教以藝解鴝鵒禽鳥也尚可教以唱人爲萬物之靈如不學視禽獸之不若也爲人師者自當尚嚴師嚴而後道尊與其㓜年失於寬而招異時之怨不若過於嚴掐異時之感人家子弟捨父事師師却不嚴而縱其懶及其時過失學也談吐又訥宣白又鈍發遣又踈寫染又拙覺時事事無能方始自悔而歸咎於其師何謂至感㓜年脫白從師師長訓導極其嚴緊於公事畢然後敢治私事禁妄出讀書要背寫字要楷義理要通道念要正日漸月磨復還固有之天得造洞然之妙由是性海清澄心珠瑩徹學仙者著脚蓬萊學佛者安身樂國到恁麼時却感師長嚴訓之功也

月窟清禪師訓童行

咨爾童行聽予誡云高以下基洪由纖起古今賢聖莫不由斯儒宗頗多釋氏尤甚茲不繁引略舉二三虞夏至尊尚曾歷試可能二祖猶服勤勞一念因真千生果實若其濫服終無所成任是毀形徒增黑業爾等童耋今各顓誠履實踐真無隨流俗處清淨地生難遭心見佛逢僧克勤敬慕如能反責可謂丈夫施主交肩宜先祗揖同衣相見莫後和南夕火晨香常常勿懈齋飡蚤粥念念興慚當直殿堂供過寮舍宜勤拂拭無怠應承進止威儀上流是則言默要道下輩休詢貝葉固合精通墳典尤宜博學稍知今古方解爲人若似啞羊出家何益如來未成佛果文武兼能永嘉才作人師宗說俱備睎顏睎驥子雲有言誦第誦若釋尊無誤各須努力莫謾因

循立志堅高不墮凡地故經云立志如高山種德若深海如斯苦口期汝爲人報荅佛祖莫大恩拔濟衆生無量苦日日如是不愧自心頌曰

負舂剗草示嘉模絡續須還猛烈徒一念豁然三際斷單傳直下老臊胡

山谷居士黄太史發願文

昔者師子王白淨法爲身勝義空谷中奮迅及哮吼念弓明利箭被以慈哀甲忍力不動摇直破魔王軍三昧常娱樂甘露爲美食解脱味爲漿遊戲於三乘安住一切智轉無上法輪我今稱揚稱性實語以身口意籌量觀察如實懺悔我從昔來因癡有愛飲酒食肉增長愛渴入邪見林不得解脱今者對佛發大誓願願從今日盡未來世不復淫欲願從今日盡未來世不復飲酒願從今日盡未來世不復食肉設復淫欲當墮地獄住火坑中經無量劫一切衆生爲淫亂故應受苦報我皆代受設復飲酒當墮地獄飲洋銅汁經無量劫一切衆生爲酒顛倒應受苦報我皆代受設復食肉當墮地獄吞熱鐵丸經無量劫願我以此盡未來際忍事誓願根塵清淨具足十忍不由他教入一切智隨順如來於無盡衆生界中現作佛事恭惟十方洞徹萬德莊嚴於刹刹塵塵爲我作證設經歌羅邏身忘失本願惟垂加被開我迷雲稽首如空等一痛切

雲峰悦和尚小參語湖隱石刻

師舉百丈和尚示衆云汝者一隊後生經律論學故是不知也入衆參禪禪又不會臘月

三十日作麽生折合去師云酌然諸上座去聖時遥人心淡薄看却今之叢林更是不得也所在之處聚徒三百五百浩浩地只以飲食豐厚寮舍温暖便爲旺化其間孜孜爲道者能有幾人設有十箇五箇走上走下半青半黄總道我會了也各各自謂握靈蛇之寳孰肯知非及乎編辟挨拶将来直是萬中無一苦哉苦哉所謂般若業林歳歳凋無明荒草年年長就中今時後生纔入衆來便乃端然拱手受他别人供養到處菜不擇一莖柴不撇一束十指不沾水百事不干懐雖則一期快樂爭柰三塗累身豈不見教中道寧以熱鐵纒身不受信心人衣寧以洋銅灌口不受信心人食上座若是去直饒變大地作黄金攪長河爲酥酪供養上座不爲分外若也未是至於滴水寸絲便須披毛戴角牽犂拽杷償他始得又不見祖師云入道不通理復身還信施長者八十一其樹不生耳終不虚也諸上座光陰可惜時不待人莫待一朝眼光落地緇田無一簣之功鐵圍陷百刑之痛莫言不道珎重

月林觀和尚體道銘

上士叅玄人光陰莫虚棄渡江須用船爲人須有志名相各不同非一亦非二佛法苦無多於中無別伎動着關捩子非師自然智徹底老婆心觸人無忌諱刹境一毫端到此無回避唱起德山歌道者合如是佛祖出頭来吞聲須飲氣作略者些兒古今無變異混沌未分時早有箇田契人人本具足不肯回頭視箇箇達本鄉切忌著名位過去諸如来不

離而今咦現在諸菩薩轉次而受記智者暗點頭心空親及第愚人不信受拋家自逃逝哀哉猛省来現成真活計箇裏用無窮宗門第一義左右逢其原亦不離行市銅頭鐵額兒腦門須着也願以此功德普及於一切

慈受深禪師小叅

此心清淨猶如虛空無一點相貌舉心動念全乖法體纔退步便相應只是不肯退步纔放下便安樂只是不肯放下大都是無始刼来慣習成了也古人學道先打當貪嗔癡然後放教一切處冷啾啾地如臘月裏扇子相似直是無人覷着亡得名利甘得淡薄世間心輕微道念自然濃厚匾檐山和尚一生拾橡子煮喫永嘉大師不喫鑁頭下菜高僧惠休三十年着一緉鞋百補千綴遇軟地行則赤脚恐損他信施信心物難消他總是妻子口中減削将来供養你了便要邀福懺罪你十二時中種種受用盡出他人之力未饑而食未寒而衣未垢而浴未困而眠道眼未明心漏未盡如何消得故古德云為成道業施将来道業未成爭消得山僧者裏不可與你諸人打粥飯過日也若是坐消信施諸天不喜麄茶淡飯也難消他底如今初學比丘飽食高眠取性過日猶嫌不稱意在出家人如一塊磨刀石一切人要刀快便来你石上磨張三也来磨李四也来磨磨来磨去別人刀快自家石漸消薄有底更嫌他人不来我石上磨有甚便宜處進食如進毒受施如受箭幣厚言甘道人所畏你灼然與道相應萬兩黃金亦消得此事不是說了便休須是實到

者箇田地始得高談大論瞞人自瞞大不濟事如今叢林中無人說着者般話也莫道焦山長老說禪全無孔竅記取記取伏惟珎重

汾州大達無業國師上堂

有僧問曰十二分教流于此土得道果者非止一二云何祖師東化別唱玄宗直指人心見性成佛豈得世尊說法有所未盡只如上代諸德高僧並學貫九流洞明三藏生肇融叡盡是神異間生豈得不知佛法遠近其甲庸昧願師指示師曰諸佛不曾出世亦無一法與人但隨病施方遂有十二分教如將蜜果換苦葫蘆淘汝諸人業根都無實事神通變化及百千三昧門化彼天魔外道福智二嚴爲破執有滯空之見若不會道及祖師来意論甚麽生肇融叡如今天下解禪解道如河沙數說佛說心有百千萬億纖塵不去未免輪廻思念不亡盡從沈墜如斯之類尚不能自識業果妄言自利利他自謂上流並他先德但言觸目無非佛事舉足皆是道場原其所習不如一箇五戒十善凡夫觀其發言嫌他二乘十地菩薩且醍醐上味爲世珎奇遇斯等人翻成毒藥南山尚自不許呼爲大乘學語之流爭鋒唇舌之間鼓論不形之事並他先德誠實苦哉只如野逸高士尚解枕石漱流棄其利祿亦有安國理民之謀徵而不赴況我禪宗途路且別看他古德道人得意之後茆茨石室向折脚鐺子裏煑飯喫過三十二十年名利不干懷財實不爲念大忘人世隱迹岩叢君王命而不来諸侯請而不赴豈同我輩貪名愛利汨汲世途如短販人

有少希求而忘大果十地諸賢豈不通佛理可不如一箇博地凡夫實無此理他說法如雲如雨猶被佛訶云見性如隔羅縠只爲情存聖量見在果因未能逾越聖情過諸影迹先賢古德碩學高人博達古今洞明教網盖爲識學詮文水乳難辨不明自理念靜求真嗟乎得人身者如爪甲上土失人身者如大地土良可傷哉設有悟理之者有一知一解不知是悟中之則入理之門便謂永出世利巡山傍澗輕忽上流致使心漏不盡理地不明空到老死無成虛延歲月且聰明不能敵業乾慧未免苦輪假使才並馬鳴解齊龍樹只是一生兩生不失人身根思宿淨聞之即解如彼生公何足爲羡與道全遠共兄弟論實不論虛只者口食身衣盡是欺賢罔聖求

得将来他心慧眼觀之如喫膿血一般總須償他始得阿那箇有道果自然招得他信施来不受者學般若菩薩不得自謾如氷凌上行似劍刃上走臨終之時一毫凡聖情量不盡纖塵思念未忘隨念受生輕重五陰向驢胎馬腹裏託質泥犂鑊湯裏煮煠一徧了從前記持憶想見解智慧都盧一時失却依前再爲螻蟻從頭又作蚊虻雖是善因而遭惡果且圖甚麼兄弟只爲貪欲成性二十五有向脚跟下繫着無成辦之期祖師觀此土衆生有大乘根性惟傳心印指示迷情得之者即不揀凡之與聖愚之與智且多虛不如少實大丈夫兒如今直下便休歇去頓息萬緣越生死流迥出常格靈光獨照物累不拘巍巍堂堂三界獨步何必身長丈六紫磨金輝

項佩圓光廣長舌相若以色見我是行邪道設有眷屬莊嚴不求自得山河大地不礙眼光得大總持一聞千悟都希希求一飡之直汝等諸人倘不如是祖師来至此土非常有損有益有益者百千人中撈漉一箇半箇堪爲法器有損者如前已明從他依三乘教法修行不妨却得四果三賢有進修之分所以先德云了即業障本来空未了還須償宿債

傳燈

法昌遇禪師小叅

大凡叅學兄弟道眼未明心地未安入一業林出一保社須當親近良朋善友二六時中将佛法爲事直須决擇令心眼精明者箇不是小事光陰易失時不待人一失人身卒未有出頭處在莫與麽打鬨過時今日三明日四者裏經冬那邊過夏記取一肚葛藤路布學解到處掠虛摩唇捋觜漢語胡言道我解禪解道輕忽好人作無間業将知此事大不容易沒量大人到者裏討頭鼻不着莫當等閑開大口法昌老漢無人情莫愛人摩将你賛嘆你盡不是好心一朝風火解散眼光落地善惡業緣受報好醜生死境界一時現前那時便如落湯螃蟹手忙脚亂從前學得活計神通佛法總使不着業識茫茫無本可據追悔不及隨緣受報改頭換面都未可定豈不見古者道學般若菩薩且莫自瞞切須子細纖毫不盡未免輪迴絲念未忘盡從沈墜你要識披毛戴角底麽便是你尋常亂作主宰者是你要識拔舌地獄底麽便是誑惑迷途者是你要識寒氷鑊湯底麽便是你濫膺

信施者是三塗八難盡是你心自作只爲道眼不明方乃如是若是諦當底人豈有者般消息法昌與麽說話盡是契合諸聖不獨爲你三兄四弟但未得忍菩薩皆有此過豈況天龍八部既来者裏經冬過夏莫生容易老僧钁頭邊討飯供養你說些子出家話莫被人我夯却一生空過一旦四大分張郍時作伎倆遲了也有一般漢聞人舉着他肚裏事嗔心忿起便道佛法豈有與麽事大悟不拘小節更問阿誰我問你悟見箇甚麽還脫得髑髏識想也未十二時中且與五戒十善相應靈山會上還曾見有無行業底佛麽還有妄語底祖師麽大似将牛屎比栴檀有甚交涉可謂醍醐上味爲世所珎遇斯等人翻成毒藥你要得他日相應但從今日去一切處放教枯淡二六時中對五欲八風如盲人視物不爲諸法管帶亦不管帶諸法六根門頭檢點無絲毫過患方有少許趣向分法昌與麽說話如服瞑眩底藥相似一期苦口他時大有得力處所以道假使百千劫所作業不忘因緣會遇時果報還自受無人替代各自努力珎重語錄

古鏡和尚回汾陽太守

南陽忠國師三詔竟不赴遂使唐肅宗愈重於佛祖然我望南陽雲泥雖異路回首思古人媿汗下如雨如何汾陽侯視我如泥土戲以玉峰寺出帖請權住豈可爲一身法門同受汚萬古長江水惡名洗不去謹謹納公帖覼使自收取放我如猿鳥雲山樂幽趣他年無以報朝夕香一炷

雪竇明覺禪師壁間遺文石刻

夫傳持祖燈嗣續佛壽此非小任宜景前修肅爾威儀尊其瞻視懲忿窒慾治氣養心無以名利動於情無以得失介於意無隨世之上下無逐人之是非黑白置之於胷喜怒不形於色樂人之樂猶已之樂憂人之憂若已之憂容衆尊賢克已復禮無因小隙失素所之善無背公義棄素所踈能不可矜勢不可恃無護已短無掩人長見德不可忘身在貴不可忘賤且夫學本修性豈慍人之不知道貴全生無斬世之爲用人或慕義理固推餘必也篤爾心誠誨以規矩博援羣籍深示妙宗慈室忍衣不可須臾而離大方寶所欲其造次必是動息有常嫌疑必慎人不可侮天不可欺衆之去來無追無拒人之毀譽無恚無貪內無所慚外無所怵或若聲華溢美利養豐多畏四趣之果因慎三寶之交互死生未脫業苦難逃方其得志亟思利正身如行廁利稱軟賊百年非久三界無安可惜寸陰當求解脫古先諸祖舉有懿範杖錫一味喫土丹霞只箇布裘趙州青灰滿首朗師編草爲氈或深禪久修或優詔不就大都約則尠失奢則招譏謙則有光退則無忌去佛愈遠行道有艱觀時進止無自辱也

范蜀公送圓悟禪師行脚

觀水莫觀汚池水汚池之水魚鱉畢登山莫登迤邐山迤邐之山草木稀觀水須觀滄溟廣登山須登泰山上所得不淺所見高工夫用盡非徒勞南方幸有選佛地好向其中窮妙旨他年成器整頹綱不負男兒出家志大

丈夫休擬議豈爲虚名臧身計百年隨分覺無多莫被光陰暗添歲成都况是繁華國打住只因花酒惑吾師幸是出家兒肯隨齷齪同埋汲吾師幸有虹蜺志何事躊躇溺泥水豈不見呑舟之魚不隱卑流合抱之木不生丹丘大鵬一展九萬里豈同春岸飛沙鷗何如急駕千里驥莫學鷦鷯戀一枝直饒講得千經論也落禪家第二機白雲長是戀高臺莫𢦤朝籠不暫開爲慰蒼生霖雨望等閑依舊出山来又不見荊山有玉名璠瑶良工未遇居蓬蒿當時若不離荊楚爭得連城價倍高

保寧勇禪師示看經

夫看經之法後學須知當淨三業若三業無虧則百福俱集三業者身口意也一端身正坐如對尊顔則身業淨也二口無雜言斷諸嬉咲則口業淨也三意不散亂屏息萬緣則意業淨也内心既寂外境俱捐方契悟於真源庶研窮於法理可謂水澄珠瑩雲散月明義海湧於胸襟智嶽凝於耳目輙莫容易實非小緣心法雙忘自他俱利若能如是真報佛恩

大智照律師送衣鉢與圓照本禪師書

某年月日比丘元照謹裁書獻于淨慈圓照禪師元照早嘗學律知佛制比丘必備三衣一鉢坐具漉囊是爲六物上中下根制令遵奉故從其門者不可輙違違之則抵逆上訓非所謂師資之道也三衣者何一曰僧伽梨謂之大衣入聚應供登座説法則着之二曰鬱多羅僧謂之中衣隨衆禮誦入堂受食則

着之三曰安陁會謂之下衣道路往来寺中作務則着之是三種衣必以粗踈麻苧爲其體青黒木蘭染其色三肘五肘爲其量裂碎還縫所以息貪情也條葉分明所以示福田也言其相則三乗聖賢而同式論其名則九十六道所未聞敍其功則人得免凶危之憂龍被逃金翅之難備存諸大蔵未可以卒舉也一鉢者具云鉢多羅此云應器鉄瓦二物體如法也煙熏青翠色如法也三斗斗半量如法也盖是諸佛之標幟而非郎廟之器用矣昔者迦葉如来授我釋迦本師智論所謂十三條粗布僧伽梨是也洎至垂滅遺飲光尊者持之於雞足山以待彌勒有以見佛佛之所尊也祖師西至六代相付表嗣法之有自此又祖祖之所尚也今有講下僧在原奉持制物有年數矣近以病卒将啓手足囑令以衣鉢坐具奉于禪師實以賴其慈蔭資其冥路故也恭惟禪師道邁前修德歸庶物黒白蟻慕遐邇雲奔天下叢林莫如斯盛竊謂事因時舉道假人弘果蒙暫屈高明俯從下意許容納受特爲奉持如是則大聖之嚴制可行諸祖之餘風未墜謹遣僧齎衣鉢共五事修書以道其意可否聞惟禪師裁之不宣

準薩婆多中三衣長五肘廣三肘每肘一尺八寸準姬周尺長九尺廣五尺四寸

釋門登科記序

三代僧史十科取人讀誦一門功業尤重皇朝著令帝王誕辰天下度僧用延聖祚尊崇吾教宣布真風自古皆然於茲尤盛方今州縣淨侍寔繁每歲選人必量經業開場考試合格精通公牓星羅奨平生之勤苦綸恩露

墜許畢世以安閒外被田衣内懷戒寶爲法王子作人天師不事耕桒端受信施棲心物外旅泊寰中釋子之榮豈復過此近世出俗多無正因反欲他營不崇本業唯圖進納濫預法流或倚侍宗親或脅迫師長至有巡街打化袖疏干求送惠追陪强顔趨謁頻遭毀辱備歷艱辛爲者百千成無數十豈信有榮身良策安樂法門斯由當本昧出家心抑亦爲人無丈夫志况蓮華妙典鷲領極談大事因緣開佛知見是諸佛降靈本致實羣生悟入津途無量國中不知名字幸而聞見那不誦持豈獨孤恩誠爲忘本奉勉未度者宜加精至早與變通已達者莫廢温尋終爲道業百金供施實亦能消四輩瞻依諒無慚德幻軀有盡實行不亡故有舌相粲若紅渠身骨碎如珠顆具書傳録識者備聞况般若有經耳之緣法華校隨喜之福幸依聖訓勿棄時陰近期於削髮爲僧遠與於破魔成佛若能如此夫復何言所患爲僧不應於十科事佛徒消於百載古賢深誡寧不動心哉

顔侍郎答雲行人書

近辱書誨且以禪教之説見教讀之深有開慰而向来亦嘗有所開示適以多事不能與師周旋今復有言自非見愛之深孰能以此相警顧我愚昧何足知之然師所言者余竊疑焉於如来方便之道似執一偏猶有人我之見以我爲是以人爲非於佛法中是爲大病人我不除妄談優劣只爲戲論爭之不已遂成謗法未獲妙果先招惡報不可不慎但能於先佛一方便門精進修行行滿功圓自

然超脫不必執我者爲是以餘爲非也修行淨土佛及菩薩皆所稱嘆在家出家往生非一况今末法之中修此門者可謂捷徑然於是中間亦須洗去根塵摧折我慢於其他種種法門雖非正修行路隨力隨分亦加欽信豈可妄論優劣自爲高下達磨西来不立文字直傳心印一花五葉自曹溪来悟此法者如稻麻竹葦在李唐時世主尊崇如事師長以至于今師授不絶特未可以優劣議也若必欲引教家義目定其造證謂如是修者方入其地如是行者方登其位真所謂描畫虗空徒自勞耳故經云如人數他寶自無半錢分於法不修行多聞亦如是願師屏去知見勿論其他專心自修於淨業也其每與師談見師多斥不立文字之說使此說非善則達磨必不西来二祖必不肯斷臂求之也今禪家文字徧滿天下此乃末流自然至此何足恠耶娑婆世界衆生知見種種差别非可以一法而得出離故佛以方便設種種法門使其東西南北縱横小大皆可修行皆可證入華嚴會上文殊師利盖嘗問於覺首言心性是一云何見有種種差别問於德首言如来所悟惟是一法云何乃說無量諸法問於智首言於佛法中智爲上首如来何故或讃布施或讃持戒或讃堪忍以至或復讃嘆慈悲喜捨終無有以一法而得出離者咸有頌答是師之朝夕所誦者也斯理必深明之夫受病既殊處方亦異今以手足之疾服其藥而愈他人病在腹心而責其不進手足之藥乃以治腹心之劑爲非可乎楞嚴會中二十五

行獨推觀音豈可便優觀音而劣諸菩薩神仙外道於我法中皆爲邪見然華嚴知識或在外道或爲人王或爲淫女引導衆生若以正修行者爲是則善財所參勝熱婆須蜜女無厭足王等皆可指爲非也千經萬論止爲衆生除病病去藥除何須無病而自灸此心垢重故修淨因淨垢若亡復何修證三界無住何處求心四大本空佛依何住衣中之寶只爲衣纒衣若壞亡珠當自現聊敘鄙見以復來誨或別有可教者更垂一言幸甚慎勿支離蔓衍以成戲論也邇来四大輕安否所苦不下食今復差退否某隨緣過日只求無事耳未開千萬珎重

陳提刑貴謙答真侍郎德秀書（嘗叅月林鐵鞭諸大老）

承下問禪門事仰見虛懷樂善之意顧淺陋何足以辱此然敢不以管見陳白所謂話頭合看與否以某觀之初無定說若能一念無生全體是佛何處別有話頭只緣多生習氣背覺合塵剎那之間念念起滅如猴猻拾栗相似佛祖不得已權設方便令咬嚼一箇無滋味話頭意識有所不行將蜜果換苦葫蘆淘汰業識都無實義亦如國家兵器不得已而用之今時學者却於話頭上強生穿鑿或至逐箇解說以當事業遠之遠矣稜道者二十年坐破七箇蒲團只管看驢事未去馬事到来因捲簾大悟所謂八萬四千關捩子只消一箇鎖匙開豈在多言也來教未誦佛之言存佛之心行佛之行久久須有得處如此行履固不失爲一世之賢者然禪門一着又須見徹自巳本地風光方爲究竟此事雖人

人本有但爲客塵妄想所覆若不痛加煆煉終不明淨圓覺經云譬如銷金鑛金非銷固有雖復本来金終以銷成就盖謂此也来教又謂道若不在言語文字上諸佛諸祖何謂留許多經論在世經是佛言禪是佛心初無違背但世人尋言逐句沒溺教網不知有自己一段光明大事故達磨西来不立文字直指人心見性成佛謂之教外別傳非是教外別是一箇道理只要明了此心不着教相今若只誦佛語而不會歸自已如人數他珍寶自無半錢分又如破布裹珍珠出門還漏却縱使於中得少滋味猶是法愛之見本分上事所謂金屑雖貴落眼成翳直須打併一切淨盡方有少分相應也其向来雖不閱大藏經然華嚴楞嚴圓覺維摩等經誦之亦稍熟矣其他如傳燈諸老語録壽禪師宗鏡録皆玩味數十年間方在屋裏著到却無暇看經論也楞伽雖是達磨心宗亦以句讀難通不曾深究要知吾人皆是誠心非彼世俗自瞞以資談柄而已姑以日用驗之雖無濁惡粗過然於一切善惡逆順境界上果能照破不爲他所移換否夜睡中夢覺一如否恐怖顛倒否疾病而能作得主否若目前猶有境在則夢昧未免顛倒夢昧既顛倒疾病必不能作得主宰疾病既作主宰不得則生死岸頭必不自在所謂如人飲水冷暖自知待制舍人於功名鼎盛之時清修寡欲留神此道可謂火中蓮華矣古人有言此大丈夫事非将相之所能爲也又云直欲高高峰頂立深深海底行更欲深窮遠到直到不疑之地来教

謂無下手處只此無下手處正是得力處如前書所言靜處鬧處皆着一隻眼看是什麽道理久久純熟自無靜鬧之異其或雜亂紛飛起滅不停却舉一則公案與之厮捱則起滅之心自然頓息照與照者同時寂滅即是到家也某亦學焉而未至也姑盡吐露如此不必他示恐有儒釋不侔者必大恠之待制舍人他日心眼開明亦必大笑而罵之

緇門警訓卷第七

音釋

橡（辝兩切相實也）緉（力掌切絞也屨丨頭也）潄（所又思候二切盪也）

煠（弋涉丑涉二切爚也）

緇門警訓卷第八

慈受禪師訓童行

世諦紛紛沒了期空門得入是便宜直須日
夜常精進莫只勞勞空過時
燒香禮拜莫匆匆目覩心存對聖容懺悔多
生塵垢罪願承法水洗心胷
心猿易縱安教縱意馬難調亦要調到老情
塵掃不盡出家四事恐難消
也要學書也念經出家心地要分明他年圓
頂方袍日事事臨時總現成
一等出家爲弟子事師如事在堂親添香換
水須勤謹自有龍天鑑照人
衣衫鞋襪須齊整掛搭巾單不可無身四威
儀常具足莫隨愚輩學粗踈
廊下逢僧須問訊門前遇客要相呼出家體
態宜謙讓莫學愚人禮數無
出家不斷葷和酒枉在伽藍地上行到老心
田如未淨菩提種子亦難生
莫說他人短與長說来說去自招殃若能閉
口深藏舌便是安身第一方
莫學愚人說脫空脫空說得有何窮暗中莫
道無人見只恐難瞞馬相公
色身康徤莫貪眠作務辛勤要向前不見碓
坊盧行者祖師衣鉢是渠傳
二時普請宜先到衆手能爲事不差諷誦如
来經一卷勝如閑話口吧吧
香積厨中好用心五湖龍象在叢林瞻星望
月雖辛苦須信因深果亦深
常住分毫不可偷日生萬倍恐難酬猪頭驢
脚分明現佛地今生掃未休

家事精粗宜愛惜使時須把眼睛看莫將恣
意胡拋擲用者須知成者難
諸寮供過要精勤掃地煎茶莫厭頻事衆若
能常謹切身心方是出家人
有時緣幹出街頭照顧溈山水牯牛門外草
深常管帶等閑失却恐難收
拳手相交不可爲粗豪非是出家兒遭人哂
面須揩却到底饒人不是痴
三通浴鼓入堂時觸淨須分上下衣語笑高
聲皆不可莫將粗行破威儀
出家言行要相應戰戰常如履薄氷雖是未
除鬚與髮直教去就便如僧

勉僧看病靈巖石刻

四海無家病比丘孤燈獨照破林頭寂寥心
在呻吟裡粥藥須人仗道流
病人易得生煩惱徒者長懷惻隱心彼此夢
身安可保老僧書偈示叢林
氣濕風勞猶可療不知禪病若爲醫衲僧更
擬論方藥便把拳頭驀口搥

大慧禪師禮觀音文

清淨三業一心五體投地皈依南無十方慈
父廣大靈感觀世音菩薩我聞菩薩從聞思
修入三摩地得二隨順四不思議十四無畏
十九說法七難二求三十二應無量功德與
大威力發大誓願同流九界六道四生生死
趣中與百千萬億無量恒河沙刼數善行方
便救度拔濟一切衆生無有休息我今哀求
必賜加被伏念某甲宿生慶幸生遇佛法身
雖出家心不染道愚痴邪見諸根昏塞内外
經書雖於習學章句妙理無所通曉又恐福

力淺薄壽命不長徒入空門虚生浪死我今洗心泣血稽顙投誠終日竟夜存想聖容受持聖號禮拜聖像惟願菩薩天耳聞聲悲心救苦憐憫加被放大神光照我身心傾大甘露灌我頂門蕩滌累世宪愆洗潔千生罪業身心清淨魔障消除晝夜之間坐卧之中觀見菩薩放大神光開我慧性使某即時神通朗發智慧聰明一切經書自然記憶一切義理自然通曉得大辨才得大智慧得大壽命得大安樂㕘禪學道無諸魔障悟無生忍世世生生行菩薩道四恩總報三有齊資法界衆生同圓種智

天台智者大師觀心誦經法

夫欲念經滅罪第一先須盥漱整威儀別座跏趺而坐第二入觀所坐之座高廣嚴好次觀座下皆有天龍八部四衆圍繞聽法次須運心作觀觀我能爲法師傳佛正教爲四衆說想所出聲非但此一席衆乃至十方皆得聽受名爲假觀次觀能說之人所念之經何者是經爲經卷是爲紙墨是爲標軸是誦者爲當心念是口念是爲齗齶和合而出爲有我身爲無我身誰是念者觀此四衆爲是實有爲後想生四衆非有推尋畢竟無有我能念者是名空觀雖無所念之經而有經卷紙墨文字雖無能念之人而有我身爲四衆宣念雖非内外不離内外雖非經卷不離經卷雖非心口不出心口從始至終必無差謬名不可思議能作此解能作此觀名爲三觀於一念得不前不後三觀宛然雖無施者而有法施雖無受者四衆宛然雖無法座登座宣

說非一二三而一二三名爲法施檀波羅蜜專心執持無諸遮礙名爲持戒忍耐惡覺名聞財利皆不能惱名之爲忍一心不息從始至終無有慚愧名爲精進專念此經無有愛味名之爲禪分別無謬序正流通無不諦了字句分明名爲般若是名六波羅蜜具足自行此法名之爲實傳授外人名之爲權若從生至老一生已辦以此成功德於無始心名爲正因種子若有心觀名爲了因高座四衆說授因緣名爲因緣三因具足若觀未明但是性德研之不已觀心相應名托聖胎以胎業成就名爲修德中間四十二位亦名性修至於極果名爲種智伊字三點不縱不横名大涅槃名到彼岸名第一義空平等大慧是名念經正觀三世諸佛無不從此而生信者可施無問莫說第三流通者若自調自度不名爲慈見苦不救不名爲悲既修正觀現前復應莊嚴法界所念經竟出觀之後以此道觀功德已登正覺之者願度衆生入位之人悉登上地未入位者即運慈悲二法願未來世成等正覺也

觀心食法

既敷座坐已聽維那進止鳴磬後歛手供養一體三寶徧十方施作佛事次出生飯稱施六道即表六波羅蜜然後受此食夫食者衆生之外命若不入觀即潤生死若能知入觀分別生死有邊無邊不問分衛與清衆淨食皆須作觀觀之者自恐此身内舊食皆是無明煩惱潤益生死今之所食皆是般若想於舊食從毛孔次第而出食既出已心路即開

食今新食照諸闇滅成於般若故淨名云於食等者於法亦等是爲明證以此食故成般若食能養法身法身得立即得觧脫是爲三德照此食者非新非故而有舊食之故而有新食之新是名爲假求故不得求新不得畢竟空寂名之爲空觀食者自郷可食爲新既無新食郷可得食者而不離舊食養身而新食重益因緣和合不可前後分别名之爲中只中即假空只空即中假只假即空中不可思議名爲中道又淨名云非有煩惱非離煩惱非入定意非起定意是名食法也

大智律師三衣賦

吾有三衣古聖真規粗疎麻苧爲其躰獸毛蠶口害命傷慈青黑木蘭壞其色五正五間渉俗生譏其奉持也如鳥兩翼其敬護也如身薄皮信是恒沙諸佛之標幟賢聖沙門之軌儀九十六道起信之首二十五有植福之基是以堅誓獸王忍死而頓加稱嘆蓮花色女作戲而盡斷貪痴弘誓甚重至德難思龍披免金翅之禍人得息戰敵之危末流浮薄正教衰遲競貿亂朱之服率遭濫吹之嗤壯大於貢高我慢欺壓於碩德厖眉習以成俗愚不知非汝當敬遵彝範仰荷恩慈時時自慶步步勿離潛神樂國兮銖衣自被垂形忍界兮報服常隨刼石可銷想斯言而不泯太空有盡諒此志以難移

鐵鉢賦

吾有鐵鉢裁製合轍斗半爲量不大不小竹烟熏治唯光唯潔似二分之明珠若將圓之皎月清晨入聚群心發越黃粱傾散有若金

沙白淅高堆宛如積雪與香積之變現無殊比自然之天供何別咨爾同舟宜自橥栝不耕不耘不鋤不割有生之命自何而活且夫口腹無厭貪源叵竭正念微乖羅刹已奪嗜一時之甘美為萬刧之饑渴萬金可受保君未徹杯水難堪聖教明說是宜五觀無違三匙有節慎勿枉彼信施以養穢軀會須籍此資緣早求自脫

坐具賦

吾有坐具裁量有據其色相則一類袈裟其物體則兩重踈布長四廣三壞新檦故彼形之大者可用開增吾身之小兮從初制度好大惡小但責他非反制為開焉知自誤嘗聞比丘身者五分之塔也尼師壇者四方之基也是則道者所資豈宜身之為護安禪講法敷之莫失於威儀入聚遊方持之勿離於跬步不然諸律有違制刑科一生無如法坐處

漉囊賦

吾有漉囊製造有方緻練作底熟鐵為匡其用濾兮深須諦視其還放兮切忌損傷宜知我佛仁慈尚不遺於微物將使吾曹飲用得幸免於餘殃一化境中上下皆制半由旬內往返須將世多輕畧孰究否臧或聞而不製則嗤為小道或製而不用但懸於草堂斯由內無慈愍外恣踈狂塞來蒙之津徑害吾教之紀綱汝當存誠持守竭力恢張豈止四生有賴抑使三寶增光

錫杖賦

吾有一錫裁製有式上下三停聳榦六尺十二環圓而無缺示因緣乃死乃生兩鈷開而

復同顯空有不離不即匪以扶羸唯将丐食執之兮居然寂寂振之兮其鳴歷歷直欲使諸有門開三途苦息隨身所止懸之屋壁塵垢易生長須拂拭擲雲外兮不以爲難解虎競兮未須勞力幸哉凡愚蹈夫聖跡外露粗暴内懷荆棘用之舍之兮能無夕惕

賾禪師誡洗麵文

詳夫麵豈天然麥非地涌盡衆生之汗血乃檀越之脂膏本療形枯為成道業尋常受用尚恐難消況於盪洗精英唯餘筋滓全資五味借羡色香巧製千端擬形魚肉致使鵞毛白雪之狀逐水流離常堂口分之飡三分去二如斯枉費實謂無慚昧稼穡之艱難減龍神之祐護設具輪王之福猶須瓦解冰消雖非害命傷生寧不招因帶果大覺世尊一麻一麥古來高士果菜充饑飲食之侈未除解脫之期安在但願叅禪得髓何須洗麵求筋縱消萬兩黄金正好粗羮淡飯既免多求妨道自然所向清高雖云淡薄家風別是一般安樂痛想圓通慈訓真堪换骨洗腸法雲圓通禪師常戒學徒不得洗麵深思舜老規繩須是斬釘截鐵雲居舜和尚制常住及諸莊並不令洗麵大衆同推道念莫嫌供養蕭踈假饒斫下山僧頭決定不洗常住麵元符三年十一月一日住持宗賾白

洗心猶在半途中洗麵何曾振古風今日葳林思舜老昔時宗匠憶圓通

種麥辛勤磨麥難莫将洗麵作盤飡爲憐枉費情何似恰與山僧肉一般

任是豐年猶損福假饒凶歲亦傷財殷勤爲報諸禪者緊把繩頭更不開

正使有餘須愛惜不應過分太無慚闍羅老
子真難解主稼龍神意未甘
莫言此費不多爭萬事皆從洗麵生舜帝昔
年爲漆器百僚猶諫不須行
麵裏有筋須有脚忽然筋去脚難行自家喫
着情猶倦過與他人意未平
調和香味如真肉鬭飣肥鮮作假魚畫佛既
然成道果像生那得證無餘
三冬洗處寒侵骨九夏蒸時汗滿身費水費
油無費火勞人勞畜亦勞神
道者疎飡樂有餘淨人還不費工夫尋常普
請供承外落得條禪誦佛書
不學諸方五味禪箇中消息更天然成湯祝
網從君意呂望垂鈎信我緣
三時普請歸禪室一念無心過虎溪鉢裏飯
盛粗粟米桶中羹是淡黃虀
玉食尊官莫動情隨堂齋飯太粗生空門平
等無高下千聖從來一路行
信心檀越事齋筵莫以蕭疎意便闌大抵精
粗同一飽細論功過却多般
效古修行利益深新羅不是拘叢林雖然冷
淡無滋味聊表禪家一片心
君親義重曾輕捨水陸庖精尚遠離今日此
情猶未息低頭更念出家時
摩盤拭案强逢迎終愧禪林本分僧出世道
心隨日減順情人事逐年增
叢林枯淡變紫林日用蕭條古意深不洗十
方常住麵唯條六代祖師心
莫以今人似古人較量終是有疎親當時達
磨分皮髓後代兒孫洗麵筋

踈齋易備長安樂美食難消損道緣多見水邊林下客一生無事亦長年
巳學壞衣爲乞士忍誇精饌敵王公有人觧笑從他笑甘監降旗立下風
不是憂貧不是慳息繁飡道合如然通心上士應相委多口禪和莫亂傳
乳蕈葷羶損戒香麵筋奢靡費常堂如今一筆都勾下轉覺空門氣味長
洗麵終歸剋化難因循多病障輕安凡夫福德能多少縱使滄溟也觧乾
本来面目甚分明逐浪隨波太瘦生應被藂林高士笑天真喪盡得浮名
龍象高僧意不群撩天鼻孔氣凌雲尚嫌禪悦珍羞味爭肯饞喧愛麵筋
山僧初未歷艱難振領提綱似等閑十五萬斤常住麵已隨流水過人間
雖然指馬事難明同過同功未可憑惜福此時因大衆無慚當日是山僧
招提枉費禍難量見說泥犂歲月長却恐那時妨道業不如今日且尋常
藂林執事莫癡憨苦果酧因豈易擔更擬諸方問王老不知辛苦爲誰甜
僧家一飯且支身惜福由来戒麵筋大嚼屠門真可愧十千沽酒又何人
天生三武禍吾宗釋子還家塔寺空應是昔年崇奉日不能清儉守真風
山僧特地改家常圖得吾門更久長若向此時踈奉養免教他日悮君王
唐朝欲末事加麻兵火屠燒萬萬家當日太平思儉約可能巢賊亂中華

宴安風範日驕奢須趍昇平剪禍芽所以吾門增淡薄且圖天下息繁華

攝伏龍天動鬼神蓋因高行出凡倫從教古淡無人愛只此清修是化門

隨家豐儉事難同禪悅偏宜淡薄中下口若知無味味舉頭方見不空空

受福人多惜福稀得便宜是落便宜雲門胡餅金牛飯一飽心頭忘百饑

百衲袈裟五綴盂二時寧復計精粗沙門畢竟宜清苦輭喫修行道業踈

太平人物侈心開受用殷繁養禍胎慚愧未生癡福盡災荒水旱驀頭來

太平生齒漸增加美食鮮衣器用華地力有窮財有限此時宜儉不宜奢

辯才淨法師心師銘

出哉此身爾生何爲資之以食覆之以衣處身以室病之以醫百事將養一時不虧殊不知恩反生怨違四大互惱五臟相欺此身無常一息別離此身不淨九孔常垂百千癰疽一片薄皮此身可惡無貪惜之當使此身依法修持三種淨觀十六思惟一行不退安養西歸成無上智是爲心師

唐禪月大師座右銘并序

序曰愚常覽白太保所作續崔子玉座右銘一首其詞旨乃典乃文再懷再切實可警策未悟貽厥將來次又見姚宗卞蘭張說李邕皆有斯文尤爲奧妙其於柬易婉婉乃千古之鑒誠資腴矣愚竊愛其文唯恨世人不能行之十得一二一日因抽毫遂作續白氏之續命曰續姚梁公座右銘一首雖文經理緯

非逮於群公而亦可書於屋壁
善爲爾諸身行爲爾性命禍福必可轉莫慗
言前定見人之得如巳之得則美無不克見
人之失如巳之失是亨貞吉返此之徒天鬼
必誅福先禍始好殺滅紀不得不止守謙寡
欲善善惡惡不得不作無見貴熱諂走蹩躠
無輕賤徹上下相依古聖著書矻矻孳孳忠
孝信行越食逾衣生天地間未或非假身危
彩虹景速奔馬胡不自强將昇玉堂胡爲自
墜言虛行僞艷殃爾壽須戒酒腐爾腸須畏
勵志須至撲滿必破非莫非於飾非過莫過
於文過及物陰功子孫必封無恃文學是司
竒薄患隨不忍害逐無足一此一彼諧官合
徹親仁下問立節求巳惡木之陰匪陰盜泉
之水非水世乎草草能生幾幾直須如氷如
玉種桃種李嫉人之惡酬恩報義忽巳之慢
成人之美無擔虛譽無背至理恬和遜暢冲
融終始天人景行盡此而巳丁寧丁寧戴髮
含齒 禪月集

吉州龍濟山友雲鍪和尚蛇穢說

世間最毒者無甚於蛇虺至穢者莫過乎便
利盖蛇虺之毒能害人之性命便利之穢能
穢人之形服所以欲保其性命也必遠于毒
害欲潔其形服也必除其穢惡如世之人夢
蛇虺則欣其有財夢便利則悅其獲利何寤
寐愛惡之不同哉苟知惺有所忌寤有所懼
又何必見財斯喜見利斯悅者乎況財之毒
尤甚於蛇虺利之穢更過乎便利且古之人
以財害乎性命者不止於一以利汙乎形服
者亦由其衆而不悟者愛之而不巳貪之而

不止是亦可悲也且夫貧也富也人之分定也能安其分雖貧亦樂不安其分縱富常憂能知分之可安貧之可樂則性命可以保而生形服可以潔而存是知貪財者是養於蛇虺好利者必汙乎形服吾非好貧也是遠毒害也吾非惡富也是除穢惡也如有遠財如遠蛇虺去利如去便利者吾保此人漸可以爲達人矣不然生生之厚貪愛無休必將見傷其性命而汚其形服矣世人其訓之

大慧禪師答孫知縣書

蒙以所修金剛經相示幸得隨喜一徧近世士大夫肯如左右留心内典者實爲希有不得意趣則不能如是信得及不具看經眼則不能窺測經中深妙之義眞火中蓮也詳味久之不能無疑耳左右詆諸聖師翻譯失真而汩亂本真文句增減違背佛意又云自始持誦即悟其非欲求定本是正舛差而習僞已久雷同一律暨得京師藏本始有據依復考繹天親無着論頌其義脗合遂泮然無疑又以長水孤山二師皆依句而違義不識左右敢如是批判則定嘗見六朝所譯梵本盡得諸師翻譯錯謬方始泮然無疑既無梵本便以臆見刊削聖意則且未論招因帶果毁謗聖教墮無間獄恐有識者見之却如左右檢點諸師之過還着於本人矣古人有言交淺而言深者招尤之道也某與左右素昧平生左右以此經求印證欲流布萬世於衆生界中種佛種子第一等好事而又以其爲箇中人以箇中消息相期於形器之外故不敢不上稟昔清凉國師造華嚴疏欲正譯師訛

外而不得梵本但書之于經尾而已如佛不思議法品中所謂一切佛有無邊際身色相清淨普入諸趣而無染着清凉但云佛不思議法品上卷第三葉第十行一切諸佛舊脱諸字其于經本脱落皆注之于經尾清凉亦聖師也非不能添入及減削止敢書之于經尾者識法者懼也又經中有大琉璃寶清凉曰恐是吠琉璃舊本錯寫亦不敢改亦只如此注之經尾耳六朝翻譯諸師非皆淺識之士翻譯場有譯語者有譯義者有潤文者有證梵語者有正義者有唐梵相校者而左右尚以爲錯譯聖意左右既不得梵本便妄加刊削却要後世人諦信不亦難乎如論長水依句而違義無梵本證如何便決定以其爲非此公雖是講人與他講人不同昔叅琅琊廣照禪師因請益琅琊首楞嚴中富樓那問佛清淨本然云何忽生山河大地之義琅琊遂抗聲云清淨本然云何忽生山河大地長水於言下大悟後方披襟自稱座主盖座主多是尋行數墨左右所謂依句而不依義長水非無見識亦非尋行數墨者不以具足相故得阿耨菩提經文大段分明此文至淺至近自是左右求奇太過要立異解求人從巳耳左右引無着論云以法身應見如來非以相具足故若爾如來雖不應以相具足見應相具足爲因得阿耨菩提爲離此着故經言須菩提於意云何如來可以相成就得阿耨菩提須菩提莫作是念等者此義明相具足體非菩提亦不以相具足爲因也以相是色自性故此論大段分明自是左右錯見錯觧

爾色是相緣起相是法界緣起梁昭明太子謂莫作是念如来不以具足相故得阿耨菩提三十二分中以此分爲無斷無滅分恐須菩提不以具足相則緣起滅矣蓋須菩提初在母胎即知空寂多不住緣起相後引功德施菩薩論末後若相成就是真實有此相滅時即名爲斷何以故以生故有斷又怕人不會又云何以故一切法是無生性所以遠離斷常二邊遠離二邊是法界相不說性而言相謂法界是性之緣起故也相是法界緣起故不說性而言相梁昭明所謂無斷無滅是也此段更分明又是左右求奇太過强生節目耳若金剛經可以刋削則一大藏教凡有看者各隨臆解都可刋削也如韓退之指論語中畫字爲晝字謂舊本差錯以退之之見識便可改了而只如此論在書中何也亦是識法者懼爾圭峯密禪師造圓覺疏鈔密於圓覺有證悟處方敢下筆以圓覺經中一切衆生皆證圓覺圭峯改證爲具謂譯者之訛而不見梵本亦只如此論在疏中不敢便改正經也後来沕潭真淨和尚撰皆證論論內痛罵圭峯謂之破凡夫臊臭漢若一切衆生皆具圓覺而不證者畜生永作畜生餓鬼永作餓鬼盡十方世界都盧是箇無孔鐵鎚更無一人發真歸元凡夫亦不須求解脫何以故一切衆生皆已具圓覺亦不須求證故左右以京師藏經本爲是遂以京本爲據若京師藏本從外府州納入如徑山兩藏經皆是朝廷全盛時賜到亦是外州府經生所寫萬一有錯又却如何改正左右若無人我定以

妙喜之言爲至誠不必泥在古今一大錯上若執已見爲是决欲改削要一切人唾罵一任刊板印行妙喜也只得隨喜讚嘆而已公既得得遣人以經来求印可雖不相識以法爲親故不覺忉忉怛怛相觸忤見公至誠所以更不留情左右决欲窮教乘造奧義當尋一名行講師一心一意與之參詳教徹頭徹尾一等是留心教綱也若以無常迅速生死事大已事未明當一心一意尋一本分作家能破人生死窠窟者與伊着死工夫厮捱忽然打破漆桶便是徹頭處也若只是要資談柄道我博極群書無不通達禪我也會教我也會又能檢點得前輩諸譯主講師不到處逞我能我解則三教聖人都可撿點亦不必更求人印可然後放行也如何如何

佛鑑懃和尚與佛果勤和尚書時住夾山

惠懃啓上昔奉祖峯老師左右嘗聞其語今時叢林學道之士而聲名不揚匪爲人之取信者良由梵行不清白爲人不諦當輙欲苟異名聞利養乃廣衒其華飾遂爲有識者所譏故蔽其要妙爾輩他後忽風雲際會出来爲人天師範者切宜以此事自勉其得聞此語遂書諸紳銘於心終身誦之不敢忘近有禪客至此傳聞夾山禪師邇来爲兄弟請益雪竇其洪機捷辯出沒淵奧頗異諸方自古今未有也某聞之不覺洒涕自謂高蹈之士何至此矣老兄何不激揚達磨未来時因緣誘接學者以報先聖之德無乃牽蔓至此何太錯也此蓋老兄博覽古今所蘊之妙而不憤今時邪黨異說有昧古人之意故奮發大

用益舒卑頗開顯先德之機以破其蔽意在此然高明遠識者有以見亮必無外也第恐晚進後昆疑其言句尖新以爲佛法只如此矣遂坐守化城不能進至寶所爲害非淺就此而言不唯有損宗教亦乃無益於學者其不懼罪責敢以先師所授之言以告于左右倘能自勉則幸莫大焉苟或以此見棄於我者亦不罪於左右也不宣

荅投子通和尚書

某啓上比聞瓶錫赴緣投子四方歸德翕然欽承無有間者則其同風異慶又可知也伏承來書以法屬見呼良難當克木啻禪師得法果嗣何人若汾陽的派臨濟正宗何幸加焉從上先祖各有密傳宗旨以辨正邪爲之驗人關肘後印三世諸佛六代祖師萬象森羅有情無情以海印三昧一印印定普天匝地更無絲毫滲漏自百丈大智禪師以下逓代相承至於汾陽有三種獅子句一超宗異目二齊眉共躅三影響音聞若超宗異目見過於師方爲種草若齊眉共躅減師半德不堪傳授若影響不真狐狼猥勢異類何分慈明傳之遂云掌上握乾坤千差都一照楊岐傳之則以金剛圈栗棘蓬以驗正邪銕圍山可透金剛圈不可透大海水可吞栗棘蓬不可呑呑呑得一蓬百千萬億蓬呑之無碍若透得一圈百千萬億圈透之無碍自楊岐傳之白雲端師翁師翁傳之五祖先師先師傳之於新戒逓代相傳若當勘辨邪正切須子細恐濫宗乘有悞後學某自授先師印可握柄太平據令全提明投暗合高低一顧萬類

齊彰邪正洞然不敢草次是以千差萬别公案誵訛不出金剛圈栗棘蓬一時攝盡若能吞一蓬透一圈則百千萬億蓬圈悉皆無礙無疑俟容披晤款曲勘同倘若符合無差即幸甚矣如或未然不敢從命謹此奉聞伏希見察不宣

緇門警訓卷第八

音釋

齦 口很切 齧也　齶 五各切 斷也　毚 士咸切 丨小畔也 一曰冢也

愻 蘇困切 順也

緇門警訓卷第九

隋高祖文皇帝勑文

皇帝敬問光宅寺智顗禪師朕於佛教敬信情重往者周武之時毀壞佛法發心立願必許護持及受命於天仍即興復仰憑神力法輪重轉十方衆生俱獲利益比以有陳虐亂殘暴東南百姓勞役不勝其苦故命將出師爲民除害吴越之地今𠔥廓清道俗又安深稱朕意朕尊崇正法救濟蒼生欲令福田永存津梁無極師既已離世網修巳化人必希奬進僧行固守禁戒使見者欽服聞即生善方副大道之心是爲出家之業若身從道服心染俗塵非直含生之類無所歸依抑恐妙法之門更來謗讟宜相勸勵以同朕心春日漸暄道體如宜也開皇十年正月十六日内史令安平公臣李德林宣内史侍郎武安子臣李元操奉内史舍人裴矩行

晉王受菩薩戒䟽 即隋煬帝

使持節上柱國太尉公楊州總管諸軍事楊州刺史晉王弟子楊廣稽首奉請十方三世諸佛本師釋迦如来當降此土補處彌勒一切尊經無量法寶初心以上金剛以降諸尊大權摩訶薩埵辟支緣覺獨脫明悟二十七賢聖他心道眼乃至三有最頂十八梵王六欲天子帝釋天主四天大王天仙龍神飛騰隱顯任持世界作大利益守塔衛法防身護命護淨戒無量善神咸願一念之頃承佛神力俱會道塲證明弟子撍願攝受弟子功德竊以識暗萌興即如来性無明俯墜本有未彰理數斯歸物極則反欲顯當果必積于因

是調御世雄備歷生死草木爲籌不可勝計恒沙集起固難思議深染塵勞方能厭離法王啓運本化菩薩譬如日出先照高山隨逗根宜權爲方便如彼衆流咸宗大海弟子基承積善生在皇家庭訓早趨貽教夙漸福理攸鍾妙機須悟耻崎嶇於小徑希優遊於大乘笑止息於化城措舟航於彼岸但開士萬行戒善爲先菩薩十受專持最上諭造宮室必因基趾徒架虛空終不成立弗撥庸懵抑又聞之孔老釋門咸資鎔鑄不有軌儀孰將安仰誠復釋迦能仁本爲和尚文殊師利寘作闍黎而必籍人師顯傳聖授自近之遠感而遂通薩陀波崙罄髓於無竭善財童子忘身於法界經有明文敢爲臆說深信佛語聿遵明導天台智顗禪師佛法龍象童真出家戒珠圓淨年將耳順定水淵澄因靜發慧安無礙辯先物後己謙挹盛風名稱普聞衆所知識弟子所以虔誠遥注命檝遠延每畏緣差值諸留難亦既至止心路豁然及披雲霧只銷煩惱謹以今開皇十一年十一月二十三日總管金城設千僧蔬飯敬屈禪師授菩薩戒戒名爲孝亦名制止方便智度歸親奉極以此勝福奉資至尊皇后作大莊嚴同如來慈普諸佛愛等視四生猶如一子弟子即日種羅睺業生生世世還生佛家如日月燈明之八王子如大通智勝十六沙彌眷屬因緣法成等侶俱出有流到無爲地平均六度恬和四等衆生無盡度脫不窮結僧那於始心終大悲以赴難博遠如法界究竟若虛空具足成就皆滿願海楊廣和南王嚫戒師衣物五十八事

親書龍魚飛白諸第四十餘字

婺州左溪山朗禪師召永嘉大師山居書

自到靈溪泰然心意高低峯頂振錫常遊石室巖龕拂乎宴坐青松碧沼明月自生風掃白雲縱目千里名花香果蜂鳥御將猿嘯長吟遠近皆聽鋤頭當枕細草爲氈世上崢嶸競爭人我心地未達方乃如斯儻有寸陰願垂相訪

永嘉荅書

自別以来經今數載遥心眷想時復成勞忽奉来書適然無慮不委信後道體如何法味資神故應清樂也粗得延時欽詠德音非言可述承懐節操獨處幽棲泯跡人間潛形山谷親朋絶徃鳥獸時遊竟夜綿緜終朝寂寂視聽都息心累閴然獨宿孤峯端居樹下息繁飡道誠合如之然而正道寂寥雖有脩而難會邪徒喧擾乃無習而易親若非解契玄宗行符真趣者則未可幽居抱拙自謂一生歟應當博問先知伏膺誠懇執掌屈膝整意端容曉夜忘疲始終虔仰折挫身口蠲矜怠慢不顧形骸專精至道者可謂澄神方寸歟夫欲採妙探玄寔非容易決擇之次如履輕氷必須側耳目而奉玄音肅情塵而賞幽致忘言宴旨濯累飡微夕惕朝詢不濫絲髮如是則乃可潛形山谷寂累絶群哉其或心徑未通矚物成壅而欲避喧求靜者盡世未有其方况乎鬱鬱長林峩峩聳峭鳥獸嗚咽松竹森稍水石崢嶸風枝蕭索藤蘿縈絆雲霧氤氳節物衰榮晨昏眩晃斯之種類豈非喧雜耶故知見惑尚紆觸途成滯耳是以先須

識道後乃居山若未識道而先居山者但見其山必忘其道若未居山而先識道者但見其道必忘其山忘山則道性怡神忘道則山形眩目是以見道忘山者人間亦寂也見山忘道者山中乃喧也必能了陰無我無我誰住人間若知陰入如空空聚何殊山谷如其三毒未祛六塵尚擾身心自相矛盾何關人山之喧寂耶且夫道性冲虛萬物本非其累真慈平等聲色何非道乎特因見倒惑生遂成輪轉耳若能了境非有觸目無非道場知了本無所以不緣而照圓融法界解惑何殊以含靈而辨悲即想念而明智智生則法應圓照離境何以觀悲悲智理合通收乖生何以能度度盡生而悲大照窮境以智圓智圓則喧寂同觀悲大則怨親普救如是則何假長居山谷隨處任緣哉况乎法法虛融心心寂滅本自非有誰强言無何喧擾之可喧何寂靜之可寂若知物我冥一彼此無非道場復何徇喧雜於人間散寂寞於山谷是以釋動求靜者憎枷愛杻也離怨求親者厭檻欣籠也若能慕寂於喧市鄽無非宴坐徵違納順怨債由來善友矣如是則劫奪毁辱何曾非我本師叫喚喧煩無非寂滅故知妙道無形萬像不乖其致真如寂滅衆響靡異其源迷之則見倒惑生悟之則違順無地闃寂非有緣會而能生峩嶷非無緣散而能滅滅既非滅以何滅滅生既非生以何生生滅既虛實相常住矣是以定水滔滔何念塵而不洗智燈了了何惑霧而不祛乖之則六趣循環會之則三途迥出如是則何不乘慧舟而

遊法海而欲駕折軸於山谷者哉故知物類紜紜其性自一靈源寂寂不照而知實相天真靈智非造人迷謂之失人悟謂之得得失在於人何關動靜者乎譬夫未解乘舟而欲怨其水曲者哉若能妙識玄宗虛心冥契動靜常矩語默恒規寂爾有歸恬然無間如是則乃可逍遥山谷放曠郊鄽遊逸形儀寂怕心腑恬淡息於內蕭散揚於外其身兮若拘其心兮若泰現形容於寰宇潛幽靈於法界如是則應機有感適然無準矣因信略此餘更何由若非志朋安敢輕觸宴寂之暇時暫思量予必誑言無當看竟迴充紙爐耳不宣

同友玄覺和南

天台圓法師懺悔文

我念自從無始刼失圓明性作塵勞出生入死受輪迴異狀殊形遭苦楚夙資少善生人道獲遇遺風得出家披緇削髮類沙門毀戒破齋多過患壞生害物無慈念啗肉飡膻養穢軀衆人財食恣侵購三寶資緣多互用邪命惡求無厭足躭淫嗜酒愈荒迷慢佛輕僧謗大乘背義孤親毀師長文過飾非揚己德幸災樂禍掩他能虛誑欺誣競利名鬭搆是非爭人我惡念邪思無暫息輕浮掉散未嘗停追攀人事愈精專持誦佛經唯困苦外現威儀增諂詐內懷我慢更踈狂懶墮熏修恣睡眠慳嫉貪婪無愧耻野田穢本將何用大海浮屍不久停既無一善可資身必墮三塗嬰衆苦仰願本師無量壽觀音勢至聖賢僧同軫威光俯照臨共賜冥加咸救拔無始今身諸罪障六根三業衆愆尤一念圓觀罪性

空等同法界咸清淨

發願文

願我盡生無別念阿彌陀佛獨相隨心心常繫玉毫光念念不移金色相我如再食衆生肉飲酒行淫作重非現身生陷大阿鼻萬刧洋銅吞熱鐵願我臨終無疾苦預知時至不昏迷善根慧念轉增明業債冤魔咸寂滅異香天樂盈空至寶殿金臺應念來親覩如來無量光一切聖賢同接引彈指已登安樂國即聞妙法悟無生遊歷無邊佛土中供養親承蒙授記分身徧至河沙界歷微塵刧度衆生攝入娑婆五濁中普化群迷成正覺衆生業盡虛空盡我願終當不動移乃至今身及未來念念圓修無間斷仍將三業修行善回施虛空法界中四恩三有衆冤親同脫苦輪生淨土

荆溪大師誦經普回向文

一句染神咸資彼岸思惟修習永用舟航隨喜見聞恒爲主伴若取若舍經耳成緣或順或違終因斯脫願解脫之日依報正報常宣妙經一刹一塵無非利物唯願諸佛冥熏加被一切菩薩密借威靈在在未說皆爲勸請凡有說處親承供養一句一偈增進菩提一色一香永無退轉

芭蕉泉禪師示衆

雲水之人不暫休問君着甚苦來由異鄉彼此皆爲客無事相干且縮頭行與住坐與卧兩片唇皮只管播是是非非誰箇無也須檢點自家過出家兒著便宜袈裟不是等閑披桑田不耕親不養不修道業更何爲閻老子

不懡㦬據你所作因還你所作果涅槃堂裡
吽阿爺要行不得行要坐不得坐正與麽時
是你是我

龍門佛眼禪師十可行十頌并序

華嚴以十法界總攝多門示無盡之理禪門
有十玄談以明唱道洞山有十不歸以表超
證山僧述十可行以示後生庶資助道譬諸
蓬生麻中不扶而直又如染香之人亦有香
氣有少益者書之于后

宴坐

清虚之理竟無身一念歸根萬法平物我頓
忘全體露箇中殊不記功程

入室

問道趨師印自心入門端的訪知音此生不
踏曹溪路到老將何越古今

普請

拈柴擇菜師先匠進業脩身見古人若到諸
方須審實龍門此法是通津

粥飯

三下板鳴生死斷十聲佛唱古今通開單展
鉢親明取不可麁心昧苦空

掃地

田地生塵便掃除房廊瀟灑共安居裝香掃
地無餘事黙耀韜光示智珠

洗衣

臨流洗浣莫踈慵入衆衣裳垢不中上下隣
肩薰炙久身心動念肯消鎔

經行

石上林間鳥道平齋餘無事略經行歸来試
問同心侶今日如何作麽生

誦經

夜靜更深自誦經意中無惱睡魔惺雖然暗室無人見自有龍天側耳聽

禮拜

禮佛爲除憍慢垢由来身業獲清涼玄沙有語堪歸敬是汝非他事理長

道話

相逢話道莫虚頭大語高聲咲上流言下若能窮本末肯将無義結朋儔

示禪人心要

近世多以問荅爲禪家家風不明古人事一向逐末不反可怪可怪昔人因迷而問故問處求證入得一言半句将爲事究明令徹去不似如今人胡亂問趂口荅取笑達者

誡問話

近代問話多招譏謗盖緣不知伸問致疑咨請之意後生相承多用祝贊順時語並非宗乘中建立如古人問若爲得出三界去又問聲色如何透得又問此間宗乘和尚如何言論並是出衆當塲决擇近時兄弟進十轉五轉沒巴鼻語或奉在座官員或莊嚴修設檀信俱不是衲僧家氣味又抽身出衆便道數句或時云某甲則不恁麽道又云和尚何不道云云夫問話者激揚玄極也不在多進語三兩轉而已貴得生人信不至流蕩取咲俗子也

大隋神照真禪師上堂

師云老僧不爲名利来此須要得箇人不可青山白雲中趂爾是非将来之世捨一報身後草也無喫多少金毛師子問着便作驢鳴

馬喊諸人者似老僧行脚時到於諸方多是一千少是七百五百衆或在其中經冬過夏未省時中空過向潙山會裏做飯七年於洞山會中做粥頭三年重處即便先去只是了得自巳時中干他人什麽事如諸佛菩薩盡是勤苦不計刼數捨金輪王寶位及頭目髓腦所愛之物國城妻子不可筭數所以始得名爲佛似諸闍棃還曾捨得箇什麽作得箇什麽勤苦便道我會出世間法世間法尚不會些些子境界現前便自張眉努目消容不得說什麽解脫法長連牀上坐不搖十指喫他信施了合眼合口便道我修行修道感果如是合消得只是謾自巳如百丈和尚置於堂宇只要辦事底人諸闍梨還辦得箇什麽事其中有不動身手日消得萬兩黃金若是

消得者豈可如此見解不可從母腹中來如是邪但會得世間法是則名爲出世間法世間法尚乃不會豈況佛法只如一大藏教盡是金口所宣如來祕密汝口裏念將来總成魔語豈得了爲什麽不了若了時達磨不從西来也只如達磨未来此土時還有佛法也無又爭得道無譬如人有一寶隊在淤泥中勤苦累刼尋求不得或有一人善知寶所直從泥中指出此寶以示失寶之人失寶之人一見便識是我本物了無得失達磨西来亦復如是不可只是老僧是善知識邪遍地衆生總是善知識只是見覺未明不可道伊無也若言有時諸人肯禮蠢蠢之徒作佛麽譬如明珠墮在泥中未遇其人豈有出期有此衆生比如無情還同頑物既在三衣之下直

須親近知識早是幾生修来始得如此不可却入輪迴六趣去也若是得自在底人論箇什麽鑊湯爐灰刀山劍樹四生六道於中如喫美食若未得如是便實受此報一失人身再求欲似如今者萬中無一莫未得謂得未證謂證未聞謂聞自謾自誑失却光陰虚廷日月展轉只是無明擔重不可爲俗隨所任運遣過時日卻乃無業如今作沙門每日有業有什麽業踏底是國王地着底是檀信衣喫底是檀信食骨肉是父母之體若也不了将何酬荅所以言有業只如老僧不可是了底人捨此一報身隨業而行誰言定得除佛與佛乃能知之時有僧問不假言句如何得知師云假言句尚乃不知僧無語禮拜

上堂

夫沙門釋子見有如無始得向一切時中與凡聖等與觧脱等方有少許出處若不如此大難大難珍重

雲峯悦和尚室中舉古

舉古者道剃髮着袈裟宜應行聖道自餘閑雜事俱爲生死因師云汝等諸人横擔拄杖撥草瞻風遶天下行脚且道還曾踏着田地也無僧無對師云虚生浪死漢

金陵保寧勇禪師示衆

身上之衣不容易披鉢中之食莫等閒喫等閒喫徃徃難銷水一滴容易披究竟出家何所爲直心實行能綱紀一顆圓光無表裡莫學尋常輕薄流平生涉獵誇唇嘴恣貪嗔没慚愧善惡昭然難鄿避三途六道正茫茫也好回頭自瞥地

古德渴熱行

金烏震怒兮爍爍如飛火雲發炎兮騰騰若炊江湖競熬煮草木半黄萎真金銷爍兮大石欲裂猛虎喘息兮蛟龍唾垂門有蓬蓽兮屋無片瓦寢無帳席兮哭有多兒耘苗匪倦兮水忘疲顔容抹漆黑背脊坼龜皮咨爾釋氏宜以審之不耕而食不蠶而衣屋有畫堂虚室浴有清流曲池帳垂翡翠簟展琉璃閑尋泉石兮恣行恣坐靜對風月兮自歌自怡回頭一顧人間事飲水須知可度時無更恨

風伯休顛嗔雨師

覺範洪禪師送僧乞食序

曹溪六祖初以居士服至黄梅夜舂以石墜腰牛頭衆乏粮融乞於丹陽自負米斛八斗行八十里朝去暮歸率以爲常隆化惠滿所至破柴制腹百丈涅槃開田説義墜腰石尚留東山破柴斧猶存鄴鎮江陵之西有負米莊車輪之下有大義石衲子每以爲游觀不可誣也世遠道喪而妄庸寒乞之徒入我法中其識尚不足以匡欲其可荷大法也方疊花制襪以副絲絇其可夜舂乎纖羅剪刃袍以宜小袖其可破柴乎升九仞之峻僕夫汗血不肯出輿其可負米乎方大書其門云當寺今止掛搭其肯開田説義乎余甞痛心撫膺而嘆者也屢因弘法致禍卒爲廢人方幸生還逃遁山谷而衲子猶以其甞親事雲庵故來相從余畜之無義拒之不可即閉關堅卧有扣其門而言者曰雲菴法施如智覺愛衆如雪峯出其門者今皆不然道未尊而欲人之貴己名不耀而畏人挨己下視禪者如百

世之寃諂事權貴如累刼之親師皆咲蹈此汚而去庶幾雲庵爪牙矣於是蹶然而起曰然則無食柰何曰當從淨檀行乞亦如來大師之遺則也老人肯出則庶使叢林知雲庵典刑尚存余嘉其言因序古德事以儆其意當有賞音者耳　為僧不預於十科事佛徒消於百載高僧傳

譯經　變梵爲華通凡入聖法輪所轉諸佛所師

義解　尋文見義得意忘言三慧克全二依常轉

習禪　修至無念善惡都亡亡其所亡常住安樂

明律　嚴而少恩正而急護嬰守三業同彼金湯

護法　家有良吏守藏何虞法有明師外禦其侮

感通　逆於常理感而遂通化於世間觀之難測

遺身　難捨易捐施中第一以穢濁體迴金剛身

讀誦　十種法師此爲高大洙枸橼花果時穰亦

興福　爲己爲它福生罪滅有爲之善其利博哉

雜科　統攝諸科同歸高尚唱導之匠光輝佛乘

或庵體禪師上堂

衲僧行李豈尋常出匣吹毛不隱藏奪食驅耕全正令東西無復鬼分贓

示衆

暗撒驪珠成瓦礫閑傾鴆毒是醍醐究將恩報滅胡種舉眼無親真丈夫

著脚孤危草不生勿棲泊處等閑行臨風闊𨵗嚏空口斷送渾家入火坑

絶學無爲暗號通先天後地活虚空縱横漏泄祖師意爭得渾家不點胸

擒破孃生帖肉衫袒肩赤膊不羞慚胡来漢見非難易大事教誰更荷擔

生獰别是一般村品藻先賢薄後昆掉放孤峯爭合煞棒頭有眼盖乾坤

清平世界罷干戈無柰兒曹籍甚何急水灘頭抛直釣錦鱗不遇枉多羅

男兒脚底透長安得坐披衣肯自謾三尺冷光輝夜月一條秋水迸人寒

瞎驢種草不消憑舊閣重關𨋣手贏湖海晏清還獨步功歸寸刃血長鯨

判身捨命討冤讎熱血相噴肎便休反倒大家無寸土空雙手去占雲頭

全提大用鳥投網絶照忘機龜負圖入此門来都不是如何陞降老臊胡

已躬日用露全真選甚行雲與谷神合掌低頭叉手處粗言細語在當人

離相離名無實法非心非佛若爲猜了知極則難分付不覺和聲送出来

支郎入作葛藤多揑定咽喉不柰何轉得身来添氣急可憐鷂子過新羅

小參

赤骨力窮擔片板顛癡教癩豎僂眉驀生做處難名狀佛祖當頭聽指揮

結座

一拳也是打爺來未有輸贏莫放開劄捨拍盲窮性命嚼喝臭塌見全材

真淨文禪師頌

剃髮因驚雪滿刀方知歲月不相饒逃生脫死勤成佛莫待明朝與後朝

靈芝照律師頌

聽教參禪逐外尋未嘗回首一沉吟眼光欲落前程暗始覺平生錯用心

古德垂誡

地獄之中未是苦袈裟之下苦無聞死生大事還知否莫向青山卧白雲

勉看經

檀那經卷早宜看施利雖虧我不安奉勸僧尼勤讀誦鐵窻莫待電光寒

勉應緣

出家事業總荒唐贏得身心蟻子忙簿上轉經多積欠眼前業障自身當門徒施利魚頭水買得油鹽雪見湯年去年來何了日不知將底見閻王

勉住持

深嗟末法實悲傷佛法無人爲主張未解讀文先坐講不曾行脚便陞堂將錢討院如狂狗空腹高心似啞羊奉勸後賢休繼此免教地獄苦時長

洞山和尚自誡

不求名利不求榮只麽隨緣度此生三寸氣消誰是主百年身後謾虛名衣裳破處重重補糧食無時旋旋營一箇幻軀能幾日爲他閑事長無明

雪峯存禪師入閩

光陰倏忽暫須臾浮世那能得久居出嶺年登三十二入閩早已四旬餘他非不用頻頻舉巳過當須漸漸除爲報滿朝朱紫道閻王不怕佩金魚

宏智禪師示衆

萬里新墳盡少年修行莫待鬢毛斑死生事大宜須覺地獄時長豈等閑道業未成何所賴人身一失幾時還前程黑暗路頭險十二時中自着奸

省病僧

訪舊論懷實可傷經年獨卧涅槃堂門無過客窻無㬩爐有寒灰席有霜病後始知身自苦健時多爲别人忙老僧自有安閑法八苦交煎總不妨

大慧和尚示徒

出家立志切須勤也要時時近好人蹭蹬莫隨愚伴侶蹉跎又恐落風塵無良小輩頻頻脫得義高流數數親若也依吾如是誡佛家梁棟亦堪陳

龐居士頌

但自無心於萬物何妨萬物常圍繞鐵牛不怕師子吼恰似木人見花鳥木人本體自無情花鳥逢人亦不驚心境如如只者是何慮菩提道不成

自保銘姑蘇無作譔

夫求名者不以德而求之謂之惡名求利者不以道而求之謂之惡利惡名爲智人之所嫌惡利有來業之所畏上德不德老氏誠言四邪五邪釋門切忌寧以實而失不以得而

僞小人趨惡名之名君子存大利之利福劣財強財必爲殃德薄任大任速成害古人者只要心達不要身達他賢莫擠我賢莫伐若如是則知其命合其道終一身而自保

上竺佛光照法師示小師正吾（嗣佳具菴禪號東屏）

爲人難爲人師不易難者何曰天資曰學問曰識見曰氣象無天資無學問無識見無氣象若是而能爲人者未之有也有天資而後有學問有學問而後有識見有識見而後有氣象若是能爲人未也是何也天資不高學問不博識見不明氣象不雅猶之不能也不高則庸不博則窒不明則回不雅則野高而智博而達明而正雅而文四者備能爲人矣而欲爲人師者未之可也曷爲不易曰宗旨曰教義曰法相不得乎宗旨不通乎法相不辨乎教義猶之不可也能提宗旨矣能析教義矣能解法相矣不有師承不明境觀而能與人爲師者未之有也師承正境觀明而不超悟洞徹佛意者猶之不能也亦既超悟洞徹矣不能忘境觀絕知見離法愛爲大導師者未之有也三者具矣而不知進退得失者猶之不可故曰爲人難爲人師不易

圭峯禪師示學徒委曲

一從別後相憶是常未審朝暮用心在何境界得背塵合覺否外境內心覺了不相關否定慧輕安適悅否修行若忘失菩提心知之總是魔業否數數覺察勤勤觀照習氣若起當處即休輙莫隨之亦莫滅之何以故陽燄之水不應趂故不應滅故不應趂故免落凡夫縱情不應滅故免墮二乘調伏圓宗頓教

畢竟如斯但與本性相應覺智自然無間長時之事雖可具書略標大分自須努力不多述也

登厠規式

登厠之法律制委明蓋欲潔嚴身器親近聖賢洗淨洗手各有軌度倘未盡諳則反污其手禮誦燒香合掌執捉動輙得咎可不慎歟今將古規稍加增削然其細行固難備舉大抵種種動用之際皆有方便護人意根處自當觸類而長之書不云乎不矜細行終累大德況出家者派幸冀高明勸諸後進○經云若登厠不洗淨者不得入大僧數不得坐禪牀不得登寶殿○須知淨桶内淨外觸不可將淨桶入水槽中𣹢水須將杓盛水入桶中免污一槽之水○不可安淨桶在水槽上淋其桶底觸水下槽中○不得將觸處凴帚近水槽邊恐不知者悞將洗盆○槽中之水須頻換新者盖水留三宿只生細虫夏月則不至三宿切莫停積死水若無淨頭之處仰宣力者結緣措置免傷物命○初入厠時先須彈指三下以警在穢之鬼亦不可痰吐入厠中以傷在穢之鬼此二項陰德具載藏經茲不繁引○初蹲身時先須傾少水在槽中一則解舊糞臭氣則新糞易下不積槽中○既在厠中不可語言作聲○文殊經云大小便時身口狀如木石不得有聲○厠中不可畫壁書字每見尊宿老成路逢字紙在地即收置淨處或拋在水中盖尊重字畫不忍狼籍況書臭厠中豈不折福○若洗淨時右手執淨桶旋旋傾之以左手盛水將第四

指著實洗之七度切不可就桶中掬水污於桶內○常去左手第四指爪甲莫令藏垢釋氏要覽云佛令比丘指甲止長一麥粒許過則剪之今有出家人愛護指爪養長寸餘以爲美觀尚縱穢軀應無淨行○常見惜福人用廁籌畢就淨桶洗之反污桶內或將手入桶掬水洗籌亦不可○洗淨須用冷水則益人用熱湯則生腸風等疾○若洗手時先用灰擦七度去穢手背亦然次用泥擦七度淨之手背亦然次用皂團或皁角或木屑或二桑葉皆可○溪堂雜録云元祐中有蜀僧智超法師常誦華嚴經已三十年偶見一童子風貌清爽舉手高揖超曰何來曰五臺來超曰何遠至此曰有少事欲相道故超曰願聞曰吾師誦經固可嘉矣但失在登廁洗淨時觸水淋其手背而未嘗用灰泥洗之所用灰泥律制七度今但二三緣此觸尚存禮佛誦經悉皆得罪言訖不見超慙而改過識者或曰此必文殊化現有警於超也故知洗手必須依法因果經云觸手請經當獲廁中蟲報○後架手巾須多備三兩條頻頻洗換莫令垢染以污淨手人衆處五日一洗人少處十日一洗○凡拭手時須將手巾摶而拭之庶得易乾○入廁洗淨等經中各有神呪必須受持經云若不持誦此諸神呪者縱用七恒河水洗至金剛際亦不得身器清淨受持此呪者當一一默誦七徧則獲一切清淨福德諸惡鬼神悉皆拱手

入廁　唵狠魯陀耶莎訶

洗淨　唵賀曩密栗帝莎訶

洗手　唵主迦囉野莎訶
去穢　唵室利曳婆醯莎訶
淨身　唵跋折囉惱迦吒莎訶
大智律師入廁垂訓
摺疊衣裳整齊鞋履省約用籌點滴吏水屏息語言安詳進止當念此身滿中盛屎臭不可聞穢不可視行廁革囊誠爲可鄙云何於身躭欲無耻云何於食樂着肥美結習成因果報必是一入泥犁窮刼不已苦樂在心昇沈由已道豈遠哉未之思爾

緇門警訓卷第九

音釋

臐呼雲切羊曰臐也　烖音灾義同　嚲丁可切　筅蘇典切筅箒

緇門警訓卷第十

讃佛傳法偈

稽首千百億化身釋迦牟尼佛三祇修鍊萬行功圓纖瑕去而法性凝清片善具而報化微妙爾後上生兜率下降王宮三十歳居道樹成佛四十九年住世教化說法三百五十度宣演八萬四千門王臣外護於四海九州師僧内傳於人間天上利益廣大傳法難思故有偈云

假使頂戴經塵劫　身爲牀坐遍三千
若不傳法度衆生　畢竟無能報恩者

傳法有五　一受持　二看讀　三諷誦　四解說　五書寫　外護内護流傳即　佛法僧寶不斷也

禪林妙記前序　京師西明寺釋玄則撰

一切諸佛皆有三身一者法身謂圓心所證二者報身謂萬善所感三者化身謂随緣所現今釋迦牟尼佛者法身久證報身久成今之出現蓋化身耳謂於過去釋迦佛所發菩提心願同其號故今成佛亦號釋迦三無數劫修菩薩行一一劫中事無量佛中間續遇錠光如来以髮布泥金華奉上尋蒙授記得無生忍然一切佛將成佛時必經百劫修相好業其釋迦發心在彌勒後當以逢遇弗沙如来七日翹仰新新偈讃遂超九劫在前成道將欲成時生兜率天號護明菩薩盡彼天壽下閻浮提現乘白象入母右脇其母摩耶夢懐白象梵仙占曰若夢日月當生國王若夢白象必生聖子母從此後調靜安泰慈辯日異菩薩初生大地震動身紫金色三十二

相八十種好圓光一尋生已四方各行七步
爲降魔梵發誠實語天上天下唯我獨尊抱
入天祠天像悉起阿私陀仙合掌嘆曰相好
明了必爲法王自恨當死不得見佛斯則淨
飯國王之太子也字悉達多祖號師子頰父
名淨飯母曰摩耶代代爲輪王姓瞿曇氏復
因能事别姓釋迦朗悟自然藝術天備雖居
五欲不受欲塵遊國四門見老病死及一沙
門還入宫中深生厭離忽於夜半天神扶警
遂騰寶馬踰城出家苦行六年知其非道便
依正觀以取菩提時有牧牛女人煮乳作糜
其沸高踊牧女驚異以奉菩薩菩薩食之氣
力充實入河洗浴將登岸時樹自低枝引菩
薩上菩薩從此受吉祥草坐菩提樹惡魔見
己生瞋惱心云此人者欲空我界即率官屬

十八億萬持諸苦具来怖菩薩促令急起受
五欲樂又遣妙意天女三人来惑菩薩爾時
入勝意慈定生憐愍心魔軍自然墮落退散
三妙天女化爲癭鬼降魔軍已於二月八日
明相出時而成正覺既成佛已觀衆生根知
其樂小未堪大法即趣波羅柰國度憍陳如
等五人轉四諦法輪此則三寶出現之始也
其後説法度人之數大集菩薩之會甚深無
相之談神通示現之力經文具之矣又於一
時昇忉利天九旬安居爲母説法時優闐國
王及波斯匿王思慕佛德刻檀畫氎以寫佛
形於後佛從忉利天下其所造像皆起避席
佛摩其頂曰汝于未來善爲佛事佛像之興
始於此矣化緣將畢時徒厭怠佛便告衆却
後三月吾當涅槃復記後事如經具説然如

來實身常在不滅故法華云常在靈鷲山及餘諸住處今生滅者是佛化身爲欲汲引現同其類所以受生復欲令知有爲必遷所以示滅又衆生根熟所以現生衆生感盡所以現滅佛涅槃後人天供養起諸寶塔又大迦葉召千羅漢結集法藏阿難從鑠鬚入誦出佛經一無遺漏如瓶寫水置之異器一百年外有鐵輪王字阿輸柯亦名阿育役御神鬼於一日中天上人間造八萬四千舍利寶塔其佛遺物衣鉢杖等及諸舍利神變非一逮漢明感夢金軀曰佩丈六之容一如釋迦本狀又吳主孫權燒椎舍利無所變壞爰及浮江石像汎海瑞容般若寘力觀音容驗別記具之事多不録

讃弗沙佛偈

天上天下無如佛　十方世界亦無比

世間所有我盡見　一切無有如佛者

漢顯宗開佛化法本內傳

傳云明帝永平十三年上夢神人金身丈六項有日光寤已問諸臣下傅毅對詔有佛出於天竺乃遣使往求備獲經像及僧二人帝乃爲立佛寺畫壁千乘萬騎繞塔三帀又於南宮清涼臺及高陽門上顯節陵所圖佛立像并四十二章經緘於蘭臺石室廣如前集牟子所顯傳云時有沙門迦攝摩騰竺法蘭位行難測志存開化蔡愔使達請騰東行不守區域隨至雒陽曉諭物情崇明信本帝問騰曰法王出世何以化不及此答曰迦毗羅衛國者三千大千世界一百億日月之中心也三世諸佛皆在彼生乃至天龍鬼神有願

行者皆生於彼受佛正化咸得悟道餘處衆生無緣感佛佛不往也佛雖不往光明及處或五百年或一千年或二千年外皆有聖人傳佛聲教而化導之廣說教義文廣故畧也傳示永平十四年正月一日五岳諸山道士朝正之次自相命曰天子弃我道法遠求胡教今因朝集可以表抗之其表畧曰五岳十八山觀太上三洞弟子褚善信等六百九十人死罪上言臣聞太上無形無名無極無上虛無自然大道出於造化之前上古同遵百王不易今陛下道邁羲皇德高堯舜竊承陛下弃本追末求教西域所事乃是胡神所說不參華夏願陛下恕臣等罪聽與試驗臣等諸山道士多有徹視遠聽博通經典從元皇已來太上羣錄太虛符祝無不綜練達其涯極或策使鬼神吞霞飲氣或入火不燒或履水不溺或白日昇天或隱形不測至於方術無所不能願得與其比較一則聖上意安二則得辯真僞三則大道有歸四則不亂華俗臣等若比對不如任聽重決如則有勝乞除虛妄敕遣尚書令宋庠引入長樂宮以今月十五日可集白馬寺道士等便置三壇壇別開二十四門南岳道士褚善信華岳道士劉正念恒岳道士桓文度岱岳道士焦得心嵩岳道士呂惠通霍山天目五臺白鹿等十八山道士祁文信等各賫靈寶真文太上玉訣三元符錄等五百九卷置於西壇茅成子許成子黃子老子等二十七家子書二百三十五卷置於中壇饌食奠祀百神置於東壇帝御行殿在寺南門佛舍利經像置於道西十

五日齋訖道士等以紫荻秥檀沉香爲炬繞經泣曰臣等上啓太極大道元始天尊衆仙百靈今胡神亂夏人主信邪正教失踪玄風墜緒臣等敢置經壇上以火取驗欲使開示蒙心得辨真僞便縱火焚經經從火化悉成煨燼道士等相顧失色大生怖懼將欲昇天隱形者無力可能禁效鬼神者呼策不應各懷慚恧南岳道士費叔才自感而死太傅張衍語褚信曰卿等所試無驗即是虚妄宜就西來真法褚信曰茅成子云太上者靈寶天尊是也造化之作謂之太素斯豈妄乎衍曰太素有貴德之名無言教之稱今子說有言教即爲妄也信默然時佛舍利光明五色直上空中旋環如蓋徧覆大衆映蔽日光摩騰法師踊身高飛坐卧空中廣現神變于時天雨寶華在佛僧上又聞天樂感動人情大衆咸悅歎未曾有皆繞法蘭聽說法要并吐梵音歎佛功德亦令大衆稱揚三寶說善惡業皆有果報六道三乘諸相不一又說出家功德其福最高初立佛寺同梵福量司空陽城侯劉峻與諸官人士庶等千餘人出家四岳諸山道士呂惠通等六百三十人出家陰夫人王婕妤等與諸宮人婦女二百三十人出家便立十所寺七所城外安僧三所城内安尼自斯已後廣矣傳有五卷畧不備載有人疑此傳近出本無角力之事按吳書明費叔才感死故傳爲實錄矣

商太宰問孔子聖人

太宰嚭問孔子曰夫子聖人歟對曰丘也博識強記非聖人也又問三王聖人歟對曰三

王善用智勇聖非丘所知又問五帝聖人歟對曰五帝善用仁義聖非丘所知又問三皇聖人歟對曰三皇善用時政聖非丘所知太宰大駭曰然則孰爲聖人乎夫子動容有間曰丘聞西方有聖者焉不治而不亂不言而自信不化而自行蕩蕩乎人無能名焉據斯以言孔子深知佛爲大聖也時緣未昇故默而識之有機故舉然未得昌言其致矣

鍾山鐵牛印禪師示童行法晦

唐則天延載元年五月十五日始括天下僧尼隷祠部玄宗天寶六年制所度僧尼令祠部給牒肅宗至德元年祠部牒賜功臣賣始以此論之延載前爲僧依天竺法有行業堪任受道者惟師攝受如唐宮使會通謁鵲巢道林禪師曰弟子不願爲官志慕出家願和尚攝受道林曰今時爲僧行多浮濫通曰本淨非琢磨元明不隨照道林曰汝若了淨智妙圓體自空寂即真出家何假外相通曰願垂攝受誓遵師教道林乃與剃落後来行業既濫檢制興焉自然之理所以黄面老子以法付之國王大臣蓋以此也今國朝聖澤洪霈特使穹其價者政所以重教尊僧貴尚其法也明教嵩禪師曰夫僧也者其防身有戒攝心有定辨明有慧有威可敬有儀可則天人望而儼然近世多輕僧固僧人自取然披僧伽黎者若數世願力之重夙熏種智成熟未易得也如本朝王文正公旦臨薨背時悔當初錯了路頭不作僧乃囑令諸子爲削其鬚髪衣以僧家三衣然後入棺要第二世出頭来使成僧仍囑侍郎楊大年主其治命後

楊以宰臣蕘背國家自有典故雖不從所請只以三衣剃刀置之棺中楊亦自悔竟叅禪宗了悟自心被旨詳定景德傳燈録流布西天此土意爲僧之難有如此者若是大丈夫漢興决烈之志屛浮濫之行從脚跟下一刀兩叚向佛祖外一覰便透身心俱了亦不爲難亦不患護身符子不入手所以道高山流水深深意自有知音笑點頭法晦致身實公道場有年其爲人謹愿朴厚有决烈之志無浮濫之行今謀進納爲僧敬投敬信英偉特達大賢揮金助成其志以此軸求警策因縷縷示之亦欲世間賢士大夫興重教尊僧之心知前輩雖爲富貴所折困末後亦有悔之者歳在己未中秋住鍾山鐵牛

撫州永安禪院新建法堂記無盡居士撰

臨川陳宗愈於永安常老會中得大法喜捐其家貲爲建丈室作脩廊方且鳩林以新法堂而宗愈死其二子號訴於常曰吾先子之未奉佛也安且強既奉佛也病且亡佛之因果可信耶其不可信耶常曰吾野叟也不足以譬子子第成父之志而卒吾堂吾先師有得法上首無盡居士深入不二辨才無碍隨順根性善演音法堂成當爲子持書求誨决子之疑紹聖元年春常遣明鑑至山陽以書來言會予方以諫官召還未暇明年鑑又至京待報於智海禪刹爾時居士默處一室了明幻境鐵輪旋頂身心泰定明鑑兩淚悲泣慇勤三請大悲居士佛法外護付與王臣今此衆生流浪苦海貪怖死生迷惑因果惟願居士作大醫王施與法藥居士曰善哉善哉

汝乃能不遠千里爲陳氏子諮請如来無上祕密甚深法要諦聽吾説持以告之善男子大空寂間妄生四相積氣爲風積形爲地積暘爲火積陰爲水建爲三才散爲萬品一切有情水火相摩形氣相結以四小相具四大界因生須養因養須財因財須聚因聚成貪因貪成競因競成瞋因瞋成狠因狠成愚因愚成癡此貪瞋癡諸佛説爲三大阿僧祇劫人於百年劫中或十歲二十歲或三十四十歲或五六十歲或七八十歲各於壽量自爲小劫於此劫中而欲超越不可數劫譬如蚯蚓欲昇烟雲無有是處諸佛悲愍開示檀波羅密大方便門勸汝捨財汝財能捨即能捨愛汝愛能捨即能捨身汝身能捨即能捨意汝意能捨即能捨法汝能捨法即能捨心汝心能捨即能契道昔迦葉尊者行化有貧媪以甩破器中潘汁施之尊者飲訖踴身虛空現十八變貧媪瞻仰心大歡喜尊者謂曰汝之所施得福無量若人若天輪王帝釋四果聖人及佛菩提汝意所願無不獲者媪曰止求生天尊者曰如汝所欲過後七日命終生忉利天受勝妙樂又罽賓國王在佛會聽法出衆言曰大聖出世千劫難逢今欲發心造立精舍願佛開許佛云隨爾所作罽賓持一枝竹挿於佛前曰建立精藍竟佛云如是如是以是精藍含容法界以是供養福越河沙鑑來爲吾持此二説歸語檀越善自擇之汝父所建堂室廊廡比一器潘得福甚多生天受樂决定無疑若比罽賓國王挿一枝竹乃能含容無量法界汝欲進此聽吾一偈一竿

修竹建精藍風捲蟭蟥入海南惡水潑來成第二鈍根蹉過問前三於是明鑑踴躍信受歸告其人筆集緒言刻以爲記

宋文帝集朝宰論佛教

文帝即宋高祖第三子也聰睿英博雅稱令達在位三十年嘗以暇日從容而顧問侍中何尚之吏部羊玄保曰朕少來讀經不多比日彌復無暇三世因果未辨措懷而復不敢立異者正以鄉輩時秀率所敬信也范泰謝靈運常言六經典文本在濟俗爲政必求性靈真奧豈得不以佛理爲指南耶近見顏延之折達性論宗炳難白黒論明佛法深尤爲名理並足開獎人意若使率土之濵皆敦此化則朕坐致太平矣夫復何事尚之對曰悠悠之徒多不信法以臣庸弊更荷褒拂非所敢當之至如前代群英則不負明詔矣中朝已遠難復盡知渡江以來則王導周顗庾亮王濛謝尚郄超王坦王恭王謐郭文舉謝敷戴逵許詢及亡高祖兄弟及王元琳昆季范汪孫綽張玄殷覬等或宰輔之冠蓋或人倫之羽儀或置情天人之際或抗跡烟霞之表並禀志歸依措心歸信其間比對則蘭獲開潜深道崇遂皆亞迹黄中或不測之人也慧遠法師嘗云釋氏之化無所不可適道固自教源濟俗亦爲要務竊尋此説有契理要若使家家奉戒則罪息刑清陛下所謂坐致太平誠如聖旨羊玄保進曰此談蓋天人之際豈臣所宜預竊謂秦楚論強兵之事孫吴盡吞併之術將無取於此也帝曰此非戰國之具良如卿言尚之對曰夫禮隱逸則戰士怠

貴仁德則兵氣衰若以孫吳爲志苟在吞噬亦無取堯舜之道豈惟釋教而已𢇁帝曰釋門有卿亦有孔門之有季路所謂惡言不入於耳也自是文帝致意佛經及見嚴觀諸僧輙論道義屢延殿會躬御地筵同僧列飯時有沙門竺道生者秀出群品英義獨拔帝重之嘗述生頓悟義僧等皆設臣難帝曰若使逝者可興豈爲諸卿所屈時顏延之著離識論帝命嚴法師辨其同異往返終日笑曰卿等今日無愧支許之談也

後漢書郊祀志

志曰佛者漢言覺也將以覺悟群生也統其教以修善慈心爲主不殺生類專務清淨精進者爲沙門漢言息心剃髮去家絕情洗慾而歸於無爲也又以人死精神不滅隨復受形所行善惡後生皆有報應所貴行善以練其精神練而不已以至無生而得爲佛也身長一丈六尺黃金色項中佩日月光變化無常無所不入故能化通萬物而大濟群生也有經書數千卷以虛無爲宗包羅精粗無所不統善爲宏濶勝大之言所求在一體之內所明在視聽之表歸依玄微深遠難得而測故王公大人觀生死報應之際無不㦸然自失也魏書云其佛經大抵言生生之類皆因行業而起有過去當今未來三世也其修道階次等級非一皆緣淺以及深籍微以爲著率在於積仁順蠲嗜慾習虛靜而成通照也

杭州淨慈寺守一法真禪師掃地回向文

以此掃地功德回向法界衆生色塵清淨塵清淨故眼根清淨根清淨故眼識清淨聲香

味觸法亦復如是又願一世界清淨乃至盡法界虛空界皆悉清淨同諸如来光嚴住持圓覺伽藍清淨覺地永斷習氣淨穢一邊凡聖垢染一塵不立如是願清淨智亦復清淨

隨州大洪山靈峯寺十方禪院記

元祐二年九月詔隨州大洪山靈峯寺革律爲禪紹聖元年外臺始請移洛陽少林寺長老報恩爲住持崇寧改元正月使来求十方禪院記乃書曰大洪山在隨州西南盤基百餘里峯頂俯視漢東諸國林巒丘嶺猶平川也以耆舊所聞攷之洪或曰胡或曰湖未詳所謂今以地理考之四山之間昔爲大湖神龍所居洪波洋溢莫測涯涘其後二龍鬬擲闢層崖湖水南落故今負山之鄉謂之落湖管此大洪所以得名也唐元和中洪州開元寺僧善信即山之慈忍大師也師從馬祖密傳心要北遊五臺山禮文殊師利瞻覩殊勝自慶菩薩有緣發願爲衆僧炊爨三年寺僧卻之流涕嗟感有老父曰子緣不在此往矣行焉逢隨即止遇湖即住師即南邁以寶曆二年秋七月抵隨州遠望高峯問鄉人曰何山也鄉人曰大湖山也師默契前語尋山轉麓至于湖側屬歲亢旱鄉人張武陵具羊豕將用之以祈于湖龍師見而悲之謂武陵曰雨暘不時本因人心黑業所感害命濟命重增乃罪可且勿殺少須三日吾爲爾祈武陵亦異人也聞師之言敬信之師即披榛捫石得山北之巖穴泊然宴坐運誠冥禱雷雨大作霽後數日武陵迹而求之師方在定蛛絲羃面號耳挃體久之方覺武陵即施此山爲

師興建精舍以二子給侍左右學徒依嚮遂成法席大和元年五月二十九日師容語龍神曰吾前以身代牲輟汝血食今捨身飼汝汝可享吾肉即引利刀截左膝復截右膝門人奔馳其慈忍膝不克斷白液流出儼然入滅張氏二子立觀而化山南東道奏上其狀唐文宗嘉之賜所居額爲幽濟禪院晋天福中改爲奇峯寺本朝元豐元年又改爲靈峯寺皆以禱祈獲應也自師滅至今三百餘年而漢廣汝汾之間十數州之民尊嚴奉事如赴約束金帛粒米相尾於道貨強法弱僧籠乃革前此山峯高峻堂殿樓閣依山製形後前不倫向背靡序恩老至止熟閲形勝闢途南入以正賓主鑱崖壘澗鏟巇補砌嵯峨萬仞化爲平頂三門堂殿翼舒繩直通廊大廡跳户四達淨侶雲集藹爲菴林峨眉之寶燈瑞相清涼之金橋圓光他方詭觀異境同現方其廢故而興新也律之徒懷土而呶呶會予謫爲郡守舍禪律而訂之曰律以甲乙禪以十方而所謂甲乙者甲從何来乙從何立而必曰我慈忍之子孫也今取人於十方則忍之後絶矣乙在子孫甲在慈忍乙在慈忍甲在馬祖乙在馬祖甲在南嶽乙在南岳甲在曹溪推而上之甲乙乃在乎菩提達磨西天四七所謂甲乙者果安在哉又而所謂十方者十從何生方從何起世間之法以一生二一二爲三二三爲六三三爲九九者究也復歸爲一一九爲十十義乃成不應突然無一有十而所謂方者上爲方耶下爲方耶東爲方耶西爲方耶南爲方耶北爲方耶以上

爲方則諸天所居非而境界以下爲方則風輪所持非而居止以東爲方則毘提訶人面如半月以北爲方則鬱單越人壽命久長以西爲方則瞿耶尼洲滄波浩渺以南爲方則閻浮提洲象馬殊國然則甲乙無定十方無依競律競禪奚是奚非律之徒曰世尊嘗居給孤獨園竹林精舍必知太守言世尊非耶予曰汝豈不聞以大國覺爲我伽藍身心安居平等性智此非我說乃是佛說於是律之徒默然而去禪者曰方外之士一瓶一鉢涉世無求如鳥飛空遇枝則休如龜游海值木則浮来如聚梗去如滅漚不識使君甲乙之乎十方之乎予曰善哉佛子不住内不住外不住中間不住四維上下虚空應無所住而住持是真十方住持矣尚何言哉尚何言哉

旹崇寧元年正月上元日記

唐修雅法師聽誦法華經歌

山色沉沉松烟羃羃空林之下盤陀之石石上有僧結跏橫膝誦白蓮經從旦至夕左之右之虎跡狼跡十片五片異花狼籍偶然相見未深相識知是古之人今之人是曇彦是曇翼我聞此經有深旨覺帝稱之真妙義合目冥心子細聽醍醐滴入焦腸裡佛之意兮祖之髓我之心兮經之旨可憐彈指及舉手不達目前今正是大矣哉甚奇特空生要使群生得光輝一萬八千土土土皆作黄金色四生六道一光中狂夫猶自問彌勒我亦當年學空寂一得無心便休息今日親聞誦此經始覺驢乘匪端的我亦當年不出户不欲紅塵沾步武今日親聞誦此經始覺行行皆

寶所我亦當年愛吟咏將謂冥搜亂禪定今日親聞誦此經何妨筆硯貸真性我亦當年狎兒戲將謂光陰半虛棄今日親聞誦此經始覺聚沙非小事我昔曾遊山與水將謂它山非故里今日親聞誦此經始覺山河無寸地我昔心猿未調伏常將金鎖虛拘束今日親聞誦此經始覺無物爲拳拳師誦此經經一字字字爛爵醍醐味醍醐之味珎且美不在脣不在齒只在勞生方寸裏師誦此經經一句句句白牛親動步白牛之步疾如風不在西不在東只在浮生日用中日用不知一何苦酒之腸飯之腑長者揚聲喚不迴何異聾何異瞽世人之耳非不聰耳聰特向經中聾世人之目非不明目明特向經中盲合聰不聰合明不明轆轤上下浪死虛生世人縱識師之音誰人能識師之心世人縱識師之形誰人能識師之名師名醫王行佛令來與衆生治心病能使迷者醒狂者定垢者淨邪者正凡者聖如是則非但天恭敬人恭敬亦合龍讚詠鬼讚詠佛讚詠豈得背覺合塵之徒不稽首而歸命

梁皇捨道事佛詔

梁高祖武皇帝年三十四登位在政四十九年雖億兆務殷而卷不釋手內經外典罔不措懷皆爲訓解數千餘卷而儉約自節羅綺不緣寢處虛閑晝夜無怠致有布被莞蓆草屨葛巾初臨大寶即備斯事日唯一食永絶辛羶自有帝王罕能及此舊事老子宗尚符圖窮討根源有同妄作帝乃躬運神筆下詔捨道文曰維天監三年四月八日梁國皇帝

蘭陵蕭衍稽首和南十方諸佛十方尊法十方聖僧伏見經云發菩提心者即是佛心其餘諸善不得爲喻能使衆生出三界之苦門入無爲之勝路故如來漏盡智凝成覺至道通機德圓取聖發慧炬以照迷鏡法流以澄垢啓瑞跡於天中爍靈儀於像外度群迷於慾海引含識於涅槃登常樂之高山出愛河之深際言乖四句語絶百非應迹娑婆示生淨飯王宮誕相步三界而爲尊道樹成光普大千而流照但以機心淺薄好生厭怠自期二月當至雙林宗乃湛説圓常且復潛輝鶴樹閣王滅罪婆藪除殃若不逢值大聖法王誰能救接在迹雖隱其道無虧弟子經遲迷荒躭事老子歷葉相承染此邪法習因善發棄迷知返今捨舊醫歸憑正覺願使未來世中童男出家廣弘經教化度含識同共成佛寧在正法之中長淪惡道不樂依老子教暫得生天涉大乘心離三乘念正願諸佛證明菩薩攝受弟子蕭衍和南

緇門警訓卷第十

音釋

秥女占切禾也　婕即葉切丨好婦官也　妤以諸切婕丨也　嚭疋鄙切大也吳有太宰丨　呶女交切喧丨也

高麗國普照禪師脩心訣

高麗國普照禪師 知訥撰

圖相變法說佛藏龍刻清

高麗國普照禪師脩心訣

三界熱惱猶如火宅其忍淹留甘受長苦欲免輪迴莫若求佛若欲求佛佛即是心心何遠覔不離身中色身是假有生有滅真心如空不斷不變故云百骸潰散歸火歸風一物長靈葢天葢地嗟夫今之人迷來久矣不識自心是真佛不識自性是真法欲求法而遠推諸聖欲求佛而不觀巳心若言心外有佛性外有法堅執此情欲求佛道者縱經塵刼燒身煉臂敲骨出髓刺血寫經長坐不卧一食卯齋乃至轉讀一大藏教脩種種苦行如蒸砂作飯只益自勞爾但識自心恒沙法門無量妙義不求而得故世尊云普觀一切衆生具有如來智慧德相又云一切衆生種種幻化皆生如來圓覺妙心是知離此心外無

佛可成過去諸如來只是明心底人現在諸賢聖亦是脩心底人未來脩學人當依如是法願諸脩道之人切莫外求心性無染本自圓成但離妄緣即如如佛

問若言佛性現在此身既在身中不離凡夫因何我今不見佛性更爲消釋悉令開悟答在汝身中汝自不見汝於十二時中知飢知渴知寒知熱或嗔或喜竟是何物且色身是地水火風四緣所集其質頑而無情豈能見聞覺知能見聞覺知者必是汝佛性故臨濟云四大不解說法聽法虛空不解說法聽法只汝目前歷歷孤明勿形段者始解說法聽法所謂勿形段者是諸佛之法印亦是汝本來心也則佛性現在汝身何假外求汝若不信畧舉古聖入道因緣令汝除疑汝須諦信昔異見王問婆羅提尊者曰何者是佛尊者曰見性是佛王曰師見性否尊者曰我見佛性王曰性在何處尊者曰性在作用王曰是何作用我今不見尊者曰今見作用王自不見王曰於我有否尊者曰王若作用無有不是王若不用體亦難見王曰若當用時幾處出現尊者曰若出現時當有其八王曰其八出現當爲我說尊者曰在胎曰身處世曰人在眼曰見在耳曰聞在鼻辨香在舌談論在手執捉在足運奔徧現俱該沙界收攝在一微塵識者知是佛性不識者喚作精魂王聞心即開悟又僧問歸宗和尚如何是佛宗云我今向汝道恐汝不信僧云和尚誠言焉敢不信師云即汝是僧云如何保任師云一翳在眼空花亂墜其僧言下有省上來所舉古

聖入道因緣明白簡易不妨省力因此公案若有信解處即與古聖把手共行

問汝言見性若真見性即是聖人應現神通變化與人有殊何故今時脩心之輩無有一人發現神通變化耶

荅汝不得輕發狂言不分邪正是爲迷倒之人今時學道之人口談真理心生退屈返墮無分之失者皆汝所疑學道而不知先後說理而不分本末者是名邪見不名脩學非唯自誤兼亦誤他其可不慎歟夫入道多門以要言之不出頓悟漸脩兩門耳雖曰頓悟頓脩是最上根機得入也若推過去已是多生依悟而脩漸熏而來至於今生聞即發悟一時頓畢以實而論是亦先悟後脩之機也則而此頓漸兩門是千聖軌轍也則從上諸聖莫不先悟後脩因脩乃證所言神通變化依悟而脩漸熏所現非謂悟時即發現也如經云理即頓悟乘悟併消事非頓除因次第盡故圭峯深明先悟後脩之義曰識氷池而全水借陽氣以鎔消悟凡夫而即佛資法力以熏脩氷消則水流潤方呈漑滌之功妄盡則心虛通應現通光之用是如事上神通變化非一日之能成乃漸熏而發現也况事上神通於達人分上猶爲妖恠之事亦是聖末邊事雖或現之不可要用今時迷痴輩妄謂一念悟時即隨現無量妙用神通變化若作是解所謂不知先後亦不分本末也既不知先後本末欲求佛道如將方木逗圓孔也豈非大錯既不知方便故作懸崖之想自生退屈斷佛種性者不爲不多矣既自未明亦未信

他既有解悟處見無神通者乃生輕慢欺賢誑聖良可悲哉

問汝言頓悟漸脩兩門千聖軌轍也悟既頓悟何假漸脩脩若漸脩何言頓悟頓漸二義更爲宣說令絕餘疑

答頓悟者凡夫迷時四大爲身妄想爲心不知自性是真法身不知自已虛知是真佛也心外覓佛波波浪走忽被善知識指爾入路一念迴光見自本性而此性地元無煩惱無漏智性本自具足即與諸佛分毫不殊故云頓悟也漸脩者頓悟本性與佛無殊無始習氣難卒頓除故依悟而脩漸熏功成長養聖胎久久成聖故云漸脩也比如孩子初生之日諸根具足與他無異然其力未充頗經歲月方始成人

問作何方便一念迴機便悟自性

答只汝自心更作什麼方便若作方便更求解會比如有人不見自眼以謂無眼更欲求見既是自眼如何更見若知不失即爲見眼更無求見之心豈有不見之想自已虛知亦復如是既是自心何更求會若欲求會便會不得但知不會是即見性

問上上之人聞即易會中下之人不無疑惑更說方便令迷者趣入

答道不屬知不知汝除却將迷待悟之心聽我言說諸法如夢亦如幻化故妄念本寂塵境本空諸法皆空之處虛知不昧即此空寂虛知之心是汝本來面目亦是三世諸佛歷代祖師天下善知識密密相傳底法印也若悟此心真所謂不踐階梯徑登佛地步步超

三界歸家頓絶疑便與人天爲即非智相資具足二利堪受人天供養日消萬兩黃金汝若如是真大丈夫一生能事巳畢矣

問據吾分上何者是空寂虛知之心耶

答汝今問我者是汝空寂虛知之心何不返照猶爲外覓我今據汝分上直指本心令汝便悟汝須淨心聽我言說從朝至暮十二時中或見或聞或笑或語或嗔或喜或是或非種種施爲運轉且道畢竟是誰能伊麼運轉施爲耶若言色身運轉何故有人一念命終都未壞爛即眼不自見耳不能聞鼻不辨香舌不談論身不動揺手不執捉足不運奔耶是知能見聞動作必是汝本心不是汝色身也况此色身四大性空如鏡中像亦如水月豈能了了常知明明不昧感而遂通恒沙妙用也故云神通幷妙用運水及般柴且入理多端指汝一門令汝還源汝還聞鴉鳴鵲噪之聲麼曰聞曰汝返聞汝聞性還有許多聲麼曰到這裏一切聲一切分別俱不可得曰奇哉奇哉此是觀音入理之門我更問你你道到這裏一切聲一切分別總不可得既不可得當伊麼時莫是虛空麼曰元來不空明明不昧曰作麼生是不空之體曰亦無相貌言之不可及曰此是諸佛諸祖壽命更莫疑也既無相貌還有大小麼既無大小還有邊際麼無邊際故無内外無内外故無遠近無遠近故無彼此無彼此則無往來無往來則無生死無生死則無古今無古今則無迷悟無迷悟則無凡聖無凡聖則無染淨無染淨則無是非無是非則一切名言俱不可得既

總無如是一切根境一切妄念乃至種種相貌種種名言俱不可得此豈非本來空寂本來無物也然諸法皆空之處靈知不昧不同無情性自神解此是汝空寂靈知清淨心體而此清淨空寂之心是三世諸佛勝淨明心亦是衆生本源覺性悟此而守之者坐一如而不動解脫迷此而背之者往六趣而長劫輪迴故云迷一心而往六趣者去也動也悟法界而復一心者來也靜也雖迷悟之有殊乃本源則一也所以云所言法者謂衆生心而此空寂之心在聖而不增在凡而不減故云在聖智而不耀隱凡心而不昧既不增於聖不少於凡佛祖奚以異於人而所以異於人者能自護心念耳汝若信得及疑情頓息出丈夫之志發真正見解親嘗其味自到自肯之地則是爲修心人解悟處也更無階級次第故云頓也如云於信因中契諸佛果德分毫不殊方成信也

問既悟此理更無階級何假後修漸熏漸成耶

答悟後漸修之義前已具說而復疑情未釋不妨重說汝須淨心諦聽諦聽凡夫無始曠大劫來至於今日流轉五道生來死去堅執我相妄想顛倒無明種習久與成性雖到今生頓悟自性本來空寂與佛無殊而此舊習卒難除斷故逢逆順境嗔喜是非熾然起滅客塵煩惱與前無異若不以般若之功著力焉能對治無明得到大休大歇之地如云頓悟雖同佛多生習氣深風停波尚湧理現念猶侵又杲禪師云往往利根之輩不費多力

打發此事便生容易之心更不修治日久月深依前流浪未免輪迴則豈可以一期所悟便撥置後修耶故悟後長須照察妄念忽起都不隨之損之又損以至無爲方始究竟天下善知識悟後牧牛行是也雖有後修已先頓悟妄念本空心性本淨於惡斷斷而無斷於善修修而無修此乃真修真斷矣故云雖備修萬行唯以無念爲宗圭峯總判先悟後修之義云頓悟此性元無煩惱無漏智性本自具足與佛無殊依此而修者是名最上乘禪亦名如來清淨禪也若能念念修習自然漸得百千三昧達磨門下轉展相傳者是此禪也則頓悟漸修之義如車二輪闕一不可或者不知善惡性空堅坐不動捺伏身心如石壓草以爲修心是大惑矣故云聲聞心心斷惑能斷之心是賊但諦觀殺盜婬妄從性而起起即無起當處便寂何須更斷所以云不怕念起唯恐覺遲又云念起即覺覺之即無故悟人分上雖有客塵煩惱俱成醍醐但照惑無本空花三界如風卷烟幻化六塵如湯消氷若能如是念念修習不忘照顧定慧等持則愛惡自然淡薄悲智自然增明罪業自然斷除功行自然增進煩惱盡時生死即絕若微細流注永斷圓覺大智朗然獨存即現千百億化身於十方國中赴感應機似月現九霄影分萬水應用無窮度有緣衆生快樂無憂名之爲大覺世尊問後修門中定慧等持之義實未明了更爲宣說委示開迷引入解脱之門荅若設法義入理千門莫非定慧取其綱要則但自性上體用二義前所謂

空寂虛知是也定是體慧是用也即體之用故慧不離定即用之體故定不離慧定則慧故寂而常知慧則定故知而常寂如曹溪云心地無亂自性定心地無癡自性慧若悟如是任運寂知遮炤無二則是爲頓門箇者雙脩定慧也若言先以寂寂治於緣慮後以惺惺治於昬住先後對治均調昬亂以入於靜者是爲漸門劣機所行也雖云惺寂等持未免取靜爲行則豈爲了事人不離本寂本知任運雙脩者也故曹溪云自悟脩行不在於靜若靜先後即是迷人則迷人分上定慧等持之義不落功用元自無爲更無特地時節見色聞聲時但伊麼著衣喫飯時但伊麼屙屎送尿時但伊麼對人接話時但伊麼乃至行住坐卧或語或默或喜或怒一切時中一一如是似虛舟駕浪隨高隨下如流水轉山遇曲遇直而心心無知今日騰騰任運明日任運騰騰隨順衆緣無障無礙於善於惡不斷不脩質直無僞視聽尋常則絕一塵而作對何勞遣蕩之功無一念而生情不假忘緣之力然障濃習重觀劣心浮無明之力大般若之力小於善惡境界未免被動靜互換心不恬淡者不無忘緣遣蕩功夫矣如云六根攝境心不隨緣謂之定心境俱空炤鑑無惑謂之慧此雖隨相門定慧漸門劣機所行也對治門中不可無也若掉舉熾盛則先以定門稱理攝散心不隨緣契乎本寂若昬沉尤多則次以慧門擇法觀空照鑑無惑契乎本知以定治乎亂想以慧治乎無記動靜相亡對治功終則對境而念念歸宗遇緣而心心

契道任運雙脩方爲無事人若如是則真可謂定慧等持明見佛性者也

問據汝所判悟後脩門中定慧等持之義有二種一自性定慧二隨相定慧自性門則曰任運寂知元自無為絶一塵而作對何勞遣蕩之功無一念而生情不假忘緣之力判云此是頓門箇者不離自性定慧等持也隨相門則曰稱理攝散擇法觀空均調昏亂以入無爲判云此是漸門劣機所行也爲兩門定慧不無疑焉若言一人所行也爲復先依自性門定慧雙修然後更用隨相門對治之功耶爲復先依隨相門均調昏亂然後以入自性門耶若先依自性定慧則任運寂知更無對治之功何須更取隨相門定慧耶如將皓玉彫文喪德若先以隨相門定慧對治功成然後趣於自性門則宛是漸門中劣機悟前漸熏也豈云頓門箇者先悟後脩用無功之功也若一時無前後則二門定慧頓漸有異如何一時並行也則頓門箇者依自性門任運亡功漸門劣機趣隨相門對治勞功二門之機頓漸不同優劣皎然云何先悟後脩門中並釋二種耶請爲通會令絶疑情

荅所釋皎然汝自生疑隨言生解轉生疑惑得意忘言不勞致詰若就兩門各判所行則脩自性定慧者此是頓門用無功之功並運雙寂自脩自性自成佛道者也脩隨相門定慧者此是未悟前漸門劣機用對治之功心心斷惑取靜爲行者而此二門所行頓漸各異不可叅亂也然悟後脩門中兼論隨相門中對治者非全取漸機所行也取其方便假

道托宿而已何故於此頓門亦有機勝者亦有機劣者不可一例判其行李也若煩惱淡薄身心輕安於善離善於惡離惡不動八風寂然三受者依自性定慧任運雙脩天真無作動靜常禪成就自然之理何假隨相門對治之義也無病不求藥雖先頓悟煩惱濃厚習氣堅重對境而念念生情遇緣而心心作對被他昏亂使殺昧却寂知常然者即借隨相門定慧不忘對治均調昏亂以入無爲即其宜矣雖借對治功夫暫調習氣以先頓悟心性本淨煩惱本空故即不落漸門劣機汙染脩也何者脩在悟前則雖用功不忘念念熏脩著著生疑未能無碍如有一物礙在胸中不安之相常現在前日久月深對治功熟則身心客塵恰似輕安雖復輕安疑根未斷如石壓草猶於生死界不得自在故云脩在悟前非真脩也悟人分上雖有對治方便念念無疑不落汙染日久月深自然契合天真妙性任運寂知念念攀緣一切境心心永斷諸煩惱不離自性定慧等持成就無上菩提與前機勝更無差別則隨相門定慧雖是漸機所行於悟人分上可謂點鐵成金若知如是則豈以二門定慧有先後次第二見之疑乎願諸脩道之人研味此語更莫狐疑自生退屈若具丈夫之志求無上菩提者捨此奚以哉切莫執文直須了義一一歸就自己契合本宗則無師之智自然現前天真之理了然不昧成就慧身不由他悟而此妙旨雖是諸人分上若非夙值般若種智大乘根器者不能一念而生正信豈徒不信亦乃謗讟返

招無間者比比有之雖不信受一經於耳暫
時結緣其功厥德不可稱量如唯心訣云聞
而不信尚結佛種之因學而不成猶益人天
之福不失成佛之正因況聞而信學而成守
護不忘者其功德豈能度量追念過去輪迴
之業不知其幾千劫墮黑暗入無間受種種
苦又不知其幾何而欲求佛道不逢善友長
劫沉淪冥冥無覺造諸惡業時或一思不覺
長吁其可放緩再受前殃又不知誰復使我
今值人生爲萬物之虛不昧脩真之路實謂
盲龜遇木纖芥投針其爲慶幸曷勝道哉我
今若自生退屈或生懈怠而恒常望後須臾
失命退墮惡趣受諸苦痛之時雖欲願聞一
句佛法信解受持欲免辛酸豈可復得乎及
到臨危悔無所益願諸脩道之人莫生放逸
莫著貪婬如救頭然不忘照顧無常迅速身
如朝露命若西光今日雖存明亦難保切須
在意切須在意且憑世間有爲之善亦可免
三途苦輪於天上人間得殊勝果報受諸快
樂況此最上乘甚深法門暫時生信所成功
德不可以比喻說其小分如經云若人以三
千大千世間七寶布施供養爾所世界衆生
皆得充滿又教化爾所世界一切衆生令得
四果其功德無量無邊不如一食頃正思此
法所獲功德是知我此法門最尊最貴於諸
功德比況不及故經云一念淨心是道場勝
造恒沙七寶塔寶塔畢竟碎爲塵一念淨心
成正覺願諸脩道之人研味此語切須在意
此身不向今生度更待何生度此身今若不
脩萬劫差違今若強脩難脩之行漸得不難

功行自進嗟夫今時人飢逢王饍不知下口病遇醫王不知服藥不曰如之何如之何者吾末如之何也已矣且世間有爲之事其狀可見其功可驗人德一事歎其希有我此心宗無形可覩無狀可見言語道斷心行處滅故天魔外道毀謗無門釋梵諸天稱讚不及況凡夫淺識之流其能髣髴悲夫井蛙焉知滄海之濶野干何能師子之吼故知末法世中聞此法門生希有想信解受持者已於無量劫中承事諸聖植諸善根深結般若正因最上根性也故金剛經云於此章句能生信心者當知已於無量佛所種諸善根又云爲發大乘者說爲發最上乘者說願諸求道之人莫生怯弱須發勇猛之心宿劫善因未可知也若不信殊勝甘爲下劣生艱阻之想今不脩之則縱有宿世善根今斷之故彌在其難轉展遠矣今既到寶所不可空手而還一失人身萬劫難復請須慎之豈有智者知其寶所反不求之長怨孤貧若欲獲寶放下皮囊

牧牛子脩心訣者迺高麗普照禪師之所述也予一日詣山居遇性空禪師囊蓄此集出示於予予遂捧讀再三見其言簡理備詞示分明寔爲脩心頓悟之奧旨也適金陵信士牛普理因母呂妙清患心氣之疾未瘳予勸令發心施財刊印流行冀見聞隨喜者了即心自性之妙成就慧身不由他悟以此殊勲祈佑呂氏身躬康樂壽筭延長由心悟而見真元使病瘥而得如意者矣

正統十二年龍集丁卯臈月佛成道日

大天界蒙堂比丘雲菴 廣載跋

高麗國普照禪師脩心訣

真心直說
高麗國普照禪師 知訥撰

清刻龍藏佛說法變相圖

古德禪師真心直說序

或曰祖師妙道可得知乎曰古不云乎道不屬知不屬不知知是妄想不知是無計若真達不疑之地猶如太虛寬廓豈可強是非耶或曰然則諸祖出世無益羣生耶曰佛祖出頭無法與人只要衆生自見本性華嚴云知一切法即心自性成就慧身不由他悟是故佛祖不令人泥着文字只要休歇見自本心所以德山入門便棒臨濟入門便喝已是探頭太過何更立語言哉或曰昔聞馬鳴造起信六祖演壇經黄梅傳般若皆是漸次爲人豈獨無方便於法可乎曰妙高頂上從來不許商量第二峯頭諸祖畧容話會或曰敢祈第二峯頭畧垂方便耶曰然哉是言也柰何大道玄曠非有非無真心幽微絶思絶議故

不得其門而入者雖檢五千之藏教不以爲多洞曉眞心者但出一言之擬比早是剩法矣今不惜眉毛謹書數章發明眞心以爲入道之基漸也是爲序

重刊真心直說序

夫真心直說者佛佛授手祖祖相傳更無別法也心者人人之本源諸佛之覺性一切萬法盡在一心之內八萬四千法門從此而出悟此心者凡聖交參迷此心者生死無際心隨事轉事隨理彰事理融和名直說者矣今比丘淨林宿生慶幸得遇斯文發心重新刊梓流通命予爲序以冠篇首予才陋語拙學問之淺無足以發明其深奧矣

畧序直說真心以塞其請耳

旹成化巳丑年五月端陽日後學文定序

真心直說

真心正信

華嚴云信爲道源功德毋長養一切諸善根又唯識云信如水晶珠能清濁水故是知萬善發生信爲前導故佛經首立如是我聞生信之所謂也或曰祖門之信與教門信有何異耶曰多種不同教門令人天信於因果有愛福樂者信十善爲妙因人天爲樂果故有樂果有樂空寂者信生滅因緣爲正因苦集滅道爲聖果有樂佛果者信三劫六度爲大因菩提涅槃爲正果祖門正信非同前也不信一切有爲因果只要信自已本来是佛天真自性人人具足涅槃妙體箇箇圓成不假他求從来自備三祖云圓同太虛無欠無餘良由取舍所以不如志公云有相身中無相身無明路上無生路永嘉云無明實性即佛性幻化空身即法身故知衆生本来是佛既生正信須要解玆永明云信而不解增長無明解而不信增長邪見故知信解相兼得入道疾或曰初發信心未能道有利益不曰起信論云若人聞是法已不生怯弱當知是人定紹佛種必爲諸佛之所授記假使有人能化三千大千世界滿中衆生令行十善不如有人於一念頃正思惟此法過前功德不可爲喻又般若經云乃至一念生淨信者如来悉知悉見是諸衆生得如是無量福德是知欲行千里初步要正初步若錯千里俱錯入無爲國初信要正初信既失萬善俱退故祖師云毫釐有差天地懸隔是此理也

真心異名

或曰已生正信未知何名真心曰離妄名真靈鑑曰心楞嚴經中發明此心或曰但名真心別有異號耶曰佛教祖教立名不同且佛教者菩薩戒呼爲心地發生萬善故般若經喚作菩提與覺爲體故華嚴經立爲法界交徹融攝故金剛經號爲如来無所從来故般若經呼爲涅槃衆聖所歸故金光明號曰如如真常不變故淨明經號曰法身報化依止故起信論名曰真如不生不滅故涅槃經呼爲佛性三身本體故圓覺中名曰總持流出功德故勝鬘經號曰如来藏隱覆含攝故了義經名爲圓覺破暗獨照故由是壽禪師唯心訣云一法千名應緣立號備在衆經不能具引或曰佛教已知祖教何如曰祖師門下杜絶名言一名不立何更多名應感隨機其名亦衆有時呼爲自已衆生本性故有時名爲正眼鑑諸有相故有時號曰妙心虚靈寂照故有時名曰主人翁從来荷負故有時呼爲無底鉢隨處生涯故有時喚作沒絃琴韻出今時故有時號曰無盡燈照破迷情故有時名曰無根樹根蔕堅牢故有時呼爲吹毛劍截斷塵根故有時喚作無爲國海宴河清故有時號曰牟尼珠濟益貧窮故有時名曰無鑐鎖關閉六情故乃至名泥牛木馬心源心印心鏡心月心珠種種異名不可具録若達真心諸名盡曉昧此真心諸名皆滯故於真心切宜子細

真心妙體

或曰真心已知名字其體如何耶曰放光般若經云般若無所有相無生滅相起信論云

真如自體者一切凡夫聲聞緣覺菩薩諸佛無有增減非前際生非後際滅畢竟常恒從本已来性自滿足一切功德據此經論真心本體超出因果通貫古今不立凡聖無諸對待如大虛空徧一切處妙體凝寂絕諸戲論不生不滅非有非無不動不摇湛然常住喚作舊日主人翁名曰威音那畔人又名空刧前自已一種平懷無纖毫瑕翳一切山河大地草木叢林萬象森羅染淨諸法皆從中出故圓覺經云善男子無上法王有大陀羅尼門名爲圓覺流出一切清淨真如菩提涅槃及波羅蜜教授菩薩圭峯云心也者冲虛妙粹炳焕靈明無去無来冥通三際非中非外洞徹十方不滅不生豈四山之可害離性離相奚五色之能盲故永明唯心訣云夫此心者衆妙群靈而普會爲萬法之王三乘五性而冥歸作千聖之母獨尊獨貴無比無儔實大道源是真法要信之則三世菩薩同學盖學此心也三世諸佛同證盖證此心也一大藏教證顯盖顯此心也一切衆生迷妄盖迷此心也一切行人發悟盖悟此心也一切諸祖相傳盖傳此心也天下衲僧叅訪盖叅此心也達此心則頭頭皆是物物全彰迷此心則處處顛倒念念癡狂此體是一切衆生本有之佛性乃一切世界生發之根源故世尊鷲峯良久善現岩下忘言達磨少室壁觀居士毗耶杜口悉皆發明此心妙體故初入祖門庭者要先識此心體也

真心妙用

或曰妙體已知何名妙用耶曰古人云風動

心揺樹雲生性起塵若明今日事昧却本来人乃妙體起用也真心妙體本来不動安靜真常真體上妙用現前不妨随流得妙故祖師頌云心随萬境轉轉處寔能幽随流認得性無喜亦無憂故一切時中動用施爲東行西往喫飯着衣拈匙弄筯左顧右眄皆是真心妙用現前凡夫迷倒於着衣時只作着衣會喫飯時只作喫飯會一切事業但随相轉所以在日用而不覺在目前而不知若是識性底人動用施爲不曾昧却故祖師云在胎名神處世名人在眼觀照在耳聽聞在鼻齅香在口談論在手執捉在足運奔徧現俱該法界收攝在一微塵知之者爲是佛性不識者喚作精魂所以道吾舞笏石鞏拈弓秘魔擎叉俱胝竪指忻州打地雲岩師子莫不發明這着大用若於日用不迷自然縱横無礙也

真心體用一異

或曰真心體用未審是一是異耶曰約相則非一約性則非異故此體用非一非異何以知然試爲論之妙體不動絶諸對待離一切相非達性契識者莫測其理也妙用随縁應諸萬類妄立虚相似有形狀約此有相無相故非一也又用從體發用不離體體能發用體不離用約此不相離理故非異也如水以濕爲體體無動故波以動爲相因風起故水性波相動與不動故非一也然波外無水水外無波濕性是一故非異也類上體用一異可知矣

真心在迷

或曰真心體用人人具有何爲聖凡不同耶曰真心聖凡同一凡夫妄心認物失自淨性爲此所隔所以真心不得現前但如暗中樹影地下流泉有而不識耳故經云善男子譬如清淨摩尼寶珠映於五色隨方各現諸愚癡者見彼牟尼實有五色善男子圓覺淨性現於身心隨類各應彼愚癡者說淨圓覺實有如是身心自性亦復如是肇論云乾坤之內宇宙之間中有一寶秘在形山此乃真心在纏也又慈恩云法身本有諸佛共同凡夫由妄覆有而不覺煩惱纏裹得如來藏名裴公云終日圓覺而未嘗圓覺者凡夫也故知真心雖在塵勞不爲塵勞所染如白玉投泥其色不改也

真心息妄

或曰真心在妄則是凡夫如何得出妄成聖耶曰古云妄心無處即菩提生死涅槃本平等經云彼之衆生幻身滅故幻心亦滅幻心滅故幻塵亦滅幻塵滅故幻滅亦滅幻滅滅故非幻不滅譬如磨鏡垢盡明現永嘉亦云心是根法是塵兩種猶如鏡上痕痕垢盡時光始現心法雙忘性即真此乃出妄而成真也或曰莊生云心者其熱焦火其寒凝氷其疾俛仰之間再俯四海之外其居也淵而靜其動也懸而天者其惟人心乎此莊生先說凡夫心不可治伏如此也未審宗門以何法治妄心也曰以無心法治妄心也或曰人若無心便同草木無心之說請施方便曰今云無心非無心體名無心也但心中無物名曰無心如言空瓶瓶中無物名曰空瓶非瓶體無名空

甁也故祖師云汝但於心無事於事無心自然虛而靈寂而妙是此心旨也據此則以無妄心非無真心妙用也從來諸師說做無心工夫類各不同今總大義畧明十種
一曰覺察謂做工夫時平常絕念隄防念起一念纔生便與覺破妄念破覺後念不生此之覺智亦不須用妄覺俱忘名曰無心故祖師云不怕念起只恐覺遲又偈云不用求真唯須息見此是息妄功夫也
二曰休歇謂做功夫時不思善不思惡心起便休遇緣便歇古人云一條白練去冷湫湫地去古廟裏香爐去直得絕廉纖離分別如痴似兀方有少分相應此休歇妄心功夫也
三泯心存境謂做功夫時於一切妄念俱息不顧外境但自息心妄心已息何害有境即古人奪人不奪境法門也故有語云是處有芳草滿城無故人又龐公云但自無心於萬物何妨萬物常圍繞此是泯心存境息妄功夫也
四泯境存心謂做功夫時將一切內外諸境悉觀為空寂只存一心孤標獨立所以古人云不與萬法為侶不與諸塵作對心若着境心即是妄今既無境何妄之有乃真心獨照不礙於道即古人奪境不奪人也故有語云上園花已謝車馬尚駢闐又云三千劒客今何在獨計莊周定太平此是泯境存心息妄功夫也
五泯心泯境謂做功夫時先空寂外境次滅內心既內外心境俱寂畢竟妄從何有故灌溪云十方無壁落四面亦無門淨躶躶赤洒

洒即祖師人境兩俱奪法門也故有語云雲散水流去寂然大地空又云人牛俱不見正是月明時此泯心泯境息妄功夫也

六存境存心謂做功夫時心住心位境住境位有時心境相對則心不取境境不臨心各不相到自然妄念不生於道無礙故經云是法住法位世間相常住即祖師人境俱不奪法門也故有語云一片月生海幾家人上樓又云山花千萬朶遊子不知歸此是存境存心滅妄功夫也

七内外全體謂做功夫時於山河大地日月星辰内身外器一切諸法同真心體湛然虚明無一毫異大千沙界打成一片更於何處得妄心來所以肇法師云天地與我同根萬物與我同體此是内外全體滅妄功夫也

八内外全用謂做功夫時將一切内外身心器界諸法及一切動用施爲悉觀作真心妙用一切心念纔生便是妙用現前既一切皆是妙用妄心向甚麼處安着故永嘉云無明實性即佛性幻化空身即法身志公十二時歌云平旦寅狂機内隱道人身坐卧不知元是道只麽忙忙受苦辛此是内外全用息妄功夫也

九即體即用謂做功夫時雖冥合真體一味空寂而於中内隱靈明乃體即用也靈明中内隱空寂用即體也故永嘉云惺惺寂寂是惺惺妄想非寂寂惺惺是無計寂寂非既寂寂中不容無計惺惺中不用亂想所有妄心如何得生此是即體即用滅妄功夫也

十透出體用謂做功夫時不分内外亦不辨

東西南北將四方八面只作一箇大解脫門圓陀陀地體用不分無分毫滲漏通身打成一片其妄何處得起古人云通身無縫罅上下忒團圝是乃透出體用滅妄功夫也

已上十種做功夫法不須全用但得一門功夫成就其妄自滅真心即現隨根宿習曾與何法有緣即便習之此之功夫乃無功之功非有心功力也此箇休歇妄心法門最緊要故偏多說無文繁也

真心四儀

或曰前說息妄未審但只坐習亦通行住等耶曰經論多說坐習所以易成故亦通行住等久漸成純熟故起信論云若修止者住於靜處端坐正意不依氣息不依形色不依於空不依地水火風乃至不依見聞覺知一切諸想隨念皆除亦遣除想以一切法本來無想念念不生念念不滅亦不得隨心外念境界以心除心心若馳散即當收來住於正念是正念者當知唯心無外境界即復此心亦無自相念念不可得若從坐起去來進止有所施作於一切時常念方便隨順觀察久習純熟其心得住以心住故漸漸猛利隨順得入真如三昧深伏煩惱信心增長速成不退唯除疑惑不信誹謗重罪業障我慢懈怠如是等人所不能入據此則通四儀也圓覺經云先依如來奢摩他行堅持禁戒安處徒衆宴坐靜室此初習也永嘉云行亦禪坐亦禪語默動靜體安然據此亦通四儀耳總論功力坐尚不能息心況行住等豈能入道耶若是用得純熟底人千聖興來驚不起萬般魔

妖不迴頭豈況行住坐中不能做功夫也如人欲讐恨於人乃至行住坐卧飲食動用一切時中不能忘了欲愛樂於人亦復如是且憎愛是有心中事尚於有心中容得今做功夫是無心事又何疑四儀中不常現前也只恐不信不爲若爲若信則威儀中道必不失也

真心所在

或曰息妄心而真心現矣然則真心體用今在何處曰真心妙體遍一切處永嘉云不離當處常湛然覓即知君不可見經云虛空性故常不動故如来藏中無起滅故大法眼云處處菩提路頭頭功德林此即是體所在也真心妙用隨感隨現如谷應聲法燈云今古應無墜分明在目前片雲生晚谷孤鶴下遥天所以魏府元華嚴云佛法在日用處在行住坐卧處喫茶喫飯處語言相問處所作所爲舉心動念又却不是也故知體則徧而處悉能起用但因緣有無不定故妙用不定耳非無妙用也修心之人欲入無爲海度諸生死莫迷真心體用斯在也

真心出死

或曰甞聞見性之人出離生死然往昔諸祖是見性人皆有生有死今現見世間修道之人有生死事如何云出生死耶曰生死本無妄計爲有如人病眼見空中花或無病人説無空花病者不信目病若無空花自滅方信花無只花未滅其花亦空但病者妄執爲花非體實有也如人妄認生死爲有或無生死人告云本無生死彼人一朝妄息生死自除

方知生死本来是無只生死未息時亦非實有以妄認生死有故經云善男子一切衆生從無始来種種顛倒猶如迷人四方易處妄認四大爲自身相六塵縁影爲自心相譬彼病目見空中花乃至如衆空花滅於虚空不可説言有定滅處何以故無生處故一切衆生於無生中妄見生滅是故説名輪轉生死據此經文信知達悟圓覺真心本無生死今知無生死而不能脱生死者功夫不到故也故教中説菴婆女問文殊云明知生是不生之法爲甚麼被生死之所流文殊云其力未充故後有進山主問修山主云明知生是不生之法爲甚麼却被生死之所流修云笋畢竟成竹去如今作筏使得麼所以知無生死不如體無生死體無生死不如契無生死契無生死不如用無生死今人尚不知無生死况體無生死契無生死用無生死耶故認生死者不信無生死法不亦宜乎

真心正助

或曰如前息妄真心現前且如妄未息時但只歇妄做無心功夫更有別法可對治諸妄耶曰正助不同也以無心息妄爲正以習衆善爲助譬如明鏡爲塵所覆雖以手力揩拭要須妙藥磨瑩光始現也塵垢煩惱也手力無心功也磨藥衆善也鏡光真心也起信論云復次信成就發心者發何等心畧有三種云何爲三一者真心正念真如法故二者深心集一切善行故三者大悲心欲拔一切衆生苦故問曰上説法界一相佛體無二何故不唯念真如復假求學諸善也荅曰譬如大

摩尼寶體性明淨而有鑛穢之垢若人雖念寶性不以方便種種磨治終無得淨以垢無量遍一切法故修一切善行如是真如之法體性空淨而有無量煩惱染垢若人雖念真如不以方便種種熏習亦無得淨以垢無量遍一切法故修一切善行以爲對治若人修行一切善法自然歸順真如法故據此所論以休歇妄心爲正修諸善法爲助若修善時與無心相應不取着因果若取因果便落凡夫人天報中難證真如不脫生死若與無心相應乃是證真如方便脫生死之要術兼得廣大福德金剛般若經云須菩提菩薩無住相布施其福德不可思量今見世人有叅學者纔知有箇本來佛性乃便自恃天真不習衆善豈只於真心不達亦乃翻成懈怠惡道尚不能免况脫生死此見大錯也

真心功德

或曰有心修因不疑功德矣無心修因功德何來曰有心修因得有爲果無心爲因顯性功德此諸功德本来自具妄復不顯今既妄除功德現前故永嘉云三身四智體中圓八解六通心地印乃是體中自具性功德也古頌若人靜坐一須臾勝造恒沙七寶塔寶塔畢竟化爲塵一念淨心成正覺故知無心功大於有心也洪州水潦和尚叅馬祖問如何是西来的的意被馬祖一踏踏到忽然發悟起来撫掌大笑云也大奇也大奇百千三昧無量妙義只向一毛頭上便一時識得根源去乃作禮而退據此則功德不從外来本自具足也四祖謂懶融禪師曰夫百千法門同

歸方寸河沙功德總在心源一切戒門定門慧門神通變化悉自具足不離汝心據祖師語無心功德甚多但好事相功德者於無心功德自不生信耳

真心驗功

或曰真心現前如何知是真心成熟無礙也

曰學道之人已得真心現前時但習氣未除若遇熟境有時失念如牧牛雖調到牽拽隨順處猶不敢放了鞭繩直待心調步穩趕趂入苗稼中不傷苗稼方敢撒手也到此地步便不用牧童鞭繩自然無傷苗稼如道人得真心後先且用功保養有大力用方可利生若驗此真心時先將平生所愛底境時時想在面前如依前起憎愛心則道心未熟若不生憎愛心是道心熟也雖然如此成熟猶是自然不起憎愛又再驗心若遇憎愛境時特然起憎愛心令取憎愛境界若心不起是心無礙如露地白牛不傷苗稼也古有呵佛罵祖者是與此心相應今見纔入宗門未知道之遠近便學呵佛罵祖者太早計也

真心無知

或曰真心與妄心對境時如何辨别真妄耶

曰妄心對境有知而知於順違境起貪嗔心又於中容境起痴心也既於境上起貪嗔痴三毒足見是妄心也祖師云逆順相爭是爲心病故對知於可不可者是妄心也若真心者無知而知平懷圓照故異於草木不生憎愛故異於妄心即對境虛明不憎不愛無知而知者真心故肇論云夫聖心者微妙無相不可爲有用之彌動不可爲無乃至非有故

知而無知非無故無知而知是以無知即知無以言異於聖人心也又妄心在有著有在無著無常在二邊不知中道永嘉云捨妄心取真理取捨之心成巧僞學人不了用脩行深成認賊將爲子若是真心居有無而不落有無常處中道故祖師云不逐有縁勿住空忍一種平懷泯然自盡肇論云是以聖人處有不有居無不無雖不取於有無然不捨於有無所以和光塵勞周旋五趣寂然而往怕爾而来恬淡無爲而無不爲此説聖人垂手爲人周旋五趣接化衆生雖往来而無往来相妄心不爾故真心妄心不同也又真心乃平常心也妄心乃不平常心也或曰何名平常心也曰人人具有一點靈明湛若虚空遍一切處對俗事假名理性對妄識權號真心無分毫分別遇縁不昧無一念取捨觸物皆周不逐萬境遷移設使隨流得妙不離當處湛然覔即知君不見乃真心也或曰何名不平常心耶曰境有聖與凡境有染與淨境有斷與常境有理與事境有生與滅境有動與靜境有去與来境有好與醜境有善與惡境有因與果細論則萬別千差今乃且舉十對皆名不平常境也心隨此不平常境而生不平常境而滅不平常境心對前平常真心所以名不平常妄心也真心本具不隨不平常境生起種種差別所以名平常真心也或曰真心平常無諸異因柰何佛説因果善惡報應乎曰妄心逐種種境不了種種境遂起種種心佛説種種因果法治伏種種妄心須立因果也若此真心不逐種種境由是不起種

種心佛即不說種種法何有因果也或曰真心平常不生耶曰真心有時施用非逐境生但妙用遊戲不昧因果耳

真心所往

或曰未達真心人由迷真心故作善惡因由作善因故生善道中由作惡因故生惡道中逐業受生其理不疑若達真心人妄情歇盡契證真心無善惡因一靈身後何所依託耶曰莫謂有依託者勝無依託耶又莫將無依託者同人間飄零之蕩子似鬼趣無主之孤魂特爲此問求有依託耳或曰然曰達性則不然也一切衆生迷覺性故妄情愛念結業爲因生六趣中受善惡報假如天業爲因只得天果除合生處餘並不得受用諸趣皆爾既從其業故合生處爲樂不生處爲非樂以合生處爲自己依託不生處爲他人依託所以有妄情則有妄因有妄因則有妄果有妄果則有依託有依託則分彼此分彼此則有可不可也今達真心契無生滅之覺性起無生滅之妙用妙體真常本無生滅妙用隨緣似有生滅然從體生用用即是體何生滅之可有達人即證真體其生滅何干涉耶如水以濕性爲體波浪爲用濕性元無生滅故波中濕性何生滅耶然波離濕性別無故波亦無生滅所以古人云盡大地是沙門一雙正眼盡大地是箇伽藍盡是悟理人安身立命處既達真心四生六道一時消殞山河大地悉是真心不可離此真心之外別有依託處也既無三界妄因必無六趣妄果妄果既無說甚依託必無彼此既無彼此則何可不可

也即十方世界唯一真心全身受用無别依託又於示現門中隨意徃生而無障礙故傳燈云温操尚書問圭峯曰悟理之人一期壽終何所依託圭峯曰一切衆生無不具有靈明覺性與佛無殊若能悟此性即是法身本自無生何有依託靈明不昧了了常知無所從来亦無所去但以空寂爲自體勿認色身以靈知爲自心勿認妄念妄念若起都不隨之則臨命終時自然業不能繫雖有中陰所向自由天上人間隨意寄託此即前真心身後所阻者也

真心直說終

誡初心學人文

夫初心之人須遠離惡友親近賢善受五戒十戒等善知持犯開遮但依金口聖言莫順庸流妄說既已出家忝陪清衆常念柔和善順不得我慢貢高大者爲兄小者爲弟儻有諍者兩說和合但以慈心相向不得惡語傷人若也欺凌同伴論說是非如此出家全無利益財色之禍甚於毒蛇省已知非常須遠離無緣事則不得入他房院當屏處不得強知他事非六日不得洗浣内衣臨盥漱不得高聲涕唾行益次不得搪揬越序經行次不得開襟掉臂言談次不得高聲戲笑非要事不得出於門外有病人須慈心守護見賓客須欣然迎接逢尊長須肅恭迴避辦道具須儉約知足齋食時飲啜不得作聲執放要須安詳不得舉顏顧視不得欣厭精麁須默無言說須防護雜念須知受食但療形枯爲成道業須念般若心經觀三輪清淨不違道用赴焚脩須早暮勤行自責懈怠知衆行次不得雜亂讚唄呪願須誦文觀義不得但隨音聲不得韻曲不調瞻敬尊顏不得攀緣異境須知自身罪障猶如山海須知理懺事懺可以消除深觀能禮所禮皆從真性緣起深信感應不虚影響相從

居衆寮須相讓不爭須遞相扶護慎諍論勝負慎聚頭閑話慎誤着他鞋慎坐卧越次對客言談不得揚於家醜但讚院門佛事不得詣庫房見聞雜事自生疑惑非要事不得遊州獵縣與俗交通令他憎嫉失自道情儻有要事出行告住持人及管衆者令知去處若

入俗家切須堅持正念慎勿見色聞聲流蕩邪心又況披襟戲笑亂説雜事非時酒食妄作無碍之行深乖佛戒又處賢善人嫌疑之間豈爲有智慧人也住社堂慎沙彌同行慎人事往還慎見他好惡慎貪求文字慎睡眠過度慎散亂攀緣

若遇宗師陞座說法切不得於法作懸崖想生退屈心或作貫聞想生容易心當須虛懷聞之必有機發之時不得隨學語者但取口辦所謂虵飲水成毒牛飲水成乳智學成菩提愚學成生死是也又不得於主法人生輕薄想因之於道有障不能進脩切須慎之論云如人夜行罪人執炬當路若以人惡故不受光明墮坑落塹去矣聞法之次如履薄氷必須側耳目而聽玄音肅情塵而賞幽致下堂後默坐觀之如有所疑愽問先覺夕惕朝詢不濫絲髮如是乃可能生正信以道爲懷者歟無始習熟愛欲恚癡纏綿意地暫伏還起如隔日瘧一切時中直須用加行方便智慧之力痛自遮護豈可閑謾游談無限虛喪天日欲冀心宗而求出路哉但堅志節責躬匪懈知非遷善改悔調柔勤脩而觀力轉深鍊磨而行門益淨長起難遭之想道業恒新常懷慶幸之心終不退轉如是久久自然定慧圓明見自心性用如幻悲智還度衆生作人天大福田切須勉之泰和乙丑冬月海東曹溪山老衲　知訥　誌

皖山正凝禪師示蒙山法語　侍者録

師見蒙山來禮先自問云你還信得及麼山云若信不及不到這裏師云十分信得更要

持戒持戒易得靈驗若無戒行如空中架樓閣還持戒麼山云見持五戒師云此後只看箇無字不要思量卜度不得作有無解會且莫看經教語録之類只单单提箇無字於十二時中四威儀内須要惺惺如猫捕鼠如雞抱卵無令斷續未得透徹時當如老鼠咬棺材相似不可改移時復鞭起疑云一切含靈皆有佛性趙州因甚道無意作麼生既有疑時默默提箇無字迴光自看只這箇無字要識得自巳要識得趙州要捉敗佛祖得人憎處但信我如此說話驀直做将去决定有發明時節斷不誤你云云

東山崇蔵主送子行脚法語

大凡行脚須以此道爲懷不可受現成供養了等閑過日須是将生死二字釘在額上十二時中裂轉面皮討箇分曉始得若秖隨群逐隊打空過時他時閻羅老子打筭飯錢莫道我與你不說若做工夫須要日日打筭時時點檢自轉皷起来至二更看那裏是不得力處那裏是打失處那裏是不打失處若如此做将去定有到家時節有一般辦道之人經不看佛不禮纔上蒲團便打瞌睡及至醒来又且胡思亂想纔下禪床便與人打雜交若如此辦道至彌勒下生也未有入手底時節須是猛着精彩提起一箇無字晝三夜三與他厮捱不可坐在無事甲裏又不可執在蒲團上死坐須要活弄恐雜念紛飛起時千萬不可與他厮闘轉闘轉急多有人在這裏不識進退解免不下成風成顛壞了一生須向紛飛起處輕輕放下打一箇轉身下地行

一遭又上床開兩眼揑雙拳竪起脊梁依前提起便覺清凉如一鍋湯纔下一杓冷水相似但如此做工夫日久月深自有到家時節工夫未得入手莫生煩惱恐煩惱魔入心若覺省力不可生歡喜恐歡喜魔入心種種病痛言之不盡恐衆中有老成兄弟辦道者千萬時時請益若無將祖師做工夫底言語看一遍如親見相似而今此道難得其人千萬向前望汝早早打破漆桶歸来爲我揩背至囑至囑

蒙山和尚示衆

若有来此同甘寂寥者捨此世緣除去執著顛倒真實爲生死大事肯順庵中規矩截斷人事隨緣受用除三更外不許睡眠不許出街不許赴請未有發明不許看讀非公界請不許閱經如法下三年工夫若不見性通宗山僧替你入地獄

夫心者是世間出世間萬法之總相也萬法即是心之别相然其别有五一肉團心狀如蕉蕾生色身中係無情攝二緣慮心狀若野燒忽生忽滅係妄想攝三集起心狀如草子埋伏識田係習氣攝四賴耶心狀如良田納種無厭係無明攝五真如心狀同虚空廓徹法界係寂照攝已上五心前四皆妄念念生滅後一是真三際一如若不揀辯分明猶恐認妄爲真其失非小故引佛經祖語問辯徵釋開示迷妄根源指陳脩證本末次第一十六章始於正信終乎所往深明真心之捷徑故名直説予獲是書僅十餘載朝夕覩覽以爲棲神之祕要一日出示衆信善士感節菴居士陳普忠慨然樂施綉梓流傳庶修心之士覩之者咸悟真心之妙逈出直説之表也是爲跋

正統十二年歲在丁卯臘月八日

大天界蒙堂比丘

真心直説後跋

八識規矩補註
明魯菴法師普泰補註

清刻龍藏佛說法變相圖

八識規矩補註序

八識頌凡八章文畧而義深乃集施頌體製兼以韻故知義彼而文從此擴充之則唯識理事無遺矣昔天親慮末學心力减而不永遂撮瑜伽之文述三十頌精擇而從畧欲人之易入目曰唯識三十論後護法諸師各出所見以造釋論而累帙積軸不勝其廣是乃欲易而反難由是諸師又各摭辭理精粹者束爲十卷曰成唯識暨奘三藏至自西域輙翻此論其八識頌實出於斯然而理一而言有廣畧者皆因人而已盖人之所得者或自畧或自廣或由畧以至廣由廣反乎畧雖所入不一而所得未嘗不一也既得之則廣亦可畧亦可廣畧兼以之兼不以之是皆無適而不可豈學者之事乎兹爲學者言之且欲

從畧而入之此八識頌不得不作頌既出則語畧而義深此又不得不加之以註爲註之人不書其名往往皆抄録之本故不無三豕之訛今但義鈌字訛者補而正之以自備觀攬不虞龍華金碧峰圓通常無塵聞予輟筆過舍索稿扳行之吁大法垂秋孰不泥於聲利能存是心庶不負諸大士之心也
正德辛未純陽月普泰書於大興隆官舍

八識規矩補註卷第一

性境現量通三性

此言前五識於三境中唯緣性境三量唯是現量唯三性俱通也盖境則有三性境者性實也即實根塵能所八法而成乃有體實相分境謂此境自有實種生有實體用現在實法即所緣唯識也若前五識二種變中因緣變故唯緣離言自相境故獨影境假乃分別變緣之三量唯現量尔既唯現量緣境之時明證衆境故唯緣性境也此識於善惡無記三性俱通以五識性非恒一故解見下文量有三謂現比非也比非注見下此但釋現量現謂顯現取境親明故量謂量度刊定義故若心心所緣境之時離映障等顯了分明得境自性名現量也若現屬境量屬心或俱屬心或現屬根量屬心依士持業依主三釋言體者即以無分別智正緣心心所為體也謂現量緣境時離名言種類及邪妄分別名無分別智此智為現量體理門論有四種一前五識二同時意識三諸心心所自證分四一切定心此四皆實證境而無分別也

眼耳身三二地居

此言五識界地也謂欲界飲食睡眠婬欲三也五趣雜居地色界初禪離生喜樂地以上三禪既無尋伺識不起也以地法無尋伺染故此句頌影略鼻舌二識一界一地唯欲界五趣雜居地以上禪天無段食故段食以香味觸三法爲體段食既無則此二識不生矣無此食者段食乃禪天所猒故

徧行別境善十一中二大八貪瞋癡

此言五識之心所也以其恒依心起與心相應繫屬於心具此三義如屬我物故曰我所乃相應唯識也此前五識於六位心

所唯闕不定言一徧行有五者謂作意者能警心為性於所緣境引心爲業此一法有二功力一心未起時警令心起二若心起已引令趣境觸謂令心心所觸境為性受想思等所依爲業受者謂領納違順俱非境相爲性起欲爲業又云令心等起歡慼捨相想者能安立自境分齊謂於境取像為性施設種種名言為業謂要安立境分齊相方能隨起種種名言思者令心造作為性於善品等役心為業謂能取境正因等相驅役自心令造善等謂之徧行者徧四一切心得行故謂徧三性八識九地一切時也故立此名別境亦五謂欲勝解念定慧欲者於所樂境希望為性勤依為業所樂境有三可忻境所求境所欲觀境第三解正勝解則於決定境所持為性不可引轉為業念於曾習境令心明記為性定依為業定於所觀境令心專注不散為性智依為業慧於所觀境揀擇為性斷疑為業以別別緣境而得生故名為別境善十一者頌曰善謂信慚愧無貪等三根勤安不放逸行捨及不害唯善心俱名善心所言信者於實德能深忍樂欲心淨為性對治不信樂善為業然有三種一信實有謂於諸法實事理中深信忍故二信有德謂於三寶真淨德中深信樂故三信有能謂於一切世出世善深信有力能得能成起希望故對治不信之心愛樂證修世出世善忍謂勝解乃信因樂欲謂欲即是信果此性澄清能淨心等如水清珠能清濁

水慚者依自法力崇重賢善為性對治無慚止息惡行為業自即自身法謂教法言我如是身解如是法敢作諸惡也愧者依世間力輕拒暴惡為性對治無愧止息惡行為業謂世人譏呵名世間力輕拒暴惡者輕有惡者而不親拒惡法業而不作無貪者於有有具無著為性對治貪著作善為業無瞋者於苦苦具無恚為性對治瞋恚作善為業無癡者於諸事理明解為性對治愚癡作善爲業勤謂精進於善惡品修斷事中勇捍為性對治懈怠滿善為業輕安者遠離麁重調暢身心堪任為性對治惛沉轉依為業又曰離重名輕調暢名安有所堪可有所任受令所依身心去麁重得安隱故不放逸者精進三根於所修

斷防修爲性對治放逸成滿一切世出世間善事爲業盖此不放逸即上精進三根上防修功能離上四法非別有體行捨者精進三根令心平等正直無功用住爲性對治掉舉靜住爲業此行蘊中捨簡非受蘊中捨故此名焉令心等義由捨令心離沉掉時初心平等次心正直後無功用此之一法亦即四法盖能令靜即是四法所令靜即心平等等義不害者於諸有情不為損惱無瞋為性能對治害悲愍爲業前八法是實後三是假言中二大八貪瞋癡者此染心所通二十六種前五識止具十三根本惑六中之三隨惑二十中之十隨惑摠二十分小中大三等忿等前十爲小隨不與五識相應唯中隨二并大隨八乃屬前五名

隨煩惱者乃隨其根本煩惱分位差別等流性故由自類俱起徧染二性徧諸染心此之三義皆具名大具一名中俱無名小言二性者乃不善有覆（瑜伽三卷言四性四善不善有覆無記無覆無記欲界具四無色色界唯三除不善性故）忿等十法各別起故闕自類俱起唯是不善闕徧染二性既闕有覆不徧一切染心故為小隨此十與第六意識相應故此不釋無慚無愧是自類俱起具一名中也無慚者不顧自法輕拒賢善為性能障碍慚生長惡行為業無愧者不顧世間崇重暴惡為性能障於愧生長惡行為業掉舉則令心於境不寂靜為性能障行捨奢摩他為業惛沉則令心於境無堪任為性能障輕安毘鉢舍那為業不信則於實德能不忍樂欲心穢為性能障淨心墮依為業懈怠者於善惡品修斷事中懶墮為性能障精進增染為業放逸則於染淨品不能防修縱蕩為性障不放逸增惡損善所依為業失念則於諸所緣不能明記為性能障正念散亂所依為業蓋失念者心散亂故此失念者有云念一分攝是煩惱相應念故有義癡一分攝瑜伽說此是癡分故癡令失念也有義俱一分攝由前二文影畧說故散亂則於諸所緣令心流蕩為性能障正定惡慧所依為業謂散亂者發惡慧故不正知者於所觀境謬解為性能障正知毀犯為業貪瞋癡者即根本煩惱六中之三也貪則於有有具染著為性能障無貪生苦為業瞋則於苦苦具憎恚為性能障無瞋不安惡

行所依爲業癡則於諸事理迷暗爲性能障無癡一切雜染所依爲業餘三注見第六識所以爲根本惑者以其能生隨眠故也何非餘俱互相違故

五識同依淨色根

此言五識得名淨色者指勝義而言 體非染法唯白淨無記性故五識隨根立名摠具五義曰依發屬助如頌言依者五義之一也若作釋者謂依根之識助根如根等皆依主釋也根發之識依士釋也或云根所發識又爲一例

九緣七八好相隣

此即九緣生識之義九緣者謂空明根境作意分別依染淨依根本依種子也空謂根境相去空隙之空明乃日月燈光之明根乃八識所依之根境謂八識所緣之境作意即徧行五中之作意分別依乃第六識也前五識以第六爲分別依六識以前五爲明了門也染淨依乃七識也楞伽言諸識有二種生住滅謂流注生住滅并相生住滅梵云你伽此六流注不斷唯目第八三相微隱種現不斷故名流注由無明緣初起業識故說爲生相續長劫故名爲注到金剛定等覺一念斷本無明名爲流注滅相生住滅者謂餘七識心境麁顯故名爲相雖七緣八望六爲細具有四惑故亦名麁依彼現識自種諸境緣合生七識爲相生長劫熏習名爲相住從末向本漸伏乃斷至七地滿名爲相滅依前生滅立迷悟依依後生滅立染淨依前長後短事分二別立染淨者此也根本依者即第八識種子緣者謂親生種子也九緣中種子緣即四緣中親因緣九境緣即四所緣緣九餘七即增上緣等無間緣乃八識王所前後滅生自類無間能引所引力用齊等此頌雖隱畧唯識兼之故頌云眼識九緣生耳識唯從八除明緣也

鼻舌身二七除空明二緣也後三指六七八三識五三四指緣而言若加等無間從頭各增一言五三四者第六識五緣生謂根緣即意境緣即十八界作意緣乃相應遍行五中之一也根本緣即賴耶種子緣乃第六識親生種子也七識三緣者種子緣即第七識親生種子作意緣見上注根緣境緣俱第八識故曰依彼轉緣彼者也第八四緣生者謂根緣即末那境緣即種子根身器界作意緣即五所中之一也種子緣乃第八識親生種子也等無間緣者乃各識前念已滅即開闢處所引後念令生中間無隔者也八識若加此緣眼有十乃至第八具五何故諸識藉緣方生以有為法仗因托緣闕則不生故緣多而斷少而恒也此頌影畧後三故三不言具緣也

合三離二觀塵世

此言眼耳二識離中取境鼻舌身三合中取境觀目能緣見分即眼等五識及諸心所塵世即所緣相分乃色等五塵也或謂眼耳二識既離中取境則境在心外何謂唯識況小乘等皆言心外實有諸法若是則不獨乖唯識之宗又豈不符合彼小乘外宗耶然頌言離者指根境而言盖第八自證分變而為見相二分見乃諸心心所法相乃根身器界之法此頌眼耳二識取離根之境何嘗離於能變自證之體耶若以知處不知處異壞根不壞根别則境之離根合根可見矣故云以根照境說離合以心緣境談唯識離取用勝故立通也

愚者難分識與根

此言小乘愚法聲聞不知根之與識各有種子現行以爲根識互生也根之種現但能導識之種現謂根爲生識之緣則可謂生識則不可以識自有能生之種子故以其未除所知障於法不了乃智淺心麄由是不信大乘唯識教也此注言根識之種現各別恐初學尚疑試更言之盖根乃色法即第八之相分識乃心法即第八之見分此色心不同也根雖屬色以其爲第八親相分故獨具八之執受二義執又有攝持二義以第八攝爲自體同是無記持令不散受亦有領覺二義領以爲境令生覺受非外六塵無情之物可比故第八與五根同是無記性五識心法三性皆具此根識之性不同也又根能照境識能緣境此根識之用不同也大抵根無分别前五識雖有隨念分别而無計度分别故常混淆而難辨故佛爲愚心者開心説蘊愚色者開色説處俱愚者俱開説界始華嚴至楞嚴演此三科不知幾百千過而阿難尚以心知眼見爲言故佛以門能見否詰之意謂心以根而見猶人以燈見物也以此言之則根識之難分可知矣

變相觀空唯後得

此前五了俗見空變謂變帶相謂相分觀目能緣見分空目所緣真如唯後得者揀非根本智以唯依色根故後得智不親緣真如者以有分别智故不能親緣無分别理籌度起故此空即實性唯識

果中猶自不詮真
謂無漏五識在佛果位中尚不能親緣真如以其根本智依心根故親緣真如後得依色根有分別故所以不能親緣真如謂之後得者根本而後生前五既無根本何有後得是彼類故同達事故此句頌破異師計也以安慧宗中前五因中既成無漏變相緣如以見相二分是遍計性自證分是依他起性至佛果位自證分親緣真如以無相見遍計性故所以護法師以此句破也

圓明初發成無漏三類分身息苦輪
此言前五識因窮得果則相應心品即成成所作智現三類身止息衆生苦輪也謂佛位中第八識轉爲無漏白淨識已而相應心所即成大圓鏡智欻然現前故云初發則前五識即成無漏故云成無漏也三類分身者以五識之心所即成成所作智現三類身也三類身者乃法報化三身之中化身尔此化身所被之機優劣不一故能被之化身復有三也千丈大化身被大乘四加行菩薩小化丈六身被大乘三資粮位菩薩與二乘凡夫隨類化三乘普被六趣皆露或曰前五識成無漏相應心品現身益物何以先言第八成無漏耶以圓明初發乃第八相應心品圓鏡智尔益前五根即第八識所變相分能變本識既成無漏所變五根即成無漏能發五根既成無漏則所發五識遂成無漏也或曰既言轉八識以成四智何以却言相應心品耶

曰唯識第十云此四品揔攝佛地一切有爲功德皆盡此轉有漏八七六五識相應品如次而得智雖非識而依識轉識爲主故說識轉得又有漏位智劣識強無漏位中智強識劣爲勸有情依智捨識故說轉八識而得此四智下凡言轉識者准此

三性三量通三境

此言第六識於三性三量三境俱通以通字貫於上下言三性者善則順益義順於正理益於自他不善則違損義違於正理損於自他無記者無不也記記別於善惡品不可記別故此以順違損益之義解三性也又云順益二世名善性違損二世名不善性於愛非愛果不可記別名無記性謂自體及果俱可愛樂名善性不善反上無愛非愛不可記別名無記也此又約三世漏無漏以解三性言三量者現量解現上文今但解比非二量比量有度境無謬非量者情有理無蓋比度不著也以第六識有五種一定中獨頭意識緣定境定境有理事事又有極畧極逈色及定自在所生法處諸色二散位獨頭緣受所引色及徧計所起諸法處色如緣空花鏡像彩畫所生者並法處所攝也三夢中獨頭緣夢中境四明了意識與前五識同緣五塵五亂意識即散意識於五根中狂亂而起如患熱病青為黄見非是眼識是此意也定中意識唯現量獨頭散意識比非二量夢中并亂二識皆非量也明了意識通三量現多比非少也

現量見上文茲正解比非二量先釋多若獨散意識度境無謬故名比量比度不著謂之非量謂量者即能緣之心體若心心所緣境為因比度生者摠名比量若比屬境量屬心所比之量依士釋若俱屬心能比即量持業釋也非量者非不也邪謬之異名若心心所緣境三時不稱境知而邪謬生解者名為非量非即量持業釋也次釋體者比量即有分別智正解心心所為體非量者即以邪妄謬解心心所為體也

言三境者性境已解見上文今因釋影質二境故重解其義性境者即實根塵八法所成及實定果色皆自有實種生乃前五及第八現量第六所緣諸實色境不帶名言無籌度心名為性境及根本智緣如亦是此境以無分別任運轉故此有其二第一類性境者即前所言者第二類都無前義只約相分從質義邊說為性境由假說故名第二類帶質境亦二真帶質者以心緣心中間相分從兩頭生連帶生起名真帶質似帶質者以心緣色中間相分唯從見分一頭生起變帶生起名似帶質也獨影亦二言無質獨影者即第六緣空花兔角及過未等所變相分其相分與第六同種生無空花等質有質獨影者即第六緣五根種現是皆托質起其相分亦與見分同種生亦名獨影境為所緣識為能緣各有其體性境之體見上註文能緣者除末那識餘七皆用自心心所為體獨影境以第六見分所變假相分為體能緣即自心心所為體帶質境即變起中間假相分為體能緣者唯六七二識心心所為體此言六通三境者五俱意識不作解時得境自相是為性境緣心心所乃帶質境緣無體法是獨影境此約有漏位中言之若無漏

位八識皆緣三境以通緣假實故頌曰

性境不隨心　獨影唯從見

帶質通情本　性種等隨應

有云第六有五種除乱意識夢中意識唯緣獨影餘三皆緣三境謂明了意識與前五緣實五塵率尔心中是性境若以後念緣五塵上方圓長短等假色即有質獨影亦名似帶質散位獨頭意識亦通三境多是獨影通緣三世有質無質法故若緣自身現行心心所時是帶質境若緣自身五根及緣他人心心所是獨影境亦名似帶質又獨頭意識初刹那緣五塵少分緣實色亦名徃境定中意識亦通緣三境謂通緣三世有質無質法故是獨影境又能緣自身現行心心所故是帶質境又七地已前有漏定位亦能引起五識緣五塵等即是性境也

三界輪時易可知

三界見上文輪謂輪轉言第六識於三界徃来易知以行相顯勝故動身發語獨爲冣也

相應心所五十一

此八識中唯此第六心所俱全互不違故其徧行別境善所并根惑三隨惑中大共十觧見上文唯根惑慢疑惡見三并小隨十不定四共十七法此方釋義言慢者恃已於他高舉為性能障不慢生苦為業盖有慢於德有德心不謙下由此生死輪轉無窮受諸苦故疑者於諸諦理猶豫為性能障不疑善品為業盖猶豫者善不生故惡見者於諸諦理顛倒推度涤慧爲性能障善見招苦為業盖惡見者多受苦故此見揔有五謂身邉邪見戒也言小隨忿者謂依對現前不饒益境憤發爲性能障不忿執仗爲業仗謂器仗懐忿者多發暴惡身表業故言恨者由忿爲先懐惡不捨結寃爲性能障不恨熱惱爲業盖結恨者

不能含忍恒熱惱故忿恨俱嗔一分也覆者於自作罪恐失利譽隱藏爲性能障不覆悔惱爲業謂覆罪者後必悔惱不安隱故貪癡二分也惱者由忿恨爲先追觸暴惡恨戾爲性能障不惱蛆螫爲業亦嗔分也嫉者殉自名利不耐他榮妬忌爲性能障不嫉憂慼爲業謂嫉者聞見他榮深懷憂慼不安隱故亦是瞋分言慳者躭著法財不能惠捨秘悋爲性能障不慳鄙畜爲業謂慳悋者心多鄙澀畜積財法不能捨故此屬貪分誑者爲獲利譽矯現有德詭詐爲性能障不誑邪命爲業謂矯誑者心懷異謀名現不實邪命事故此貪癡分諂者爲罔他故矯設異儀諂曲爲性能障不諂教誨爲業謂諂曲者爲罔冒他曲順時宜矯設方便以取他意或藏己失不任師友正教誨故亦貪癡分害者於諸有情心無悲愍損惱爲性能障不害逼惱爲業謂有害者逼惱他故瞋一分攝言憍者於自盛事深生染著醉傲爲性能障不憍染依爲業蓋憍醉者生長一切雜染法故此貪分也謂不憍者即無貪也隨惑二十則忿等十法并失念不正知放逸三法乃根本家差别分位餘七即等流性也言不定四者頌云不定謂悔眠尋伺二各二此不同前五位心所定遍八識三性界地此之四法皆不定故瑜伽復以四一切辨五差别云遍行具四别境唯有初二一切善唯有一謂一切地染四皆無不定唯一謂一切性言悔者長行屬云悔謂惡作蓋惡作是

因悔是其體以體即用故論云悔謂惡作乃因果之義也謂惡所作業追悔爲性障止爲業奢麽他能止住心故名爲止眠者令身不自在心極暗昧輕畧爲性障觀爲業謂毘鉢舍那攝境從心名之爲觀取體即慧也此眠能令身心等者其無心眠如何能令謂從有心眠其實無心不名睡眠蓋眠是心所有能令用彼既無體豈有令用故不名眠尋者尋求令心怱遽於意言境麁轉爲性伺謂伺察令心怱遽於意言境細轉爲性二法業用俱以安不安身心分位所依爲業言意言境者意所取境多依名言故云意言境此二並用思慧一分爲體若令心安即是思分令心不安即是慧分蓋思者徐而細故慧者急而麁故若然則令安則用思無慧不安則用慧無思何云並用通照大師釋有無正若正用思急慧隨思能令心安若正用慧徐思隨慧亦令不安　是說不違並用此相應之義有五謂時依行緣事也王所同時起同所依相見分行相各同同一所緣同一體事故得相應也

善惡臨時別配之

此言第六識遇善境時與善心所相應遇不善無記境時與不善無記心所相應故曰別配之攝理談情思之可悉

性界受三恒轉易

言此第六識於三性三界并五受恒常轉變改易也以行相易脫故唯受有五種論說不一謂七八二識唯是捨受前五轉識

苦樂二受第六意識一師説異若意地有苦師言第六通具五受若意地無苦師言第六唯憂喜捨三受若約極苦極樂其苦樂之觸豈有不侵心者哉若無間之苦三禪之樂孰能忘其逆順之境盖逼悦於身名苦樂受逼悦心者名憂喜受不逼不悦者名捨受以理言之意地有苦師盡其義也

根隨信等摠相連

等者等餘遍行別境及不定也謂此識與染淨諸法亦相連性界受等隨識轉易也

動身發語獨爲最

此言第六識有情動身發語時於八識中行相最勝故成業論云由外發身語表內心所思譬如潛淵魚鼓波而自表此識俱思而有三種謂審慮思決定思動發勝思餘識所無故冣勝也

引滿能招業力牽

此言第六識獨能造引滿二業此業能招摠別二果以業勝力能牽引故名爲引業圓摠果故名爲滿業如畫者師資作模填彩義可知矣故論云一業引一果多業能圓滿業招於果而有四種謂一業引一果一業引多果多業引一果多業引多果此第六能造業招果前五一分善惡亦能造七八二識皆不能造業無色性故若論八識招業成果唯是第八前六一分若非業招唯是第七前六亦一分善不善性故所言摠報者乃善惡趣一報之主名別報者壽夭貴賤好醜等是上有漏下乃無漏

發起初心歡喜地

此第六識於初地初心轉成無漏以分別二障無故問三世斷何若斷現漏智不俱過去已滅未來不生爲斷於何曰但約智起惑除令未來惑體不續生名之爲斷

八識規矩補註卷第一

八識規矩補註卷第二

俱生猶自現纏眠

纏目現行眠自種子謂此識於初地初心猶有俱生煩惱所知種現以未純無漏故又非恒在雙空觀故

遠行地後純無漏

遠行乃第七地也此識於七地已前漏無漏間雜而生以未常在觀門故至此地後而純無漏以俱生二障永不現行恒在觀門故生空乃恒法空猶間又云十地中前五地有相觀多無相觀少第六地有相觀少無相觀多至七地中純無相觀也

觀察圓明照大千

謂此第六識於初歡喜初心雖無分別二障轉成無漏俱生障在歷離垢發光焰慧難勝現前至此遠行則俱生障永伏不起無漏淨識而恒生起相應心所亦轉爲妙觀察智而恒圓明普照大千之界非談一界而智功普故已上第六識畢下乃七識也

帶質有覆通情本

此言第七於三性中唯無記性於四性中乃有覆無記此四欲界全具上二界唯三除不善故覆者明染法障聖道故又能蔽心令不淨故此非善惡故名無記以性非順益違損故恒與四惑俱故故云有覆四惑者謂我癡謂無明愚於我相迷無我理故名我癡也我見謂我執於非我法妄計爲我故名我見也我慢謂倨傲恃所執我令心高舉故名我慢也我愛謂我貪於所執我深生耽著故名我愛也此識於三境中唯緣帶質以心緣心故解見上文上心字目見分下心字目本質謂此相分帶本質生故名帶質或曰此相分亦帶見生何不云帶情

境耶為濫獨影是故不爾
隨緣執我量為非
此第七識隨所緣第八見分執之為我執者封著義以此識唯具俱生我法二執任運起故非是分別我法二執何則以非强思計度起故於三量中唯是非量不稱境知恒謬度故故為非量也
八大遍行別境慧貪癡我見慢相隨
此言第七之心所法也謂此識緣境之時與大隨八徧行五別境五中之慧根本煩惱之貪癡見慢四法總十八所也何非餘俱互相違故何則謂欲者希望未遂合事此識任運緣遂合境無所希望故無有欲勝觧則印持曾未定境此識無始恒緣定事經所印持故無勝觧念唯記憶曾所習事此識恒緣現所受境無所記憶故無有念定唯繫心專注一境此識任運剎那別緣既不專一故無有定慧即我見五十一心所別開故此識我見幷慧兼具善是淨故非此識俱根隨雖總二十六法既與我見俱故由見審决疑無容起愛著我故瞋不得生故唯四惑俱忿等十隨行相麁動此識審細故非彼俱中隨二者唯是不善此無記故非彼相應有云此識不與大隨相應者無惛沉應不定有無堪任性掉舉者無應無囂動便如善等非染汙位若染心中無散亂者應非流蕩非染汙心若無失念不正知者如何能起煩惱現前故染汙意決定皆與八隨相應而生四不定者惡作追悔先所作業此識任運恒緣現境非

先業故無惡作睡眠必依身心重昧外衆緣力有時暫起此識無始一類内執不假外緣故彼非有尋伺俱依外門而轉淺深推度麤細發言此識唯依内門而轉一類執我故非彼俱故曰互相違故也

恒審思量我相隨

謂此識恒常審推思察量度第八見分為我故云爾也恒之與審於八識中四句分別一恒而非審謂第八識不執我無間斷故二審而非恒謂第六識以執我間斷故三亦恒亦審謂第七識執我無斷故四非恒非審謂前五識不執我故故護法菩薩云五八無法亦無人六七二識甚均平是也

有情日夜鎮昏迷

此識恒執我故則有情恒處生死長夜而不自覺以與四惑八大常俱起故

四惑八大相應起

此句頌解釋上句義也四惑即根本煩惱并隨惑俱見上注大抵根本非依他起隨惑依他起也

六轉呼為染淨依

謂第六識呼此第七為染淨依也盖由此識有漏内常執我故令第六識念念而成於染由此識無漏恒思無我故令第六識念念而成於淨是以第六成染成淨皆由第七也上有漏下無漏

極喜初心平等性

謂此識於初地初心既轉成無漏則相應心品轉智亦成無漏由第六識入雙空觀

故謂第六入生空觀故礙此第七我執不生法執猶恒故論云單執末那居種位平等性智不現前謂由第六入生法二空觀故礙此第七我法二執不起故論云雙執末那歸種位平等性智方現前謂第七識無力斷惑與執全仗第六識也故頌云分别二障極喜無六七俱生地地除第七修道除種現金剛道後總皆無故第七成於無漏皆由第六以斷惑證理勝故

無功用行我恒摧

謂此識於第八地已前法執猶性我執間斷由第六不恒在雙空觀故至此不動地則我執永伏法執間起由第六恒在生空觀故何非斷種不障因故寂下品故任運起故體微細故唯有覆故

如来現起他受用十地菩薩所被機

謂此無漏第七識相應平等性智佛果位中現十種他受用身即能被之佛十地菩薩乃所被之機也此據增勝而言稱實四智皆能現也

性唯無覆五遍行

此言第八識因中於三性則唯無覆無記性以不與煩惱俱故平等無違拒故是所熏故此識緣境之時相應心所唯遍行五餘互違故何則無記性非善非惡非善則善所不與相應非惡則惡所亦不與之相應所以互相違也

界地隨他業力生

此識隨善惡業於三界九地五趣之中所感真異熟果故為總報主故趣生體也何

徧爲體具四義故謂實有恒徧無雜業所感果也故八識之中唯第八識全業招前六一分業招第七全非業招前六亦一分非業招善不善性也謂無記之法如彼乾土不能相握自成一聚故須直用善惡業力如用水膠等和彼乾土無記之法令成器聚若善惡法如木石等自成器聚不假他力故非業招頌云業力生者此也

二乘不了因迷執

謂此第八極微細故所以二乘愚法聲聞不信有此第八識唯以前六識等受熏持種爲彼智淺心麁而迷執者也

由此能興論主諍

因小乘不了有此識故所以大乘論主引其三經四頌五教十理證有此識若阿毘達摩經解深密經并楞伽經此大乘三經是不共許若大衆部阿笈摩經上座部分別論化地部說一切有部增壹經此小乘四是共許故十證頌曰持種異熟心趣生有受識生死緣依食滅定心染淨此頌具含十義若大乘阿毘達摩經云無始時来界一切法等依由此有諸趣及涅槃證得此頌第八識自性微細故以作用而顯示之初半顯第八識爲因緣用後半與流轉還滅作依持用盖界是因義即種子識無始時来展轉相續親生諸法故依是緣義即執持識無始時来與一切法爲依止故謂能執持諸種子故與現行法爲所依止此證持種心也由此有諸趣者由有此第八識故執持一切順流轉法令諸有情流

轉生死雖惑業法皆是流轉而趣是果勝故偏說或諸趣言通其能所此與流轉作依持用也及涅槃證得者謂由有此識故執持一切順還滅法令脩行者證得涅槃此則但說能證得道涅槃不依此識有故或說所證是脩行者正所求故或此雙說俱是還滅品類攝故後半頌言雖無漏法亦依此第八而顯彼經復說頌云

由攝藏諸法一切種子識故名阿賴耶勝有我開示謂此本識具諸種子故能攝藏諸雜染法依斯建立阿賴耶名此識從無始来至不動地無我執時名阿賴耶畨爲藏識故從功能立名也解深蜜經云阿陀那識甚深細一切種子如暴流我於凡愚不開演恐彼分別執爲我阿陀那唐言執持即第八識以能持種子根身并器界始生之義此識以能執持諸法種子令不散失及能執受色根依處亦能執取結生相續具此三義故立斯名無性不能窮底故言甚深趣寂不能通達故言甚細乃一切法真實種子緣擊便生轉識波浪恒無間斷故云如暴流恐彼凡愚於此分別執著墮諸惡趣障生聖道故我世尊不爲開演唯大乘菩薩乃爲開示此頌亦證持種之義非前六轉識有此義焉又入楞伽經云

如海遇順風起種種波浪現前作用轉無有間斷時（喻此）藏識海亦然境界風所擊恒起諸識浪現前作用轉（法也）此頌第八非轉識有此義也既言藏識海又云恒起諸識浪豈前六生滅之識得與於是哉此上所

引乃大乘四頌總釋十證頌持種心義又大衆部阿笈麼中密意說此名根本識是轉識所依止故又上座部經分別論俱密意說此名有分識有乃三有分乃因義唯此第八恒遍三界爲三有因又化地部說窮生死蘊盖離此第八無别蘊法窮生死際無間斷時又說一切有部增壹經亦密說名阿賴耶謂愛阿賴耶等由彼說阿賴耶名定此第八識上引小乘四教宛然有此第八何以堅執唯前六識耶又契經說雜染清淨諸法種子之所集起故名爲心若無此識彼持種心不應有故謂諸轉識在滅定等有間斷故根境作意善等類别易脫起故不堅住故非可熏習不能持種唯此第八一類恒無間斷如茵藤等堅住可熏當彼契經所說心義此亦證第八名心符合十證頌初句之持種心也又云有異熟心善惡業感若無此識彼異熟心不應有故唯真異熟心酬牽引業遍而無斷彼異熟心即第八識此心字通於持種異熟四字之義也此上已釋十證頌初句之義又云有情流轉五趣四生若無此第八彼趣生體不應有故謂要實有恒遍無雜具此四義方可立正實趣生若前五識業所感者不遍趣生以無色界中全無此故意識業感雖遍趣生而不恒有唯異熟心及彼心所具四義故是正趣生此心及所離第八識理不得成此釋趣生二字以證第八爲趣生體也又契經說有色根身是有執受若無此識彼能執受不應有故此

能執受心唯異熟心眼等轉識無如是義又契經說壽煖識三更互依持得相續住若無此識能持壽煖令久住識不應有故謂轉識有間有轉如聲風等無恒持用不可立爲持壽暖識故唯異熟有恒持用故可立爲持壽煖識此釋識字之義通上衆義以釋次句趣生有受識也此下釋生死緣依食之句契經云諸有情類受生命終必住散心非無心定若無此識生死時心不應有故謂生死時身心惛昧如睡無夢極悶絶時明了意識必不現前六種轉識行相所緣必不可知是散有心名生死心亦有餘部執生死位別有一類微細意識行相所緣俱不可了應知即是此第八識又將死時由善惡業下上身分冷處漸起若無此識彼事不成轉識不能執受身故此證生死時心即第八也又說識緣名色名色緣識如是二法展轉相依譬如束蘆住時而轉若無此識彼識自體不應有故又諸轉識有間轉故無力恒時執持名色恒與名色爲緣故彼識言顯是第八此釋緣字也又契經說一切有情皆依食住若無此識彼識食體不應有故由此定知異諸轉識有異熟識一類恒遍執持身命令不壞斷世尊依此故作是言一切有情皆依食住故知唯異熟識是勝食性彼識即是第八識也此釋依食二字已上釋第三句生死緣依食竟又契經說住滅定者身語心行無不皆滅而壽煖猶在根不變壞識不離身若無此識住滅定者不離身識

不應有故謂眼等識行相麤動於所緣境起必勞慮猒患彼故暫求止息漸次伏除至都盡位依此位立住滅定者故此定中彼識皆滅若不許有微細一類恒遍執持壽煖等識在依何而說識不離身若全無識應同瓦礫乃非情爾由斯理趣住滅定者決定有識無想等位類此應知此釋滅定心三字之義又契經說心雜染故有情雜染心清淨故有情清淨若無此識彼染淨心不應有故謂染淨法以心爲本因心而生依心而住此釋心染淨三字盖心字兼上下而言此畧引成唯識論文欲義理詳明請閱第三第四卷論文又云若證有此識理趣無邊觀此言豈特十義而矣瑜伽論亦有八義證有此識恐繁不引已上引釋十證頌訖此護法論主因小乘不信此第八識故諄諄曉喻反覆辨論故頌云由此能與論主爭是也

浩浩三藏不可窮

浩浩者深廣之義三藏者謂能所執也盖持種義邊名爲能藏受熏義邊名所藏七執爲我名為執藏故頌云諸法於識藏識於法亦爾更互爲果性亦常爲因性此頌意言阿賴耶識與諸轉識於一切時展轉相生互爲因果攝大乘論說阿賴耶識與雜染法互爲因緣引此以謂此第八識具三藏義體用深廣凡小所以不達也又觧深密經云阿陀耶識甚深細已見上文注引此頌證執持之名義以見凡愚不達所以也

淵深七浪境爲風

此言第八現識如水八識現種如波境等四縁如風若四縁之風恒擊第八現水則常起八識種現之波喻中多風至多波生少風至少浪起法中多縁多識生少縁少識起故楞伽云如海遇順風等已見上文

受熏持種根身器

此第八識能受前七識熏能持諸法漏無漏種以此識爲總報主所以持種具四義故所以受熏謂一堅住性二無記性三可熏性四與能熏和合言堅住者從無始之始究竟之終一類相續故然則第七亦爾何非所熏以第二義揀之要是無記猶如苣藤性非香臭熏以香即香以臭即臭若香臭之物雖熏以香臭縱經日久卒莫能變其氣味也此第七既有覆性故非所熏八俱五所具前二義應爲所熏以第三可熏義揀之謂可熏者自在之義所非自在豈當所熏然而他人第八具此三義應受熏否以第四義揀之曰要與能熏和合故謂能與所時處皆同方爲和合他八與已殊不相干若已之能熏熏他第八何異已食而責飽於人耶所以第八具此四義獨得受熏也此頌第八受熏影顯前七識即爲能熏故以前七頌中隱畧能熏語故能熏四義者一有生滅二有勝用三有增減四與所熏和合謂生滅者有能生長之作用故是能熏然無記色心皆有生滅亦皆能熏以第二義揀之要有勝用以善惡有覆強勝之力名爲勝用然則佛位法既是

強勝何非能熏以第三義故益增減乃損益之義佛無損益故非能熏蓋應剛則剛合柔即柔能成辨事是爲損益然自身前七具上三義能熏他否謂有第四義要與所熏和合故是前七王所皆能熏除無記性善惡皆具故所熏唯王心所不預焉所若受熏大過失生不應齊責種子根身器界即第八所緣之境又持種故所以受熏也

去後来先作主公

此識是總報主故有情投胎時最先命終時居後也依憑經（即雜寶藏經）論（即瑜伽論與攝論）畧辨此識捨出之處總括經論頌曰善業從下冷惡業從上冷二皆至於心一處同時捨（二論之義）頂聖眼生天人心餓鬼腹旁生膝蓋離地獄脚板出（經義）謂經論異者經驗六趣差別論明善惡兩途蓋六趣亦不出善惡也即前生死心也

不動地前纔捨藏

謂此識從有漏因至無漏果畧有三位謂我愛執藏位二善惡業果位三相續執持位初從無始至不動地名阿賴耶此云藏次一從無始至觧脫道名毘播迦此云異熟蓋具變異而熟異時而熟異類而熟故名異熟後佛果位盡未来際名無垢識初阿賴者有情執爲自內我故異熟者是善惡所引果故持無漏種現無間斷故謂此本識初至此地捨藏識名過失重故有情不執爲自內我故

金剛道後異熟空

謂二障種習有漏種現皆永斷捨故捨此名因并劣無漏亦皆捨盡
大圓無垢同時發普照十方塵刹中
此識至佛果位轉成上品無漏淨體號無垢識與相應大圓鏡智同發起時普照十方圓明法界也契經云如來無垢識是淨無漏界解脫一切障圓鏡智相應通揀四智謂平等性智妙觀察智各有三品見道下品脩道中品究竟上品故因中轉也大圓鏡智成所作智各唯上品故於果中轉也故頌云六七二識因中轉前五第八果中圓

唯識宗八識規矩補註終

六離合釋法式

西方釋名有其六種一依主二持業三有財四相違五帶數六隣近以此六種有離合故一一具二若單一字名即非六釋以不得成離合相故初依主者謂所依爲主如說眼識識依眼起即眼之識故名眼識舉眼之主以表於識亦名依士釋此即分取他名如名色識如子取父名名爲依主父取子名即名依士所依劣故言離合相者離謂眼者是根識者了別合謂此二合名眼識餘五離合準此應知言持業者如說藏識識者是體藏是業用用能顯體體能持業藏即識故名爲藏識故言持業亦名同依釋藏取含藏用識取了別用此二同一所依故云同依也言有財者謂從所有以得其名一如佛陀此云覺者即有覺

之者名爲覺者此即分取他名二如俱舍非對法藏對法藏者是本論名爲依根本對法藏造故此亦名爲對法藏論此全取他名亦名有財釋言相違者如説眼及耳等各别所詮皆自爲主不相隨順故曰相違爲有及與二言非前二識義通帶數有財言帶數者以數顯義通於三識如五蘊二諦等五即是蘊二即是諦此用自爲名即持業帶數如眼等六識取自他爲名即依主帶數如説五逆爲五無間無間是果即因談果此全取他名即有財帶數言隣近者從近爲名如四念住以慧爲體以慧近念故名念住既是隣近不同自爲名無持業義通餘二釋一依主隣近如有人近長安住有人問言爲何處住荅云長安住此人非長安以近長安故云長安住以分取他名復是依主隣近二有財隣近如問何處人荅云長安以全取他處以標人名即是有財以近長安復名隣近頌曰用自及用他自他用俱非通二通三種如是六種釋

八識規矩補註卷第二

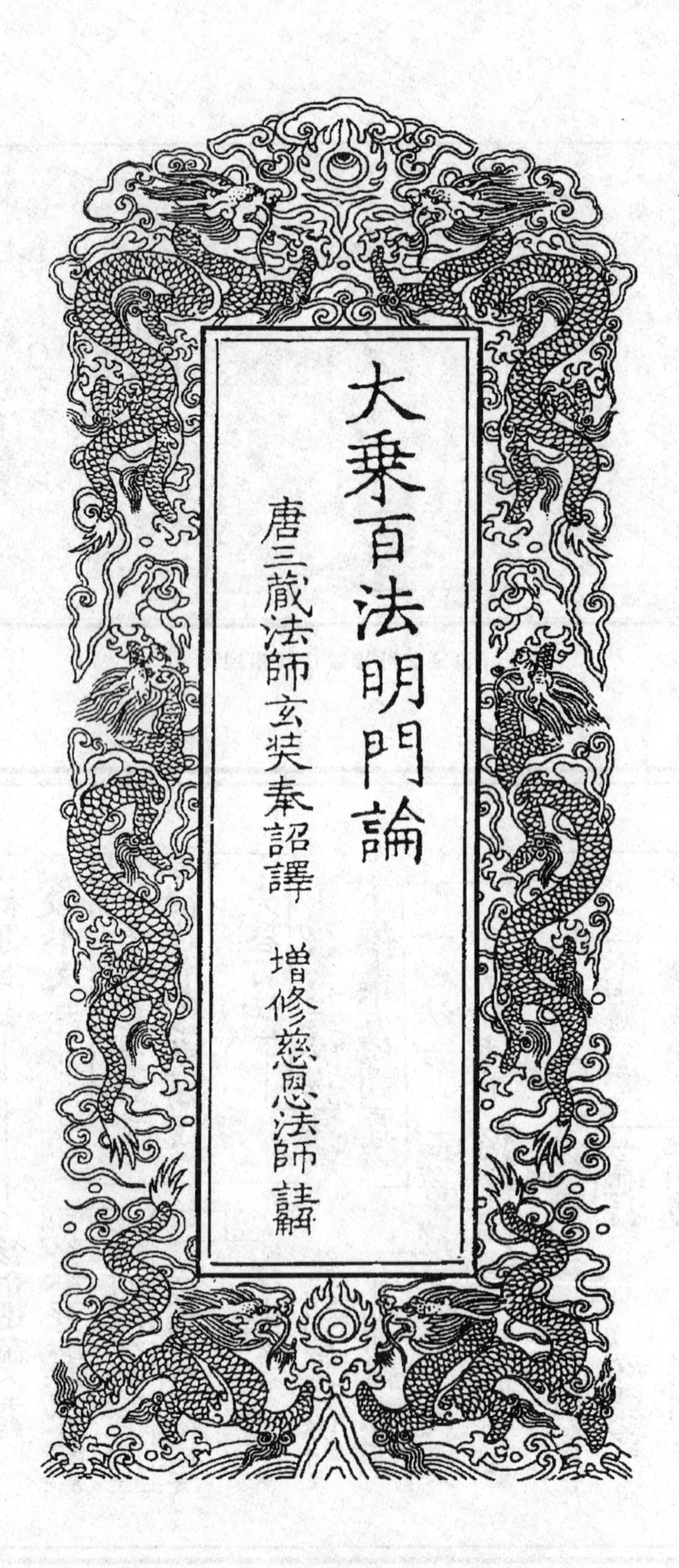
大乘百法明門論
唐三藏法師玄奘奉詔譯
增修慈恩法師講

清刻龍藏佛說法變相圖

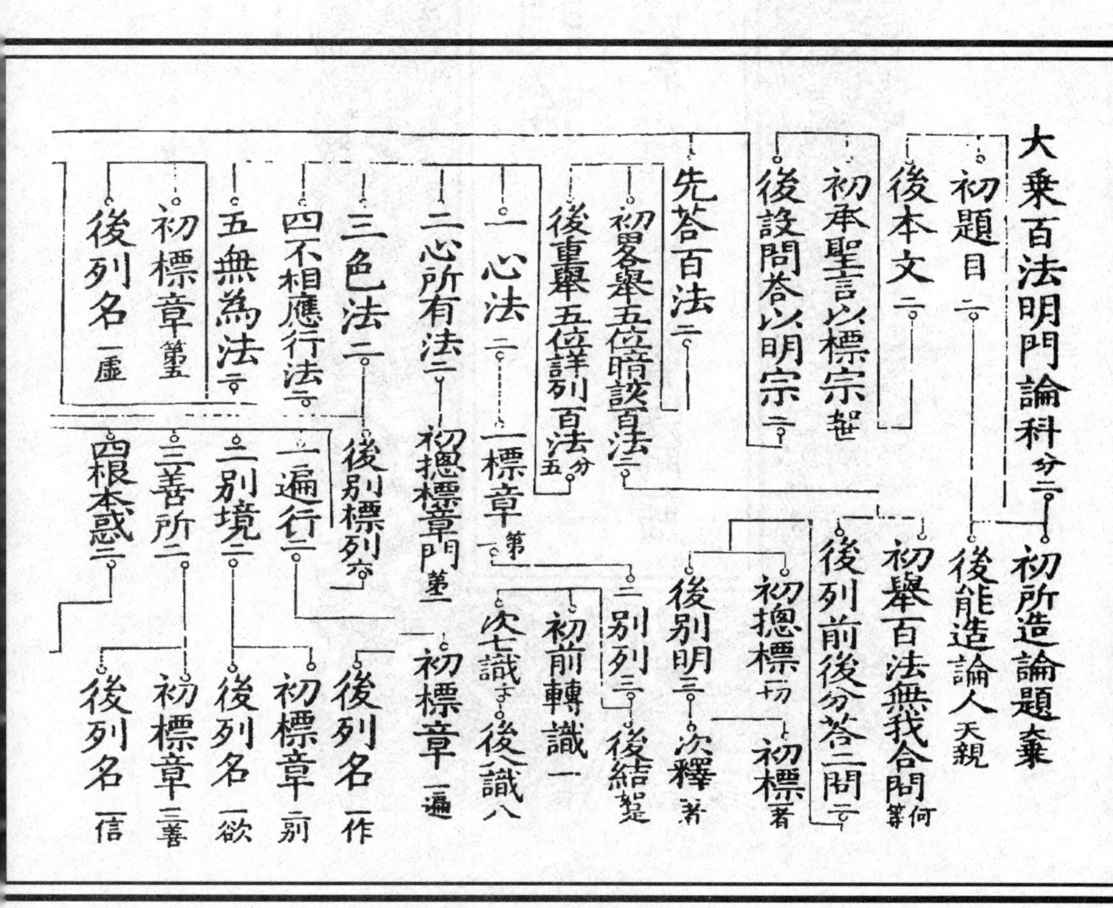
大乘百法明門論科 分二
初所造論題 大乘
後能造論人 天親
初題目 二
後本文 二
初承聖言以標宗
後設問答以明宗 二
初舉百法無我合問 何等
後列前後分答二問 二
初總標
後別明 三
初標
次釋
先答百法 二
初略舉五位略談百法 二
後重舉五位詳列百法 分五
一心法 二
二心所有法 二
三色法 二
四不相應行法 二
五無為法 二
初標章
後列名
一標章
二別列 二
初前轉識
次七識
後識八
後結
初總標章門
初標章
後別標列 六
一遍行 二
二別境 二
三善所 二
四根本惑 二
初標章
後列名
初標章
後列名
初標章
後列名
初標章
後列名

初標章[第四]
後列名[一得]
初標章[第三]
後列名[一眼]
後荅無我二
五隨惑二
六不定二
初標章[六]
後列名[一睡]
初標[言無我]
二列二
初標章[四煩]
後列名[一貪]
初標章[五隨]
後列名[一忿]
初人無我[補]一
二法無我二法

大乘百法明門論科竟

大乘百法明門論　本地分中畧録名數

唐三藏法師玄奘奉詔譯　增修慈恩法師講

大者揀小為義乘者運載得名（名義互言）百數也法謂世出世之法故心法八心所五十有一色乃十一不相應二十有四無爲法六故為大乘百法也明乃菩薩無漏之慧以能破暗故門以開通無壅滯爲言論乃揀擇性相教誡學徒之稱本地分中者乃瑜伽論五分之一畧録名數者於六百六十法中提綱挈領取此百法名件數目此論主急於為人而欲學者知要也又會六釋云大乘者是能詮教唯聲名句文四法故劣百法乃所詮事理通一百法故勝將勝就劣以劣顯勝云大乘之百法依士釋也又百法是所緣乃舉全數故勝明是能緣之慧即别境五中之一法爾故劣將劣就勝以勝顯劣云百法之明依主釋也又明是能緣即别境中慧故劣門是所緣通舉百法故勝將勝就劣以劣顯勝云明之門依士釋也又門是所詮事理乃通指百法故勝論是能詮教唯聲名句文故劣將劣就勝以勝顯劣云門之論依主釋也又論為體乃聲名句文門為用於論上有不壅滯之功能以體就用攝用歸體云門即論持業釋也又論乃體則取聲名句文四法大乘為用此論體上有揀小運載二義故云大乘以體就用攝用歸體云大乘即論持業釋也又大乘通教理行果是所詮故勝論是能詮唯教故劣將劣就勝以勝顯劣云大乘之論依主釋也又大等六字是

所詮故勝論是能詮唯教故劣將劣就勝以勝顯劣云大乘百法明門之論依主釋也（亦可謂帶數依主） 又大乘等五字通一百法屬所詮故勝門論二字乃能詮故劣將劣就勝以勝顯劣云大乘百法明之門論依主釋也（亦帶數依主釋也） 又大乘是能詮教體門論是用此教體上有妙旨悟入之義門決擇性相教誡學徒斷惡生善之功用故名論將體就用攝用歸體云大乘即門論持業釋也（作十釋竟）

天親菩薩造

北天竺富婁沙富羅此云丈夫國有國師婆羅門姓嬌尸迦生三子同名婆藪盤豆此云天親乃帝釋之弟毘搜紐天王之後雖同一名復有別號長曰阿僧迦此云無著乃菩薩根性季子別名比隣持䟦婆此云母兒蓋比隣持此云母䟦婆云子亦云兒中子博學多聞遍通墳籍神才儁朗戒行清白無與儔匹兄弟皆兼別號故法師但名婆藪盤豆不相濫也依瑜伽論廣造諸論以釋大乘發揮非空非有中道之教（詳於舊藏經甚字函婆藪盤豆傳）

如世尊言一切法無我

如世尊言原為佛說乃論主推尊法有所自一切法等者揔標百法及二無我以為宗旨乃一論之綱領也若究所宗揔一代聖教淺深為次分而為八一我法俱有宗此宗攝二十部五部之義謂犢子部法上部賢胄部正量部密林山部或亦取經部根本一分之義二法有我無宗攝三部全謂一切有部雪

山部多聞部更兼化地部末計一分之義三法無去来宗攝七全部謂大衆部鷄胤部制多山部西山住部北山住部法藏部飲光部兼取化地部根本一分之義四現通假實宗攝說假部全末經部一分之義此上四宗唯為小乘五俗妄真實宗即說出世部六諸法但名宗即一說部此二通於大小乘七勝義俱空宗八應理圓實宗後二唯大此論旨趣即第八宗於深密三時乃第三時也言三時者初四阿含言有第二時八部般若言空第三時即解深密經空有雙彰中道教也

何等一切法云何為無我　問有五種謂利樂有情問不解問愚癡問試驗問輕觸問此即利樂有情問也

一切法者畧有五種　此摠標諸法也稱理言之實有無量以衆生性欲無量是以瑜伽始五識身歷至法界六百六十等法今言五位百法豈非要畧乎故云畧有五種自此至真如無為摠荅初問

一者心法二者心所有法三者色法四者心不相應行法五者無為法　心法者摠有六義一集起名心唯屬第八集諸種子起現行故二積集名心屬前七轉識能熏積集諸法種故或集起屬前七轉現行共集熏起種故或積集名心屬於第八含藏積集諸法種故三緣慮名心俱能緣慮自分境故四或名為識了別義故五或名為意等無間故六或第八名心第七名意前六名識斯皆心分也言心所有法者具三義故一恒依心起二與心相應三繫屬於心具

此三義名為心所故要心為依方得起故觸等恒與心相應故既云與心相應蓋心不與心自相應故心非心所故他性相應非自性故相應之義有四謂時依所緣及事皆同乃相應也觸等有與何心生時便屬彼心之觸等故如次為三義也色法者識之所依所緣乃五根五境質碍之色亦名有對色以能所造八法而成乃十有色也無對即法處色也言不相應行法者行蘊有二一相應行即心所法二不相應行即始自得終至不和合性二十四法是也言無為法者即不生不滅無去無来非彼非此絕得絕失簡異有為無造作故名曰無為也

一者最勝故二與此相應故三所現影故四分位差别故五所顯示故　言初心法八種造善造惡五趣輪轉乃至成佛皆此心也有為法中此最勝故所以先言言與此相應故者謂此心所與其心王常相應故望於心王此即為劣先勝後劣所以次明所現影故者即前色法謂此色法不能自起要藉前二所變現故自證雖變不能親緣故置影言簡其見分亦自證變則非是影或與自證通為本質故或簡受所引色非識變影第六緣時以彼為質質從影攝前二能變此為所變先能後所故次言之分位差别者言此不相應行不能自起藉前三位差别假立前三是實此一為假所以第四明之言所顯示者此第五無為之法乃有六種謂此無為體性甚深若不約

事以明無由彰顯故藉前四斷染成淨之所顯示前四有為此即無為先有後無所以最後明也

如是次第　此結荅也由上如是勝劣能所實假有無故云如是次第此略結上文揔標五位章門下乃備列百法名數也

第一心法畧有八種　此揔標下別列

一眼識二耳識三鼻識四舌識五身識六意識　隨根立名具五義故謂依發屬助如除根發之識餘四皆依根之識等依主也根發依士也雖六識身皆依意轉此隨不共意識名依發等故五識無相濫失盖兼未自在位言之爾或唯依意故名意識辨識得名心意非例

七末那識　華言意識如蔵識名識即意故第六意識如眼識名識異意故然諸聖教恐此濫彼故於第七但立意名又以簡心之與識以積集了别劣餘識故或欲顯此與彼意識為近所依故但立意名爾

八阿賴耶識　華言蔵識能含蔵諸種故又具三蔵義故謂能蔵所蔵執蔵也與襍染互為緣故有情執為自内我故由斯三義而得蔵名蔵即識也

第二心所有法畧有五十一種分為六位一遍行有五二別境有五三善有十一四煩惱有六五隨煩惱有二十六不定有四　此舉揔數以標列章門下乃隨章列名言徧行者徧四一切心得行故謂三性八識九地一切時俱能徧故言別境者別別緣境而得生故所緣之境則有四乃所樂之境

決定境曾習境所觀境各緣不同故云別境解現下文言善十一者唯善心中可得生故此世他世俱順益故性離穢勝過惡故言煩惱者性是根本煩惱攝故又能生隨惑名為根本煩擾也惱亂也擾亂有情恒處生死也言隨煩惱者隨他根本煩惱分位差別等流性故此亦見下文言不定者由不同前五位心所於善染等皆不定故非如觸等定遍心故非如欲等定遍地故不立定名也

一遍行五者　此別標下列名

一作意二觸三受四想五思　言作意者謂警覺應起心種為性引心令趣自境為業觸者令心心所觸境為性想受思等所依為業受者領納順違俱非境相為性起欲為業能起合離非二欲故亦云令心等起歡慼捨相（此解詞異意同）想則於境取相為性施設種種名言為業謂安立自境分齊故方能隨起種種名言思則於境取相為性於善品等役心為業為能取境正因等相驅役自心能造善等

二別境五者　此別標下列名

一欲二勝解三念四三摩地五慧　言欲者於所樂境希望為性勤依為業勝解者於決定境印持為性不可引轉為業謂邪正等教理證力於所取境審決印持由此異緣不能引轉故若猶豫境勝解全無勝即是解念者於曾習境令心明記不忘為性定依為業謂數憶持曾所受境而不忘失能引定故三摩地者此云等持於所觀

境令心專注不散為性智依為業謂得失俱非境中由定令心專注不散依斯便有決定智生心專注言顯所欲住即便能住非唯一境不尒見道歷觀諸諦前後境別應無等持也言慧者於所觀境揀擇為性斷疑為業謂觀得失俱非境中由慧推求得決定故上言解現下文者義在此爾

欲益得其詳請閱成唯識第五卷

三善十一者　此標章下別列

一信二精進三慚四愧五無貪六無瞋七無癡八輕安九不放逸十行捨十一不害

言信者於實德能深忍樂欲心淨為性對治不信樂善為業謂於諸法實事理中深信忍故於三寶真淨德中深信樂故於一切世出世善深信有力能得能成起希望故此三種信也言心淨為性者謂此性澄清能淨心等如水清珠能清濁水故云心淨為性也　言精進者於善惡品修斷事中勇捍為性對治懈怠滿善為業謂善品修惡品斷勇表勝進簡諸染法捍表精純簡淨無記又云勇而無怯捍而無懼言滿善者圓了善事名為滿善故三根為作善此名滿善能滿彼故或曰唯識論言精進一法在三根後百法則信後即言何耶曰唯識乃立依次第此乃因依次第蓋信為欲依欲為勤依故此性後而便言勤勤即精進也但勤通三性進唯善性攝也立依者謂根依精進立捨等三所依四法立理須合說故三根後方說精進言慚者依自法力崇重賢善為性對治無慚止息惡行

為業自法力者自謂自身法謂教法言我
如是身鮮如是法敢作諸惡耶言愧者依
世間力輕拒暴惡為性對治無愧止息惡
行為業世人譏呵名世間力輕有惡者而
不親拒惡法業而不作也言無貪者於有
有具無著為性對治貪著作善為業言有
有具者上一有字即三有之果有具即三
有之因言無瞋者於苦苦具無恚為性對
治瞋恚作善為業言苦苦具者苦謂三苦
苦具者苦因無癡者於諸事理明鮮為性
對治愚癡作善為業言輕安者遠離麁重
調暢身心堪任為性對治昏沉轉依為業
離重名輕調暢身心名安謂此伏除能障
定法令所依止轉安適故言堪任者有所
堪可有所任受言轉依者令所依身心去

麁重得安隱故言不放逸者精進三根於
所修斷防修為性對治放逸成滿一切世
出世善事為業防修者於所斷惡防令不
起於所修善法修令增長言精進三根者
此不放逸即四法防修功能非別有體或
云信等亦有防修功能何不依立曰餘六
比四勢用微劣故不依立偏何微劣非善
根故非遍策故言行捨者精進三根令心
平等正直無功用住為性對治掉舉靜住
為業言行捨者乃行蘊中捨簡受蘊捨故
言令心平等等者由捨令心離昏掉時初
心平等次心正直後無功用此初中後差
別之位也此亦即四法者離彼四法無別
相用矣何知無別曰若能令靜即是四法
若所令靜即心等故或曰既即四法何須

別立曰若不別立隱此能故言不害者於諸有情不為損惱無瞋為性能對治害悲愍為業謂即無瞋於有情所不為損惱假名不害無瞋翻對斷物命瞋不害但違損惱物害無瞋與樂不害拔苦此二麄相差別理實無瞋實有自體不害依彼一分假立為顯慈悲二相別故利樂有情彼二勝故

四煩惱六者　此別標章下別列名

一貪二瞋三慢四無明五疑六不正見

言貪者於有有具染著為性能障無貪生苦為業生苦者謂由愛力取蘊生故瞋者於苦苦具憎恚為性能障無瞋不安惡行所依為業不安者心懷憎恚多住苦故所以不安慢者恃己於他高舉為性能障不慢生苦為業生苦者謂若有慢於德有德心不謙下由此死生輪轉無窮受諸苦故無明者於諸理事迷暗為性能障無癡一切雜染所依為業雜染所依者由無明起癡邪定貪等煩惱隨煩惱業能招後生雜染法故疑者於諸諦理猶豫為性能障不疑善品為業障善品者以猶豫故善不生也惡見者於諸諦理顛倒推度染慧為性能障善見招苦為業盖惡見者多受苦故此見有五謂身邊邪見取戒禁取也此六即俱生若開惡見成十即分別惑也又十惑中瞋唯不善餘九皆通有覆不善

五隨煩惱二十　此別標章下別列名

一忿二恨三惱四覆五誑六諂七憍八害九嫉十慳十一無慚十二無愧十三不信十四

懈怠十五放逸十六昏沉十七掉舉十八失念十九不正知二十散亂　言忿者依對現前不饒益境憤發為性能障不忿執仗為業執仗者仗謂器仗懷忿恨者多發暴惡身表業故瞋一分攝恨者由忿為先懷惡不捨結冤為性能障不恨熱惱為業熱惱者結恨者不能含忍恒熱惱故惱者忿恨為先追觸暴惡恨戾為性能障不惱蛆螫為業言追觸等義謂追往惡觸現違緣心便恨戾多發嚚暴兇鄙麁言蛆螫他故此亦瞋分也覆者於自作罪恐失利譽隱藏為性能障不覆悔惱為業言悔惱者覆罪則後必悔惱不安隱故貪痴二分若不懼當苦覆罪者痴一分攝若恐失利譽覆罪者貪一分攝言誑者為獲利譽矯現有德詭詐為性能障不誑邪命為業言矯現等謂矯誑者心懷異謀名現不實邪命事故此貪痴分也諂者謂罔他故矯設異儀諂曲為性能障不諂教誨為業言罔他等義者諂曲者為罔冒他故曲順時宜矯設方便以取他意或藏已失不任師友正教誨故亦貪痴分也憍者於自盛事深生染著醉傲為性能障不憍染依為業言染依義者憍醉則生長一切雜染法故此貪分也不憍者即無貪也害者於諸有情心無慈悲損惱為性能障不害逼惱為業言逼惱之義有害者逼惱他故瞋一分攝若論害與瞋之别義者害障不害正障於悲瞋障無瞋正障於慈又瞋能斷命害但損他此差别也言嫉者殉自名利不耐他榮妬

忌為性能障不嫉憂慼為業言憂慼義者嫉者聞見他榮深懷憂慼不安隱故亦瞋分為體言慳者躭著法財不能惠捨秘悋為性能障不慳鄙畜為業亦貪分也無慚者不顧自法輕拒賢善為性能障於慚生長惡行為業言不顧者謂於自法無所顧者輕拒賢善不恥過惡能障礙慚生長惡行故無愧者不顧世間崇重暴惡為性能障礙愧生長惡行為業言不顧世間等義者謂於世間無所故者崇重暴惡不恥過非能障於愧生長惡行故言不信者於實德能不忍樂欲心穢為性能障淨心墮依為業言墮依者不信之者多懈怠故言懈怠者於善惡品修斷事中懶墮為性能障精進增染為業言增染者以懈怠者滋長染故言放逸者於染淨品不能防修縱蕩為性障不放逸增惡損善所依為業此放逸以何為體曰懈怠三根不能防修染淨等法摠名放逸離上四法別無體性或曰彼慢疑等亦有此能何不依立曰慢等方四勢用微劣故不依立此之四法偏何勝餘慢等曰障三善根障遍策故餘無此能所以不勝言惛沉者令心於境無堪任為性能障輕安毘鉢舍那為業或曰惛沉與痴何別曰痴於境迷暗為性正障無痴而非瞢董惛沉於境瞢董為相正障輕安而非迷暗故二不同言掉舉者令心於境不寂靜為性能障行捨奢摩他為業失念者於諸所緣不能明記為性能障正念散亂所依為業言散亂所依者失念則心散亂

故此失念者有云念一分攝是煩惱相應念故有云癡一分攝瑜伽說此是癡分故癡令失念故名失念有云俱一分攝由前二文影畧說故不正知者於所觀境謬解為性能障正知毀犯為業毀犯業者不正知者多毀犯故此法或云慧一分攝是煩惱相應慧故或云癡一分攝瑜伽說此是癡分故令知不正名不正知有云俱一分攝由前二文影畧說故散亂者令心流蕩為性能障正定惡慧所依為業言惡慧所依者謂散亂者發惡慧故或曰散亂掉舉何別曰散亂令心易緣掉舉令心易解是所別相前去隨其煩惱分位差別等流性故者義現此爾蓋忿恨等十并失念不正知放逸此十三法乃根本家差別分位也

若無慚無愧掉舉惛沉散亂不信懈怠此之七法乃根本家等流性故或云此七既別有體何名等流曰根本為因此方生故名等流也

六不定四者　此別標下列名

一睡眠二惡作三尋四伺　睡眠者令身不自在昧畧為性障觀為業（即毘鉢舍那）謂睡眠位身不自在心極闇劣一門轉故昧簡在定畧別寤時令顯睡眠非無體用有無心位假立此名如餘蓋纏心相應故言惡作者惡所作業追悔為性障止為業（即奢摩他）此即於果假立因名先惡所作業後方追悔故悔先不作亦惡作攝如追悔言我先不作如是事業是我惡作言有義此二各別有體與餘心所行相別故隨癡相說名

世俗有言尋伺者尋謂尋求令心忽遽於意言境麄轉為性伺謂伺察令心忽遽於意言境細轉為性二法業用俱以安不安住身心分位所依為業謂意言境者意所取境多依名言名意言境或曰尋伺二法為假為實曰並用思之與慧各一分爲體若令心安即是思分令心不安即是慧分蓋思者徐而細故慧則急而麄故是知令安則用思無慧不安則用慧無思若通照大師釋有兼正若正用思則急慧隨思能令心安若正用慧則徐思隨慧亦令不安是其並用也

第三色法畧有十一種　言色者有質碍之色有顏色之色所依之根唯五所緣之境則六即二所現影此別標章下別列名一眼二耳三鼻四舌五身六色七聲八香九味十觸十一法處所攝也　言一眼者照矚之義梵云斫芻此翻行盡眼能行盡諸色境故是名行盡翻為眼者體用相當依唐言也二耳者能聞之義梵云莎嚕多羅戍縷多此翻能聞聲數數聞此聲至可能聞處翻為耳者體用相當依唐言也三鼻者能齅之義梵云伽羅尼羯羅拏此云能齅齅香臭故數數由此能齅香臭故翻為鼻者體用兼之依唐言也四舌者能甞義梵云䑛若時吃縛此云能甞瑜伽論云能除飢渴數發言論表彰呼召謂之舌也通於勝義世俗二義翻為舌者亦兼體用依唐言也五身者積聚依止二義名身謂積聚大造諸根依止梵云迦耶此翻爲積聚

身根為彼多法依止諸根所隨周遍積聚故名為身翻為身者體義相當依唐言也體即是根此五言根者皆有出生增上義故則以能造所造八法為體乃識所依之根也言六色者眼所取故二十五種謂青黃赤白此四實長短方圓麄細高低此相狀假正不正光影明暗煙塵雲霧迥色表色空一顯色此分位假此皆方處示現義類色之色也對眼識故質碍名色乃色之摠名爾言七聲者四大種所造耳根所取義故摠有五因攝十二種聲五因者一相故即耳根所取義此一為摠餘四為別二損益故者立初三種聲云可意聲是益不可意聲是損俱相違聲通二三因差別故者攝次三種謂因執受大種聲語等因不執受大種聲樹等声因俱大種聲手鼓等声四說差別攝三者有世所共成聲謂世俗語所攝成所引聲者謂諸聖所說遍計所執聲者外道所說五言差別攝三者聖言量所攝聲即八種聖語聖正也此八種語不出見聞覺知該於六根以鼻舌身皆覺故如應答於人第一見則言見乃至第四知則言知若不見言不見乃至第八不知言不知斯聖語矣若第一見言不見不見言見乃至第八不知言知此亦八種非聖言矣華嚴鈔唯十一種以唯識加響以成十二更俟叅考言八香者乃鼻之所取可齅義故摠有六種謂好香惡香平等香俱生香和合香變易香也九味者舌之所取可嘗義故有十二種謂苦酸甘辛醎淡可意不可意俱相違俱生和合

變異也言十觸者身之所取可觸之義故名爲觸有二十六種謂地水風火輕重澁滑緩急冷暖硬輭飢渴飽力劣悶癢粘老病死瘦是也初四乃實餘皆依四大假立或曰餘既是假身識何緣曰即實緣故既即實緣何知輕等五俱意識分別之也言法處所攝色者謂過去無體之法可緣之義此有五種謂極逈色依假想觀析所碍色至極微故名極逈色又云上見虛空青黃等色乃是顯色若下望之則此顯色至遠而為難見故名極逈色也言極畧色者亦假想觀析須彌俱碍之色至極微處故又云於色上分析長短形相麁細以至極微故言俱碍者乃根色等明暗等色乃所碍也定果色謂解脫定亦魚米肉山威儀身等亦名定自在所生色定即禪定自在所生色謂菩薩入定所現光明乃見一切色像境界如入火光定則有火光發現等受所引色者謂律不律儀殊勝思種所立無表色也又受即領受引即引取如受諸戒品戒是色法所受之戒即受所引色也遍計所執色者謂第六識虛妄計度所變根塵無實作用故立此名或謂餘四名色有可擬議受之所引何亦名色蓋從所防發善惡之色以立名爾此四全一少分是假一分乃實

第四心不相應行法畧有二十四種　此乃色心分位蓋依前三法一分一位假立得等之名以行法有二此簡非心所以立其名此揔標章下乃別列

一得二命根三衆同分四異生性五無想定六滅盡定七無想報八名身九句身十文身十一生十二住十三老十四無常十五流轉十六定異十七相應十八勢速十九次第二十時二十一方二十二數二十三和合性二十四不和合性

言得者包獲成就不失之義乃色心生起未滅壞来此不失之相也命根者依業所引第八種上連持色心不斷功能假立命根耳衆同分者類相似故有人法之別人同分者如天同分人同分法同分者如心同分色同分等三乘五性依人法類假立此名異生性者二障種上一分功能令趣類差別不同云異生性也無想定者想等不行令身安和故亦名定或云此定想等心聚悉皆不行而云無想者想滅為首謂此外道猒想如病忻求無想以為微妙立此定名滅盡定者令不恒行心心所滅六識及染第七恒行心聚皆悉滅盡乃此定相蓋脩無想則作出離想而滅盡乃作止息想又無想唯凡滅盡唯聖乃二定之差別也大抵於猒心種上遮碍轉識不生功能立此二定也言無想報者由欲界修彼定故感彼天果名無想報乃無想之報依士釋也名身者能詮自性單名也二名已上方名名身三名已上名多名身乃詮別名之身句身者一句名句二句名身三句已上名多句身單句詮差別多句則詮別句之身文身者文即是字能為名句二所依故如單言斫單言芻未有詮表名之為字論不言名與多名舉中以

攝廣略也又云帶詮名文如經書字不帶詮者只名字若字母及等韻類是也生者先無今有住者有位暫停老則住別前後亦云衰變名老又云法非凝然言無常者今有後無死之異名又諸聖教多合生滅以爲無常蓋生名爲有有非恒有不如無爲滅名爲無無非恒無不如兎角不同彼無爲兎角之常故曰無常今唯據死而言流轉者因果不斷相續前後定異者善惡因果互相差別相應者因果事業和合而起或曰此之揔名不相應行法今名相應者何耶蓋名不相應者簡前相應心所而已此相應者乃前三法上事業和合之謂豈相濫乎勢速者有爲法游行迅疾飛行運逝皆此所攝次第者編列有叙令不紊亂尊卑上下左右前後有規矩者皆此攝也時者過現未來成住壞空四季三際年月日夜六時十二隨方制立故名爲時方者色處分齊人法所依或十方上下六合四極亦隨所制數者度量諸法之名或一十百千至不可轉也言和合性者謂於諸法不相乖反不和合性者謂於諸法相乖反故前如相順因此如相違因或曰此二十四於前三分位則以何法當前何位大畧而言命根一法唯心分位第八心種上連持功能故異生性一唯所分位二障種上令別功能故二無心定無想異熟乃王所上假王所滅巳名無想等餘十九種通色及心與心所法三上假立如衆同分乃色同分心同分所同分又如勢速乃是色

心心所遷滅不停故又如定異色不是心心不是所善因惡果定不互感等餘倣此說

第五無爲法者畧有六種　此標章下別列

一虛空無爲二擇滅無爲三非擇滅無爲四不動滅無爲五想受滅無爲六真如無爲

言無爲者是前四位真實之性故云識實性也以六位心所則識之相應十一色法乃識之所緣不相應行即識之分位識是其體是故捴云識實性也而有六種謂之無爲者爲作也以前九十四種乃生滅之法皆有造作故屬有爲今此六法寂寞沖虛湛然常住無所造作故曰無爲

言虛空無爲者謂於真諦離諸障碍猶如虛空豁虛離碍從喻得名下五無爲義倣此說擇滅者擇謂揀擇滅謂斷滅由無漏智斷諸障染所顯真理立斯名焉非擇滅者一真法界本性清淨不由擇力斷滅所顯或有爲法緣闕不生所顯真理以上二義故立此名不動者以第四禪離前三定出於三災八患無喜樂等動搖身心所顯真理此從能顯彰名故曰不動想受滅者無所有處想受不行所顯真理立此名爾真如者理非妄倒故名真如真簡於妄如簡於倒遍計依他如次應知又曰真如者顯實常義真即是如如即無爲上自一切法下至此乃明百法以荅初何等一切法之問畢矣此下大分明二無我以荅次問也

言無我者畧有二種　此標章下別列

一補特伽羅無我　梵言補特伽羅唐言數取趣謂諸有情數數起惑造業即爲能取（因也）當来五趣名爲所趣（果也）雖復數數起惑造業五趣輪轉都無主宰實自在用故言無我乃補特伽羅即無我矣此所無即我是爲我空也彼凡夫等皆執心外實有諸法又執此法有實主宰此說爲無無即彼空無別體也

二法無我去了言法者執持之義謂諸法體雖復任持執生物解亦無勝性實自在用故言法無我法即無我應云法無法從能依說故云法無我瑜伽九十三云復次一切無我無有差别捴名爲空謂補特伽羅無我及法無我補持伽羅無我者離一切緣生行外別有實我不可得故法無我者謂一切緣生諸行性非實我是無常故如是二種畧攝爲一（雙證二無我理）彼處（指毘曇）說此名爲大空又云我之執者心得境名又云二執者我狹法寬盖人有迷人必迷法者迷法未必迷人故能持自體者爲法有常一用者爲人如二乘我執已斷法執猶存則其淺深寬狹可見矣盖我法者不出世間及聖教二種我法謂世間人執我法無體隨情名世間假聖教我法者有體强設名之爲假故二皆爲假故無我法也

唯識三十論

世親菩薩　造

三藏法師玄奘　奉詔譯

護法等菩薩約此三十頌造成唯識今畧標所以謂此三十頌中初二十四頌明唯識相次一行頌明唯識性後五行頌明唯識行位就二十四行頌中初一行半畧辨唯識相次二十二行半廣辨唯識相謂外問言若唯有識云何世間及諸聖教說有我法舉頌以荅頌曰

由假說我法　有種種相轉
彼依識所變　此能變唯三
謂異熟思量　及了別境識

此二十二行半廣辨唯識相者由前頌文畧標三能變今廣明三變相且初能變其相云何頌曰

初阿賴耶識　異熟一切種
不可知執受　處了常與觸
作意受想思　相應唯捨受
是無覆無記　觸等亦如是
恒轉如暴流　阿羅漢位捨

已說初能變第二能變其相云何頌曰

次第二能變　是識名末那
依彼轉緣彼　思量爲性相
四煩惱常俱　謂我癡我見
并我慢我愛　及餘觸等俱
有覆無記攝　隨所生所繫
阿羅漢滅定　出世道無有

如是已說第二能變第三能變其相云何頌曰

次第三能變　差別有六種
了境為性相　善不善俱非
此心所遍行　別境善煩惱
隨煩惱不定　皆三受相應
初遍行觸等　次別境謂欲
勝解念定慧　所緣事不同
善謂信慚愧　無貪等三根
勤安不放逸　行捨及不害
煩惱謂貪嗔　痴慢疑惡見
隨煩惱謂忿　恨覆惱嫉慳
誑諂與害憍　無慚及無愧
掉舉與昏沉　不信并懈怠
放逸及失念　散亂不正知
不定謂悔眠　尋伺二各二

已說六識心所相應云何應知現起分位頌曰

依止根本識　五識隨緣現
或俱或不俱　如波濤依水
意識常現起　除生無想天
及無心二定　睡眠與悶絕

已廣分別三能相為自所變二分所依云何應知依識所變假說我法非別實有猶斯一切唯有識耶頌曰

是諸識轉變　分別所分別
由此彼皆無　故一切唯識

若唯有識都無外緣由何而生種種分別頌曰

由一切種識　如是如是變
以展轉力故　彼彼分別生

雖有內識而無外緣由何有情生死相續頌

曰

由諸業習氣　二取習氣俱
前異熟既盡　復生餘異熟

若唯有識何故世尊處處經中說有三性應知三性亦不離識所以者何頌曰

由彼彼遍計　徧計種種物
此徧計所執　自性無所有
依他起自性　分別緣所生
圓成實於彼　常遠離前性
故此與依他　非異非不異
如無常等性　非不見此彼

若有三性如何世尊說一切法皆無自性頌曰

即依此三性　立彼三無性
故佛密意說　一切法無性
初即相無性　次無自然性
後由遠離前　所執我法性
此諸法勝義　亦即是真如
常如其性故　即唯識實性

後五行頌明唯識行位者論曰

如是所成唯識性相唯依幾位如何悟入謂具大乘二種性一本性種性謂無始来依附本識法爾所得無漏法因二謂習所成種性謂聞法界等流法巳聞所成具此二性方能悟入何謂位一資粮位謂修大乘順解脫分依識性相能深信解其相云何頌曰

乃至未起識　永住唯識性
於二取隨眠　猶未能伏滅

二加行位謂修大乘順決擇分在加行謂能

漸伏除所取能取其相云何

現前立少物　謂是唯識性

以有所得故　非實住唯識

三通達位謂諸菩薩所處見道在通達位如實通其相云何

若時於所緣　智都無所得

爾時住唯識　離二取相故

四修習位謂諸菩薩所住修道修習位中如實見理數數修習其相云何

無得不思議　是出世間智

捨二麤重故　便證得轉依

五究竟位謂住無上正等菩提出障圓明能盡未来化有情類其相云何

此即無漏界　不思善善常

安樂觧脫身　大牟尼名法

自類具一性　遍一切染心

小無中有初　大隨具三義

唯識三十頌終

八十八祖傳贊
明
匡廬憨山釋德清述
秀水寓公高承埏補

清刻龍藏佛說法變相圖

重編八十八祖道影傳贊序

諸祖道影八十有八國初自大內傳寫安奉金陵之祖堂萬曆甲申紫栢大師得新安丁南羽臨寫三堂散置名山乙卯憨山大師更臨小册各爲傳贊以繫其後崇禎壬申嘉禾錢仙上鋟板以行其傳贊之文止七十有七缺者十一歲甲申予同年生檇李高寓公虞部爲撰補十一篇又以雲棲紫栢憨山三大師益之甫謀鐫布以變中止今歲秋與寓公長君念祖再晤廣陵出其稿示予欲付剞劂以竟先志予力贊其決念祖因以一言請夫是編之從來與其所以利益于世羣公言之詳矣予奚以益哉抑聞古聖賢之所以垂訓於世者有言有心而更有身言屬書爲教心屬道爲宗不讀其書道不可得聞也即盡讀

其書道未必遂聞也求道于言而子已有予欲無言之說則言不足恃求道于心而釋又有覔心了不可得之說則心亦未易恃然則釋之蘄進于佛與儒之蘄進于聖賢者將安所從事哉亦求諸其身而可矣傳之云者即其人之行以存其人之道也孔子云吾無行而不與二三子者孟子云服堯之服誦堯之言行堯之行是堯而已夫古聖往矣而其身之閱歷與其所以入道而進德者其跡不與俱往故讀鄉黨篇而孔子之所以聖可得而師也讀孟子七篇而子輿氏之所以賢可得而師也推之邵周程張朱陸諸大儒誠即其書稽其言考其行其人之所以不愧聖賢者亦皆可得而師也今茲八十八祖之中西天之祖師東土之教外別傳曹溪以下五宗之傳燈旁出其間若禪師若教主若戒律若淨土以至慈恩賢首天台瑜伽之諸宗不一然其傳心嗣法與其行解之卓然可述者于是乎倫矣誠由諸傳而尋繹之觀其所以出世則超越者可師也觀其所以治心則精純者足法也今有腰石任舂利刀斷臂之猛以求師則罔不誠矣有三登投子九上洞山之勤以質學則罔不徧矣有章安五載雪被氷牀之寂以栖山則罔不安矣有天台九旬鳥巢衣襵之靜以安禪則罔不遣矣有臨濟築拳斷崖奪拂之利以當機則罔不超矣有蓮池憨山之晝夜念佛課六萬聲求明之持誦法華萬三千部以脩淨業則罔不辦矣有道林之鳥窠松雪峰之枯木杌高峰之死限三年千巖碧峰紫栢之脇不至席以冥心入悟則

罔不徹矣學者惟志之弗立耳如有志高蹤逸軌無所取之取諸此足也若夫撥火而悟生觀影而疑釋或言句之盡捐或心法之雙泯則孔氏有不能私之于伯魚釋迦有不能遽授之阿難者諸祖奚爲而傳與贊又奚爲也吾度今之從事于道者儒未必皆顏淵釋未必皆雲門趙州丹霞其人也則亦語其常焉而已抑是編緣起紫栢大師肇之憨公廣之錢仙上承之寓公父子終之其功于諸祖一也然其自大內以入祖堂實在洪武戊申而紫栢大師之臨寫寓公之續傳其歲皆在甲申是書之成遂與國運相終始矣異哉念祖之竟厥先志其亟誠宜而以成明三百年梵典一大異書繫不尤重耶康熙庚戌秋九月望日盱江荷山髯僧徐芳題

又題高氏父子八十八祖傳贊序跋

予觀高工部寓公序考覈精詳叙次有法其長君念祖跋援引透切不厭煩瀆大意俱在剖破諸宗之藩籬使同歸于圓通法海立論至平至正每念尼山苦縣猶龍見稱慧遠靜修虎溪時過古聖眼濶心虛殊途同歸毫無彼此崖異之見後世不窺本源空持門户不但儒釋分疆有若敵國甚至朱陸之同宗孔孟而彈射交加洞濟之竝出曹溪而干戈迭樹亦見其胸眼之淺而隘也得高氏父子之論可以嗒然返矣

高寓公虞部補憨大師八十八祖道影傳贊叙

如來出世最初轉四諦法輪最後付別傳妙心教分五時戒合七衆至淨土一門則佛法

已滅猶閲千年有能識阿彌陀佛四字者皆據高座蓋慈憫衆生曲垂方便若論此事間不容髮靈山話月曹溪指月皆爲添足盡天下善知識全體作用未有當頭道著者豈可於夢幻法中更分高下耶八十八祖真儀出自大内供於祖堂紫栢尊者廣之憨山大師傳而贊之高寓公虞部補之禪宗教律密淨諸門備矣菩薩護念以衆生故門門皆闢不專一路而於各門中容有未備有像則設偶爾成文無像不補終非捏合正得法海波瀾之妙寓公令嗣念祖過凌江出示因得卒讀而叙其意念祖家世爲吾法金湯流通此書即以顯其先人廣大願力如來謂生菩薩家爲世間最難則其於菩薩家繼志述事夙因所會有不期然而然者乎於高氏不能不深生歎仰也康熙壬子長夏丹霞今釋題於龍護園

重編憨山禪師八十八祖傳贊序

吾友錢而介曾刻八十八祖傳贊余簡之止七十有七意未釋然因至海鹽鷹窠頂寺禮諸祖像及憨公手書傳贊其有像無傳者則雪巖欽無用寬鐵山瓊斷崖義絶學誠季潭泐松隱然無一全本空照大滿大以及慧約國師也亟爲補綴成書編次四卷西天祖師二十七人又旁出一人東土應真則康居會佛圖澄寶誌公三人教外别傳凡四十有四人自初祖傳至六祖又四祖下旁出鳥窠一人五祖下旁出者一行傳瑜伽密宗六祖下旁出者永嘉傳天台宗清涼圭峯傳賢首宗其得六祖真傳者青原南嶽二甘露門南嶽

二十五人未分宗派時四溈仰一臨濟二十内中峯兼傳淨土青原九人未分宗派時亦四曹洞雲門各二法眼一永明兼傳淨土又未詳嗣法者無一本空大滿三人教主凡十有六人淨土則遠公法照合永明中峯而四台宗則灌頂法智合永嘉而三賢首則法藏合清涼圭峯而三密宗則不空合一行而二慈恩則玄奘窺基而二律師則鍾山惠約及南山道宣而二凡有志于教與禪者庶幾因憨公傳贊見諸祖之道影即恍得諸祖之心印乎至憨公嘗贊雲棲紫栢及自爲贊余各纂小傳附其後庶見聞者知古今人不相遠也噫憍陳如暨二十七祖外東土僅六十人耳而十五人爲浙産若律宗之惠約若賢首之清涼若台宗之灌頂永嘉法智若禪宗之天皇烏窠若曹洞之始祖若法眼之永明若雲門之振宗若臨濟之雪巖中峯斷崖千巖全室亦可謂彬彬盛矣且季漢延熈時康僧會肇造三寺于孫吴境内爲建業之建初太平之化城與我郡海鹽金粟山之廣慧實江南梵刹之始唐會昌四年黄檗運建我郡水西寺大中元年又建祥符寺後梁雪峯存隱我郡之真如手鑿一井其泉甘冽今在寺中梁天監間寶誌公于許玄度宅址建開善資寶寺在今蕭山達磨尊者開基之證果寺在今湯溪而靈芝之佛印皋亭之黄龍徑山之佛鑑天目之高峯松隱並開法杭境又紹之大雲寺更有大珠慧海而法藏曾禮四明阿育王舍利塔一行亦曾訪算法于天台國清寺興僧溈山參方則在杭州龍興寺是兩浙

尊宿且有二十九人豈諸方得同日而語哉書成之十年陳尚書秋濤年伯先父玄期府君已未同榜也于曹溪録示憨公原稿爲陳如尊者及三十三祖道影贊爲諸祖道影略傳贊四十有八而要約以下十一公仍闕惟別見雲門法眼及傳大士白雲覺四贊以無像故置之或曰獨不念及二宗始祖乎余謂佛教初流東土譯經圖像建立塔寺剃度僧尼實始于啟道圓通法師摩騰三藏而竺法蘭偕至洛陽受戒講經及西遊取經實始于潁川沙門朱士行而法顯繼踰葱嶺以至律宗之始法時天台宗之始慧文賢首宗之始法順瑜伽密宗之始金剛智咸不得與蓮宗之祖慧遠禪宗之祖達磨慈恩宗東土之祖玄奘同見集中者正以傳贊一視祖堂道影

道影所無傳贊遂不得而有也且楚石琦公爲本朝第一流宗師偶以祖堂無像遂爾傳贊闕如原未嘗以此爲軒輊夫復何疑曹溪所録憨公諸祖道影後語與題辭迥異因並存之道影今供養鷲峯頂寺前有董尚書思白書覺影相承四大字而金粟密雲悟公亦書其端云認影迷頭則昧先覺覺後覺一折一攝妙旨泠然徑山雪嶠信公亭及陳徵君眉公記是又網魚弋兔不惜筌蹄者也賜同進士出身工部尚書郎前遷安寶坻涇縣令蒙溫旨敘功紀録旌異檇李寓公高承埏澤外父纂時崇禎閼逢涒灘之歲良月穀旦

諸祖道影傳贊題辭

諸祖道影八十八尊向聞藏大内國初寫傳安奉南京祖堂萬曆甲申中達觀禪師勸丹

陽弟子賀氏請丁雲鵬名筆臨寫三堂散置名山其二送五臺峨眉其一送南嶽者儀部金簡曾公請歸湖東予度嶺之南嶽寓湖東乙卯秋兵憲吳公同大叅馮公過訪因設像瞻禮吳公大生歡喜欲臨小册以便隨奉適遇荊門丹青史宋公命摹寫予因得一册比欲爲傳贊未能也及予投老匡山之四年庚申徂夏以舊嬰溼疾舉發痛不可忍藥石無効無可抵者乃考傳燈統記諸書纂爲小傳各系以贊力疾書之凡一舉筆寂爾忘身不知所痛及冬方完其痛亦止以此未必不仗諸祖法力加持也吳公諱中偉號生白馮公諱時可號文所併記之以曉來者萬曆四十八年歲次庚申冬十月朔匡山逸叟憨山沙門釋德清書時年七十有五

題諸祖道影後

諸祖乃傳佛心印之宗師也憶昔世尊說法靈山常隨弟子千二百五十人及佛末後拈花迦葉破顔微笑遂傳心印爲教外別傳之旨是爲禪宗二十八代至達磨大師遠來東土六傳而至曹溪下有南嶽青原以分五宗由梁唐至宋元得一千八百餘人皆世挺生豪傑之士塵垢軒冕薄將相而不爲故歸心法門一言之下了悟自心使歷刦生死情根當下頓斷遂稱曰祖豈不毅然大丈夫哉嗟此末世去佛時遥旣不預靈山嘉會而此土諸祖出世又不能親近入室故沉迷至今而不返者亦可悲矣久聞大内藏有歷代諸祖道影新安高士丁雲鵬者丹青之妙不減僧繇道子偶得内稿本八十八尊達觀禪師命

畫四堂其一置西蜀峨眉其一置金陵祖堂其一置匡山五乳一置南嶽曾儀部金簡居士請歸湖東觀察脩兵吳公生白一日過訪隨喜見而歎曰此真光明幢也會荆門畫士史寀善肖像遂命臨一册竊觀公手采高遠有翩翩出塵之度故望影而歸命葢亦曾親近入室中來昔裴休見壁間高僧真儀問黄檗曰真儀可觀高僧何在檗呼曰裴休休應諾不覺愕然遂大悟予想公夙種般若深根悟心不在裴丞相後故爲集諸祖略傳各爲贊以致公將爲家傳心印也憨山釋德清述

祖師傳贊序

有佛處不得住無佛處急走過此宗門一關也若欲寫影圖形表裏相似如砂石搠之成金暫時遊戲具耳安能磨洗佛祖光明授殘箋肴目者哉跋之詠之昔時今時許弄管成文章始得譬日月濶步虚空大開局面照徹四隅天上天下何人敢撮摩其冷暖乎檇李雁道人錢而介手書憨山老人八十八祖傳贊同其仲竹居士募諸士而梓之以傳布天下名山噫是傳諸老之心耶抑傳諸老之影耶若道傳如第二月即非真月若道不傳月落萬川處處皆圓雖然憨道人書之于册雁道人書之于板真手不壞真性不滅竹居士倡之高寓公孫獻公衆居士和之福與慧雙施與寫埒矣經云若有人以七寶滿恒河沙數布施若有人以恒河沙等身布施若復有人聞此經典信心不逆其福勝彼何況書寫受持讀誦爲人解說諸老直欲傳心如來不作誑語也徑山釋圓信題

又序

余刻祖師傳贊成客有謂余曰子之傳贊書則工矣何不併其像而梓之令見者聞者悉發歡喜學士得覩文思義庸夫亦見相發心顧不善與余應曰唯唯否否客第知繪像之善而不知繪像之難也夫諸佛菩薩之相形如滿月具無上莊嚴三十二妙百千種好故能令衆生見者無不歡喜而此諸老或清或竒或古或怪大率皆長眉粗髮道貌癯顏必藉丹青點染繪爲碧眼方瞳紫襴紅衲然後見其眉目之軒昂衣褶之古拙若但澹澹白描粗粗筆仗惟有髮根面皺條條點點陡露印板痕即見者合掌恭敬尚有毫髮遺憾使增上慢何如獨梓其傳贊令讀之者知其爲誰氏之子某邦之産何年付法何地傳衣痛棒熱喝笑駡一堂山空谷響諸老且揚眉吐氣如在如生威儀動靜亦可髣髴其萬一也即有以不見其像爲恨者流連追慕亦謂一時缺典然暗中摸索默地思惟輒作絲繡金鑄栴檀寶飾之想而此諸老不儼然具大人相從空現出丈六金身翻令人想見丰采而眷戀無窮也哉且此事亦大有因緣非一人一手之力余得藉孫觳公高寓公諸子以克成此帙緬維歲月達師臨寓爲三堂寔始甲申憨公傳贊于册葉則以庚申令余手壽諸梨棗復遇壬申綿歷四紀宛轉多人終始于申若有神合豈偶然哉豈偶然哉雖然此亦一時權語也浸假而數年使余書稍進余力稍厚諸子或更有同心尚將倩名筆繪像復出敝帚勒之於璠璵之石客以爲何如檇李

錢應金仙上撰

祖師道影傳贊記附

國初大内有祖師畫像八十八尊供牛首山之祖堂達觀師屬新安名手丁南羽重摹分送五臺峨眉南嶽則萬曆甲申歲也曾儀部攜南嶽本歸湖東憨公轉示吳兵憲生白兵憲又屬史生臨一册自隨則乙卯秋也其後吳公擢嶺南大方伯復遇憨公請補傳贊而手書之則泰昌庚申歲也吳公謂藏于家不若藏于山即授鷹窠頂寺僧心燈供養則天啟癸亥歲也心燈裝潢四册貯之朱匣托錢而介爲介走佘山索予爲之記其始末予兒夢蓮八歲孫先覺皆得瞻禮則崇禎辛未九月也先覺問曰金剛經是相非相然乎予曰孺子何知張永嘉相公欲去宣尼塑像引程子云父母像倘有一毫不類與拜別人同吾鄉徐文貞爭曰倘有一毫似人子其忍委而棄之永嘉無以對此册祖影之公據也堂堂龍象色正芒寒方册之中如建塔廟如雨舍利但無千百億化身應現于天下名山耳孫雛乃稽首唯唯而退雲間陳繼儒眉公題

重訂憨山禪師八十八祖道影傳贊目録

明秀水高承埏寓公父編次

二十四祖師子尊者已上即繫台宗所承西土二十四祖
二十五祖婆舍斯多尊者已下三祖台宗不承
二十六祖不如蜜多尊者
二十七祖般若多羅尊者

漢李六朝神僧

漢吳建業建初寺超化禪師康僧會
晋後趙鄴都鄴宫寺大和尚西竺佛圖澄
晋蓮宗初祖潯陽廬山東林寺正覺圓悟妙覺寂光宏辯大師慧遠是爲淨土蓮宗十祖名號并贊附
梁建康鍾山華林園道林真覺菩薩慧感慈應普濟聖師寶誌
梁建康草堂寺菩薩戒國師智者婁惠約

梁隋唐三朝東土六代祖師

梁後魏禪宗初祖雒州嵩山少林寺圓覺禪師南天竺菩提達磨是爲教外别傳
隋禪宗二祖太湖司空山大祖禪師慧可
隋禪宗三祖舒州皖公山鑑智禪師僧璨
唐禪宗四祖蘄春破頭山大醫禪師道信
唐禪宗五祖黄梅馮茂山大滿禪師弘忍
唐禪宗六祖韶州南華山曹溪寶林寺大鑑真空普覺圓明禪師慧能

卷三

唐朝教主

性宗天台五祖天台國清寺結集宗教

章安尊者總持大禪師灌頂是爲四教法性觀行宗台宗十七祖名號附

相宗慈恩二祖京兆大慈恩寺三藏法師玄奘是爲三乘法相顯理宗慈恩三祖名號附

律宗九祖京兆終南山紵麻蘭若澄照法慧律師道宣是爲行事防非止惡宗律宗九祖名號附

相宗慈恩三祖京兆大慈恩寺百部論師窺基

性宗華嚴三祖京兆大薦福寺賢首菩薩戒師贈鴻臚卿康居法藏是爲一念圓融具德宗華嚴五祖名號附

蓮宗四祖長安五會國師法照

密宗瑜伽二祖京兆大興善寺灌頂智藏國師特進鴻臚卿加開府儀同三司肅國公食邑三千户贈司空大辯正廣智三藏不空金剛是爲瑜伽秘密微妙宗密宗五祖名號附

唐朝禪師

吉州青原山靜居寺弘濟禪師行思禪宗六祖下一世

衡州南嶽般若寺大慧禪師懷讓禪宗六祖下一世

性宗天台七祖弟子永嘉真覺無相大師明道玄覺禪宗六祖旁出

密宗瑜伽五祖東都嵩山閑極寺大慧禪師一行禪宗五祖旁出玉泉神秀下嵩山普寂嗣

江西洪州龍門山大寂禪師馬祖道一南嶽下一世

衡州南嶽石頭庵無際禪師希遷青原下一世

性宗華嚴四祖京兆大華嚴寺教授和尚大統清涼鎮國大師天下大僧録大休禪師澄觀禪宗六祖旁出荷澤神會下五臺無名嗣

荊州天皇寺禪師道悟景德傳燈録列青原下二世

越州大雲寺大珠禪師慧海南嶽下二世馬祖旁出

宣州水西山斷際禪師黄檗希運南嶽下三世後出臨濟宗

潭州大潙山同慶寺大圓禪師靈祐南嶽下三世潙仰宗

性宗華嚴五祖京兆終南山草堂寺圭峯蘭若大德定慧禪師宗密禪宗六祖旁出荷澤會下四世繫荊南道圓嗣

鎮州臨濟院慧照禪師義玄南嶽下四世臨濟宗

筠州洞山悟本禪師良价青原下四世曹洞宗

撫州曹山元證禪師躭章本寂青原下五世曹洞宗

杭州秦望山鳥窠圓修禪師道林禪宗四祖旁出牛頭法融下七世繫徑山道欽嗣

後梁禪師

福州雪峯山真覺禪師義存道悟下二世後出雲門法眼宗

後漢韶州雲門山光奉院大慈雲匡真弘明禪師文偃贊附

道悟下四世祖堂無像不立傳

後周南唐江寧清涼院淨慧玄覺大法眼大智藏大導師文益贊附

道悟下六世祖堂無像不立傳

卷四

宋朝禪師

汝州首山禪師省念南嶽下八世臨濟宗派

蓮宗六祖吳越杭州南山慧日永明寺智覺應真宗照禪師延壽禪宗道悟下八世繫法眼文益下天台德韶嗣

潭州石霜山慈明禪師楚圓 南岳下十世臨濟宗派後分出楊岐黃龍二支

越州天衣寺振宗禪師義懷 道悟下八世雲門宗雪竇重顯嗣

南康匡廬山歸宗寺佛印禪師覺老了元 道悟下八世雲門宗開先善暹嗣

隆興黃龍寺普覺禪師慧南 南岳下十一世臨濟宗黃龍支

袁州楊岐山禪師方會 南岳下十一世臨濟宗楊岐支

舒州白雲山海會院禪師守端 南岳下十二世臨濟宗楊岐嗣

黃梅五祖山禪師法演 南岳下十三世臨濟宗楊岐孫後出虎印派

杭州徑山佛鑑圓照禪師無準師範 南岳下十九世臨濟宗虎印派

宋朝法師

性宗天台十七祖慶元四明山延慶院法智大師約言知禮

元朝禪師

袁州仰山禪師雪巖祖欽 南岳下二十世臨濟宗虎印派

安慶太湖山禪師無用寬 南岳下二十世臨濟楊岐派金牛真嗣

杭州西天目山師子巖佛日普明廣濟禪師高峯原妙 南岳下二十一世臨濟宗虎印派

衡州南嶽禪師鐵山瓊 南岳下二十一世臨濟虎印派雪巖欽旁出

蓮宗八祖杭州天目山師子正宗寺佛慈圓照廣慧智覺普應國師中峯明本 禪宗南岳下二十二世臨濟宗虎印派

杭州天目山師子正宗寺佛慧圓明正覺普度大師斷崖了義（南岳下二十二世臨濟宗虎邱派高峯妙旁出）

龍興般若寺禪師絕學世誠（南岳下二十二世臨濟宗虎邱派雪巖祖欽旁出鐵牛持定嗣）

婺州伏龍山聖壽寺普應妙智弘辯佛慧圓明廣照無邊普利大禪師千巖元長（南岳下二十三世臨濟宗虎邱派）

廣德石溪禪師無一全（嗣法未詳再考）

廣德石溪禪師本空照（嗣法未詳再考）

大滿大禪師（嗣法未詳再考）

明朝禪師

僧錄司右善世掌天下僧教事南京大天界寺住持前徑山五十五代禪師季潭宗泐（南岳下二十一世臨濟宗楊岐派笑隱大訢嗣）

南京大天界寺寂照圓明大禪師碧峯寶金（南岳下二十二世臨濟宗楊岐派無用寬下如海真嗣）

杭州府西天目山師子正宗寺禪師前松隱庵主唯庵德然（南岳下二十二世臨濟宗虎邱派千巖元長旁出）

卷五附

杭州徑山禪師雪嶠圓信（南岳下三十四世臨濟宗虎邱派）

萬曆間賜紫衣三禪師

蓮宗十祖杭州府重興雲棲寺蓮池禪師袾宏

嘉興府重興楞嚴寺達觀禪師真可

韶州府重興曹溪南華寺憨山禪師德清

八十八祖傳贊卷之一

匡廬憨山釋德清述

明　秀水寓公高承埏補

陳如尊者傳

阿若憍陳如尊者阿若名也此云解陳那或云陳如此云火器姓也以先世從事遂以爲氏佛之母族也以佛初出王宮入山時有五人隨侍陳那其一也後佛在山修行五人去佛各修異道及佛六年苦行初成道時詣鹿野苑五人聞之俱集佛最初說三轉四諦法輪問五人云汝等解否尊者先答云已解故佛印云阿若憍陳那故得此名佛度常隨弟子一千二百五十人以陳那先悟故居僧首率先得度葢有夙因按因果經佛昔爲忍辱仙人在山修道陳那爲王名歌利王性最暴惡一日將諸綵女入山遊獵王倦假寐綵女入林採花至仙人庵前仙人爲說法良久王寤不見諸女攜劒尋之見在仙所王怒問曰汝何人耶答忍辱仙人也王問得上地定否答曰未王曰既未得定乃凡夫耳遂拔劒截下仙人手足仙人神色不動王曰汝恨我耶仙曰不恨願我成佛先度于王今先度陳那即歌利王也贊曰

象王遊行象子隨至聲氣相求緣會而聚以寃最重爲道至親如車合轍是必有因

初祖迦葉尊者

西天初祖摩訶迦葉尊者摩竭陁國人姓婆羅門摩訶梵語此云大迦葉波云飲光名也父飲澤母香志師生而金色因昔爲鍜金師善明金性過去有佛名毘婆尸入滅起塔塔

中像壞時有貧女將金珠往金師所換金飾像因捨之二人發願爲夫婦由是因緣感九十一劫身皆金色久在天上後生摩竭陀國身色金明故稱爲飲光見佛志求出家佛言善來比丘鬚髮自除袈裟著體常于衆中稱歎第一習頭陀行是稱金色頭陀佛將涅槃拈花示衆衆罔然惟尊者破顏微笑佛言吾有正法眼藏實相無相微妙法門涅槃妙心用付于汝善自護持乃說偈曰法本法無法無法法亦法今付無法時法法何曾法是爲禪宗始祖贊曰

金色之形金剛爲心奉持慧命常轉法輪
世尊拈花破顏一笑至今令人思議不到

二祖阿難尊者傳

二祖阿難尊者王舍城人姓刹利帝父斛飯王實佛之從弟也梵語阿難陀此云慶喜亦云歡喜如來成道夜生因爲之名多聞博達智慧無礙世尊稱爲總持第一夙生世世從事諸佛受持法藏故今從佛出家爲侍者佛所說法一字不遺故佛滅後結集法藏皆從口宣迦葉問諸大衆阿難所言不錯謬乎皆曰不異世尊所說迦葉乃告阿難我今年不久留今將正法眼藏付囑于汝汝善護持聽吾偈言法法本來法無法無非法何于一法中有法有不法說偈已迦葉乃持僧伽黎入鷄足山入定候慈氏下生阿難是爲二祖贊曰

多聞如海飲縮法流諸佛出沒不離舌頭
鼓簧法化節拍成令是故我師爲偏中正

三祖商那和脩尊者傳

三祖商那和脩尊者摩突羅國人也姓毘舍多父林勝母憍奢耶在胎六年而生梵語商諾迦此云自然服即西域九節秀草名也若聖人降生則此草生于淨潔之地尊者生時瑞草斯應昔如來行化至摩突羅國見一青林枝葉茂盛語阿難曰吾滅後一百年有比丘商那和脩于此林中轉妙法輪後果誕和脩受慶喜尊者法眼止此林中降二火龍龍施其地以建梵宫尊者化緣既久思付正法適吒利國優波毱多來歸以爲給侍問毱多曰汝年幾耶答言我年十七者曰汝身十七性十七耶答曰師髮已白爲髮白耶心白耶者曰我髮白非心白也多曰我身十七非性十七也尊者知是法器後三年遂爲落髮受具乃告曰昔如來以正法眼無上妙法付囑迦葉展轉至我我今付汝勿令斷絶聽吾偈言非法亦非心無心亦無法說是心法時是法非心法是爲三祖贊曰

般若靈根夙生已證故師將出瑞草先應以心印心如火投火狹路相逢定没處躲

四祖優波毱多尊者傳

四祖優波毱多尊者吒利國人也姓首陀父善意十七出家二十證受三祖心印隨方行化得度甚衆由是魔宫震動波旬愁怖遂竭魔力以害尊者尊者入定魔持瓔珞縻之于頸及出定乃取人狗蛇三尸化爲華鬘軟語酬之魔喜受而繫之即爲臭尸蛆蟲壞爛厭惡不堪盡其魔力竟不能去乃哀求之尊者令魔歸三寶懺悔改過得脱尊者每度一人置一籌于石室室方丈充滿其間後有一長

者子名曰香衆來乞出家尊者問曰汝身出家心出家耶答我來出家非爲身心者曰不爲身心誰復出家答曰夫出家者無我我故無我我故即心不生滅心不生滅即是常道諸佛亦常心無形相其體亦然者曰汝當大悟心自通達即爲剃度授具足戒仍告曰汝父夢金日而生汝可名提多迦謂曰如來以大法眼藏次第至我我今付汝勿令斷絶善自護持聽吾偈言心自本來心本心非有法有法有本心非心非本法是爲四祖贊曰

一人心空魔宮震動握金剛鉢誰敢輕弄

若肯回光狂心頂歇禮拜歸依諸罪消滅

五祖提多迦尊者傳

五祖提多伽尊者摩伽陀國人也梵語提多迦此云通真量初生時父夢金日自屋而出照耀天地前有大山諸寶嚴飾山頂泉涌滂沱四流後遇毱多尊者爲之解曰寶山者吾身也泉涌者法無盡也日從屋出者汝今入道之象也照耀天地者汝智慧超越也尊者聞説歡喜而唱言巍巍七寶山常出智慧泉回爲眞法味能度諸有緣毱多尊者亦説偈言我法傳與汝當現大智慧金日從屋出照耀于天地尊者聞偈設禮奉持後至中印度國有八千大仙彌遮迦爲首聞尊者至率衆瞻禮曰昔與師同生梵天我遇仙人授我仙法師逢佛子修習禪那自此報分殊途已經六劫者曰支離累劫誠哉不虚今可捨邪歸正以入佛乘彌遮迦曰今幸相遇非夙緣耶願師慈悲令我解脱尊者即度出家授具乃告曰昔如來以大法藏密付迦葉展轉至我

我今付汝當護念之乃說偈曰通達本法心無法無非法悟了同未悟無心亦無法是爲五祖贊曰

巳悟本心如日照夜示生死夢光明超越
師法本無我法不有以空合空舌不出口

六祖彌遮迦尊者傳

六祖彌遮迦尊者中印度人也旣傳法已遊至北天竺國見雉堞之上有金色祥雲歎曰此道人氣也必有吾嗣乃入城闤闠間有一人手持酒器逆而問曰師何方來欲往何所祖曰從自心來欲往無處曰識我手中物否祖曰此是觸器而負淨者曰師識我否祖曰我即不識識即非我乃謂之曰汝試自稱名氏吾當示汝本因彼人說偈曰我從無量劫至于生此國本姓頗羅墮名字婆須蜜祖曰我師提多迦說世尊昔遊北印度語阿難言此國中我滅度後三百年有一聖人出姓頗羅墮名婆須蜜而于禪祖當獲第七世尊記此汝應出家彼乃置器禮師側立而言曰我思往劫嘗作檀那獻一如來寶座彼佛記我曰汝于賢劫釋迦法中宣傳至教今符師說願加度脫祖即爲披剃受具乃告之曰世尊所傳正法眼藏吾今付汝無令斷絕乃說偈曰無心無可得說得不名法若了心非心始解心心法是爲六祖贊曰

都因此來不爲別事鬧市相逢自示其器
懸見未然蚤知今日當行買賣不論價值

七祖婆須蜜尊者傳

七祖婆須蜜尊者北天竺國人也姓頗羅墮此云捷疾利根常服淨衣執酒器遊行里閈

或吟或嘯人謂之狂及遇彌遮迦尊者宣如來往誌自省前緣投器出家受法行化至迦摩羅國廣興佛事于法座前忽有智者自稱我名佛陀難提今與師論義祖曰仁者論即不義義即不論若擬論義終非義論難提知師義勝心即欽服曰我願求道霑甘露味祖遂爲剃度而受具戒告曰如來正法眼藏我今付汝汝當護持乃說偈曰心同虚空界示等虚空法證得虚空時無是無非法付法已即入慈心三昧時梵王帝釋諸天俱來作禮而說偈言賢刦衆聖祖而當第七位尊者哀念我請爲宣佛地尊者從三昧起示衆曰我所得法而非有故若識佛地離有無故語訖還入三昧是爲七祖贊曰

從熟路來忽逢親友一言論義頓知本有乞甘露味示虚空法若謂有得落七落八

重編八十八祖傳贊卷之一

音釋

檇 遵爲切醉平聲檇李地名 剞 居里切羈上聲剞劂曲刀也 蘄 渠宜切音其求也 覈 下革切音核驗也 嗒 託合切音榻嗒然忘懷也 𢿍 牛居切音魚與漁同

八十八祖傳贊卷之二

明　匡廬憨山釋德清述

秀水寓公高承埏補

八祖佛陀難提尊者傳

八祖佛陀難提尊者迦摩羅國人也姓瞿曇氏頂有肉髻辯捷無礙初遇婆須蜜出家受教既而領徒至提伽國毘舍羅家見舍有白光上騰謂其徒曰此家有聖人口無言説眞大乘根器不行四衢知觸穢耳言訖長者出致禮問何所須祖曰我求侍者長者曰我有一子名伏馱蜜多年已五十口未曾言足未曾履祖曰如汝所説眞吾弟子伏馱聞之遽起禮拜而説偈言父母非我親誰是最親者諸佛非我道誰爲最道者祖以偈荅曰汝言與心親父母非可比汝行與道合諸佛心即是外求有相佛與汝不相似欲識汝本心非合亦非離伏馱聞已便行七步祖曰此子昔曾值佛悲願廣大慮父母愛情難捨故不言履耳長者遂捨出家祖尋授具戒復告之曰我今以如來正法眼藏付囑於汝勿令斷絶乃説偈曰虛空無内外心法亦如此若了虛空故是達眞如理是爲八祖贊曰

不是不言　言之不及　不是不行　本無蹤跡
今遇其人　乃可開口　從此便行　不躡窠臼

九祖伏馱密多尊者傳

九祖伏馱蜜多尊者提伽國人也姓毘舍羅既受八祖付囑後至中印度行化時有長者香蓋攜一子而來瞻禮於祖曰此子處胎六十歲因號難生嘗會一仙謂此兒非凡當爲法器今遇尊者可令出家祖即與落髮受具

羯磨之際祥光燭座仍感舍利三七粒現前
自此精進忘疲既而祖告之曰如來以大法
眼藏展轉至我我今付汝汝護念之勿令斷
絕乃說偈曰眞理本無名因名顯眞理受得
眞實法非眞亦非僞是爲九祖贊曰
住母胎中經六十年只待師來方遂前緣
頂上光明元是本有一刮便透如獅子吼

十祖脇尊者傳

十祖脇尊者中印度人也本名難生初將誕
時父夢一白象背有寶座座上安一明珠從
門而入光照四衆既覺遂生後值九祖執侍
左右未嘗睡眠以脇不至席遂號脇尊者焉
初至華氏國憩一樹下右手指地而告衆曰
此地變金色當有聖人入會言訖即變金色
時有長者子富那夜奢合掌前立祖問曰汝
從何來荅曰我心非往祖曰汝何處住荅曰
我心非止祖曰汝不定耶曰諸佛亦然祖曰
汝非諸佛曰諸佛亦非祖因說偈曰此地變
金色預知有聖至當坐菩提樹覺華而成已
夜奢復說偈曰師坐金色地常說眞實義回
光而照我令入三摩地祖知其意即度出家
爲授具戒乃告之曰如來大法眼藏今付與
汝汝護念之乃說偈曰眞體自然眞因眞說
有理領得眞眞法無行亦無止是爲十祖贊
曰
指地變金隨手而現聖人即至何等快便
似呼空谷應聲荅響是知我心本無來往

十一祖富那夜奢尊者傳

十一祖富那夜奢尊者華氏國人也姓瞿曇
氏父寶身既得法於脇尊者尋詣波羅奈國

有馬鳴大士迎而作禮問曰我欲識佛何者即是祖曰汝欲識佛不識者是曰佛既不識焉知是乎祖曰既不識佛焉知不是曰此是鋸義祖曰彼是木義祖問鋸義者何曰與師平出馬鳴却問木義者何祖曰汝被我解馬鳴豁然省悟稽首歸依遂求剃度祖謂衆曰此大士者昔爲毘舍利國王其國有一類人如馬裸形王運神力分身爲蠶彼乃得衣王後復生中印度馬人感戀悲鳴因號馬鳴馬如來記云吾滅度後六百年當有賢者馬鳴於波羅柰國摧伏異道度人無量繼吾傳化今正是時即告之曰如來大法眼藏今付與汝即說偈曰迷悟如隱顯明暗不相離今付隱顯法非一亦非二是爲十一祖贊曰

佛不識佛跟不見眼更向他覓故遣簡點將謂渾全早被解破猛省將來方知話墮

十二祖馬鳴尊者傳

十二祖馬鳴大士者波羅柰國人也既受法於夜奢尊者後於華氏國轉妙法輪俄從地湧出金色人復化爲女子右手指祖而說偈言稽首長老尊當受如來記今於此地上宣通第一義言訖瞥然不見祖曰將有魔來有頃風雨暴至天地晦冥祖曰魔來信矣吾當除之即指空中現一大金龍奮發威猛震動山嶽祖儼然於座魔不能動祖告之曰汝但歸依三寶即得神通遂復本形作禮懺悔祖問曰汝名誰耶眷屬多少曰我名迦毘摩羅有三千眷屬祖曰汝盡神力變化若何曰我化巨海極爲小事祖曰汝化性海得否曰何謂性海我未嘗知祖即爲說性海曰山河大

地皆依建立三昧六通由茲變現迦毘摩羅聞言遂發信心與徒衆三千俱求剃度祖乃召五百羅漢與授具戒復告之曰如來大法眼藏今當付汝汝聽偈言隱顯即本法明暗元不二今付悟了法非取亦非離是爲十二祖贊曰

馬之悲鳴固自有因地湧女子元非其人
魔本非魔佛亦非佛正眼看來竟是何物

十三祖迦毘摩羅尊者傳

十三祖迦毘摩羅尊者華氏國人也初爲外道有徒三千通諸異論有大神力後於馬鳴尊者得法領徒至西印度彼有太子名雲自在仰尊者名請於宮中供養祖曰如來有教沙門不得親近國王王子太子曰國城之北有山山有石窟可禪寂不祖曰諾祖入山數里逢一大蟒祖因與授三歸五戒蟒聽訖而去祖至石窟時一老人素服作禮祖曰汝何所止荅曰我昔爲比丘習靜於此時有初學比丘數來請益而我煩於應荅起嗔恨想命終遂墮蟒身住此窟中今已千載幸遇尊者獲聞戒法已得脫苦故來謝耳祖問此山更有何人居止曰此去十里有大樹蔭覆五百大龍其樹王名龍樹常爲龍衆說法祖遂與徒衆詣彼龍樹出迎曰深山孤寂龍蟒所居大德至尊何枉神足祖曰吾非至尊來訪賢者龍樹默念此師得決定性明道眼否祖曰汝雖心語我已意知但辦出家何慮吾之不聖龍樹悔謝祖即與度脫及五百龍衆俱授具戒告曰如來大法眼藏付囑於汝聽吾偈言非隱非顯法說是眞實際悟此隱顯法非

愚亦非智是爲十三祖贊曰

從異中來得正知見路逢毒蛇慈悲心現更問毒龍都要調伏眼見心知如響出谷

十四祖龍樹尊者傳

十四祖龍樹尊者西天竺國人也始於摩羅尊者得法後至南印度彼國之人多信福業祖爲説法開示佛性聞者悉回初心祖復座上現自在身如滿月輪大衆唯聞法音不見身相衆中有長者子名迦那提婆謂衆曰識此相否衆曰目所未覩安能辨識提婆曰此是尊者現佛性體相以示我等何以知之蓋無相三昧形如滿月佛性之義廓然虚明言訖輪相即隱復居本座而説偈言身現圓月相以表諸佛體説法無其形用辨非聲色彼衆聞偈頓悟無生咸願出家以求解脱祖即爲剃髮受具其國先有外道五千餘人作大幻術祖悉化之令歸三寶乃造大智度論中論十二門論垂之後世後告上首弟子迦那提婆曰如來正法眼藏今當付汝聽吾偈言爲明隱顯法方説解脱理於法心不證無嗔亦無喜是爲十四祖贊曰

龍中化龍以毒攻毒尊者妙手一言調伏佛性三昧體若虚空百千法門盡入其中

十五祖迦那提婆尊者傳

十五祖迦那提婆尊者南天竺國人也姓毘舍羅初求福業兼樂辯論後謁龍樹大士將及門龍樹知是智人先遣侍者以滿鉢水寘於座前尊者覩之即以一鍼投之而進欣然契會龍樹即爲説法不起於座現月輪相唯聞其聲不見其形祖語衆曰今此瑞者師現

佛性表說法非聲色也祖既得法至迦毘羅國彼有長者曰梵摩淨德一日園樹生耳如菌味甚甘美唯長者與第二子羅睺羅多取而食之取已遂長盡而復生餘皆不知祖知宿因遂至其家長者乃問其故祖曰汝家昔曾供一比丘道眼未明以虛霑信施故報以木菌唯汝與子精誠故得以享之餘則否矣又問長者年多少荅曰七十有九祖乃說偈曰入道不通理復身還信施長者八十一其樹不生耳長者聞已彌加歎服即捨次子隨師出家尊者即爲剃度授具乃付法眼偈曰

本對傳法人爲說解脫理於法實無證無終亦無始是爲十五祖贊曰

以鍼投鉢妙契忘言示佛性義滿月現前至長者家將鍼引線假他因緣爲巳方便

十六祖羅睺羅多尊者傳

十六祖羅睺羅多尊者迦毘羅國人也得法已行化至室羅筏城有河名金水其味殊美中流復現五佛影祖告衆曰此河之源凡五百里有聖者僧伽難提居於彼處佛誌一千年後當紹聖位語已領諸徒衆泝流而上至彼見僧伽難提安坐入定祖與衆伺之經三七日方從定起祖問曰汝身定耶心定耶提曰身心俱定祖曰身心俱定何有出入提曰雖有出入不失定相如是問荅詰難六七轉語祖爲說無我義提曰仁者師誰得是無我祖曰我師迦那提婆證是無我難提以偈讚曰稽首提婆師而出於仁者仁者無我故我欲師仁者祖以偈荅曰我已無我故汝須見我我汝若師我故知我非我我難提心意豁

然即求度脫祖曰汝心自在非我所繫祖以右手擎鉢至梵宮取香飯與難提分坐食之乃告衆曰吾分坐者即過去娑羅樹王如來也愍物降跡於此提以神力展右手至地金剛際取甘露水以琉璃器持飲大衆無不欽仰祖付法眼偈曰於法實無證不取亦不離法非有無相内外云何起是爲十六祖贊曰

尋流得源水窮山盡忽見其人知其爲聖
香飯擎來分座共食大衆同飲甘露如蜜

十七祖僧伽難提尊者傳

十七祖僧伽難提尊者室羅筏城寶莊嚴王子也生而能言常讚佛事七歲即厭世樂以告父母願請出家父母固止之遂終日不食乃許其在家出家號僧伽難提積十九年每自念言身居王宮胡爲出家一夕天光下矚見一路平坦不覺徐行約十里許至大巖前有石窟焉乃晏寂於中父母訪尋不得經十年遇羅睺羅多尊者開示得法已行化至摩提國忽有涼風襲衆身心悅適非常祖曰此道德之風也當有聖者出世嗣祖燈乎與衆遊歷山谷至一峰下謂衆曰此峯有紫雲如蓋聖人居之矣徘徊久之見山舍一童子持圓鑑直造祖前祖問汝幾歲耶曰百歲祖曰汝年尚幼何言百歲童曰我不會理正百歲耳祖曰汝善機耶童曰佛言若人生百歲不會諸佛機未若生一日而得決了之父母聞子語即捨出家祖與授具名伽耶舍多他時聞風吹殿鈴鳴祖問曰鈴鳴耶風鳴耶多曰非風非鈴我心鳴耳祖曰善哉即付法眼偈曰心地本無生因地從緣起緣種不相妨華

果亦復爾是爲十七祖贊曰
不樂王宮天開一路直抵窮源不知其故
紫雲之下聖者所依果得童子會諸佛機

十八祖伽耶舍多尊者傳

十八祖伽耶舍多尊者摩提國人也姓鬱頭藍父天蓋母方聖嘗夢大神持鑑因而有娠凡七日而誕肌體瑩如琉璃未嘗洗沐自然香潔幼好閒靜語非常童持鑑出遊遇難提尊者得度後領徒至大月氏國見一婆羅門舍有異氣祖將入彼舍舍主鳩摩羅多問曰是何徒衆祖曰是佛弟子彼聞佛號心神悚然即時閉户祖良久扣其門多羅曰此舍無人祖曰荅無者誰多羅聞語知是異人遽開關延接祖曰昔世尊記曰吾滅後一千年有大士出現於月氏國紹隆玄化今汝值吾應斯嘉運於是鳩摩羅多發宿命智投誠出家祖爲剃度授具付法偈曰有種有心地因緣能發萌於緣不相礙當生生不生是爲十八祖贊曰
七日而生不墮諸陰其體香潔本來清淨
扣門一語荅無者誰猛然喚醒當下知歸

十九祖鳩摩羅多尊者傳

十九祖鳩摩羅多尊者大月氏國婆羅門之子也昔爲自在天人見菩薩瓔珞忽起愛心墮生忉利聞帝釋說般若故升於梵天以利根故善說法要諸天尊爲導師以繼祖時至遂降生月氏得舍多心印後至中天竺國有大士名奢夜多問曰我家父母素信三寶而常縈疾瘵營事多不如意鄰人爲旃陀羅以殺爲業身常勇健作事和合彼何幸而我何

辜祖曰何足疑乎且善惡報應有三時焉凡夫但見仁夭暴壽逆吉義凶便謂亡因果虛罪福殊不知影響相隨毫釐靡忒縱經百千萬劫亦不磨滅奢夜多聞是語已頓釋所疑祖曰汝雖已信三業未明業從惑生惑依識有識依不覺不覺依心心本清淨無生滅無造作無報應無勝負寂寂然靈靈然汝若入此法門可與諸佛同矣一切善惡有爲無爲皆如夢幻奢夜多承言領旨即發宿慧懇求出家祖爲剃度授具乃付法眼偈曰性上本無生爲對求人說於法既無得何懷決不決

是爲十九祖贊曰

既生天上不應起愛一念未忘便不自在

以般若力得升梵世故來傳燈是其家事

二十祖奢夜多尊者傳

二十祖奢夜多尊者北天竺國人也智慧淵沖化導無量後至羅閱城敷揚頓教彼有學衆唯尚辯論爲之首者名婆脩盤頭此云徧行常一食不卧六時禮佛清淨無欲爲衆所歸祖將度之先問彼衆曰此徧行頭陀能脩梵行可得佛道乎衆曰我師精進何故不可祖曰汝師與道遠矣設苦行歷劫皆虛妄之本衆曰尊者藴何德行而譏我師祖曰我不求道亦不顛倒我不禮佛亦不輕慢我不長坐亦不懈怠我不一食亦不雜食我不知足亦不貪欲心無所希名之曰道徧行聞已發無漏智歡喜讚歎祖曰吾適對衆抑挫仁者得無惱乎徧行曰我憶七劫生安樂國師與智者月淨記我非久當證斯陀含果自是以來聞諸惡言如風如響況今獲飲無上甘露

而返生熱惱耶惟願大慈以妙道垂誨祖曰汝乂植衆德當繼吾宗乃付大法眼偈曰言下合無生同於法界性若能如是解通達事理竟是爲二十祖贊曰

無生本具不用求眞遇緣而發如華逢春求之太急去道轉遠當下知歸就路而返

二十一祖婆脩盤頭尊者傳

二十一祖婆脩盤頭尊者羅閲城人也姓毘舍佉父光蓋母嚴一家富無子父母禱於佛塔而求嗣焉一夕母夢吞明暗二珠覺而有孕經七日有一羅漢名賢仲至其家光蓋獻珠設禮賢仲端坐受之嚴一出拜賢仲避席光蓋罔測其由不能忍問曰我是丈夫致禮不顧我妻何德尊者避之賢仲曰我受禮納珠貴福汝耳汝婦懷聖子生當爲世燈慧日故吾避之非重女人也乃曰汝婦當生二子一名婆脩盤頭則吾所尊者二名芻尼昔如來雪山脩道芻尼巢於頂上佛成道乃記曰汝至第二五百年生羅閲城毘舍佉家與聖同胞今無爽矣後果産二子婆脩盤頭生年十五禮光度羅漢出家脩頭陀行後受奢夜多法眼行化至那提國彼國王名常自在尊者見曰佛記第二五百年有二大神力大士出家繼聖即王之次子摩拏羅是其一也吾雖德薄敢當其一王曰誠如尊者所言當捨此子作沙門王即以次子摩拏羅捨之尊者即與披剃授具付大法眼偈曰泡影同無礙如何不了悟達法在其中非今亦非古是爲二十一祖贊曰

明暗同體聖凡一路來處幽微莫知其故

熟處難忘更求伴侶忽爾相逢肯心自許

（㝹尼此名野鵲子賢仲南藏中作衆）

二十二祖摩拏羅尊者傳

二十二祖摩拏羅尊者那提國常自在王之次子也年三十遇婆脩尊者出家傳法至西印度彼國王名得度見禮尊者聞法感悟即傳位太子投祖出家七日而證四果祖慰之曰汝居此國善自度人今異域有大法器吾當往化於是祖焚香遥語月氏國鶴勒那比丘曰汝在彼國教導鶴衆道果將證宜自知之時鶴勒那爲彼國王說脩多羅忽覩異香成穗王曰是何祥也曰此是西印度傳佛心印祖師摩拏羅將至先降信香耳曰此師神力何如曰此師遠承佛記當於此土廣宣玄化時王與勒那俱遥作禮祖知已即往月氏國王與鶴勒那迎請供養勒那問曰我止林間已經九白不知何緣而感鶴衆祖曰汝前劫中嘗爲比丘當赴龍宮齋汝諸弟子咸欲隨往汝觀五百衆中無有一人堪任供者汝權聽往自是以來汝捨生趣生常轉化諸國彼諸弟子以薄福德故生於羽族今感恵故爲鶴衆相隨勒那曰以何方便令彼解脫祖曰我有無上法寶付汝當聽受化未來際而說偈曰心隨萬境轉轉處實能幽隨流認得性無喜亦無憂鶴衆聞偈飛鳴而去是爲二十二祖贊曰

從受記來不爲別事同類相從緣合必遇
嗟彼衆鶴飛鳴既乂一言之下頓知本有

（印度一年爲一白）

二十三祖鶴勒那尊者傳（勒那梵語華言鶴也）

二十三祖鶴勒那尊者月氏國人也姓婆羅門父千聖母金光以無嗣禱於七佛金幢乃夢須彌山頂一神童持金環云我來也覺而有孕生年七歲遊行聚落覩民間淫祠乃入廟叱之曰汝妄興禍福幻惑於人歲費牲牢傷害斯甚言訖廟貌忽然隳壞由是鄉黨謂之聖子年二十二出家三十遇摩拏羅尊者付法眼藏行化至中印度演無上道度有緣衆以上足龍子早夭有兄獅子博通强記事婆羅門厥師既逝弟復云亡乃歸依尊者問曰我欲求道當何用心祖曰汝欲求道無所用心曰既無用心誰作佛事祖曰汝若有用即非功德汝若無作即是佛事經云我所作功德而無我所故師子聞是語已即入佛慧時祖即指東北問曰是何氣象師子曰我見氣如白虹貫於天地復有黑氣五道橫亘其中祖曰其兆云何曰莫可知也祖曰吾滅後五十年北天竺國當有難起嬰在汝身吾將滅矣今以法眼付囑於汝善自護持聽吾偈言認得心性時可說不思議了了不可得得時不說知是爲二十三祖贊曰

從須彌頂持金環來嗟彼鶴衆其情可哀
得獅子兒作大哮吼有氣貫天試驗其後

二十四祖師子尊者傳

二十四祖師子比丘者中印度入也姓婆羅門得法遊方至罽賓國方求法嗣遇一長者引其子問祖曰此子名斯多當生便拳左手今既長矣終未能舒願尊者示其宿因祖覩之即以手接曰可還我珠童子遽開手奉珠衆皆驚異祖曰我前報爲僧有童子名婆舍

吾甞赴西海齋受䞋珠付之今還吾珠理固然矣長者遂捨其子出家祖即與授具以前緣故名婆舍斯多祖即謂之曰吾師密有懸記罹難非久如來正法眼藏今轉付汝汝應保護普潤來際偈曰正說知見時知見俱是心當心即知見知見即於今祖說偈已以僧伽黎密付斯多俾之他國隨機演化斯多受教直抵南天祖謂難不可苟免遂留罽賓本國有外道二人以幻術謀亂詐爲僧形潛入王宮將移禍馬亂作王果怒曰吾素歸心三寶何爲構害即命毀僧伽藍祛除釋衆王自仗劍至尊者所問曰師得蘊空否祖曰已得王曰可施我頭祖曰身非我有何恡於頭王即斬之白乳涌高數尺王臂亦墮七日而終

贊曰

相見索珠開手便有以先所付別來不久
知有夙欠特來奉酬將頭臨刃白乳橫流

二十五祖婆舍斯多尊者傳

二十五祖婆舍斯多尊者罽賓國人也姓婆羅門父寂行母常安樂初母夢得神劔因有孕既誕拳左手遇師子尊者顯發宿因密授心印即適南天時彼國王名天德迎請供養王有二子一名德勝凶暴而色力充盛一名不如密多柔和而長嬰疾苦祖乃爲陳因果王頓釋所疑後德勝即位復信外道致難於祖不如密多以進諫被囚王遽問祖曰予國素絕妖訛師所傳者當是何宗祖曰王國昔來實無邪法我所得者即是佛宗王曰佛滅已千二百年師從誰得耶祖曰飲光大士親受佛印展轉至二十四世師子尊者我從彼

得王曰予聞師子比丘不能免於刑戮何能傳法後人祖曰我師難起時密授我信衣法偈以顯師承王曰其衣何在祖即於囊中出衣示王王命焚之五色相鮮薪盡如故王即追悔致禮師子眞嗣既明乃赦密多密多遂求出家祖爲剃度授具羯磨之際大地震動祖曰吾已衰朽今以大法眼藏付汝當護念之聽吾偈曰聖人說知見當境無是非我今悟眞性無道亦無理是爲二十五祖贊曰

秉般若劒握如意珠雖云暫到此行不虛偶遇惡人恰得好伴因邪打正兩得其便

二十六祖不如密多尊者傳

二十六祖不如密多尊者南印度天德王之次子也既受婆舍尊者法印至東印度彼王名堅固奉外道師長爪梵志及尊者將至梵志預知祖入恐王易志即鳩諸弟子欲以咒術挫之尊者至直詣王所王曰師來何爲祖曰將度衆生王曰以何法度祖曰隨類度之梵志聞言不勝其怒即以幻法化大山於祖頂上祖指之忽壓彼衆梵志等怖懼投祖祖愍其愚惑再指之化山隨滅乃爲王演說法要俾趣眞乘因謂王曰此國當有聖人而繼於我是時有婆羅門子年二十許幼失父母不知名氏或自言瓔珞故人謂之瓔珞童子遊行閭里丐求度日後王與尊者同輦而出見瓔珞童子稽首於前祖曰汝憶往事否童曰我念遠劫中與師同居師演摩訶般若我轉甚深脩多羅今日之事蓋契夙因祖謂王曰此童非他即大勢至菩薩是也此童之後出二人一化南印度一人緣在震旦遂以昔

因故名般若多羅乃付大法眼藏偈曰眞性心地藏無頭亦無尾應緣而化物方便呼爲智是爲二十六祖贊曰

從刹利種續傳燈燄眞嗣不明幾乎失陷從闤市中忽聞故人函葢柤合乃得其眞

二十七祖般若多羅尊者傳

二十七祖般若多羅尊者東印度人也既得法已行化至南印度彼王名香至崇奉佛乘尊重供養度越倫等又施無價寶珠時王有三子曰月淨多羅曰功德多羅曰達磨多羅其季開士也祖欲試其所得乃以所施珠問三王子曰此珠圓明有能及否孟仲二子皆曰此珠七寶中尊固無踰也非尊者道力孰能受之季子曰此是世寶未足爲上於諸寶中法寶爲上此是世光未足爲上於諸光中智光爲上此是世明未足爲上於諸明中心明爲上此珠光明不能自照要假智光乃能辨此祖歎其辯慧知是法嗣以時未至且默而涵之及香至王厭世衆皆號絶唯達磨多羅於柩前入定七日而出乃求出家祖方與剃度授具戒告曰昔如來以正法眼藏付大迦葉如是展轉乃至於我我今囑汝聽吾偈言心地生諸種因事復生理果滿菩提圓華開世界起是爲二十七祖贊曰

莫謂無因相逢便見來處自然不假方便今因其珠乃得其人開池得月買石饒雲

康居尊者傳

康僧會者康居國大丞相之子也彼國出家有神異因望震旦國有光燭天曰此佛舍利光也遂尋光而來於吳赤烏四年至金陵止

長千里營立茅茨設像行道國人初見沙門以爲異有司以聞吳主孫權曰是漢明帝所夢佛道之遺風耶詔至問狀會曰如來大師入滅已千年矣然靈骨舍利神應無方昔阿育王奉之爲八萬四千塔此其遺化也權以爲誇已曰舍利可得當爲塔之若其不驗國有常刑會請立壇求之期七日無驗又展二七無驗權曰趣烹之會默念佛名眞慈豈違吾願哉更請展期又七日五鼓矣聞鏗然有聲起視缾中光明錯發黎明進之權與公卿聚觀歎曰希世之瑞也會又言舍利威神一切世間無能壞者權使力士錐之砧碎而光明自若乃爲建塔於建業之佛陀里又爲寺奉會居之曰建初寺即今之大報恩寺乃江南塔寺之始也贊曰

法身舍利普徧大地光明照耀無處不是爰有至人尋光而來懇求出現梵刹初開

佛圖澄禪師傳

天竺佛圖澄和尚至洛自言百餘歲常積日不食善誦咒役使鬼神腹傍有孔以綿塞之夜則拔綿光出照室每臨溪出腸胃洗濯還納腹中能聽鈴音言吉凶莫不奇驗會洛陽寇亂潛伏草萊以觀時變時石勒屯葛陂多殘殺澄杖錫謁勒勒試以道術澄取滿鉢水咒之俄青蓮華生鉢中光色耀日勒由是神敬延之軍中及勒稱趙王行皇帝事敬澄彌篤勒殂弟季龍襲其位徙都鄴城尤傾心事澄令乘雕輦朝會引見常侍御史悉助舉輦升殿太子諸公扶翼而前坐者皆起勅司空李農朝夕問候時支道林聞之曰澄公其以

季龍爲鷗鳥耶季龍因問曰佛法不殺朕爲天下掌生殺恐違佛戒澄曰帝王事佛在恭儉慈忍顯讚佛道不爲暴虐不害無辜民有爲惡化之不悛者其可不罰乎但殺不可濫刑不可不恤耳將去世詣辭季龍驚曰大和尚遽棄我乎澄曰出生入死道之常也脩短分定無田增損但道貴行全德貴不怠苟德無玷雖死如生咸無焉千歲何益哉言訖安坐而逝後有僧自雍州來見澄入關以聞季龍發塚視之惟塊石存焉贊曰

至人隱顯　其行莫測　透體光明　其用自別

出入帝庭　如狎鷗鳥　脫然歸去　由來時道

東林遠禪師傳

東林遠禪師諱慧遠雁門樓煩人姓賈氏少爲儒博極羣書尤邃周易老莊嘗與其弟慧持造道安法師聞講般若經遂開悟歎曰九流異議特粃糠耳遂與其弟慧持投簪授業安師門徒數千師居第一座安師嘗臨衆歎曰使道流東國其在遠乎師後隨安師遊襄陽值時亂安師徒屬分散臨岐皆蒙誨益惟師不聞一言即跪請曰獨無訓勅懼非人類安師曰如汝者復何所慮師東遊於晉抵潯陽見廬山愛之乃止龍泉精舍惠永先居西林師乃建寺於東號稱東林經營之際山神降靈其夕大雨雷震詰旦良木奇材羅列其處乃建其殿名曰神運時晉天下奇才多隱居不仕聞廬山遠公之道皆來從之師謂劉程之等曰諸君倘有淨土之遊當加勉勵遂同發志於無量壽佛立誓期生淨土由是集十八高賢結社念佛率衆至一百二十三人

同盟棲心淨業獨陶淵明嗜酒聞山中無酒乃攢眉而去謝靈運鑿二池以栽蓮僧惠要刻十二葉芙蕖浮水以定時晷稱爲蓮漏至今淨土一宗有七祖東林遠公是爲初祖云

贊曰

曠志高懷游心淨土剏開東土以爲初歩蓮漏清聲流韵至今凡有聞者靡不歸心

附録錢塘虞淳熙蓮宗十祖贊（昔止七祖至是升祔三祖稱爲十祖）

初祖廬山辯覺正覺圓悟法師（慧遠師道安）

遠公開宗首明心要像浮神運集賢契妙夢分法海十支澄照蓮社之名千秋永劭

二祖長安光明法師（善導云是彌陀化身）

導師化身而示厭身力竭汗流廢寢離裀口吐億光隨聲接人燈續無量帶累行因

三祖南嶽般舟法師（承遠）

般舟僕隸帝王遥禮糲食草土委擲錢米勤誘專念教魁普濟惡衣侍佛宏域先啓

四祖長安五會法師（法照善導後身師承遠傳見後）

法照教主依七佛師分燈華嚴傳聲宸居内外五會願力難思證無上覺俄返西池

五祖新定臺巖法師（少康）

臺巖康公來自安養錢誘千兒口吐萬象放光西逝一光無兩生巳乆生往實

不往

六祖永明智覺禪師 延壽 傳見後

求明神棲畛域無邊萬善同歸七度順緣宗鏡攝色巢械安禪定光口證即佛入壓

七祖昭慶圓淨法師 省常

錢塘造微西湖佛日淨行淨侶公卿牧伯遠擬匡山近誰入室迴耀交光非二非一

八祖天目中峰禪師 明本 傳見後

中峰立地成無量光本性彌陀而自贊揚既叅半偈更吐百章騰輝南詔歸主樂邦

九祖天寧楚石禪師 梵琦

楚石文雄名聞禁闥三觀百吟一齊四達目覩勝蓮青光寥泂東西有無臨行一喝

十祖雲棲蓮池禪師 袾宏 傳見後

蓮池稱理早護牟尼秘大現凡行若嬰兒返念自性爰荅予詞疏鈔重輪日耀西垂

寶誌公禪師傳

寶誌公大士初金陵東陽民朱氏之婦上巳日聞兒啼鷹窠中梯樹得之舉以爲子七歲依鍾山大沙門僧儉出家至後顯跡以剪尺拂子拄杖頭負之而行於是往來皖山劒水之下髮而徒跣著錦袍俗呼爲誌公面方而瑩徹如鏡手足皆鳥爪經行聚落兒童譁逐之或微索酒或累日不食嘗遇食鱠者從求之食者分啗之而有輕薄心誌即吐水中皆

成活魚時時題詩初不可解後皆有驗齊武帝怒大士惑衆收逮獄是日國人咸見大士遊行市井既而簡較仍在獄中是後亦多異跡梁武帝初年詔大士實誌跡拘塵垢神遊冥寂水火不能焦濡蛇虎不能侵懼語其佛理則聲聞已上談其隱淪則遁仙高者豈可以俗法常情空相疑忌自今中外任便宣化帝令張僧繇畫大士像下筆輒不自定誌自以指劈面門分披出十二面觀音妙相殊麗竟不能畫一日與帝臨江縱望有物泝流而上公以杖引之而至乃紫栴檀也即以屬供奉雕誌像頂刻而成神彩如生帝每以事問無不預言莫能悟及帝問國祚有留難否公指其頸意在侯景也先自卜塟地於鍾山贊曰

至人潛行　跡不可知　從何處來　爲鷹之兒
遊行世間　人莫能測　擘破面皮　又何必說

慧約國師傳 補

智者慧約國師字德素姓婁東陽烏傷人母留氏夢長人擎金像令吞之又見紫花繞身因而有孕便覺精神爽發思理明悟及誕之日光香充滿童時即以佛事爲戲見鄉俗養蠶遂不服縑纊季父喜獵屢勸不改遂絕腥羶季父夜夢赤衣使者手持矛戟謂之曰汝終日殺生菩薩教化不從捉來就死驚覺汗流因改業師心欲出俗莫知所適忽見一僧問之僧東指曰剡中佛法甚盛遂不見方悟爲神年十七始落髮於上虞東山寺事南林沙門慧靜及靜還化巖棲却粒餌唯松术齊中書郎周顒創草堂寺以居之太宰褚淵太

尉王儉交請開法淵嘗寢疾見梵僧曰菩薩當至俄而師至病遂豁然即請受五戒師所居嘗異香滿室猛獸馴階靈異不可殫述梁武帝大興戒法請師爲闍棃尊之曰智者太子諸王公卿道俗從師受戒者四萬八千人說戒時嘗有一乾鵲二孔雀來集聽之帝躬稟菩薩大戒自是入見別設漆榻帝先作禮後乃就坐及將入滅香滿法界師勉衆畢合掌而化帝親臨訣哭之慟敕葬寶誌公塔左所乘青牛吼淚不息建塔之始白鶴一雙繞塔悲鳴至葬後始去贊曰

此大菩薩現比丘身戒從性發通豈修成
作帝王師爲教化主誌公是鄰白鶴翔舞

二十八祖菩提達磨尊者傳

二十八祖菩提達磨大師者南天竺國香至國王第三子般若多羅既付法已謂曰待吾滅後六十七載當往震旦設大法藥直接上根慎勿速行衰於日下師演化國中久之思震旦緣熟即至海濱寄載商船以梁大通元年達南海刺史蕭昂表聞詔入見帝問曰朕造寺寫經度僧有何功德師曰並無功德帝曰何以無功德師曰此但人天小果有漏之因耳帝曰如何是眞實功德師曰淨智妙圓體自空寂如是功德不以世求帝曰如何是聖諦第一義師曰廓然無聖帝曰對朕者誰師曰不識帝不悟師知機不契遂渡江入魏止嵩山少林寺終日壁觀時有僧神光聞師乃往晨夕叅承值天大雪光堅立不動遲明積雪過膝師愍而問曰汝當何求光悲泣哀請師責其慢心光潛取利刀自斷左臂置於

師前師知是法器乃曰令汝斷臂求法此亦可在易名慧可可曰諸佛法印可得聞乎師曰諸佛法印匪從人得可曰我心未安師曰將心來與汝安可曰覓心了不可得師曰與汝安心竟光大悟告曰昔如來以正法眼藏付迦葉展轉至我今付與汝汝當護持并袈裟以爲法信又楞伽四卷可爲心印偈曰吾本來茲土傳法救迷情一花開五葉結果自然成是爲此土初祖贊曰

師心甚急其來太早一語不投此心不了
冷坐少林幸得神光一臂墮落其道大昌

二十九祖慧可大祖禪師傳

二祖慧可大師者武牢人也姓姬氏父寂初無子禱之既久一夕感異光照室母因有娠生以照室之瑞遂名神光幼志不羣先依香山寶律禪師出家授具遊歷講肆三十年却返終日宴坐靜中見一神人告以授道之緣爲換頭骨聞達磨大師黙坐少林徑造竟得其心印自達磨西歸大師繼闡立風博求法嗣後見一居士年踰四十不言名氏聿來設禮問曰弟子身纏風恙請師懺罪師曰將罪來與汝懺士良乆曰覓罪了不可得師曰與汝懺罪竟宜依佛法僧住士曰今見和尚已知是僧未審何名佛法師曰是心是佛是心是法法佛無二僧寶亦然士曰今日始知罪性不在內不在外不在中間如其心然佛法無二也師深器之即爲剃髮云是吾寶也宜名僧璨其年三月十八日於光福寺授具自茲疾漸愈執侍二載師乃告曰菩提達磨遠自西竺來以正法眼藏并信衣密付與吾吾

令授汝汝當守護勿令斷絶聽吾偈曰本來緣有地因地種花生本來無有種華亦不曾生是爲此土二祖贊曰

航海持來多少苦心震旦國裡秖得一人覓不可得如水任器以此傳家是爲第二

三十祖僧璨鑑智禪師傳

二祖僧璨大師者不知何許人以白衣謁二祖受度傳法隱於舒州之皖公山屬後周武帝破滅佛法師往來太湖司空山居無常處積十餘年時人無能知者至隋開皇十二年有沙彌道信年始十四來禮祖曰願和尚慈悲乞與解脱法門祖曰誰縛汝曰無人縛祖曰何更求解脱乎信於言下大悟服勞九載後於吉州受戒侍奉尤謹祖屢試以玄微知其緣熟乃付衣法偈曰華種雖因地從地種華生若無人下種華地盡無生是爲此土三祖贊曰

通身是病不知來處忽逢醫王猛省其故心空骨剛且便行脚遇有力者一擔付託

三十一祖道信大醫禪師傳

四祖道信大師者姓司馬氏世居河内後徙於蘄州廣濟縣生而超異幼慕空宗諸解脱門宛如宿習既見三祖嗣法攝心無寐脇不至席者葢六十年隋大業十三載領徒衆抵吉州值羣盜圍城七旬不解萬衆惶怖祖愍之教念摩訶般若時賊衆望雉堞間若有神兵乃相謂曰城中必有異人不可攻矣稍稍引退唐武德甲申歲師却返蘄春住破頭山學侶雲臻一日往黄梅縣路逢女子攜一小兒骨相奇秀異乎常童祖問曰子何姓荅曰

姓即有不是常姓祖曰是何姓荅曰是佛性祖曰汝無姓耶荅曰性空故無祖默識其法器即俾侍者至其母所乞令出家母以夙緣故殊無難色遂捨爲弟子以至傳法付衣偈曰華種有生性因地華生生大緣與性合當生生不生遂以學徒委之是爲此土四祖贊曰

少年出家利根捷疾六十餘年脇不至席學侶雲臻何待小兒以有夙約觀者不知

三十二祖弘忍大滿禪師傳

五祖弘忍大師者蘄州黃梅人先爲破頭山栽松道者嘗請於四祖曰法道可得聞乎祖曰汝已老脫有聞其能廣化耶儻若再來尚可遲汝乃去行水邊見一女子浣衣揖曰寄宿女曰我有父母可往求之曰諾我即敢行女首肯之遂回策而去女周氏季子也歸輙孕父母大惡逐之女無所歸日傭紡里中夕止於衆館之下已而生一子以爲不祥因拋濁港中明日見之泝流而上氣體鮮明大驚遂舉之成童隨母乞食里人呼爲無姓兒逢一智者歎曰此子缺七種相不逮如來後遇信大師得法嗣化於破頭山咸亨中有一居士姓盧名慧能自新州來叅祖問曰汝自何來曰嶺南來祖曰欲須何事曰惟求作佛祖曰嶺南人無佛性曰人有南北佛性豈有南北乎祖知是異人乃曰著槽厰去盧入碓房腰石舂米八閱月一日祖求法嗣令衆各書偈呈解上座神秀書偈於壁曰身是菩提樹心如明鏡臺時時勤拂拭勿使惹塵埃祖知未悟盧書偈曰菩提本無樹明鏡亦非臺本

來無一物何處惹塵埃祖見知之自入碓房令三更入室遂付衣鉢偈曰有情來下種因地果還生無情既無種無性亦無生是爲此土五祖贊曰

來歷不明出身恰好一件未完兩家都了破頭山中黃梅路上往來自由具大人相

三十三祖慧能大鑒禪師傳

六祖慧能大師者俗姓盧氏其先范陽人父行瑫武德中左官於新州遂籍焉師生三歲喪父其母守志鞠育及長家貧採樵以給一日負薪入市聞客讀金剛經至應無所住而生其心遂悟問客曰此何法也得於何人客曰此名金剛經得於黃梅忍大師祖遂告母以爲法尋師之意先至韶州遇無盡尼說涅槃義遂修曹溪寶林寺以居之頃即之黃梅謁大師一見默識之遂傳衣法令隱於懷集四會之間獵人隊中十有六年至儀鳳元年正月届南海法性寺時印宗法師講涅槃經座下有二僧見風吹旛動論動義未決祖曰非風非旛仁者心動印宗聞之知是異人問之祖以實告遂出示衣鉢一衆驚歎乃集衆剃髮於菩提樹下智光律師授具足戒印宗集緇白千人送歸寶林開法於曹溪座下開悟者三十餘人獨青原思南嶽讓二大師爲上首自此道分兩派祖一日告衆曰吾忝受忍大師衣法今爲汝等說法不付其衣蓋爲汝等信根淳熟決定不疑堪任大事聽吾偈曰心地含諸種普雨悉皆生頓悟華情已菩提果自成是爲此土六祖贊曰

樵斧纔抛以石墜腰靈根又植從此抽條

源出曹溪横流大地直至於今無處不是

八十八祖傳贊卷之二

音釋

寘支義切音繹置也　氏旨而切音支月氏西域國名　悛逡緣切音詮止也改也　剺里之切音棃劃也　縑古嫌切音蒹即今之絹也　纊苦謗切音曠絮也

八十八祖傳贊卷之三

匡盧憨山釋德清述

明　秀水寓公高承埏補

章安結集灌頂法師傳

章安法師諱灌頂臨海章安人姓吳氏始生三月能隨母稱三寶名有僧過門謂其母曰此子非凡因以爲名七歲依攝靜寺慧極出家日記萬言年二十受具戒天縱慧解一聞不忘陳至德初謁天台智者于修禪寺禀受觀法研繹既久頓蒙印可因爲侍者隨所住處所說法門悉能領解隨智者大師聽講法華于金陵光澤受法華玄義及圓頓止觀于江陵玉泉至于餘處講說聽受之次悉與結集大小部裒百有餘部傳諸未聞天台一家教觀師大有功焉智者亡後師應皇太子令入京講法華玄義復送還山著涅槃玄義二卷疏二十卷時隋末兵興寇盜群起師自序曰推度聖文凡歷五載何年不見兵火何月不見干戈菜食水齋氷床雪被其勞苦有若此焉疏成烈火焚之不爇壽七十二入滅是爲台宗九祖之一先是同學智晞臨終曰吾生兜率見先師智者寶座行列皆已有人惟虚一座彼天人曰却後六年頂法師來升此座計歲論期晞言不謬贊曰

影響法化雲龍風虎凡立幟者必有其伍一家教觀至師大昌入多聞海源遠流長

附録台宗十七祖

高祖龍樹尊者

二祖北齊尊者　慧文

三祖南岳尊者　慧思

四祖天台智者 智顗
五祖章安尊者 灌頂
六祖法華尊者 智威
七祖天宫尊者 慧威
八祖左溪尊者 玄朗
九祖荆溪尊者 湛然
十祖興道尊者 道邃
十一祖至行尊者 廣修
十二祖正定尊者 物外
十三祖玅説尊者 元琇
十四祖高論尊者 清竦
十五祖淨光尊者 義寂
十六祖寳雲尊者 義通
十七祖法智尊者 知禮 傳見後
慈恩玄奘法師傳

慈恩玄奘法師洛陽陳氏子幼出家授具年十一即能誦通維摩法華及長負笈西遊謁道基法師受阿毘曇婆沙雜心等論基讚之曰予遊講肆多矣未見少年神悟若此貞觀三年詣闕上表往西域取經帝不許師私遁出玉關抵高昌葉護等國而去途歷四載至中印度即遇大乘居士授瑜珈師地論入王舍城止那蘭陁寺從戒賢論師受瑜珈唯識相宗之旨周遊西域十有餘年閲百三十國凡如來所化之地諸所遺跡無處不至總得梵本諸經論六百五十七部五時之教大小乘論與外道六家七宗異執之計及五明六釋之義靡不該練收羅研究悉得其文以貞觀十九年歸自西域至京師留守房玄齡表聞詔見于儀殿帝曰師去何不相報師曰去

時表三上不蒙諒許乃輙私行帝曰師能委命求法惠利蒼生朕甚嘉焉勅就弘福寺翻譯諸經論命玄齡監護資備所須一從天府譯完帝爲製大唐三藏聖教序皇太子撰述聖記賜金磨衲寶剃刀後于慈恩寺建大塔安奉新經是爲慈恩宗二祖贊曰

大教東流其法未普爰有應真委命往取
般若流光相宗大啓苦海舟航利濟無已

附録慈恩三祖

初祖西天戒賢法師

二祖三藏玄奘法師

三祖慈恩窺基法師　傳見後

南山宣律師傳

律師諱道宣京兆人姓錢氏吏部尚書申之子母夢月輪貫懷而孕生時母夢梵僧語之曰所孕者梁之佑律師也及長出家以律自持感天送供天童爲給使行道心勞疾作忽毘沙門天王授以補心之方即今之補心丹也師以戒壇未合律躬自負土準律新之師行道中夜臨砌蹶仆有少年介冑擁衛之師問汝爲誰神曰弟子博乂天王子張瓊也以師戒德故給侍耳師問以世尊在世及滅度之事瓊一一言之計三千八百事隨問隨録爲感通傳神又以所寶佛牙授之靈異之事甚多師撰有内典録感通録釋迦譜四分羯磨戒本律疏續高僧傳廣弘明集等書八十一卷並行於世是爲南山律宗第九祖贊曰

如來設教三學爲師定慧所發以戒爲基
大法東流此教未光南山杰出一振其綱

附録律宗九祖

始祖曇無德尊者
二祖曇摩迦羅尊者
三祖北臺法聰律師
四祖雲中道覆律師
五祖大覺慧光律師
六祖北齊道雲律師
七祖河北道洪律師
八祖弘福智首律師
九祖南山道宣律師

慈恩窺基法師傳

窺基法師者代郡人鄂忠武公尉遲敬德之弟敬宗之子也母裴氏夢吞月而生六歲聰慧過人頭有玉枕指文如印未成童便能著書初奘師齋于其第宗命出拜師就其父求之出家宗曰此子悍暴不堪受訓師曰郎君器度非將軍不生非貧道不識宗竟許之帝特旨命度沙彌窺基爲大僧入大慈恩寺叅譯經正義基每覽疏記過目成誦師時年十七稟受奘師瑜珈師地唯識宗旨撰述疏鈔及于百部時號百部論師師性豪侈每出必治三車經書食饌時呼之曰三車法師初梵本唯識論十家百卷文浩義博師請奘師糅成十卷至今遵行是爲慈恩宗三祖贊曰

唯識幽宗義深且玄惟師揭之如日麗天
定從兜率預稟彌勒不從中來安知其訣

賢首法藏法師傳

賢首法師諱法藏康居國人來居長安年十六詣四明阿育王舍利塔煉一指誓學華嚴則天朝策名宮禁通天元年詔于太原寺開講華嚴宗旨感白光昱然自口而出須臾成

蓋萬衆歡呼則天有旨命京城十大德爲授滿分戒賜號賢首戒師詔入大遍空寺佐實义難陀譯華嚴經次講新經至華嚴世界品京師地爲之震動召對長生殿問華嚴宗旨師指殿前金獅子說六相十玄五教之義則天忽然領解著其說爲金獅子章睿宗受内禪請師授菩薩大戒師糞衣糲食講華嚴三十餘遍楞伽密嚴起信論皆有義疏先天元年終于大薦福寺贈鴻臚卿是爲華嚴三祖

贊曰

大法界網聖凡羅列獨有一網惟師能挈
引萬派流同歸性海五教齊收終古不改

附録華嚴五祖

初祖帝心大師 法順

二祖雲華大師 智儼

三祖賢首大師 法藏

四祖清涼大師 澄觀 傳見後

五祖圭峰大師 宗密 傳見後

雲棲以西天馬鳴大師爲初祖龍樹大師爲二祖後祀帝心至圭峰稱七祖

法照禪師傳

法照國師唐大曆間止衡州雲封寺爲時所宗嘗于食鉢中覩五色雲中有梵刹金書題曰大聖竹林寺他日復于鉢中見雲中樓觀萬菩薩衆雜處其中師以所見訪問知識曰據所見形勢乃五臺耳師由是卽願遊之後居郡之湖東寺開五會念佛感祥雲彌覆雲中樓閣覩阿彌陀佛及二菩薩身滿虛空有數梵師執錫行道復有一老人謂曰汝先發願遊金色界禮覲十大僧今何輙止師遂與同志遠詣五臺佛光寺一如鉢中所見至大

山澗有石門時二青衣童子引師入門見金碧樓觀金榜題曰大聖竹林寺方約二十里一百院皆金地寶池華臺玉樹入講堂見文殊在西普賢在東踞獅子座爲衆說法菩薩萬衆共相圍繞師于二菩薩前作禮問曰末代凡夫未審修何法門文殊告曰諸修行者無如念佛阿彌陀佛願力難思汝當繫念決取往生時二大士同舒金臂以摩其頂記曰汝以念佛力故畢竟證無上覺文殊復曰汝可往詣諸菩薩前作禮承教師一一巡禮衆聖復詣文殊前作禮辭退二青衣送至門外舉頭俱失後代宗詔至宮中加國師號是爲淨土四祖贊曰

曼殊大士將期一見故金色界鉢中先現
及至入門如從舊遊直指極樂是所歸投

瑜伽不空三藏法師傳

不空三藏法師者西域人幼隨叔父觀光上國值金剛智上師從之傳瑜伽義智授梵本聲明論旬日成誦奇之引入金剛道場驗以擲花謂爲勝已師初求法夢京像皆東行寤以問智智曰汝有受道之資吾何靳哉即授五部及蘇悉地儀軌智沒奉遺教西遊天竺至師子國遇龍智授十八會金剛灌頂及大悲胎藏建壇之法傳經論五百餘部二十九年自師子國歸至廣州採訪使劉巨濟請建灌頂壇感文殊現身天寶元年西城大石康居五國入寇安西召師入內上親秉香爐師誦仁王護國密語上忽見神兵帶甲荷戈立于殿庭師曰此毘沙天王第二子副陛下意往救安西請設食以遣之頃之安西奏城東

北黑雲中見金甲神人丈餘空中鼓角大鳴聲震天地寇人帳幕間有金鼠囓斷弓弦五國即時奔潰須臾城樓上見天王形謹圖其像以進驗之即誦咒日也至後每誦咒有竒驗肅代兩朝尊爲灌頂國師後加開府儀同三司肅國公食邑三千戶故今瑜伽密教實宗之贊曰

毘盧灌頂是爲心印正令全提佛魔聽命奔走神龍潛消百怪是故智者得大自在

附録瑜伽五祖

初祖金剛智灌頂國師

二祖不空灌頂國師

三祖慧朗灌頂法師

四祖龍門無畏法師

五祖大慧一行法師 傳見後

青原思禪師傳

吉州青原山行思禪師本州安城劉氏子幼出家每群居論道師惟默然後聞曹溪往叅問曰當何所務即不落階級祖曰汝曾作甚麽來師曰聖諦亦不爲祖曰落何階級師曰聖諦尚不爲何階級之有祖深器之居衆首焉一日祖謂師曰從上衣法雙行師資遞授衣以表信法乃印心吾今得人何患不信吾受衣以來遭此多難况乎後代爭競必多衣即留鎮山門汝當分化一方毋令斷絶師旣得法歸住青原六祖將示滅有沙彌希遷問曰和尚百年後希遷未審當依附何人祖曰尋思去及祖順世遷每于靜處端坐寂若忘生第一座問曰汝師已逝空坐奚爲遷曰我稟遺命故尋思耳座曰汝有師兄思和尚今

在吉州汝緣在彼師言甚宜汝自迷耳遷卽禮辭祖龕直詣青原叅禮師曰子何方來遷曰曹溪師曰將得甚麼來曰未到曹溪亦不失師曰若恁麼用到曹溪作甚麼遷曰若不到曹溪爭知不失詰勘多端機辯自在遂印爲法嗣是爲曹溪下一世贊曰

天然尊貴不落階級一語投機如蜂得蜜曹溪一脉枝分派衍從此兒孫雷驅電捲

南嶽讓禪師傳

南嶽懷讓禪師者金州人也姓杜氏生時白氣應于玄象太史占奏爲國之法器帝勅金州太守親慰其家年十歲有異僧見之告其父母曰此兒出家必獲上乘年十五辭親依荆州玉泉寺弘景律師出家授具後謁嵩山安和尚指詣曹溪叅六祖祖問甚麼處來曰嵩山來祖曰甚麼物恁麼來師無語遂經八載忽然有省乃白祖曰某甲有個會處祖曰作麼生師曰說似一物卽不中祖曰還假修證否師曰修證則不無染污卽不得祖曰秖這不染污的諸佛之所護念汝善護持西天般若多羅讖汝足下出一馬駒踏殺天下人並在汝心師執侍一十五年後住衡嶽有沙門道一在山常習坐禪師知是法器乃取一磚于庵前石上磨一曰磨作甚麼師曰作鏡一曰磚豈得成鏡耶師曰磨磚不得成鏡坐禪豈得做佛一曰如何卽是師曰如牛駕車車若不行打車卽是打牛卽是一大了悟遂付其法偈曰心地含諸種遇澤悉皆萌三昧花無相何壞復何成是爲曹溪下一世贊曰

氣槩冲天心虛沒量攪曹溪水興波作浪

睡著馬駒一磚打起蹴踏橫行觸者皆死

永嘉眞覺禪師傳

永嘉無相大師者諱玄覺永嘉人姓戴氏丱歲出家徧探三藏精天台止觀圓妙法門于四威儀中常冥禪觀後因左溪朗禪師激勵與東陽策禪師同詣曹溪初到振錫携瓶遶祖三匝祖曰夫沙門者具三千威儀八萬細行大德自何方而來生大我慢師曰生死事大無常迅速祖曰何不體取無生了無速乎曰體卽無生了本無速祖曰如是如是于時大衆無不愕然師方具威儀叅禮須臾告辭祖曰返太速乎師曰本自非動豈有速耶祖曰誰知非動曰仁者自生分別祖曰汝甚得無生意師曰無生豈有意耶祖曰無意誰當分別師曰分別亦非意祖歎曰善哉善哉少留一宿時謂一宿覺矣策公乃留師翼日下山迴温江學者輻輳號眞覺謚無相大師著禪宗修悟圓旨名永嘉證道歌是爲曹溪下一世贊曰

金錫孤標生龍活虎不是老盧幾遭輕侮
言前薦得一宿便行縱然超越猶是兒孫

一行禪師傳

一行禪師鉅鹿人姓張氏丱歲不群博洽記誦讀書不再覽初從嵩山普寂禪師乃悟世幻遂禮出家剃染受具嘗傳密教于金剛無畏結集毘盧遮那經疏登壇灌頂受瑜珈五部法又尋究于陰陽讖緯之書訪算法于天台國清寺異僧盡得其蘊自此聲名藉甚開元三年詔入見諮出世道及安國撫民之法對稱旨號稱天師以國爲問答曰鑾輿有萬

里之行社稷終吉以金盒進曰至萬里卽開視乃當歸少許耳後祿山作亂上幸成都至萬里橋悟當歸之讖灑然忘憂終吉者至昭宗而絶昭宗曾封吉王也開元九年朝廷以曆不驗詔師改撰新曆師推大衍曆書五十二卷入唐書律曆志先是有邢和璞者道術人也謂尹愔曰一行和尚眞聖人也漢洛下閎造曆時云八百年差一日當有聖人定之大衍曆出閎言驗矣開元十一年師製水渾天儀成古未之有也師嗣北宗普寂又以學灌頂故爲密宗五祖贊曰

顯密之宗讖緯之故大衍一成陰陽合度
世出世法靡不該練五地之行于師乃見

江西馬祖一禪師傳

江西道一禪師漢州什邡縣人姓馬氏本邑羅漢寺出家容貌奇異牛行虎視引舌過鼻足有輪文幼依資州唐和尚授具開元中習禪定于衡山遇讓和尚密授心印後開法於江西四方學者雲集師一日謂衆曰汝等諸人各信自心是佛此心卽是佛心達磨大師從南天竺國來至中華傳上乘一心之法令汝等開悟又以楞伽經文印衆生心地恐汝顛倒不自信此一心之法各各有之故楞伽經以佛語心爲宗無門爲法門夫求法者應無所求心外無別佛佛外無別心不取善不取惡淨穢兩邊俱不依怙達罪性空念念不可得無自性故故三界惟心森羅萬象一法之所印凡所見色皆是見心心不自心因色故有汝但隨時言說卽事卽理都無所礙菩提道果亦復如是於心所生卽名爲色知色

空故生即不生若了此意乃可隨時著衣喫飯長養聖胎任運過時更有何事汝受吾教聽吾偈言心地隨時説菩提亦秖寧事理俱無礙當生即不生是爲南嶽下一世座下開悟弟子一百三十餘人出世者七十六人禪道東來自此爲最盛贊曰

馬駒如龍牛行虎視百三十人一脚踏地
法流西江百州東倒一滴瀰漫潤兹枯槁

石頭遷禪師傳

石頭希遷禪師端州高要陳氏子母初懷姙不喜茹葷師生在孩提不煩保母既冠然諾自許鄉峒獠民畏鬼神多淫祀殺牛釃酒習以爲常師輒往毀叢祠奪牛而歸歲盈數十鄉老不能禁後直造曹溪得度屬祖圓寂稟遺命謁青原乃攝衣從之一日原問曰有人道嶺南有消息師曰有人不道嶺南有消息原曰若恁麽大藏小藏從何而來師曰盡從這裡去原然之師久參既得心印即往衡山南寺之東有石如臺乃結菴其上時號石頭和尚師看肇論至會萬物而爲己者其唯聖人乎師乃拊几曰聖人無己靡所不己法身無相誰云自他圓鑑靈照於其間萬物體玄而自現境智非一孰云去來至哉斯語也遂掩卷不覺寢夢自身與六祖乘一龜游泳深池之内覺而詳之靈龜者智也池者性海也吾與祖師同乘靈智遊性海矣遂著參同契發明禪宗之旨是爲青原下一世贊曰

獦獠佛性元自有因一尋思去即得其眞
踞坐石頭其路甚滑縱能行者也喫一蹋

清涼澄觀國師傳

清凉國師諱澄觀山陰人姓夏侯氏出家于應天寺十四得度學律於棲霞受菩薩戒於常照傳涅槃起信論法界觀還源記于瓦棺造東京受雜華於大詵從荆溪習止觀法華維摩等疏謁牛頭忠徑山欽咨決南宗心印謁慧雲明了北宗玄理此土儒墨老莊諸子竺乾諸部異計四韋五明顯密儀範莫不旁通博綜巡禮五臺瞻瑞相居大華嚴寺專行方等懺法講華嚴大經造新疏鈔後居京師德宗召講内殿謂以妙法清凉朕心賜號清凉法師爲教授和尚譯華嚴新經帝親御譯場元和五年憲宗問華嚴法界宗旨豁然有悟勑有司鑄金印賜號大統清凉國師師身長九尺四寸垂手過膝目夜發光晝仍不瞬日記萬言七行俱下才供二筆盡形一食宿不離衣爲七帝門師去賢首百餘年遥稟其旨所著疏記四百餘卷講華嚴經五十遍壽一百二歲是爲華嚴四祖贊曰

秉大智印　範圍法界　入總持門　具四無礙
九尺長軀　百年住世　七帝門師　事不思議

天皇悟禪師傳

天皇道悟禪師婺州東陽張氏子神儀挺異幼而生知年十四懇求出家父母不聽遂損減飲膳日纔一食形體羸悴父母不得已而許之依明州大德披剃受具精進梵行推爲勇猛或風雨昏夜晏坐邱塚身心安静離諸怖畏首謁徑山國一受心法服勤五載後叅馬祖重印前解依止二夏乃謁石頭問曰離却定慧以何法示人頭曰我這裡無奴婢離箇甚麽曰如何明得頭曰汝還撮得虚空麽

曰恁麼則不從今日去也頭曰未審汝早晚向那邊來曰道悟不是那邊人頭曰我早知汝來處也曰師何以贓誣於人頭曰汝身現在曰雖然如是畢竟如何示于後人頭曰誰是後人師從此頓悟罄前二哲匠所傳後住郡之左天皇寺石頭法道大行是爲青原下二世贊曰

那邊不住從何處來一見石頭八字打開
以此示人只貴知有顛倒拈來如弄丸手

大珠海禪師傳

越州大珠慧海禪師建州朱氏子依越州大雲寺智和尚受業初參馬祖祖問從何處來曰越州大雲寺來祖曰來此擬須何事曰來求佛法祖曰我這裡一物也無求甚麽佛法自家寶藏不顧拋家散走作麽曰阿那箇是慧海寶藏祖曰即今問我者是汝寶藏一切具足更無欠少使用自在何假外求師于言下自識本心不由知覺踊躍禮謝執侍六載後以受業師老遽歸奉養乃晦跡藏用外示癡訥撰頓悟入道要門一卷是爲南嶽下二世贊曰

自持寶藏更向他求一言指出應用自由
越有大珠圓明光透隨方照耀不落窠臼

黃檗運禪師傳

洪州黃檗希運禪師閩人也幼於本州黃檗山出家額間隆起如珠音辭朗潤志意冲澹後遊京師因人啓發乃往參百丈丈問巍巍堂堂從何來師曰巍巍堂堂從嶺南來丈曰巍巍堂堂當爲何事師曰巍巍堂堂不爲别事便禮拜問曰從上宗乘如何指示丈良久

師曰不可教後人斷絶去也丈曰將謂汝是箇人乃起入方丈師隨後入曰某甲特來丈曰若爾則他後不得孤負吾丈一日問師甚麽處去來師曰大雄山下採菌子來丈曰還見大蟲麽師便作虎聲丈拈斧作斫勢師即打一摑丈吟吟而笑便歸上堂曰大雄山下有一大蟲汝等諸人也須好看百丈老漢今日親遭一口裴相國鎮宛陵一日請師至郡以所解一篇示之師接置於座略不披閱良久曰會麽裴曰未測師曰若恁麽會得猶較些子若也形於紙墨何有吾宗裴乃贈以詩有擬欲事師爲弟子之句自後請益爲説黄檗心要自爾黄檗門風盛於江表矣是爲南嶽下三世贊曰

大雄山下有一大蟲哮吼一聲聞者耳聾疾雷之機掣電之眼西來門風從此太險

溈山祐禪師傳

潭州溈山靈祐禪師福州長谿趙氏子年十五出家依本郡建善寺法常律師剃髮於杭州龍興寺究大小乘教二十三遊江西參百丈一見許之入室遂居參學之首侍立次丈問誰師曰某甲丈曰汝撥鑪中有火否師撥之云無火丈躬起深撥得少火舉以示之曰汝道無這箇聻師由是發悟禮謝陳其所解丈曰此乃暫時岐路耳經云欲識佛性義當觀時節因緣時節既至如迷忽悟如忘忽憶方省已物不從他得故祖師云悟了同未悟無心亦無法秖是無虚妄凡聖等心本來心法元是備足汝今既爾善自護持師一日上堂云老僧百年後向山下檀越家作一頭水

牯牛右脇下書五字曰溈山僧某甲當恁麽時喚作溈山僧又是水牯牛喚作水牯牛又是溈山僧畢竟喚作甚麽即得仰山出禮拜而退從此稱爲溈仰宗機緣甚多是爲南嶽下三世贊曰

百丈壁立來者望崖惟師直入撥火心開作水牯牛異類中行仰山勘破父子家聲

圭峯密禪師傳

三峯禪師諱宗密果州人姓何氏世業儒憲宗元和二年將赴貢舉偶值遂州道圓禪師法席味其道法遂求披剃授具一日隨衆僧齋於府吏任灌家居末座以次授經得圓覺十二章誦未終軸感悟歸告于圓圓曰此經諸佛授汝耳汝當大弘圓頓之教汝行矣無滯一隅遂辭去謁荊南忠禪師洛陽照禪師皆蒙印可抵襄漢因病僧付華嚴疏即上都清涼觀大師之所撰也覽之欣然曰吾禪遇南宗教逢圓覺一言之下心地開通今復得此大法吾其幸哉遂講之以未見清涼乃以書遥叙門人之禮清涼印曰毗盧性海與吾同遊者舍汝其誰歟轉輪眞子可以喻也文宗詔入内賜紫衣帝累問法要朝士歸慕惟裴相休深入堂奥受教爲外護師以禪教學者互相非毀乃著禪源詮及圓覺華嚴金剛起信唯識法界觀行願品諸經論疏鈔及道場修證儀凡九十餘卷是爲華嚴五祖贊曰

萬里封侯投筆而取吾師一投直出生死性海同遊眞子之印入法界門是稱亞聖

臨濟義玄禪師傳

鎮州臨濟義玄禪師曹州邢氏子幼負出塵

之志及落髮授具初忝黃檗問如何是佛法的的大意問聲未絕檗便打如此三度問三度痛打師不契遂辭去檗曰不須他去秖往高安灘頭忝大愚必爲汝說師到大愚處愚曰甚處來師曰黃檗來愚曰黃檗有何言句師曰某甲三度問佛法的的大意三度被打不知某甲有過無過愚曰黃檗恁麼老婆心切爲汝得徹困更來這裡問有過無過師於言下大悟乃曰元來黃檗佛法無多子愚搊住曰這尿牀鬼子適來道有過無過如今却道黃檗佛法無多子你見箇甚麼道理速道速道師於大愚脇下築三拳愚拓開曰汝師黃檗非干我事師辭回黃檗檗見便曰這漢來來去去有甚了期師曰只爲婆心太切檗曰甚處去來師曰昨蒙指示往忝大愚去來檗曰大愚有何言句師舉前話檗曰大愚老漢饒舌待來痛與一頓師曰說甚待來即今便打隨後便掌檗曰這風顛漢來這裡捋虎鬚師便喝檗喚侍者引這風顛漢忝堂去從此禪宗機鋒迅捷自師始爲臨濟宗南嶽下四世贊曰

黃檗師子爪牙纔露大愚之機如鷹拿兎脇下三拳腮邊一掌適犯其鋒非爲粗莽

洞山价禪師傳

瑞州洞山良价悟本禪師會稽俞氏子幼歲出家從師念心經至無眼耳鼻舌身意處忽以手捫面問師曰某甲有眼耳鼻舌等何故經言無其師駭然異之曰吾非汝師即指往五洩山禮默禪師披剃年二十遊方初忝潙山舉忠國師無情說法話請益潙爲開示不

契乃指往叅雲巖師遂辭徑造雲巖舉前話問無情說法該何教典巖云豈不見彌陀經云水鳥樹林悉皆念佛念法師于此有省乃述偈曰也太奇也太奇無情說法不思議若將耳聽終難會眼處聞時方得知師叅久一日辭巖問曰百年後忽有問還描得師眞否如何抵對巖良久云秪這是師沈吟巖曰价闍黎承當箇事大須審細師猶涉疑後因過水覩影大悟前旨有偈曰切忌從他覓迢迢與我疎我今獨自往處處得逢渠渠今正是我我今不是渠應須恁麽會方始契如如厥後盛化于豫章高安之洞山權開五位善接三根大闡一音廣弘萬品橫抽寶劒剪諸見之稠林玅叶弘通截萬端之穿鑿又得曹山深明的旨妙唱嘉猷道合君臣偏正回互于是天下共推爲曹洞宗是爲青原下四世贊曰

本來面目一摸便見無情說法似乎還欠既見雲巖掀翻窠臼過水覩影方始通透

曹山寂禪師傳

撫州曹山本寂禪師莆田黄氏子少業儒年十九出家登戒尋謁洞山山問闍黎名甚麽師云本寂山云那箇聻師云不名本寂山深器之自此入室盤桓數載山密授洞上宗旨遂辭去往曹溪禮祖塔回宜黄衆請開法師志慕六祖遂以所住之山名曹法席大興學者雲萃洞上之宗至師爲盛師因僧問五位君臣旨訣師曰正位即空界本來無物偏位即色界有萬象形正中偏者背理就事偏中正者捨事入理兼帶者理事混融冥應衆緣

不墮諸有非染非淨非正非偏故曰虛玄大道無著眞宗從上先德推此一位最玅最玄當詳審辨明君爲正位臣爲偏位臣向君是偏中正君視臣是正中偏君臣道合是兼帶語師又曰以君臣偏正言者不欲犯中故臣稱君不敢斥言是也此吾法宗要乃作偈曰學者先須識自宗莫將眞際雜頑空玅明體盡知傷觸力在逢緣不借中出語直教燒不著潛行須與古人同無身有事超岐路無事無身落始終故應機之際語忌十成機貴回互此曹洞宗旨也爲青原下五世贊曰

越格之資不存名跡超方之眼一見便識五位虛玄宗旨綿密是故至今猶黑似漆

鳥窠道林禪師傳

杭州鳥窠道林禪師本郡富陽人也姓潘氏母朱氏夢日光入口因而有娠及誕異香滿室遂名香光九歲出家二十一于荆州果願寺授具後詣長安西明寺復理法師學華嚴經起信論理示以真妄須俾修禪那師問曰初云何觀云何用心理久而無言師三禮而退後南歸忝徑山國一禪師發明心地因見秦望山有長松枝葉繁茂盤屈如葢遂棲止其上故時人謂之鳥窠禪師白居易侍郎出守茲郡因入山謁師問曰禪師住處甚危險師曰太守危險尤甚白曰弟子位鎭江山何險之有師曰薪火相交識性不停得非險乎又問如何是佛法大意師曰諸惡莫作衆善奉行白曰三歲孩兒也解恁麽道師曰三歲孩兒雖道得八十翁翁行不得白作禮而退是爲四祖下旁出第八世贊曰

秉日光來依自性住故纔出頭天然玅悟
巢居長松人道是險但看他人不自簡點

雪峯存禪師傳

福州雪峯義存禪師泉州曾氏子家世奉佛師生惡茹葷於襁褓中聞鐘梵之聲或見旛花設像爲之動容年十二從其父遊莆田玉澗寺見慶玄律師遽拜曰我師也遂留侍焉落髮授具久歷禪會叅德山問從上宗乘學人還有分也無山打一棒曰道甚麽曰不會至明日請益山曰我宗無語句實無一法與人師因此有省巖頭聞之曰德山老人一條脊梁骨硬似鐵拗不折然雖如此于唱教門中猶較些子師與巖頭同叅深得切磋之力師與頭同辭德山山問甚麽處去頭曰暫辭和尚下山去山曰子他後作麽生頭曰不忘山曰子憑何有此說頭曰豈不聞智過於師方可傳授智與師齊減師半德山曰如是如是當善護持師同禮拜而退後回閩中開法于雪峯常教學人危坐如枯木杌時號爲枯木堂後出雲門法眼二宗青原下五世贊曰

熟處難忘蔬筭習氣鐘梵經聲聞之心醉
師棒如龍友嘴如鐵故此出身自然超越

附録雲門偃禪師贊 嗣法雪峯

纔見睦州閉門推出挨身一撥頓折一
足從此轉身葢天葢地雪峯未見早已
心契

法眼益禪師贊 嗣法羅漢桂琛琛嗣玄沙師備備嗣雪峯

一切現成了無顧佇萬象之中堂堂獨
露一味平懷目前即是纔落思惟便落
第二

八十八祖傳贊卷之三

音釋

繹夷益切音亦繹理也　蹶居月切音厥僵也跳也　釃所綺切音干酒也

襁褓上居兩切音鏹下補抱切音保負小兒衣也

八十八祖傳贊卷之四

匡廬憨山釋德清述

明 秀水寓公高承埏補

首山念禪師傳

汝州首山省念禪師萊州狄氏子出家于本郡南禪寺授具徧遊叢席常密誦法華經衆目爲念法華晚于風穴會下充知客一日侍立次穴乃垂涕告之曰不幸臨濟之道至吾將墜于地矣師曰觀此一衆豈無人耶穴曰聰明者多見性者少師曰如某者如何穴曰吾雖望子之久猶恐躭著此經不能放下師曰此亦可在願聞其要穴遂上堂舉世尊青蓮花目顧視大衆乃曰正當恁麼時說個甚麼若道不說而說又是埋沒先聖且道說個甚麼師乃拂袖下去穴擲下拄杖歸方丈侍者隨後請益曰念法華因甚不秖對和尚穴曰念法華會也次日師與真園頭同問訊穴問真曰作麼生是世尊不說說真曰鵓鳩樹頭鳴穴曰汝作許多癡福作麼又問師曰汝作麼生師曰動容揚古路不墮悄然機穴謂真曰何不看念法華下語師受風穴印可泯跡嵌光人莫知之後開法于首山大振臨濟之道是爲南嶽下八世贊曰

七軸蓮經持之已久一言放下即知本有不說之說舉著便見拂袖而行何等快便

永明壽禪師傳

杭州慧日永明延壽智覺禪師餘杭王氏子總角歸心佛乘既冠不茹葷日惟一食持法華經六旬能誦年二十八爲華亭鎮將吳越文穆王知師慕道乃從其志遂禮龍冊寺翠

巖爲師執勞忘身從事衣不繒纊食不重味野蔬布襦以遣朝夕尋往天台山九旬習定有鳥巢于衣襵中既謁韶國師一見深器之密授玄旨仍謂曰汝與元帥有緣他日大興佛事初住雪竇僧問雪竇一徑如何履踐師曰步步寒花結言言徹底水師有偈曰孤猿叫落中宵月野客吟殘半夜燈此境此時誰得意白雲深處坐禪僧錢忠懿王請開山靈隱明年遷永明衆盈二千居十五載度弟子一千七百人入天台山度戒約萬人放諸生類不可稱計日作一百八件方便行道餘力持法華經計萬三千部著宗鏡録百卷詩偈賦凡千萬言海外高麗王遣書叙弟子禮彼國僧三十六人皆承印記青原下十世贊曰

乘大願輪　出爲法瑞　總持門開　衆行畢備
懸一心鏡　朗照萬物　佛日中天　無幽不燭

慈明圓禪師傳

潭州石霜楚圓慈明禪師全州李氏子少爲書生年二十二依湘山隱靜寺出家其母有賢行使之遊方聞汾陽道望遂往而謁焉陽顧而默器之經二年未許入室每見必詬罵或毀詆諸方及有所訓皆流俗鄙事一夕訴曰自至法席已再夏不蒙指示但增世俗塵勞念歲月飄忽已事未明失出家之利語未卒陽熟視罵曰是惡知識敢裨販我怒舉杖逐之師擬伸救陽掩師口乃大悟曰是知臨濟道出常情服役七載辭去依唐明嵩禪師嵩謂師曰楊大年内翰知見高入道穩實子不可不見師乃往見大年機語相投恨見之晚年于朝中見駙馬都尉李遵勗曰近得一

道人真西河獅子李曰我以拘文不能就見柰何年默然歸語師曰李公佛法中人聞道風遠至有願見之心政以法拘于是師黎明謁李公一見欣然相契至是師與楊李二老為法門稱最密及李公終師為之臨壙仁宗聞而嘉之有旨官舟賜歸師出世說法後住石霜師嗣汾陽昭為南嶽下十世贊曰

西河逆機見者不識覿遭掩口鼻孔打失其機迅發脫不可羈明眼稱之真獅子兒

天衣懷禪師傳

越州天衣義懷禪師永嘉樂清陳氏子世以漁為業母夢星殞于屋乃孕及產尤多吉祥兒時坐船尾父得魚付師貫之師即私投江中父怒笞之師恬然如故有出世志長遊京師依景德寺為童行後試經得度初謁金鑾善葉縣省皆蒙印可後至姑蘇禮明覺于翠峯覺問汝名甚麼曰義懷覺曰何不名懷義曰當時致得覺曰誰汝立名曰受戒來十年矣覺曰汝行脚費却多少草鞋曰和尚莫瞞人好覺曰我也沒量罪過你也沒量罪過你作麼生師無語覺打曰脫空謾語漢出去一日入室次覺曰恁麼也不得不恁麼也不得恁麼不恁麼總不得師擬議覺又打如是者數四尋為水頭因汲水擔折忽墮大悟作投機偈曰一二三四五六七萬仞峯頭獨足立驪龍頷下奪明珠一言勘破維摩詰覺聞撫几稱善後七坐道場化行海內嗣法甚衆是為青原下十世贊曰

本性慈悲來酬夙帳見了魚兒隨手便放一出塵網遂登覺地擔折桶脫虛空粉碎

佛印元禪師傳

佛印禪師諱了元字覺老浮梁人姓林氏世業儒師生二歲琅琅誦論語諸家詩五歲誦詩三千首既長從師受五經通大義因讀楞嚴經有省盡棄所習白父母求出家禮寶積寺沙門日用試法華得度授具後遊廬山謁開先暹道者暹自負爲海上橫行俯視後進師與問答捷給乃稱賞遂爲其嗣謁圓通訥訥曰骨格已似雪竇後來之俊也留掌書記江州承天虛席訥薦元嘗選時年二十八矣自承天遷淮之斗方廬之開先歸宗潤之金焦江西之大仰雲居凡四十年間德化緇素縉紳之賢者多與之遊東坡謫黃州師居歸宗酬酢妙句與雲霞爭麗矣時李伯時爲師寫照師曰必爲我作笑狀自爲贊曰李公天上石麒麟傳得雲居道者真不爲拈花明大事等閒開口笑何人泥牛漫向風前鬬枯木無端雪裏春對現堂堂俱不識太平時代自由身元符元年正月四日聽客語有會心者一笑而化如所畫狀贊曰

文字習氣生來漏逗橫口說禪不落窠臼預畫笑容不知何爲軒渠而化只這便是

黃龍南禪師傳

隆興府黃龍慧南禪師信州張氏子出家參方依泐潭禪師分座說法名振諸方後謁慈明聞慈明貶剝諸方件件數爲邪解師爲之氣索遂造其室明命掌書記屢聞示不契一日明問趙州道臺山婆子爲我勘破了也且道那裡是他勘破婆子處師汗下不能加答次日又詣明詬罵不已師曰罵豈慈悲法施

耶明曰你作罵會那師于言下大悟作頌曰
傑出叢林是趙州老婆勘破沒來由而今四
海清如鏡行人莫與路爲讎呈慈明明頷之
後開法于同安機辯自在室中常問僧曰人
人有個生緣上座生緣在甚麼處正當問答
時却伸手曰我手何似佛手又問諸方叅請
宗匠所得復垂脚曰我脚何似驢脚如此三
十餘年衲子少有契其機者謂之黃龍三關
語大振臨濟之道是爲南嶽下十一世贊曰

西河獅子父子門風倒握太阿誰敢當鋒
師一攫之聖凡情盡室中三關全提正令

楊岐會禪師傳

袁州楊岐方會禪師郡之宜春冷氏子少警
敏及冠不事筆硯繫名征商課最坐不職乃
宵遯至瑞州九峯恍若舊遊眷不忍去遂落
髮每閱經心融神會叅叩慈明自南源徙道
吾石霜師皆佐總院事依之雖久然未有省
發每咨叅明曰庫司事繁且去他日又問明
曰監寺異時兒孫遍天下在何用忙爲一日
明適出雨忽作師偵之小徑既見遂搊住曰
這老漢今日須與我說不說打你去明曰監
寺知是般事便休語未卒師大悟卽拜于泥
塗問曰狹路相逢時如何明曰你且嚲避我
要那裡去師歸來日具威儀詣方丈禮謝明
曰未在自是明每山行師輙瞰其出雖晚必
擊鼓集衆明遽還怒曰少叢林暮而陞座何
從得此規繩師曰汾陽晚叅也何謂非規繩
乎時時激揚宗旨及明移興化師辭歸九峯
後道俗迎居楊岐大振慈明之道是爲南嶽
下十一世贊曰

荷擔大法綱維叢林狹路相逢一語見心
異時兒孫遍滿天下源遠流長根深枝大

白雲端禪師傳

舒州白雲守端禪師衡州葛氏子幼事翰墨
長依茶陵郁禪師披剃徃叅楊岐岐一日忽
問受業師爲誰師曰茶陵郁和尚岐曰吾聞
伊過橋遭攧有省作偈甚奇能記否師誦曰
我有明珠一顆久被塵勞關鎖今朝塵盡光
生照破山河萬朶岐笑而趨起師愕然通夕
不寐黎明咨詢之適歲暮岐曰汝見昨日打
敺儺者麽曰見岐曰汝一籌不及渠師復駭
曰意旨如何岐曰渠愛人笑汝怕人笑師大
悟巾侍久之辭遊廬阜圓通訥禪師舉住承
天聲名藉甚又遜居圓通次徙法華龍門興
化海會所至衆如雲集隨處上堂示衆機語

超絶是爲南嶽下十二世贊曰
久把明珠秘爲奇貨及遇作家一笑便墮
看破笑處自亦絶倒信手拈來無非是寳

五祖演禪師傳

蘄州五祖法演禪師綿州鄧氏子年三十五
始棄家祝髮受具徃成都習唯識百法論因
聞菩薩入見道時智與理冥境與神會不分
能證所證西天外道嘗難比丘曰既不分能
證所證却以何爲證無能對者後玄奘三藏
至彼救云如人飲水冷暖自知乃通其難師
曰冷暖則可知矣作麽生是自知的事遂致
疑本講師莫疏其問但曰汝欲明此當徃南
方扣傳佛心宗者師即負笈叅方每見尊宿
無不以此咨决疑終不破後謁浮山遠禪師
請益遠云我有個譬喻說似你你一似個三

家村裡賣柴漢子把個匾擔向十字街頭立地問人今日中書堂商量甚麽事師默計若如此大事故未在遠一日語師曰吾老矣恐虛度子光陰可往依白雲此老必能了子大事師辭至白雲遂舉僧問南泉摩尼珠話請益雲叱之師領悟獻投機偈曰山前一片閒田地叉手叮嚀問祖翁幾度賣來還自買爲憐松竹引清風雲印可後分座說法晚居東山爲南嶽下十三世贊曰

出門不利卽撞擔板逢人便問秪好遮眼
幸遇作家一椎打破掉轉頭來方知話墮

無準範禪師傳

徑山無準禪師諱師範蜀之梓潼人姓雍氏出家授具參學來杭州見松源嶽于靈隱謁破庵先禪師于平江一言之下頓悟玄旨出世明州清凉移焦山遷雪竇召住育王遷徑山召入對修政殿賜金襴僧衣又宣詔慈明殿陞高座說法帝垂簾而聽賜號佛鑑禪師贊曰

一語投機十方通透舌根雷奔衲僧雲奏
兩入內廷提挈萬乘不假他力全憑正令

四明法智知禮法師傳

法智法師諱知禮字約言四明金氏子母李氏乏嗣父母禱于佛夢神僧携童子遺之曰此佛子羅睺羅也因有娠暨生神宇清粹不與衆倫七歲喪母號哭不絕白父求出家遂捨依太平興國寺洪選師十五授具專探律部時寶雲法師專弘天台教觀師時年二十往從之始三日首座謂之曰法界次第汝當奉行師曰何謂法界座曰大總相法門圓融

無礙者是也師曰旣圓融無礙何有次第座無對居一月自講心經聽者服其速悟五年其父夢師跪于寶雲之前雲以缾水注其口自是圓頓之旨一受卽了嘗代寶雲講雲歸寂師復夢貫寶雲之首擐于左臂而行師自解曰將作初表受習流通次表操持種智之首化行于世也後受請出世主乾符後徙報恩院大興建以爲長講天台教法十方住持之地師精勤懺法苦志操修博學多聞長于著述善申詰難天台一家教觀至宋久湮先是寶雲講二十年尤多異計至師廣設問難發明一心三觀之旨故台宗以師爲中興焉著作甚多具載別録贊曰

台之一家　遠宗龍樹　教觀分明　觸者多悟
五百年來　其維不張　實生吾師　大振其綱

雪巖欽禪師傳 補

袁州仰山雪巖祖欽禪師婺州人五歲出家十六爲僧十八至雙林鐵橛遠公會下初看無字忽返觀念頭起處當下氷冷澄湛不搖過一日如彈指頃都不聞鐘鼓聲年十九挂搭靈隱見處州來書記云欽禪工夫是死水不濟事動靜二相打作兩橛叅禪須是起疑情小疑小悟大疑大悟師便改看乾屎橛却因昏散不得頃刻潔淨移單過淨慈叅天目禮結甲坐禪封被不臥一日問修上座卽今昏散打屏不去修曰你自不猛烈須是盡渾身併作一個話頭更討甚昏散師依此做工夫頓覺身心兩忘三晝夜目不交睫第三日午後在三門下經行修問在此做甚麽曰辦道修曰你喚甚麽作道不能對轉加迷悶遂

歸堂坐禪纔上蒲團面前豁然一開如地陷一般是時呈似人不得便下單尋修修見便云且喜且喜握手出門前柳堤上行見萬象森羅向來厭棄之物與無明煩惱元都是妙明真性中流出半月餘動相不生然于中夜睡著又𨚫打作兩橛凡古人公案有義路者則理會得如銀山鐵壁者𨚫又不會後見無準範公于徑山因鑄鐘令作疏語師成偈曰通身只是一張口百鍊爐中輥出來斷送多陽歸去後又催明月上樓臺卽俾居侍司十年然猶不得徹悟因過浙東天童育王兩山住一日在佛殿前行忽然擡頭見一枝古栢觸目省發礙膺之物撲然而散自謂如暗室中出在白日之下走一轉相似方始得見徑山老人立地處正好三十拄杖由是聲振叢

林出世潭州龍興遷湘西道林處州南明佛日台州仙居護聖湖州光孝遊居袁州之仰山道遂大顯學者稱仰嶠再世云上堂曰個事本成現覔則不可見白圭本無瑕琢磨乃成玷執之以實法空中生閃電視之似等閒脚下添紅線若是學道人好好看方便作麼生莫看仙人手中扇普說曰時不待人轉眼便是來生何不趂身强力健打教徹去討教明白去何幸又得在此名山大澤神龍世界祖師法窟安單僧堂明淨粥飯精潔湯火穩便若不向這裡打教徹討教明白去是你自暴自棄自甘陸沉爲下劣愚癡之漢你若果是茫無所知何不博問先知凡遇五叅見曲彔牀上老漢橫說竪說何不歷在耳根反覆尋思畢竟是個甚麼道理是爲南嶽下二十

世贊曰

知見若存關捩猶隔觸破琉璃殿前古栢

借仰山座通楊岐脉全提正令千妖喪魄

無用寬禪師傳 補

舒州太湖山無用寬禪師得法金牛真門庭嚴峻先後主金牛離相寺太平乳山太湖梁山淨戒正覺諸大刹俱有語録行於世一源寧求印可方入戶師厲聲叱出寧作禮門外合爪而立久之乃許入師問曰何處人曰通州師曰淮海近日盈虛若何曰沃日滔天不存涓滴師曰不著漕道曰請和尚道師便喝寧退就禪室徹夜不寐一日聞師舉雲門一念不起語聲未絕而有省急趨入堂師便打令造偈拈趙州寧立成曰趙州狗子無佛性萬象森羅齊乞命無底籃兒盛死蛇多添少減無餘剩師喈然一笑復舉證道偈問曰掣電飛來全身不顧擬議之間聖凡無路速道速道寧曰火迸星飛有何擬議覿面當機不是不是師振威一喝寧曰喝作麼師曰東瓜山前呑扁擔捉住清風剝了皮寧不覺通身汗下曰今日方知和尚用處師曰閉著口寧侍左右三年師以斷崖義所贊已像親署一花授之曰逢龍卽住遇池便居寧後建禹門興化庵于龍池實應其讖宋學士濂云無用其鐵中之錚錚者與是爲南嶽下二十世贊曰

好箇阿師十分標格門庭高峻言無枝葉活剝了皮露出清風且閑著口一線不通

高峯妙禪師傳

天目高峯禪師諱原妙吳江人姓徐氏母周

氏夢僧乘舟投宿而孕生而喜趺坐見僧入門則愛戀欲從之遊十五懇請父母出家投嘉禾密印寺法住爲師薙髮受具二十入淨慈立三年死限學禪父兄尋訪巍然不顧後叅雪巖欽禪師方問訊卽打出閉却門再往始得親近一日巖忽問阿誰與你拖箇死尸來聲未絕卽打如是者不知其幾後覩五祖演和尚真贊云返復元來是這漢忽然打破拖死尸之疑及見巖巖仍前問師便喝巖拈棒師把住曰今日打某甲不得翌日巖問萬法歸一一歸何處師曰狗舐熱油鐺自是機鋒不讓一日巖問正睡無夢時主人公在甚麼處師無語自是奮志入龍鬚決要發明越五年因同宿推枕子落地作聲廓然大悟乃謂如遠客還鄉只是舊時人不改舊時行履處後入天目獅子巖最險絕處立死關髮長不剪截甕爲鐺併日一食晏如也時巖住大仰三喚不起乃付麈拂印記後出世其道大振遂有他方異域越重海踰萬山而來者贊曰

雪巖之險壁立萬仞惟師登之得其捷徑死關之險又踰于巖故望之者猶如登天

鐵山瓊禪師傳補

南嶽鐵山瓊禪師十八出家二十二薙髮受具先到石霜記得祥庵主云時時覷見鼻頭白從此下工便得清淨及見雪巖坐禪箴始知工夫未當乃往見雪巖于仰山一依所示用工一日忽覺從頭至足如擘破髑髏相似如萬丈井底被提出在空中相似舉似巖巖曰未在更去做工夫求得法語末句云紹隆

佛祖向上事臘後依然欠一槌巖順世師以
離巖太早再謁蒙山山問叅禪到甚麽處是
畢工處師罔然山教做定力工夫洗盪塵習
每遇入室下語只道欠在一日以定力挨拶
直造幽微出定舉似山山問那個是你本來
面目正欲下語山便閉門自此工夫日有妙
處但入室下語猶道欠在一日定中忽觸著
欠字身心豁然如積雪卒然開霽忍俊不禁
跳下單來擒住山曰我欠個甚麽山打三掌
師禮三拜山曰鐵山這一著子幾年今日方
了後住南嶽道風大播高麗國王請爲國師
聲振海外後復還石霜嗣雪巖焉千巖長公
跋師開示語曰鐵山和尚一條硬脊骨拗不
折親承仰山慧朗老人之記爲高麗一國之
師登其門升其堂無慮億萬計是爲南嶽下

二十一世贊曰
髑髏觸破再下一槌本無欠少錯過幾回
薰天炙地海外網開法無藏處萬里歸來

中峯本禪師傳

天目中峯禪師諱明本號幻住杭之錢塘人
俗姓孫母李氏夢無門開道者打燈籠至其
家翌日遂生師神儀挺異具大人相纔離襁
褓便跏趺坐能言便歌讚梵唄凡嬉戲必爲
佛事年十五決志出家遇僧招師往叅天目
高峯和尚峯孤峻嚴冷不假人辭色一見歡
然欲爲祝髮師以父命未許至年二十四從
高峯薙染于獅子院授具明年觀流泉有省
詣峯求證峯打趂出旣而民間訛傳官選童
男女師因問曰忽有人來問和尚討童男女
時如何峯曰我但度竹篦子與他師于言下

洞然陞沉衆中人無知者于是高峯書真賛付之師曰我相不思議佛祖莫能視獨許不肖兒得兒半邊鼻且俾叅徒詣師請益衆由此知歸及高峯將遷化以大覺屬師師辭推第一座主之師自後往遊皖山廬阜少林金陵隨處結幻住庵學人叢聚于儀真船居朝廷聞師道風賜佛慈圓照廣慧禪師之號一時王公駙馬莫不致禮翰林承旨趙公孟頫以師禮之時問法要有別傳覺心師説法無礙有廣録三十卷行于世賛曰

天目窟中真獅子兒爪牙才露百獸奔馳
孤風凛凛法海洋洋是故我師稱法中王

斷崖義禪師傳 補

斷崖了義禪師湖州德清人姓湯氏生不茹葷六歲始能言但從其母誦法華經餘情無所知年十七聞禪者誦高峯上堂語曰欲窮千里目更上一層樓師忽曰此大善知識必能爲人拔釘去楔願見之毋張氏倣裝與行見高峯于獅子巖之死關峯令叅萬法歸一一歸何處話因名之曰從一他日聞峯舉牛過窓櫺話師疑甚一日過鉢盂塘見松上雪墜有省即呈頌曰不問南北與東西大地山河一片雪聲未絶峯痛棒之不覺墜身崖下同學明通馳救之已出半山無所苦曰我見欽公去也通曰莫負老漢棒力挽之乃自誓七日不證則決去遂壁立達旦未及所期忽大悟馳至死關呼曰老和尚今日瞞我不得也呈頌曰大地山河一片雪太陽一照便無蹤自此不疑諸佛祖更無南北與西東峯因上堂云我布漫天大網打鳳羅龍今 日有蟭

螟蟲撞入三十年後向孤峯絶頂揚聲大吽且道吽個甚麼舉拂子云大地山河一片雪師便奪峯拂子爲衆舉揚峯歎其俊快改名曰了義從此剃落所至歸重師性嚴峻或觸其鋒則發言如奔雷居不擇地而律範凛如氷雪師子正宗等寺屢請住持俱不應泰定三年師壽七十始狥衆請居一載示衆曰不可起一念精進心不可起一念懈怠心不可起一念求悟心不可起一念得失心纔有念生卽被一切邪魔入心腑使爾顛狂胡説亂道永作魔家眷屬佛也難救元統二年正月六日詣法雲塔西指空地曰此處更好立個無縫塔其晚謂禪者曰老僧明日天台去禪者曰某甲隨師去曰你走馬也趂我不及翌午跏趺而化世壽七十二僧臘四十九藏全身于獅子巖後之雲深庵詔賜號佛慧圓明正覺普度大師是爲南嶽下二十二世贊曰

千崖坐斷粉碎洪濛眼空四海鼻舌俱通

松上雪消崖邊雲墮大地山河喚作甚麼

絶學誠禪師傳補

洪州般若寺絶學世誠禪師大德間鐵牛持定住靈雲唱雪巖之道師爲其上足嘗示衆云兄弟家三年五年做工夫無個入處將從前話頭抛却不知行到中途而廢可惜前來許多心機有志之士看衆中柴乾水便僧堂温煖發願三年不出門決定有個受用有等纔做工夫心地清淨但見境物現前便成四句將謂是大了當人口快舌便悞了一生三寸氣消將何保任佛子若欲出離叅須眞叅悟須實悟後仰山古梅正友請益求住師曰

你去見無用中峯斷崖三人了却來與我同住後梅到雪巖閲法昌語録至驅耕奪食忽有徹處便頌公案數則寄呈師師曰此人得我第三番竹篦上氣力但欠脱殻在越三年梅因過堂打動鉢盂始大悟是爲南嶽下二十二世賛曰

摅曲彔牀提長柄拂用鐵牛機碎千聖骨亦名瞎禿亦名古佛千巖道破是第二月

千巖長禪師傳

千巖禪師諱元長字無明千巖别號也越之蕭山黄氏子父九鼎母何氏晚而生師七歲從外傳諸書經目輒成誦師之諸父曇芳爲僧欲乞爲嗣從之十九薙染受具于律師知爲法器一日從飯僧于丞相府時中峯在座遥見師卽呼問曰汝日用何如師曰唯念佛耳峯曰佛今何在師方擬議峯厲聲叱之師遂胡跪作禮求示法要峯以狗子無佛性話授之師從此叅究危坐脇不至席者三年因聞鵲聲有省亟見峯具陳所悟峯復斥之師憤然來歸一夜將寂忽鼠翻食猫器墮地有聲恍然大悟覺身躍起數丈如蟬蛻汚濁之中浮游玄間上天下地一時清朗披衣待旦復徃質于峯峯問曰趙州何故云無師曰鼠食猫飯峯曰未也師曰飯器破矣峯曰破後云何師曰築碎方甓峯乃微笑囑曰汝宜善自護持棲遯巖穴時節若至其理自彰師旣受囑乃隱天龍躭悦禪味後聲光日顯笑隱訢公力薦之諸山爭相勸請後至烏龍山有終焉之志尋建刹開化學者輻湊大振天目之道有語録行于世賛曰

問佛何在尋之不見鼠翻猫器忽然出現
躍身如空應聲若響不是這番幾沈妄想

無一全禪師傳 補

無一全禪師元延祐間遯跡石溪石溪與大洞相望洞左實相寺同時有一源寧居之人謂廣德二甘露門宋學士濂每稱焉一源者無用寬法嗣卽龍池禹門開山禪師也師嗣法未詳昔應庵華爲大慧杲法門猶子世稱其居處謂二甘露門以此類推師當爲臨濟宗又嘗見千巖長公有辭石溪請偈曰出世宗師萬萬千只餘迦葉守枯禪老僧若也隨流去孤負山居三十年又送全上人偈曰全然不識自觀音訪我伏龍山更深四月初頭三月盡黃鶯啼過綠楊陰意者是其人耶贊曰

無一一源是二是一銖錙悉稱聲名洋溢
名可得著語不得聞我思高致溪月石雲

本空照禪師傳 補

本空禪師氏里嗣法未詳師顯圓融廣大法門嘗于石溪建松雲閣繪三教聖賢像悉藏其書于中或謂辨魔揀異宗門眼目秤觔定兩向上鉗鎚豈可雷同事須甄別師曰會麼瓶盤釵釧一金毒藥醍醐一味千巖長公稱師爲巨靈劈大華之手芥子納須彌之機又有答師一偈曰懊悔當初入此門至今無物獻家尊伯勞破鏡渾相似翻笑飛蝗多子孫雷聲未歇電光隨雪片飛空幾個知凜凜吹毛全殺活太平寰宇斬頑癡亦可知其人矣

贊曰

松雲萬朶溪山盤盤松風一曲溪月團團

氷崖筍出炎天雪寒我之知師有友千巖

大滿大禪師傳 補

大滿大禪師未詳何許人大滿爲五祖賜謚不聞有二按裕州妙覺寺在七峯山前一名上古寺寺後爲妙覺院院順庵和尚居之初禮本院温山主爲師其後任慶壽居大刹至元十年賜號佛日滿大禪師十九年正月圓寂一云賜號佛日大滿大禪師未知即其人否也千巖長公有送滿禪人偈又有示慶雲滿長老偈抑或以滿爲名者歟贊曰

彼何人斯藏頭露尾是耶非耶爲彼爲此先有五祖後有順庵本來面目劈破老憨

季潭泐禪師傳 補

徑山宗泐禪師字季潭別號全室台州臨海人俗姓周氏生始能坐輙跏趺八歲從天竺笑隱訢公學佛十四薙度二十受具從隱開山于龍翔寓意詞章尤精古隸隱問國師三喚侍者三應於意云何師曰何得刲肉作瘡隱曰將謂汝奇特今故無所得也師一喝隱擬拈棒師拂袖出後乃得隱心印已而上徑山掌元叟端公記室出世溧縣水西寺大明洪武元年四月遷中竺入寺上堂曰金剛王劒横揮千妖屏迹爍迦羅眼洞照萬物潛形到此卷舒在已殺活臨時直得千歲巖伸腰跨跳錢塘水東决逆流諸人還知有也無遂竪拂子云庭前石笋抽條也會見高枝宿鳳凰四年正月住徑山次五十五代太祖高皇帝召西白金公問鬼神事詔舉高行沙門師居其首五年建普度大會于鍾山太平興國寺命師説法超度迷溺上臨蹕歎美命住持

天界寺屢駕臨幸召對内庭賜饍無虛日毎和其詩稱爲泐翁至百四十五首又命製讃佛樂章既成御署曲名曰善世曰昭信曰延慈曰法喜曰禪悅曰徧應曰妙濟曰善應凡八章勑太常諧協歌舞之節用之著爲定制十年冬詔師與太璞玘公註心經金剛楞伽三經行世十一年上以佛書有遺佚命領徒三十餘人往西域求之十五年得莊嚴寶王文殊等經還朝開僧録司授右街善世掌天下僧教命蓄髪授以儒職師姑奉命至髪長上召而官之師懇辭求免願終釋門上乃嘉歎從之賜師免官説後以長官奏事獲譴往鳳陽槎枒峯建寺三年訖工天界寺火以興復爲巳任奏重建于聚寶門外二十三年詔再住天界二十四年復領右街善世居無何奉旨逸老歸槎峯上曰寂寞觀明月逍遥對白雲汝其往哉乃渡江至江浦石佛寺示微疾九月初十日晨起謂衆曰人之生滅如海一漚漚生漚滅復歸于水何處非寂滅地也言訖喚侍者曰這箇聻侍者茫然師曰苦遂寂世壽七十四夏六十荼毗牙齒數珠不壞得舍利三十顆建塔天界附笑隱塔右宋學士濂贊師像曰具大福德足以荷擔佛法證大智慧足以攝伏魔軍悟四喝三玄于彈指合千經萬論于一門眞實録也有全室外集十卷行世是爲南嶽下二十一世贊曰

龍飛九五法運更新如雲之從作國上珍終不受官天語益親未後傾出誰賡其音

金碧峯禪師傳

寂照圓明禪師諱寶金號壁峯乾州永壽人

姓石氏父母俱崇善時有沙門以觀音像授其母張氏囑曰謹事之當生智慧之男未幾果生師白光熾熾照室幼多疾父母疑之曰此兒宜歸釋氏耶年六歲遂捨依雲寂溫法師爲弟子及長受具徧詣講肆窮性相之旨久之曰是可以了生死耶遂棄去時如海真禪師開法于蜀師往詣示以道要師大起疑情久之有悟呈真真大斥之曰必使心思路絶大法可明師益加精進三年脇不至席一日聞伐木聲汗下如雨急往求證于真真猶詰十數過一一無滯乃印可之後至五臺秘魔崖知爲前身住處遂棲止久之聲光日露四方聞而至者將集千人師不拒也至正間順帝遣使詔至京甚敬之命住海印寺力以疾辭賜寂照圓明之號大明太祖即位燕都平詔師之應天時見上于内殿問佛法大意上設普濟會于鍾山選高行僧十人蒞其事師偕楚石琦與焉寵賚甚渥未幾示微疾而化荼毗獲五色舍利齒舌數珠皆不壞贊曰

世道交輿真人應運雲龍風虎莫之能禁真金出鑛古鏡生光精明既發照用無方

松隱然禪師傳補

松隱德然禪師字唯庵松江華亭人姓張氏少從無用貴公祝髮歷抵諸方未有所契參千巖長公于金華聖壽禪寺聞其提唱豁然有所悟入舉目之頃日月星辰風霆雨露飛潛動蟄皆演如來大乘妙法于是遂傳其道嘗謁石室珙于霞霧山室曰子去我而求憩息之所其必松江乎書松隱二字授之以行師如其言至華亭郭匯之陽止焉結茅曰松

隱庵千巖題頂相示師曰德兮無德然兮不然僧來便棒佛來便拳慈悲沒此二子毒害有萬千道非道禪非禪我住松庵汝松隱要悟更參三十年巖沒遂主其席聲光聳起刺血寫經天花毿毿滿庭云洪武四年師念西天目獅子正宗寺為高峯中峯道場元季兵燬僧徒亡逸乃尋故址居之開山說法盡復前規信嚮者益衆宋學士濂嘗曰唯庵真有道之士也又跋其船居詩曰唯庵之詩托物為喻無非發明宗門心要有益學者其推重如此是為南嶽下二十四世贊曰

面冷如霜口甜如蜜一味虛頭全無真實
佛法不會世法不通賣了明月買得清風

敬書先公重編諸祖道影傳贊後

佑鉅聞之靈峯素華法師矣釋之於十方三世無不徹也此界此時則始于釋迦繼于迦葉阿難等也其在震旦則遠公造法性論羅什歎其能知佛理北齊慧文大師讀龍樹中論悟圓頓心宗二竝可稱聞而知之菩提達磨大師受記東化可稱見而知之遠公之後凡修淨業得往生者皆見知聞知之流類也有人僅立蓮宗七祖但約行化最專者耳然四明尊者慈雲懺主等何嘗不以淨土行化而智者大師十疑論飛錫法師寶王論天如禪師淨土或問楚石大師懷淨土詩妙叶法師念佛直指尤于淨土法門有功至雲棲大師極力主張淨土讚戒讚教讚禪痛斥口頭三昧真救世菩薩也憨山大師拓復曹溪祖庭晚年掩關念佛晝夜課六萬聲故坐逝後二十餘年開龕視之全身不散遂與六祖同

留肉身人天瞻仰得非蓮宗列祖乎達磨傳至六祖乃有南嶽青原二甘露門門似二道無二也又數傳而爲五宗人有五宗非五也譬如阿耨達池一水流爲四河歸于大海河有四水無四也今不知池水與海之一獨從四河之濶狹曲直遠近起見互相是非其可乎哉近代禪宗自楚石琦大師後不媿古人風格者必首推紫栢大師壽昌無明禪師焉繼北齊者有南嶽思大師出大乘止觀法門四卷眞圓頓心要也次有天台覬大師出三種止觀法華玄義文句及維摩仁王金光明普門品十六觀等疏於是教觀大備歷五傳至荆溪其道中興又八傳至四明道乃重振此後裂爲三家漸式微矣近則百松覺公稱爲鳴陽孤鳳僅出三千有門頌略解及楞嚴

百問耳幽溪無盡燈公繼起一時稱盛然唯生無生論足稱完璧而圓通疏殊未滿人意但能趺坐書空作妙法蓮華經字脫然西逝則誠蓮華國裡人大唐玄奘法師徧遊天竺學唯識宗于戒賢法師盡其所知旁搜其所未知廣大精微眞彌勒天親之子釋迦文佛之遠孫也慈恩基師繼之所撰法華贊玄則靈山法道恐未全知無怪乎唯識一書本是破二執之神劒反流爲名相之學矣賢首法藏國師得武后爲其門徒聲名藉甚疏晉譯華嚴經經旣未備疏亦草略故不復傳所傳起信論疏甚失馬鳴大師宗旨方山李長者有新華嚴經頗得大綱清凉觀國師復出疏鈔綱目竝舉可謂登雜華之堂矣後世緇素往往獨喜方山大抵是心粗氣浮故耳不知

清涼雖遥嗣賢首實青出于藍也圭峯則是荷澤知見宗徒支離矛盾安能光顯清涼之道哉或曰佛祖之道必須師資授受方有的據否則法嗣未詳終難取信靈峯曰譬諸儒家公伯寮非親炙宣尼告子滕更之徒非親炙孟子者乎學焉未成則終身不入聖域矣今之雖有師承顛覆如來教戒者何以異此朱子陸子生于宋薛文清公王文成公生於明後千百年遥傳道統今之雖乏師承能自契合佛祖心印者亦奚不然故執跡以言道則道隱譬諸射者期各中的焉耳十方三世唯此一的常住不變何俟于傳巧之與力存乎其人父不能得之子子不能得之父有何所傳或見而知之或聞而知之及其知之一也正知其不可傳者也謂有可傳則非佛祖

聖賢之道也佑鈪因是重有感矣南宋紹興間濟宗大慧杲住育王洞宗宏智覺住天童相得歡甚大慧一日過天童宏智出寺迓之會于亭中兩師交讓無已乃不次而坐張狀元安國歎曰三代禮樂今歸釋氏矣因以揖讓名其亭宏智嘗曰脫我先去公當主後事及大慧得宏智遺書遂陞座説法有知音知後更誰知句夜至天童凡後事悉主之因舉宏智弟子法爲繼天童席識者方知二尊宿各傳一宗而以道相與初無彼此之別也以視今之諸方門庭不同互相攻擊者爲何如哉昔笑巖和尚嗣臨濟而不專臨濟之稱止稱傳曹溪正脉第三十二世意深遠矣今願當世大善知識見是書者直令宗教融通勿反于宗門中生分別想也

康熙甲辰冬、十月朔秀水高佑釲念祖父敬

述於、金臺之報國寺

八十八祖傳贊、卷之四

音釋

襦 汝朱切音儒短衣也 錚 側莖切音争金聲也 俶 昌六切音埱俶始也又整也 槎 茶下切音茬衺斫也本作槎又山木不槎 枒 余遮切音耶木名 釲 象齒切音似金子也

八十八祖傳贊卷之五

明秀水寓公高承埏纂

雪嶠信禪師傳附

師諱圓信字雪嶠一字雪庭浙江鄞人也朱姓早失父母稍長聞彌陀經言水鳥樹林皆念佛法僧忽心動萬曆已亥捨俗出家截髮上天台自號不空卧古祠乞食者二年無有入處一日逢靜主妙禎因叅他心通僧勘少林僧三天竺來公案忽前後際斷説偈曰石貼背脊骨翻身脇肋骨子細思量來動也動不得復喝曰張三殺人李四償命自此遂能作偈欲返天台尋人印證正出雲門普濟寺舉頭見古雲門三字乃大悟作偈曰一上天台雲更深脚根踏斷草鞋繩比丘五百無踪影見得他時打斷筋向人索紙筆書之自此遂能書畫高塗大抹一洗前人印板法蔬笋氣而出以奇秀旋結茅武康之雙髻峯至龍池叅幻有傳禪師一見把住曰佛不見身知是佛且置如何是若實有知别無佛龍池曰有了你沒了我師拓開龍池曰雪嶠不得老僧道師作禮進具戒至雲棲叅蓮池宏禪師具陳行脚雲棲曰曾爲浪子偏憐客一段苦心具見然所得拈向一邊百尺竿頭更須進步師呈偈雲棲逐句著語且曰見處高美更少作詩偈以頭陀行住雙髻峯續祖慧命師一日問百年後衣鉢付何人雲棲曰我無衣鉢無能付亦無受者師曰如此斷滅去也雲棲曰影也沒有斷滅個甚麽師曰請師授記雲棲曰諸佛授記多時也師曰不要這個葛藤雲棲大笑師拜别乞雲棲垂語令可以除

可以進雲棲曰除去有所得心進到不可到處更加精進振雙髻之風次年復叅龍池龍池竪一指師曰喚作什麽龍池休去又閱歲師著草鞋直入方丈龍池曰你草鞋猶未脱也師曰何處見我草鞋來龍池微笑師呈偈曰數載龍池三度登重重問話舌生氷草鞋分付虎狼去雙髻峯頭一箇僧龍池頷之甲寅春二月遂受記莂乙卯春雲棲示寂師爲埽塔作偈有衣鉢山中問道流句是年始自雙髻遷雙徑結干指菴於東坡池上憨山清禪師會蓮紫栢日過之機語契合題師眞贊有打破金剛圈咬碎鐵栗棘之句復爲作六妙銘珍重而别師又於山頂築語風居榜其門曰孫雲卧此中萬山拜其下子嘗偕居士沈泓汪渢吴統持訪友天目山中過師雙徑

見語風窻外千峯矗雲眞絶境也師捫虱次聞谷印公曰慈悲些師曰直要箇箇見血顱愚衡公切菜次師曰作麽生曰刀刀到底師曰用許多力氣作麽曰你作麽生師曰一刀到底駕湖用公翫新月次師曰者半箇在那裏去了湖良久曰會麽師曰也只得半箇木陳忞叅密雲悟公於金粟機緣未契至雙徑謁師師問曾到金粟否曰曾到師曰曾問話否曰不曾師曰你怕打那曰某甲一向不曾置得問頭請師處借轉問頭師乃開示忞即轉金粟去師謂箬菴問曰我平日只教人誦金剛經曰多少人錯會大師意師曰直饒不錯會大遠在曰大師莫瞞人好師瞠目視之師清眞孤上傲然自得每振吼曼嘯不束縛沙門威儀人稱雪獅子晚遂號青獅翁世衰

法微深自保護影不出山者三十年崇禎庚辰壽昌弟子黄禮部端伯博山弟子余巡撫大成請開堂徑山興聖萬壽寺是年師正七十矣自此說法數大剎浹月即歸其久者則廬山開先而已師嘗見古雲門得悟發願欲弘雲門宗所至拈匡真偃禪師香癸未春上天童爲密雲悟公封塔說偈曰坐空千界月諸佛汝同儕鑿破青山面將身就活埋事竟謂費隱容木陳忞石奇雲等曰佛法傳持子孫綿遠如帝珠網各自領會去旋至龍池埽塔有偈曰銅棺山下養龍池步入涼風覓我師當戶娑羅空腹樹迎階芳草昔人眉追思滴血曾留偈會寫傳燈嗣法詩今日塔前成九頓源流千載繼孫兒是秋住我邑東塔寺辦香之祝始嗣龍池益嘗有五月盤桓也示衆曰禪和子行脚住山須求箇本命元辰著落豈是散心雜話念栢樹子過日的直饒你念得熟如瓶瀉水卓然無依你作麼生出身叅禪惟貴妙悟古人不遠千里見人三登投子九上洞山逃他一片苦心不過自然草鞵繩斷頂門眼開盡大地方知是我更無別物祖師云舉足掉臂無非西來大意不是妄語丙戌住紹興雲門寺明年秋師頻唱鶖毛雪兒滿空飛衆訝之中秋示微疾即封鐘板曰吾將去矣郭居士問囑累何人師曰此道塗汚甚今日棧絕之書偈曰小兒曹小兒曹生死路上須逍遥皎月氷霜曉喫杯茶坐脫去了八月二十六日酉刻索茶一盃師隨唱雪花飛句端然坐逝壽七十七臘四十九塔全身於雲門之前崗所著有語録懷淨土詩行

世是爲南嶽下三十三世入室弟子徹崖歇
彤山淳惟一潤曹源金石濤鎧山鳴璐先後
主叢林法席贊曰
雲棲滴雨雲門灑雪波興龍池超然獨絶
書畫逸品禪亦如斯一丘一壑自謂過之

三大師傳贊跋語

癸未冬月先大夫歸自實坻將之涇縣因念
先世禪喜作雲棲紫栢憨山三大師傳贊以
續八十八祖繕録於甲申下元序及雪嶠老
人復有函蓋之契未幾而雪公化去先大夫
更爲著語以續三大師又未幾而先大夫離
憂感疾遂棄諸孤余小子既不忍遺忘手澤
且言念趨庭之暇曾執侍雙徑巾瓶是我家
祖孫父子總在諸善知識光影中重重現出
也因流涕稽首而敬述之
順治辛丑仲春日秀水高佑釲念祖敬識於
稽古堂

又跋

曹溪憨山大師剃度於嘉靖甲子甫十九耳
聽無極和尚講華嚴玄談至海印森羅常住
悟法界圓融之旨慕清涼之爲人因自命其
字曰澄印萬曆癸酉遊五臺求清涼傳按跡
遊之至北臺見憨山奇秀默取爲號詩以志
之有遮莫從人去聊將此息機之句歲戊寅
書華嚴經則刺血釄黄金作供養血瀝盡弗
顧以此感種種瑞夢或夢入金剛窟親承清
涼開示或夢登兜率天入樓閣覲彌勒聆轉
識成智大義或夢覲文殊召入浴堂從不淨
得大清淨歲辛巳慈聖太后命建祈儲道場
於五臺遂大塔院寺修舍利塔成即以金書

華嚴安置塔藏明春升座講玄談聽者萬衆偶見清涼疏菩薩住處東海那羅延窟此云堅牢即今之牢山癸未夏訪至其地於山南觀音菴廢墟誅茅結廬以隱迨太后以祺祝之勞布金造寺賜額海印而師之初機已在隱現間晚年結菴廬山五乳峯下每念華嚴一宗清涼乃此方撰述之祖世多懼疏鈔之繁廣而但宗合論奚可哉因取疏文挈提大旨名曰華嚴綱要至天啟壬戌而書成遂重入曹溪越明年示寂矣師夙叅請雲谷笑巖二老高超義學直趣最上故能酌曹溪滴水化爲法雨溉被枯禪乃宗教互融恒露其初機而縱横涌出其始終證入似獨契華嚴宗旨亦猶清涼爲六祖法孫而卒稱華嚴四祖云爾佑釲讀先大夫三大師傳竊謂雲棲似永明紫栢似覺範而憨公則清涼幹子圭峯益友也外舅譚公埽菴首肯斯言請再質之諸方具眼

康熙丁未冬秀水高佑釲念祖敬識於金陵報恩寺

三大師傳贊序

歷代諸祖道影八十八尊紫栢可公命曲阿弟子賀中翰知忍屬丁高士南羽描摹大内稿本憨山清公傳而贊之繪乃形似傳贊乃神似形似殆不如神似之勝然二公苦心不欲於紙上見諸祖又不妨於紙上見諸祖將作末劫津梁故令形神俱現耳前者吾友錢而介手書雪嶠信公製叙刊布流通其中缺傳贊者十一人承埏今爲叅考以補之惟是萬曆中一時有三大和尚雲棲與淨土以統

宗教紫栢易方册以廣大藏憨山濬曹溪以通法脉厥功德邈焉莫儔是足繼諸祖後者國朝三百年來名宿如林猶羣山之磊砢獨此三大師則如海上三峯巍然鼎峙乃憨山赴弔雲棲紫栢時早爲二老像贊又嘗自爲像贊是三大師道影已有繪之者特傳未具耳憶先大夫亡期公在萬曆癸卯爲先王父宇培公十週諷經雲棲津梁淨土時初登賢書即起名（錢應金註先生法名廣瀛字明水）受二戒呈偈曰偶從閒裡話秋闌碧樹當窗白日寒一笑不論千古事齋頭借得小蒲團蓮池大師稱善輙出衲衣衣之是冬計偕仝陸水部謁紫栢於請室語次有契紫栢手録所貽憨山逐客説爲贈憨山則壬辰癸巳閒往來即墨之牢山曾王父瀛臺公時爲膠州守頗竭檀護及其東遊先大夫曾偕至雲棲後奉使衡州復寓書曹溪請益是先大夫與三公俱有法乳之契丞埏少聞梗槩故摭拾遺事各爲傳贊以附諸祖之後至壽昌經車溪冲龍池傳少室道雲門澄黃檗有天童悟磬山修博山艤諸老雖先大夫多與盤桓今未暇及以俟續國朝傳燈録者爲紫栢補此慧命一大負耳若雪嶠嘗答問語風中近復晤言東塔此又如三峯外别爲一峯縹緲高騫孤巒特秀且雲棲早爲邱可紫栢瘞其山中而憨山又特爲著語是足繼三大師後者今杖履無恙姑俟後緣可也賜同進士出身工部尚書郎前遷安寶坻涇縣令蒙温旨叙功紀録旌異槜李寓公高承埏澤外父纂時崇禎閼逢涒灘之歲良月穀旦

附三大師傳贊

明 秀水寓公高承埏述

蓮池宏禪師傳

師諱袾宏字佛慧别號蓮池浙江仁和人也姓沈氏年十七補諸生早棲心淨土嘗書生死事大四字於几案及閱六祖壇經喟然曰茫茫生死安可無本據耶父毋沒決志離俗嘉靖乙丑除夕命繼室湯點茶至案盞裂師顧曰姻緣無不散之理丙寅元旦與湯訣有一筆勾詞時年三十有二從性天理公祝髮無盡行公授具足戒尋禮五臺感文殊放光過伏牛山隨衆煉魔至北京龍華寺參徧融貞公融曰無貪利無求名無攀緣貴要之門惟一心辦道老實持戒念佛遂受六度萬行之囑參笑巖寶公於柳巷巖曰汝何處人師曰浙江人巖曰却爲何事師曰特到這裏來求和尚開示巖曰阿你在三千里外遠遠來開示我教我將甚麽來開示你師恍然即禮辭歸過東昌府聞譙樓鼓聲忽大悟作偈曰二十年前事可疑三千里外遇何奇焚香擲戟渾如夢魔佛空爭是與非分衛至南京瓦棺寺病革即有欲以就茶毗者師微曰一息尚存乃止病間至湖州之南潯住豆腐橋廢祠中苦行三年無一知者五與越中禪期終不識鄰單姓字隆慶辛未乞食杭州之梵村見山水幽寂遂有終焉之志山故宋伏虎志逢禪師刹也圯於巨浸環山多虎歲傷人不下數十師結茅三楹居焉諷經施食虎患頓息歲旱衆强師出禱師循田念佛甘雨隨注衆異之相與助建禪林安居學者即今雲棲道場也萬曆丙子再禮五臺己卯庚辰間復參笑巖寶公於京西觀音菴無何以疾南還

梵村有朱橋屢爲潮汐衝塌行者病涉師倡復無論貴賤請人施八分而止或疑其少師曰心力多則功自不朽不日集千金鳩工築基每下一椿持咒百遍潮汐不至者數日橋竟成戊子歲大饑疫日斃千人余知府良樞請師就靈芝寺禳之疫遂止壬辰歲杭之淨慈寺請講圓覺經聽者日數萬指因贖門外萬工池并城中上方寺長壽菴二池爲放生所旣又助濬西湖三潭所著戒殺文海内多奉行之慈聖皇太后見師放生文遣内侍頒賜蟒龍袈裟設供問法要師敬以偈荅而什襲紫衣不敢服慈聖繪像宫中禮焉師道價日增四衆翕聚而清規益肅凜若氷霜達觀可公贊師有末法戒壇成酒社東南撑柱仰高風之句憨山清公則稱其一味慈悲十分

清淨幻有傳公與師同叅笑巖其刻語録也致書雲棲推師爲當世金剛正眼乞作唱導語一時賢士大夫問道者指不勝屈王侍郎宗沐問夜來牀頭老鼠唧唧説盡一部華嚴經師云猫兒突出時如何王無語師代云走却法師留下講案因頌曰老鼠唧唧華嚴歷歷奇哉王侍郎却被畜生惑猫兒突出畫堂前牀頭説法無消息無消息大方廣佛華嚴經世主妙嚴品第一朱居士鷺問叅禪念佛可用融通否師曰若然是兩物用得融通著左太常宗郢問念佛得悟否師曰返聞聞自性性成無上道又何疑返念念自性耶虞光禄淳熈問慧日入西院公案師荅曰慧日自甘窮子捨巳從人西院屈陷平民將生就死可惜五百僧只解點著便行曾無一二高卧

不起令慧日顯異咸衆禍及兒孫周侍郎汝登問鳥窠吹布毛機緣師答曰諸惡莫作衆善奉行當下布毛端地何待拈吹先大夫錢應金註先生爾時號斗光後更名道素性豪邁一見師輙折節請益師有開示語先大夫呈偈師稱善囑曰學道人當息却口頭三昧而求實悟又曰楞嚴經最有次第宜先看先大夫嘗語承斑曰新建而前吾師潛溪楚石而後吾師蓮池兩浙靈秀盡萃於斯一代儒釋孰能過之師從念佛得力立說主東林淨土南山戒律乃著彌陀疏鈔戒疏發隱二書又編禪關策進叅顯禪淨雙修不出一心師之化權微矣嘗垂語曰本朝第一流宗師無過於楚石和尚有西齋淨土詩一卷彼自號禪人而淺視淨土者非也乙卯夏六月晦日師預設供別衆七月己酉示微疾日當午命扶西向坐哆啝念佛端然而逝世壽八十一僧臘五十塔全身於五雲山之麓釋經輯古手著凡三十餘種總名雲棲法彙行世從上諸祖單提正令未必盡修萬行若夫即萬行以彰一心即塵勞而見佛性昔惟永明今惟雲棲而已師素誡衆貴眞修勿顯異故諸靈異不具載上首弟子鵝湖廣心瓶窗廣印拂水廣潤暨廣寂廣承廣伸廣德大賢大眞大掄大獻以下若而人叅學如壽昌慧經雲門圓澄雙徑圓信博山大艤淨名大蓮三峯法藏等竝飲水知源者也贊曰

維大雄氏分禪教律雲棲總持一門超出
單提六字旋乾轉坤慈雲膚寸大地瀰淪

達觀可禪師傳

師諱眞可字達觀晚號紫栢學人稱爲紫栢尊者吴江沈氏子生五歲不語有異僧過門摩其頂遂能言志氣雄放不可覊勒嘉靖已未年十七仗劒欲遊塞上至蘇州天雨宿虎丘僧舍聞僧夜誦八十八佛名遂解腰纒請明晨設齋剃度自是即脇不至席矣年二十從講師受具戒掩關於嘉善之景德寺三年遂行脚叅知識究明大事聞僧誦張拙秀才偈云斷除妄想重增病趨向眞如亦是邪大疑之一日齋次忽悟乃曰使吾在臨濟德山座下一掌便醒安用如何若何自是凌鑠諸方隆慶壬申師同陸文定樹聲叅雲谷會公扣擊華嚴宗旨谷發揮四法界圓融之妙師歎爲未曾有過匡山窮相宗奧義遊五臺空巖中老宿孤坐師問一念未生時如何宿竪一指又問既生後如何宿展兩手師言下有契萬曆癸酉至京師叅暹法師於張家灣叅理法師於千佛寺叅笑巖寶公於西方菴末後乃至法通寺叅徧融眞公融問來此作麽曰習講問習講作麽曰貫通經旨代佛揚化融曰你當清淨說法師曰即今不惹一塵融命褫師直裰施旁僧曰脫了一層還一層師心折之遂畱掛搭觀其動履寔敵多矣未幾南還適聊城傅御史光宅爲吴縣令其子剩根甚黠慧擷二花問曰是一是二師曰是一根遽開手曰此花是二師何言一師曰我言其本汝言其末根遂作禮旋至嘉興見楞嚴寺久廢乃屬陸莊簡光祖馮祭酒夢禎包副使檉芳爲外護而委弟子密藏開公鶴林藁公興復之陸副使光祚助建禪堂先成師乃

引錐刺臂血盈盌書警語曰若不究心坐禪
徒增業苦如能護念罵佛猶益眞修又念兩
都大藏印造艱難且卷帙繁重更難於持行
流通遐方僻壤有終不得聞佛法者改刻梵
筴爲方册印行輕便普使見聞作金剛種子
遂創刻於五臺山移於寂照菴至今徑山貯
板楞嚴發經俾大藏傳播薄海內外皆師願
力也丙戌訪憨山清公於東海牢山海印寺
心相印契遂許生平再入京師復潭柘寺戒
壇時徧融貞公已入滅師爲文哭之有嗣德
不嗣法語乃縣三晉歷關中跨棧道西遊峨
嵋禮普賢大士順流下瞿塘過荊襄登太和
憩匡廬重興歸宗古寺過安慶遊皖公山建
佛光寺北至房山石經洞復晉靜琬法師塔
院感琬公所藏佛舍利放光慈聖皇太后迎

舍利入大內供三日重藏石窟神宗顯皇帝
手書金剛經汗下漬紙疑當更易遣內侍質
師師進偈曰御汗一滴萬世津梁無窮法藏
從此放光神宗大悅慈聖皇太后聞師至命
近侍致齋供賜紫伽黎師遜謝避暑上方山
遣憨山清公入都晤師於兜率院師復偕至
雲居禮石經遂同住西郊園中對談四十晝
夜目不交睫時萬曆壬辰秋七月也師旣與
憨山約往濬曹溪以通法脉癸巳歲先至匡
山待之越二年乙未聞憨山以弘法罹難歎
曰法門無人矣即往探曹溪禮法供戒靈通
侍者飲酒弔故檀越陳亞僊有詩偈法語將
行赴京師救憨山遣知其讁戍雷陽遂待於
江滸仲冬相見於下關旅泊菴執憨山手曰
公不生還吾不有生曰憨山再三慰解之瀕

别師囑曰吾他日即先公死後事屬公歲庚子南康知府吳寶秀浙江樂清人也有善政以礦稅被逮其夫人哀憤投繯死師在匡山聞之曰閹人橫行至此世道不可爲矣乃決策入京師謂人曰憨山不歸我爲法一大負礦稅不止我救世一大負傳燈録未續我慧命一大負捨此一具骨釋此三負不復走王舍城矣越二年壬寅師於赭山會延慶寺忽自題其像曰這箇阿師心直口快走遍天下圜中自在癸卯九月爲預祝蓮池宏公明年七十偈冬十月妖書事起震動中外忌者乘之劾師下司冦獄及鞫訊師但以三大負對絕無他辭時曹御史學程在請室傾心問道有圜中語録先大夫（錢應金註先生爾時諱斗光後更名道素）計偕至特進謁請室見其深慈定力殷勤接引

謂有神光斷臂之風適有欲死師者師曰世法如此久住何爲臘月戊戌索浴罷端坐說偈微笑而逝世壽六十一僧臘四十五越十三年丙辰冬憨山清公至徑山爲師舉龕荼毗肉身儼然舍利無算塔於徑山之文殊臺有紫栢集行世師氣雄體豐面嚴冷心乃最慈戒律精嚴見地直截穩密足可遠追臨濟近接楚石從毗舍浮佛半偈悟徹親切示人居恒義重君親入佛殿見萬歲牌必致敬閱大統曆加額後覽偶讀長沙志見忠臣李芾殉城事淚直迸灑視侍者自若師訶曰當推墮汝於崖下其天性若此所至護持正法摧伏魔外入室弟子甚多而宰官居士尤衆先後興復十五古剎所刻大藏外訪求古尊宿語録及經論註疏梓行者凡若干種贊曰

巍巍紫栢法門荆聶抉面屠腸斬頭瀝血
創方册藏顯直指禪門電不絕孤雲自還

憨山清禪師傳

師諱德清字澄印別號憨山全椒蔡氏子七歲見叔毋生子又見叔死郎抱生死去來之疑年十二禮南京大報恩寺西林寧公爲師趙文肅貞吉見之曰此子當爲人天師也嘉興雲谷會公得法於法舟濟禪師與冬谿澤公齊名嘉靖甲子往來棲霞報恩每示學人曰古人終日喫飯不嚼粒米終日行路不踏寸地如是用心方有少分相應師執侍甚勤谷開示出世叅禪悟明心地之妙師即請西林披剃盡焚所習外學偕雪浪恩公並事無極湛公受具戒聽講華嚴玄談有省因以澄印爲字歲乙丑雲谷集五十三人結坐禪期於大天界寺力拔師入衆同叅谷指示向上一路教以念佛審實話頭從此叅究一念不移隆慶已巳往靜金山二載辛未始辭谷北遊谷曰古人行脚單爲求明已躬下事爾當思將何以見父母師友慎勿虛費草鞋錢也壬申至京師投宿河漕遺教寺往西山從摩訶菴忠法師聽妙宗鈔又聽法華唯識諳安法師爲說因明三支比量叅徧融貞公求指示融無語惟張目直視叅笑巖寶公巖問何方來曰南方來巖曰記得來時路否曰一過便休巖曰子却來處分明師便作禮萬曆癸酉遊盤山至千像峯石室見不語僧遂與度夏明年偕妙峯登公請大藏歸山陰王府入少林禮初祖結冬邸中閱物不遷論至梵志出家頃了旋嵐偃嶽之旨於是生死去來之

疑冰釋作偈曰兎生晝夜水流花謝今日乃知鼻孔向下伏牛山法光禪師贈以偈且曰要公不捉兎蛇耳乙亥至北五臺禮文殊大士大方廣公厚禮之尋結茅五臺峯下之龍門匡山黃龍潭釋徹空至同居半載叅鳳林寺二虎亂公虎甚器重丙子蓮池宏公復遊五臺與師語契爲留旬日丁丑見南嶽發願文剌血書華嚴經辛巳仲冬慈聖皇太后爲神廟建祈儲道場於五臺山大塔院寺期百有二十日師與妙峯主其事壬午八月光廟誕生師與妙菴禎公結隱太行山障石巖至京西中峯寺重刻中峰廣録結冬水齋於石室癸未春即遁居東海之牢山豁悟楞嚴觀境因恢復那羅延窟道場始易號憨山慈聖再徵不得甲申乃得其所在輒賜内帑師倣古矯詔賑饑事以賑山東饑民丙戌慈聖頒藏經於東海布金造寺賜額海印達觀可公訪之盤桓二旬丁亥殿宇工竣始開堂爲衆説戒己丑請藏至南京報恩寺感寶塔放光爲二親營生壙壬辰七月訪達觀可公於京師對談四十晝夜偕過石經山禮釋迦文佛舍利禮石經於雷音寺禮琬公塔院癸巳山東又饑師以山中所儲齋供盡分賑邊山四社之民甲午冬説戒於京師大慈壽寺歲乙未方士流言侵攘逮赴詔獄按驗無實坐以私創寺院戍雷州衛達觀可公欲白其枉師止之爲作逐客説贈師而别道出江西鄒忠介元標迎至鐵佛菴與師一言投機頓翻前案丙申春入曹溪禮六祖乃抵戍所寓城西古寺坡公亭雷州饑癘師掩骼埋胔以萬計

乃建盂蘭會說幽冥戒天大雨癘隨止未幾建化城菴於雷白縣西苦藤嶺施茶濟衆戊戌修曹溪通志成構禪室於壁壘間倣大慧冠巾說法歲庚子始住錫曹溪爲靈通侍者授戒歸侵田斥僦舍屠門酒肆蔚爲寶坊緇白坌集攝折互用大鑑之道勃焉中興乙巳渡瓊海訪蘇東坡桄榔菴白龍泉求覺範禪師遺跡不可得爲之慨然修五羊青門長春菴作曹溪廨院爲六祖辦供冬十一月憙廟誕生恩詔開伍癸丑度嶺至湖東修衡州曇華精舍遊德山禮祖甲寅夏慈聖皇太后賓天詔至師返僧服乙卯禮南嶽直登祝融峯旋遊九嶷山過冬於愚溪丙辰爲花藥寺僧續法系過梅雪堂弔遜菴至武昌禮大佛遊九峯禮無念有公塔至潯陽遊東林有懷古詩登匡廬弔徹空避暑金竹坪遊歸宗寺登金輪峯禮舍利塔至黃梅禮四祖五祖塔遊浮江截江登九華禮地藏遂東遊浙江會壑達觀可公於徑山弔蓮池宏公於雲棲各爲塔上之銘先大夫錢應金註高先生諱道素自雲棲歸謂承埏曰小子識之憨公師友死生之誼便非流輩所及豈侯弘法利生始見宗門龍象耶王邑宰在公語師曰昨覽楞嚴經八遍覺與昔時眼界不同師曰不要熱忙只管看來看去和經都不見了始得赴淨慈寺宗鏡堂說大戒名宿雲集遊靈隱三竺西山贊揚放生三池過嘉興棲眞寺埽雲谷會公塔爲傳以表之赴蘇楞嚴東塔金明三刹瞻禮者數千人至吳門遊諸名勝諸大老問道於觀音山復迎至虞山拂水爲三山緇白說戒於京口

大徹堂丁巳返廬山建法雲寺於五乳峯下效遠公六時刻漏專修淨業天啟壬戌復住曹溪癸亥十月十一日示微疾沐浴焚香集衆告別頷曰今日截斷葛藤端坐而逝世壽七十八僧臘六十自夢遊集外有經論註解二十餘種行世師氣宇軒舉士大夫有志節者多與之遊張文端位曰人知憨師爲大善知識耳不知有社稷功也達觀可公曰曹溪肉祖所現遍來曹源涸矣藉憨師以謫戍爲波瀾而曹源復活爲題康僧會尊者像寄之有康祖來吳憨公謫粵語其推重如此今上皇帝御贊師像云這老和尚何等行狀撐持法門已作棟梁受天子之鉗鎚爲佛祖之標榜後署御名供大内九蓮菩薩院中先是乙丑歲龕歸廬山五乳峰法雲寺塔而藏焉崇禎癸未粵人復奉其龕歸曹溪歷年二十端坐如生遂金漆塗體升座與六祖肉身相望就天峙岡舊塔院地供養名曰憨山院去南華寺半里許師每謂萬曆間五大師際會一時雖體用不同理事各別其所以扶樹宗教未嘗不同遂合轍爰作三銘二傳以備僧史三銘者蓮池宏公達觀可公暨壽昌無明經公二傳則妙峯雪浪也其上首弟子知微善若惺炯修六逸智海岸悟心融顓愚衡夜臺其雪嶺峻等數十人不具載師嘗示雪嶺峻曰學道人第一要骨氣剛次要識量大次要生死心切嗚呼師生平亦盡此三言矣贊曰

西林抽條　椰巷脫木　終返曹溪　如雲赴谷
機緣桴應　文句鐘鳴　全身說法　不假三生

八十八祖傳贊卷之五

音釋

砢朗可切音裸磊砢也　汐祥亦切音席潮汐也早曰潮夕曰汐　麓盧谷切音祿山足曰麓　骼古柏切音格骨枯曰骼又露骨曰骼　胔資四切音漬肉腐曰胔又掩骨埋胔

大佛頂首楞嚴經正脉疏
明京都西湖沙門交光真鑑述

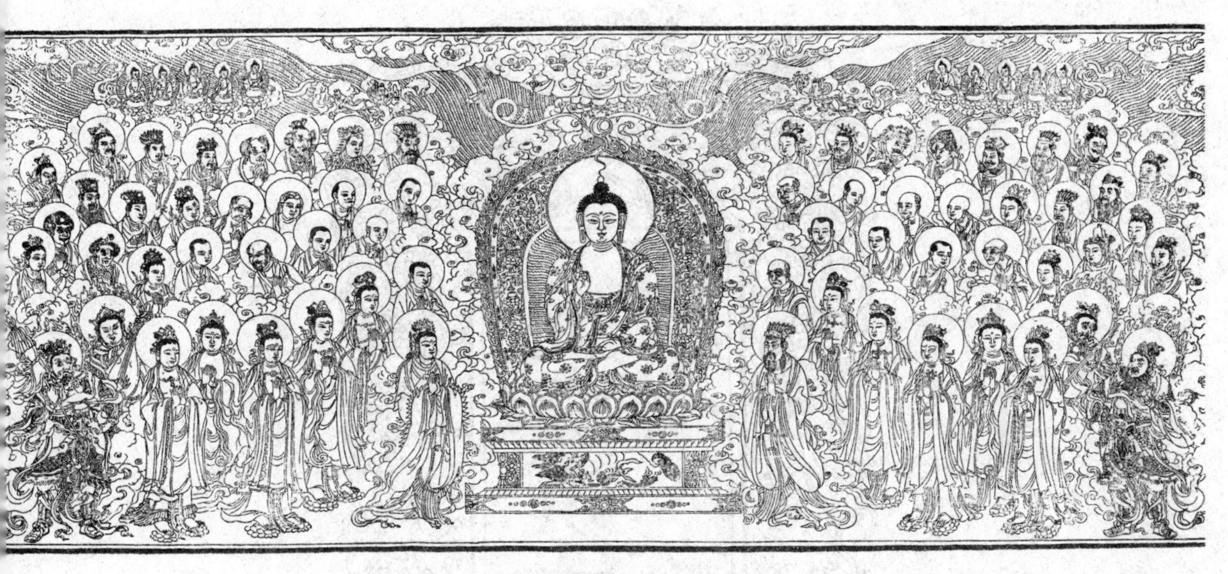

清刻龍藏佛說法變相圖

大佛頂首楞嚴經正脉疏科判緣起

是疏成於萬曆丙申冬科成於次年丁酉夏妙峰登禪師見之驚歎禮拜得未曾有勸梓于代藩王自爲序彼土學者寥寥流通未廣宋化卿居士爲辯父功淹留都下搜訪異書因得斯帙遂能勘破世緣樂其本有還呈雲棲大師我大師印其宗教雙朗性相普融由一返聞入佛知見自經來震旦千五百年疏家未有也正謀畨梓阻以病緣後諸檀越各具上根契心非勉於所校本施資就刊次第告成惟闕科判蓋由條貫未通艱於得味也然此實經之大綱鑑師遥領天台賢首清凉之妙提近證曹勳戚家心光之顯現試覽懸示理脉井然大師自檢衣鉢助刊宋居士以愜素心亦樂爲助會廣璽歸自白門持黄屯

部貞父蔡庫部伯達羅儀部立甫所捐俸至即日命梓大師方以靜攝屏筆研命廣亹具緣起舊刻懸示前有代藩製序一首每卷有蒲州萬固沙門妙峰福登校十一字今存之則贅去之則因不明聖經前不可贅勝事後不可昧前因故須緣起云

萬曆癸丑孟夏無一道人廣亹述

目録

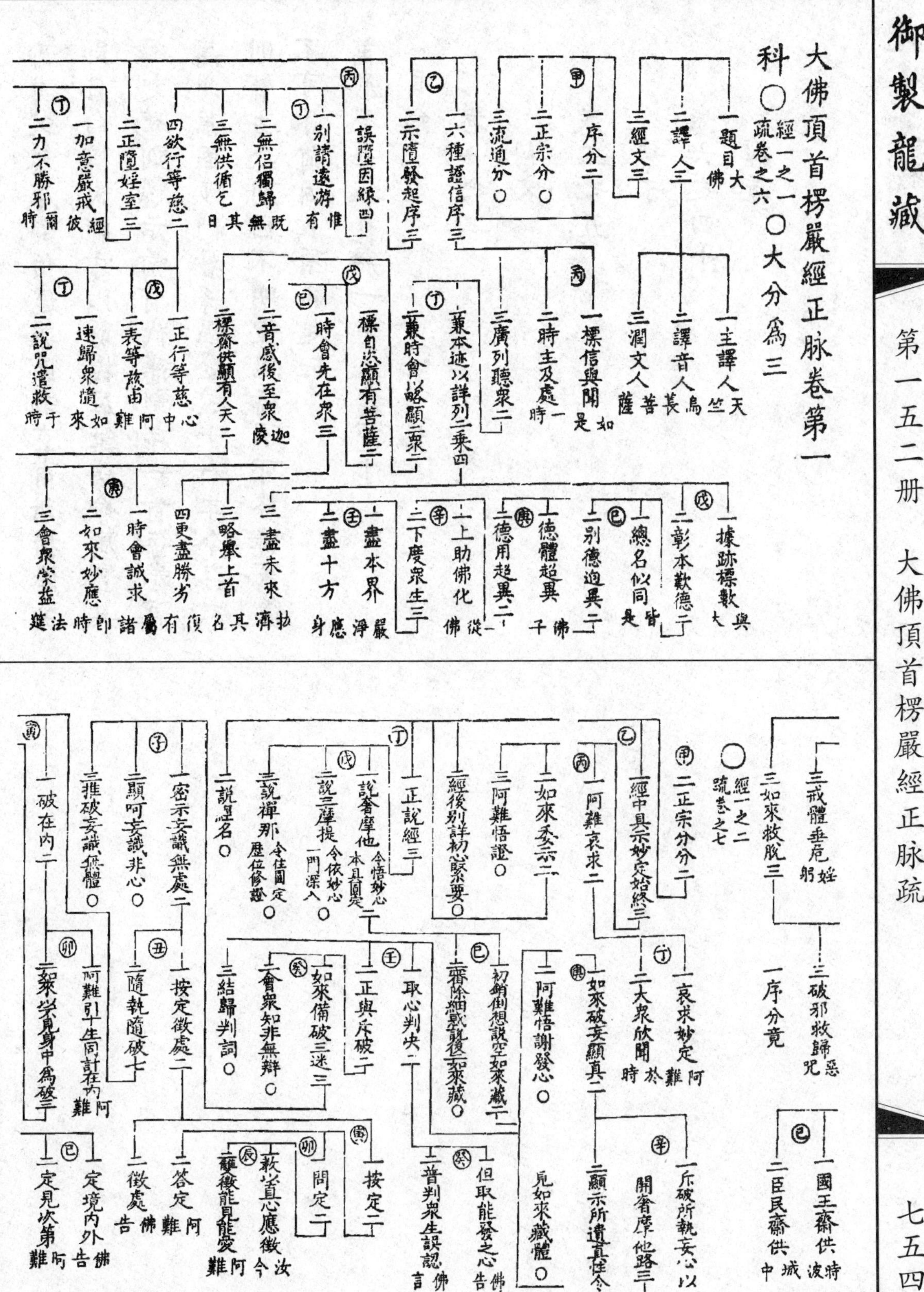
大佛頂首楞嚴經正脉卷第一
科〇經一之一 疏卷之六 〇大分爲三
一題目 大佛
二譯人三
三經文三
一主譯人 天竺
二譯音人 烏萇
三潤文人 菩薩
(甲) 一序分二
二正宗分〇
三流通分〇
(乙) 一六種證信序三
二示隨發起序三
(丙) 一標信與聞 如是
二時主及處 一時
三廣列聽衆二
(丁) 一兼本迹以詳列二乘四
二兼時會略顯二衆二
(戊) 一據跡標歎 與大
二彰本歎德二
(己) 一總名似同 皆是
二別德迥異二
(庚) 一德體超異 佛子
二德用超異二
(辛) 一上助佛化 從佛
二下度衆生三
(壬) 一盡本界 嚴淨
二盡十方 應身
三盡未來 拔濟
三略舉上首 其名
四更盡勝劣 復有
(戊) 一標自恣顯有菩薩二
(己) 一時會先在衆三
二音感後至衆 迦陵
三標齋供顯有人天二
(庚) 一時會誠求 屬諸
二如來妙應 即時
三會衆咨益 法筵
(丙) 一誤墮因緣四
(丁) 一別請遠遊 惟有
二無侶獨歸 既無
三無供循乞 其日
四欲行等慈二
二正墮婬室三
(丁) 一加意嚴戒 經彼
二力不勝邪 爾時
(戊) 一正行等慈 心中
二表等故由 阿難
(丁) 一速歸衆隨 如來
二說咒遣救 于時
三戒體垂危 婬躬
三如來救脫三
三破邪救歸 惡咒
一序分竟
(己) 一國王齋供 時波
二臣民齋供 城中
〇經一之二 疏卷之七
(甲) 二正宗分分二
(乙) 一經中具示妙定始終三
(丙) 一阿難哀求二
(丁) 一哀求妙定 阿難
二大衆欣聞 於時
(庚) 一如來破妄顯真二
(辛) 一斥破所執妄心 以
開奢摩他路三
二顯示所遺真性 令
二阿難悟謝發心〇
見如來藏體〇
二如來委示二
三阿難悟證〇
(己) 初銷倒想說空如來藏二
二審除細惑說復如來藏〇
(癸) 但取能發之心 佛告
一普判衆生誤認 佛言
經後別詳初心緊要〇
(丁) 一正說經三
二說經名〇
(戊) 一說奢摩他 令悟妙心 本具圓定
二說三摩提 令依妙心 一門深入
三說禪那 令住圓定 歷位修證
(壬) 一取心判決二
二正與斥破二
三結歸判詞〇
(癸) 一如來備破三迷三
二會衆知非無辯〇
(子) 一密示妄識無處二
二顯阿妄識非心〇
三推破妄識無體〇
(丑) 一按定徵處二
二隨執隨破七
(寅) 一按定二
(卯) 問定二
(辰) 一敕答真心應徵 汝今
二雙徵能見能愛 阿難
二答定 阿難
一徵處 佛告
(寅) 一破在內二
(卯) 一阿難引十生同計在內 阿難
二如來舉見身中爲破二
(巳) 一定境內外 佛告
二定見次第 阿難

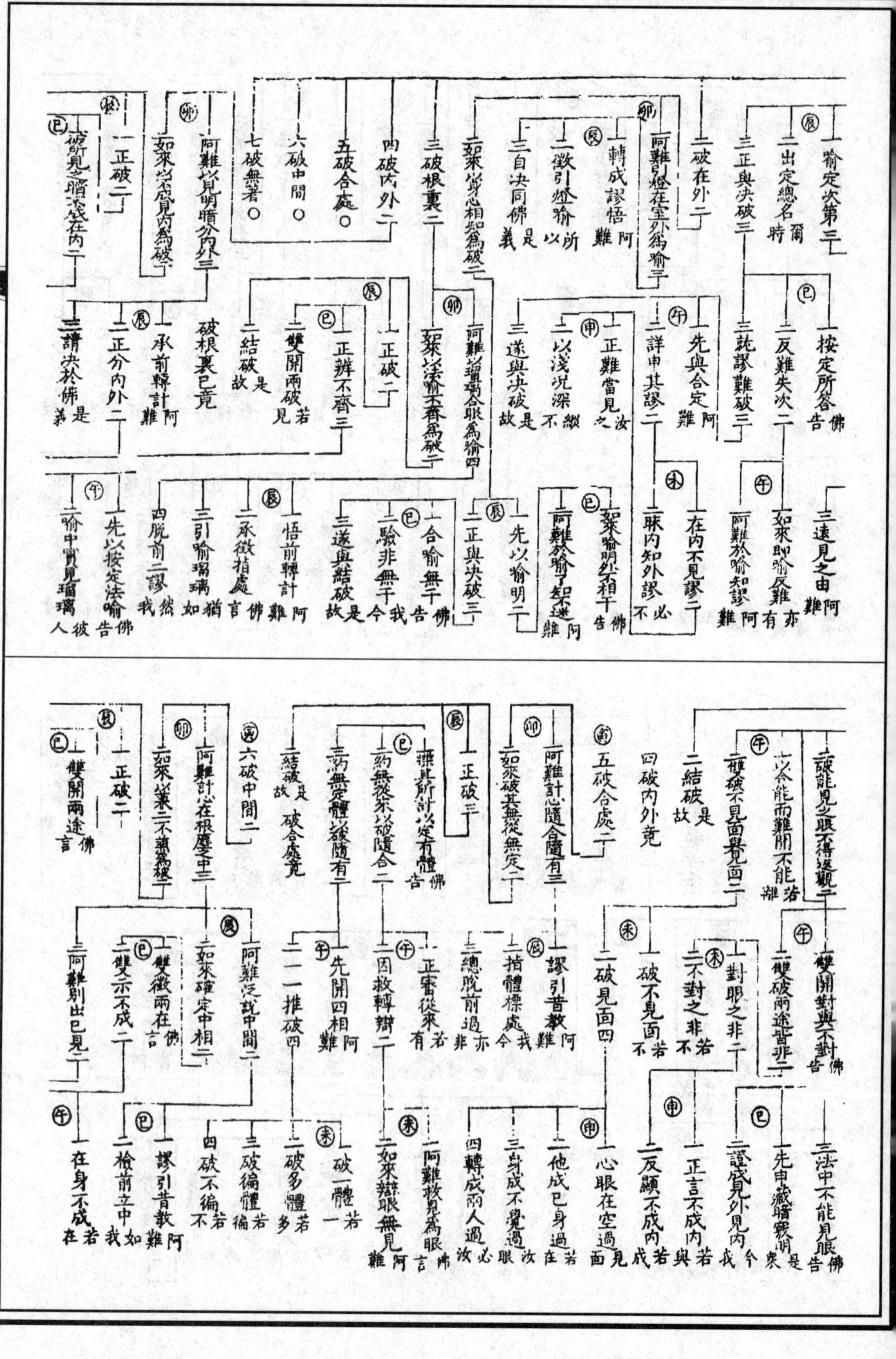
一喻定次第三
二出定總名 爾時
三正與決破三
一按定所答 佛告
二反難失次二
三就謬難破三
三遠見之由 阿難
如來即喻反難 亦有
阿難於喻知謬 阿難
一破在外二
在內不見謬二
昧內知外謬 必不
一先與合定 阿難
二詳中其謬二
一正難當見 汝之
二以淺況深 縱不
三遂與決破 是故
一阿難引燈在室外爲喻三
一轉成謬悟 阿難
二徵引燈喻 所以
三自決同佛 是義
二如來以心相知爲破二
一阿難以鏡喻合眼爲喻四
二如來以喻不齊爲破二
一阿難於喻了知不迷 阿難
如來喻明外相 佛告
先以喻明二
二正與決破三
一合喻無干
二驗非無干
三遂與結破 佛告我今是故
三破根裏二
一正破二
一正辨不齊三
二雙開兩破 若見
三結破 是故
四破內外二
一悟前轉計 阿難言佛
二承徵指處 猶如
三引喻瑠璃
四脫前二謬 然我
五破合處。
六破中間。
七破無著。
一阿難以見明暗分內外三
一如來以見內爲破二
一承前轉計 阿難
破根裏已竟
一正分內外二
二請決於佛 是義
一正破二
一破所見之暗決在內二
先以按定法喻 佛告
二喻中實見瑠璃 彼人
一破能見之眼不得返觀二
二以不能而難開不能 若離
二結破 是故
四破內外竟
五破合處二
一阿難計心隨合隨有三
二如來破其無從無定二
一正破三
二難其所計以定有體 佛告
一約無從來以破隨合二
二約無定體以破隨有二
三結破 是故
破合處竟
六破中間二
一阿難計心在根塵中三
二如來以第二不藉爲破二
一正破二
一雙開兩途 佛言
一雙開對與不對 佛告
二雙破兩途皆非二
一對眼之非二
二不對之非 若不
破不見面 若不
二破見面四
一謬引昔教 阿難我今亦非若有
二指體標處
三總脫前過
一正審從來
二因救轉辯二
一先開四相 阿難
二推破四
一阿難泛說中間二
二如來確定中相二
一雙徵兩在 佛言
二雙示不成二
三阿難別出已見二
一先申藏暗察明 佛告是衆
二證成見外見內
三法中不能見眼
一正言不成內 今我若與
二反顯不成內 若成
一心眼在空過 見面
二他成已身過 若在
三身成不覺過 汝眼
四轉成兩人過 汝必
一阿難救見爲眼 佛言阿難
二如來辯眼無見
一破一體 若一
二破多體 若多
三破徧體 若徧
四破不徧 若不
一謬引昔教 阿難如我
二檢前立中 若在
一在身不成

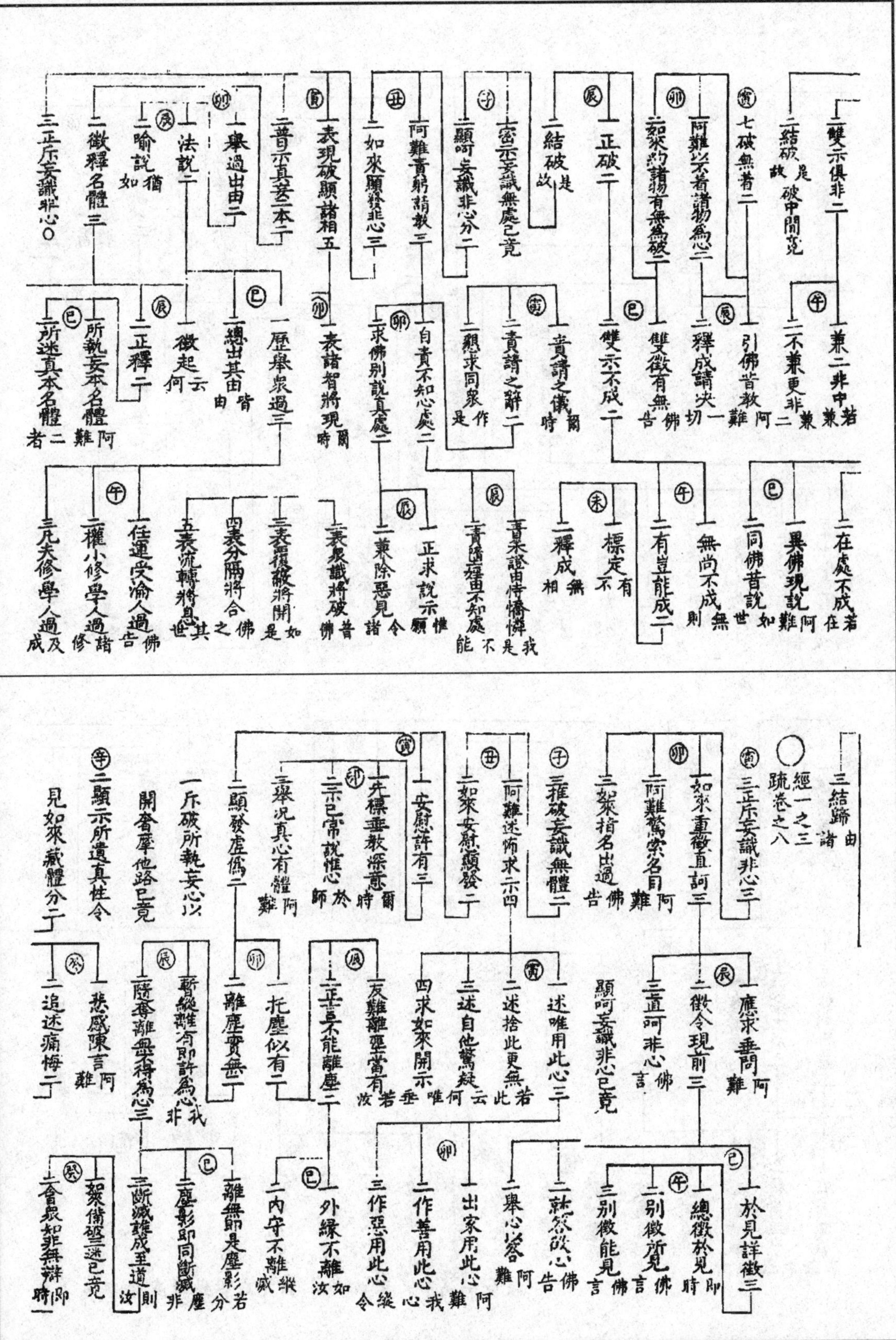
一雙示俱非二
二結破 是破中間竟
寅七破無著二
一阿難以不著諸物爲心二
卯二如來約諸物有無爲破二
辰一正破二
二結破 是故
子二密示妄識無處已竟
一顯呵妄識非心分二
丑二如來顯發非心三
一阿難責躬請教三
寅二表現破顯諸相五
二普示真妄二本二
卯一舉過出由二
一法說二
辰二喻說 猶如
二徵釋名體三
三正斥妄識非心〇
午一兼二非 若中兼
二不兼 更非兼二
一引佛昔教 阿難
辰二釋成請決 一切
雙徵有無 佛告
巳二雙示不成二
寅一責請之儀 爾時
二責請之辭二
一懇求同衆 作是
一自責不知心處二
卯二求佛別說真處二
卯一表諸智將現 爾時
一歷舉衆過三
巳一總出其由 皆由
徵起 云何
辰一正釋二
一所執妄本名體 阿難
巳二所迷真本名體 二者
三在處不成 若在
巳一異佛現說 阿難
二同佛昔說 如世
一無尚不成 無則
午二有豈能成二
未一標定 有不
二釋成 無相
辰一責躬證由恃憍憐 我是
辰二責請須重不知處 不能
一正求說示 惟願
辰二兼除惡見 令諸
一表衆識將破 普佛
二表諸根將開 如是
四表分隔將合 佛之
五表流轉將息 其世
午一任運受淪人過 佛告
二權小修學人過 諸修
三凡夫修學人過 及成
三結歸 由諸
〇 經一之三 疏卷之八
寅三正斥妄識非心三
一如來重徵直訶三
卯二阿難驚索名目 阿難
三如來指名出過 佛告
子三推破妄識無體二
一阿難述佈求示四
丑二如來安慰顯發二
一先標垂教深意 爾時
寅一安慰許有三
二示已常說惟心 於師
卯三舉況真心有體 阿難
一顯發虛僞二
一斥破所執妄心 以
開奢摩他路已竟
寅二顯示所遺真性令
見如來藏體分二
辰一應求垂問 阿難
二徵令現前三
三直呵非心 佛言
顯呵妄識非心已竟
一述唯用此心三 若
寅二述捨此更無 此云
三述自他驚疑 何云
四求如來開示 唯垂
一反難離塵當有 若汝
二正顯不能離塵二
一托塵似有二
卯二離塵實無二
一暫縱離有即許爲心 我非
辰二隨奪離無得爲心三
一悲感陳言 阿難
二追述痛悔二
三於見詳徵三
巳一總徵於見 即時
午二別徵所見 佛言
三別徵能見 佛言
二敕令飲心 佛告
一舉心以答 阿難
出家用此心 阿難
卯二作善用此心 我心
三作惡用此心 縱令
巳一外緣不離 如汝
二內守不離 縱滅
一離無即是塵影 若分
巳二塵影即同斷滅 非塵
三斷滅誰成至道 則汝
一如來備徵三迷已竟
巳二會衆知非無辯 即時

一阿難捨妄求真三
二如來極顯真體三
(壬)一放光表顯四
(癸)二普許開示 告阿
三義盡真際三
(子)一雙徵根性直指真心二
二會通四科即性常住○
三圓彰七大即性周徧○
一帶妄示真十
(巳)二剖妄出真○
(酉)一指見是心三
二顯見不動○
三顯見不滅○
四顯見不失○
五顯見無還○
六顯見不雜○
七顯見無礙○
八顯見不分○

(子)一悔恃聚不修大定 自我今日
二痛悔多聞終無實得
三表迷求示 世尊
(子)一真智洞開相 即時
二圓照法界相 十方
三上齊佛界相 徧灌
四下等生界相 放至
(卯)一雙舉法喻現前二
二辨定眼見是心三
(辰)一辨無眼有見顯其不假根緣
二辨瞻暗成見顯其不假明緣
三辨見乃是心顯其離緣獨立二
(巳)一例明眼見是心二
(午)一初例成諍 阿難
二轉成二諍 若燈
二結申心見正義二
三未悟更希塵示 阿難
指見是心已竟

(壬)一正與斥破已竟
二結歸判詞 佛告
(戌)一如來雙徵拳見 阿難
二阿難各答其由 阿難
(巳)一雙陳法喻合審 佛告阿難
二阿難未覺見不齊
(午)一正斥其非 佛告
二明其不齊 阿以
三令其詢驗 所以
四結申有見 以是
三如來斥非詳示四
(巳)阿難執於觀暗昔見 阿難
二如來例明暗見無虧
(午)一雙詰二暗
二雙答是同 佛告如是是故眼能時暗
(午)一取例非燈
二轉例非眼
(巳)一自陳得悟

九顯見超情○
十顯見離見○
(寅)二顯見不動分三
(辰)一如來尋究原悟 爾時
二陳那詳答二義三
三如來印許其說 佛言
一喻明客字 世尊
二喻明塵字 又如
(卯)一辨定客塵二字三
(辰)一對外境以顯不動四
(巳)一辨定所見 即時
二辨定開合 佛告
三辨分動靜 佛言
四印許其言 佛言
二就內身以顯不動四
(巳)一光引頭動 如來
二審問動由 佛告
三辨分動靜 阿難
四印許其言 佛言
二正以顯見不動二
(巳)一怪其明知妄由身境 云何
二責其依舊從妄失真二
三普責自取流轉三
(辰)一取昔所悟客塵 於
二令觀現前動靜 是汝觀
三正以怪責妄淪二
(午)一曲分三障三
(未)一惑 從始
二業 遺失
三苦 性心
二總結長淪輪迴

經二之一
疏卷之九

二顯見不動已竟
(寅)三顯見不滅分三
(卯)一會衆領悟更請二
(辰)一序述衆悟三
(巳)一得悟安樂 爾時
二悔前迷執 念無
三以喻狀喜 今日
二通別兩請二
(巳)一會衆通請 合掌
二匿王別請四
(午)一敘前邪惑 時波
二敘後仍疑 我雖
三願聞不滅 云何
二如來徵顯不滅三
(巳)一略彰變滅二
二詳敘變滅三
三王等極為喜慶 王聞

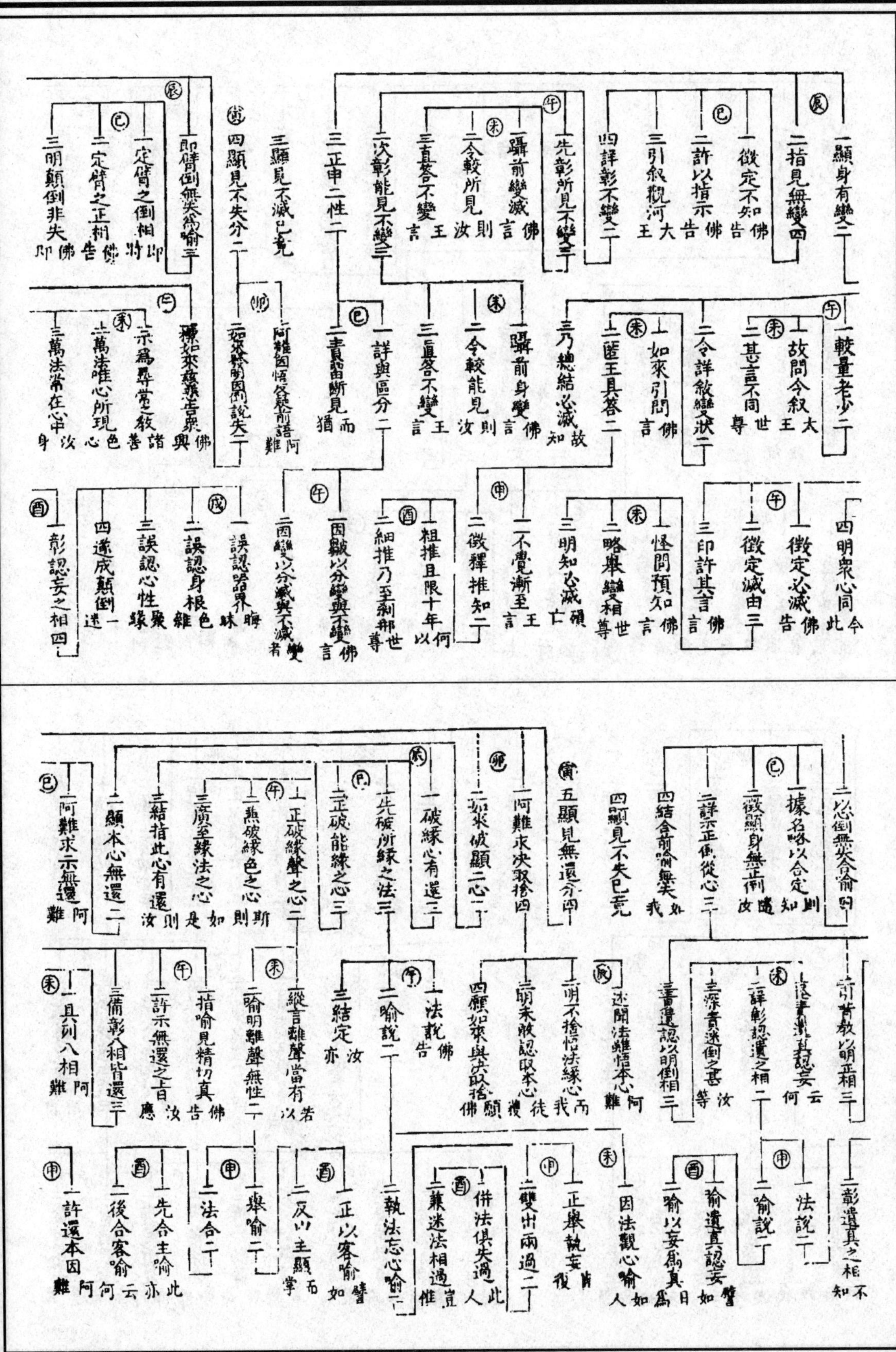
一顯身有變二
二指見無變四
一徵定不知 佛告
二許以指示 佛告大王
三引叙觀河
四詳彰不變二
一先彰所見不變三
一躡前變滅 佛言
二令較所見 汝則王言
三直荅不變
二次彰能見不變三
一躡前身變 佛言
二令較能見 汝則王言
三直荅不變
三正申二性二
一詳與區分二
二責留斷見 而猶
三顯見不滅已竟
四顯見不失分二
一即肯倒無失喻三
一定肯之倒相 即時
二定肯之正相 佛告
三明顛倒非失 佛即
一較量老少二
一故問令叙 大王
二甚言不同 世尊
二令詳叙變狀二
一如來引問 佛言
二匿王具荅二
三乃總結必滅 故知
四明衆心同 今此
一徵定必滅 佛告
二徵定滅由三
一怪問預知 佛言
二略舉變相 世尊
三明知必滅 碩亡
三印許其言 佛言
一不覺漸至 王言
二徵釋推知二
一粗推且限十年 何以
二細推乃至剎那 世尊
一因皺以分變與不變 佛言
二因變以分滅與不滅 者變
一阿難因悟仍疑前語 阿難
二如來就所因例說失二
一示爲尋常之教 佛興
二萬法唯心所現 諸菩色心
三萬法常在心中 汝身
二據如來發疑告衆 佛興
一誤認器界 晦昧
二誤認身根 色雜
三誤認心性 聚緣
四遂成顛倒 一迷
一彰認妄之相四
五顯見無還分四
四顯見不失已竟
一阿難求決取捨四
二如來破顯二心二
一破緣心有還三
一先破所緣之法三
二正破能緣之心三
一正破緣聲之心二
二兼破緣色之心 則如斯
三廣至緣法之心 是則汝
三結指此心有還
二顯本心無還二
一阿難求示無還 阿難
一據名略以合定 知則
二徵顯身無倒 汝處
三詳示正倒從心三
四結合前喻無失 如我
一必倒無失合喻四
二前舉教以明正相三
一法說 佛告
二喻說二
三結定 汝亦
一縱言離聲當有 若以
二喻明離聲無性二
一指喻見精切真 佛告汝應
二許示無還之旨
三備彰八相皆還三
一具列八相 阿難
一明不捨悟法緣心 丙我
二明未敢認取本心 徒獲
三迷聞法雖悟本心 阿難
四願如來與決取捨 佛願
一迷妄流斥其認妄 云何
二詳彰認遺之相二
三深責迷倒之甚 汝等
一責遺認以明倒相三
一彰遺真之相 不知
一法說一
二喻說二
一喻遺真認妄 譬如
二喻以妄爲真 日爲如人
一因法觀心喻
一正舉執妄 肯復
二雙出兩過二
一併法俱失過 此人
二兼迷法相過 豈惟
一正以客喻 譬如
二反以主顯 掌石
一執法忘心喻二
一舉喻二
二法合二
一先合主喻 此亦
二後合客喻 云何
一許還本因 阿難

第一五二冊　大佛頂首楞嚴經正脈疏

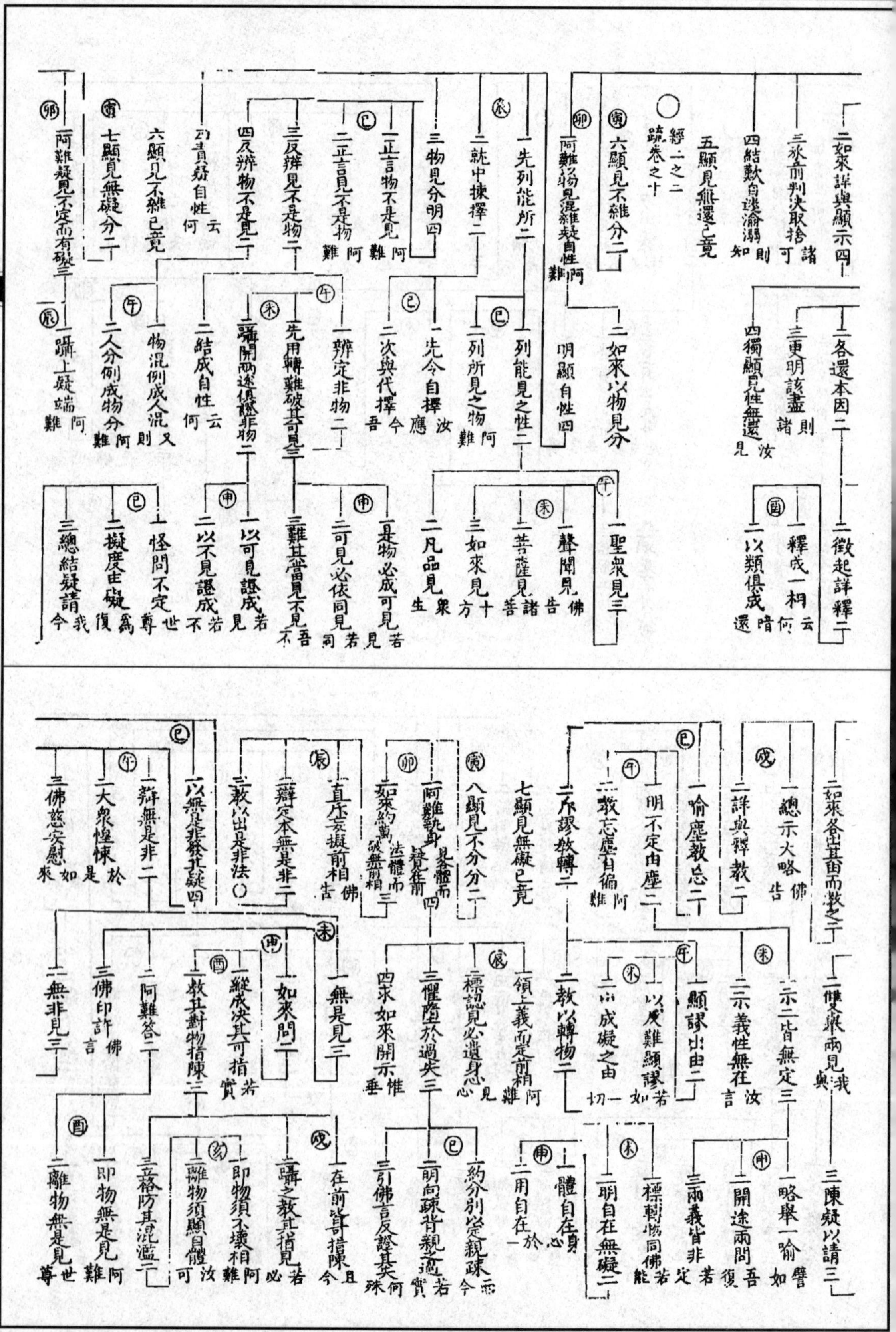

二如來詳與顯示四
三次前判決取捨 諸可
四結歎自迷淪溺 則知
五顯見無還已竟
經二之二
疏卷之十
寅 六顯見不雜分二
卯 阿難縱見混雜疑自性 阿難
一先列能所二
辰 二就中揀擇二
三物見分明四
巳 一正言物不是見 阿難
二正言見不是物 阿難
三反辨見不是物二
四反辨物不是見二
五責疑自性 云何
六顯見不雜已竟
寅 七顯見無礙分二
卯 阿難疑見不定而有礙三
一各還本因二
三更明該盡 則諸
四獨顯見性無還 汝見
二如來以物見分
明顯自性四
一列能見之性二
巳 一列所見之物 阿難
一先令自擇 汝應
巳 二次與代擇 今吾
一辨定非物二
午 一先用轉難破其可見三
未 二雙開兩途俱難非物二
二結成自性 云何
一物混例成人混 又則
午 二人分例成物分 阿難
辰 一躡上疑端 阿難
二徵起詳釋二
酉 一釋成一相 云何
二以類俱成 還暗
午 一聖眾見三
一聲聞見 佛告
未 二菩薩見 諸菩
三如來見 十方
二凡品見 眾生
一是物必成可見 若見
申 二可見必依同見 若見同
三難其當見不見 吾不
申 一以可見謬成 若見
二以不見謬成 若不
一怪問不定 世尊
巳 二擬度由礙 為復
三總結疑請 我今
二如來各出其由而救之二
一總示大略 佛告
戌 二詳與辨教二
巳 一喻塵教忘二
一明不定由塵二
午 二教忘塵自偏 阿難
二示謬放轉二
七顯見無礙已竟
寅 八顯見不分分二
卯 一阿難執身見分體而發難四
卯 二如來約法體而破無前相三
辰 一直示妄擬前相 佛告
二辯定本無是非二
三教以出是非法
巳 以無是非發其疑四
一辯無是非二
午 二大眾惶悚 於是
三佛慈安慰 如來
二懷衆兩見 我與
未 一示二皆無定三
二示義性無在 汝言
午 一顯謬出由二
未 以反難顯謬 若如
二出成礙之由 一切
二教以轉物二
辰 一領上義而定前精 阿難
標認見必遺身 見心
三懼墮於過失三
四求如來開示 惟垂
未 一無是見三
申 二如來問二
酉 一縱成決其可指 若實
二教其對物指陳三
二阿難答二
三佛印許 佛言
二無非見三
三陳疑以請三 譬如
一略舉一喻
申 一開途兩問 吾復
三兩義皆非 若定
未 標轉物同佛 若能
一明自在無礙二
申 一體自在身心
二用自在於一
約分別定親疎 而今
巳 一明向疏背親適 若實
二引佛言反證其爽 何殊
戌 一在前皆指陳 且今
二躡之教其指見 若必
一即物須不壞相 阿難
亥 二離物須顯自體 汝可
三預防其混濫二
一即物無是見 阿難
酉 二離物無是見 世尊

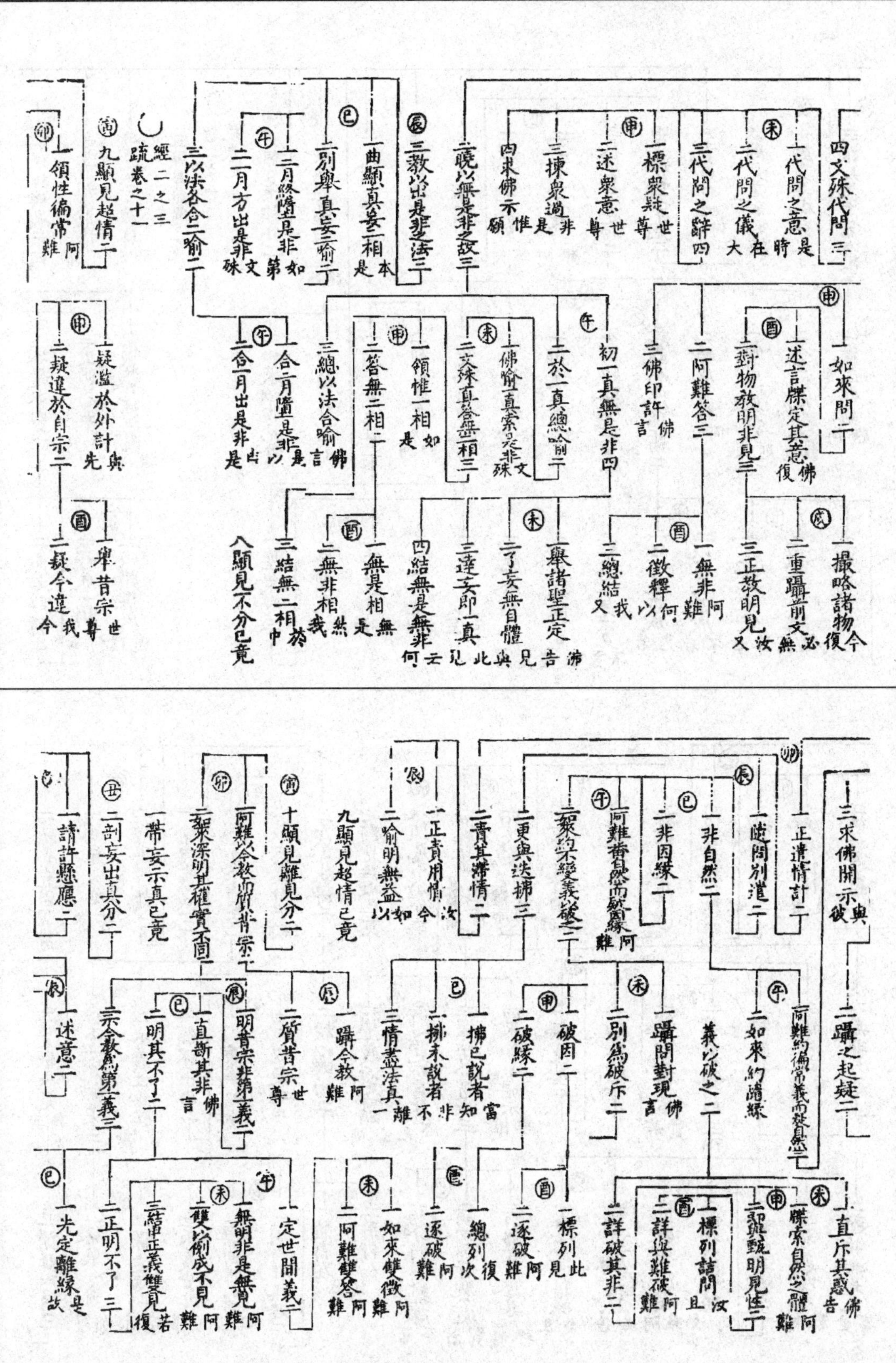
四文殊代問三
一代問之意是時
二代問之儀在大
三代問之辭四
一標衆疑世尊
二述衆意世尊
三揀衆過非是
四求佛示惟願
二曉以無是非之故三
三教以出是非之法三
一曲顯真妄二相本是
二別舉真妄二喻二
一二月終隨是非如第
二月方出是非文殊
三以法各合二喻二
九顯見超情二
經二之三
疏卷之十一
一領性徧常阿難
如來問二
一述言牒定其意佛復
二對物敎明非見三
一撮略諸物今復
二重躡前文必無
三正敎明見汝又
二阿難答三
一無非阿難
二徵釋何以
三總結我又
三佛印許佛言
初一真無是非四
一於一真總喻二
一佛喻真索是非文殊
二文殊真答無二相三
一舉諸聖正定佛告
二了妄無自體見與
三達妄即一真此見
四結無是無非云何
一領惟一相如是
二答無二相二
一無是相無是
二無非相然我
三結無二相於中
三總以法合喻佛言
一合二月隨是非是以
二合月出是非出是
八顯見不分已竟
一疑濫於外計與先
二疑違於自宗二
一舉昔宗世尊
二疑今違我今
三求佛開示與彼
一正遣情計二
一隨問別遣二
一非自然二
二非因緣二
阿難番自然而疑因緣阿難
二躡之起疑二
阿難約徧常義而疑自然三
一如來約諸緣
義以破之二
一牒索自然之體阿難
二詳其甄明見性二
一標列詰問汝且
二詳與難破阿難
二詳破其非二
直斥其惑佛告
二緊約不變義以破之二
一躡問對現佛言
二別為破斥二
一破因二
一標列此見
二逐破阿難
二破緣二
一總列復次
二逐破阿難
二更與洗拂三
一拂已說者當知
二拂未說者非不
三情盡法真離一
二責其滯情二
一正責用情汝今
二喻明無益如以
如來雙徵阿難
二阿難雙答阿難
九顯見超情已竟
十顯見離見分二
一阿難以今教而質昔宗二
一躡今教阿難
二質昔宗世尊
二如來深明其權實不同二
一明昔宗非第一義二
一直斷其非佛言
二明其不了二
一定世間義二
一無明非是無覺阿難
二雙以例成不見阿難
三結申正義雙覺若復
二正明不了三
三示今教為第一義三
一帶妄示真已竟
二剖妄出真分二
一請許懸應二
一述意二
一先定離緣是故

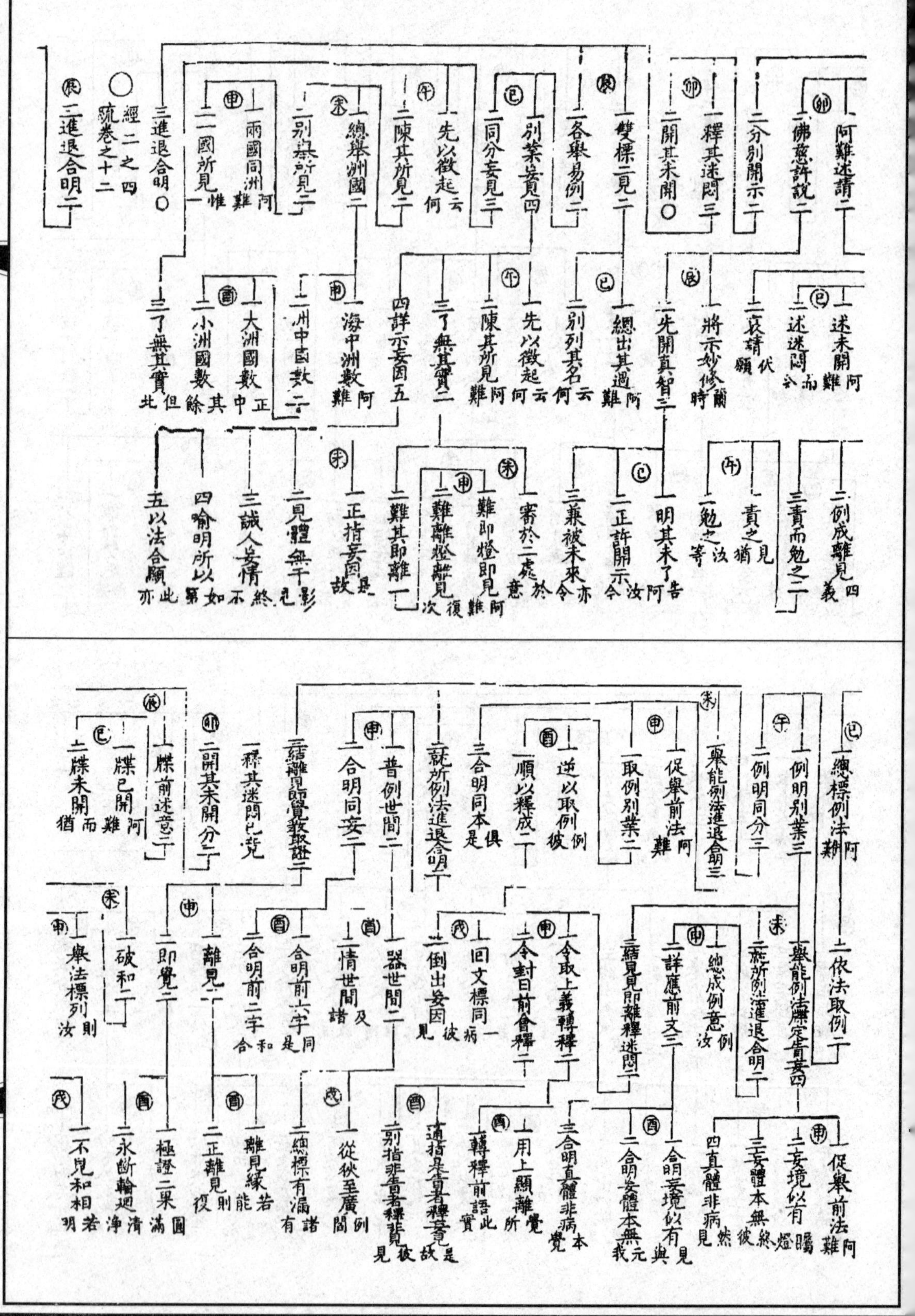
阿難述請二
(卯) 二佛慈許說二
二分別開示二
一釋其迷悶三
(卯) 二開其未開〇
一雙標二見二
(辰) 一各舉易例二
一別業妄見四
(巳) 二同分妄見三
一先以徵起 云何
(午) 二陳其所見二
一總舉洲國二
(未) 二別舉所見二
一兩國同洲 阿難
(申) 二一國所見 惟一
三進退合明〇
經二之四
疏卷之十二
(辰) 二進退合明二
一述未開 阿難
(巳) 二述迷悶 而云
二哀請 伏願
一將示妙修 爾時
(辰) 一先開真智三
一總出其過 阿難
(巳) 二別列其名 云何
一先以徵起 云何
(午) 二陳其所見 阿難
三了無其實二
四詳示妄因五
一海中洲數 阿難
(申) 二洲中國數二
一大洲國數 正中
(酉) 二小洲國數 其餘
三了無其實 但此
二例成難見 四義
三責而勉之二
一責之猶見
(午) 二勉之 汝等
一明其未了 告阿
(巳) 二正許開示 令汝
三兼被未來 亦令
(未) 一審於二處 意於
一難即燈即見 阿難
(申) 二難離燈離見 次復
二難其即離一
(未) 一正指妄因 是故
二見體無干 影已
三誡人妄情 終不
四喻明所以 如第
五以法合顯 此亦
(巳) 一總標例法 阿難
(午) 一例明別業三
二例明同分三
(未) 一舉能例法進退合明三
一促舉前法 阿難
(申) 一取例別業二
一逆以取例 彼例
(酉) 二順以釋成二
三合明同本 俱是
二就所例法進退合明一
一普例世間二
(申) 二合明同妄二
三結離見即覺教取證二
一釋其迷悶已竟
(卯) 二開其未開分二
一牒前述意二
(辰) 一牒已開 阿難
(巳) 二牒未開 而猶
二依法取例二
一舉能例法無定實妄四
(未) 二就所例法進退合明二
(申) 一總成例意 例汝
二詳應前文三
三結見見即離釋迷悶二
一令取上義轉釋二
(申) 二令對日前會釋二
一回文標同 一病
(戌) 二倒出妄因 見彼
一器世間二
(酉) 二情世間 及諸
一合明前六字 同是
(酉) 二合明前二字 和合
一離見二
(申) 二即覺二
一破和二
(未) 二舉法標列 則汝
(申) 一促舉前法 阿難矚燈
二妄境似有 燈終
三妄體本無 彼
四真體非病 然見
一合明妄境似有 見與
(酉) 二合明妄體本無 元我
三合明真體非病 本覺
一用上顯離 覺所
(酉) 二轉釋前語 此實
一通指是真者釋妄見 是故
(酉) 二別指非真者釋真見 彼見
一從狹至廣 例
(戌) 二總標有漏 諸有
一離見緣 若能
(酉) 二正離見 則復
極證二果 圓滿
(酉) 二永斷輪迴 清淨
(戌) 一不見和相 若明

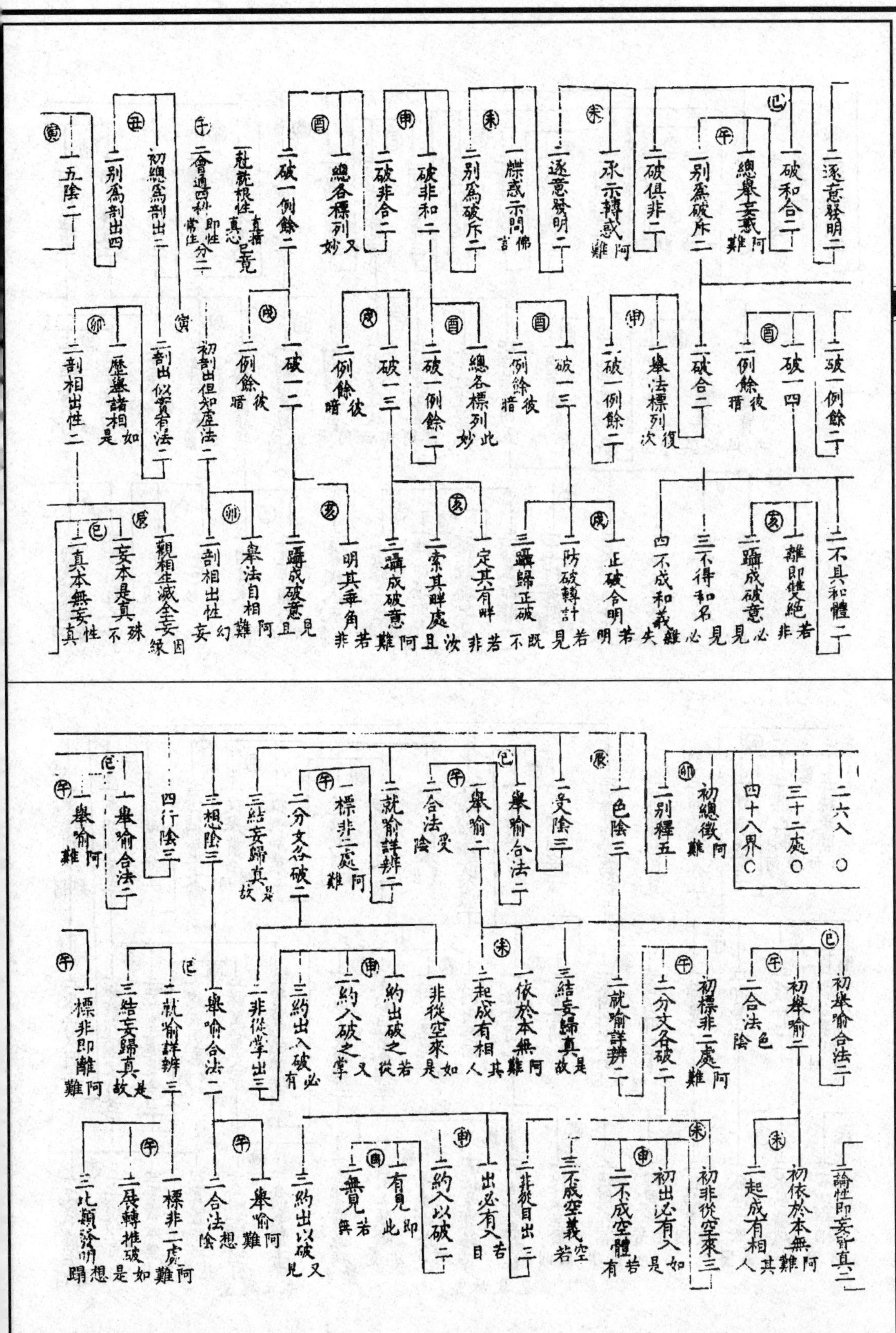
二逐意發明二
一破和合二
一總舉妄惑 阿難
二別爲破斥二
二破俱非二
一承示轉惑 阿難
二逐意發明二
一牒惑示問 佛言
二別爲破斥二
一破非和二
二破非合二
一總各標列 又妙
二破一例餘二
一甄疏根性 直指真心 呈覺
二會通四科 即性常住 分二
初總爲剖出二
二別爲剖出四
一五陰二
二破一例餘二
一破一四
二例餘 猶彼
一破合二
一舉法標列 復次
二破一例餘二
一破一三
二例餘 猶彼
一總各標列 此妙
二破一例餘二
一破一三
二例餘 猶彼
一破一二
二例餘 猶彼
二剖出似實有法二
初剖出但知虛法二
一歷舉諸相 如是
二剖相出性二
二不具和體二
一離即雙絶 若非
二躡成破意 必見
三不得和名 必見
四不成和義 離失
一正破合明 若明
二防破轉計 若見
三躡歸正破 既不
一定其有畔 若非
二索其畔處 汝且
三躡成破意 阿難
一明其乖角 若非
二躡成破意 且見
一舉法自相 阿難
二剖相出性 幻妄
一親相生滅全妄 因緣
一妄本是真 不殊
二真本無妄 性真
二六入 ○
三十二處 ○
四十八界 ○
初總徵 阿難
二別釋五
一色陰三
二受陰三
一舉喻合法二
一舉喻二
二合法 受陰
二就喻詳辨二
一標非二處 阿難
二分文各破二
三結妄歸真 是故
三想陰三
四行陰三
一舉喻合法二
一舉喻 阿難
初舉喻合法二
初舉喻二
二合法 色陰
初標非二處 阿難
二分文各破二
二就喻詳辨二
三結妄歸真 是故
一依於本無 阿難
二起成有相 其人
一非從空來 如是
二約出破之 若從
二約入破之 又掌
三約出入破 必有
二非從掌出三
一舉喻合法二
二就喻詳辨三
三結妄歸真 是故
一標非即離 阿難
二論性即妄實真二
初依於本無 阿難
二起成有相 其人
初非從空來三
初出必有入 如是
二不成空體 若有
三不成空義 若空
二非從目出三
一出必有入 若目
二約入以破二
一有見 此即
二無覺 若無
三約出以破 又見
一舉喻 阿難
二合法 想陰
一標非二處 阿難
二展轉推破 如是
三比類發明 想蹋

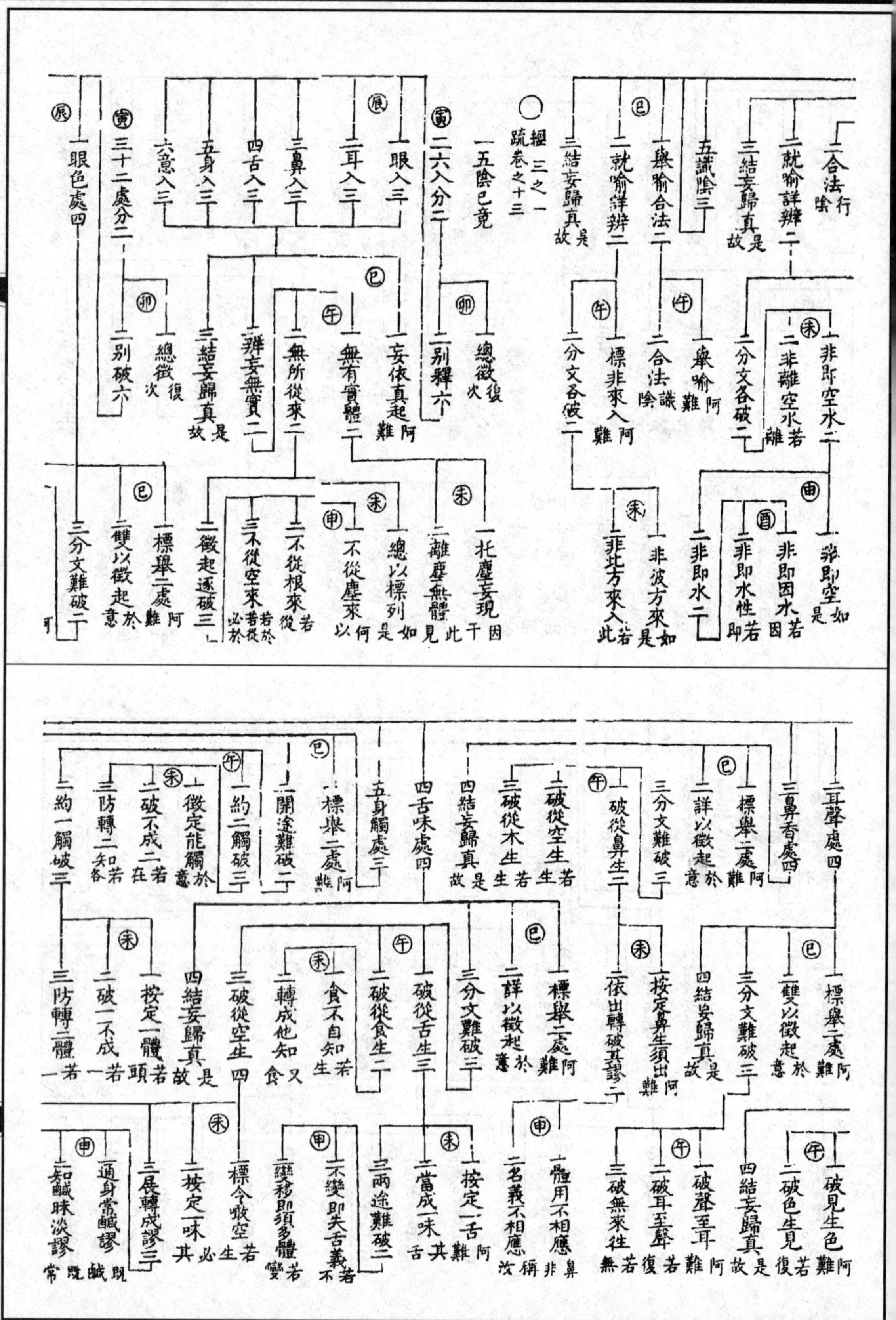
二合法 行陰
二就喻詳辨二
三結妄歸真 是故
一非即空水二
二非離空水 若離
二分文各破二
一非即空 如是
一非即因水 若因
二非即水性 若即
二非即水二
五識陰三
一舉喻合法二
二就喻詳辨二
三結妄歸真 是故
一舉喻 阿難
二合法 識陰
一標非來入 阿難
二分文各破二
一非彼方來 如是
二非此方來入 若此
經 三之一
疏 卷之十三
一五陰已竟
二六入分二
一總徵 復次
二別釋六
一眼入三
一妄依真起 阿難
二辨妄無實二
三結妄歸真 是故
一無有實體二
一托塵妄現 因于
二離塵無體 此見
二無所從來二
一總以標列 如是
二不從塵來 何以
二不從根來 若從
三不從空來 若於 若從 必於
三徵起逐破三
二耳入三
三鼻入三
四舌入三
五身入三
六意入三
三十二處分二
一總徵 復次
二別破六
一眼色處四
一標舉二處 阿難
二雙以徵起 於意
三分文難破二
二耳聲處四
一標舉二處 阿難
二雙以徵起 於意
三分文難破三
四結妄歸真 是故
一破見生色 阿難
二破色生見 若復
一破聲至耳 阿難
二破耳至聲 若復
三破無來往 若無
三鼻香處四
一標舉二處 阿難
二詳以徵起 於意
三分文難破三
四結妄歸真 是故
一破從鼻生二
一按定鼻生須出 阿難
二依出轉破其謬二
一體用不相應 鼻非
二名義不相稱 汝稱
二破從空生 若
三破從木生 若生
四舌味處四
一標舉二處 阿難
二詳以徵起 於意
三分文難破三
四結妄歸真 是故
一破從舌生三
一按定一舌 阿難
二當成一味 其舌
三兩途難破二
一不變即失舌義 若不
二變移即須多體 若變
二破從食生二
一食不自知 若生
二轉成他知 又食
三破從空生四
一標令嘗空 若生
二按定一味 必其
三展轉成謬三
一通身常鹹謬 既鹹
二知鹹昧淡謬 既常
五身觸處三
一標舉二處 阿難
二開途難破二
一約二觸破三
一按定一體 若頭
二破一不成 若一
三防轉二體 若一
二約一觸破三
一徵定能觸 於意
二破不成二 若在
三防轉二知 若各

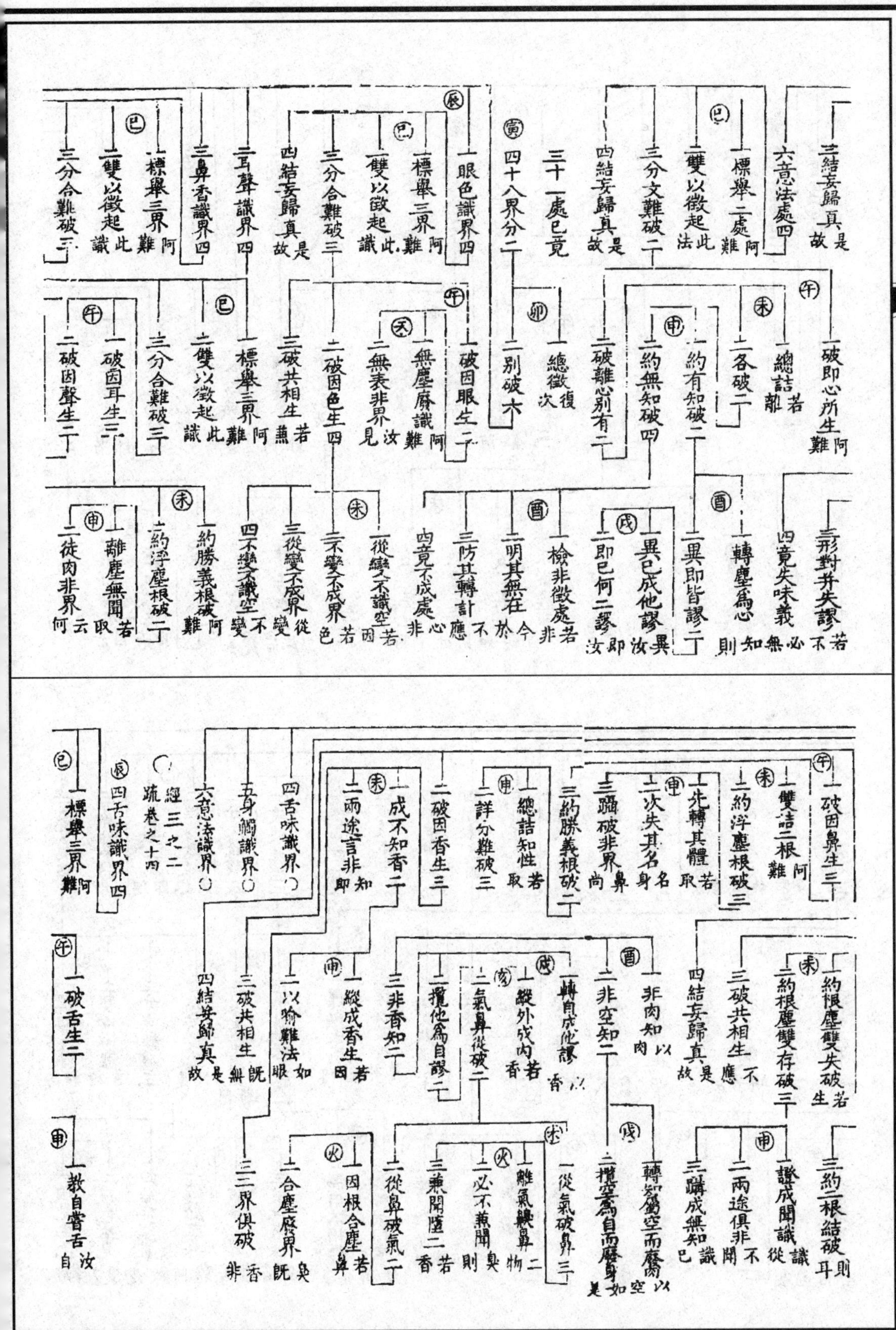
三結妄歸真 是故
六意法處四
一標舉二處 阿難
二雙以徵起 此法
三分文難破二
四結妄歸真 是故
三十一處已竟
四十八界分二
一眼色識界四
一標舉三界 阿難
二雙以徵起 此識
三分合難破三
四結妄歸真 是故
二耳聲識界四
三鼻香識界四
一標舉三界 阿難
二雙以徵起 此識
三分合難破三
一破即心所生 阿難
一總詰 若離
二各破二
一約有知破二
二約無知破四
二破離心別有二
一總徵 復次
二別破六
一破因眼生二
一無塵癈識 阿難
二無表非界 汝見
二破因色生四
三破共相生 若兼
一標舉三界 阿難
二雙以徵起 此識
三分合難破三
一破因耳生三
二破因聲生二
三形對并失謬 若不
四竟失味義 必無知則
一轉塵爲心
一異即皆謬二
一異已成他謬 異汝
二即已何二謬 即汝
一檢非徵處 若非
二明其無在 今於
三防其轉計 不應
四竟不成處 心非
一從變不識空 若因
二不變不成界 色
三從變不成界 從變
四不變不識空 不變
一約勝義根破二 阿難
二約浮塵根破二
一離塵無聞 若取
二徒肉非界 云何
一破因鼻生三
一雙詰二根 阿難
二約浮塵根破三
一先轉其體 若取
二次失其名 名身
三蹋破非界 鼻尚
三約勝義根破二
一總詰知性 若取
二詳分難破三
二破因香生三
一成不知香二
二兩途言非 知即
四舌味識界〇
五身觸識界〇
六意法識界〇
經三之二
疏卷之十四
四舌味識界四
一標舉三界 阿難
一破舌生二
一教自嘗舌 汝自
一約根塵雙失破 若生
二約根塵雙存破三
三破共相生 不應
四結妄歸真 是故
一非肉知 以肉
二非空知二
一轉自成他謬 以香
一縱外成內 若香
二氣鼻從破二
一攬他爲自謬二
三非香知二
一縱成香生 若因
一以喻難法 如眼
三破共相生 既無
四結妄歸真 是故
三約二根結破 則耳
一證成聞識 識從
二兩途俱非 不聞
三躡成無知 識已
一轉空爲自而驚 以空
二攬空爲自而驚身 如是
一從氣破鼻三
一離氣無鼻 物二
二必不兼聞 臭則
三兼聞墮二 若香
二從鼻破氣二
一因根合塵 若鼻
二合塵成界 臭既
三三界俱破 香非

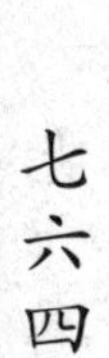

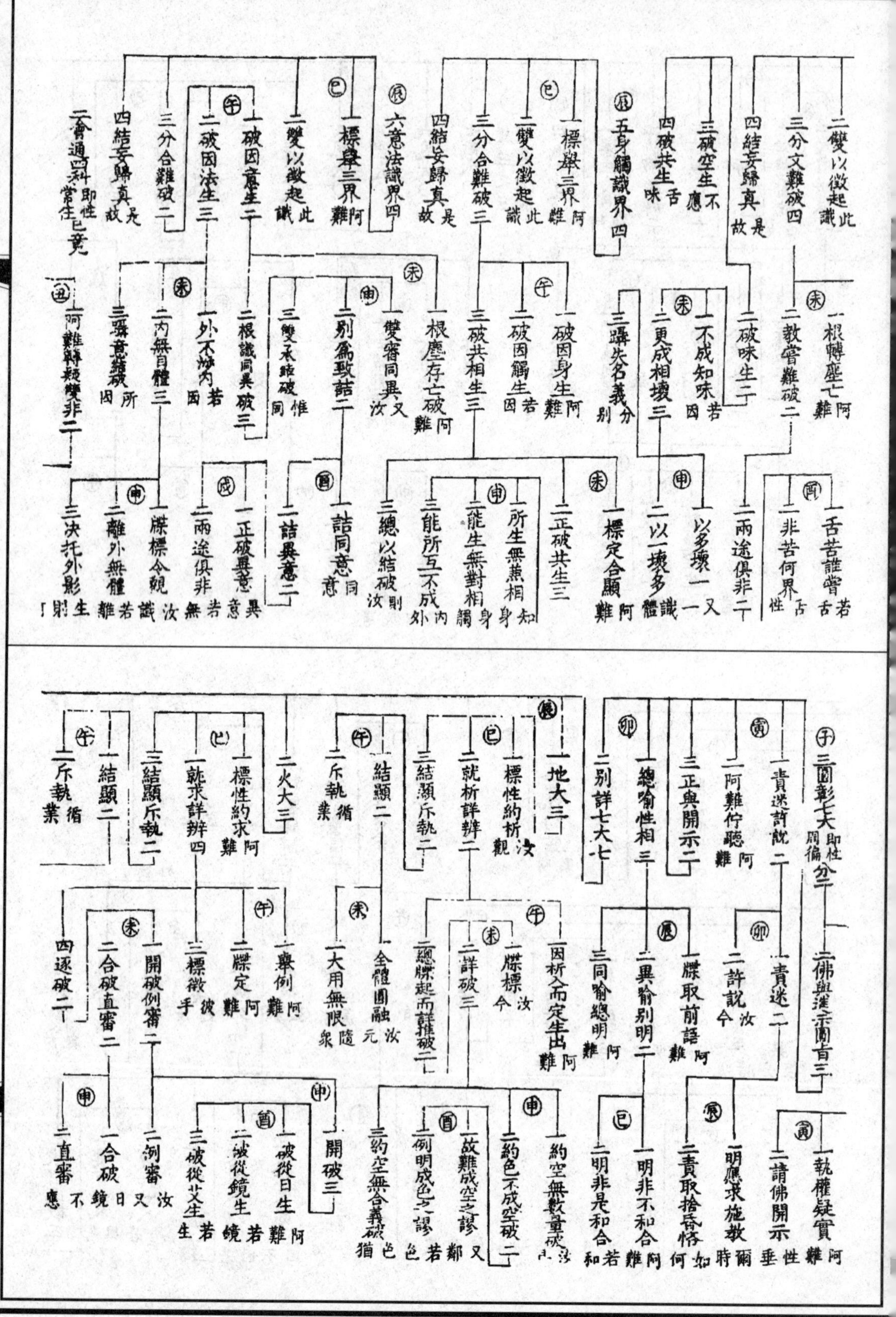

二雙以徵起 此識
三分文難破四
四結妄歸真 是故
三破空生不應 舌味
四破共生
(辰)五身觸識界四
一標舉三界 阿難
(巳)二雙以徵起 此識
三分合難破三
四結妄歸真 是故
(辰)六意法識界四
一標舉三界 阿難
(巳)二雙以徵起 此識
(午)一破因意生二
二破因法生三
三分合難破二
四結妄歸真 是故
二會通四科即性常住已竟
(未)一根轉塵亡 阿難
二教詰難破二
二破味生三
(未)一不成知味 若因
二更成相壞三
三躡失名義 分別
一破因身生 阿難
(午)二破因觸生 若因
三破共相生三
一根塵存亡破 阿難
(未)雙審同異 又汝
(申)一別爲雙詰二
三雙承結破 惟同
二根識同異破三
一外不成內 若因
(未)二內無自體三
三躡意結破 所因
(丑)一阿難躡疑雙非二
(酉)一舌苦誰嘗 若舌
二非苦何界 舌性
二兩途俱非二
(申)以多壞一 又一
二以一壞多 識體
(未)一標定合離 阿難
二正破共生三
一所生無兼相 知身
(申)二能生無對相 身觸
三能所互不成 內外
三總以結破 則汝
(酉)一詰同意 意同
二詰異意二
一正破異意 異意
(戌)二兩途俱非 若無
一牒標令覩 汝識
(申)二離外無體 若離
三決托外影 則生
(子)三圓彰七大 即性周徧 分二
(寅)一責迷許說二
二阿難佇聽 阿難
三正與開示二
(卯)一總喻性相三
二別詳七大七
(辰)一地大三
(巳)一標性約析 汝觀
二就析詳辨二
三結顯斥執二
(午)一斥執 循業
二結顯二
二火大三
(巳)一標性約求 阿難
二就求詳辨四
三結顯斥執二
一結顯二
(午)二斥執 循業
二佛與淺示圓旨三
一責迷二
(卯)二許說 汝今
一牒取前語 阿難
(辰)二異喻別明二
二同喻總明 阿難
(午)一因析入而定空出 阿難
(未)一牒標 汝今
二詳破三
三總牒起而詳排破二
全體圓融 元汝
(未)一大用無限 隨衆
(午)一舉例 阿難
二牒定 阿難
三標徵 汝手
一開破例審二
(未)二合破直審二
四遂破二
(寅)一執權疑實 阿難性垂
二請佛開示
一明應求施教 爾時
(辰)二責取捨昏悖 如何
一明非不和合 阿難
(巳)二明非是和合 若和
一約空無數量破 汝
(申)二約色不成空破二
一故難成空之謬 又鄰
(酉)二例明成色之謬 若色
三約空無合義破 猶色
一開破三
(酉)一破從日生 阿難
二破從鏡生 若鏡
三破從艾生 若生
(申)一例審 汝又日鏡
二合破 不
二直審 應

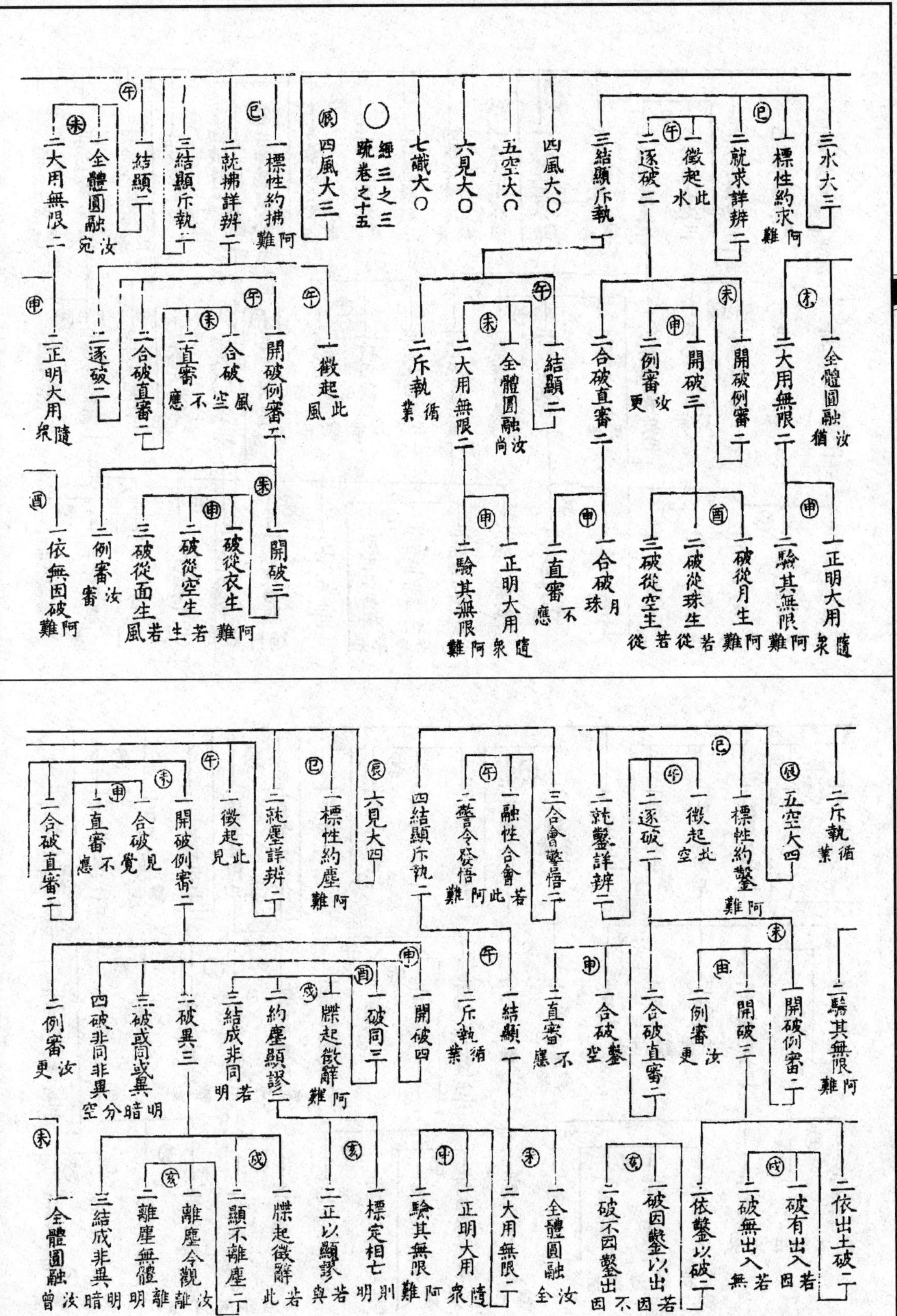
三水大三
一標性約求 阿難
二就求詳辨二
一徵起 此水
二逐破二
三結顯斥執
一全體圓融 汝循
二大用無限二
一正明大用 隨衆
二驗其無限 阿難
一開破例審二
一開破三
二例審 汝更
一破從月生 阿難
二破從珠生 若從
三破從空生 若從
一合破直審二
一合破 月珠
二直審 不應
一結顯二
一全體圓融 汝尚
二大用無限二
一正明大用 隨衆
二驗其無限 阿難
二斥執 循業
四風大〇
五空大〇
六見大〇
七識大〇
經三之三 疏卷之十五
四風大三
一標性約拂 阿難
二就拂詳辨二
三結顯斥執二
一徵起 此風
一開破例審二
一開破三
一破從衣生 阿難
二破從空生 若生
三破從面生 若風
二例審 汝審
二合破直審二
一合破 風空
二直審 不應
二逐破二
一結顯二
一全體圓融 汝宛
二大用無限二
一正明大用 隨衆
一依無因破 阿難
二斥執 循業
二驗其無限 阿難
五空大四
一標性約鑿 阿難
二就鑿詳辨二
一徵起 此空
二逐破二
一開破例審二
一開破三
一破有出入 若因
二破無出入 若無
二依出土破二
二依鑿以破二
一破因鑿以出 若因
二破不因鑿出 不因
二例審 汝更
一合破直審二
一合破 空鑿
二直審 不應
三合會顯悟二
一融性合會 若此
二警令發悟 阿難
一結顯二
一全體圓融 汝全
二大用無限二
一正明大用 隨衆
二驗其無限 阿難
二斥執 循業
四結顯斥執二
六見大四
一標性約塵 阿難
二就塵詳辨二
一徵起 此見
一開破例審二
一開破四
一破同三
一牒起徵辭 阿難
二約塵顯謬二
一標定相七 則明
二正以顯謬 若與
三結成非同 若明
二破異三
一牒起徵辭 若此
二顯不離塵二
一離塵令觀 汝離
二離塵無體 明離
三結成非異 明暗
三破或同或異 明暗
四破非同非異 分空
二例審 汝更
一合破 見覺
二直審 不應
一合破直審二
一全體圓融 汝曾

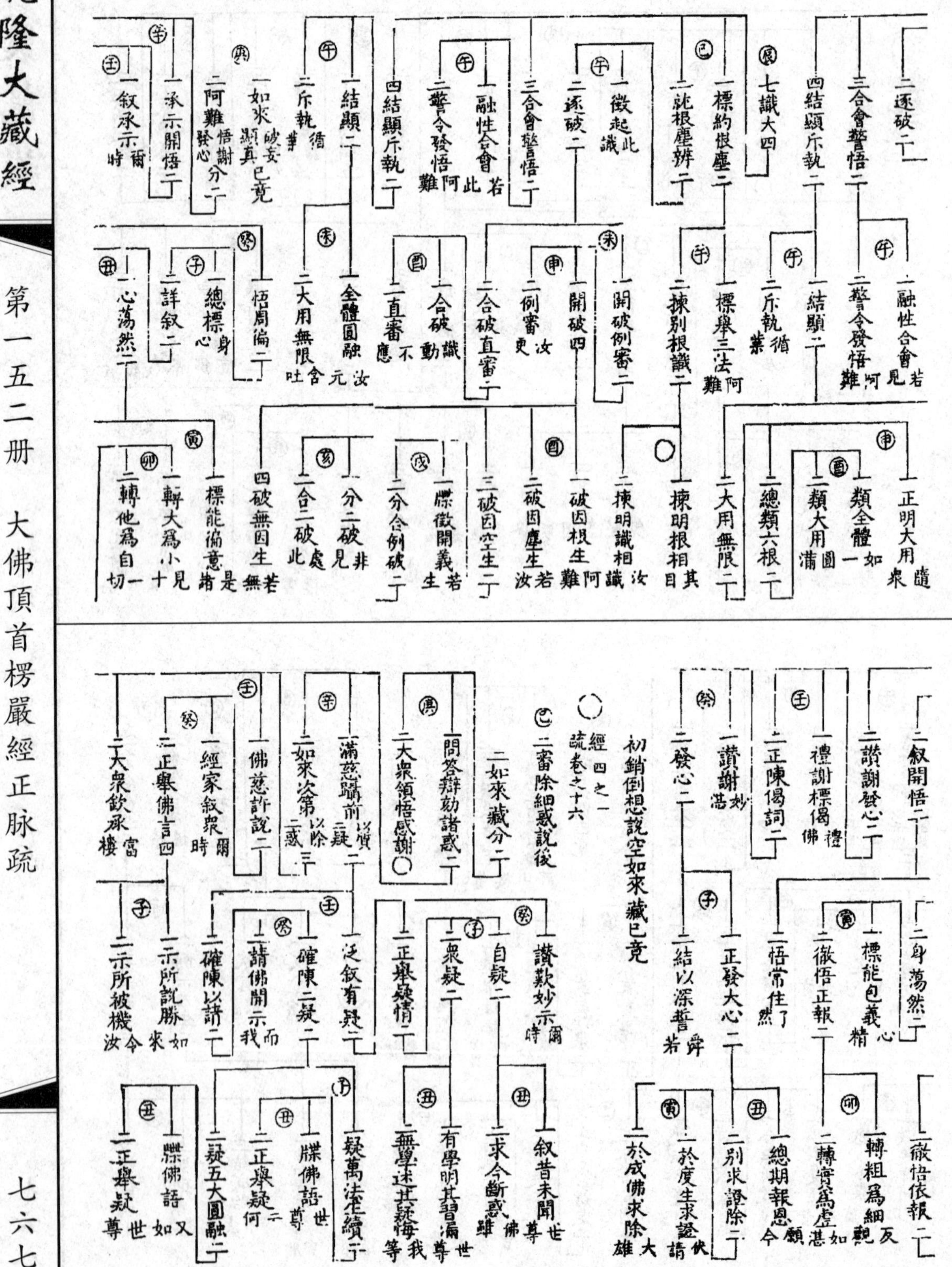
二逐破二
三合會警悟二
四結顯斥執二
七識大四
一標約根塵二
二就根塵辨二
一徵起識 此
二逐破二
三合會警悟二
一融性合會
二警令發悟 若此阿難
四結顯斥執二
一結顯二
二斥執 循業
一如來破妄顯真已竟
二阿難悟謝發心分二
一承示開悟二
一敘承示 爾時
一融性合會 若見阿難
二警令發悟
一結顯二
二斥執 循業
一標舉三法 阿難
二揀別根識二
一開破例審二
一開破四
二例審 汝更
二合破直審二
一合破 識動
二直審 不應
一全體圓融 汝元含吐
二大用無限
一悟周徧二
一總標 身心
二詳敘二
一心蕩然二
一正明大用 隨衆
一類全體 一如
二類大用 圓滿
一總類六根二
二大用無限二
一揀明根相 其目
一揀明識相 汝
一破因根生 識阿難
二破因塵生 汝若
三破因空生二
一牒徵開義 若生
二分合例破二
一分二破 非見
二合二破 此處
四破無因生 若無
一標能徧意 是諸
一輾大爲小 見十
二轉他爲自 一切
二敘開悟二
二讚謝發心二
一禮謝標偈 禮佛
二正陳偈詞二
一讚謝 妙湛
二發心二
初銷倒想說空如來藏已竟
經四之一
疏卷之十六
二審除細惑說後
二如來藏分二
一問答辯勍諸惑二
二大衆領悟感謝
一滿慈躡前以質二
二如來次第以除二惑三
一佛慈許說二
一經家敘衆 爾時
二正舉佛言四
二大衆欽承 富樓
一身蕩然二
一標能包義 心精
二徹悟正報二
一悟常住 了然
一正發大心二
一結以深誓 舜若
一讚歎妙示 爾時
一自疑二
一衆疑二
一正舉疑情二
一泛敘有疑二
二確陳二疑二
一請佛開示 而我
一確陳以請二
一示所說勝 如來
二示所被機 汝今
一徹悟依報二
一轉粗爲細 反觀
二轉實爲虛 如湛
一總期報恩 今願
二別求證除二
一於度生求證 伏請
二於成佛求除 大雄
一敘昔未聞 世尊
二求今斷惑 佛雖
一有學明其習漏 世尊
二無學述其疑悔 我等
一疑萬法生續二
一牒佛語 世尊
二正舉疑 何二
一疑五大圓融二
一牒佛語 又如
二正舉疑 世尊

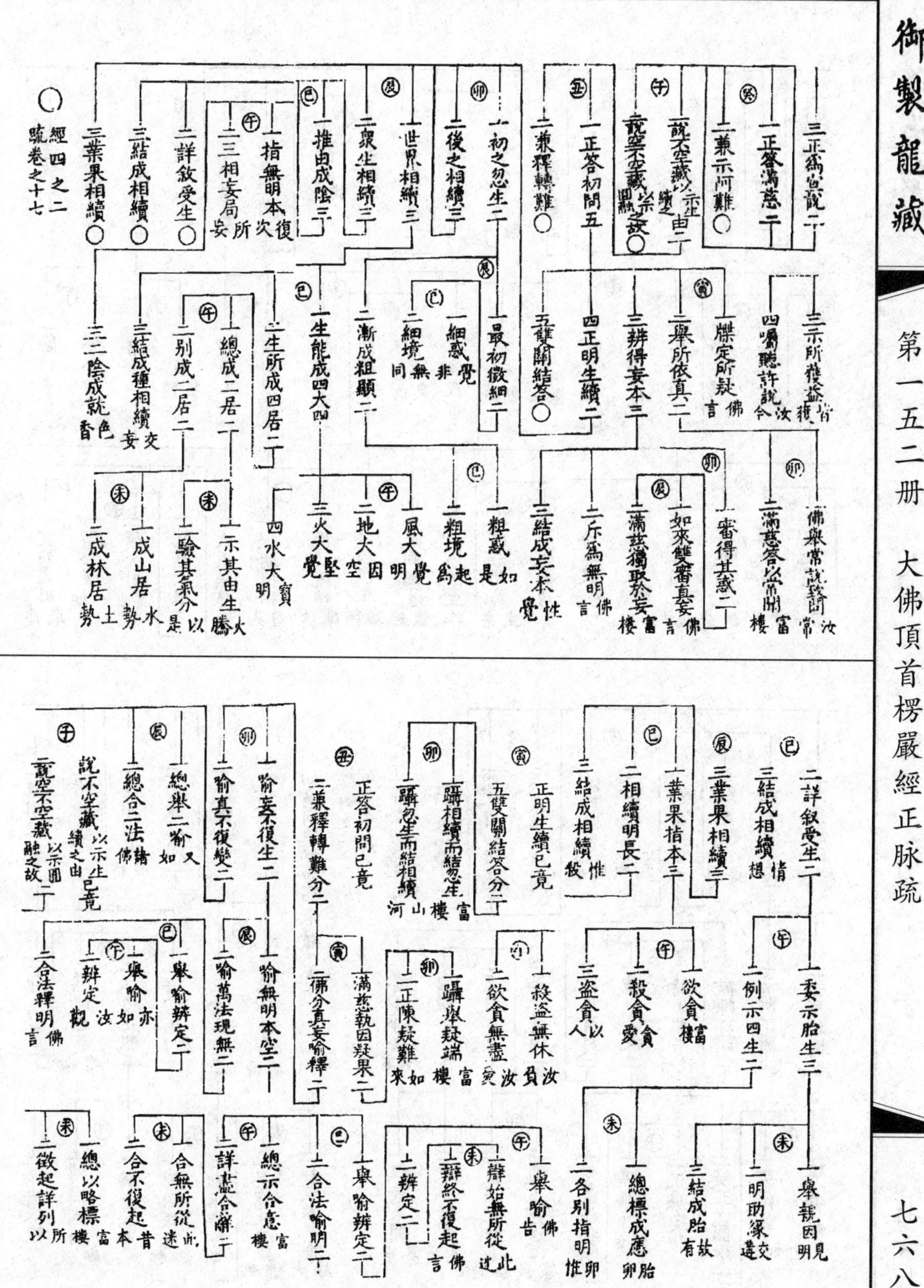

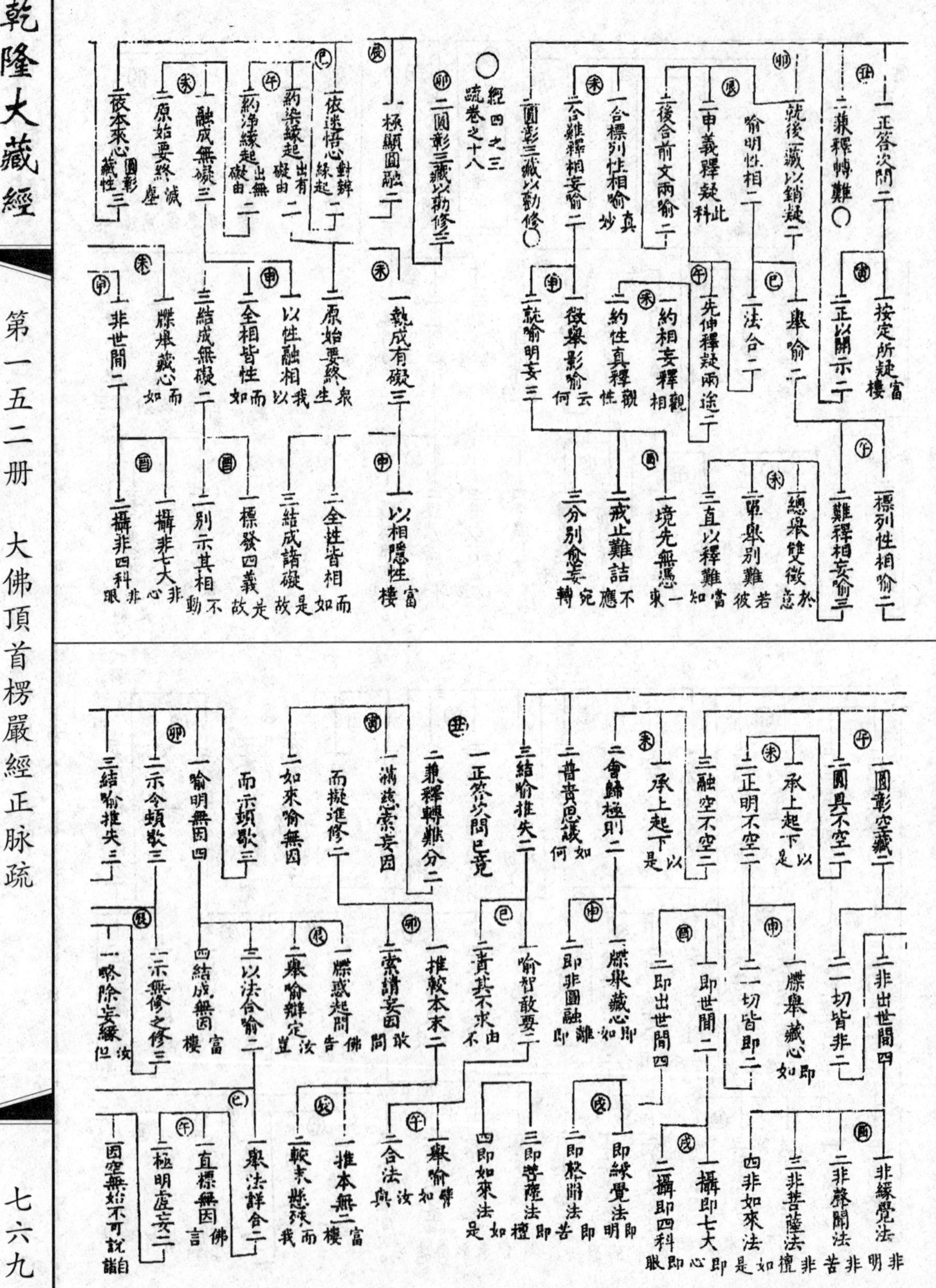
經四之三
疏卷之十八
一正答次問二
一按定所疑 當樓
一標列性相喻二
二兼釋轉難○
二正以開示二
二難釋相妄喻三
一就後三藏以銷疑二
一舉喻二
一總舉雙徵 於意
二單舉別難 若彼
三直以釋難 當知
二法合二
喻明性相二
一申義釋疑 此科
一先伸釋疑兩途二
一後合前文兩喻二
一約相妄釋 觀相
二約性真釋 觀性
一合標列性相喻 真妙
二合難釋相妄喻二
一境先無憑 一東
二戒止難詰 不應
三分別愈妄 究轉
一徵舉影喻 云何
二就喻明妄三
二圓彰三藏以勸修○
二圓彰三藏以勸修三
一極顯圓融二
一執成有礙三
二以相隱性 當樓
一依迷悟心對辨二
一約染緣起 有出礙由
二約淨緣起 出無礙由
一原始要終 生衆
二以性融相 我以
三全相皆性 而如
二全性皆相
三結成諸礙 而如是故
一標發四義 是故
二融成無礙三
三結成無礙二
二別示其相 不動
二原始要終 滅塵
一牒舉藏心 而如
一依本來心圓彰藏性三
一非世間二
一攝非七大 非心
二攝非四科 非眼
一圓彰空藏二
二非出世間四
一非緣覺法 非明
二非聲聞法 非苦
三非菩薩法 非檀
四非如來法 如是
二一切皆非二
二圓具不空二
一承上起下 以是
一牒舉藏心 即如
二正明不空二
一一切皆即二
一即世間二
一攝即七大 即心
二攝即四科 即眼
二即出世間四
三融空不空二
一承上起下 以是
二會歸極則二
一牒舉藏心 即如
二即非圓融 離即
一即緣覺法 即明
二即聲聞法 即苦
三即菩薩法 即檀
四即如來法 如是
三普責思議 如何
三結喻推失二
一喻智敵要二
二責其不求 由不
一正答次問已竟
二兼釋轉難分二
一滿慈索妄因
二推較本末二
一舉喻 譬如
二合法 汝與
一索請妄因 敢問
二如來喻無因
而擬進修二
一牒惑起問 佛告
二舉喻辨定 汝豈
三以法合喻二
一推本無二 當樓
二較末甚殊 而我
一舉法詳合二
四結成無因 當樓
一喻明無因四
而示頓歇三
二示令頓歇三
二示無修之修三
一直標無因 佛言
二極明虛妄二
三結喻推失三
一略除妄緣 汝但
一因空無始不可說 自諸

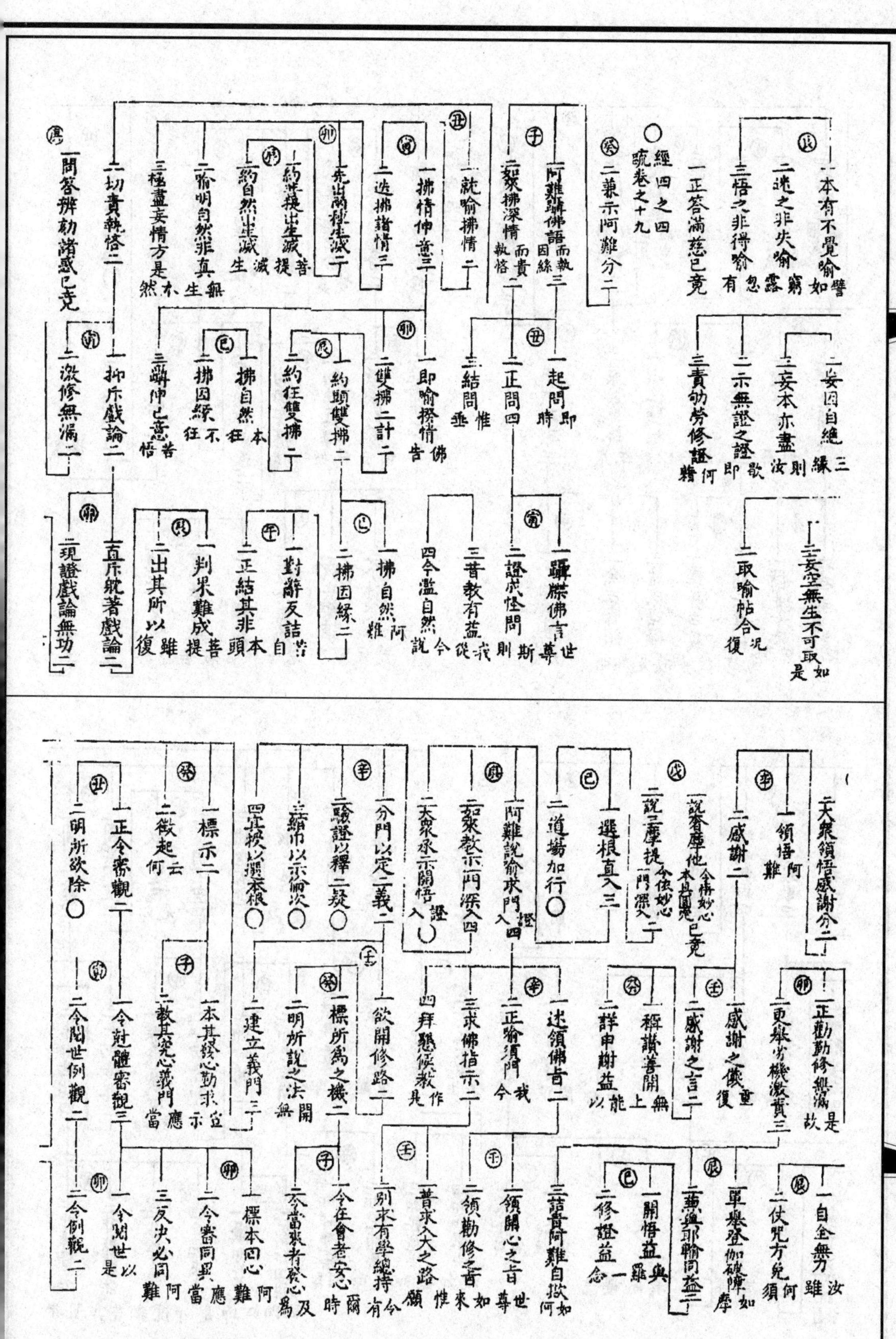
一本有不覺喻
二迷之非失喻
三悟之非得喻
一正答滿慈已竟
二妄因自絕三
三妄本亦盡
二示無證之證
三責功勞修證
三妄空無生不可取
二取喻帖合
經四之四
疏卷之十九
二兼示阿難分二
一起問
二正問四
三結問
一躡牒佛言
二證成怪問
三普教有益
四今濫自然
一就喻拂情二
一拂情伸意三
一即喻拂情
二雙拂二計二
一約頭雙拂二
一拂自然
二拂因緣二
二約狂雙拂二
一拂自然
二拂因緣
二迭拂諸情三
二喻明自然非真
三極盡妄情方是
二切責執恪二
一抑斥戲論二
一對辭反詰
二正結其非
一判果難成
二出其所以
二直斥執著戲論二
二激修無漏二
一現證戲論無功二
一問答辨勅諸惑已竟
二大衆領悟感謝分二
一領悟
二感謝二
一述領佛旨二
一稱讚善開
二詳申謝益
二感謝之言二
一正勸勤修無漏
一更舉劣機激責三
一自全無分
二仗咒方免
感謝之儀
二兼與耶輸同益二
一開悟益
二修證益
一選根直入三
二道場加行
一阿難說喻求門入
二如來教示門深入
二大衆承示開悟入證
一分門以定二義二
一驗證以釋二疑
二舉示以宗倫次
四宣授以選本根
一欲開修路二
一標所為之機二
二明所說之法
一建立義門三
一標示二
二徵起
一本其發心勤求
二教其究心義門
一正令審觀二
一令詳體審觀三
二令閱世例觀二
二明所欲除
一今在會者安心
一別求有學總持
一普求入大之路
一領勸修之音
一領開心之旨
一標本因心
二令審同異
三反決必同
一令閱世
二令例觀二

三去取方除○
三分判二
子 一決定以因同果證義三
二決定從根解脫綰頓前通義○
辰 一觀有作必壞 可作
二觀無作不壞 然終
二明所欲除二
○經四之五
疏卷之二十
丑 三去取方除四
寅 一示欲頓證 阿難
二決定去取 應當
三取以伏斷二
四結證極果 明州
寅 一總示五濁二
卯 一喻明濁相 云何
二就示濁體三
辰 一釋身中四大 則汝
二示分隔圓明 由此
三結成濁標數 從始
二別示五濁五
卯 一劫濁 阿難
二見濁 汝身
三煩惱濁 又汝
四衆生濁 又汝
五命濁 汝等
子 二決定從根解結究頓前通義二
一法二
辰 一伏成因地 以湛
二斷入果地 然後
丑 一開示解結一周三
寅 一標處指根明結三
卯 一原其增上修心第二
辰 一喻伏成因地 如澄
二喻斷入果地 去泥
卯 二喻二
一備顯六根數量三
卯 一統論本所數量五
一躡前徵起 阿難
辰 二正釋世界三
巳 一釋名 世為
二指體 汝今
午 一去六留四 而此
二明其所以 上下
一逐言當知結處二
辰 一法說二
二喻明二
二確實指根是結三
巳 一正令審詳妄本 應當
二反顯決當知處 阿難
一同喻正明 阿難不
巳 二異喻番顯 聞則
辰 二直指處體 汝則

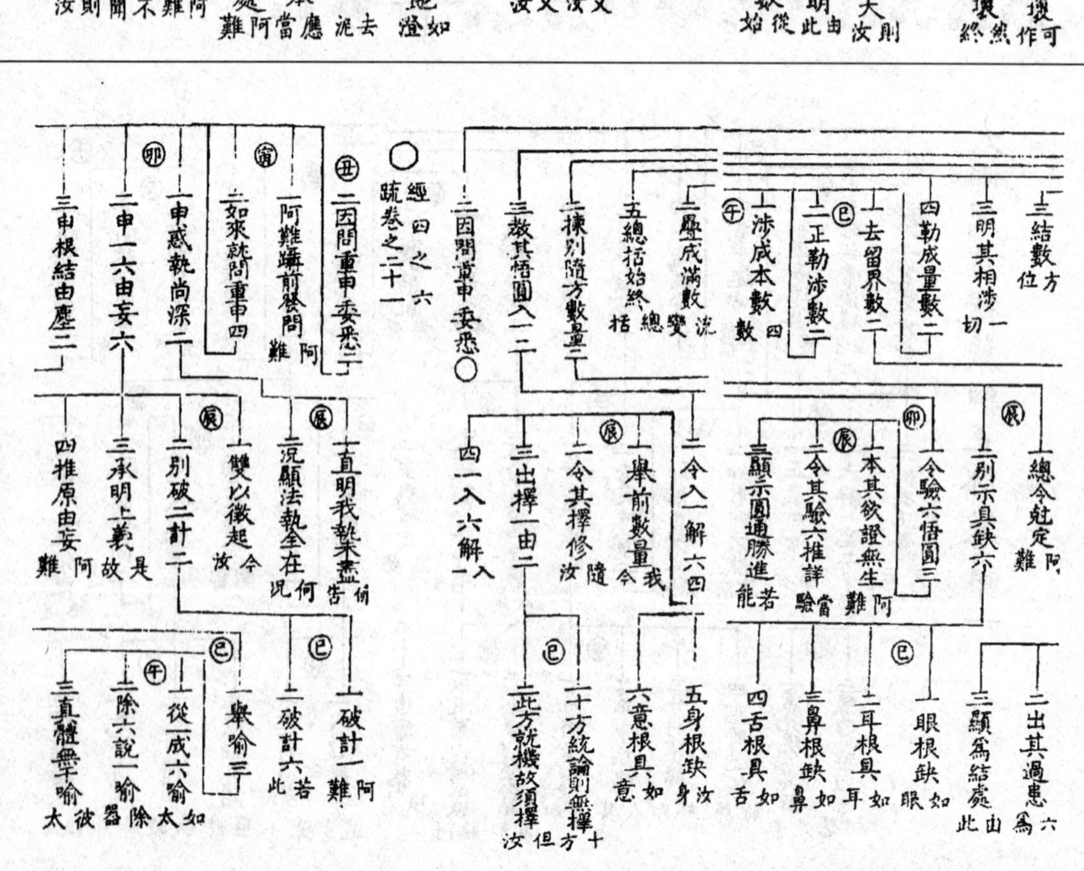

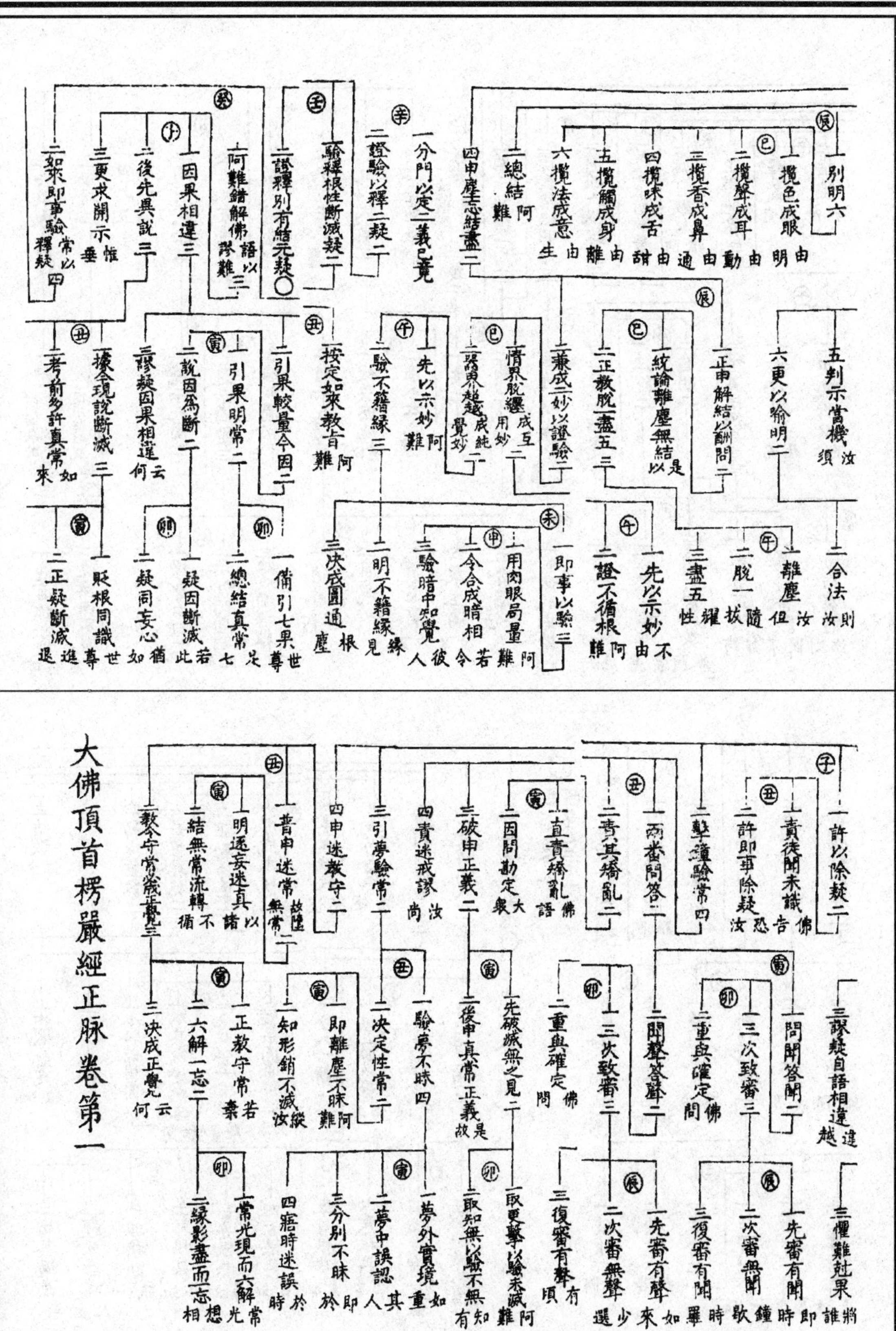

大佛頂首楞嚴經正脉卷第一

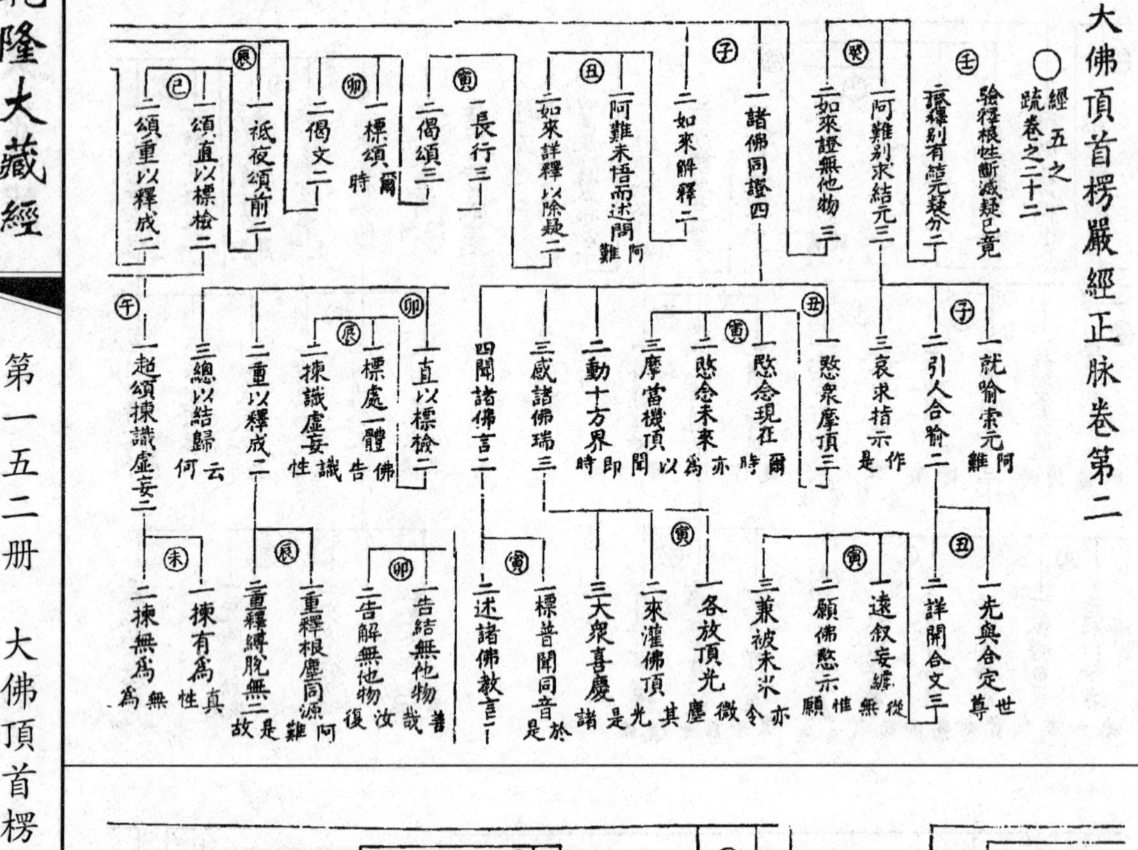

(午) 一頌重釋根塵同源 汝觀

(未) 一追頌標處一體二

(申) 一先以況顯 言妄

二後以結定 中間

二頌根塵同源二

二頌縛脫無二 結解

二頌重釋縛脫無二 迷晦

二伽陀開後二

(午) 一體性精密 陀那

二宗趣簡要 自心

三名稱尊勝 是名

四力用超越 如幻

三大衆開悟 於是

(辛) 二驗證以釋二疑已竟

三綰巾以示倫次分三

(壬) 一阿難叙請三

(癸) 一叙已領 阿難

二叙未明 心猶

三請垂示 惟垂

五叙相究竟 此阿

二如來巧示二

(癸) 一巧立喻本二

(子) 一元依一巾 即時

二結成六結二

(丑) 一歷問以顯次第 於大佛

二故問以示結同 告

二分答二問二

(子) 一答六解一忘二

(丑) 一示從異而遂成異二

(寅) 一就喻辨定四

(卯) 一按定同異 佛告

二強異爲同 於意

三阿難不許 也

四如來印定 佛言

二以法合喻 則汝

二示除異而仍成異二

(寅) 一就喻辨定 佛告

二以法合喻 由汝

二答舒結倫次二

(丑) 一結之倫次三

(寅) 一順次成結 如汝

二更以喻明 如勞

三逆次合喻 一切

二舒之倫次二

(寅) 一阿難求解倫次 阿難

二如來因問發明三

(辰) 一就喻巧示三

(巳) 一引悟二邊不解 如來

二引悟中道方解 佛告

三印定必用中道 佛告

(巳) 一兢知染淨因緣 如來

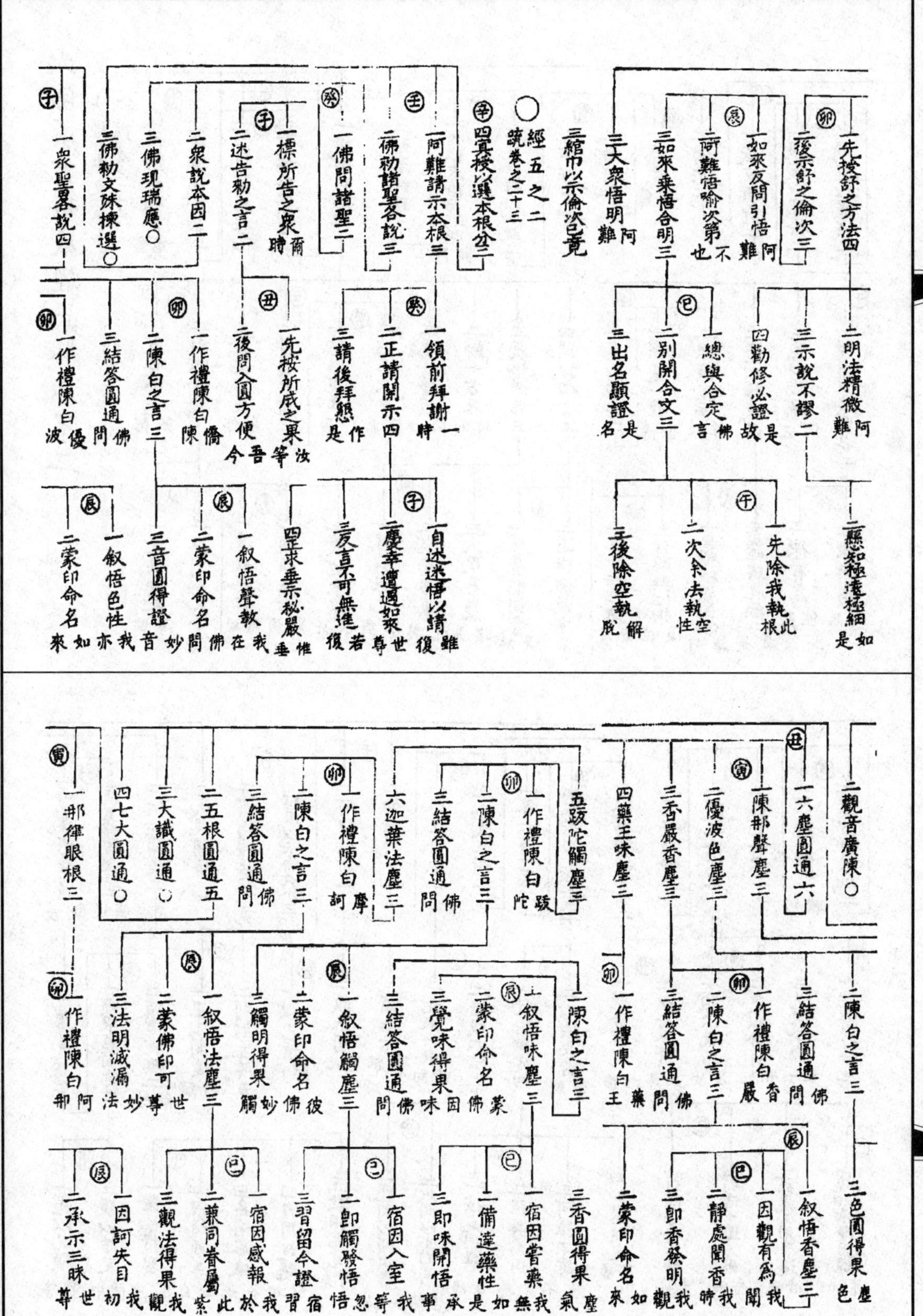
一先按舒之方法四
卯 二後示舒之倫次三
一如來反問引悟 阿難
辰 二阿難悟喻次第 不也
三如來乘悟合明三
三大衆悟明 阿難
三結示以倫次已竟
○經五之二 疏卷之二十三
辛 四真按以選本根三
壬 一阿難請示本根三
二佛敕請聖各說三
癸 一佛問諸聖二
子 一標所告之衆 爾時
二述告敕之言二
二衆說本因二
三佛現瑞應○
三佛敕文殊揀選○
子 一衆聖各說四
一明法精微 阿難
三示說不謬二
四勸修必證 是故
總與合定 佛言
巳 二別開合文三
三出名顯證 是名
一領前拜謝一 時
癸 二正請開示四
三請後拜懇 作是
丑 一先按所底之果 汝等
二後問入圓方便 吾今
一作禮陳白 憍陳
卯 二陳白之言三
三結答圓通 佛問
卯 一作禮陳白 優波
二願知極遠極細 如是
午 一先除我執 此根
二次示去執 空性
三後除空執 解脫
一自述迷悟以請 雖復
子 二慶幸遭遇如來 世尊
三妄言不可無進 若復
四正求垂示秘嚴 惟垂
一敘悟聲教 我在
辰 二蒙印命名 佛問
三音圓得證 妙音
辰 一敘悟色性 我亦
二蒙印命名 如來
二觀音廣陳○
丑 一六塵圓通六
寅 一陳那聲塵三
二優波色塵三
三香嚴香塵三
四藥王味塵三
五跋陀觸塵三
卯 一作禮陳白 跋陀
二陳白之言三
三結答圓通 佛問
六迦葉法塵三
卯 一作禮陳白 摩訶
二陳白之言三
三結答圓通 佛問
二五根圓通五
三大識圓通○
四七大圓通○
寅 一那律眼根三
二陳白之言三
三結答圓通 佛問
一作禮陳白 香嚴
卯 二陳白之言三
三結答圓通 佛問
卯 一作禮陳白 藥王
二陳白之言三
一敘悟味塵三
辰 二蒙印命名 蒙佛
三覺味得果 因味
三結答圓通 佛問
辰 一敘悟觸塵三
二蒙印命名 彼佛
三觸明得果 妙觸
一敘悟法塵三
辰 二蒙佛印可 世尊
三法明滅漏 妙法
卯 一作禮陳白 阿那
三色圓得果 塵色
辰 一敘悟香塵三
一因觀有為 我聞
巳 二靜處聞香 我時
三即香發明 我觀
二蒙印命名 如來
三香圓得果 塵氣
一宿因嘗藥 我無
巳 二備達藥性 如是
三即味開悟 承事
巳 一宿因入室 我等
二即觸發悟 忽悟
三習留今證 宿習
巳 一宿因感報 我於
二兼同眷屬 此紫
三觀法得果 我觀
辰 一因訶失目 我初
二承示三昧 世尊

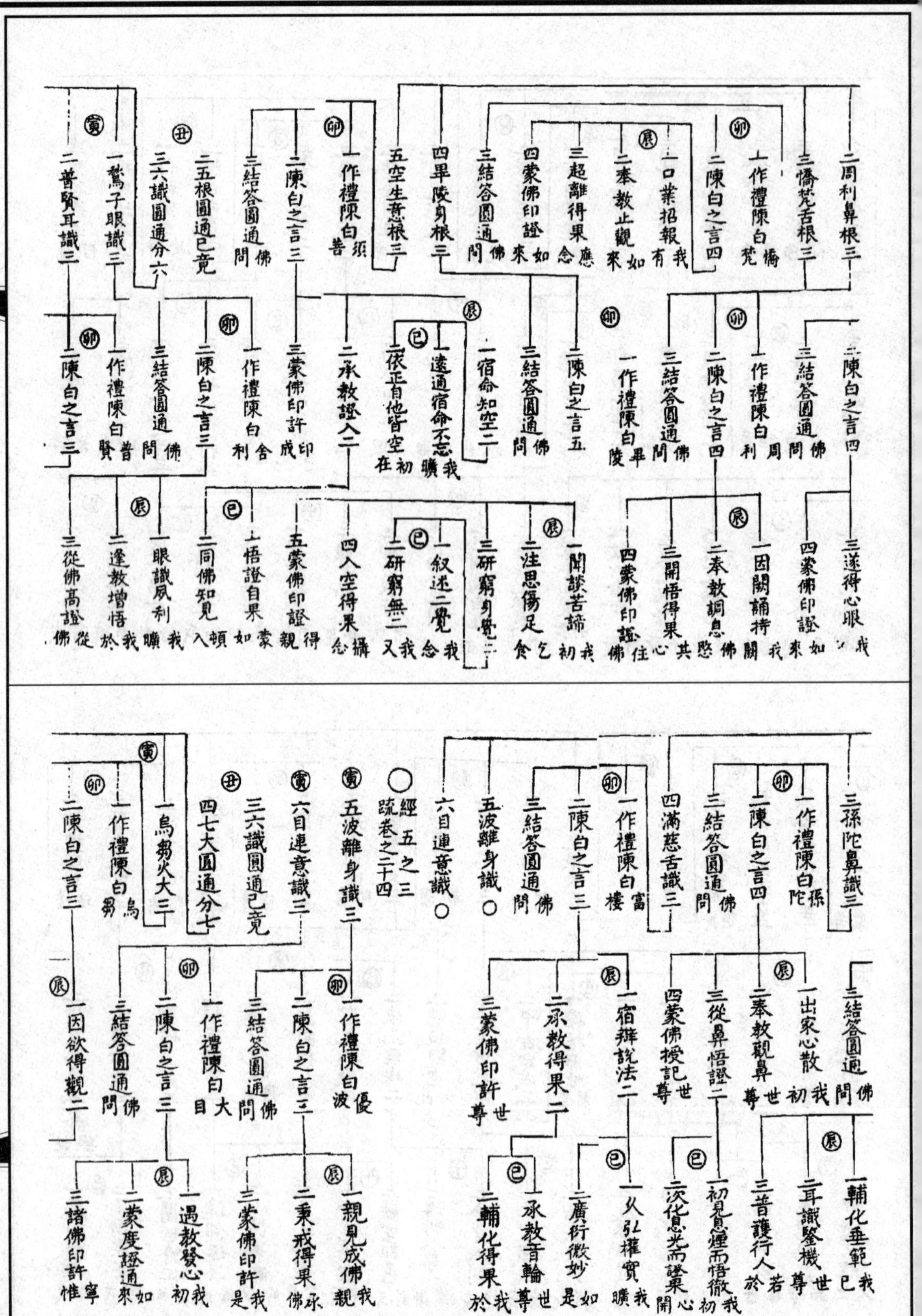
二周利鼻根三
三憍梵舌根三
一作禮陳白 憍梵
二陳白之言四
一口業招報 我有
二奉教止觀 如來
三超離得果 應念
四蒙佛印證 如來
三結答圓通 佛問
四畢陵身根三
五空生意根三
一作禮陳白 須菩
二陳白之言三
三結答圓通 佛問
二五根圓通已竟
三六識圓通分六
一鶖子眼識三
二普賢耳識三
二陳白之言四
三結答圓通 佛問
一作禮陳白 周利
二陳白之言四
三結答圓通 佛問
一作禮陳白 畢陵
二陳白之言五
三結答圓通 佛問
一宿命知空二
一遠通宿命不忘 我曠劫初
二依正自他皆空 在
二承教證入二
三蒙佛印許 印成
一作禮陳白 舍利
二陳白之言三
三結答圓通 佛問
一作禮陳白 普賢
二陳白之言三
三遂得心眼 我
四蒙佛印證 如來
一因闕誦持 我闕
二奉教調息 佛愍
三開悟得果 共心住
四蒙佛印證 佛
一聞說苦諦 我初
二注思傷足 乞食
三研窮身覺二
一敘迷二覺 我念
二研窮無二 又
四入空得果 攝念
五蒙佛印證 得親
一悟證自果 蒙如
二同佛知見 頓入
一眼識夙利 我曠
二逢教增悟 我於
三從佛高證 從佛
三孫陀鼻識三
一作禮陳白 孫陀
二陳白之言四
三結答圓通 佛問
四滿慈舌識三
一作禮陳白 富樓
二陳白之言三
三結答圓通 佛問
五波離身識○
六目連意識○
經五之三
疏卷之二十四
五波離身識三
六目連意識三
三六識圓通已竟
四七大圓通分七
一烏芻火大三
一作禮陳白 烏芻
二陳白之言三
三結答圓通 佛問
一出家心散 我初 世尊
二奉教觀鼻 世尊
三從鼻悟證二
四蒙佛授記 世尊
一宿辯說法二
二承教得果二
三蒙佛印許 世尊
一作禮陳白 優波
二陳白之言三
三結答圓通 佛問
一作禮陳白 大目
二陳白之言三
三結答圓通 佛問
一因欲得觀二
一輔化垂範 我已
二耳識鑒機 世尊
三普護行人 若於
初見息煙而悟徹 我初
次化息光而證果 心開
一從引權實 我曠
二廣衍微妙 如是
一承教音輪 世尊
二輔化得果 我於
一親見成佛 我親
二秉戒得果 承佛
三蒙佛印許 我是
一過教發心 我初
二蒙度證通 如來
三諸佛印許 寧惟

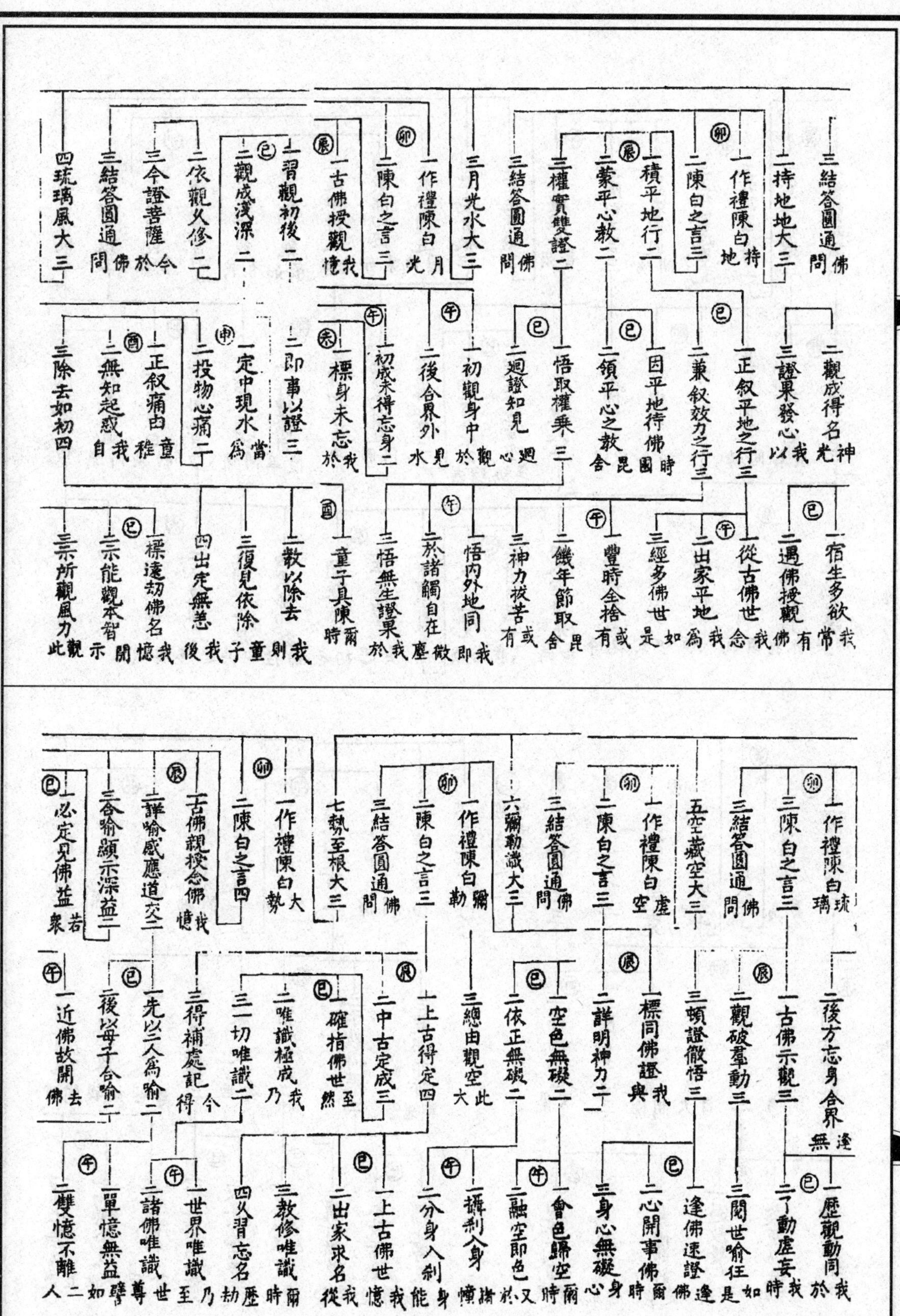
三結答圓通 佛問
一持地地大三
一作禮陳白 持地
二陳白之言三
一積平地行二
二蒙平心教二
三權實雙證二
三結答圓通 佛問
三月光水大三
一作禮陳白 月光
二陳白之言三
一古佛授觀 我憶
一習觀初後二
二觀成淺深二
二依觀久修二
三今證菩薩 今於佛
三結答圓通 問
四琉璃風大三
二觀成得名 神光
三證果發心 以我
一正叙平地之行三
二兼叙效力之行三
一因平地待佛 時國
二領平心之教 毘舍
一悟取權乘三
二迴證知見
一初觀身中 迴心觀於
二後合界外 水見
一初成未得忘身二
一標身未忘 於我
一即事以證三
一定中現水 當為
二投物心痛二
一正叙痛由 童稚
二無知起惑 自我
三除去如初四
一宿生多欲 我常
二遇佛授觀 有佛
一從古佛世 我念
二出家平地 為我
三經多佛世 如是
一豐時全捨 或有
二饑年節取 毘舍
三神力拔苦 或有
一悟內外地同 我即
二於諸觸自在 微塵
三悟無生證果 我於
一童子具陳 爾時
二教以除去 我則
三復見依除 童子
四出定無恙 我後
一標遠劫佛名 我憶
二示能觀本智 開示
三示所觀風力 觀此
一作禮陳白 琉璃
二陳白之言三
三結答圓通 佛問
五空藏空大三
一作禮陳白 虛空
二陳白之言三
三結答圓通 佛問
六彌勒識大三
一作禮陳白 彌勒
二陳白之言三
三結答圓通 佛問
七勢至根大三
一作禮陳白 大勢
二陳白之言四
一古佛觀授念佛 我憶
二詳喻感應道交二
三合喻顯示深益二
一必定見佛益 若眾
二後方忘身合界 逢無
一古佛示觀三
二觀破羣動三
三頓證徹悟三
一標同佛證 我與
二詳明神力二
一空色無礙二
二依正無礙二
三總由觀空 此大
一上古得定四
二中古定成三
一確指佛世 至然
二唯識極成 我乃
三一切唯識二
三得補處記 今得
一先以二人為喻二
二後以母子合喻二
一近佛故開 佛去
一歷觀動同 我於
二了動虛妄 我時
三聞世喻任 如是
逢佛速證 是逢
二心開事佛 爾時
三身心無礙 身心
一會色歸空 爾時
二融空即色 又於
一攝剎入身 諸幢
二分身入剎 身能
一上古佛世 我憶
二出家求名 我從
三教修唯識 爾時
四久習忘名 歷劫
一世界唯識 乃至
二諸佛唯識 世尊
一單憶無益 譬如
二雙憶不離 二人

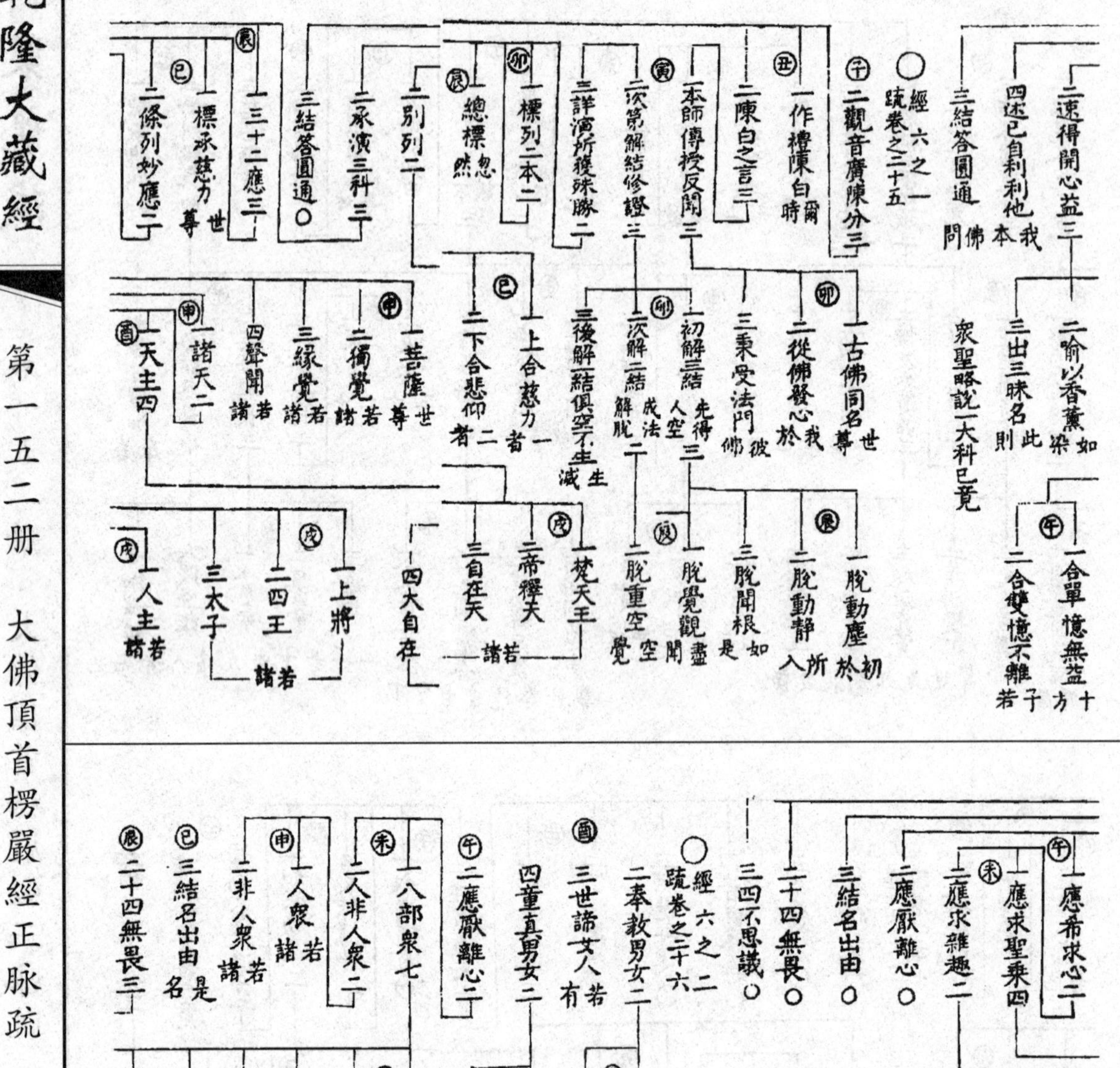

(午)一應希求心二
(未)一應求聖乘四
二應求離趣二
二應厭離心○
三結名出由○
二十四無畏○
三四不思議○

○經六之二
疏卷之二十六

一天臣三
一臣民四
(亥)一長者
二居士
三宰官
四術士
若諸

二人趣四
(酉)一世諦男子二
二奉教男女○
三世諦女人○
四童真男女○
世諦男子已竟

(酉)二奉教男女二
三世諦女人若有
四童真男女二
一出家二衆二
(戌)二在家二衆二
(亥)一比丘若有
二比丘尼若有
(亥)一優婆塞若有
二優婆夷若有
(戌)一童男若有
二童女若有

(午)二應厭離心二
(未)八部衆七
(申)一諸天衆
二諸龍衆
三藥叉衆
若有
四乾闥婆若乾
五阿修羅若阿
六緊那羅若緊
(未)二人非人衆二
(申)一人衆若諸
二非人衆若諸
(巳)三結名出由是名
(辰)二十四無畏三
(未)一苦惱難一者
二火燒難二者
三水溺難三者
四鬼害難四者
五刀兵難五者
六鬼見難六者

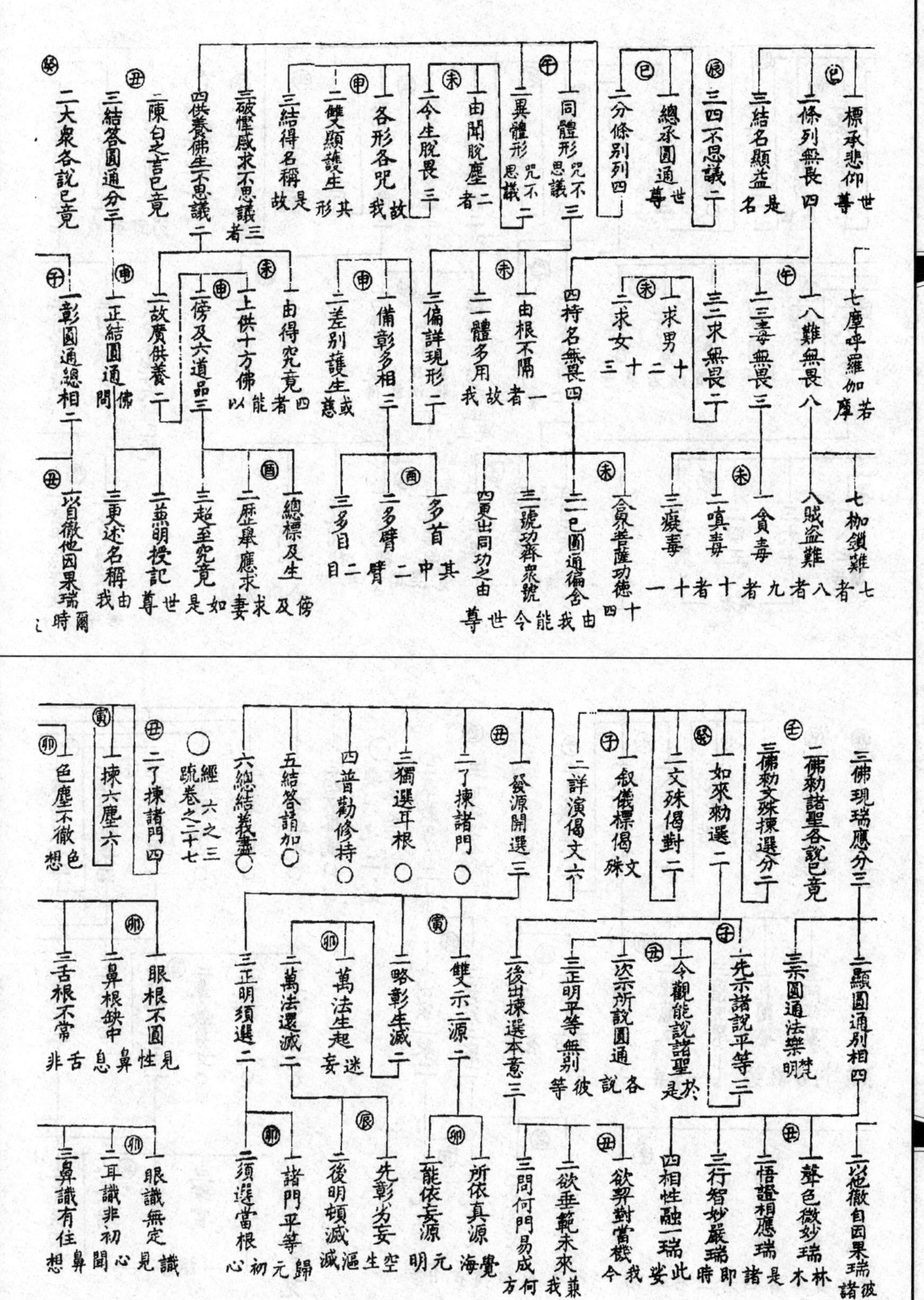
一標承悲仰 世尊
二條列無畏四
三結名顯益 是名
一總承圓通 世尊
二分條別列四
三四不思議二
一同體形咒不思議三
二異體形咒不思議二
一由聞脫塵 者二
二今生脫畏三
一各形各咒 故我
二雙顯護生 其形
三結得名稱 是故
三破慳感求不思議者三
四供養佛生不思議二
二陳白之言已竟
三結答圓通分三
二大衆各說已竟
七摩呼羅伽 若摩
八難無畏八
二三毒無畏三
三二求無畏二
一求男 十二
二求女 十三
四持名無畏四
一由根不隔 一者故我
二一體多用
三偏詳現形二
一備彰多相三
二差別護生 或慈
一由得究竟 四者能以
一上供十方佛
二傍及六道品三
二故廣供養二
一正結圓通 佛問
一彰圓通總相二
七枷鎖難 七者
八賊盜難 八者
一貪毒 九者
二嗔毒 十者
三癡毒 十一
一含界菩薩功德 十四
二已圓通徧含
三號功齊衆號
四更出同功之由 由我能令世尊
一多首 其中
二多臂 二臂
三多目 二目
一總標及生 傍及
二歷舉應求 求妻
三超至究竟 如是
二蒙明授記 世尊
三更述名稱 由我
二首徹他因果瑞 爾時
三佛現瑞應分三
二佛勅諸聖各說已竟
三佛勅文殊揀選分三
一如來勅選二
二文殊偈對二
一敘儀標偈 文殊
二詳演偈文六
一發源開選三
二了揀諸門○
三獨選耳根○
四普勸修持○
五結答請加○
六總結義要
經六之三
疏卷之二十七
二了揀諸門四
一揀六塵六
一色塵不徹 色想
二顯圓通別相四
三示圓通法樂 梵明
一先示諸說平等三
一令觀能說諸聖 於是
二次示所說圓通 各說
三正明平等無別 彼等
二後出揀選本意三
一雙示二源二
二略彰生滅二
一萬法生起 迷妄
二萬法還滅二
三正明須選二
一眼根不圓 見性
二鼻根缺中 鼻息
三舌根不常 舌非
一從徹自因果瑞 彼諸
一聲色微妙瑞 林木
二悟證相應瑞 是諸
三行智妙嚴瑞 即時
四相性融一瑞 此娑
一欲契對當機 我今
二欲垂範未來 兼我
三問何門易成 何方
一所依真源 覺海
二能依妄源 元明
一先彰妄 空生
二後明頓滅 漚滅
一諸門平等 歸元
二須選當根 初心
一眼識無定 識見
二耳識非初 心聞
三鼻識有住 鼻想

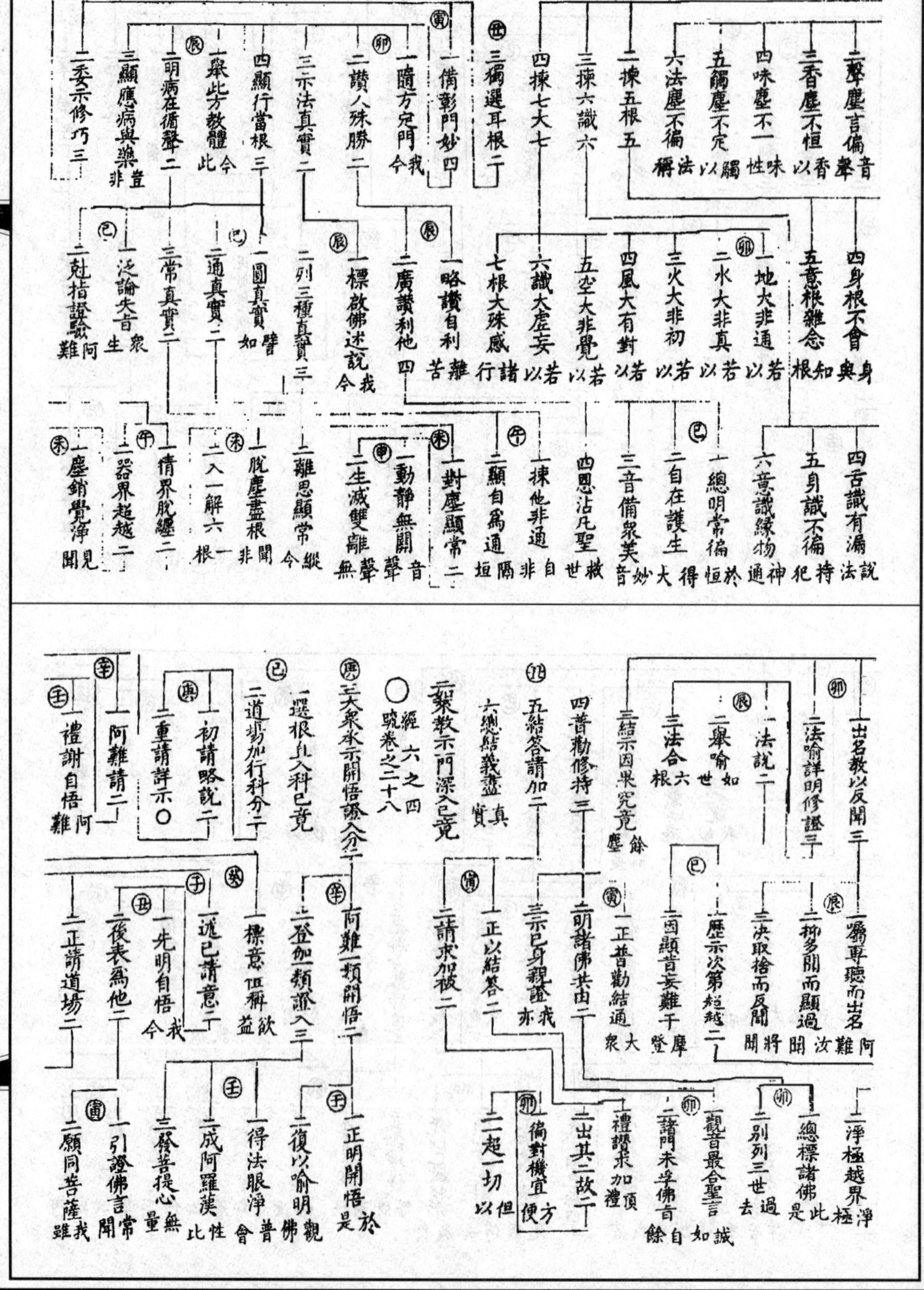
一聲塵言偏
二香塵不恒
四味塵不一
五觸塵不定
六法塵不徧
音聲香以味性觸以法稱
二揀五根五
三揀六識六
四揀七大七
四身根不會
五意根雜念
身與知根
一地大非通
二水大非真
三火大非初
四風大有對
五空大非覺
六識大虛妄
七根大殊感
若以若以若以若以若以若諸行離苦
四舌識有漏 說法
五身識不徧 持犯
六意識緣物 神通
一總明常徧 於恒
二自在護生 得大
三音備眾美 妙音
四恩沾凡聖 救世
一揀他非通 自非
二顯自爲通 隔垣
三獨選耳根二
一略讚自利
一備彰門妙四
二廣讚利他四
一對塵顯常二
一動靜無關 音聲
二生滅雙離 聲無
一隨方定門 我今
二讚八殊勝二
一標敘佛述說 我今
三示法真實二
二列三種真實三
一離思顯常 縱令
四顯行當根三
一圓真實 譬如
一脫塵盡根 聞非
二入一解六 一根
一舉此方教體 今此
二通真實二
一清界脫纏二
二器界超越二
二明病在循聲二
三常真實二
一泛論失旨 眾生
三顯應病與藥 豈非
二尅指證驗 阿難
一塵銷覺淨 見聞
二委示修巧三
一出名教以反聞三
二法喻詳明修證三
一嘱再聽而出名 阿難汝聞將聞
二折多聞而顯過
三決取捨而反聞
一法說二
二舉喻 如世
三法合 六根
一歷示次第超越二
二因顯首要難干 摩登
三結示因果究竟 餘塵
一淨極越界 淨極此是
一總標諸佛
二別列三世 過去
一觀音最合聖言 誠如
二諸門未孚佛旨 自餘
一正普勸結通 大眾
四普勸修持三
二明諸佛共由二
二出其二故二
一禮讚求加 頂禮
三示已身親證 我亦
五結答請加二
一正以結答二
二請求加被二
一備對機宜 方便
二超一切 但以
六總結義盡 真實
二示眾教示門深入已竟
○經六之四 號卷之二十八
三大眾承示開悟證入分二
一阿難一類開悟二
一正明開悟 於是
二復以喻明 觀佛
二登伽一類證入三
一得法眼淨 普會
二成阿羅漢 性比
三發菩提心 無量
一選根入科已竟
二道場加行科分二
一初請略說二
二重請詳示○
一阿難請二
一標意 欲稱益
二述已請意二
一先明自悟 我今
二後表為他二
一引證佛言 常聞
二願同菩薩 我雖
一禮謝自悟 阿難
二正請道場二

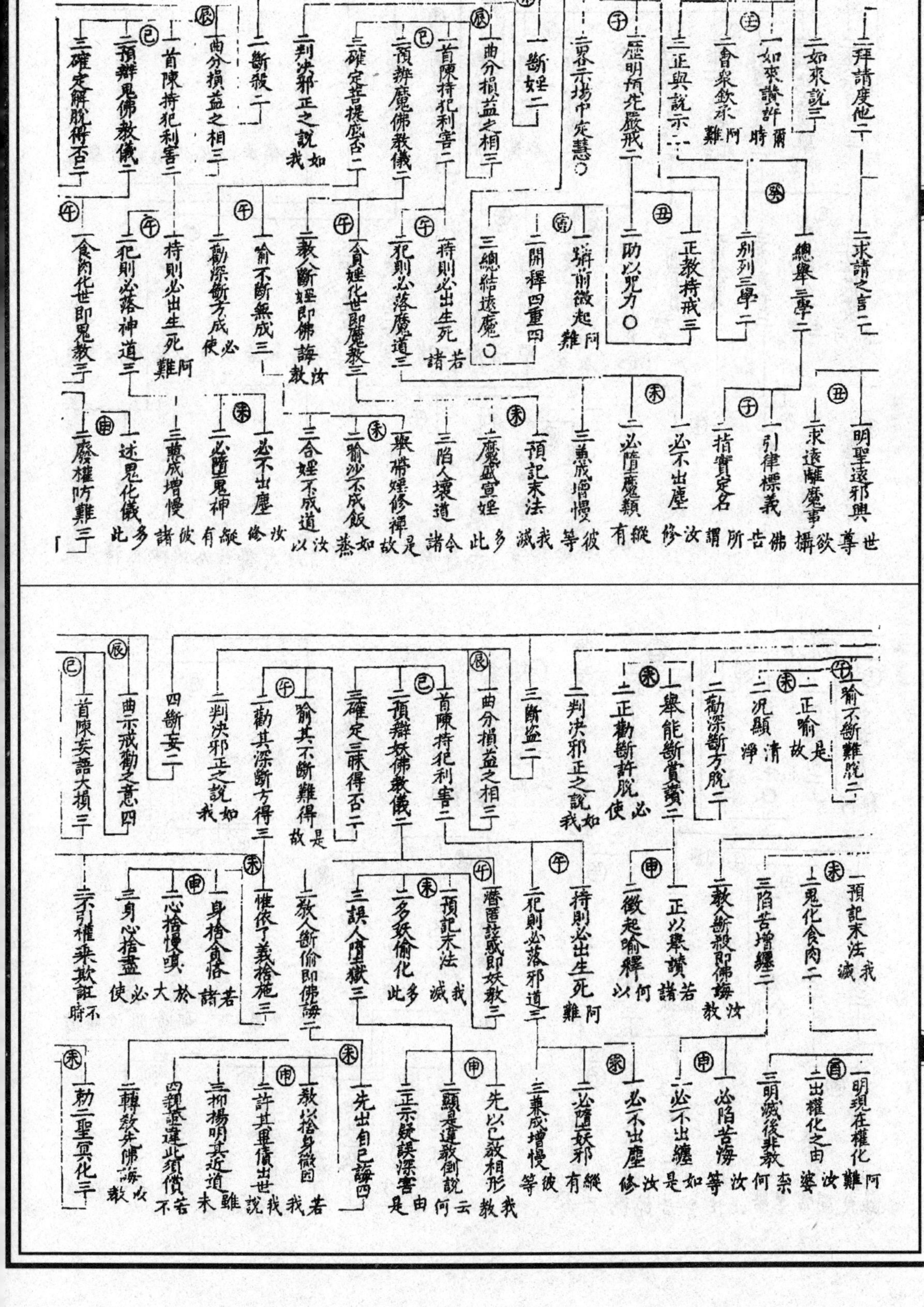
二拜請度他二
二如來說三
一如來讚許 爾時
二會衆欽承 阿難
三正與說示二
一歷明預先嚴戒二
二界示場中定慧○
一斷婬二
一曲分損益之相三
一首陳持犯利害二
二預辨魔佛教儀二
三確定菩提違否二
二判決邪正之說 如我
一斷殺二
一曲分損益之相三
一首陳持犯利害二
二預辨鬼佛教儀二
三確定解脫得否二
二求請之言二
一總舉三學二
二別列三學二
一正教持戒三
二助以咒力○
一辨前徵起 阿難
二開釋四重四
三總結遠魔○
一持則必出生死 若諸
二犯則必落魔道三
一貪婬化世即魔教三
二教人斷婬即佛誨 汝教
一喻不斷無成三
二勸深斷方成 必使
一持則必出生死 阿難
二犯則必落神道三
一食肉化世即鬼教三
一明聖遠邪興 世尊
一求遠離魔事 欲攝
一引律標義 佛告
二指實定名 所謂
一必不出塵 汝修
二必墮魔類 縱有
三兼成增慢 彼等
一預記末法 我滅
二魔盛宣婬 多此
三陷人壞道 令諸
一舉帶婬修禪 是故
二喻沙不成飯 如蒸
三合婬不成道 汝以
一必不出塵 汝修
二必墮鬼神 縱有
三兼成增慢 彼諸
一述鬼化儀 多此
二廢權防難三
一喻不斷難脫二
一正喻 是故
二況顯 清淨
二勸深斷方脫二
一舉能斷賞讚二
二正勸斷許脫 必使
二判決邪正之說 如我
三斷盜二
一曲分損益之相三
一首陳持犯利害二
二預辨妖佛教儀二
三確定三昧得否二
一喻其不斷難得 是故
二勸其深斷方得三
二判決邪正之說 如我
四斷妄二
一曲示戒勸之意四
一首陳妄語大損三
一預記末法 我滅
一鬼化食肉二
三陷苦增纏二
一教人斷殺即佛誨 汝教
一正以舉讚 若諸
二徵起喻釋 何以
一持則必出生死 阿難
二犯則必落邪道三
一潛匿詐惑即妖教三
一預記末法 我滅
二多妖偷化 多此
三誤人墮獄三
一教人斷偷即佛誨二
一惟依了義捨施三
一身捨貪愔 若諸
二心捨慢嗔 於大
三身心捨盡 必使
二示引權乘欺誑 不時
一明現在權化 阿難
二出權化之由 汝婆
三明滅後非教 奈何
一必陷苦海 汝等
一必不出纏 如是
一必不出塵 汝修
二必墮妖邪 縱有
三兼成增慢 彼等
一先以己教相形 我教
二顯是違教倒說 云何
三正示疑誤深害 由是
一先出自己誨四
一教以捨身微因 若我
二許其畢償出世 我說
三抑揚明其近道 雖未
四觀彼違此須償 若不
二轉教先佛誨 必教
一勅二聖冥化三

午 一躡標妄語成魔 阿難
二指實述其言意 所謂
三記其損墮落 是一
二表已禁勸顯僞二
三躡教先佛明誨 汝教
四確定菩提成否二
午 一詳喻不斷無成三
二深許能斷必成 若諸
三判決邪正之說 如我

○ 經七之一
疏卷之二十九

寅 三總結遠魔分三
一正教持戒已竟
丑 二助以呪力分二
寅 一正以勸持讚勝三
二況顯除習無難二
子 一歷明預先嚴戒已竟
二略示場中定慧分二
丑 一因戒生定三

三印正得真實 佛印
午 一詳示真人必密三
二因顯泄言必僞 云何
未 一舉刻糞喻二
申 一先以喻明不得 是故
二後彩顯違教 我教
一舉妄號喻二
二舉箭臍喻二
開釋四重大科已竟
卯 一酬問重訂嚴戒 阿難
一拔本必不滋末 自不
三絕塵決定遠魔 阿難
卯 一戒不能除 若有
二轉教呪遣 汝敎
三讚呪最勝 斯是
卯 一促舉無修尚證三
二況顯發心必除二

申 一標顯類度生 我滅
二詳順逆二相 或作
三約佛事則同 與其
二明秘言無泄 其終
三許臨終陰付 不惟除
申 一先以喻明取罪 譬如
二後以況顯罪深 況復
一先示因果虛僞 因地
申 二後喻菩提成佛 求佛
辰 一舉愛習甚深 且汝
二示蒙宣脫證 我一
三表無修速資 彼尚
卯 一牒前持戒 若有
二正教擇師 要當
三不遇難成 若其
卯 一歷舉行人 阿難
二牒戒明願 心滅

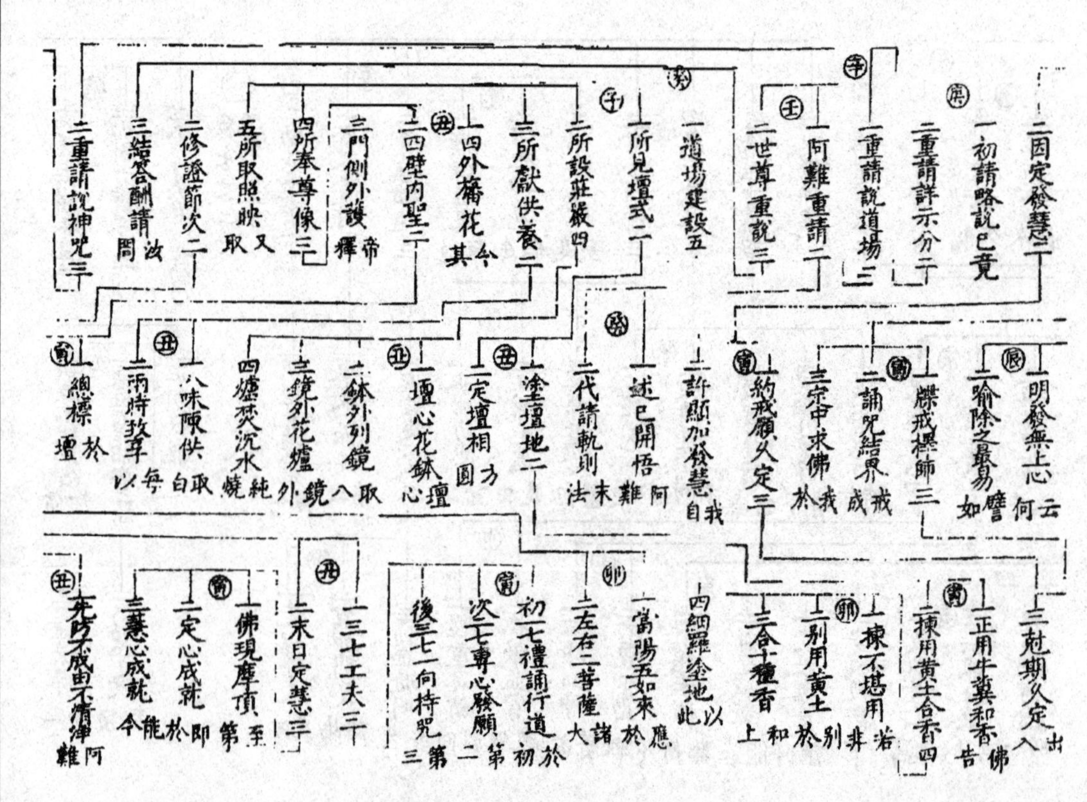

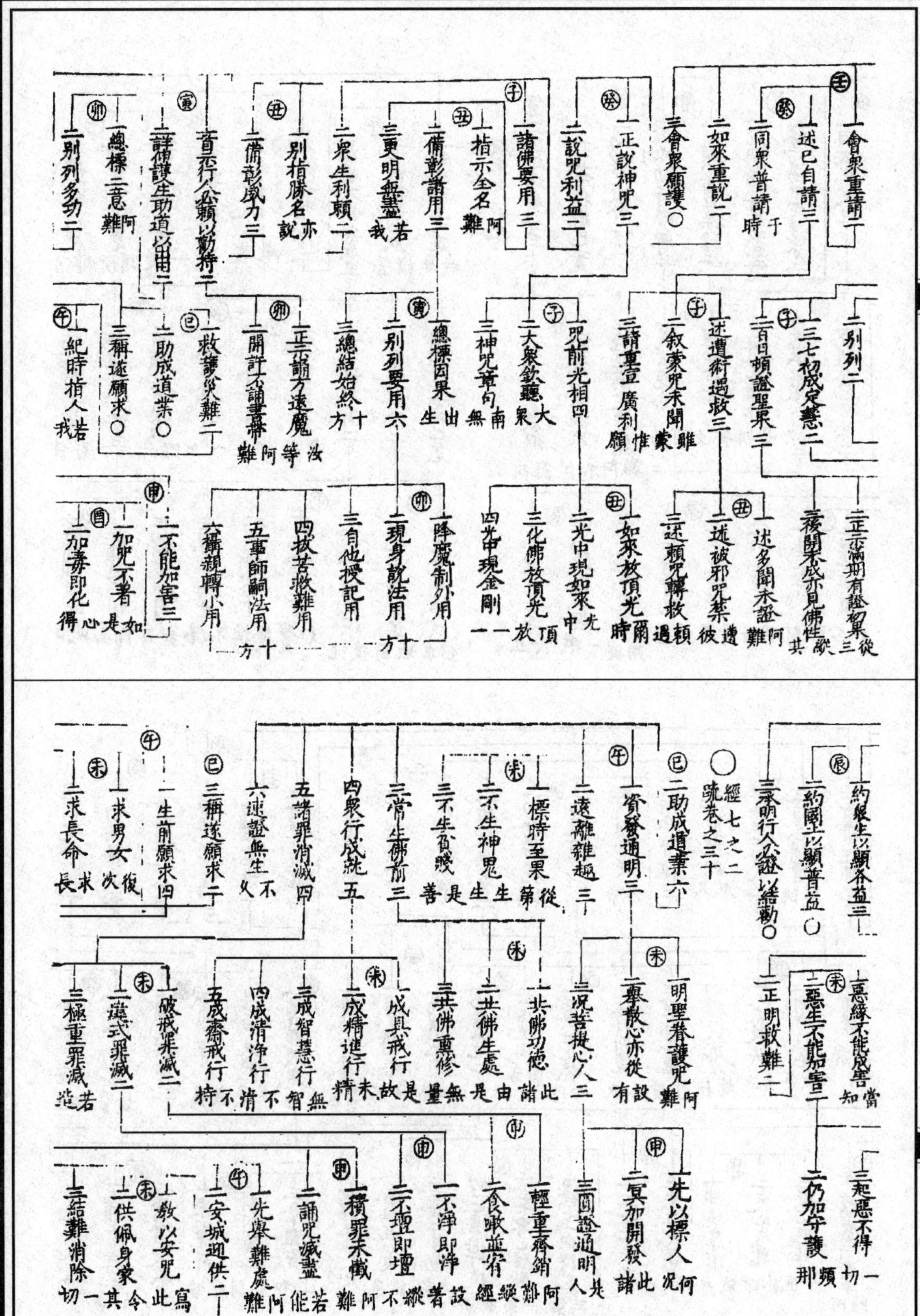

一會衆重請二
述巳自請三
一同衆普請 于時
二如來重說二
三會衆願護○
一正說神咒三
二說咒利益二
一諸佛要用三
一指示全名 阿難
二備彰諸用三
三更明無盡 若我
二衆生利頓二
一別指勝名 亦說
二備彰威力三
首示行人必藉以勸持二
二詳備護生助道以冊二
一總標三意 阿難
二別列多功二
二別列二
三七初成定慧二
二百日頓證聖果三
述遭術遇救三
二叙蒙咒未聞 雖蒙
三請重宣 惟願廣利
咒前光相四
二大衆欽聽 大衆
三神咒章句 南無
一總標因果 出生
二別列要用六
三總結始終 十方
一正顯十方遠魔 汝等阿難
二開示令誦書帶
一救護災難二
二助成道業○
三稱遂願求○
一紀時指人 若我
二正示滿期有證初果 從三
三復開未成亦見佛性 其欲
一述多聞未證 阿難
二述被邪咒禁 遭彼
三述賴咒轉救 賴遇
一如來放頂光 爾時
二光中現如來 光中
三化佛放頂光 頂放
四光中現金剛 一一
一降魔制外用
二現身說法用 十方
三自他授記用
四拔苦救難用
五事師嗣法用 十方
六奉親轉小用
一不能加害三
一加咒不著 如是
二加毒即化 得心
一約衆生以顯斧益二
二約國土以顯普益○
三承明行人必證以結勸○
○
經七之二
疏卷之三十
二助成道業六
一資發通明三
二遠離雜趣三
一標時至果 從第
二不生神鬼 生生
三不生貧賤 是善
三常生佛前三
四衆行成就五
五諸罪消滅四
六速證無生 不久
三稱遂願求二
一生前願求四
一求男女 復次
二求長命 求長
一惡緣不能成害 當知
二惡生不能加害二
二正明救難二
一明聖眷護咒 阿難
二舉散心亦從 設有
三況菩提心人三
一共佛功德 此諸
二共佛生處 由是
三共佛熏修 無量
一成具戒行 是故
二成精進行 未精
三成智慧行 無智
四成清淨行 不清
五成齋戒行 不持
一破戒罪滅二
二違式罪滅二
三極重罪滅 若造
三飛惡不得 一切
二仍加守護 頻那
一先以標人 何況
二冥加開發 此諸
三圓證通明 其人
一輕重齋銷 阿難縱經
二食噉並宥
一不淨即淨 設著
二不壇即壇 縱不
一積罪未懺 阿難
二誦咒滅盡 若能
一先舉難處 阿難
二安城迎供二
一教以安咒 寫此
二供佩身家 令其
三結難消除 一切

三求果報 欲求身命
四求身色
二命終往生 命終
(辰)二約國土以顯普益三
(寅)三示明行人必證以結勸二
(卯)一承明故說保安二
二正明無過必證三
(壬)二如來重說已竟
三會衆願護分二
(戊)二該三摩提 令依妙心一門深入已竟
三說楞耶 令住圓定歷位修證分二
(己)一阿難謝教請位三
一具儀陳白 阿難
(庚)二謝請之言二
三拜伺衆仰 是作
二如來對示緣起二
一如來讚許 爾時
(庚)二大衆誠聽 阿難

四極速罪滅二
一諸難消除三
(巳)二兆民豐樂 阿難
三惡星不現二
一保護安隱 是故
(辰)二遠離魔冤 更無
一衆現未之人 汝及
(辰)一明不犯四過 依我
二決必得心通 是善
一外衆護持五
(癸)二兩聖護持三
(子)一指人叙儀 爾時
二顯本久護 世尊
三正明護持四
(丑)一定散俱護 世尊
二應魑盡袪二
三違越必滅 世尊
四常令如意 恒令

(午)一略標 亦復
二詳釋二
(未)一釋諸星現 是人災
二釋鎮鄣方量 有此
(子)一金剛力士衆 說是
二兩天統尊衆 爾時
三八部統尊衆 復有
四照臨主宰衆 復有
五地祇天神衆 復有
(寅)一正明盡袪 縱令
二開除發心 除彼
(壬)一述多聞未修 我輩
二謝蒙教獲益 蒙佛
一確指果前 世尊
(壬)二歷請諸位 云何
一所依真如 佛言
(壬)一略示染緣起 因妄
(癸)二略示淨緣起 滅妄

三正以説示二
一詳示染緣起 則偏成輪迴二
(壬)二詳示淨緣起 則歷成諸位 ○
(子)一徵釋衆生顛倒三
一徵起 阿難
(丑)一順流成有三
(寅)二邪復成非三
三總明招感 同業
二正釋三
三結成 由是
二徵釋世界顛倒三
一徵起 阿難
(丑)二正釋二
三結成三
(寅)一總以結成 乘此

(辛)一述過謝益二
二正以請位二
(辛)一總以略標二
二各以詳示二
一勸識顛倒三
(癸)二徵釋二倒二
一推叙從無而有 阿難
(卯)二曉示雖有恒無 此有
三判決依無建立 本此
一本無可復 迷本
(卯)二諸復皆非二
三結感成業 生力
(寅)二推由六想成輪三
釋成世界名數二
(辰)一卯胎濕化四生四
(巳)一有色
二無色 由

一所起生滅二
(子)一按定問意 阿難
二勸先識倒 先當
三結歸所問 顛倒
一先明正復猶非 將欲
(巳)二況顯邪復益非 非真
一先以況顯二
(辰)二後以詳陳 生非
一釋成名字 是有
(卯)二釋成數量 三世
二示吸塵次第 是故
(卯)一明成業輪轉 六亂
三結循塵旋復 是故
一卵生
(巳)二胎生
三濕生
四化生 由因
(巳)一非有色

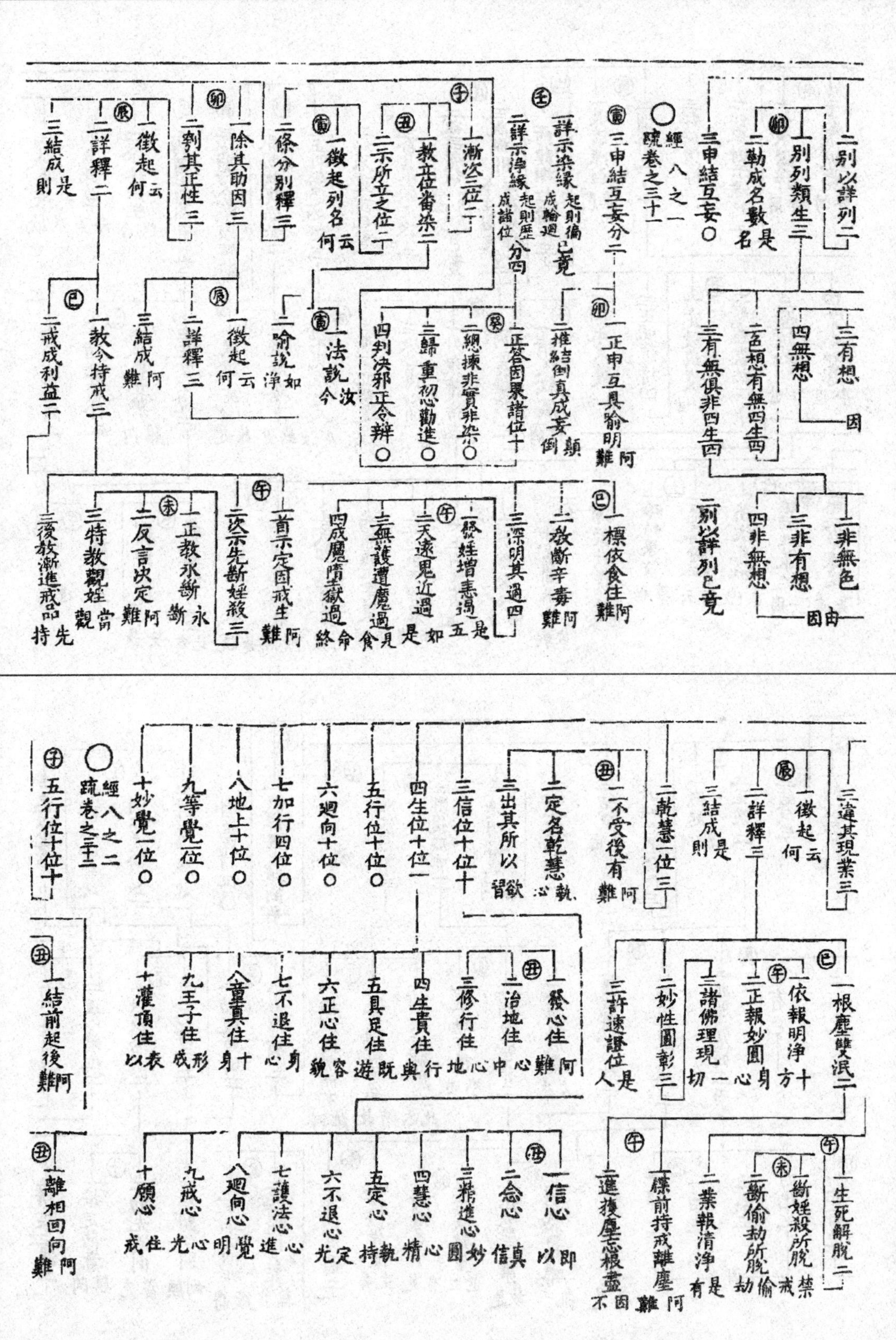
二別以詳列二
一別列類生三
二勒成名數 是名
三申結互妄○
一有想 因
四無想
二色想有無四生四
三有無俱非四生四
一非無色
二非有想
四非無想 由因
三別以詳列已竟
○經八之一 疏卷之三十一
三申結互妄分二
一正申互具顛倒 阿難
一標依食住 阿難
一詳示染緣起則偏成輪廻已竟
二詳示淨緣起則歷成諸位 分四
一推結倒真成妄 顛倒
二教斷辛毒 阿難
一正答因果諸位十
二總揀非實非染○
三歸重忍勸進○
四判決邪正令辨○
三深明其過四
一發婬增恚瞋 是五
二天遠鬼近過 如是
三無護遭魔過 食見
四成魔墮獄過 命終
一漸次三位二
一教立位番染二
二示所立之位二
一徵起列名 云何
一法說 汝今
二條分別釋三
二喻說 如淨
一除其助因三
一徵起 云何
二詳釋三
三結成 阿難
一首示定因戒生 阿難
二次示先斷婬殺三
一正教永斷 永斷
二反言決定 阿難
三特教觀婬 當觀
三後教漸進戒品 先持
二刳其正性三
一徵起 云何
二詳釋二
一教令持戒三
二戒成利益二
三結成 是則
三違其現業三
一生死解脫二
一斷婬殺所脫 禁戒
二斷偷劫所脫 偷劫
二業報清淨 是有
一徵起 云何
二詳釋三
一根塵雙泯二
一依報明淨 十方
二正報妙圓 身心一切
三諸佛理現
二妙性圓彰三
一牒前持戒離塵 阿難
二進獲塵忘根盡 因不
三許速證位 是人
三結成 是則
二乾慧一位三
一不受後有 阿難
二定名乾慧 執心
三出其所以 欲習
一發心住 阿難
二治地住 心中
三修行住 心地
四生貴住 行與
五具足住 既遊
六正心住 容貌
七不退住 身心
八童真住 十身
九王子住 形成
十灌頂住 表以
三信位十位十
一信心 即以
二念心 真信
三精進心 妙圓
四慧心 心精
五定心 執持
六不退心 定光
七護法心 心進
八迴向心 覺明
九戒心 心光
十願心 住戒
四生位十位一
五行位十位○
六迴向十位○
七加行四位○
八地上十位○
九等覺一位○
十妙覺一位○
○經八之二 疏卷之三十二
五行位十位十
一結前起後 阿難
一離相回向 阿難

㊀一歡喜行　二饒益行　三無瞋行　四無盡行　五離癡亂行　六善現行　七無着行　八尊重行　九善法行　十眞實行
阿難善能自覺種類一切則於如是種種如是

六廻向十位十
㊀七加行四位二
八地上十位十
○經八之三
疏卷之三十三
九等覺一位二
㊀十妙覺一位　如是
一正答因果諸位已竟
㊂二總揀非實非染種是

二別明四位四
㊀一歡喜地　二離垢地　三發光地　四燄慧地　五難勝地　六現前地　七遠行地　八不動地　九善慧地二
阿難異性淨明極一切無爲盡眞一眞

㊃一正明本地　眞發
二結釋通名　阿難
十法雲地　慈陰
一正明本位
㊀二出所得慧　如來阿難
㊄一文殊請名二
㊁一具禮陳白　佛時

二不壞回向　三等佛回向　四至處回向　五無盡回向　六平等回向　七等觀回向　八眞如回向　九解脫回向　十無量回向
壞其本覺精眞世界於同眞根即一眞得性德

㊃一煖地位　即以
二頂地位　又以
三忍地位　心佛
四世第一位　數量

㊁一從境智爲名　佛告
二從機益爲名　亦名
三從性修爲名　亦名
四從要妙爲名　亦名

五從因果爲名　亦名
三歸重初心勸進　阿難
四判決邪正令辨　作是
一請名問持　當何
二如來備說五
㊅一領唯心眞實二
㊆一心體本眞　世尊
二萬法唯心　如是
二問何有諸趣　佛體
三質自然因緣　世尊

㊀一正說經已竟
二說經名分二
㊄一結標時衆　說是
二聞經義理　得蒙
三聞經名目　兼聞

㊁二如來委說已竟
三阿難悟證分十
㊀一敘所聞三
二敘悟證二
㊄一聞悟禪那　頓悟
二別證二果　斷除
一述謝前益　即從

經中具示妙定始終已竟
㊇二經後別詳初心緊要分十
㊄一總問諸趣三
㊁一略舉隨人二
㊆一貪婬隨者　世尊
二怨癡隨者　琉璃
㊀一略釋其名　阿難
二轉愛爲水二　因諸
㊀一正明愛水
二牒舉驗證　是故

㊁一談七趣勸離以二　警淹留
二談五魔令辨以　證墮落　○
㊅二雙質同別　此諸
三求示護戒　惟垂

㊀一阿難請問二
一別詳地獄三
二如來許答二
二更請後談二

㊄一請許　佛告
二說示三
㊈一依眞妄分內外　阿難
二釋墜所以三
㊀一正明想飛
二牒舉驗證　是故
三結墜原名　阿難因諸

㊁一備明諸趣二
二結妄勸離　○
㊂一略釋其名　阿難
㊀二轉想爲飛二
㊀一無兼生於天上　純想
二有兼往生佛國　若飛
㊀一先示純想極昇二

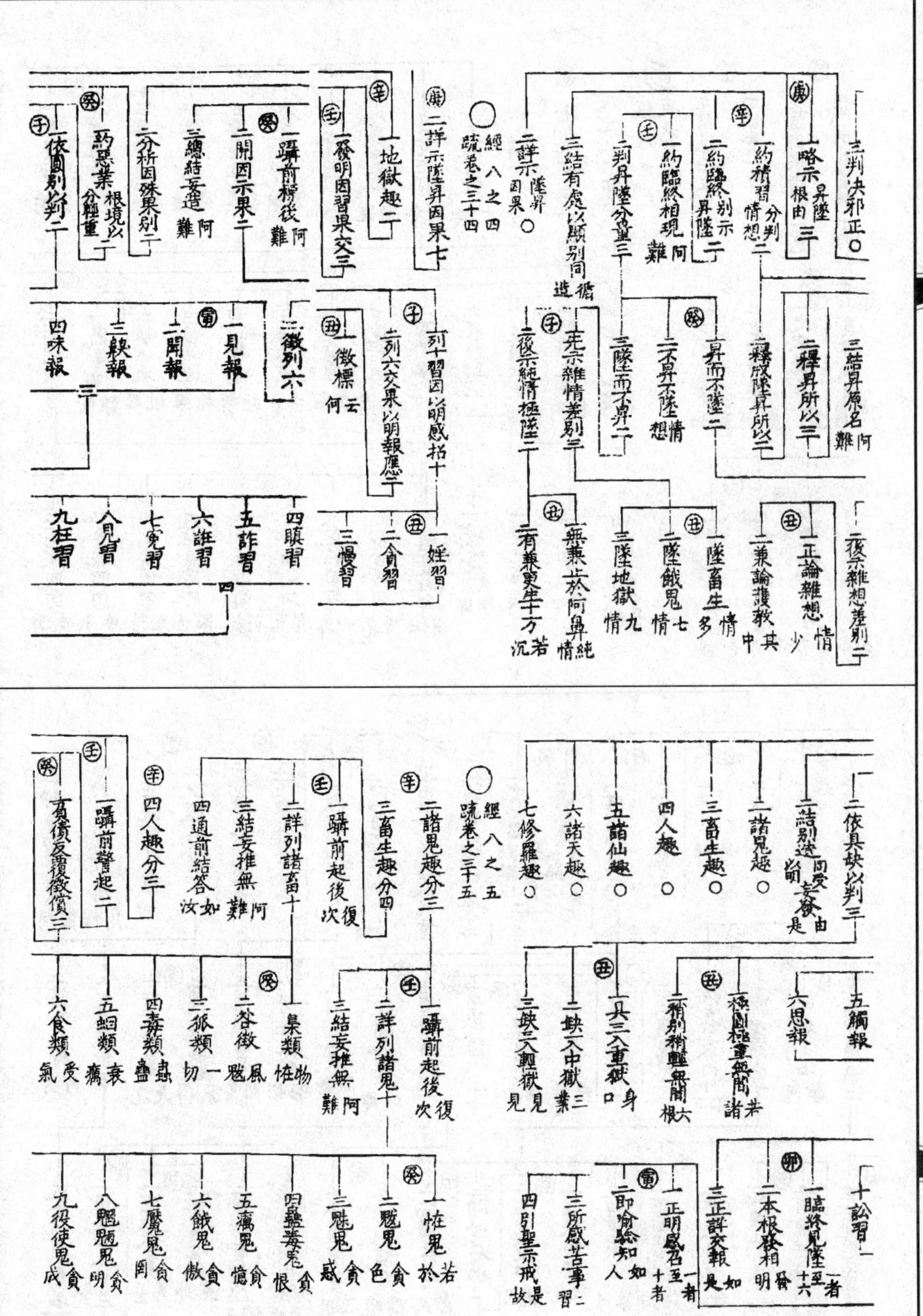
三判決邪正○
一略示昇墜根由三
一約積習情想分判二
三結昇原名難阿
二釋昇所以三
二釋成墜昇所以二
二約臨終別示昇墜二
一約臨終相現難阿
二判昇墜分量三
三結有處以顯別同造循
二詳示墜昇因果○
經八之四
疏卷之三十四
二詳示墜昇因果七
一地獄趣二
一發明因習果交三
一躡前標後難阿
二開因示果二
三總結妄造難阿
二分析因殊果別二
一約惡業根境以分輕重
一依圓別判二
二復示雜想差別二
一正論雜想情少
二兼論護教其中
一昇而不墜二
二不昇不墜想情
三墜而不昇二
一先示純情差別三
二後示純情極墜二
一列十習因以明感招十
二列六交果以明報應二
一徵標云何
二徵列六
一見報
二聞報
三齅報
四味報
一墜畜生多情
二墜餓鬼七情
三墜地獄九情
一無兼於阿鼻純情
二有兼更生十方若沉
一婬習
二貪習
三慢習
四瞋習
五詐習
六誑習
七冤習
八見習
九枉習
二依具缺以判三
二結別造同妄發由是
二諸鬼趣○
三畜生趣○
四人趣○
五諸仙趣○
六諸天趣○
七修羅趣○
經八之五
疏卷之三十五
二諸鬼趣分三
三畜生趣分四
一躡前起後復次
二詳列諸畜十
三結妄推無難阿
四通前結答如汝
四人趣分三
一躡前警起二
一責償反覆徵償三
五觸報
六思報
一極圓極重無間諸共
二稍別稍輕無間根六
一具三入重獄身口
二缺一入中獄業三
三缺二入輕獄見見
一躡前起後復次
二詳列諸鬼十
三結妄推無難阿
一梟類物怪
二咎徵風魃
三狐類一切
四毒類蠱蟲
五蛔類衰癘
六食類受氣
十訟習
一臨終見墜至者十六
二本根發明相
三正詳交報如是
一正明感召至者十
二即喻驗知如人
三所感苦事習二
四引聖示戒是故
一怪鬼若於
二魃鬼貪色
三魅鬼貪惑
四蠱毒鬼貪恨
五癘鬼貪憶
六餓鬼貪傲
七魘鬼貪罔
八魍魎鬼貪明
九役使鬼貪成

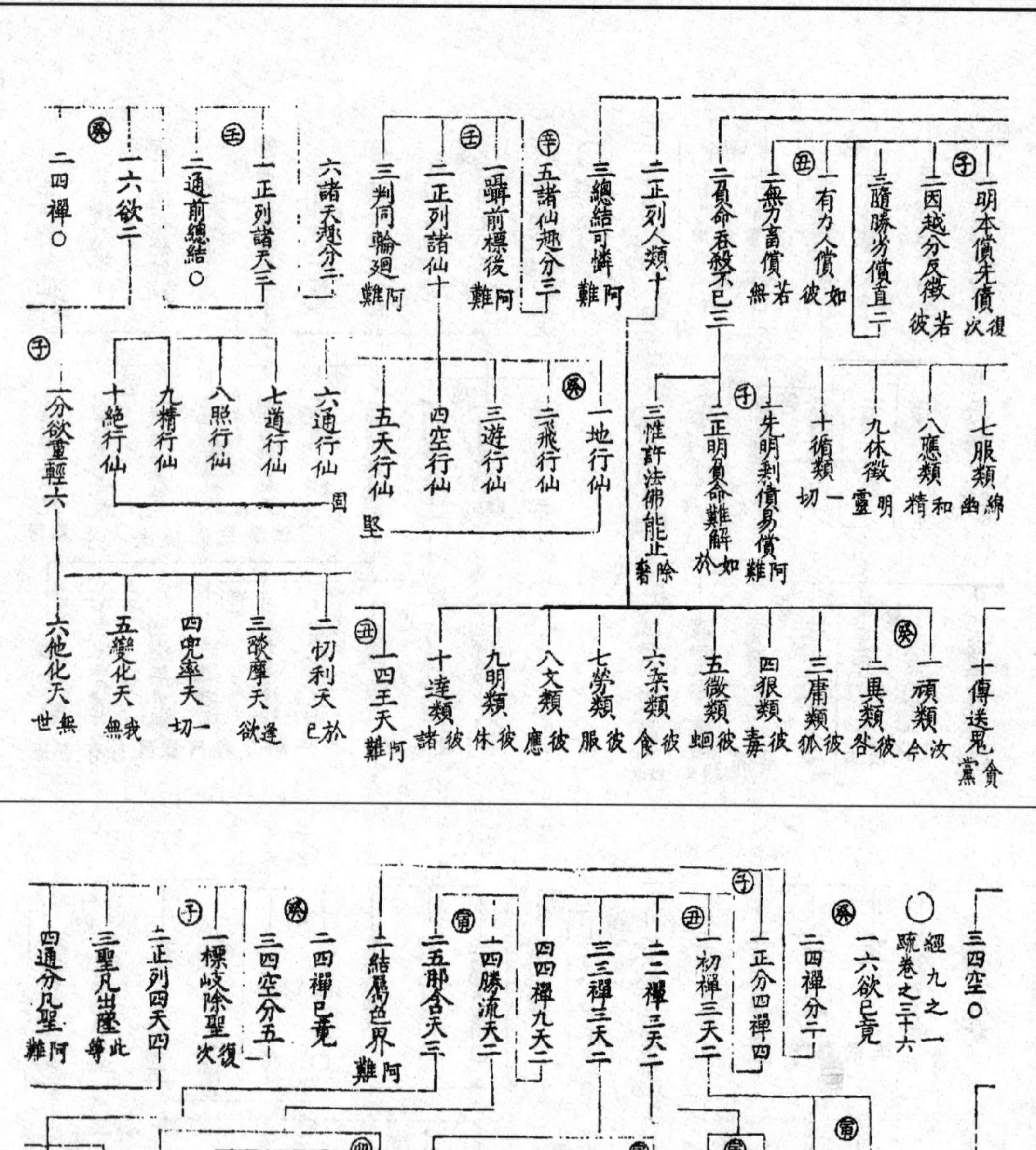

三四空 ○
一判屬欲界 阿難

經九之一
疏卷之三十六

一六欲已竟
二四禪分 二
一正分四禪 四
一初禪三天 二
二二禪三天 二
三三禪三天 二
四四禪九天 二
一四勝流天 二
二五那含天 三
二結屬色界 阿難
二四禪已竟
三四空分 五
一標岐除聖 復次
二正列四天 四
三聖凡出墜 此等
四通分凡聖 阿難

一示三天別相 三
二結苦離漏止 阿難
一示三天別相 三
二結憂離漏伏 阿難
一示三天別相 三
一少淨天 阿難
二無量淨天 淨空
三徧淨天 世界
二結安隱喜具 阿難
一示四天別相 三
一示前二天 二
二判二岐路 阿難
三示後二天 二
二結不動純熱 阿難
一標聖果寄居 阿難
二示五天別相 五

一梵眾天 阿難
二梵輔天 欲習
三大梵天 身心
一少光天 阿難
二無量光天 光光
三光音天 吸持
一福生天 阿難
二福愛天 捨心
一廣果天 若於
二無想天 若於
一無煩天 阿難
二無熱天 機括
三善見天 十方
四善現天 精見
五色究竟天 究竟
一明生見禪 若於

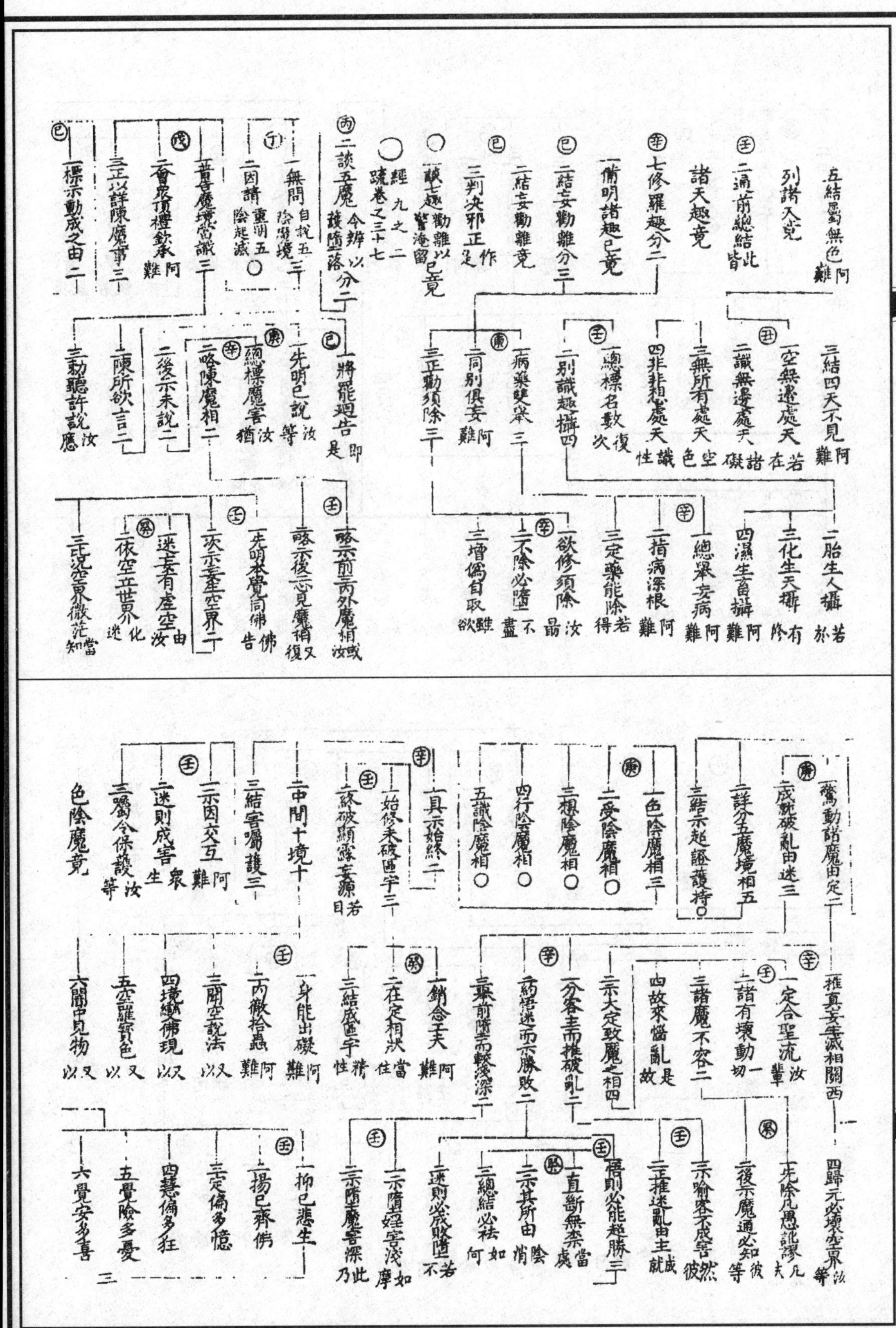

五結屬無色 阿難
列諸入覺
二通前總結 此皆
諸天趣竟
三結四天不見 阿難
一空無邊處天 若在
二識無邊處天 諸礙
三無所有處天 空色
四非非想處天 識性
二胎生人攝 若於
三化生天攝 有修
四濕生畜攝 阿難
總舉妄病 阿難
二指病深根 阿難
三定藥能除 若得
一總標名數 復次
二別識趣攝四
七修羅趣分二
一備明諸趣已竟
二結妄勸離分三
一病藥雙舉三
二同別俱妄 阿難
三正勸須除三
一欲修須除 汝
二不除必墮 不盡
三增偽自取 雖欲
二結妄勸離竟
三判決邪正 作是
二敕七趣勸離以已竟
經九之二
疏卷之三十七
二談五魔令辨以護墮落分二
一將罷迴告 即是
一先明已說 汝等
總標魔害 汝猶
二略陳魔相二
二後示未說二
一陳所欲言二
三勅聽許說 汝應
略示前內外魔相 汝或
略示後忘見魔相 又復
一先明本覺同佛 佛告
次示妄生空界二
迷妄有虛空 由汝
二依空立世界 迷化
三正況空界微茫 當知
一無問自說五 阿難
二因請重明五
普告魔境當識三
二會眾頂禮欽承 阿難
三正以詳陳魔事三
一標示動成之由二
一驚動諸魔由定二
二成壞破亂由迷三
二詳分五魔境相五
三結示趣證護持
一色陰魔相三
二受陰魔相
三想陰魔相
四行陰魔相
五識陰魔相
一具示始終二
一始修未破區宇三
二終破顯露妄源 若目
三結害囑護三
二中間十境十
二示因交互 阿難
二迷則成害 眾生
三囑令保護 汝等
色陰魔竟
推真妄生滅相關四
四歸元必壞虛空界 汝等
一定合聖流 汝輩
二諸有壞動 一切
三諸魔不容二
四故來惱亂 是故
二示大定致魔之相四
一分客主而推破亂二
二約悟迷而示勝敗二
三舉前陰而較淺深二
一先除凡愚誑謬 凡夫
二後示魔通必知 彼等
二喻客不成害 然彼
三推迷亂由主 成就
一直斷無染 當處
二示其所由 陰消
三總結必祛 如何
一悟則必能超勝三
一迷則必成墮 若不
二示魔遭害淺 如摩
三示隨主魔害深 此乃
一銷念王天 阿難
二在定相狀 當住
三結成區宇 精性
一身能出礙 阿難
二內徹拾蟲 阿難
三開空說法 又以
四境變佛現 又以
五空離寶色 又以
六闇中見物 又以
一抑己悲生
二揚己齊佛
三定偏多憶
四慧偏多狂
五覺險多憂
六覺安多喜

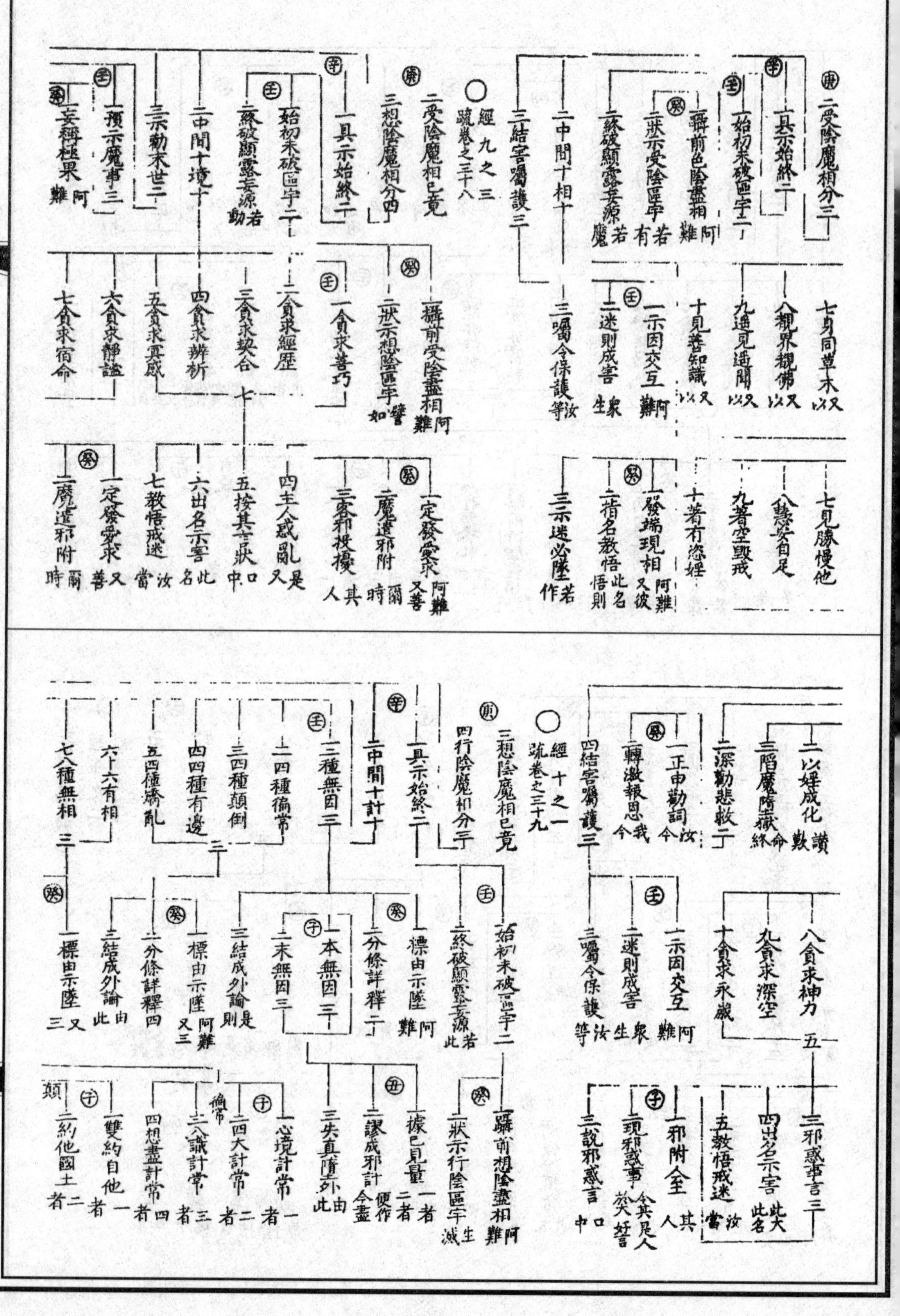
二受陰魔相分三
一具示始終二
一始初未破區宇二
一辨前色陰盡相 阿難
二狀示受陰區宇 若有
二終破顯露妄源 若魔
二中間十相十
七身同草木 又以
八觀界觀佛 又以
九遍見遍聞 又以
十見善知識 又以
七見勝慢他
八慧安自足
九著空毀戒
十著有恣婬
三結害囑護三
一示因交互 阿難
二迷則成害 衆生
三囑令保護 汝等
一發端現相 阿難 彼又
二指名教悟 此名 悟則
三示迷必墜 若作
二受陰魔相已竟
經 九之三
疏卷之三十八
三想陰魔相分四
一具示始終二
始初未破區宇二
二終破顯露妄源 若動
一辨前受陰盡相 阿難
二狀示想陰區宇 譬如
二中間十境十
一貪求善巧
二貪求經歷
三貪求契合
四貪求辨析
五貪求冥感
六貪求靜謐
七貪求宿命
七
一定發愛求 阿難 又善
二魔遣邪附 爾時
三害邪授擾 其人
四主人惑亂 是又
五按其呈狀 口中
六出名示害 此名
七教悟戒迷 汝當
一定發愛求 又善
二魔遣邪附 爾時
三示勸末世三
一預示魔事三
一妄稱極果 阿難
二以婬成化 讚歎
三陷魔隋獄 命終
二深勸悲救二
八貪求神力
九貪求深空
十貪求永歲
五
三邪惑事言三
四出名示害 此大名
五教悟戒迷 汝當
一邪附全 其人
二現邪惑事 其人 是人
三說邪惑言 口中
一正申勸詞 汝今
二轉激報恩 我今
四結害囑護三
一示因交互 阿難
二迷則成害 衆生
三囑令保護 汝等
三想陰魔相已竟
經 十之一
疏卷之三十九
四行陰魔相分三
一具示始終二
始初未破區宇二
一辨前想陰盡相 阿難
二狀示行陰區宇 生滅
二終破顯露妄源 若此
一標由示墜 阿難
二分條詳釋二
一據己見量 一者
二謬成邪計 便作 今盡
二中間十計十
一二種無因三
一本無因三
二末無因三
三失真墮外 由此
三結成外論 是則
二四種徧常
一心境計常 一者
二四大計常 二者
三八識計常 三者
四想盡計常 四者
三四種顛倒
一雙約自他 一者
二約他國土 二者
四四種有邊
五四種矯亂
六十六有相
七八種無相三
一標由示墜 阿難 又三
二分條詳釋四
三結成外論 由此
一標由示墜 又三

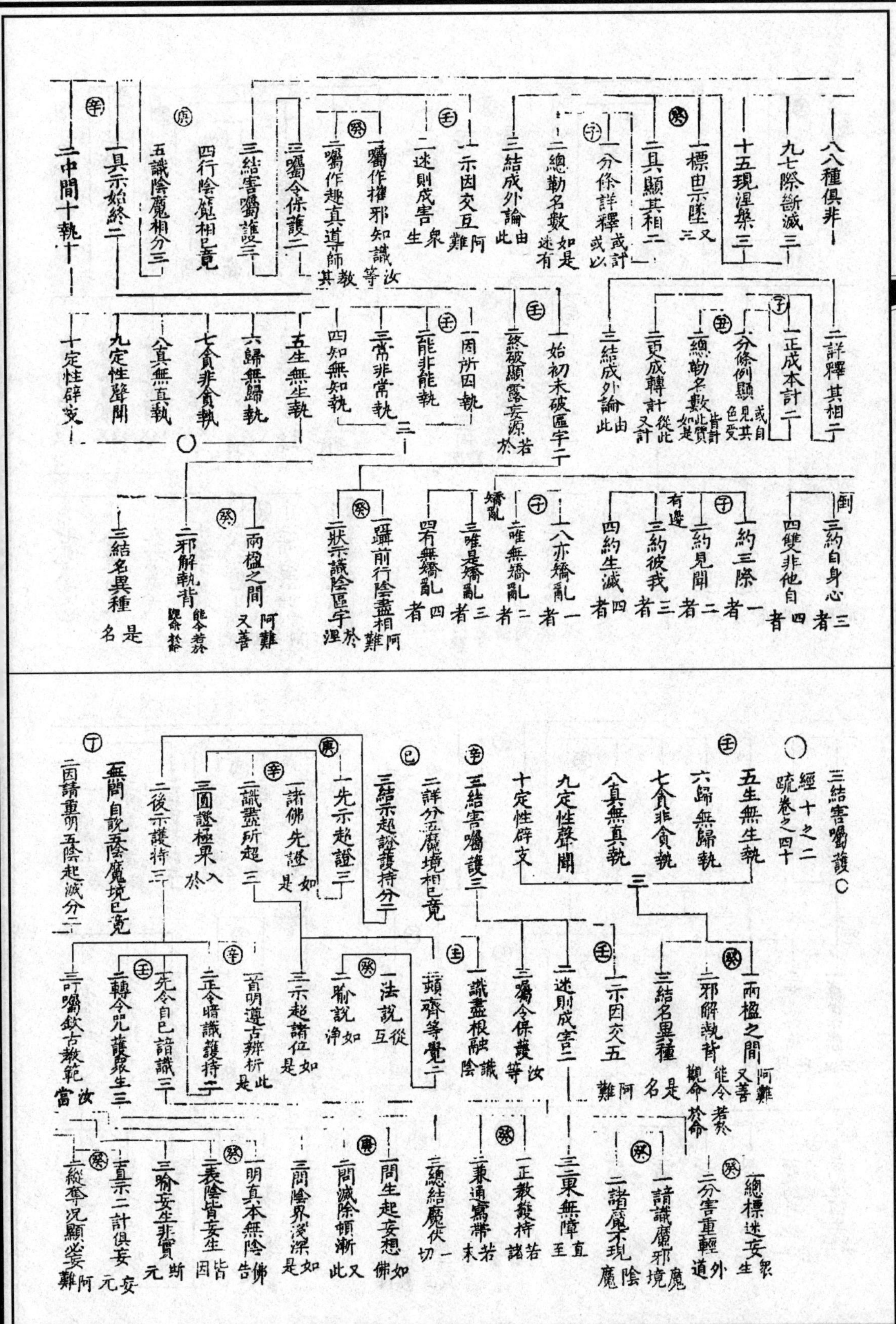
八八種俱非
九七際斷滅三
十五現涅槃三
(癸)一標由示墜 又三
二具顯其相二
(子)一分條詳釋 或計 或以
二總勸名數 如是 迷有
三結成外論 由此
(壬)一示因交互 阿難
二迷則成害 眾生
(癸)一囑作權邪知識 汝等
二囑作趣真導師 其教
三囑令保護二
三結害囑護三
(庚)四行陰魔相已竟
五識陰魔相分三
(辛)一具示始終二
二中間十執十
二詳釋其相二
(子)一正成本計二
(丑)一分條例顯 或自見其色受
二總勸名數 皆計此實如是
二更成轉計 從此又計
三結成外論 由此
(壬)一始初未破區宇二
二終破顯露妄源 若於
(壬)一因所因執
二能非能執
三常非常執
四知無知執
五生無生執
六歸無歸執
七貪非貪執
八真無真執
九定性聲聞
十定性辟支
三約自身心 三者
四雙非他自 四者
(子)一約三際 一者
二約見聞 二者
三約彼我 有邊 三者
四約生滅 四者
(子)八亦矯亂 一者
二唯無矯亂 矯亂 二者
三唯是矯亂 三者
四有無矯亂 四者
(癸)一躡前行陰盡相 阿難
二狀示識陰區宇 於涅
(癸)一兩楹之間 阿難 又善
二邪解執背 能令 若於 觀命 於命
三結名異種 是名
三結害囑護○
○經十之二 疏卷之四十
(壬)五生無生執
六歸無歸執
七貪非貪執
八真無真執
九定性聲聞
十定性辟支
(癸)一兩楹之間 阿難 又善
二邪解執背 能令 若於 觀命 於命
三結名異種 是名
(壬)一示因交互 阿難
二迷則成害二
(癸)一總標迷妄 眾生
二分害重輕 外道
(癸)一詰識魔邪境 魔
二諸魔不現 陰魔
三東無障 直至
三囑令保護 汝等
(癸)一正教護持 若諸
二兼通窮滯 若末
(辛)三結害囑護三
(壬)一識盡根融 識陰
二頓齊等覺二
三總結魔伏 一切
(己)二詳分五魔境相已竟
(庚)三結示起證護持分二
(辛)一先示起證三
(壬)一問生起妄想 如佛
二問滅除頓漸 又此
三問陰界淺深 如是
(辛)一諸佛先證 如是
(癸)一法說 從互
二喻說 如淨
二識盡所起三
三示起諸位 如是
三圓證極果 入於
(癸)一明真本無陰 佛告
二表陰皆妄生 皆因
三喻妄生非實 斷元
二後示護持三
(辛)一首明遵古辨析 此是
二正令暗識護持二
三先令自已諳識三
(壬)二轉令兒護眾生三
三可囑欽古教範 汝當
(癸)一直示二計俱妄 妄元
二縱奪況顯必妄 阿難
無間自說五陰魔境已竟
(丁)二因請重明五陰起滅分二

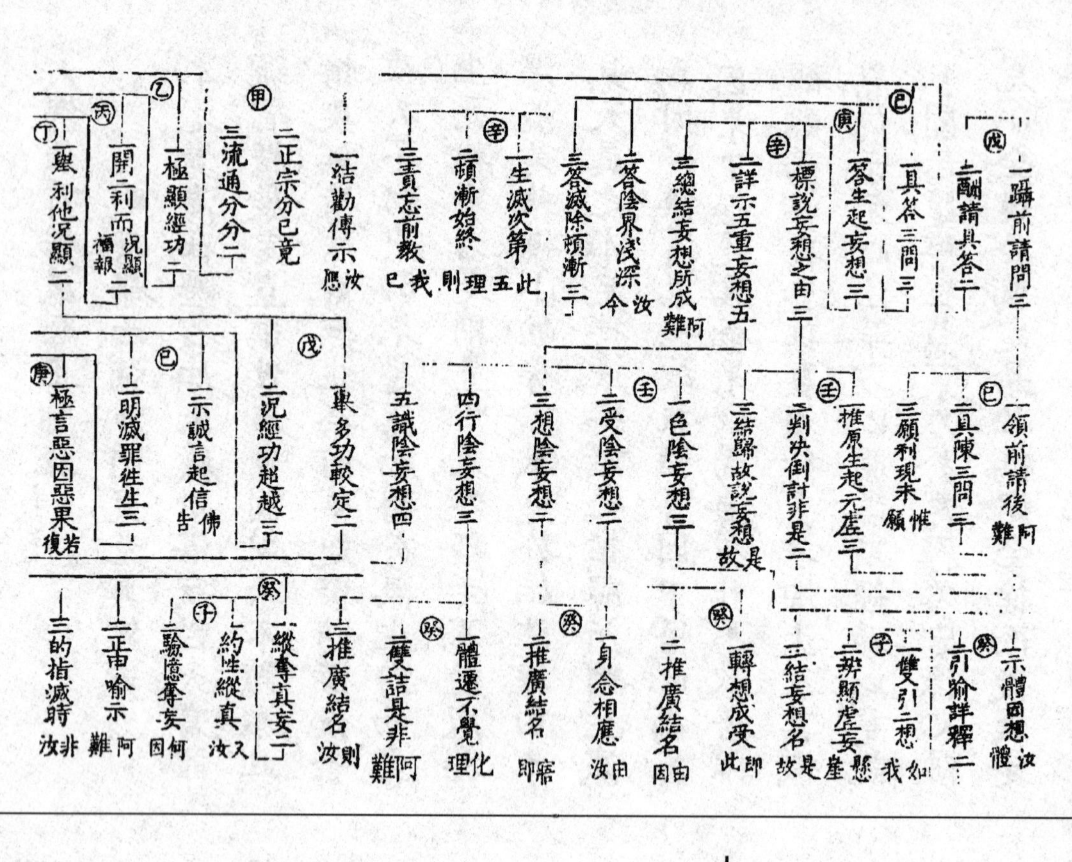

一舉自利況顯 阿難
二合利而深許極果 依我
三結眾法喜 佛說
一畧舉暫爾弘經 能以
二因之離苦得樂 是人
三明獲福勝前 得福
四推廣結名 故汝
一如來舉功令較 阿難
二阿難較定無量 阿難

大佛頂首楞嚴經正脈疏卷第二

大佛頂首楞嚴經正脉疏并序

明京都西湖沙門交光真鑑述

本元覺海在纏名如來藏心湛寂性天當體號首楞嚴定豈惟世出世間從來不動亦且情與無情法爾無生奈何華起翳睛夢沉長夜於不動中而見遷流動轉於無生內而受生死輪廻若是則豈但凡外狂走不能脫於瀑流是雖權小劬勞亦未免於細注率由未見天眞之本定徒攻縛識之枯禪所謂生滅爲因終無實果也故我釋尊因中悟此爲密因果中證此爲極果寂場海印非不欲普灌醍醐而夢夜昏狂要須待多方淘汰及其機熟仍示元心法華方以開端斯經乃以竟說多聞示墮警狂慧策力於深禪答定徵心破凡小全迷於僞定是必僞定全捨而後大定可聞由是向六根而指見性令親驗乎不動之本眞會四科而示藏心令備明乎常住之自體復通七大極顯周圓阿難遂以讚不動尊謝希有定是尚未及於請修而所謝首楞嚴王非指自性本定而何哉此方答慶喜會妄歸眞顯空藏不變之體下乃酬滿慈從眞起妄顯不空隨緣之用又復雙明性相見空與不空二俱無礙而圓彰三藏之全體大用然後知一切事究竟堅固之定體本自圓成徹法源不動不壞之楞嚴非由造作所謂奢摩他微密觀照發盡無餘回視强制識心思惟影相之定天淵未足爲喻矣然而定雖本有根結未開體固無虧用終不發由是當機思契入而喻屋求門如來示決定而指根明結於中列數量所以令其選圓推攬塵所以

明其可盡疑斷滅則擊鍾以驗其不滅疑別有則現佛以證其無他乃至綰巾而六結有倫冥授而諸門悉啓及勑文殊之推選獨取觀音之耳門蓋必寂滅之眞體現前而後圓應之妙用備發眞所謂如幻三摩提彈指超無學矣若夫道場三學秘呪四檀但爲修圓通而障重者加行耳非別有異門也是則華屋之門方入而升堂入室不無所歷之位故當機繼是以請位焉佛乃揲加行圓通以爲三漸東三漸以爲乾慧即以此心中中流入由是生佛家而名十住行佛事而名十行攝歸三處名十向實證一眞名十地以至等覺覆涅槃海即大寂滅海而生死永寂妙覺入莊嚴海即萬德果海而菩提永成顧謂歸無所得者明但復還乎本不動體而出現其本有家珍非從外得也豈同非因非果空無所獲哉斯乃依禪那以修進聖位而首楞嚴大定成始成終故結五名而囑其奉持焉至於七趣勸離五魔教識亦前文要義特重伸以加詳耳最後深慈曷有窮已乎是則斯經也一乘終實圓頓指歸語解悟則客因本具非假外求語修證則了義妙門不勞肯綮十方如來得成菩提之要道無有越於斯門者矣夫何經本分明而註多鹵莽正脉既失本旨多乖後賢指摘成帙甚至但說本文學者莫決從違而臨文浩嘆者多矣鑑長夜迷徒釋宗晚學賴聖賢加被發薄少善根偶窺華屋之門輒憫宮墻之望借伸管見請正大方實非橫陳臆說而蔑先賢意惟曲順佛言而資後學知我罪我靡恤靡逃所冀暫結喜緣普

碎阿鼻而成樂國倘開妙悟咸歸大定而證菩提他日於諸佛會下寧非同行眷屬哉特撮畧以冠篇端而其詳在懸示云

大佛頂首楞嚴經正脉卷第三

懸示之一

舊解徒知慕經圓妙不能曲順經文深研本有圓妙的旨而乃傍引他家彷佛圓妙之義以會釋之故不惟文義了不相合且將本經元來脉絡悉成紊亂而首尾不相通貫故今新疏但惟奉順佛經曲搜本意令其脉絡貫通則經中本有圓妙深意豈他家所能比擬故名正脉意在此也然解中判科釋意大異舊説恐聞者遽成驚怪或起嗤笑故於未解經前懸遠出示其中要義導人樂玩不致廢擲也章門有二一申已解由二法古提綱今初申已解由者斯經流通震旦自唐及今千有餘載領其義理形於文辭者固不可勝紀而部帙名家幾滿十數夭如取九家著作而會通去取補以已意目爲十家會解自謂具衆美而斷猶豫義無不盡人亦服其該博而復樂其簡要切中時機是以交口讚善而競相講習自元末及今二百餘年海内慕楞嚴而講聽者惟知有會解而他非所尚故尋經旨者須從會解中通釋之有不通者則歸罪於經之玄奥難明罕有敢疑註家通達之未盡也間有畧疑議者則叢口交謗如悖逆人此緣尊習之久恒物大情無怪其然也若是則解家已多而會家已定從之者又紛然宜無復解而今乃復爲是解者必别有由不首申之何以導人進覽乎又分爲四一曰制疏始終二曰畧遮疑慢三曰較釋功過四曰畧剖是非今初制疏始終者予初業儒不知佛法爲何物時或加謗自業師香林公謦以永

嘉著作忽於如來若識久迷之父母大加痛悔即誓出家然未有深解也無何入京庠備員尋求竺典值友人西野郭居士惠以是解如不涉海而得摩尼欣慶無量於中恍惚有省解處而實不盡通達時詣青塔無紋師座下討論之及遍歷暹公等諸師講肆兼同衆輩相與折衷得味漸深嗜好無厭頗領萬法惟心之旨然智見多局促於會解註文無敢逾越也自是旁通於性相諸典放曠於法華義句華嚴疏鈔飽飫台首之宗樂其文義雙暢無少留難心光漸啓回視會解遂覺其識見未備臆說多恣與二大老之家法頗不相似自是儒業策之則意倦釋典對之則神清心專志定夢出家而生淨土者月常十餘番忽遭骨肉凋敗屢經喪葬乃至丁內艱時居

土周姓者請鎮國寺過夏與諸上人講四書時彰德古風上人出單傳門下嗣法小山諳練宗旨未出世爲人遂强其交易而講再四乃可相與涵泳四家須古三師評唱頗覺胸次豁然忘言絕思當下即是虛懷宴如山河人物俱如影象一日詣城中一勲舊曹公家東軒書舍中偶值無人攝念靜坐移時見架上會解一帙隨取展玩不知是何境界忽然眼睛湛朗心竅晝開於如來所說周廻曲折無不洞見譬如平日在一大宅中幽房暗室曲巷廻廊東西莫辨前後難明今乃忽如升一最高之臺展目之間於中纖悉委曲無不備見諸註有謬戾本經如執繩墨較曲直分寸難隱於是悲欣交集就經展拜如親對如來身毛皆竪自誓畢竟出家願祈壽年註經

遺世矣數日間值潞安庠生韓子希曾酷好楞嚴二十年徧歷講師無悅其意者遂至予前申數難悉與通釋韓巳異之及予反難韓遂瞢然莫曉一詞莫措乃大驚服拜請裹糧謀住欲延歲月以徧討精微予知其大家有太行禪寶可以靜居以遂出家註經之事即吐其意令先回俟之韓不勝慶幸予次年如約至即下髮誓閱教十年以利其器時萬曆四年丙子冬十月也因韓子問答成楞嚴通會四卷寫本未刊功多閱教越四載南遊不果回住北董鎮又二載爲李通府荆山公請住法住寺建華藏閣居之復越四載念十年之約巳滿猶未註疏躊躇間寺衆多病不安予祝云願我一身代之隨即病逾半月垂危眷屬圍視予在昏沉中覺有人提臂警云佛來矣予驚起跪西仰視提警者觀音也見佛立於中二大士夾於左右皆黄金色光明恍朗各丈餘予即知其接引往生遽云往生至願奈楞嚴舊註雜亂未註疏耳聞佛琅然語云誠然雜亂語畢即見三聖皆回身西去猶瞻望後身金背及青螺後髮渺然漸遠隨開目身汗如雨咸問慰之予備述所見仍曰予已給假註經且得不死汝等勿慮也衆咸念佛聲動屋宇時萬曆丙戌夏六月也尋漸平復寺衆果自予寢病時頓安予感斯瑞大警至冬十月禮懺禱觀音加被遂命筆科經至歲終而科成次年春安慶賢王招住城西南隅報恩堂棲遲十載其間人事及内外講期一切不廢而註經朝夕亦無少輟至萬曆丙申冬而疏成次年丁酉仲春瀋藩國主命五

臺蘆芽山飯僧遂於蘆芽過夏而製斯懸判因紀歲月以見著疏之始終焉

二畧遮疑慢者非敢要人之敬信也良以三疑在念七慢存心極能碍人之虛懷阻人之納善於斯疏釋必不能隨喜覽受而或別生譏議何以成結緣之益乎故畧遮之以勸隨喜耳予註疏時經日既久難盡隱密風聞而交謗者不可勝紀亦有面斥之者其畧云斯經古人已解多學悟兼濟之大人言從證據理出自心故曰後有作者未之或過也子何人而敢是非古人譬始操斧者輙笑公輸纔調音者遽淩師曠豈免智者之笑而末學弗從將貽愧之無已請依予言速已之爲愈也予徐謂曰古人解盡後人但宜遵之而不容復解此誠至教予當叩謝但有一問敢對長者申之乎即今會解中十家皆出一時耶亦有先後耶彼曰世代相次前後千年安謂一時予曰既有先後則最初第一家解者應爲古人即應解盡而第二家正當後解之時全是今人笑古人解之未盡即應智者譏之末學悖之何亦並行而不悖乎何況今十家之解皆並行之乎何又反謂會解最後者爲獨善乎昔清涼謂聖旨深遠總遮斯難子其未究彼文良以法義無盡佛語甚深若一人解之即盡何謂法無盡而語甚深乎彼引身因各說佛許無差此據圓通異門佛明不別由此無碍義推則雖百論並陳何妨隨見以共光法施乎子但究其義之短長稽其理之當否不應以古人已解而爲拒也彼復救之曰諸家解雖疊出異說多岐是非未定容許會

通今已經天如集諸説而辯别之去取精當至論已定况今宗習已久帖然不疑何復爲此惑亂人心乎答長水作義海時前已有數家之解而長水命名義海豈不自以爲收衆流而集統要乎且海之取象尚表其諸義大備無復遺餘矣况入藏已久誰不習定何後世復有會解方爲定論乎是義海未必收義之盡也夫會解曾不以義海爲足而復敢更解今何遽以會解爲足而不敢更解乎且子謂人已習定帖然不疑自子言之耳此前已有管見指謫數條而非議之已成傳誦近聞南都有三槐師者非之爲甚每講全不從於會解惟説本文人不盡非從之者衆又聞蘇州有人未詳字號廣辯諸註之非已刋而未見大行他如月川之别眼澄印之懸鏡皆各出已見而非有局於會解但皆少分自在之説未據全文而大番舊案近亦有士大夫奉内教而具眼目者往往愛經之無上而患註之未善是足驗佛法深遠妙義難窮豈一會解所能發盡特子之智出會解之下而無超拔之見豈可强人人皆如子乎彼更怫然不恱曰古人著述者皆有悟證或原是聖流故宜遵之今子一介凡夫别無異行傳聞不滿人心者未必全無而顧爲此不思議事我終不之信也予曰雖佛至聖亦不能令人盡信同世與謗者無數况異時而異地者乎子如不信一任不信而謂我非聖無異行且不盡滿人心迹此數語未足與議也子豈謂古之聖智者皆存聖凡之見而亦必爲顯異之行以悚動於世乎且佛以四聖真實之語不但

說人人皆當作佛而更明衆生本來是佛有不能信領者則責之曰薄德少福人不自信作佛故祖師門下患人高推聖境自輕退屈極力以剷斯惡見每每抑古揚今信口道一句子便謂超佛越祖之談意在聖凡情盡魔佛一如甚至呵佛駡祖豈得已哉第緣人人爲聖凡之見所覆偎鄙陋弱無丈夫氣則何以負荷祖佛事業故爲是越格之激揚也是則丈夫兒尚當自信是佛作佛而順佛語以發經本旨吾何以非聖爲歎哉子又疑我無諸異行豈知牛頭馬祖未悟時各標異行而悟後無不改轍乃知不必異行中求一帶祖門皆重平實饑飡困睡悉謂玄微運水搬柴咸推妙用且九峯謂紙衣舍利無數不如當時道得一句黄蘗見羅漢神通悔不打折脛骨古人惟重智徹般若而駭於異行神通者庸夫之見也且衆生善根悉不可測祖師警人疑慢亦云吾早曾經多劫修不比等閒相誑惑子無宿命神通秖是彷佛見聞人之現生事迹安知人億劫之修哉如來金口親謂信般若者已於百千佛所種諸善根況斯經醍醐至味能信解之與衆發明吾豈敢以自輕哉子不能自信信人終至於慢人自慢是誠大可惜也且人事是非難定人言眞僞無憑祖師處世業緣飄鼓是非莫逃往往遭時貶罰如妙喜石門等事迹相類者無數豈盡滿於當時之人心耶由此評量則子之言豈爲允當大抵娑婆弊惡常態如斯今子獨推尊於古人秖爲其生不同時也子若與彼同時則無以異於今日安能免於子之疑且慢

耶
三曰較釋功過其人聞說顏色始定愧謝予曰承教非但不復疑慢於予亦不自疑慢矣但有一意竊所未安請更伸之夫凡著述因修者易創始者難諸師創始製疏吾輩資之以曉解經義佩德不少聞子亦十年涵泳於註文之下而後方起別見則亦被諸師之澤不淺今一旦悖之揚己之智以掩諸師之美予其忍爲之乎予撫掌笑曰子知其小未明其大且所謂揚己之智掩諸師之美二說皆非也予惟感諸師資發之德而蒙昧遮護曾不念如來無量僧祇之至恩在所當報不應以諸師爲碍而避過不敢也故予凡有一隙之明窺見佛經或隱覆晦其妙旨或支離失其本意則日夕不安愧負佛恩凡以乖佛法旨則損道脉而誤衆生豈忍坐視而不建白明正其何以報佛至恩哉念惟在此非區區揚己之智也且子謂掩諸師之美此語尤非予之作疏諸師有毫髮美處在會解者則顯標字號而直書之未嘗暗攘以爲己有也有不當者則畧之而不復言此非掩其美也泯其是非不復爲智者所指謫也間有似是而非恐人不能決於取捨或復大義所關不得已而當辯者但以舊註二字代其字號不欲顯其人也不如是則終將掩佛旨而屈經義子不忍掩諸師之美寧忍晦如來之妙乎當知違諸師之註其過則淺掩如來旨義其過甚深以即障衆生之智眼塞學者之悟門而辜盡佛恩故也又護諸師之註其功則小闡如來本意其功則大以即開智眼啓悟門而

眞報佛恩也且師之作養弟子豈欲其智盡出於己之下乎設有此心即非明師不足尊也故宗門謂養子不及父家門一世衰又父聞子健恨不殺身凡以其心之公於爲法而不私於顯己也縱予因初閱會解於諸師亦有師資之分而能增盛所傳補全遺業雖當仁不讓畧辯是非於一時實幹蠱無愆永泯瑕疵於百世豈諸師本皆赤心爲法之高賢何至但私於顯己而反不喜於光大其法乎吾以是而自信諸師必不深咎於是疏矣子將以爲何如

四曰畧剖是非者其人至是乃驚惕曰如來本意妙旨豈容一毫隱屈衆生智眼悟門安可一日不開但以不敏亦久聽習會解殊不覺其有斯欠闕而聞子作疏實不信其能更增明今承示此實大驚惕竊恐未必其然耶子疏隨文長廣恐一時難徧敢請畧示大端別其一二得失使我信及然後進領於全疏爾予承斯問歛袂凝神者久之喟然嘆曰此其難言也哉昔清涼申蹝別意亦表難言其畧曰若是非混同則掩明實而誤後學若乖差指出則黷心智而益是非故撫心五頂仰托三尊不獲已而爲也吾不敢妄擬清涼而籌慮難言實類是矣今亦仰憑三寶慈威畧申一二夫舊解無乖何勞改作正緣未的故此重煩但願深諒予心萬不獲已非敢逞是非之惡念也能少加察脫有相契合處則將慶幸無以爲喻矣今畧開三條以見大意

第一多種不相應迷此復有二一者問答不相應阿難最初問妙奢摩他三摩禪那譯人

全存梵語未番華言意令智者據經前後本文兼較他文同異量定其意爾今據阿難明敘所恨多聞致誤已彰捨解求定之情又惟特請佛所修持亦顯厭權就實之意則知所請決是一乘圓融妙定也諸師以平日所知圓定無有過於天台三止觀者又復眩於經未來時梵僧懸記止觀同於楞嚴之語主乎先入之見輙謂所請決不出此且以止順於定而又偏取三止釋之此即一大迷也蓋凡問處隱畧未彰不可造次臆斷須察下文如來答處反推之而意可得也以如來鑑機必問答相應而不相悖也令阿難所問果即天台三止則如來下答辭義須即與三止功夫相似而註家仍當指結何處是體眞止何處是方便隨緣止何處是息二邊分別止令細揀經文了無如是義相而註家亦不更銷歸前問至於徵心顯見諸文亦不明其與三止有何干涉豈問處原是三止而答處全不相應則是如來錯答問端何以爲鑒機之教又即使如來所答全與三止相應當亦墮於天台所檢過中以彼明言止觀偏取如隻翼單輪不能遠到豈佛會問答反出天台之下耶此更不通之甚也二者科釋不相應迷此則不但迷於經文即於自所科釋亦多自相矛盾如舊解雖不細分小科亦畧分於三大科一曰見道二曰修道三曰證道初科既云見道即應未及說於修道而修道須有待於下科及至釋文往往搜尋三觀應當即是修道其實經文元無如是語脉只是文外强判而順文豈有教人修三觀之語縱取一二相似

之文附會說之殊無情謂近亦有不撥見道之科而却開大段以硬派爲三觀者不思見道者開悟理性之謂也三觀者修進功夫之事也旣說止觀即是修道何須判成見道分哉又若此處早是修道即是如來但教衆生從三觀而修至下耳根圓通又何用哉客曰吳與有通請別請之判前之三觀恐是應其通請深心所修後之圓通應其別請初心方便爾答審如是即應通前俱科爲修分而於修分復分爲兩科一應通請之修二應別請之修方成彼說何爲同是修義而乃一科爲見道一科爲修道乎且旣分乎淺深二修則初心者必先修圓通後修三觀敢問修圓通者至何位次始是深心方可修三觀乎今據菩薩自敘從初入流乃至寂滅現前了無接

修三觀之相而如來乃謂此根初解先得人空按位當至七信齊小羅漢而菩薩聞所聞盡似當此位又曰空性圓明成法解脫按位當至八九信位已超小乘無學而菩薩空所空滅似當此位又云解脫法已俱空不生按位當至十信滿心後判無生忍位按位即當初住而菩薩寂滅現前即此位也是尚未至於深心乎何亦不見接修三觀之語豈更在於後位方修耶然菩薩此位已超世出世間發三科無邊妙用豈天台所說三觀尚非此等菩薩所能修乎而今之習三觀者皆初住以上之菩薩耶是大不通也客救曰彼所謂通者通十方可修也所謂別者別對此方之機也答曰諸門通對十方之機文殊皆了揀令人捨之耳門別對此方之機文殊獨選令

人取之今三觀若是十方通修之法非是此方對機之門即屬文殊所揀應捨之而不必修且如來何於最初即以詳說不對機宜之法乎是又不通也又救曰彼言通者非通他世界也或但通此娑婆深淺位人均可修之而言別者但局初心也答曰若依此方論通則仍是耳門良以如來密指耳根爲十方薄伽梵一路涅槃門文殊明選耳門亦云此是微塵佛一路涅槃門下復顯其三世如來通修之法又揀諸門云非是常修學淺深同說法反顯耳門乃是通常可修之法淺深同用之門誰謂圓通但局淺位而非深位之所修耶又三觀即通淺位可修是亦初心方便何必又指示於耳門且耳門是深淺通修之法經有明文而三觀通於淺深楞嚴中何文可證耶當知迷性定爲止觀而輕圓通爲淺修者皆此等判辭以爲迷根矣痛宜刮洗之然復有兩種不分辯一者說理說行不分辨蓋如來破妄心指妙見四科明性常住七大顯性周圓又十惑三續之本虛四義四相之元妙如是乃至圓彰三藏是皆但以談吾心本具之妙理而實未及開行門立觀法也何諸註競判三止觀耶然則理性與觀行尚無分辯安望其發經幽指哉二者教悟教修不分辯蓋凡理性不明解悟未發則方與種種斷疑重重啓悟頗費巧辯委曲誘引而當機方且半疑半信忽悟忽迷又且轉辯轉深愈窮愈妙直至四卷半文此理方得圓明初成解悟是則以上經文方以教其解悟而實未及張設觀門教其進修註家何敢擅專亂指觀

門令其修習乎且佛意必待圓解既開正信已定當機自請修進之門方以別指耳門爲入此理之妙門仍更推選叮囑戒其不可雜修諸餘方便令何於未指耳門之前亂立三觀以雜亂人心耶若此而不謂之公抗佛言謬傳佛旨吾不信矣譬如國王將有事於東征遣一使臣宣傳勑命召令諸將聚集闕下聽候指示廟筭神謀以決東征之勝使臣妄傳諸將即時起行速往西征久之王問使臣諸將何以不至使臣對以彼日傳命即令速往西征久矣王大震怒深怪使臣錯傳所命此亦如是佛欲專令行人修耳根圓通如王將有事於東征也乃先開其妙解令悟本理以爲圓通入處如王先欲宣示廟筭神謀決東征之勝註家於未說圓通之前輙立三觀

令其修習如使臣妄傳所命令其速往西征也由是觀之其爲錯誤妄傳也必矣大抵既釋佛經即宜確尊佛語佛本不曾顯立觀門令人修習何緣妄爲指授更不關疑耶客曰諸師剖判三觀亦惟據已見得此處可爲空觀即判爲空觀等亦如王索先陀智臣了達奉之不錯何必如來顯言止觀而後爲觀耶答審如是則是佛雖不曾顯立而實意含諸師智臣能了達之今請不必諍此意是否但問此之三觀當在何時修耶爲復預於圓通前修耶正當圓通中修耶更於圓通後修耶若於圓通前修則前文即是修道何判見道又三觀應是初心方便圓通當是深心何圓通又名初心方便若復正當圓通中修則聞性本取其體無分別但一反聞單刀直入故

首廢六識不用覺觀思惟偈云覺觀出思惟身心不能及今若加以三觀則依舊思惟覺觀安能離於六識然則如來首破六識是不當也若於圓通後修則其謬當如前深淺位中所辯是則三時既皆無有用處何得誣佛意中有同天台之三觀耶又彼智臣眞解王意不差不謬則王當更無改令即應佛於後文請修之時惟指前文三觀令修何必別說反聞爲修法耶今既別說而不用三觀足驗前但開示性具理體非含三觀而諸師豈眞輪王之智臣哉客曰既全談性具之理而非談三觀如來何故自呼爲奢摩他而又明其是微密觀照耶答我非撥其畢竟不是止觀以阿難原本問定而如來原本答定則夫止觀定慧何違於經但此中說定說觀名似同

於常途而義實逈別天台三觀實非其類故今反復但明其不是天台止觀而已非並其本定本觀而總非之也良以奢摩他微密觀照若以天台觀意會釋則甚爲障隔經之本旨請申明之一者以修障性蓋經初三卷半文佛本發揮性定而諸註竟以天台修意會釋之則何能使人頓領性定而識取本有家珍耶客曰天台三觀專明性具圓理極斥權乘偏漸何言其屬權宗而全墮修成耶吾未之聞也答我亦非是斥天台爲權乘而責其偏墮於修成蓋此師於如來禪中亦比他家殊勝所說觀門義亦圓妙雅合性宗但較之今經旨趣逈別良以台宗三諦三觀三止敵體相對而立至於本具理體全在三諦境中而三止三觀但是依性所修之定非即說性

爲定也今經最初三卷半文發揮自性本具圓融不動之體即是奢摩他定而領悟照見於此者即是微密觀照故此中語解語悟則誠有之而修習全未涉也今註家鹵莽不加研究而竟以修習止觀之意判之則學者何由而知其爲性定哉客曰承斯指示研味經文是誠說性而未說修然則三如來藏作天台之三諦可乎答諦者理也境也若謂爲三諦則猶近之而不甚遠以諦境原擬性具之理而立如人爲父母畫像必相似焉至於三止三觀則是依諦理所起修習功夫如對畫像祭祀恭敬思想今經所示三如來藏乃如父母現在生活本身尚非畫像可以全同至於祭拜思敬有何干涉耶客曰三諦固說性具之理三如來藏亦說性具之理何得三諦但如畫像而三如來藏便如本身耶答予如不達此意則孤負楞嚴多矣夫三諦但是大師爲行人懸擬自心微妙圓融之相立眞立俗立中而體會須用三觀三止想像思修久久方到不思議境是其初門若離六識覺觀思惟莫可措心也今三如來藏全不同此以其的實本體即是衆生現前六根中見色聞聲無分别體故佛最初開示首先破除六識不用一切思惟懸想之心次乃即於現前眼根中竪指伸拳覿面指出朗然湛然無分别見性爲心又復曲指飛光顯其本不動等皆是令其當面親見自心故阿難初悟自敘如失乳兒復見慈母豈不同於父母現在親身相見何勞畫像思想哉若捨父母現身不行禮敬反拜畫像是大顚倒是則以三如來藏

爲三諦尚猶不可何況迷爲三止觀乎客曰三如來藏是展轉入於深妙圓融之極理何得言最初所示見性即是其體乎予笑曰子之迷根其在是乎諸師正由高推後之藏心而不達其即前初示見根等性體無有二直謂離根性而別有所以修時更不用根性却擬藏性立三諦而起三觀以爲圓妙不知依舊落於識心覺觀思惟之境失盡經旨孤負佛心今請以喻明之譬如金獅子被泥所塗金體全隱忽有智者欲以金體顯示於人將其眼睛擦透露出金色則人莫不喜躍更求擦之由是漸次大開全體光明熾然照耀然終與初擦眼金無有異色亦無異體由斯喻以詳經旨炳然可見則知三如來藏雖極開顯圓融全體大用其與初顯根中見性安有二體特以言不頓彰取次發揮從微至著亦如擦金然也又當知見聞等性但是藏心之偏名而實無偏體如祖師直指人心亦曰在眼曰見在耳曰聞確然是斯旨也故佛答請修教其旋倒聞根所聞根性即是三如來藏性豈有異體耶客曰若是則三諦尚非三觀有何交涉而梵僧何以預傳斯經同於天台三觀答此有兩意推度一者西天東土人智昏明亦多彷彿焉知梵僧不惑於似是而非耶二者彼或但謂畧同天台三諦則其言非謬豈必謂其全同三觀乎特是後人承虛接響而謬成三觀耳非梵僧之過也客曰阿難問成佛妙定佛答必是圓定則奢摩他三摩禪那須是舉一即三言三即一方始爲圓今何三名各開安得爲圓定耶答舊見溺人原

本非淺何怪子之深惑耶良以前人性修旣不能分而竪謂決同天台三觀又見斯定亦有三名更不研審甄别其文其義爲同與否但見一名輙補爲三强謂舉一即三言三即一秖欲附會台宗圓妙之像而已跡此而論不但不知斯定所以爲圓之本旨而台宗應亦未通達也葢台宗三觀要如摩醯天眼不縱不横方始爲圓葢三皆頓具而無前後故非縱三皆互攝而不並列故非横今處處兼齊不明統攝全墮於横是則台宗尚未徹知安望其明斯經旨耶且台宗中三觀舉一即三言三即一乃大師親口自説非假傍人註釋今據如來親口並不曾説奢摩他等三名有斯義焉是皆後人不達斯定圓旨全不係於三名互具妄擬台定而立斯見也客曰斯定取何意爲圓極耶答三如來藏顯然明白先由次第開顯後乃統示圓彰皆其性本具足非由修習而然若就此而明其舉一即三言三即一非縱非横極爲允當而圓融極旨亦未有過於此者何得捨斯義而謬取三名兼具爲圓耶客曰的據佛心約何義而立三名乎答麤據問處三名似乎無異衆典尅求答處三義自見宛爾逈殊當知如來約取大定者初中後三時而立此三名耳謂約最初開解本具性定爲奢摩他約中間入此性定爲三摩提約最後住持修證性定爲禪那客曰定之圓旨旣惟在於三如來藏今經奢摩他中獨有三藏應惟奢摩他獨具圓意後二名中無有三藏後應不圓答諸家之解前後不相通者正同子之所惑將謂後之所談全

非前之所示不知奢摩中是教悟此本有三如來藏三摩提中是教入此本有二如來藏禪那中是教住持修證此本有三如來藏始終通一藏性豈前有而後無耶若後之所入所證非前藏性則入證之前何勞廣陳藏性而解悟之後所入所證更是何性乎大抵舊之解家於經後分多不顧前如談三藏已早不達其即前初示之根性及說圓通何曾明其但入藏性及陳諸位又豈知其牒圓通而修證藏性乎不思阿難既以華屋喻前藏性則圓通所以進華屋之門而五十五位所以升華屋之堂而入華屋之室也豈離前華屋而他有所適哉是則始終既惟一藏性則始終惟一圓融性定而已何謂前圓而後不圓乎辯不相應已竟二者多種不決定迷此復有二一者破識不決定夫一大時教權實攸分全係於用識與不用識也正以衆生背涅槃而永沉生死全由身心二皆錯認故圓覺云妄認五蘊四大以爲身相緣塵分別以爲心相是雖二皆錯誤然身之錯認人或易曉心之錯認人所難知故六識非心豈惟界内人天所不覺知雖出世二乘亦未了達至於權教菩薩雖知别有賴耶而所取以爲觀慧之體者亦不能外此六識所謂以生滅心爲本修因終不能取常住果是以權教極果但齊圓之二行故斯楞嚴妙旨豈惟深處難信難解即此最初破識一節即展轉猶豫不能成決定信展轉迷混不能成分明解也客曰習楞嚴者誰不知其最初破識何有難信難解之相答子若深信明解何不覺舊註之非

曰請示之曰如佛問阿難最初緣何發心而阿難答以緣佛相好發心是佛但欲取其緣相之識破其非心而已非責其不當執相好爲實有也舊註輒斷之曰見相實有生滅宛然緣此發心安趨常果此若是佛本意則佛向下即當破三十二相不是如來仍戒不當執爲實有不當緣此發心此註方爲不謬今向下了無此意豈非大錯又引後文以生滅心爲因不獲常果證之不知彼文正惟斥乎用識之非豈是責其執相之過是其前後總迷盡將破識之旨轉爲破相之宗豈非迷混何曾朗解破識非心之正意乎會解列此註於前而亦不言其非後乃補曰阿難見相乃緣塵分別之見其所發心即妄想攀緣之心後文七徵八辯重重逐破者此也夫既知破

心便非破相何又並取破相之註乎是雖似知而亦未的故爲是兩岐之不決也豈非猶豫而未成真信乎且又不當將前在面之眼誤濫後之見性而謂八還辯見亦同七徵逐破且又將見性坐以緣塵分別之名却不知緣塵分別獨識有之而佛所顯見性乃白淨無記並無緣塵分別之用如佛云但如鏡中無別分析是也此皆法相不明混濫之極差錯非小無暇並明今且明不知破識之故舊註又曰阿難厭多聞而欣妙定如來欲談是義先詰妄緣故問發心見相之由爲止散入寂之本若觀先詰妄緣似知破識而未言爲止散入寂之本則亦知之未的也良以如來破識非徒止其緣境散心入於寂定而已其曰縱滅一切見聞覺知內守幽閒猶爲法塵

分别影事又曰諸修學人現前雖成九次第定不得漏盡成阿羅漢皆由執此妄想誤爲真實是豈但以止散入寂爲是乎當知佛意要明此識不論散亂寂定全不是心但是塵影無自體性欲修奢摩等最初要須捨盡此心而不用然佛所以必取發心出家之識而破之者别有深故自古未明良以此識勝善劣惡之用最多破劣惡則必留勝善破勝善豈復存於劣惡哉且此識勝善之用畧有五種一者缘佛色相心二者缘佛聲教心三者聞法領悟心四者止散入寂心五者界外取證心此等勝善識心佛於斯經總皆破盡故此首破出家所發之心者即破第一缘佛色相心也下文云如汝今者承聽我法此則因聲而有分别即破第二缘佛聲教心也又下文阿難不捨悟佛現説法音佛告此法亦缘乃至缘聲之心離聲無性即破第三聞法領悟心也又下文云縱滅一切見聞乃至猶爲分别影事即破第四止散入寂心也又下文云現前雖成九次第定乃至皆由執此誤爲真實即破第五界外取證心也此五尚皆破除而其他劣惡者安有遺餘哉然此更要知佛破意不是爲此五用有過差處而破之也蓋五用仍是勝善功德有何過差但人認此發用之識爲真實本心方爲大過以無邊生死皆爲錯認此識爲心故也觀佛呵云咄阿難此非汝心此是前塵虚妄相想乃至認賊爲子故受輪轉方是如來破之本意但所以必帶五用而破之者有二意一者離用則識無相從何施破二者五用是此識勝善功能

恐人重此功能遂執悋此識不能捨盡故但從此五施破此而不悋則妄識捨盡無餘矣以是意甚深難識故舊註不達見佛首從見相發心破之便向發心處求覔過差而云見相實有等豈知破意不在執相爲有但在執識爲心耳是則佛本決定分明全分破除此心無毫髮姑息遲留之意其柰衆生無始劫來執爲己心除此更不知其別有真心極爲難捨雖以如來極力破奪猶不能生決定信成決定捨而往復狐疑執悋猶豫者紛紛皆是其他不足爲恠至於楞嚴解主以著述之才積禪講之習發心會解何止三二十年到此見佛破得此心太甚反乃救之曰原夫妄無自性全體即真所謂破無所破無明即明乃至世尊前云衆生不知真心用諸妄想今云執此妄想誤爲真實然則妄想果非真心耶當知法無得失迷悟在人若利根惑薄者了達妄想之體直下便是真心等此一段言語縱有理據不應此處發之置之此處壞盡楞嚴旨趣以衆生到此正當執悋狐疑方揺未穩之際那堪復聞雪上加霜之語引人多少猶豫長人多少迷情蓋如來從經初費了許多氣力七番破其無處覰而呵爲非心極力表其無體今乃公抗出其全體又言便是真心豈不令人依舊成決是真心之見乎且阿難往復强騰疑辯到此方纔得箇默然自失將有撒手放捨消息末世伶俐衆生聞經到此亦同此意若聞此語寧不依然把住不肯撒手將謂如來破斥亦是假意此識元來即是真心凡遇順經言破斥者便以此言遮

救豈但不成決定捨將復還成決定執矣寧不壞盡如來之本意乎客曰識心若果全妄畢竟當破後經四科七大何又許其同是如來藏心答天如疑根正在於此良由方便平等二門未通達也方便者決擇意也平等者普融意也經初破識全妄而戒其勿用者方便門決擇意也經後許識亦真而同稱藏性者平等門普融意也順佛旨而不失其序則二門可互相資違佛旨而矯拂雜亂則二門乃互相背客曰何謂順旨則互相資答識雖藏心而爲生死根本不破除則錯亂修習蒸沙作飯故破除所以爲入圓方便又識雖妄本豈外唯心所現不融入則心外有法聖性不通故融入所以令方便不泥斯則前後皆但順奉佛言各成妙旨豈不互相資乎客曰何謂違旨則互相背答如佛正當決擇之時則取後平實之意以抗之曰同爲藏心豈果是妄何必破除則妄本堅而真修永塞矣准此則至後如來融入之時亦可取前方便之意以抗之曰生死根本豈真藏心何必普收則方便泥而圓旨永隔矣是則撥佛前後妙旨全成自語相違豈不互相背乎當知平等普融收法須盡方便決擇取捨須嚴後之普收初不礙於前之破斥豈可因後疑前而不決定依佛破斥乎若必執後藏心而疑前非決定破則水火二大亦是藏心崇水事火者即應非決定外道豈可修楞嚴者亦許其崇氷事火耶是則水火雖藏心而崇之事之決墮於邪見而不成正覺固決定當破斥也亦猶六識雖藏心而用之修之決滯於生死而

不成菩提亦決定當破斥也子何惑乎客曰識雖藏心修終不用後經身子等何復依之成六種圓通乎答此亦諸家蓄疑之一端也旣經文殊揀除何勞更問如其不了可尋後偈文及彼處疏文研之無不明矣二者顯見不決定蓋破識之後佛本顯見爲心而舊註皆云前文已破妄心此下乃破妄見以顯爲破此非小迷故須辯之夫如來旣破阿難素所堅執之識以爲非心則阿難却問如來何者是寂常妙明之心而如來此時要須有箇是心的還他方纔了事不然即當索之無休何緣又起破斥且他將舊執一時放下單單索要那箇是心却破他箇甚麽若說此時該破則是連問答說話的次序也不知道安能發揮佛意且佛本於眼根中指與他一段見性表其有眼無眼或明或暗其體恒存即靈光獨耀逈脫根塵不同前心離塵便無自體末後又申其正義而判定云是心非眼以衆生平日只知此見是眼不知是心所謂迷已爲物如來斬新指出向他道你問何者是心此之見性即是汝心你如何一向只作眼解不解是心你從今當知此見是心非是眼也夫前破彼識非心今顯此見是心一非一是敵體相番一破一顯詞旨灼異極爲分明順暢亦是問答相應自然語勢何故千有餘年諸師齊言此處是破妄見且凡有破因有執也如前識心因人知之分明執之堅固故方種種破斥奪其固執今此見性阿難示同聾聞平日並不知此見是心誰生執着却破他箇甚麽甚無謂也此方於根中指出見體合

下共有十大段文極顯見性不動不滅不還等如來真慈只要當機者捨前所執妄識取此新顯見性而執持之認爲真實本心蓋惟恐其不肯執持豈有破意哉請觀下文阿難尚猶重重不肯認取一則曰云何得知是我真性一則曰見必我真我今身心復是何物一則曰與先梵志冥諦真我有何差別此等疑情番復不定如來方與重重決疑重重顯妙責其不領勸其執認之不暇尚敢少加破斥哉如是展轉十番俱是顯示見性之意而諸註總皆迷爲破見而云下文七徵八辯重重逐破者此也又且詳辯先破妄心後破妄見之故出其三義其一謂心是妄元復是人執之本須先破之而不知人執之本在於第七今破前六與彼何干其二謂心屬王數通

乎三性故在前破見惟眼根但屬無記故在後破此已似將如來所顯見精迷指浮塵色法故反劣於六識心王不知如來所顯根中妙性乃陀那細識即如來藏心豈反劣於六識哉近見書冊本中復將眼根誤成眼識若是識字過犯無邊蒙昧者尚不知其爲誤亦可嘆哉其三謂今破妄見則引盲人矚暗等以彰見性不滅乃至舉手飛光皆顯性無搖動此意似謂妄見與見性爲二法於妄見則破之於見性則彰其不滅顯其不動細察如來於盲人矚暗章中只是於眼根中指出見性而明其於眼根及明暗了不相干全體是心而已更無二法將指那一句是說妄見爲當破那一句是說見性別爲勝法而當彰顯乎既謂矚暗飛光皆是顯見則盡其文而皆

顯意矣更取何處爲破見乎且不動既是顯見則不滅不還等八大科文皆是顯見而補註憑何又將八還辨見類同七徵逐破之文乎將恐其意即以顯爲破耶然破如彈劾奸耶顯如舉薦賢德世間豈有舉薦即是彈劾者乎通上三義觀之則其法相不明破顯混濫謬亂顯然有何難見似此註文前後極多不勝其辯見解如此安望其發明楞嚴之奧旨乎然則斯經受屈久矣故不得不畧明也詳其致惑之由其畧有四一者破識之初因雙徵心目遂謂佛意並破心目上既破心次當破目而謂目即見故因佛舉拳類見遂言從此皆是破見也二者佛引盲人矚暗發明見不是眼恰似破目遂謂此是破見無疑三者佛將顯見無還而先抑揚之云此見雖非妙精明心如第二月非是月影夫初聞雖非妙心便即不敢認見爲心又聞如第二月逐疑此見全妄將謂此見之外別有真心借見顯之而已因是遂有心見互顯正顯在心之說四者十番顯見之後佛釋見見非見之迷問首言輪迴世間皆由二種妄見遂謂此見全體皆妄且並將前十番顯見是心之文皆總判爲破妄見而言同於七徵種種逐破矣諸師因此四惑橫於胸中遂皆齊於舉拳類見章中總皆標爲破斥妄見標雖標定及至逐文詳釋又見分明皆是顯見妙處却又順佛釋爲顯見遂令學者觀其標處全是破見看其釋處却是顯見而標釋全不相應破顯兩無決定又據註則心見死有二法考文則心見本不曾分此四惑乃千載不決之疑根

今試與拔之其一破識而乃心目雙徵者非欲心目並破也欲得其所執心處而破之恐因心不可見而生逃遯故帶目之可見有定在者以例顯之令決說出心之定在如目在面而已觀佛詰問云惟心與目今何所在阿難結答云浮根四塵秖在我面如是識心實居身內由是如來既得心所在處遂破心不在內等更不提目可見但是帶言例顯本無並破之意如必執言目當與心相次而破則前言識在身內即破不在身內前言目在面上亦應破其不在面上然文中固無此言而亦豈有此理乎是則本此而爲破見之由者決是差誤無疑也其二佛引盲人矚暗但顯眼無而見不曾無足知見不是眼既不是眼便乃是心所以酧當機索要妙明心也非以破眼爲正意譬如珠在囊中光透於外愚者謂囊之光棄而不取智者爲其倒囊顯珠令取勿棄是其正意惟在顯珠豈在破囊無光哉囊如眼光如見而珠如心思之可見是則但顯見性非爲破眼而因之以成破見之惑者是又一差誤矣其三佛言此見雖非妙精明心如第二月非是月影此之語意元非貶詞乃小抑大揚勸人認取勿棄之意也其言雖非妙精明心小抑之也蓋上文既已呼爲見精明元則是精明二字已自現具良以體極微細故曰精用常湛靈故曰明但以體中尚帶二種顛倒見妄不曾破除精明未妙故言雖非妙精明也是惟表其已具精明而但欠一妙畧以抑之非深貶之也然小抑之意明其認取之後尚當除妄以使精明進極於

妙而已非舍此而別有妙精明也下言如第二月非是月影者隨即大揚之也蓋第二月非離月體但惟被揑似影而已非如第三水月真是虛影而非實體矣此更仍表大勝前來識心以彼正同水月虛而非實爾是則喻中月無異體揑之則爲第二月放之則爲第一月非有一體一影之差法中心無異體帶妄則爲見精明元除妄則爲妙精明心亦無一實一虛之別蓋極令認取而勿疑也如此領會方得如來真實語意以令方欲阿難等認取此見爲心故也諸師不達此意纔見雖非字而便與種種明其是妄似乎離此更別有真所以舊註迷真爲妄迷顯爲破且又言因見顯心雖心見互顯而正顯在心究然迷一體爲二體矣其四佛明二種見妄者以根中見性即黎耶體而本經呼爲陀那細識楞伽言即如來藏心以其真妄和合一切淺智或迷爲非真或迷爲純真故佛常不開演今經以無遮大悲引權入實始而憫衆生迷此性之非真也乃於破識之後極力十番顯其爲真令其認取領荷勿孤負也終而恐衆生迷此性爲純真也却於顯真之後畧出二妄示其非真令其覺悟破除勿眠伏也是則先顯其真既不令其迷真爲妄後除其妄又不令其執妄爲真斯可真與非真二迷雙脫而後之破除初不礙於前之顯示夫何舊註因其後之畧破遂以昧其前之極顯而總以判爲破妄見是畢竟墮於非真之迷而辜負已靈甚矣豈非又一大錯哉是則諸師千載於一見性或標釋兩不相同或心見析爲二體

遂令破顯無定而真妄難憑者皆由此四惑以爲根柢今既各明其故而疑根已拔則顯見爲心之旨庶可以決定無疑哉總上方知破識破盡決定是妄顯根顯極決定是真非有猶豫兩持不決之意然猶未知此與奢摩他等有何干涉乎要須說出此意方是破識顯根之故然前於問答迷中奢摩他内已畧出之今復重申正以妙奢摩等惟明自性本有定體而識無本定爭奈當機堅執故須破盡令捨之也根具本定爭奈當機全迷故須極顯令取之也仍更當知用識用根乃權實之所由分蓋迷識爲心更別無心即是權教覺識非心别有真心即是實教問權實之分有多因緣豈獨係於用識用根之别哉答權實之分縱有多緣而心爲其總心是則無所

不是心非則無所不非且衆生從無始來將全法界性海迷成識海又轉識海而生七浪即前七轉識也於前七中動身發語惟是第六故凡夫小乘豈但迷性海識海而兩皆不知亦且於前七轉識中上不知有第七下不知辨前五惟計第六爲自心相故佛出世間豈不直欲人人皆悟前七非真而直窮識海以還復性海耶其奈衆生從迷積迷以歷塵刼則不可頓覺之也故華嚴會上直談緣起即是性起正明識海即是性海而二乘在座如盲如聾况凡夫乎佛亦無可奈何直得俯就機宜從實施權且不改其錯認之心將錯就錯於人天小乘教中但立六識爲心故小乘七十五法中心法惟一也然此心之用畧分有五一惡二善三不動四小果五大因故

佛於不能頓悟性海之人但就此心差别之用漸次轉之從劣向勝一者說人乘及欲界天乘且轉此心之惡令遷於善俾其離三塗苦得人天樂二者說上二界天乘且轉此心之散動令歸不動俾其離下界劣福報得上界增上福報三者說聲聞緣覺乘且轉此心之着有令悟入空理俾其離三有障證界外小果四者立始教大乘且轉此心愛念小乘令廻向大俾其捨小果成大因以權教大乘定慧之體仍用六識所謂以生滅心爲本修因雖轉賴耶終無實果也故自阿含以後般若以前皆權用此識爲心乃總屬於權而一切非實所謂心非而無所不非也直至法華會上方總廢前權乘而立一實教然當改革之初頗費斷疑生信之力不暇細論權實二心但且除其三乘之名廢其權許之果而已斯經在法華之後大疑已銷正信已定却當改其權乘心行而授以圓實心要法華云今所應作惟佛智慧是也故今經最初破識心者改權乘心行也顯見性者授圓實心要也舊註於破識處公然救起則永固權乘心行於顯見處迷爲破見則塞絶圓實心宗破顯雙迷而斯經妙旨全成靄昧然則衆生決定正信何由而成分明道眼何自而開耶此新疏不得已而作也此意更合後畢竟廢立科觀之而義無不盡矣然又當知所顯根性即是識海本不異於性海而但帶無明如二月被揑衆生捨此無由見性故此顯示根性非但只爲經初要義而全經始終皆以此爲要義故開示時從眼根而開修入時從耳根而

入諸佛異口同說生死輪轉解脫涅槃同是六根更非他物偈中結云陀那微細識習氣成瀑流真非真恐迷我常不開演夫陀那即業識别名然則根中妙性豈麤淺之法哉第以微細之真體和合瀑流之妄習若欲開演既須顯其真又須破其非真而淺智聞之必成狐疑錯亂難悟易迷故寧常不開演也今經爲引權入實不得已而一開演之其初十番極顯其真其次二見畧破其非真果然諸註不達全迷顯真而總標破妄破顯既以無定真妄竟以難憑於見於心一異莫決竟皆墮於非真之迷而卒不敢領見爲心矣聖言懸記豈有毫髮之虛設哉

大佛頂首楞嚴經正脉卷第三

音釋

揲（達協切音牒）　劾（胡槩切推劾也）　柢（典禮切音邸）

大佛頂首楞嚴經正脉卷第四

懸示之二

三者結畧指廣夫經初畧以舉上二迷實經旨中最大關要尚皆未明其餘節節巨細差殊豈能盡舉疏中於是非易了者默密改正不復對辯具眼者涇渭自分亦有是非淆亂不容隱默者辯正現於疏中畧其大節如垂手倒正之訛五重結歸之謬進退合明之錯不歷僧祗之疑忽生相續之無分三細六麤之倒亂四義三藏之無歸二決定義未達不出前二根本别索結元豈知即是不領六根知見二字非惟不直釋爲六根而註文空有眞妄之偏墮偈文則眞妄空有之俱非豈有長行偈頌之照應哉六解一亡與舒結倫次非惟分答不明而佛言有次註言無次不達豎論非横豈有經文註文之一肯哉二十四聖謬分大小二十四門横執淺深耳根聞性非惟不知即前三藏之心而三空六結悉未明也三決定義但了戒詳而不知道場定慧即耳根圓通也衆生顛倒不知由見思而結業爲因也世界顛倒不知自遠塵而迫近成果也亦是由離知而合着成苦也三種漸次不知但加戒而仍是圓通住前十心妄撥孤山註而謬非初住仍未了十心即五根五力十住全生入佛家十行不出六度十向豈越三處四加乃心佛之即非十地但理性之顯發凡此悉不與舊解雷同皆其大段總意其餘科斷之差殊字句之别異殆不可盡述是在智者之疎觀而必無遺照矣當知重疏之作端爲惜佛旨之蓁蕪愍後學之蔽塞深有

不忍秘吝所知而竟負佛恩之加被故不避譏誚而重製斯疏焉非敢沽名長慢强倒是非以自貽生死之長患也所冀知音冥契心一見同者願相印證而高智異見不盡投合者幸教示之勿吝爾申已解由已竟二法古提綱者法古人之程式提經中之大綱也詳夫如來五時設教藏乘所收有無量差别法門無量差别因緣乃至理趣淺深機宜利鈍等種種不同今釋斯經若不解前懸判分明則如上諸事鮮不迷惑是故解家於經前懸敘乃一定法則也然準古諸師多於解前作十門分别序次名目亦多相似而不無小異故兹列數雖遵於古而序目實不盡同亦各隨所見而已一確定説時二藏乘分攝三因緣所爲四義理分劑五教所被機六能詮教

體七宗趣通别八科判援引九通釋名題十别解文義今初確定説時者良由諸師因一二别典所傳事迹稍不投合遂於斯經異説紛然判時不定既説時未定則權實難分而因緣所起及藏教收攝等悉不可定故今首以定説時也説時既定則權實攸分而諸門判屬皆無猶豫矣夫凡時懸曠古地隔遐方者其事迹多不可以考定如此方上古今世殊邦訛傳交互不可考據之事何限况西天佛世時與地皆懸隔之甚而欲於參差不備之梵文以求考據之眞不亦難哉故事迹有不合者擲之不必泥也至於聖經本文密籍威靈外資賢哲譯潘祥備文義皎然若但據此以甄分權實量定説時無不可以意得者奚可以一匿王父子爲難哉今據經中明文

了義阿難以二乘求成佛道滿慈以羅漢歇即菩提十二類生與六十聖位敵體相番初無五性分半之拘限而顧有疑其在法華前以至下淪於方等般若者則是法華以前小乘已無化城之滯異生皆許成佛及至說法華時復有何權可開何實可顯哉況顯言耶輸陀羅已嘗授記若非法華在前與之授記復是何時與之授記耶又出現惟爲知見惟佛究盡實相法華已前聲聞未嘗與說也斯經實相三出知見四稱若在法華之前則是前此已向聲聞屢說法華何謂聞所未聞乎凡此文義炳著是可見其在法華之後無疑矣而智圓諸師判在法華涅槃之間當必見同於此安可以區區事迹而妄非之哉或曰法華但爲會融一類執權迷實之二乘而已故全是二乘當機非謂法華以前絕無大乘實義之教如淨名勝鬘般若等經皆談佛性眞常之理俱在法華之前安知楞嚴不是此類故諸師判爲方等般若亦非無見而然也子何必非之而定判爲法華之後乎答法華以前雖不無實教而實未面許聲聞修大作佛故聲聞非但未敢公請修佛而如來亦不與之顯說眞要以是菩薩屢騰敗種之譏二乘每抱絕分之痛是則方等般若實雖具而權未開也直至法華方許進修普成佛道而身子等敘昔未聞之意在文可考今斯經同法華全以聲聞當機故慶喜滿慈所請者皆圓實之妙門而如來菩薩所演者悉成佛之眞要方等般若中安有如是問答若強判於法華之前則是先已開許聲聞捨擲小乘修

習佛道至法華而身子何言但教菩薩不爲我等說斯眞要失於如來無量知見甚自感傷又自從事佛來未聞如是說是皆何所爲而云然乎縱令巧言曲救終難銷會耶輸授記之時然則斯經決定法華之後始於上之諸義爲不乖背學者幸勿多疑但依智圓諸師所判爲正問匿王父子雖不足泥但經初匿王現在而經尾琉璃已墮斯經一期何太時長宜其衆疑不決幸勿擲之一爲剖析以援疑根焉答古德已言經非一會前後異時結集收之類爲一聚自足斷疑何勞多問況法華涅槃中間八年之久何事不變且匿王垂老豈當佛之早年須在法華之後更後七八年間琉璃逆事何不可畢但判經兩會不曾的指其處今疑當在結經之後阿難請談七趣如來自說五魔之處全似後會別說以前大定三名連答經之五號結終文勢連環豈可中斷至於七趣五魔自是經外別義若齊此另爲一會文固判然可見而匿王父子之疑亦渙然冰釋矣二藏乘分彌者良以說時既在法華之後則醍醐上味越彼二酥而藏教所歸有何難辯然古德謂三藏確論所詮從正而不從兼取多分而不取少分則經詮定學律詮戒學論詮慧學而斯經多談大定正詮定學雖有少分起行之戒論議之慧是但所兼而非正也故知斯經三藏之中修多羅攝至於二藏定屬菩薩而不屬聲聞以當機所請純是菩薩行也又雖兼說咒心名標灌頂而啓悟修證顯文較密過數十倍亦但以密助顯而已非秘藏所收也若此攝彼

皆可傍兼兼餘可知而聲聞亦兼者以不廢聲聞戒及小果名故乘攝則正惟同教一乘而兼屬別教一乘若此攝彼則三五俱該如四重三漸乃至七趣因果俱彰尚不遺人天何況餘乘十二分中長水謂契經方廣二分所攝攝彼如前此中藏攝擬於起信而乘分法於璿師三因緣所爲者現見世間凡舉一事必有所爲因緣況佛大教豈無所爲而然耶古德謂須彌山王非小因緣之所能動亦非少因緣之所能動佛所說經亦復如是準清涼解華嚴因緣各有十科詳其所開之緣大同六種成就等意斯則入經自解今不更開長水所著本經因緣有總有別別中多遵賢首斯解總雖同彼而別則多殊今夫總者謂佛諸教總爲酬因酬請顯理度生所顯之理即佛知見衆生等有迷不自知故淪生死佛於因中悟此發願成佛普示故今五時諸教雖言有權實顯有遲速而意中所主惟爲此一大事因緣故此爲諸教總因緣也別亦有十一者畢竟廢立故二者的指知見故三者發揮實相故四者改無常見故五者引入佛慧故六者示眞實定故七者直指人心故八者雙示二門故九者極勸實證故十者嚴護邪思故應知此之十門迥不同於長水義海中舊所立因緣今初畢竟廢立者以法華雖曰廢權亦但廢其三乘之名及所許之果相明其無三無果而已立實者亦但明其惟有一乘而普許修佛成佛無復分半之拘限其曰汝等皆是菩薩亦惟授以大乘名字而已是則三乘之心行未改則非畢竟廢權一

乘之心要未授則非畢竟立實也正由四十年來已定之說一旦更張人心慌越疑網重重且與破裂稍得信領便且極力苦勸流通以定其志故彼經不暇細除心行及别授心要也直至斯經方與畢竟終其廢立之實焉良以權實雖有多種差别而所用之心以爲本修因者乃其差别之要也故斯經初中後重重與之判決權實二種行人所用之心大有不同令其決定捨權取實如最初判云一切衆生生死相續皆由不知常住眞心用諸妄想是則一切衆生竝該權小生死相續變易同倫故知妄想者權人所用之心也常住眞心者實人所用之心也此猶隱畧須待釋明至後剖判二種根本乃大分明不勞補釋文云一切衆生業種自然諸修行人不成無上菩提乃至别成權小魔外皆由不知二種根本錯亂修習猶如煑沙作飯塵劫無成一者生死根本即汝今用攀緣心爲自性者二者菩提涅槃元清淨體則汝今識精元明能生諸緣緣所遺者向下所破識心令其捨之者斥妄根本也指與根性令其用之者授眞根本也惜舊註於眞根本全不達其即下所指與之見精以舊註齊指見處皆誤判爲破妄見故也詳究如來剖判語意則知一切權人之所以爲權者由其錯用識心爲本修因也若不斥之令捨則令法華徒廢權之名字而心行不改依舊蒸沙作飯豈畢竟廢之耶實人之所以爲實者由其能用根性爲本修因也若不授之令用則令法華徒立實之名字而常心不用依舊終無實果豈畢竟立之

耶至三摩提中二決定義依舊將前二本應擇去者決定去之應取用者決定用之而已但第一決定即兼去妄用眞二義其所辯生滅心不可以爲本修因者即前攀緣識心況下明言先擇生死根本即去妄本也而於前名字絲毫未改舊註不能畧照佛言輙取近文釋爲五濁葉用又其令依不生滅圓湛之性即用眞本也而舊註又别釋爲三止覊全與前文無干遂令悟修不成一貫而後學永迷也至於第二決定但令決用眞本而加詳爾且下文引諸佛證明識性虛妄猶若空華生死涅槃皆惟根性及至選圓通時畢竟惟用聞根而已是皆所以改權人之心行而授圓實之眞本也當知如來正爲畢竟廢權畢竟立實故說斯經二的指知見者總因緣中雖言諸教皆具而權宗但是隱覆曲談非顯了說法華以後方是顯談其奈開顯之初且但題破名字未暇的實詳指不暇之故前文已說因此解家各隨已意釋之如以三智五眼爲知見則偏就果德爲言而不詳佛開示悟入語意雙舍性具修成兩義古德釋此多惟取義而不曲意尋文茍皆依義而不依文將使聖言但具義無礙而不具辭無礙也烏乎可哉今據經本文云欲令衆生開佛知見使得清淨故欲示衆生佛之知見故欲令衆生悟佛知見故欲令衆生入佛知見道故字義多少句句不同豈可一槩取義自在而更不顧義之所安乎今有私解來哲審之知見二字楞嚴中佛自指明今且伸明諸句不齊之故啓閉曰開佛知見三字應指衆生性具

本有知見即佛知見持業釋也但爲迷倒封閉故開令顯現復加使得清淨四字足顯乃是在迷之體不開未即清淨揀異修成不更使淨也然一開即永離迷倒之封閉是謂清淨矣出告曰示謂出已所有以昭告於人也佛之知見即釋尊與諸佛修證已成果德上之知見依主釋也葢衆生惟有性具知見而未遠修成知見若但開其性具而不示修成則終無究竟故就已修證以示諸佛之知見焉自悟曰悟承上開顯本有而自悟性具之知見也親到曰入知見道者修證果上知見之門路也例如道諦承上告示修成而親到修證境界矣前二在教後二在機一三屬性具而二四屬修成也至於知見惟楞嚴方以的指六根中性是也如五卷諸佛同聲證云

生死涅槃同汝六根更非他物及釋尊自解云知見立知即無明本知見無見斯即涅槃云何是中更容他物是顯然以根性爲知見也但近示初修雖似但惟發端於根性及至漸次開顯到於究竟即是如來藏性非佛知見而何哉若以開示悟入而考斯經從初發明見性至七大徧周令其知眞本有即開啓性具之知見也自問云何忽生答至三種相續令其達妄本空即使得清淨也自辯五大相陵答至三如來藏即告示如來自所修成之知見中間文云我以不滅不生合如來藏乃至於中一爲無量等四交徹意即究竟知見之大用又云如來藏心非一切即一切乃至離即離非三圓融意即究竟知見之全體此文明是如來出已果德以勵衆生由性具

而尅此成功恰合法華欲示衆生佛之知見觀其結云如何三有衆生出世二乘以所知心測度如來無上菩提用世語言入佛知見可驗上文皆是說佛知見也若論悟佛知見單約於機則後别無文不離開示之下前云各各自知心徧十方等後云疑惑銷除心悟實相等皆是也至於入佛知見雖亦約機若連欲令二字讀之兼是教意斯經三摩提之契入禪那之修證皆是欲令衆生入佛知見也葢悟人守悟不依方便從修證門則終不得入故也此是約教論入若約機入則圓通偈終聽衆進証等三位結經名後當機增位於二果是也是則如來知見極於三藏圓融四用交徹究其性具實體秪在衆生六根門頭誠亦難信無怪諸師於指見是心處皆誤釋爲破妄見也佛爲特指如來知見即是衆生根性故說斯經三發揮實相者法華云惟佛與佛乃能究盡諸法實相而亦未及顯彰何爲實相雖歷舉相性體力作因緣果報本末究竟等此亦但是盡舉諸法差別之相渾以如是標之其旨隱而未彰天台變文釋爲三諦圓融自是解家之意非佛自所發明今經三番明標實相顯發無遺一者於二種顛倒見妄之先首責聲聞不達實相足知向下剖開妄見所出眞見乃至陰等四科所顯如來藏性是即究諸法實相也二者七大之前許令當來修大乘者通達實相足知向下所明七大藏性清淨本然周徧法界是即究諸法實相也三者於四卷中正答滿慈兼示阿難之後乃結聽衆心悟實相足知上所談者

生續本空性相無礙即究諸法實相矣問此與知見何別又據所引之文既皆取其所顯之性何不即云實性而必曰實相乎答知見實相約心約法爲門各殊當知尅就心性名如來知見約此性體散爲萬物而仍不變其本妙理體亦無隱覆如金雖作器不變不隱故欲見性者當體即見歷然性相雙顯而曰實相表不壞相而見性也如欲覿器金者不勞銷器當體即見而稱寶器表不壞器而見金也是則即相而惟見其有即凡所有相皆是虛妄也若即相而直以見性即凡所有相皆是實相也是則約此性未起爲相應曰實性約此性已起爲相而不變不隱則曰實相至後諸聖七趣五魔雖不明標實相類上而知不出果報本末究竟等實相也佛爲彰此

實相故說此經四改無常見者法華以前佛多示無常者葢緣凡夫於常住眞心中被無明所覆盡皆迷成生滅無常之法身有生死心有去來界有成壞於中受苦無量又爲諸苦逼極就此無常法中强覓常住之處各隨所見妄立涅槃如五現之類間有執斷滅者亦以滅爲常住如七滅之類遭其誤賺升墜無端猶如轉輪佛爲愍此顚倒欲令捨離故說盡三界内悉是無常無樂無我不淨教出三界外别有涅槃乃一期應病之藥作離苦之勝方便而已由是小根者競起厭離爭出三界是雖暫愈斷常之病不免轉藥成病永計三界實有生滅非虛避如火坑怖如牢獄而萬法惟心湛然常住之體轉成隱没沉晦矣是又一顚倒也故法華初轉前心畧爲標

云是法住法位世間相常住近解兩句雷同皆言萬法常住天台舊解是法指一心法正合性空二宗法異眞俗也住法位者凝然住於正位理中所謂本際不動斯則心無去來輪轉之事也世間相即情器二世間相也常住者本無生死及成壞也此雖畧顯身心世界常住之旨而言未廣陳故義非明決及至斯經名題首楞嚴已見總詮一切事究竟堅固之理文中首指見性爲心而備顯不動不滅不失無還等義則心住法位之旨已明到後廣彰五陰六入十二處十八界七大皆即常住妙明不動周圓妙眞如性則世相常住之意亦顯誠所謂徹法底源不動不壞及至指示修門決定義中乃明不離衆生見聞覺知遥契如來常樂我淨究竟眞實大涅槃果是惟斯經始有以全彰眞常眞樂眞我眞淨而盡祛乎無常無樂無我不淨之舊見前之藥病雙除而本來不動之眞際方以歸元而顯現焉經雖顯了分明而實此意甚深難解若當說聽之時說者隨文而說聽者隨文而聽尊佛語故無不欽承實則非巳智分最難得乎眞實領解今試離經開中語於人曰人人有箇眞心常住不滅其餘諸法都是無常其人雖習過楞嚴亦於斯言不生違拒信順而巳殊不知方是法相宗眞妄各體之旨正與楞嚴違反胡爲聽之而不覺耶又若於開中語之曰現前有情肉身無情房舍器皿花柳風雲乃至電光石火一切幻夢暫現之物皆即當體眞常不壞不滅斯則豈惟教外人不信不解雖其習過楞嚴者亦多迷惑不解

進疑不信矣正以此之深旨本難解領小乘
法相聖人尚乃頭迷麤心學人安能極領而
徹解之乎今畧重與曉示須以譬喻而得開
悟然所謂眞心者非世人迷執身中方寸之
心亦非千里萬里東想西想之心亦非禪定
强制之心乃自性本具湛然不動體徧十方
量等虛空明越日月即經初所開顯之見性
此方是眞實常住之心此心譬如一箇極大
鏡子山河大地及肉身房舍等乃至流轉成
壞皆如鏡中之影一往觀之似乎鏡無動揺
生滅影有動揺生滅此即同於法相眞妄各
體之見祖師所謂半生滅半不生滅是也若
能就喻詳觀影無自體體即是鏡鏡不動揺
生滅影豈動揺生滅乎若一靜一動須有二
體今既本無二體而諸影復將何體以成動
揺生滅乎以是義故而知萬法與眞心本無
二體何得眞心常住而萬法不常住乎此法
相所以爲迷倒不了而法華世相常住斯經
一切堅固爲眞實了義也佛爲明此了義而
攸萬法無常之見故説此經五引入佛慧者
華嚴全談佛慧而五濁正熾末堪普授故法
華云我所得智慧微妙最第一衆生諸根鈍
着樂痴所盲如斯之等類云何而可度縁是
二時以來一向施權故法華又云尋念過去
佛所行方便力我今所得道亦應説三乘直
至本經會上方以顯實而今歸佛慧故又云
我即作是念如來所以出爲説佛慧故今正
是其時又云今所應作惟佛智慧又云既知
是息已引入於佛慧雖重言疊舉但是名字
實無列義出體明文天台雖指在華嚴亦但

以三一圓融之義釋之固無不是而其言總畧未盡重玄豈與華嚴相稱適哉今當了簡而後明斯經文義稱適了簡有二一對他二約自對他者普對五時諸教諸經皆佛發明莫非佛慧此意太寛非今確指良以佛教有隨自意有隨他意諸餘權宗皆隨他意偏眞偏俗執邊執中但可謂聲聞慧乃至菩薩慧而已非佛慧也約自者不對聲聞等慧正約佛慧乃有名字義相之分而義相中更有總畧重玄之别今法華經但有名字而義相全未顯現縱天台疏釋但約總畧未盡重玄總畧者即三一圓融之種智重玄者即六相十玄之妙門若取帝心四法界觀理則有三十玄門方以盡法界無障礙智而佛慧始以罄其全體大用所謂微妙第一盡思莫測豈虛語哉今既云引入佛慧縱不全彰體相亦應稍列義門秖以法華不暇之故明有待於斯經是以斯經首請三一圓融之大定而佛於次第藏性中已具總畧佛慧而中間所謂於一毛端含受十方國土即露重玄之端及至圓彰藏性時備明一爲無量無量爲一小中現大大中現小乃至於一毛端現寶王刹坐微塵裏轉大法輪而復極於三秘密藏及後談聖位時十行位内復言十方虛空滿足微塵一一塵中現十方界現塵現界不相留礙凡此諸文皆十玄中極智而不具足十玄全義者引入而已仍知此固擇取重玄彰勝況劣爾若竝全收總畧則通部皆是佛慧以斯經純用第一義諦故也而所以偏擇重玄者以理事無礙法界尚通一乘同教而事事無

礙法界獨屬一乘別教華嚴所以逈別於一乘同教者正惟在於事事無礙法界以其具足一切玄門而斯經毛端現刹塵中轉輪等文正事事無礙之旨而爲華嚴之極智法華雖標佛慧了無此文尚無總畧之相豈有重玄之門此所以必待斯經而後詳究佛慧之義相也是則原其始也本從佛慧海中流出差別之慧以成一切權宗要其終也還會諸流悉入佛慧海中以抵一眞實際所謂無不從此法界流無不還歸此法界然法華與斯經雖皆攝末歸本之眞詮而法華但以開其端而斯經方以竟其說矣我故嘗叙斯經爲法華堂奥華嚴閫楗誠有見於是爾問此與佛知見何別答此有多種差別知見屬如理此屬如智三大之中知見屬體此屬相用三

德之中知見屬法身此屬般若解脱三因佛性知見屬正因此屬緣了有如是等種種差別問約知見實相佛慧三種名義雖別約子所取證之經則皆無有別文夫能証經文既不別異而所証之法安有多種乎答義相爲門不同理體安有多種故不離一法而說多義門大教以萬法一心爲宗分之則有萬法會之則惟一心故云如來能於一箇說百千萬箇能於百千萬箇說唯一箇以是義故一字法門海墨書而不盡豈以全部經文重証三法爲多乎請勿惑也佛爲普引衆生入佛慧故故說斯經通上五義前四全爲法華後一乃爲華嚴夫諸佛出世本只爲說華嚴而四十年後乃稱法華爲一大事者以法華於施權之後復攝諸教歸華嚴爾今斯經前五

因緣圓法華不了之公案啓華嚴無上之要闗所謂莫大之因緣豈小小哉六宗眞實定者有二一爲教諸權乘捨不眞實定而修眞實大定夫外道凡夫小乘及權教菩薩皆各有定而止於凡外權小悉無究竟者緣其所依定體皆非眞實心也即斯經首所破者如佛云縱滅一切見聞覺知内守幽閒猶爲法塵分別影事斯則一切初心樂修禪而未決擇者無有出此境界者也故諸凡夫天雖會精研所修八定寧能越此又云分別都無非色非空拘舍離等昧爲冥諦則知一切外道所修邪定同用此心又云世間一切諸修學人現前雖成九次第定不得漏盡成阿羅漢皆由執此生死妄想誤爲眞實由是而知諸小乘人亦同此心安有別定但加深至爾要

之通上凡外小乘皆但知此六識爲心離此別無故約下界但知此心惡則三塗善則人天約上二界但知此心散則下淪定則上升諸小乘人亦但知此心伏爲界内斷爲界外而伏斷望煩惱種現爲言如阿難云若此發明不是心者我乃無心同諸土木兼此大衆無不疑惑大衆應即凡外權小相宗果中雖八識齊轉而因中修定全取第六是由所依之心既皆生滅而非眞實故其所修之定有入住出入之則有出之即無境靜則順境動則違在定縱經多劫必以靜而礙動出定畧涉須臾必以動而礙靜凡外定銷必成墮落小雖不墮了無進益權雖畧進亦不遠到推其病本皆由最初但順所迷生滅之心強制令定而曾不悟本有不動之心故也是故斯

經阿難首請如來大定而佛即先以徵破識心以不捨此生滅迷心終不能修如來眞實大定然於徵破之初即許之曰有三摩提名大佛頂首楞嚴王等此即眞實大定之名向下即徵破識心可見欲修此眞實大定須先捨此生滅不實之心而別取眞實心也其別取眞實之心即下破識之後指與根中見聞等性然此性屈指飛光分明顯出本來不動之體豈假强制而後定哉觀河無老分明驗出不滅之常豈有墮落斷滅之憂哉八還對辯分明見得無還之妙豈有出定喪失之理哉人能灼見此本具之性守之即爲眞實大定何假多術故四卷末擊鐘驗聞之後乃曰若棄生滅守於眞常常光現前則汝根塵識心應念銷落乃至云何不成無上知覺五卷諸佛証明六根之後偈中即許用根而修者爲如幻三摩提彈指超無學也直至耳根圓通觀音自稱如幻聞熏金剛三昧文殊亦言宣説金剛王如幻不思議佛母眞三昧此對凡外權小依識心所修之定不成實果而今經所依根性幻修之定能成眞實圓通以登無上知覺而必教其捨彼而取此也二爲教彼大心凡夫能解大乘深旨知眞本有違妄本空自恃天眞躭着多懶無休歇志不勤定力屈於欲魔無力敵苦終無受用故勸其修首楞大定以取實果如經教阿難云汝雖歷劫憶持如來秘密妙嚴不如一日修無漏業偈又云汝聞微塵佛一切秘密門欲漏不先除蓄聞成過誤將心持佛佛何不自聞聞是則前之一義勸彼自恃餘乘痴定不知決擇

眞實而枉費勤苦者山林下多有斯人後之一義勸彼自恃大乘狂慧不知以定收功而孤負利根者宗教下多見是等均爲要義舊註多明後義少申前義而不知前義不明則非惟林下人固守僞定不思改革而宗教下決擇未審承激勸而輙用識心之定者亦有之矣故知前義爲尤要也宜珍玩之佛爲勸此二種人修眞實大定故說斯經七直指人心者良以吾釋號萬法惟心之宗雙開宗教二門接引羣品令悟一心而成道意無不同夫何直指人心獨屬宗門意顯教家爲曲指也夫曲指則必假言詮廣列義相備明理事眞妄詳開次第圓融令人尋言生解轉悟於心縱有無言放光等事皆可詮表註釋亦同有言也如佛說華嚴等一切權實法門而菩薩等各隨淺深悟解者是也直指則多離言詮玄示玄提一錐一劄石火電光瞬目便過終不與人說破但令當機不涉言詞自於身中親自見得便是入手時節縱有一言半語施設要須言外知歸非取名味亦同無言也如佛末後拈花了無言說而大迦葉破顏獨領者是也是宗則一味離言教則一味用言故直指獨屬宗門而不屬教也今斯經雙兼直曲二指非一於純用言詮故有直指人心之處不可屈抑之而不加表顯也彼於徵破妄心之後阿難求示妙明心時此正索要眞心之處意同神光求達磨安心時節此時佛若廣列言詮表顯義門或舉三大或陳四德表顯相狀或說同於虛空或說周於沙界此即令人懸空想像高推佛有終不知我今現

前身中何者即是斯則但是曲指而非直指令佛也不列義門也不談相狀就於阿難現前身中六根門頭指出眼中見性是心非眼分明說與此即眞心不可更迷爲眼根也然猶似口行人事至於次科顯其不動則屈指開合飛光左右審問阿難令分動靜阿難此時分明於自身中見得有本具不動之妙性元與搖動之身境了不相干故隨即滿口承當動靜二皆不屬更無疑滯夫如來屈指飛光已難言詮而示阿難親見不動已離思惟而領但如來多却分明審問令分動靜阿難多却分明說見雙離動靜是皆蕪於曲指曲領故令人昧却同宗之妙用直指之玄機向使如來但屈指飛光而不形審問阿難即禮拜默領而不更說破管取人天百萬不知下落則何異於拈花微笑耶或曰宗師所示決是純眞無妄之心統攝無餘之體今兹見性佛自明言雖非妙精明心如第二月豈即純眞而況偏局眼根不該萬象豈成全體若是則非即宗門所示之心顧謂直指人心未敢聞命也答如是見解敢保老兄非惟不諳宗通恐亦未知教意也夫佛言雖非妙精明心者但表衆生分上眞妄和合精明未妙非謂離此別有妙精明也觀其喻第二月足顯非是二體但多一揑影而已理實惟佛具妙精明自佛以下皆同具此眞妄和合之心何況一切初心離此憑何指示乎且此性近具根中而遠爲四科七大之體以至三如來藏亦不外是經既呼爲菩提涅槃元淸淨體則何異於正法眼藏涅槃妙心誰謂偏局眼根而

不該萬相乎且聖性雖云通十八界而塵爲根影識又塵影獨六根之性乃爲實體故宗家門庭雖別而所示多不出於六根門頭如二祖初悟謂了了常知從意根入也竪指伸拳密澄其見也棒從忍痛發覺身根也喝至耳聾令從聞入也是雖變態無端而究實令衆生自於身中親切見性其得於見聞覺知之根者良多也良由衆生從無始來已將清淨純眞之心迷成十八界相而實體宛在根中如金在鑛初不相離何處更有純眞之心若捨根性而指心猶捨鑛而尋金非善示衆生之性者也但宗家示而不說務令自悟斯則別爲一類之機要從此無言得入者也教家說而不示令依言解斯則亦別爲一類之機要從有言得入者也楞嚴兼示兼說旣令親見而又令從言加解是乃普爲羣機慈悲特然所謂落草之談也豈惟是指見處爲然哉前示妄心亦舉拳引推令其現前而後覩面喝之後示聞性乃勑擊鐘令其親驗而後責之此特雙取說示而有似宗門直指類爾若併論言詮心性則斯經始終純指人心無別餘事請試言之阿難最初請妙奢摩他等求定力也佛不直談定力而即破妄心以指眞心顯眞心即大定之全體也滿慈次問生續性相辯萬法也佛不但說萬法而與談心生滅門及如來藏心顯萬法即一心之大用也及其說契入也則選以聞根助以心咒示心之顯密相資也說歷位也則本以類生轉成聖位示心之染淨相番也叙七趣而表其根於心之内分外分辯五魔則明其由於心

之邪解邪悟他如餘經談世界生起也多言起於增上業力則人謂感雖由已而體終心外物爾斯經則明風即心之生搖地即心之立礙等既離心了無一法悟心豈不全空餘經談地獄三塗也多但歸於惡業招感則人謂招雖在我而設立有鬼神爾斯經則言火即婬心之研磨氷即貪心之吸縮等唯心更非他造轉心豈不即無然則無麤無細一切皆心任聖任凡更無別物而直指人心豈有過於斯經者哉是知佛爲直指人心故說斯經八雙示二門者謂平等方便二門圓實教家方能具足何爲平等一心萬法本元無差平等一相所謂眞妄虛實邪正是非等一切差別之相悉不可得良以一法界內惟有一眞是實諸妄本空乃至一塵一毛一念一刹那無非法界全體而何法不是眞性何法不徧十方若有一法非性便是眞性不徧不徧即非眞性亦是妄體不空不空即不成妄若有一法不徧十方便不即性設許即性而不徧十方便是理有分限其過無窮或曰若是則無聖凡無迷悟併諸因果一切都無安得不犯撥無因果之邪見答撥無者斷見爲主永礙修證斯蓋達理平等爲主大盖圓頓修證安可與撥無者同日而語也何爲方便於諸法中分眞分妄辯正辯邪許破許顯有修有證等良以眞雖本有而迷之已久不方便顯之則終不能見妄雖本空而執之已深不方便破之則終不能覺又縱了見分明若不作方便捨妄從眞亦終不入所以初心必從是入也或曰此則眞妄條然虛實迥別諸法

差别灼然非一何以異於權宗答若但執此方便誤爲眞實畢竟眞妄不融因果永異是即權宗此則不然明知萬法惟是一心一味平等而巧從方便捨妄從眞及至深心普融一味是爲圓家善巧方便非同權宗之誤住方便也如經後初住文云以眞方便發此十心故知方便之語非定屬權宗也問斯經雙含二門何文即是請試明之答阿難權聖請處施設即以具足斯旨故既陳三名以請大定而復懇最初方便是其所志固期於圓修大定而起修方便亦彼所尅意而最重者也故佛酬此三名之請具用乎方便平等二門然或雙用或各用在文可見彼奢摩他中二門雙用也謂先用方便門決擇眞妄文始於徵破識心而終於非不和合其中於識決定破其爲妄心而令其捨之於見決定顯其爲眞心而令其取之了無平等之相故屬方便門也此則眞妄既分眞體既露若局此眞體獨在於根不與萬法平等普融則何以發明圓理而成圓修耶故後用平等門普融眞妄文始於會通四科終於普責思議其中四科七大會之則同歸藏心六塵尚然六識何擇所謂眞則同眞無一法而不是於眞也十惑三續起之則同成妄有三細尚然六精何擇所謂妄則同妄無一法而不是於妄也至於相妄本無凌滅不傾奪則諸礙何成性眞先非水火能合融則萬用齊妙由此蹦示藏心之於萬法非則俱非而何分染淨即則俱即豈揀聖凡如是乃至雙即雙離所謂融則同融無一法而可分於眞妄故屬平等門也無

前門則眞妄混淆何以尅體見眞無後門則眞妄永隔何以悟圓入妙故示悟性定必二門雙具也至於三摩禪那則二門各專用焉三摩提中專用方便蓋指結處獨取六根選門時更專一耳既不平等全屬方便義顯然也禪那中專用平等十信之初便言中中流入十向以去無非法法雙融既不偏取全歸平等義尤著也是則方便擇從入之妙門平等趣圓融之極果二門必相資以有成通達此者豈復有矛盾之疑哉今佛爲雙示此之二門故說斯經九極勸實證者爲三種人懈怠一者好務多聞不求實證狂慧無歸大似說食不飽數貨常貧佛以阿難當機而種種激勸多聞無力如第四卷重問因緣其文炳然前已引明矣二者因聞諸聖深慈大力必救衆生遂恃他力但求加被怠於自修不求親證此亦用阿難表顯雖以如來爲兄而身心亦不相代豈能惠賜三昧要當自勤修證然後諸聖可加如雨露但潤有根之木也三者圓頓機根見理高妙自恃天眞不假修證玩留惡習了不依佛方便證入之門不揣道情未堅力不敵苦大事忽臨手足何措反貽權證者之笑矣爲斯等故最初即以無力抗邪者發起大教便有激勸修證之旨及破同分見妄之尾極勸證取方爲遠離發明性相之末責不勤求故無妙指如是乃至曲開巧修之門詳列歷證之位皆導其進於深證抵於實果而後已且其所立二漸即所謂別信併圓五品位矣三漸復是別之三賢圓之十信過於羅漢遠矣所謂彈指超無學也向下

立乾慧以收前中十信開十心以成後之一住皆所以撮合淺位促入深心令速登分證也以此中十信即分證之初心耳尚不令淹滯於相似豈容前種人徒聞無證哉至於十住似華嚴十地證同是雖二經竝同圓極決無優劣殊位而聖意錯綜自在善巧導物恐是前後合開之意闕疑在後解文中俟來哲更酌量之又於十住既以促入眞修而後之諸位或恐即以促入後心其夾持速證務臻極果之意於茲立位可以覩其槩矣是尚恐其暫息中途寧許有當機者一無所證乎是則佛爲極勸實證故說此經十嚴護邪思者良以娑婆世界欲坑深廣見網重繁極難頴脫是故衆生善根積集雖亦不無而習氣幽綿卒難淨盡往往利根聰慧之流銳氣苦辛之輩亦能醉心法喜凝神禪悅而中途隳廢者不爲貪愛淪溺而即爲邪妄支岐甚哉見思之爲害深矣釋迦慈重偏愍斯流故於是經從初至末自狹向寬而所以塞絕愛坑及破裂邪網者意無不至矣初欲談大定而知婬愛爲定門之寃賊故起教以聖弟誤墮婬室爲緣發心以相好不由婬欲爲念即以警聰敏者防欲箭而避婬坑也及其圓發三藏而定體已彰之後遂以切責歷劫多聞不如一日修無漏定以離憎愛之苦意明婬心固爲亂定之寃賊而大定亦爲破欲之將軍與其怖欲魔而沉湎於聞孰若拜禪將以剗絕於欲哉又於諸聖圓通之後文殊偈選之中深責阿難强記不免邪思欲漏不除蓄聞成過又於華屋得門之後道場請式之前四律

縛其賊首三學搗其巢穴壇制峻其隄防咒心絕其種類是皆所以驅邪思使無所容而護正覺令無所擾也及其談證位也漸階則首申戒品以止絕諸非入位則畢護定心以住持正慧遂令四十一心心心斷惑五十五位位位證眞而始終無退屈也如是乃至備明七趣則示以三惡劇苦令其愼惡因而勿犯也示以四善終淪令其捨樂果而勿貪也詳辯五魔則警覺外魔窺伺戒其勿縱邪解以招致也闡揚内魔伏藏戒其勿起邪悟以引發也最後重明五陰無非妄想始終警戒邪思故知如來爲此嚴護邪思故說斯經通上十義論之云究廢立則超權入實開知見則自心即佛達實相則萬法即心了相常則本無生滅入佛慧則果終圓極得眞定則不勞把捉直指心則親見本眞明二門則性修無礙期實證則不止半途護邪思則永無破壞然前四與六七極顯性具五與後三曲遂修成而節節皆圓實宗殊勝了義誠所謂莫大之因緣豈同區區逐節無謂之語哉具眼者味之所爲因緣竟

大佛頂首楞嚴經正脉卷第四

音釋

蓁蕪　上側詵切音臻與之切下武夫切音無

貽　音飴

剿　子了切絕也

大佛頂首楞嚴經正脉卷第五

懸示之三

四義理分齊者文之實曰義事之主曰理又義者相也理者體也由是聖人之設教也理以統之義以析之理雖至一而逐機遂有淺深義雖成多而歸理則無別體是則諸經義理既有淺深而明經者不辯別之何以知其分齊之所詣乎斯經義海所導即起信疏全文夫賢首命世宗師誠可尊尚然彼文既具何勞全錄述畧指廣可也彼開有二一約教通局二約法生起約教中從淺向深有五重一約小教單說人空但依六識三毒二約大乘始教謂空宗有遮無表亦名分教分者限也謂相宗有不成佛三約終教以終收始說如來藏隨緣成賴耶識不但皆空而一切皆如也亦名實教以實廢權說一切衆生悉當作佛也四約頓教惟性無相亦無漸次訶教離念即心即佛也五約圓教統一法界性相圓融身剎塵毛重重即入也此但畧引廣在彼文若於五中顯此經之分齊則經中所指根性近具根中徧爲四科七大體性即如來藏眞如隨緣所成陀那細識乃賴耶別名而異生番染小乘向大皆當成佛正屬終實之教而歇即菩提圓照法界兼屬頓圓二教若以教攝經五惟後三攝此若以經攝教則此可全攝彼五以不廢小教果法戒品而兼存始教八識三空故也二約法生起中從本起末亦有五重淺深然所約者即起信論文而分屬者亦不離於五教但從深至淺別於前門耳初惟一心爲本源即一眞法界該四法

界此圓教分齊也二依一心開二門即該二教一心真如門即頓教分齊也始教中空宗亦密說此門二者心生滅門即終教分齊三依後門明二義一覺義二不覺義四依後義生三細一業相二轉相三現相即始教相宗分齊以彼宗不達此等與真如同依一心爲源故說真如不許隨緣生法惟齊業識縱轉成智亦終有爲而不同真五依最後生六麤一別境二生受三著受四計名五造業六受報第三小教分齊第五人天分齊此亦畧引廣在彼文若於此五中顯斯經深淺則文既雜明真妄而會妄歸真從真起妄與夫真妄和融等叅而詳之大分實惟齊於心生滅門不違前終教分齊若更細研會妄既皆歸於妙真如性則亦兼齊於心真如門亦不違前

兼屬頓宗從真既以起乎三細六麤此正顯然齊於心生滅門而爲終實之意然真妄會合既以妙極於四法界心三如來藏則亦兼齊於一本源心亦不違前兼合圓旨是知斯經也揆義取類殆於法華圓覺華嚴同條共貫其亦甚深無上之典而表以佛頂斯其至矣乎義理分齊竟五教所被機者應分通局即收揀也但尋常揀去其非機此謂揀擇乎當機也通被者以終實教意明一切衆生凡有心者皆當作佛斯經既說得成菩提之法而何人不當被哉如經云一切衆生從無始來生死相續皆由不知常住真心用諸妄想又云一切衆生業種自然如惡义聚諸修行人不成菩提乃至別成聲聞緣覺諸天外道魔王皆由不知二種根本錯亂修習等由此

而推佛心豈不普欲衆生用眞心捨妄想以盡明乎二種根本哉問若此無所揀擇而衆生有不信順者豈亦當被乎答有倒亦當被也如常不輕强爲不信順者授記縱因謗墮獄仍成法華遠劫因緣如是則無一人而非此經之當機通之至也何爲而復有局被乎以通中攝生雖廣論益則多遠因緣而非近益若惟取於隨聞而益機理相契如彼啐啄同時則不得不局取之而不容濫收也然此中有二準知一者據文考証二者以意推度今初據文考証者斯經阿難當機即以示在聲聞之位而切詳如來節節叙其所爲者多爲接引小乘回小入大經云汝先厭離聲聞緣覺諸小乘法發心勤求無上菩提等是也於中自有四類一爲有學聲聞經云憐愍阿難及諸會中諸有學者又云亦令將來諸有漏者獲菩提果是也二爲無學聲聞經云告富樓那及諸會中漏盡無學諸阿羅漢是也三竝爲緣覺經云哀愍會中緣覺聲聞於菩提心未自在者是也四竝爲定性經云令汝會中定性聲聞及諸一切未得二空回向上乘阿羅漢等是也問定性必不信順何收局擇之中答現在會中隨請隨聽非畢竟退席者故亦正當機也良以此等小乘歷劫遭苦求出無要展轉拙修勤苦無量最以動佛慈愍况皆智勝遺塵世世與佛俱生多係親因豈惟慶喜覩經題名救護親因其意可見近被法華始知信求故斯等顯當正爲之機也其次以意推度者經中雖未明言直指以意度之小乘初回向大之心佛尚諄諄爲彼發

揮入大之門其有純淨大根了無小乘種習佛必更爲之深也但爲急救小根故逐節先言爲小而爲大之意俱含於一切之中如經云吾今爲汝建大法幢亦令十方一切衆生獲妙微密等又云及爲當來佛滅度後末法衆生發菩提心開無上乘妙修行路等又云亦爲未來一切衆生爲出世因作將來眼夫既屢言一切衆生而又言末世發菩提者則知不止獨爲小乘一類而竝爲大心凡夫及始教入位者也此中則應具於六類謂權乘二而圓實四也權乘二者謂大乘法相宗人動執法相而不能以性相融大乘破相宗人觸言實無而不達藏性妙者此正欠明斯經十大因緣安得不正以爲之圓實者上根凡夫復無權乘種習惟依最上乘發菩提心者也此根更爲純淨佛正爲之不言可知問彼既知權小非眞純發大心不勞破顯斯經何所益於彼乎答既曰上根凡夫明是立志雖大發心雖普而未得開悟之要訣證入之妙門斯經直指雙示等因緣豈不正爲之乎此中自有四類謂帶過三而無過一也帶過即前第九因緣中三人也一恃他加被二恃聞忽定三恃性忘修者也無過一者即無前三過者也雖求加而務親証雖多聞而恒在定雖悟性而極精修秖欠徹悟而證入此最上第一妙根極爲當機者也若聞斯經眞如時雨化禾春雷躍鯉莫之能禦也此雖至勝通前五種皆是大乘當機舊於前五皆揀非機不知據明言二乘顯然正是當機而大根何反非機若曲揀其病則斯經正是應病之藥

豈不機教相對若避病而不敢治安稱良藥何況二乘深病尚起其危而大乘微恙豈不一劑而愈哉故經明叙二乘當機而不顯標大乘者正表難治者尚能治之而易治者不待言也是故通前共有十類均是當機且觀音自陳本行文殊亦表同修而偈云過去諸如來斯門已成就現在諸菩薩今各入圓明未來修學人當依如是入是則三世大乘通依之正軌而十類未足多也教所被機竟六

能詮教體者賢首疏起信論畧作四門清涼疏華嚴承演十門亦不過開四而已長水著楞嚴義海亦承用賢首畧門今亦從畧列彼四門一隨相門此依長水復爲二一但取能詮體謂聲名句文假實相資不可偏廢以佛在聲多佛滅紙墨之教名句文多也然亦附六塵同爲教體不獨聲等二合用所詮體以徒文無義非教故文義相從而不相離方成教體二唯識門攝前之境以從於心亦二一本影相對謂說者淨識所現文義爲本質教聽者識上文義相現是影相教也二說聽全收可知清涼承演本影相對四句分四教謂小惟本始本影終惟影頓雙非也又承演說聽全收八句分二教以生佛相收屬同教而生佛相在屬別教意顯圓融不礙方爲甚深唯識三歸性門惟依賢首云此識無體惟是眞如故下文云一切法從本以來離言說相乃至惟是一心故名眞如清涼引唯識釋勝流眞如所流教法最爲殊勝故也予謂淨名言無離文字而說解脫亦此門意耳四無礙門賢首謂於前三門心境理事同一緣起混

融無礙交徹相攝以爲教體以一心法有二門皆各攝一切法故予謂以生滅門收隨相唯識以眞如門先收歸性却前門成心境無礙而後門成理事無礙矣清涼承演理事與事事二無礙門末乃歸於海印三昧亦極盡無礙之旨以收屬當經耳今斯經既正屬於終實而兼涉圓頓則於賢首清涼所判全門教體皆允協也能詮教體竟七宗趣通別者賢首釋云當部所崇曰宗宗之所歸曰趣清涼以宗爲語之所尚而趣同賢首二師皆具通局兩門通指一大時教局謂專取本經通中偏約諸教開門頗多不能繁引今但自約總意取之夫五時之教權實可以畧分權乘多重修成動張因果則因即宗而果即趣也圓實多重性具首明悟入則悟即宗而入即趣也斯經若泛就圓實一類之教以取宗趣則亦以悟明心地爲宗而証入果地爲趣斯亦畧盡其槩矣然二師局門義亦浩繁今局斯經本載文義而取宗趣亦畧出其少分須分總別總謂以圓定爲宗極果爲趣也良以阿難所請妙奢摩他等而如來所示三如來藏心即性具圓融大定豈非一經之所宗乎阿難所請十方如來得成菩提而世尊結示入於如來妙莊嚴海圓滿菩提歸無所得即十方佛究竟極果豈非一經之所趣乎問此與權乘因果何別答所示大定但取性具全由悟門而所取極果亦但擇一妙門一超直入所謂是了因之所了非生因之所生較之權乘天淵不同矣問後歷證之位何所用乎答但顯圓融不礙行布實非三祇漸證豈不

聞利根一生事辦兼之經終五陰破後初住方成如來明許從互用中超諸位盡深研此意可自見矣若更詳盡別意應有六對謂破顯偏全悟入體用行位分滿也皆先宗而後趣又皆躡前對之趣作後對之宗而復起其趣也一破顯者徵破識心爲宗顯發根性爲趣言委曲破盡識心意在令其舍識心而發明六根中性也二偏全者偏指根性爲宗全彰三藏爲趣此即攝前顯發根性中先惟種種偏明見精圓妙者意在從近至遠全彰四科七大爲空藏十惑三續爲不空藏四義三藏爲空不空藏也三悟入者圓悟華屋爲宗得門深入爲趣此亦躡前全彰三藏即是圓悟華屋言所以必求圓悟華屋者意在得圓根一門從初入流直至寂滅現前也四體用者證圓通體爲宗發圓通用爲趣此亦躡前一門深入即證得圓通之體然必證此體者意在發圓通三十二應等大自在用也五行位者運圓定行爲宗歷圓因位爲趣此亦躡前圓通大用正圓定作畧然此作畧有二一能利衆生二能取佛果前三十二應但彰利生用而影取果用今言運圓定行者躡其取果用也言必運其圓定之行者意在徧歷圓因五十五位也六分滿者歷分證聖位爲宗取圓滿菩提爲趣此亦躡圓因之位即分證位言必歷分證之位者意在圓滿無上菩提也達此由悟而入由入而深由深而極一經趣進了然在目圓融次第二無礙矣宗趣通別竟八科判援引者詳古人立科判以解經極爲成式猶公輸之規矩準繩數萬言經捨

科判而逐文汗漫釋之何異捨規矩準繩而取方圓平直未之或中也大約其用有四一者本有科說主於本文中自分者也如五陰六入等現具經文解時須順分之二者分文科謂文句繁長若不詳其文勢而分截之則易成攙亂故前後節斷令其分劑分明不相逾越亦可名分劑科譬一統分十三省諸省又各分爲若干府諸府又各分爲若干州縣等從寬至狹自少成多各有統糸故舉州縣則知其屬於何府舉府則知其屬於何省而各有界限不相混濫矣然不同上之本有此疏家因文分屬而立如本疏所立十番顯見等科是也三者約義科謂文中所詮之義有相對待應合者如身心包徧依正之類文中不甚顯著則約義分之令其顯現如身心蕩然等文中所分之科是也四者生起科謂說主語脉次第生起文義譬如樹株初以一本或分二支或三四支等是爲大支諸大支復各出諸中支而中支又各出諸小支等雖至最小之支仍可尋知自何大支而出若非科文明其來處安可尋究乎此如天親判金剛二十七疑本經如答五大圓融科中舊解全失語脉不相接續新疏出其伏疑加以脉絡之科方知來意是也然製科最不宜行輩錯亂譬如人家宗派一祖元所生者或三子或五子其子各所生者或多或少皆是孫輩不得僭子而孫所生者又是曾孫不得僭孫天台賢首清凉能曲盡其妙近世如要解等全不諳此於一輩間動分十七八科或二三十科及細察其所分則高祖與子孫乃至曾玄

皆同列爲一輩全無尊卑統屬何取於分也今疏痛懲此弊所分之科務令自大降小從少增多慮古科但以疏爲次第無字號以別之而講者多迷乃以十干十二支置於圈內題於科頭如甲爲父則乙爲子丙爲孫則丁爲曾孫令其行輩炳然不相借亂凡於大科盡處則結云某大科已竟則永無迷科尋覔之勞後之刊者務請屈從無以爲異常而不用也援引有四一經論二本經三祖語四舊註疏中爲避繁文所引經論及本經多撮要畧而全文極少祖語亦然至於諸師舊註倘於佛旨有未順者則或黙然不從或顯然辯正皆非作意而樂於爲此蓋必不得已而後如是也外此而一字一句符文順義者則必不敢遺必不敢隱至於道場表法說咒利益與夫十二類生十習六交等文既不勞於異說多全取於諸師舊註皆以顯題字號全文不無亦有於繁雜處而少加裁省者必不損其本意於文盡處若更加以本疏之文則以一圈隔之令其有所別也科判援引竟九通釋名題十別解文義此之二門不煩預贅入疏方陳順古十門但標虛目今更總束前文直出斯經要義以見其特異於諸經諸論而獨爲顯了親切也其目有四

一者決定不用識心以其與大定爲生寃家衆生於斯少有執吝則於眞心大定終不可見何況能成以此識詐現心相而實非心詐現定相而實無定卒以障盡眞心本定令凡外權小如生盲也他經他論雖亦說其爲妄而其言總畧實未至於善惡竝遺動靜雙祛

故衆生雖賤乎劣惡思惟而猶貴乎勝善思惟雖捨夫散亂意識而仍取夫寂定意識既全執似必不識眞而眞心本定何由見哉惟斯經也悟佛法音尚猶斥其非實豈留勝善思惟九次第定終不許其爲眞豈存寂定意識方於斯識破之究竟無餘矣是則佛之破意不暇論於劣惡散亂乃直偏取於勝善寂定者而破之正恐其修大定者惑於似是之非而終不進悟於眞心本定也嗟今之人取靜修行止念爲定者未有能出此識之圈圚者也將謂斯定易成而生苟就之心豈知修時百計難成成之畢竟非實譬如結冰以作琉璃其難其僞類可知也奉勸慕楞嚴者順佛言而速疾捨之方於大定可希冀矣

二者決定認取根性以衆生根性即是眞心亦即自性本定此由衆生將全分如來藏性迷成十八界而其實體在六根中六塵但是根影而六識又是塵影衆生反認至虛識心而全昧至實根性顛倒莫此爲甚且他經他論泛泛發明眞心體相名義而不言衆生現前身中何者即是故衆生縱能捨乎分別麤心而亦多求乎玄妙義相慕於高遠境界遂擬眞心爲冥漠難知之境恍惚不定之相而或研思極精以體會之則依舊墮於微細意識而流於權小境界不自覺知矣惟斯經也菩提涅槃元清淨體徑指六根安樂解脱寂靜妙常更無他物且其屈指飛光而不動搖之見性朗然現前擊鐘引夢而無生滅之聞根湛然常住此竝當風指出非獨言句發揮且其仰瞻日月洞明四萬由旬遥聽雷霆周

聞三百餘里何況十番顯妙三指眞實極爲奇特若竝收乎暗中之見靜裏之聞則廓爾無邊包含沙界悉是衆生現量非有待於六通且其一切諸色悉同燈上重輪一切諸聲皆類頭中虛響故知根性是萬物之實身萬物乃根性之幻影而重玄極妙之眞心豈離見色聞聲之常性哉然雖至近至明可中難信難解不是幽微叵測但由日用不知故諸祖不肯道破如來常不開演良有以也問若此親切明白佛祖何故不常開演不肯道破答恐非機聞之眞與非眞二俱成迷故非眞迷者聞之而不信其爲眞也謂有衆生冥搜玄妙而輕謾目前者聞說六根即是將謂見色但是尋常聞聲有何奇特旣不委信必不認取如阿難五卷尚猶別請結元會解十家悉以顯見爲破者是也不知元妙元明豈非正法眼藏本常本寂應即涅槃妙心當知離此性外尚無片事可得豈復別有玄妙哉眞迷者聞之而倚眞不復加修也謂有衆生自恃天眞不求究竟者聞談根性現成或死守寂常本體而修證全捐或但住初解人空而得少爲足不知根結未銷豈能脫情界而出諸苦生滅未滅安得超器界而證圓通大似守金鑛而甘貧閉化城而迷寶又豈可哉以是眞與非眞二俱成迷故佛祖常不開演而幸遭斯典者速宜認取根性而更求解結方爲得旨矣

三者決定不用天台止觀以諸家判三觀處元是如來開示衆生本有眞心性具妙定始自眼根指出展轉通貫萬法仍令圓悟萬有

總一如來藏性顯其未及加修而人人早先具此楞嚴妙體但惟教其悟明此之性海以爲後文圓通入處而已本不曾立觀門教修習也而諸家曹然強安三觀若果元立三觀則是前文全說修門何阿難後又請修華屋之揄豈亦但揄修門而非揄藏性乎又豈所答一門深入却又深入彼之修門而非入藏性乎是皆大不通也當知斯經所以大異於衆典者正以其指心在根斯定之所以大異於諸定者由說自性本定也若謂前文是說修門全障性定且又凝後耳門妙修無有用處所以修楞嚴者決定不用三觀也嗟今沿習既久而業楞嚴者無一人不搜索三觀似但借經爲敲門瓦子而正惟發明天台止觀而已畢竟令觀意獨明而經意障盡矣何迷

痼支離亦至於是哉痛刮洗之可也問經傳此土千五百年豈無一人見同於此而子獨異說太煞驚人恐多信之不及復有何說以安慰之乎答智者大師不及親見使其親見決不誤以說性爲說觀亦決定不以已觀自滿而顧抑經同已不然何故虛心拜求一十八年乎是則過全歸於後人之混淆而大師無與也清涼圭峰於華嚴圓覺各專其業無暇詳釋於此至於宗門悟心大士非皆不知但緣經文指心在根太煞明白恐成世諦流布難以接人是則十成之語尤爲傳宗者所忌故多默而不言縱有一二拈提隨拈隨掃終不令成詮釋觀靈源之訶弘覺範則其意可見又或前古說楞嚴者未必如今時盛宗三觀以掩佛說性之文故吾言未必盡異於

古人特緣近古似量騰心雷同錯誤故獨顯吾言爲特異耳彌天之罪安敢避哉問子疏何不忌於世諦流布答此有二意一者教須說到不同宗門何嫌流布二者祖庭秋晚現量證悟者無人可接秘之何益不如道破令其經耳成因也祖師末路評唱令其傳習亦此意也問不成現量證悟經傳何益答能令多分中上根人成眞比量發大解悟與現量證悟作勝因緣然亦應有少分上上根人成現量證悟是不敢定也此由叔季之世故作是說若古宗門由聞經而悟入者何限哉四者決定推重耳根圓通問業楞嚴者誰不知此爲最初方便何勞又推重之答是何言歟自近世盛宗三觀則人人惟知推重三觀謂其爲楞嚴正修而解家拳拳揷入諄諄發明至於耳門視爲啓蒙初進之法隨文畧釋而已誰見其深研廣釋而極勸專修者哉且子謂人人皆知重此子必深達斯旨試指何處是圓通之文其人笑曰觀音自陳初於聞中等文以至文殊選擇之偈經有明文有何難見答此下智隨言生解之知敢曰不難見哉若是中人之智自知從四卷後半第一決定義中所推不生滅圓湛之性即此聞根之性及第二義中指明根結密揀圓通乃至擊鐘引夢諸佛證明綰巾示結等文皆是說根性法門但未顯定何根爲至圓而當專修也此猶中人所知若更有上智徹通之見當知破識之後所示見性即是首薦根性爲眞修之本而見聞無有異體故十番顯見亦是顯聞而語中亦帶聞字如阿難云若此見聞必

不生滅等是也但見精對境明照萬象常住
不動最易開悟故前文偏顯之聞性離相周
聞十方越牖透垣最盡修攝故後文偏用之
是知自指見是心直至破非和合即是開示
圓通中聞性之體豈有別體乎又極而言之
此文之前最初破識即是徹去圓通之障以
識心若不捨盡決不知別有根性根性猶然
不知圓通何自而修哉此文之後四科七大
乃至三如來藏十法界心無非根性之極量
而非別有一性也修圓通者若不達此豈知
反聞之中統該萬有極盡一眞乎大抵開示
本具藏性正爲後圓通作入處耳不然後門
所入之華屋更是何法乎是則未說圓通之
前尚皆不出圓通之性而況既說圓通之後
豈更有異法乎是故道場定慧是此無疑三
漸反流離此何入初住十心明言一切圓通
而等妙菩提亦但圓通究竟而已觀佛結云
此皆以三增進故善能成就五十五位其意
可見以三增進但牒圓通而已是斯經也前
半全談藏性所以開發圓通後半全說圓通
所以修證藏性一經始終皆爲圓通豈惟觀
音數語文殊數偈而已哉至於破五陰辨五
魔而猶節節警云違遠圓通背涅槃城如是
全經宗要而惟以一三觀蔽盡無餘烏忍於
默而不言哉問圓通既稱初心方便過此必
有別法乃爲深修今何言其盡始終而更無
別法乎此猶甚可疑也請明其故答諸家正
同此惑而子之斯問亦緣舊習所染疑根未
盡拔耳今與拔之其故皆由初心二字未明
其對何法而說初心妄說三觀方爲深法而

經之初心必與三觀爲初心也却見佛前文所說奢摩等名數偶合如來藏義其相又似遂謂其必是三觀由是判前三藏爲通請三觀深位妙修判後圓通爲別請一門初心始入後學遵之以爲確論誰敢動移不知斯判前則誣性爲修後則貶深作淺而且初意未明淺深失序是大差誤非確論也茲當極伸正義令後學永無惑焉夫誣性爲修前已極明義無不盡而後之貶深爲淺者以前三如來藏若據理性則是徹法底源譬如太空豈有深淺可判若約當機領悟於此者不必論其宿根利鈍但惟取其多分而於天台六即位中多但超於理即正在名字即中以其未涉觀行故也至於圓通則由觀行即歷相似即而後達於分證即之初位據本經即當三十二應等神用現前據華嚴即當百佛世界中分身成通其視前位何異天淵今反謂其淺於前位則貶深作淺之過安可逃乎問若此而佛何謂之初心方便乎答我謂彼之初意不明者正當此際明之以此圓通功滿方於五十五位中初證一位對後五十四位此爲初心豈對前文謬判三觀而與其作初心乎且此初心遙應妙覺乃爲究竟大經云初心究竟二不別如是二心先心難又此初住名發心住故經又云從初發心即成正覺若是則此之初心良非淺淺我謂圓通徹究竟位亦非無見而云然也夫何謬謂三觀在前而反深圓通在後而反淺豈不大失其淺深之序耶奉勸求大定者博究精研耳門修法而力行之無使毫髮濫於三觀則圓通方可

希兾矣問智者爲一宗祖師三觀爲圓頓修法今言依之則障盡全經修之當莫濫絲髮然則天台立觀不合圓頓教旨耶請言何教所收答此更別有二意人所難知非謂三觀不合圓頓一者佛談性具三藏本不曾立乎三觀而註家錯引三觀以會釋之不辨明則以修障性故不得不辨二者反聞修法不用覺觀思惟而三觀豈能不用濫之則須廢反聞故不得不禁是三觀非不合於圓頓教旨但不合於楞嚴修門耳當知每於一教攝多法門所以法門無量豈因門之不同而遂謂教之亦異乎問二門均是圓頓深教亦有優劣否耶答子謂天台何如二十五聖曰大師必不自欺自言方在五品安得遽齊諸大聖耶曰文殊獨選耳門則二十四聖修門皆不能齊豈一天台修門所能齊乎且經旨觀旨多種不同而舊註混同曾無皂白無怪其以彼而濫此也今與畧分析之有四不同一者此經首破識心令終不用不識天台初談三觀亦先破識而教其不用否耶然藏中曾見天台家所傳心印首先不許揀去六識而別求眞心是與經旨大相反矣此其一不同也二者此經次示根中性體即妙明眞心不識天台指示眞心亦言惟汝六根更無他物否耶縱其所立三諦彷彿似於三藏而其當風指出初未薦乎六精此其二不同也三者此經起修了揀諸門惟選耳根一門深入不識天台三觀起修下手亦專一門否耶蓋彼泛立三諦起三止觀而所示眞心初不指在根中何有專門此其三不同也四者耳根之修

一反聞聞行起解絶頓離分別初無多事最爲簡易豈有繁難不識天台觀門亦如耳門之簡易否耶蓋彼立三諦而起三止三觀以修之已自先成九法及說三觀復各爲三所謂一空一切空無假無中無不空等亦成九法合滿十八法數是雖成熟終歸一心而本其造端以較之惟一反聞者其繁其簡宛爾天殊此其四不同也問經前三藏具含十界豈不繁難答彼是廣談性理開其知解雖博非繁及至行起便乃解絶惟一反聞具收衆妙汝應以此行對彼行而辨其繁簡何乃取解而難行乎此固舊註混濫之故習也今更相對顯之經以三藏開解而從一門起修天台以三諦開解而從止觀起修則經之三藏正對天台三諦經之耳門正對天台止觀何得仍前錯誤而以三藏對三止觀乎通前四義了揀則台宗與經旨元不多同但惟所立三諦畧彷佛於三藏而註家又復不知以諦對藏同是明理性而開知解固乃錯對止觀而以性爲修謬謂意旨全同安得不晦其本旨而礙後之妙修乎若必謂斯經全是三觀則如來說法當不及於天台何以故破識指根迂遠而不如天台直切徑談故四科七大十惑三續乃至三如來藏皆但泛論性相而不如天台分明判分止觀故起修下手偏局耳門不如天台完全具十八法數故修楞嚴者不如捨經而但習天台止觀乃爲捷徑何必於落落不合文中搜索一二相似之處以強明止觀乎是則以經文而發明止觀既不如止觀詳暢以觀文而強合經文豈能令經

旨顯現哉是必晦其本意無疑矣我故謂止觀若不捨盡則圓通決不發明亦猶識心若不捨盡而根性決不顯現耳又二宗修法相乖亦係根識之別蓋經旨首破六識正由反聞時要須全離覺觀台宗不簡識心正由作觀時不免起於思惟故修圓通者稍涉台觀即依舊墮於識而障乎根則夫經前破識指根之文豈不俱成無用乎具金剛眼睛者幸一辨之近於宗鏡錄四十四卷中見其極明六根中性即本來心且取前之見性後之聞性同一圓通悉歸宗鏡何曾説前破妄見後但淺修哉又何曾説中間有三觀爲深法哉斯可極證吾疏而并可以驗古人不盡同於十家之見也幸檢閱之是則攝前多義而但成四決定義已極簡要若更束之則但成十字前二攝盡經義成捨識從根四字捨識易知從根者前半從根悟入後半從根修證而已後二攝盡疏義成揀止觀重圓通六字蓋舊註全重台宗止觀今疏揀明全非台宗止觀舊註既重止觀必輕忽於圓通今疏既揀去止觀全推重於圓通極勸專修而已然推重專修非已私意釋迦文殊及十方如來明命特旨也請反復研味文殊之偈當自見之又復當知此中揀止觀者但揀其非台宗止觀而已非謂圓通全非止觀當知圓通仍是不涉思惟最簡妙之止觀大非台宗可比疏中備明此意今特爲近習多濫台宗故不如但順經文呼爲圓通不必釋成止觀爲得矣

皈敬三寶請求加被偈

稽首本師説法主　異口同音諸世尊

佛頂顯密首楞嚴　即非十界如來藏
圓通本尊觀自在　各入圓明衆聖賢
三尊威力默加持　秘旨微言令開發
註釋不違於本意　始終語脉得融通
契機契理契佛心　於佛智海同涓滴
儻獲管窺符聖意　流通緣具速傳持
見聞現未結良因　同證聞熏不思議

大佛頂首楞嚴經正脉卷第五

音釋

僭子念切尖去聲　徵持陵切音澄　痼古慕切音顧